BIBLIOTHÈQUE PORTUGAISE
Dirigée par Pierre Léglise-Costa

LES SABLES DE L'EMPEREUR

DU MÊME AUTEUR
(entre autres)

Les Baleines de Quissico, Albin Michel, 1996

La Véranda du frangipanier, Albin Michel, 2000

Chronique des jours de cendre, Albin Michel, 2003

Le Chat et le Noir, Chandeigne, 2003

Tombe, tombe au fond de l'eau, Chandeigne, 2005

Un fleuve appelé temps, une maison appelée terre, Albin Michel, 2008

Le Dernier Vol du flamant, Chandeigne, 2009

Et si Obama était africain…, Chandeigne, 2010

Le Fil des Missangas, Chandeigne, 2010

L'Accordeur de silences, Métailié, 2011

Poisons de Dieu, remèdes du Diable, Métailié, 2013

La Pluie ébahie, Chandeigne, 2014

La Confession de la lionne, Métailié, 2015

Histoires rêvérées, Chandeigne, 2016

Mia COUTO

LES SABLES DE L'EMPEREUR

Traduit du portugais (Mozambique)
par Elisabeth Monteiro Rodrigues

Éditions Métailié
20, rue des Grands Augustins, 75006 Paris
www.editions-metailie.com
2020

La traductrice a bénéficié d'une résidence
à la Fondation Jan Michalski.

Titre original : *As areias do imperador*
Livre Un : *Mulheres de Cinza* © Editorial Caminho, 2015
Livre Deux : *A Espada e a Azagaia* © Editorial Caminho, 2016
Livre Trois : *O Bebedor de Horizontes* © Editorial Caminho, 2017
By arrangement with Literarische Agentur Mertin Inh. Nicole Witt e.K.,
Frankfurt am Main, Germany

La présente édition a été établie à partir des trois volumes de l'édition Caminho respectivement d'octobre 2015, de septembre 2016 et de novembre 2017.
Traduction française © Éditions Métailié, Paris, 2020
ISBN : 979-10-226-0987-6
ISSN : 0757-9276

Les Sables de l'empereur est conçu comme une incursion dans un passé qui n'est pas passé et dans une géographie qui, parce qu'elle est africaine, m'intéresse par son universalité. Cette œuvre a été initialement publiée sous forme de trois volumes séparés. C'est le cas au Mozambique, au Portugal, au Brésil, au États-Unis et en Angleterre.
Certains éditeurs sous d'autres latitudes, notamment en Espagne et en France, ont préféré réunir ces trois tomes au sein d'un même volume. Son élaboration a conduit à revisiter l'œuvre originale et à y insuffler des solutions afin de prévenir des répétitions éventuelles et d'atteindre une plus grande cohérence narrative. Ce travail a été mené par l'auteur, l'éditeur et la traductrice. Fruit de ce travail d'équipe, ce livre me semble être bien davantage qu'une simple innovation formelle.

Mia Couto
Octobre 2019

Note introductive

À la fin du XIXe siècle, le Portugal fait face à la résistance de l'État de Gaza, le deuxième plus grand empire en Afrique dirigé par un Africain, qui domine tout le sud du Mozambique. La couronne portugaise, déjà aux prises avec l'ultimatum de l'Angleterre de 1890, ne peut plus repousser l'offensive militaire contre l'empereur de Gaza, Ngungunyane (ou Gungunhane comme le désignent les Portugais). Le défi est clair : soit le Portugal démontre qu'il domine effectivement les territoires africains, soit il les perdra au profit des autres puissances coloniales.

En décembre 1895, un petit groupe de soldats portugais, sous le commandement du capitaine Mouzinho de Albuquerque, prend d'assaut la localité royale de Chaimite et capture l'empereur Ngungunyane. Son fils Godido, son oncle et conseiller Mulungo et son cuisinier Ngó sont arrêtés avec le roi de Gaza. L'empereur Ngungunyane est déporté aux Açores, avec les membres de sa cour et le chef des Mfumos, Nwamatibjane Zixaxa, où il meurt en 1906. Ses restes mortels sont transférés au Mozambique en 1985, dix ans après son indépendance.

Certaines variantes suggèrent néanmoins que ce ne sont pas les ossements de l'empereur qui sont revenus dans l'urne, mais des mottes de sable. Du grand adversaire du Portugal restent des sables recueillis sur le sol portugais.

Cette narration est une recréation fictionnelle inspirée de faits et de personnages réels. Ont servi de source d'information une vaste documentation produite au Mozambique et au Portugal et, plus important encore, divers entretiens menés à Maputo et à Inhambane. Parmi toutes les personnes interrogées, je remercie tout particulièrement Afonso Silva Dambile, à qui je dois exprimer ma profonde gratitude.

"Mais il semble qu'en raison de nos péchés, ou d'un insondable jugement de Dieu, Il ait placé à toutes les entrées de cette grande Éthiopie où nous naviguons un ange avec une épée flamboyante de fièvres mortelles qui nous empêche de pénétrer dans ses jardins printaniers d'où descendent les fleuves d'or qui coulent vers la mer…"

João de Barros

Livre Un

FEMMES DE CENDRE

La route est une épée. Sa lame déchire le corps de la terre. Notre nation sera bientôt un écheveau de cicatrices, une carte forgée de si nombreuses entailles que nous nous enorgueillirons davantage des blessures que du corps intact que nous réussirons encore à sauver.

1
Étoiles déterrées

> La mère dit : la vie se fait comme une corde. Il faut la tresser jusqu'à ce qu'on ne distingue plus les fils des doigts.

Tous les matins se levaient sept soleils sur la plaine d'Inharrime. En ces temps-là, le firmament était bien plus grand et en lui tenaient tous les astres, les vivants et ceux qui sont morts. Nue comme elle avait dormi, notre mère sortait de la maison avec un tamis à la main. Elle allait choisir le meilleur des soleils. Avec le tamis, elle recueillait les six étoiles restantes et les rapportait au village. Elle les enterrait près de la termitière, derrière notre maison. C'était celui-là notre cimetière de créatures célestes. Un jour, en cas de besoin, nous irions là-bas déterrer les étoiles. En raison de ce patrimoine, nous n'étions pas pauvres. Ainsi disait notre mère, Chikazi Makwakwa. Ou simplement mame, dans notre langue maternelle.

Celui qui nous rendait visite connaissait l'autre raison de cette croyance. C'était dans la termitière qu'on enterrait les placentas des nouveau-nés. Sur le nid de termites avait poussé une mafurreira*. À son tronc nous attachions les tissus blancs. Là, nous parlions avec nos morts.

La termitière était néanmoins le contraire d'un cimetière. Gardienne des pluies, en elle habitait notre éternité.

Une fois, le matin déjà tamisé, une botte écrasa le Soleil, ce Soleil que ma mère avait élu. C'était une botte militaire, identique à celle que les Portugais portaient. Cette fois, pourtant, c'était un soldat vanguni* qui l'avait aux pieds. Le soldat était envoyé par l'empereur Ngungunyane**.

---

* Tous les mots suivis d'un astérisque figurent dans le glossaire en fin d'ouvrage. Sauf indication contraire, toutes les notes sont de la traductrice.

** Les noms de Ngungunyane, ou Gungunhane dans sa forme portugaise, seront utilisés tout au long des trois volumes en fonction de l'origine des locuteurs, africains ou portugais, pour mentionner toujours le roi de Gaza. (*NdA*)

Les empereurs ont faim de la terre et leurs soldats sont des bouches qui dévorent les nations. Cette botte brisa le Soleil en mille éclats. Et le jour devint sombre. Les autres jours aussi. Les sept soleils mouraient sous les bottes des militaires. Notre terre était en train d'être déchiquetée. Sans étoiles pour alimenter nos rêves, nous apprenions à être pauvres. Et nous nous égarions de l'éternité. Sachant que l'éternité n'est que l'autre nom de la Vie.

Je m'appelle Imani. Ce nom qu'on m'a donné n'est pas un nom. Dans ma langue maternelle *Imani* veut dire "Qui est-ce?". On frappe à une porte et, de l'autre côté, quelqu'un dit :

– Imani ?

C'est cette question en effet qu'on m'a donnée pour identité. Comme si j'étais une ombre sans corps, dans l'éternelle attente d'une réponse.

On dit à Nkokolani, notre terre, que le nom du nouveau-né vient d'un chuchotis qui s'entend avant sa naissance. Dans le ventre de la mère, il ne se tisse pas simplement un autre corps. Il se fabrique son âme, le moya. Encore dans la pénombre du ventre, ce moya se forme peu à peu à partir des voix de ceux qui sont déjà morts. L'un de ces ancêtres demande au nouvel être d'adopter son nom. Dans mon cas, on m'a soufflé le nom de Layeluane, ma grand-mère paternelle.

Comme l'exige la tradition, notre père, tate dans notre langue maternelle, est allé consulter un devin. Il voulait savoir si on avait traduit la volonté sincère de cet esprit. Et il est arrivé ce qu'il n'attendait pas : le voyant n'a pas confirmé la légitimité du baptême. Il a fallu consulter un deuxième devin qui, aimablement, et contre paiement d'une livre sterling, lui a assuré que tout était en ordre. Mais comme dans les premiers mois de ma vie je pleurais sans cesse, la famille en a conclu qu'ils m'avaient donné le mauvais nom. On a consulté la tante Rosi, la devineresse de la famille. Après avoir jeté les osselets magiques, notre tante a assuré : "Dans le cas de cette petite fille, ce n'est pas son nom qui est faux ; c'est sa vie qu'il faut accorder."

Mon père a démissionné de sa tâche. Que ma mère s'occupe de moi. Et c'est ce qu'elle a fait en me baptisant "Cendre". Personne n'a compris le pourquoi de ce nom qui, en vérité, n'est pas resté longtemps. Après le décès de mes sœurs, emportées par les grandes crues, on s'est mis à m'appeler “la Vivante”. On me désignait ainsi, comme si le fait d'avoir survécu était mon unique trait distinctif. Mes parents ordonnaient à mes frères d'aller voir où était “la Vivante”. Ce n'était pas un nom. C'était une façon de ne pas dire que leurs autres filles étaient mortes.

Le reste de l'histoire est encore plus nébuleux. À une certaine époque, mon vieux a reconsidéré la chose et s'est finalement imposé. J'aurais pour nom aucun nom : Imani. L'ordre du monde, enfin, s'était rétabli. Attribuer un nom est un acte de pouvoir, l'occupation initiale et la plus définitive d'un territoire étranger. Mon père, qui protestait tant contre l'empire des autres, a réendossé le statut d'un petit empereur.

Je ne sais pourquoi je m'éternise autant dans ces explications. Parce que je ne suis pas née pour être une personne. Je suis une race, je suis une tribu, je suis un sexe, je suis tout ce qui m'empêche d'être moi-même. Je suis noire, je suis des Vatxopi*, une petite tribu sur le littoral du Mozambique. Les miens ont eu l'audace de s'opposer à l'invasion des Vanguni, ces guerriers venus du Sud qui se sont installés comme s'ils étaient maîtres de l'univers. On dit à Nkokolani que le monde est bien trop grand pour y faire tenir un maître.

Notre terre, cependant, était disputée par deux prétendus propriétaires : les Vanguni et les Portugais. Voici pourquoi ils se haïssaient autant et se faisaient la guerre : parce que leurs intentions étaient tellement semblables. L'armée des Vanguni était bien plus nombreuse et puissante. Et plus forts étaient leurs esprits, qui commandaient sur les deux côtés de la frontière qui a déchiré notre terre en deux. D'un côté, l'Empire de Gaza, dominé par le chef des Vanguni, l'empereur Ngungunyane. De l'autre côté, les Terres de la Couronne, où gouvernait un monarque qu'aucun Africain ne connaîtrait jamais : Dom Carlos I, le roi du Portugal.

Les autres peuples, nos voisins, se sont modelés sur la langue et les coutumes des envahisseurs noirs, ceux qui venaient du Sud. Nous, les Vatxopi, sommes parmi les rares à habiter les Terres de la Couronne et à nous être alliés aux Portugais dans le conflit contre l'Empire de Gaza. Nous sommes peu, murés par l'orgueil et cernés par les kokholo, ces palissades en bois que nous dressons autour de nos villages. À cause de ces abris, notre localité était devenue si petite que même les pierres avaient un nom.

À Nkokolani, on buvait tous du même puits, une seule goutte de venin aurait suffi à tuer le village entier.

Un nombre incalculable de fois, nous nous sommes réveillés aux cris de notre mère. Elle dormait et criait, tournant en rond dans la maison, en pas somnambules. Dans ces délires nocturnes elle menait la famille dans un voyage sans fin, traversait des marécages, des rus et des chimères. Elle retournait à notre ancien village, où nous étions nés près de la mer.

Il y a, à Nkokolani, un proverbe qui dit ceci : si tu veux connaître un endroit, parle avec les absents ; si tu veux connaître une personne, écoute ses rêves. Or l'unique rêve de notre mère était celui-là : retourner à l'endroit où nous avions été heureux et vécu en paix. Cette saudade était infinie. Existerait-il, à propos, une saudade qui ne soit pas infinie ?

La rêverie qui moi m'occupe est bien différente. Je ne crie ni ne déambule dans la maison. Mais il n'y a pas une nuit où je ne rêve que je suis mère. Et aujourd'hui encore j'ai rêvé que j'étais enceinte. La courbe de mon ventre rivalisait avec la rondeur de la Lune. Cette fois, cependant, c'est l'inverse d'un accouchement qui s'est produit : c'est mon fils qui m'expulsait moi. C'est peut-être ce que font les bébés au moment de naître : ils se protègent de leurs mères, ils se déchirent de ce corps indistinct et unique. Eh bien mon fils rêvé, cette créature sans visage et sans nom, se débarrassait de moi, en spasmes violents et douloureux. Je me suis réveillée en sueur et avec de terribles douleurs dans le dos et aux jambes.

Après j'ai compris : ce n'était pas un rêve. C'était une visite de mes ancêtres. Ils apportaient un message : ils me mettaient en garde, car moi, du haut de mes quinze ans, je tardais à être mère. À Nkokolani, toutes les jeunes filles de mon âge étaient déjà tombées enceintes. Moi seule semblais condamnée à une sèche destinée. Finalement, je n'étais pas seulement une femme sans nom. J'étais un nom sans personne. Un paquet vide. Vide comme mon ventre.

Dans notre famille, chaque fois qu'un enfant naît, on ne ferme pas les fenêtres. Au contraire de ce que fait le reste du village : même au plus fort de la chaleur, les autres mères emmaillotent les bébés dans des linges épais, se murant dans le noir de la chambre. Dans notre maison, non : portes et fenêtres demeurent grand ouvertes jusqu'au premier bain du nouveau-né. Cette exposition pénible est finalement une protection : la jeune créature est imprégnée de lumières, de bruits et d'ombres. Il en est ainsi depuis la naissance du Temps : seule la Vie nous défend du vivre.

En ce matin de janvier 1895, les fenêtres que j'avais laissées ouvertes laissèrent croire qu'un enfant venait de naître. Une fois de plus, j'avais rêvé que j'étais mère et une odeur de nouveau-né imprégnait toute la maison. Progressivement, j'entendis le bruit traînant et syncopé d'un balai. Je n'étais pas la seule à me réveiller. Cette douce rumeur réveillait la maison entière. C'était notre mère qui prenait soin de nettoyer la cour. J'allai à la porte et restai à la regarder, élégante et maigre, dans un balancement voûté comme si elle dansait et, ainsi, devenait poussière.

Les Portugais ne comprennent pas notre soin à balayer autour des maisons. Pour eux, seul balayer l'intérieur des édifices a un sens. Il ne leur vient pas à l'esprit de passer le balai sur le sable du terrain. Les Européens ne comprennent pas : pour nous, l'extérieur est encore l'intérieur. La maison ce n'est pas l'édifice. C'est le lieu béni par les morts, ces habitants qui ignorent portes et murs. C'est pour cela qu'on balaye le terrain. Mon père n'a jamais été d'accord avec cette explication, trop recherchée selon lui.

– On balaye le sable pour une autre raison, bien plus pratique : nous voulons savoir qui est entré et sorti pendant la nuit.

Ce matin-là, l'unique empreinte était celle d'un simba, ces félins qui, dans le silence de la nuit, flairent nos poulaillers. Ma mère alla vérifier les poules. Aucune ne manquait. L'insuccès du félin s'ajoutait à notre échec : à la vue de l'animal, il était aussitôt chassé. La peau tachetée des genettes était convoitée comme marque de prestige. Il n'y avait pas de plus beau cadeau pour plaire aux grands chefs. Surtout aux commandants de l'armée ennemie qui s'ornementaient jusqu'à perdre leur forme humaine. C'est à cela que servent les uniformes : à éloigner le soldat de son humanité.

Le balai corrigea fermement l'audace nocturne. Le souvenir du félin s'effaça en quelques secondes. Puis ma mère prit par les sentiers pour recueillir l'eau du fleuve. Je restai à la regarder s'évanouir dans la forêt, élégante et droite dans ses tissus bariolés. Ma mère et moi étions les seules femmes à ne pas mettre les sivanyula, les pagnes en écorce d'arbre. Nos vêtements, achetés à la cantina* du Portugais, couvraient nos corps mais nous exposaient à la jalousie et à la convoitise des hommes.

Quand elle arriva au fleuve ma mère frappa dans ses mains, demandant la permission de s'approcher. Les fleuves sont les demeures des esprits. Penchée sur la rive, elle examina son bord pour se prémunir de l'embuscade d'un crocodile. Tout le monde dans le village croit que les grands lézards ont des "maîtres" et qu'ils obéissent uniquement à leurs ordres. Chikazi Makwakwa recueillit l'eau, le bec de la cruche tourné vers l'embouchure pour ne pas contrarier le courant. Alors qu'elle s'apprêtait à rentrer à la maison, un pêcheur lui offrit un beau poisson qu'elle emballa dans un tissu qu'elle portait noué à la taille.

Tout près de la maison l'imprévu se produisit. De la brousse épaisse fit irruption un groupe de soldats vanguni. Chikazi recula de quelques pas tout en pensant : j'ai échappé aux crocodiles pour me jeter dans la gueule de monstres encore plus féroces. Depuis la guerre de 1889, les troupes de Ngungunyane ne rôdaient plus sur nos terres. Quelques années durant, nous avions goûté la Paix, pensant qu'elle durerait toujours. Mais la Paix est une ombre sur un sol de misère : il suffit que le Temps advienne pour qu'elle disparaisse.

Les soldats cernèrent notre mère et virent aussitôt qu'elle les comprenait quand ils parlaient en txizulu. Chikazi Makwakwa était née en terres du Sud. Sa langue d'enfance était très proche de celle des envahisseurs. Ma mère était une Mabuingela, ceux qui marchent en tête pour nettoyer la rosée des hautes herbes. C'était le nom que les envahisseurs donnaient aux gens dont ils se servaient pour ouvrir les chemins dans la savane. Mes frères et moi étions le produit de ce mélange d'histoires et de cultures.

Des années plus tard, les intrus revenaient avec la même arrogance menaçante. Rasseyant des peurs ancestrales, ces hommes cernaient ma mère avec l'étrange ivresse que les adolescents n'éprouvent qu'à la force du nombre. Le dos tendu de Chikazi soutenait, avec vigueur et élégance, la charge d'eau sur sa tête. Elle affichait ainsi sa dignité contre la menace des étrangers. Les soldats perçurent l'affront et sentirent, encore plus vive, l'urgence de l'humilier. Sur-le-champ ils renversèrent la cruche et célébrèrent en criant la façon dont elle se brisa sur le sol. Et ils rirent, en voyant l'eau tremper le corps maigre de cette femme. Puis les militaires déchirèrent sans effort ses vêtements, depuis longtemps transparents et râpés.

– Ne me faites pas de mal, implora-t-elle. Je suis enceinte.

– Enceinte ? Avec tout cet âge ?

Ils examinèrent la petite proéminence sous les tissus, où elle gardait secrètement le poisson offert. Et, à nouveau, le doute lui fut craché au visage.

– Enceinte ? Toi ? Combien de mois ?

– Je suis enceinte de vingt ans.

Voilà ce qu'elle eut envie de dire : que ses enfants n'étaient jamais sortis d'elle. Qu'elle gardait dans son ventre ses cinq enfants. Mais elle se retint. Elle glissa plutôt ses mains sous ses vêtements en quête du poisson enveloppé. Les soldats la regardèrent parcourir les endroits secrets de son corps sous son pagne, que nous appelons capulana. Sans que nul ne s'en aperçût, elle saisit de sa main gauche la proéminente épine dorsale du poisson et l'utilisa pour couper le poignet de sa main droite. Elle laissa le sang couler puis elle entrouvrit les jambes comme si elle accouchait. Elle retira le poisson de sous les tissus comme s'il émergeait de ses entrailles. Ensuite, elle brandit le poisson dans ses bras couverts de sang et proclama :

– Voici mon fils ! Mon petit garçon est né !

Les soldats vanguni reculèrent, épouvantés. Ce n'était pas une simple femme. C'était une noyi, une féticheuse. Et elle n'aurait pu engendrer de descendance plus sinistre. Un poisson était, pour les occupants, un animal tabou. À l'animal interdit s'ajoutait, à cet instant, la plus grave des impuretés : du sang de femme, cette souillure qui pollue l'Univers. Cette huile épaisse et sombre coula le long de ses jambes jusqu'à obscurcir la terre tout autour.

Le récit de cet épisode perturba les troupes ennemies. On dit que beaucoup de soldats désertèrent, redoutant le pouvoir de la féticheuse qui accouchait de poissons.

Et ce fut les vêtements et l'âme déchirés que ma mère se présenta à la maison autour de midi. Sur le seuil elle raconta ce qui s'était passé, sans pleurs ni émotion. Le sang coulait de son poignet comme si le récit était épelé goutte à goutte. Mon père et moi l'écoutions sans savoir comment réagir. À la fin, se lavant les mains, ma mère murmura d'une voix méconnaissable :

– Il faut faire quelque chose.

Mon père, Katini Nsambe, fronça le sourcil et argumenta : rester tranquille et se taire était la meilleure façon de répondre. On était une nation occupée et il convenait de passer inaperçus. Nous, les Vatxopi, avions perdu la terre qui était la nôtre et celle de nos ancêtres. Bientôt les envahisseurs fouleraient le cimetière où nous enterrions les placentas et les étoiles.

Ma mère réagit fermement : C'est la taupe qui vit dans le noir. Mon père secoua la tête et riposta en sourdine :

– J'aime le noir. Dans le noir on ne remarque pas les défauts du monde. Une taupe, c'est ce que j'ai toujours rêvé d'être. Vu l'état du monde, on ne peut que rendre grâce à Dieu d'être aveugles.

Agacée, ma mère soupira bruyamment tandis qu'elle se penchait sur le feu pour remuer l'ushua*. Elle mouilla le bout de son doigt, faisant mine de tester la chaleur de la marmite.

– Un jour, je serai comme la taupe. Toute la terre me recouvrira, chuchota mon père avec une peine anticipée du destin annoncé.

– Ça, ce sera le cas de tout le monde, dit mame.

– Bientôt je partirai aux mines. Je vais faire comme mon père, je vais m'en aller d'ici et faire ma vie en Afrique du Sud. C'est ça que je vais faire.

Ce n'était pas une annonce. C'était une menace. Il retira de sa poche une pincée de tabac et une vieille feuille. Avec des soins méticuleux, il se mit lentement à rouler une cigarette. Aucun noir dans tout le village ne pouvait se vanter de fabriquer ainsi ses propres cigarettes. Il était le seul. Avec un air de roi, il s'approcha du feu et prit une braise pour allumer sa cigarette. Puis, très droit et le menton levé, il souffla la fumée sur le visage indifférent de son épouse.

– Toi, ma Chikazi chérie, tu insultes les taupes sachant que cela offense mon défunt père.

Ma mère fredonna une vieille chanson, un ngodo traditionnel. C'était une lamentation de femme, se plaignant d'être née déjà veuve. Froissé, mon père se retira bruyamment.

– Je m'en vais d'ici, déclara-t-il.

Il voulait montrer qu'il était blessé, sa femme n'était pas la seule qui saignait. Il se sépara de son ombre même et se retrancha auprès de la grande termitière ; il croyait, par son absence, se rendre plus visible.

Après, on le vit encore faire le tour de la maison pour, enfin, s'éloigner en direction de la vallée. La faible incandescence de sa cigarette s'éteignit peu à peu dans le noir, comme si c'était la dernière des lucioles de ce monde.

Nous restâmes assises, ma mère et moi, à tricoter des silences dont seules les femmes sont capables. Ses doigts maigres ratissaient le sable comme s'ils confirmaient une intimité avec le sol. Sa voix avait un accent de terre quand elle demanda :

– Tu as rapporté du vin, de chez le Portugais là-bas ?

– Il reste encore quelques bouteilles. Vous avez peur que tate vous batte ?

– Tu sais comment c'est : il boit, il tape.

Mystère sans entendement : la façon dont mon père conciliait en lui tant d'âmes opposées. Sobre, sa délicatesse était celle d'un ange. Dans le brouillard de l'alcool, il se transformait en la plus maléfique des créatures.

– C'est incroyable comment tate ne s'est jamais douté que vous mentiez.

– Et je mens ?

– Bien sûr que vous mentez. Quand il vous bat et que vous pleurez de douleur. Vous ne mentez pas ?

– Cette maladie est un secret, ton père ne doit pas avoir de soupçons. Quand il me bat, il croit que mes larmes sont vraies.

La maladie était congénitale : Chikazi Makwakwa ne ressentait pas la douleur. Ses mains et ses bras, marqués par des séries de brûlures, déconcertaient son mari. Il croyait cependant que cette insensibilité résultait des amulettes commandées à sa belle-sœur Rosi. Moi seule savais que c'était une infirmité de naissance.

– Et l'autre douleur, mame ?

– Laquelle ?

– La douleur de l'âme.

Elle rit, haussant les épaules. Quelle âme ? Quelle âme lui restait-il après la mort de deux filles et le départ de ses deux fils ?

– Votre mère aussi était battue ?

– Grand-mère, arrière-grand-mère et arrière-arrière-grand-mère. C'est comme ça depuis que la femme est femme. Prépare-toi à être battue toi aussi.

Une fille ne conteste pas les certitudes des anciens. J'imitai son geste et dans le creux de ma main, je retins une poignée de sable que je laissai ensuite filer en ruisselet. Ce sable rouge était, dans la coutume de notre peuple, la nourriture des femmes enceintes. Le gâchis de mon existence s'écoulait entre mes doigts. Chikazi Makwakwa interrompit mes pensées :

– Tu sais comment est morte ta grand-mère ? Et elle n'attendit pas la réponse : Foudroyée par un éclair. C'est comme ça qu'elle est morte.

– Et pourquoi pensez-vous à ça maintenant ?

– Parce que c'est comme ça que je veux mourir aussi.

C'était son dénouement désiré : sans corps, sans poids, sans reste à ensevelir. Comme si une mort non soufferte éteignait la souffrance de toute une vie.

Toutes les fois qu'une tempête éclatait, notre mère sortait en courant dans les champs et restait là, les bras levés, imitant un arbre sec. Elle attendait la décharge finale. Cendres, poussières et suie : c'était ce qu'elle rêvait de devenir. C'était là son destin désiré : devenir une poudre indistincte, légère, tellement légère que le vent la ferait voyager de par le monde. Mon précédent nom trouvait sa raison dans ce désir de ma grand-mère. Voilà ce que ma mère voulut me rappeler.

– J'aime Cendre, dis-je. Cela me rappelle les anges, je ne sais pas pourquoi.

– Je t'ai donné ce nom pour te protéger. Quand on est cendre rien ne peut nous faire de mal.

Les hommes pourraient bien me battre. Jamais personne ne me blesserait. C'était là l'intention de ce baptême.

Ses mains grattaient le sol : quatre rivières de sable filaient entre ses doigts. Je restai silencieuse, ensevelie par la poussière qui sourdait de ses mains.

– Maintenant, va chercher ton père. Il est jaloux de nous.

– Jaloux ?

– De moi, parce que je ne lui donne pas toute mon attention ; de toi parce que tu as été élevée par les prêtres. Tu appartiens à un monde où il ne pourra jamais entrer.

Les hommes sont comme ça, expliqua-t-elle : ils ont peur des femmes quand elles parlent et encore plus peur quand elles se taisent. Je devais comprendre : mon père était un homme bon. Il avait juste peur de ne pas être à la hauteur des autres hommes.

– Ton père est sorti d'ici fâché. Apprends une chose, ma fille. Ce qu'une femme peut dire de pire à un homme, c'est qu'il doit faire quelque chose.

– Je vais chercher tate.

– N'oublie pas le vin.

– Ne vous inquiétez pas, mame. J'ai déjà caché les bouteilles.

– Au contraire, ma fille. Emporte une bouteille, pour qu'il boive !

– Vous n'avez pas peur qu'il vous batte ensuite ?

– Ce vieux têtu ne peut pas dormir dans la brousse. Ramène-le sobre ou soûl. Pour le reste on verra.

Puis ma mère rentra dans sa tristesse, comme un animal domestique regagne son étable. Déjà en chemin, elle dit encore :

– Demande-lui qu'on aille vivre à Makomani, demande-lui qu'on retourne près de la mer. Toi il t'écoute. Demande-lui, Imani, pour l'amour du Ciel !

2
Première lettre du sergent

Lourenço Marques*, le 21 novembre 1894
Votre Excellence Monsieur le Conseiller José d'Almeida,

L'humble subordonné de Votre Excellence vous écrit, sergent Germano de Melo, détaché pour commander le poste de Nkokolani et représenter les intérêts des Portugais à cette frontière avec l'État ennemi de Gaza. C'est la première fois que j'adresse un rapport à Votre Excellence. Je veillerai à ne pas vous assommer en me restreignant aux faits dont je pense que Votre Excellence doit avoir connaissance.

Je suis arrivé à Lourenço Marques le jour précédent l'attaque de la ville par les rebelles landins*.

Cela a eu lieu à l'aube : des coups de feu ont retenti et en ville, les noirs, les Indiens et les blancs étaient en ébullition. Je me trouvais installé dans la pension d'une Italienne, en plein cœur de la localité. Les hôtes ont frappé à la porte de ma chambre exigeant de moi, à coups de hurlements et de pleurs, que je les défende à l'entrée de l'auberge. Ils m'avaient vu entrer la veille au soir en uniforme et armé. J'étais un ange tombé du ciel pour les protéger.

La propriétaire de l'auberge, une Italienne répondant au nom de dona Bianca, a pris la situation en main ; elle a rassemblé les pensionnaires effrayés dans un grenier et les y a enfermés à clé. Puis, elle a fait en sorte que je l'accompagne sur une terrasse d'où l'on voyait la majeure partie de la ville. Ici et là s'élevaient des colonnes de fumée, plus près de l'estuaire retentissaient des coups de feu et des explosions. Il était perceptible que notre opposition à l'invasion des natifs était quasi inexistante.

Très rapidement, l'unique foyer de résistance fut la Forteresse. Les assaillants – qui étaient landins et non vátuas* comme on persiste à le dire dans les parages – manœuvraient librement dans les rues. Après avoir défait toutes les lignes de défense de la

* Aujourd'hui Maputo.

ville, ils ont pillé les magasins, mis à sac les marchés, et s'ils n'ont pas tué davantage de gens, c'est qu'ils ne l'entendaient pas de la sorte. Nous, à l'auberge, avons échappé à la razzia des Cafres car ceux-ci croyaient que tous les Portugais s'étaient réfugiés dans la Forteresse.

Depuis la terrasse où nous voyions venir notre fin, j'ai assisté à une scène qui m'a beaucoup impressionné : entre les épais rideaux de fumée ont surgi deux chevaux au galop. Deux Portugais les montaient, l'un en uniforme et l'autre en civil. C'est ce dernier qui a le plus attisé ma curiosité à cause d'un bras manquant, il se maintenait sur sa monture à la seule force des jambes. De la main qui lui restait, il tenait les rênes et empoignait une arme avec laquelle il tirait plus ou moins au hasard. La propriétaire de la pension l'identifia comme étant Silva le Manchot, un déserteur qui avait fui au Transvaal où il avait été victime d'un accident alors qu'il manipulait une charge de dynamite. Il était revenu au Mozambique et, grâce à des actes de bravoure avérés, on lui avait pardonné son crime de désertion.

À la suite de ce Silva suivait le militaire montant un cheval blanc qui évoluait au trot, beaucoup plus posément. Sitôt la distance installée entre les deux cavaliers, le fringant militaire fut cerné par une horde de noirs brandissant lances et boucliers. Désespéré, l'homme tira plusieurs coups de feu jusqu'à épuisement des balles. Constatant que le cercle se resserrait et pressentant la fin qui l'attendait, le cavalier se tira une balle dans la tête. Effrayé par le coup de feu, le cheval accéléra le trot, en ruades. Plus loin, il ralentit la marche, permettant au cavalier, quasi dépourvu de tête, de se maintenir en selle, le sang coulant à flots comme une source abondante. Et le cheval progressa ainsi lentement jusqu'à disparaître au milieu des brumes. Il me vint à l'esprit que cette marche funèbre se poursuivrait en dehors de la ville et se perdrait dans le sertão* africain jusqu'à ce que le corps du suicidé ne soit guère plus qu'un squelette se balançant sur la selle de l'animal solitaire.

Les tirs de canon me réveillèrent de ces délires funestes. C'étaient nos navires qui, de la baie d'Espírito Santo, bombardaient la localité. C'était là notre dernière défense. Et cela a porté ses fruits, grâce à Dieu. Les Cafres ont fini par reculer, laissant derrière eux une traînée de destruction et de chaos.

Notons, toutefois, le non-sens : pour nous libérer d'un ennemi nous avons dû bombarder notre propre ville, l'une des plus grandes bourgades sur la côte orientale portugaise. La pension où je me trouvais a été victime de l'un de ces boulets de canon. Près du mur détruit, la propriétaire de l'établissement a pleuré de désespoir, sachant qu'elle ne pourrait demander réparation à quiconque pour ces dégâts. Bianca a pleuré si abondamment qu'elle ne s'est pas rendu compte qu'auprès de ce mur détruit gisait le corps d'un soldat portugais. Je me suis agenouillé à ses côtés pour le couvrir d'un linge. Et j'ai vu qu'il avait, tatoué sur l'avant-bras, un cœur traversé des mots : "Amour de mère !" Ce tatouage m'a davantage ému que la vision du mort.

Votre Excellence disposera de rapports plus concis sur cette disgrâce qui s'est abattue sur Lourenço Marques. Je vous suggère de chercher à connaître les véritables causes qui ont provoqué la révolte des regulados* autour de la ville. Cependant, ne vous en tenez pas aux sources habituelles. J'ai su par des voies détournées que le Commissaire Royal en personne a demandé un rapport au missionnaire suisse du nom de Henri Junod. Ce rapport a été élaboré à partir des témoignages de noirs chrétiens qui invoquent, à l'origine de la révolte, des raisons qui ne nous sont pas très favorables. Je suggère à Votre Excellence de consulter ce rapport.

Quelle que soit la véritable explication, le fait est que j'ai inauguré de la pire manière ma présence en Afrique. Sur la terrasse de l'auberge, l'Italienne m'a fait voir en un rien de temps ce que je soupçonnais déjà : nos possessions que, si pompeusement, nous appelons "Terres de la Couronne", se trouvent vouées à l'incurie et à l'immoralité. Dans la plupart de ces territoires, nous n'avons jamais réellement assis notre présence au cours de ces siècles. Et sur les terres où nous avons marqué notre présence, c'est encore plus grave, nous avons en effet presque toujours été représentés par des proscrits et des criminels. Il n'existe, chez nos officiers, aucune conviction que nous soyons capables de vaincre Gungunhane et son État de Gaza.

Le nouveau Commissaire Royal, António Enes, a une mission ô combien difficile, cerné par les adversaires et les adversités. Le Commissaire est mal vu par la plupart des militaires, qui lui trouvent la simple compétence d'un civil, de surcroît écrivain et journaliste. De l'autre côté, du Terreiro do Paço à Lisbonne, notre Commissaire n'obtiendra ni appui ni réponse. Les monarchistes sont beaucoup trop occupés à survivre. Et les conseillers militaires que le ministère de la Marine et des Colonies lui ont attribués ne connaissent rien à l'Afrique. Heureusement que nous avons des personnes comme Votre Excellence, avec des années d'expérience au Mozambique, en Angola et en Guinée. Je vous demande, en toute humilité, de ne pas me laisser sans votre conseil permanent et précieux.

À cause de toutes ces inquiétudes, je pars à Nkokolani avec le cœur serré, à plus de cinq cents milles d'ici, dans ce vaste sertão d'Inhambane. J'espère que les promesses de transformer ce poste inachevé en véritable caserne seront tenues. Et j'ai foi qu'on m'envoie un contingent d'angolas* afin que je puisse exercer mes fonctions rapidement et parfaitement.

L'Italienne – qui connaît intimement bon nombre de nos officiers – m'a dit que je devais oublier les promesses qui m'ont été faites. Car, d'après elle, je ne suis un militaire qu'en apparence. Pour en arriver à cette certitude, la sérénité de mon regard lui a suffi, selon ses dires. Son inconstance mise à part, la vérité est que dona Bianca a formulé d'autres raisons à son jugement hâtif. Elle m'a demandé de qui je relevais et j'ai pris la liberté de lui dire que le Conseiller José d'Almeida était le supérieur à qui je rendais des comptes. Elle a ri. Et a ensuite commenté avec un certain cynisme : Vous ne tirerez jamais un coup de feu. Et vous aurez de la chance si on ne vous tire pas dessus !

Et elle a ajouté qu'elle connaissait d'autres cas où le poste militaire promis s'était fait éternellement attendre. Au moment de partir, l'Italienne a promis de me rendre visite à Nkokolani. Elle ferait ce voyage car elle savait que Mouzinho avait été détaché dans le régiment d'Inhambane. Elle désirait revoir ce cavalier, comme si sa vie n'avait pas d'autre destin.

J'ai pensé à la prophétie de Bianca et je crains qu'elle n'ait un certain fondement. Tout le monde ici connaît mon passé républicain, tout le monde connaît la raison de ma présence en terres africaines. Ma participation à la révolte du 31 janvier, dans la ville de Porto*, n'est pas non plus un secret pour dona Bianca. Je ne peux pas me plaindre de la peine qu'on m'a infligée, devant le verdict réservé à la majorité des insurgés, incarcérés à perpétuité. Dans mon cas, ils ont opté pour la déportation dans le sertão reculé d'Inhambane. Ils ont misé sur l'espoir que j'y trouverais une prison sans barreaux et donc plus asphyxiante que n'importe

---

* 31 janvier 1891 : révolte des républicains contre la monarchie.

quelle autre geôle. Ils ont eu, néanmoins, la prudence de me confier une fausse mission militaire. L'Italienne a entièrement raison : à l'intérieur de cet uniforme il n'y a pas de soldat. Il y a un proscrit qui, malgré tout, accepte la charge de ses devoirs. Je n'ai pourtant aucune raison de donner ma vie pour ce Portugal mesquin et vieilli. Pour ce Portugal qui m'a fait quitter le Portugal. Ma patrie est autre et elle est encore à naître. Je sais combien ces effusions outrepassent le ton qui devrait guider ce rapport. Mais j'espère que Votre Excellence comprendra la solitude absolue dans laquelle je me trouve et comment cet isolement commence à m'ôter la capacité de discernement.

Uniquement en guise de remarque finale : ce matin, le Commissaire Royal m'a reçu au cours d'un bref entretien de courtoisie. Bien qu'avare de ses mots, le Commissaire António Enes a confié qu'il s'appuyait sur deux cadres de confiance qu'il a choisis pour travailler au Mozambique : le capitaine Freire de Andrade et le lieutenant Paiva Couceiro. Il en est même venu à annoncer qu'immédiatement après notre rencontre, ses deux fidèles conseillers et lui allaient tracer le fameux Plan d'Action pour les Districts du sud de la colonie. Ni Ayres de Ornelas ni Eduardo Costa n'ont été conviés. J'ai trouvé dans ce détail matière à porter à la connaissance de Votre Excellence.

Bien que soucieux, la joie a brillé un instant sur le visage d'António Enes, en un scintillement très bref derrière ses lunettes qui ne dissimulent pas le léger strabisme dont il souffre. Cette joie est devenue patente quand il a exhibé un télégramme de Paiva Couceiro révélant que la localité de Marracuene avait été rebaptisée Vila Luiza, en hommage à la chère fille du Commissaire. Le même éclat s'est allumé dans son âme quand il a rappelé que, plus au nord, nous avions fondé un hameau du nom de la reine Dona Amélia. À ce qu'il semblerait, parmi toutes les personnalités de Lisbonne, seule la reine se soucie d'encourager le Commissaire livré à lui-même. De notre roi et d'autres éminences lisboètes ne parvient pas un mot de réconfort. Pauvre royaume que le nôtre qui ne règne ni ici ni au Portugal. Pauvre Portugal.

Pardonnez, Excellence, ce long et triste cortège de confessions d'ordre personnel. Je pense que vous comprendrez que je vois en Votre Excellence la figure tutélaire d'un père qui, je l'avoue, m'a toujours manqué.

3
La page du sol

> Voici le piège de la gloire : plus la victoire sera grande, plus le héros sera poursuivi et cerné par le passé. Ce passé dévorera le présent. Peu importe combien de décorations il aura reçues ou viendra à recevoir : à la fin, il lui restera pour seule médaille la triste et fatale solitude.

Les ombres étaient déjà étendues quand je partis à la recherche de mon père, un panier sous le bras où glougloutait une bouteille de vin, sur l'étiquette de laquelle on pouvait lire en grosses lettres : *Vin pour le nègre*. La pleine lune éclairait le paysage endormi. Mes pieds décalquèrent sur le sable les empreintes récentes du vieux Katini. Qui d'autre, au village, portait des bottes ? Qu'il se fût éloigné aussi loin m'étonna peu à peu. Mon appel, tremblant, s'évanouissait sans écho ni réponse :

– Tate ! Tate !

Je parvins enfin à un champ à perte de vue. On aurait dit une terre de labour. Confirmant la vocation du paysage, mon père était là occupé à ratisser la terre. Les hommes vatxopi sont les seuls qui labourent la terre, côte à côte avec leurs femmes. Mon père, en vérité, labourait mais dans l'alambic.

En arrivant à proximité, je remarquai : ce qui plus tôt avait l'air d'une bêche était finalement un bâton à la pointe aiguisée. Il ne bêchait pas, il sillonnait uniquement le sol comme s'il dessinait sur une toile infinie.

– Je suis en train d'écrire, dit-il, me sentant proche.

– D'écrire ?

– Il n'y a pas que toi qui écris…

– Et qu'est-ce que vous écrivez autant, tate ?

– Ce sont les noms de tous ceux qui sont morts à la guerre.

Je regardai le sol et vis que la terre qu'il avait retournée s'étendait au-delà de l'horizon. Toutefois, malgré l'intense clair de lune, les gribouillis sur le sable étaient illisibles.

– Et qui est-ce qui lira tout ça ?
– Dieu !
Il désigna le rien avec son bâton, geste vague, plus indistinct que sa propre voix. Il répéta, en balbutiant : Dieu ! Dieu me lira ! Il tourna sur lui-même pour ensuite s'asseoir par terre, renversé par un coup invisible.
– Ta mère celle-là…
Il ne termina pas sa phrase. Il devint aveugle aux mots. Cet aveuglement l'attaquait chaque fois qu'il voulait parler de sa femme. Il mâchonna le silence comme si c'était un fruit amer. Et il ne bougea plus, immobile et vaincu.
Des nuages passagers assombrirent la lune. Les noms des morts, répertoriés par terre, avaient été engloutis par le noir quand mon père parla de nouveau :
– Tu es venue me chercher ? Eh bien dis à ta mère que je ne rentrerai pas. Elle doit apprendre à avoir du respect. Je suis son mari. En plus de ça, je suis le plus vieux des Nsambe.
– Je vous ai apporté ça, tate, c'est mame qui m'a demandé de vous le remettre. Et je lui ai tendu la bouteille de vin.
Un éclat illumina son visage. Avec les dents il arracha le bouchon et, avec de cérémonieuses lenteurs, il versa les premières gouttes sur le sable. Puis il se servit avec une volupté bruyante. Et il but comme si boire était la seule chose à faire sur cette terre. Ses mains osseuses faisaient tourner infiniment la bouteille comme si elles voulaient étourdir le vin encore au berceau. Sur l'étiquette maison, les lettres s'effaçaient déjà et il ne restait plus que le mot "nègre". Mon père n'avait pas de couleur, mais à mesure qu'il buvait, il devenait de plus en plus sombre. J'eus peur qu'il ne fût aussi absorbé par la nuit. Je lui tendis la main pour le sauver. Quand il sentit mes doigts, il demanda :
– Tu as peur, Imani ?
Je fis signe que oui. Ému, il voulut me rasséréner. Étais-je comme ma mère, dans la crainte qu'il ne boive trop ?
– Je suis un ivrogne, tout le monde le dit. Que crois-tu que je bois, toi qui me connais ?
– Je ne sais pas, tate. Vous buvez du vin, du nsope. Vous buvez tellement de choses.
Tellement de choses c'était encore très peu. Le vieux Katini buvait tout. Une fois il avait ingéré un flacon entier d'eau de Cologne qu'il avait volé chez le sergent. On avait dû le ranimer et

son haleine sucrée avait empesté la nuit. À ce qu'il semble, il avait une appréciation bien différente :

– Je suis un homme solitaire et craintif. Ta mère ne comprend pas. Je ne bois que des gens. Je bois le rêve des autres.

Dans notre famille, l'alcool avait des racines très très anciennes : nous buvions pour échapper à un endroit. Et nous devenions ivrognes parce que nous ne savions pas échapper à nous-mêmes.

Enfin, mon vieux céda au sommeil. Je me blottis contre son corps, ignorant l'odeur d'alcool qu'il exhalait. Je cherchais en lui une protection, mais il se produisait l'inverse : c'était lui le plus fragile, le plus désarmé de nous tous.

Une bande de hyènes s'enhardit et cerna notre refuge. Les bêtes nous font d'autant plus peur qu'elles ressemblent aux humains. Et les hyènes avaient l'air bien plus ivres que mon père.

Le chœur effrayant des quizumbas dut produire un effet d'alarme dans les domaines souterrains de Katini. La vérité est qu'il se réveilla ensommeillé. Il se rendit dans la forêt et, me tournant le dos, il urina longuement. Il n'obéissait pas seulement à une nécessité physiologique. Il marquait avec l'urine les limites de son petit empire. Puis il gesticula vigoureusement et poussa quelques hurlements. Les hyènes s'éloignèrent avec leurs rires de commères médisantes.

Celui qui connaît les nuits de mon pays sait que, lorsque les cigales se taisent, une autre nuit commence. Cet autre noir est si épais que les rêves perdent leur chemin. Mon père écouta ce silence et dit :

– C'est maintenant que Dieu s'est endormi.

– Allons-y, tate. On va rentrer à la maison. J'ai peur.

– D'abord, laisse-moi m'occuper du dernier.

– Quel dernier ?

– Le dernier des morts.

Avec un soin accru, il griffonna le nom de son père, grand-père Tsangatelo. Un frisson parcourut mon âme et je me précipitai, avec mon désespoir, pour emprisonner ses longs bras :

– Ne faites pas ça, tate.

– Tais-toi, Imani. C'est une cérémonie, tu n'as même pas l'âge d'être ici…

– Grand-père n'est pas mort !
– Il est mort. Il n'y a pas de doute.
– Quelqu'un a vu le corps ?
– Dans les mines il n'y a pas de corps. Tout est terre, pierres, et gens, vivants et morts : que de la terre, dans la terre.

Il murmurait une sorte de litanie quand nous fûmes surpris par des voix venues de la forêt. En quelques secondes une demi-douzaine d'hommes nous encerclèrent en criant en txizulu. Ils n'avaient pas besoin de parler : leurs oreilles percées et leurs couronnes de cire attachées à leurs cheveux disaient bien leur identité. C'étaient des militaires vanguni et leur intention de nous effrayer était claire. Mon père me chuchota :

– Tu avais peur des bêtes ? Eh bien les vraies hyènes viennent d'arriver.

Notre plus grande crainte était qu'il s'agisse des timbissi, les brigades malfamées que l'empereur utilisait pour ses carnages. Timbissi est le mot zoulou pour nommer les hyènes. Cependant ceux qui nous embusquaient n'arboraient pas les ornements typiques du maudit bataillon : deux cornes de chevreau accrochées à la poitrine. Heureusement pour nous, les assaillants n'étaient guère plus que de simples soldats. Ils venaient collecter les impôts qu'ils disaient leur être dus. Le plus corpulent, doutant qu'on l'ait compris, tendit la main tout près du visage de Katini et déclara :

– Écoute, espèce de chien : nous sommes ici pour prendre les peaux.
– Pour qui sont ces peaux ?
– Et pour qui devraient-elles être ? Pour le maître des terres, l'empereur Ngungunyane.
– Mais nous avons déjà donné les peaux.
– À qui ?
– Aux blancs.
– Quels blancs ?
– Les Portugais.
– Les Portugais ne commandent plus ici.
– On ne savait pas. L'intendant portugais qui est venu collecter les peaux était là. Maintenant, on n'a plus de peaux. À moins que vous ne vouliez notre propre peau.

– Cherchez bien. Ça ne plaira pas à Ngungunyane d'apprendre que vous avez désobéi. Et cette petite, s'enquit le soldat, me montrant du doigt, cette petite à qui est-elle ?

Les soldats me cernèrent et se mirent à me pousser et à me palper les cuisses. À ma surprise mon père s'interposa, la poitrine tellement vaste et les bras tellement ouverts qu'il me parut une de ces murailles qui protégeaient notre village.

– Cette jeune fille est ma fille !

– C'est peut-être ta fille, mais son corps a déjà commencé à percer. En fin de compte, que faisiez-vous tous les deux dans le noir ?

– Personne ne touche à ma fille !

L'attitude de Katini Nsambe, dans une colère croissante, était un affront inacceptable. L'un des Vanguni marcha sur nous, la haine reflétée sur son visage. L'homme grognait tandis qu'il prenait de l'élan pour bourrer mon petit vieux de coups de pied. Ce fut alors que, soudain, le soldat trébucha et s'écroula démuni sur le sol. Il se débattit un moment sur le sable sans réussir à se relever. Les autres durent l'aider à se remettre. Je m'aperçus alors que l'agresseur était tombé en foulant le sol où les noms étaient écrits. Les autres Vanguni remarquèrent également quelque chose d'étrange sur ces sables. À l'unisson ils piétinèrent la terre violemment. Et, braquant de nouveau les yeux sur mois, ils affirmèrent :

– La prochaine fois on emmènera ce cadeau pour Ngungunyane. Vous êtes au courant : Ngonyamo* a une vierge à chaque endroit. Ou faut-il le rappeler ?

Ils crachèrent par terre et disparurent en vociférant des insultes. Sur le sable, la salive bouillonna en malédiction empoisonnée. Au loin, on entendit encore les éclats de rire des militaires. Il n'y avait pas de doute : c'étaient des hyènes. Ou pire encore : ils étaient de ces créatures qui ne se sentent vivantes que dans l'ivresse de tuer.

Quand enfin nous fûmes seuls, mon vieux, pris de rage, décupla de taille, il tourna sur la pointe des pieds et cria en portugais :

– Vous avez peut-être des armes, mais moi j'ai tout ce sol où j'écris le nom des morts. Faites attention…

Il grommela pour lui-même, comme s'il mâchonnait du poison : Sales diables, vous n'avez même pas de nom pour dire “papier” dans votre langue. Et s’appuyant sur son bâton, il reprit vite le chemin de la maison. Le pas pressé, je le suivis par les sentiers mouillés de rosée.

– Ne parle pas de ces événements chez nous, cela ne fera que tourmenter ta mère et augmenter les appétits guerriers d’oncle Musisi.

Un moment, j’ai pensé que ce ne serait pas si mal qu’ils m’enlèvent. Et m’emmènent là où un roi me choisirait pour épouse. Enfin, je serais femme. Enfin, je serais mère. Et en tant que reine et que mère j’aurais des pouvoirs sur les Vanguni. Et j’apporterais la paix à nos nations. Mes frères rentreraient à la maison, mes sœurs reviendraient à la vie, ma mère cesserait d’errer somnambule dans le noir.

Peut-être que ce souverain que tout le monde redoutait, en érigeant un si immense empire, n’était qu’un solitaire en souffrance. C’était peut-être l’amour, l’unique empire que Ngungunyane cherchait, qui sait ? Ou peut-être, pendant toutes ces années de guerre, avait-il eu un autre dessein : trouver une femme comme moi, capable de passion infinie. Et ainsi s’expliquaient ses mariages sans fin. L’empereur, disait-on, avait tellement de femmes qu’il croyait que tous les enfants du monde étaient les siens. La question était : lorsque je me présenterais à sa cour, me prendrait-il pour femme ou pour fille ? Ou me ferait-il tuer pour cimenter la peur qui était le socle de son trône ?

Dans notre pays, on sait qu’on approche d’une localité par les voix, les chants et les pleurs des enfants. C’était ce qu’on entendait à ce moment-là, encore bien loin du village.

Chikazi Makwakwa attendait notre retour sur le seuil de la maison. Même à distance je compris que, cette fois, elle aussi avait bu. Devançant le délire de son mari, elle avança le doigt menaçant :

– Tu ne m’aimes pas, Katini !

– Qui a dit ça ?

– Alors pourquoi n’as-tu que moi ? Il y en a beaucoup par là qui ont plusieurs épouses…

– Je ne suis pas comme ces VaTsonga* qui accumulent des femmes comme si c’étaient des têtes de bétail… En plus, on a choisi d’être civilisés, non ?

– C'est toi qui as choisi. Et à cause de ton choix nos enfants nous ont abandonnés...

– On a encore Imani.

– Imani va partir. D'ailleurs ça fait longtemps qu'elle n'est plus là.

Elle parlait comme si elle ne me voyait pas. Je m'approchai et lui touchai le bras :

– Je suis ici, mame.

– Tu es déjà partie, ma fille. Tu nous parles en portugais, tu dors avec la tête vers le couchant. Et hier encore tu as parlé de ta date d'anniversaire.

Où avais-je appris à mesurer le temps ? Les années et les mois, dit-elle, ont des noms et non des chiffres. On leur donne des noms comme si c'étaient des êtres vivants, de ceux qui naissent et meurent. Les mois on les appelle la saison des fruits, la saison où se ferment les chemins, la saison des oiseaux et des épis. Et d'autres noms très nombreux.

Mon aliénation était encore plus grave : je n'aurais pas de rêves d'amour dans notre langue, ni avec nos gens. Ce fut ainsi que ma mère parla. Et elle fit une longue pause avant d'interpeller Katini :

– Mon mari, tu connais mon vœu le plus cher. Je veux qu'on retourne vers la mer. Là-bas on vivra en paix, loin de cette guerre. Pourquoi ne retourne-t-on pas là-bas ?

– La question n'est pas bonne, ma femme. La question devrait être : pour quel motif sommes-nous partis de là-bas ? C'est la réponse, que tu connais bien, qui te fait peur. Et cette peur est plus forte que ton désir.

Alors il se leva, tituba quelques secondes et prit son épouse par un bras. Il semblait se soutenir mais ne faisait que la forcer à entrer dans la chambre. Je me retirai également dans ma pièce. Je me couchai et couvris mon visage avec ma capulana, de crainte que le toit en chaume ne s'écroulât. Les maisons sont des créatures vivantes et affamées. La nuit elles dévorent les habitants et laissent à leur place des rêves qui déambulent chancelants, aussi chancelants que mon père ivre. Plus que n'importe quelle autre, notre maison avait d'inlassables appétits. Toute la nuit on voyait les morts entrer et sortir. Dans le noir la maison nous avalait. À l'aube elle nous recrachait.

Mes frères étaient la moitié du monde qui me restait. Mais ils vivaient à présent loin de notre foyer. Et à cause de cela, la maison avait été déchirée en deux. Ma mère rêvait de la mer. Moi je rêvais que mes frères revenaient. La nuit je me réveillais en les appelant par leurs noms : Dubula et Mwanatu. Assise dans le noir, défilaient en moi les temps où ils avaient été enfants et partagé notre espace.

Tôt Dubula s'était montré intelligent et débrouillard. On lui avait donné un nom zoulou et ce choix disait déjà son étrange fascination pour les envahisseurs vanguni. *Dubula* veut dire "tir d'arme". Mon père lui a donné ce nom car, lors de l'accouchement de ce fils et déjà fatigué d'attendre, il avait empoigné la vieille carabine et avait tiré sur le toit de la maison. C'était à cause des nerfs, s'était-il excusé ensuite. En fait, c'est ce pétard qui avait hâté l'accouchement de l'enfant. Dubula avait été le fruit d'une frayeur, d'une étincelle. Il était comme la pluie, fils d'un éclair.

Par opposition, Mwanatu, le plus jeune, était lent d'esprit et incapable. Depuis l'enfance il vivait fasciné par les Portugais. Cette sympathie avait été encouragée par notre père qui l'avait envoyé encore tout jeune au catéchisme. Et il était resté auprès de moi, pensionnaire à la mission. À son retour, il était encore plus benêt. Sur injonction paternelle, Mwanatu était allé travailler comme aide du sergent Germano, poursuivant la fonction qu'il occupait déjà auprès du cantineiro*. Il résidait à la caserne, nuit et jour, sans jamais plus nous rendre visite. Il jouait parfois la sentinelle, feignant de surveiller la porte du Portugais. On lui avait offert un vieux pardessus militaire et une casquette de cipaio*. Il adorait l'uniforme, sans comprendre que cette mise en scène était une source de distraction pour les Portugais qui passaient par là. Mwanatu était une ébauche de personne, une caricature de soldat. Son engagement faisait de la peine : jamais personne n'avait pris sa tâche avec tant de sérieux. En retour, jamais personne auparavant n'avait été gratifié de tant de moqueries.

Plus que de l'uniforme, il était prisonnier d'une promesse : celle d'embarquer un jour pour Lisbonne et là être admis dans une école militaire. Il vivait ce voyage comme un retour. Il retournerait auprès des "siens". La loyauté de Mwanatu envers la Couronne portugaise faisait honte à notre famille. À l'exception de mon père, qui était d'un autre avis : tant que nous étions sous la protection de la Couronne lusitanienne, cette fidélité, fût-elle vraie ou feinte, nous arrangeait beaucoup.

Les différences entre mes deux frères traduisaient les deux côtés de la frontière qui séparait toute notre famille. Les temps étaient durs et on nous demandait de choisir des fidélités. Dubula, l'aîné, n'avait pas eu besoin de choisir. La vie avait choisi pour lui. Encore petit garçon, il avait obéi aux rites d'initiation, conformément aux anciennes traditions. À six ans on l'avait emmené dans la forêt, où il avait été circoncis et instruit sur les questions du sexe et des femmes. Pendant des semaines il avait dormi dans la forêt, entièrement recouvert de monceaux d'herbes, afin qu'il ne fût reconnu ni par les vivants ni par les morts. Tous les jours à l'aube mame lui apportait de la nourriture, mais elle n'entrait pas dans la forêt où se concentraient les initiés. La disgrâce éternelle retomberait sur la femme qui traverserait ce territoire interdit.

La même interdiction se répétait maintenant, depuis que Dubula s'était enfui de la maison et vivait dans une zone inconnue. On disait qu'il dormait chaque nuit dans un recoin différent de la forêt. Dans la pénombre de l'aurore, mon frère rôdait sur notre terrain sachant qu'en cachette mame avait laissé une assiette avec de la nourriture au sommet de la termitière. Les empreintes que mon père cherchait dans le sable n'étaient pas celles des bêtes. Elles appartenaient à son propre fils.

Quant à Mwanatu, le plus jeune, il avait été éduqué dans les lettres et les chiffres. Les rituels qu'il avait eus étaient ceux des blancs : catholiques et lusitaniens. Notre mère mettait en garde : l'âme qu'on lui avait donnée ne reposait déjà plus sur le sol. La langue qu'il avait apprise n'était pas une façon de parler. C'était une manière de penser, de vivre et de rêver. Et en cela on se ressemblait lui et moi. Les craintes de notre mère étaient claires : à force de manger la langue portugaise, nous n'aurions plus de bouche pour n'importe quelle autre parole. Et nous serions tous les deux dévorés par cette bouche.

Aujourd'hui je pense que notre mère avait raison d'avoir peur. Là où son fils voyait des mots, elle voyait des fourmis. Et elle rêvait que ces fourmis émergeaient des pages et mâchaient les yeux de celui qui lisait.

Je revis si souvent la dernière visite de Dubula qu'on dirait qu'il n'a jamais disparu dans le monde. Je me rappelle cet après-midi lointain où, en entrant à la maison, je vis mon frère aîné assis, le dos tourné à la porte. La lumière ténue faisait briller la sueur qui coulait en abondance sur ses épaules. Plus près, je compris : ce n'était pas de la sueur. C'était du sang.

– C'est tate ? demandai-je, sanglotant déjà.

– C'est moi, répondit-il.

Je m'approchai craintivement, contournant son corps de statue. Le sang coulait de ses oreilles, lent et épais.

– Pourquoi as-tu fait ça, Dubula ?

Les déchirures sur les lobes des oreilles ne laissaient pas de doute : Dubula avait écrit sur son corps l'empreinte d'une autre naissance. Il n'était déjà plus des nôtres. Il était un Munguni, pareil aux autres qui niaient notre existence. Je l'embrassai comme si je ne devais plus le revoir. Ou ne le voyais déjà plus. Et lui demandai de partir avant que notre père arrive.

J'observai sa maigre silhouette disparaître sur le chemin et fis glisser mes mains le long de ma poitrine comme si moi-même me faisais défaut. Je sentis alors le sang de mon frère sur ma peau.

4

Deuxième lettre du sergent

Chicomo, le 15 décembre 1894
Votre Excellence Monsieur le Conseiller José d'Almeida,

Votre Excellence, je sollicite tout d'abord votre indulgence quant au récit de ma rencontre avec le Commissaire Royal. Acceptez, Votre Excellence, mes sincères excuses. Ce récit était complètement spontané et ne renvoie aucunement à une quelconque sympathie particulière que je nourrirais envers la personne d'António Enes. Je méconnaissais absolument les antipathies réciproques entre Votre Excellence et le Commissaire Royal. Je sais à présent que cette animosité est ancienne, qu'elle date de la première mission que le Commissaire a effectuée au Mozambique, en 1891. Je ne m'immiscerai jamais dans ce conflit et garderai toute ma loyauté envers Votre Excellence, à qui je réponds avec un sentiment de probité qui dépasse largement les devoirs hiérarchiques.

Je ne pouvais, néanmoins, manquer de transmettre à Votre Excellence l'animosité manifestée par António Enes, à l'évocation des tâches que j'accomplirai à Nkokolani en marquant une présence auprès des populations qui, avec tant de risques et de sacrifices, nous soutiennent. Ce n'était pas contre moi, bien sûr, que le Commissaire s'exprimait. Mais contre Votre Excellence et les négociations qu'Elle conduit auprès de l'État de Gaza et qui, au goût du Commissaire, n'ont que trop duré. Il est clair, sans jamais le déclarer explicitement, que le Commissaire considère que nous allons trop loin dans nos concessions à Gungunhane. Il a aussi regretté que l'on compromette gravement l'efficacité de nos campagnes militaires en nous éternisant. António Enes s'est plaint, enfin, du commandement militaire d'Inhambane, à la charge du colonel Eduardo Costa qui, selon lui, accumule les arguments afin de ne pas avancer sur le terrain.

Ce retard peut nous être fatal, tels ont été les mots de Enes. Et il en a encore rajouté, cette fois avec des insinuations malveillantes quant aux bonnes intentions de Votre Excellence. Il a affirmé littéralement la chose suivante : "... ce José d'Almeida s'est toujours moqué des intérêts nationaux!" Et il a insinué que Votre Excellence favorisait le dessein de Gungunhane, qui est de nous faire perdre la guerre bien avant qu'il y ait la moindre bataille. Cette guerre, a-t-il dit, sera perdue si nous prolongeons nos contingents dans les villes, sans la volonté ni la capacité à positionner nos troupes à l'intérieur du territoire de l'ennemi. Nous mourrons dans nos campements, cernés par l'inertie et la peur, attaqués par les fièvres et le désespoir de l'attente. Et nos ennemis européens, l'Angleterre en tête, jubileront, devant les preuves de notre incapacité à posséder des colonies en Afrique. La guerre réclame des combattants et, à moi, on ne m'a donné que des fonctionnaires, a regretté António Enes. Le Commissaire a dit tout cela. Et je ressens le besoin de communiquer tout cela dans ce rapport, qui devient déjà long.

Votre Excellence, permettez-moi de dire qu'en tant que militaire, je ne peux rester indifférent aux arguments d'António Enes. En vérité, la pire manière de perdre une guerre est d'attendre éternellement qu'elle ait lieu. Il faut le dire, nos victoires à Marracuene, Coolela et Magul ont marqué une extraordinaire avancée pour la récupération de notre moral et la promotion de notre image auprès des indigènes. Là où je suis passé pendant mon voyage vers Nkokolani – expédition que je relaterai plus loin –, dans nombre de ces endroits, je suis tombé sur beaucoup de chefs locaux qui, après ces glorieuses batailles, ont modifié leur loyauté. Ils sont maintenant avec nous. Mais il faut dire que cette victoire a été obtenue sur les Vátuas, qui sont les esclaves des Ngunis. Elle n'a pas été obtenue sur les forces de Gungunhane. Quant à ce potentat, tout reste encore à faire.

J'en viens maintenant au récit de mon voyage en direction de Nkokolani. Nous sommes arrivés hier à Chicomo après un voyage de deux semaines à pied, à travers un sertão qui me fascine et m'effraie. Dans tout ce qui est forêt j'imagine une embuscade. Dans le noir de chaque nuit je devine un guet-apens. Attaqué par des bêtes monstrueuses ou des noirs indomptables, quelle différence pour qui va mourir ?

Je dois avouer que, malgré ces craintes, mes craintes, le voyage s'est déroulé sans encombre. Sur la route, j'ai traversé des villages de Cafres et partout la façon dont les enfants terrifiés fuient en criant dès qu'ils nous voient m'a impressionné. Inquiètes, les mères tirent leurs enfants par un bras et les traînent dans leurs cases. Il est vrai qu'un mot d'un chef local suffit pour que cette inquiétude s'évanouisse. Il est des cas où ce sentiment initial se transforme en une effusion de bienvenue, quand ils apprennent que nous venons combattre Gungunhane. Mais il est une question qui me poursuit : pourquoi redoutent-ils autant les gens de race blanche ? Je veux bien qu'ils aient peur parce que, dans la majorité des cas, ils n'ont jamais vu un Européen auparavant. Cependant, la terreur que nous leur inspirons ne saurait se comparer qu'à la vision d'âmes en peine.

Et c'est ainsi que je me suis mis à réfléchir dans un questionnement plus vaste : que pensent les nègres de nous ? Quelles histoires fabriquent-ils au sujet de notre présence ? Je sais bien qu'en tant que soldat, ces doutes ne devraient pas me tourmenter. Peut-être que je pose trop de questions pour un militaire. Peut-être que je ne deviendrai jamais un soldat. Du moins au service de ce régime. Non parce que je suis un républicain convaincu. Mais parce que, comme je l'ai déjà dit, ce n'est pas par vocation que j'ai intégré l'École militaire. À la maison on ne m'a pas donné le choix. On m'a abandonné avec ma valise toute prête à proximité de l'entrée de l'École militaire. Et plus jamais ma famille ne m'a rendu visite. Pas plus qu'elle ne sait maintenant ou ne veut pas savoir où j'ai échoué. C'est l'armée qui s'est occupée de mon éducation. Et ce sera certainement l'armée qui prendra soin de mon enterrement.

Au campement de Chicomo, où j'ai passé la nuit et d'où j'envoie cette lettre, j'ai eu l'occasion de rencontrer le capitaine Sanches de Miranda. En écoutant ses histoires d'Afrique, je n'ai pas pu m'empêcher de me demander : qui d'autre, parmi nos officiers, a cette connaissance des Africains ? Comment pouvons-nous gouverner ceux que nous méconnaissons autant ? Quelle armée pourra-t-on vaincre si nous ignorons presque tout sur notre ennemi ?

J'ai parlé à Sanches de la terreur initiale que notre arrivée causait dans les villages. Il a souri et il a dit : leur peur n'est pas différente de la nôtre, nous qui croyons que les nègres mangent de la chair humaine. Ces gens croient, en effet, que les cannibales ce sont nous. Et que nous les emmenons dans les bateaux pour les manger en haute mer. Sommes-nous très différents, Européens et Africains ? Nul ne doute, pas même les pauvres noirs, de la supériorité de notre race. En revanche, comme nos peurs se ressemblent, de part et d'autre de l'océan !

Et le capitaine Sanches de Miranda a ajouté qu'il avait lu les rapports sur l'attaque de Lourenço Marques et qu'il y trouvait une grande confusion. Ce ne sont pas les troupes de Gungunhane qui nous ont attaqués. Nos ennemis, en ce moment, sont certains chefs vatsonga. Ce ne sont pas les Vátuas de Gaza. Ils ont inventé des soldats de Gungunhane là où il n'y en avait pas. Et Sanches de Miranda se demandait : pourquoi nous obstinons-nous à ne pas comprendre ? Pourquoi continuons-nous à mettre dans le même sac ceux que nous aurions tellement avantage à diviser ?

Un dernier mot sur ce grand Portugais, ce valeureux Sanches de Miranda. Les natifs croient qu'il est le fils de Diocleciano das Neves, le fameux Mafambatcheca qui, comme Votre Excellence le sait bien, était un voyageur et un commerçant très estimé parmi les Cafres et a maintenu une étroite amitié avec Muzila, le père de Gungunhane. Cette équivoque est tellement commode que Sanches de Miranda, sagement, ne l'a pas démentie. Au contraire, notre capitaine défend que Diocleciano lui a fait des confessions sur son lit de mort. Et que lui, en tant que fils préféré, a promis à son pauvre père de rendre justice à l'héritage africain et de respecter le surnom affectueux de Mafambatcheca que lui avaient donné les Landins, qui dans la langue des noirs signifie "celui qui marche joyeusement". La ressemblance que les Cafres décèlent chez ces deux Lusitaniens ne me paraît pas déplacée. Je me suis rendu compte que nous portons tous la même moustache et la même coupe de cheveux. À tel point qu'un nègre m'a demandé si les Portugais naissaient déjà ainsi, la moustache en place.

Sanches de Miranda se targue d'être le fils du défunt Diocleciano das Neves. Certainement, il ignore combien cette récupération révolterait Diocleciano lui-même. Et Miranda ignore encore combien son prétendu géniteur s'était politiquement éloigné de nos autorités, en se révoltant contre la toute-puissance des gouvernants et la poursuite du commerce des esclaves. Il ignore encore combien la ville de Lourenço Marques répugnait à Diocleciano. Parmi mes papiers, j'ai trouvé un témoignage de Diocleciano mentionnant la ville de façon très peu flatteuse. Je n'en reproduis qu'un extrait : "... Lourenço Marques est composée de peu de sable et de beaucoup de boue ; tous les quinze jours, elle est entièrement recouverte par les grandes marées. Les émanations pestilentielles, que les malheureux habitants y absorbent, leur empoisonnent rapidement les poumons. En l'espace de trois ans, les deux tiers des Européens qui s'y installent succombent ; et les autres voient leur vie tellement détériorée qu'ils ne peuvent être utiles ni à eux-mêmes ni à leur pays."

Je suis moi aussi content de m'éloigner de cette ville infecte. Demain se joindra à moi Mariano Fragata, l'adjoint de Votre Excellence, et ensemble sur une pirogue, nous descendrons le fleuve Inharrime. Cela durera quelques heures jusqu'au débarquement à notre destination finale, où j'espère accomplir avec brio et bravoure la mission qui m'a été attribuée.

Pour conclure : on m'a dit qu'il y a à Nkokolani une famille de Chopes* qui nous est très attachée et est totalement dévouée à notre combat contre ce diable de Gungunhane. On dit encore que le chef de cette famille chrétienne a déjà mis à ma disposition un fils et une fille, tous les deux parlant portugais et éduqués selon nos préceptes lusitaniens. Je rends grâce à Dieu de cette aide providentielle.

5
Le sergent qui écoutait les fleuves

> Chanceux ceux qui, cessant d'être humains, deviennent des bêtes sauvages. Malheureux ceux qui tuent sous l'ordre des autres et plus malheureux encore ceux qui tuent sans l'ordre de personne. Misérables, enfin, ceux qui, après avoir tué, se regardent dans le miroir et croient encore être des hommes.

Je me rappelle le jour où le sergent Germano de Melo est arrivé à Nkokolani. En fait, on a tout de suite vu, ce jour-là, que ce Portugais était différent de tous les autres Européens qui nous avaient rendu visite. En débarquant de la pirogue, il a retroussé rapidement son pantalon et il a marché sur ses propres pieds. Les autres blancs, Portugais ou Anglais, utilisaient le dos des noirs qui les portaient sur la terre ferme. Il a été le seul à se passer de ces services.

Je m'approchai, à ce moment-là, curieuse. Le sergent me parut plus grand qu'il n'était, grandi par ses bottes pleines de boue. Ce qui me frappa le plus, c'est l'ombre qui brouillait son visage. Ses yeux étaient clairs, d'une couleur presque aveugle. Cependant un nuage de tristesse assombrissait son regard.

– Je suis Imani, patron, dis-je en m'annonçant par une révérence maladroite. Mon père m'a envoyée ici pour vous aider dans tout ce dont vous aurez besoin.

– C'est toi la fameuse fille ? Que tu parles bien le portugais, la prononciation est plus que correcte ! Dieu soit loué ! Et où as-tu appris ?

– C'est M. le curé qui m'a appris. J'ai vécu à la mission, sur la plage de Makomani, pendant des années.

Le Portugais recula d'un pas pour mieux examiner mon corps, puis il dit :

– Mais tu as un bien joli visage !

Je baissai la tête, joignant la honte à la faute. Nous marchâmes le long du fleuve jusqu'à ce que le visiteur s'arrête et ferme les yeux, me demandant de ne pas parler. Nous restâmes silencieux jusqu'à ce qu'il se manifeste :

– Dans mon pays il n'y a pas de ça.

– Il n'y a pas de fleuves ?

– Bien sûr qu'il y a des fleuves. Sauf que nous avons cessé de les écouter.

Le Portugais ignorait ce qui, à Nkokolani, était un lieu commun : que les fleuves naissent dans le ciel et croisent notre âme comme la pluie traverse le ciel. En les écoutant, nous ne sommes plus aussi seuls. Mais je me tus, attendant mon tour.

– C'est bien d'être salué par un fleuve, commenta-t-il à voix basse. Et d'ajouter : Par un fleuve et par une belle jeune fille comme toi.

Puis il m'ordonna de faire halte là. Alors seulement, je me rendis compte qu'un autre Portugais arrivait un peu plus loin derrière, un civil très mat de peau et distingué. Je sus après qu'il s'agissait de Mariano Fragata, adjoint de l'intendant portugais auprès de l'État de Gaza.

Fragata arrivait à califourchon sur un homme de notre village, mais dans une position instable et ridicule, glissant sur le dos du porteur. Le noir semblait ne pas vouloir lâcher le Portugais qui suppliait, avec une véhémence croissante : Pose-moi par terre ! Pose-moi immédiatement par terre !

Finalement, ils ne tombèrent pas tous les deux car je fis stopper mon compatriote qui, amusé, me murmura secrètement en txitxope :

– C'est pour qu'ils sachent que ce n'est pas toujours celui du dessus qui commande celui du dessous.

L'adjoint de l'intendant reprit sa pose hautaine, déplia les jambes de son pantalon et me regarda de manière inquisitrice. Le militaire procéda aux présentations :

– Elle, c'est la fameuse Minami...

– Imani, corrigeai-je.

– C'est la fameuse fille locale qui est venue nous accueillir, vous n'imaginez pas à quel point son portugais est correct... dis donc quelque chose, petite... Allez, parle un peu pour que mon collègue t'entende !

Brusquement je devins muette, tout mon portugais fut balayé. Et quand je voulus parler dans ma langue maternelle, j'affrontai le même vide. Contre toute attente, je ne possédais aucune langue. Je disposais seulement de voix, d'échos indistincts. Le militaire me sauva de l'embarras :

– Elle est timide, pauvre petite. Pas besoin de parler, il suffit que tu nous conduises jusqu'à la caserne.

À ses bagages, je compris que le sergent venait s'installer avec nous pour un temps. Le séjour de l'autre en tenue civile serait bref. J'accompagnai les visiteurs en direction de la cantina de Sardinha, l'unique Portugais de notre région que nous avions rebaptisé "Musaradina".

Les deux Européens s'attardèrent dans la contemplation des recoins du village.

– Regardez cette localité, cher Fragata. Tout est propre, tout est balayé. Je suis surpris, les rues larges, avec des arbres fruitiers... qui sont ces nègres, si différents des autres que nous avons vus ?

Francelino Sardinha était sur le seuil et il accueillit ses compatriotes avec effusion comme s'il découvrait, après deux siècles de solitude, les deux uniques êtres humains de la planète. Le cantineiro était un homme petit et gros, toujours accroché à son mouchoir poisseux qu'il utilisait pour éponger sa transpiration abondante. À vrai dire, le mouchoir collant faisait déjà partie de son corps. À l'entrée, il m'adressa sèchement la parole :

– Toi, gamine, tu restes dehors. Ici à l'intérieur, vous n'entrez pas, tu es déjà au courant.

– Et pourquoi n'entre-t-elle pas ? s'enquit le militaire.

– C'est qu'ici, mon cher sergent, ils sont déjà prévenus : ici il y a des règles. Ici, ces gens n'entrent pas.

– Les règles, à partir de maintenant, c'est moi qui les dicte, affirma le sergent. Cette fille parle portugais mieux que beaucoup de Portugais. Donc elle est venue avec moi, et elle va entrer avec moi.

– Bon, ça va, si Votre Excellence l'ordonne. Et, le dos tourné, il s'adressa de nouveau à moi : Assieds-toi là, dans la cuisine, sur cette petite chaise.

Et ils ne firent plus attention à moi. Je contemplai le toit de la maison et remarquai les raccords sur les tuiles. Et je fus effrayée par ce qu'on disait au village : que la construction était restée inachevée pour toujours car une main invisible défaisait la nuit ce que les Portugais avaient érigé le jour. Ces fantômes habitaient encore par là, se balançant sur le toit comme d'énormes chauves-souris.

Les deux nouveaux venus évoluèrent dans la maison avec difficulté, prenant soin de ne pas trébucher sur les marchandises éparpillées de façon chaotique. Les temps étaient loin où je guettais par la fenêtre de la cantina, lorgnant les tissus et les chaussures qui s'entassaient là. Entre-temps le désordre s'était accru : boîtes et barda empilés, cartons éventrés larguant des conserves et des bouteilles par terre.

Mes yeux s'arrêtèrent sur un coupon de tissu à carreaux bleus et blancs. Le militaire devina ma pensée et, à haute voix, me posa la question :

– Tu sais ce que c'est ?

– Ce sont des vêtements, patron.

– Appelle-moi sergent. Tu disais que ce sont des vêtements ? L'étiquette dit que ce sont des coupons de serge et de cotonnade rayée, mais appeler ça vêtements réclame beaucoup d'imagination. C'est que personne, même le plus pauvre des pauvres, n'accepterait un coupon pareil en Europe.

Il déchira un bout de tissu et le passa sur le visage du cantineiro accablé :

– Regarde ça : complètement imprégné d'amidon ! Si on lave ces tissus, ils lâcheront cette poussière blanche et il restera une toile d'araignée. C'est comme cette vinasse que vous appelez "vin pour le nègre".

Le commerçant ravala l'insulte : le visiteur était finalement un occupant. Les raisons militaires l'emportaient sur ses affaires privées. Quand il riposta, son ton était contenu, montrant qu'il avait dégringolé de Sardinha à Musaradina :

– Ces tissus, Excellence, sont ceux qui se vendent ici. Les nègres ne s'intéressent pas au confort des vêtements ; ils s'en tiennent à l'ornement.

Les gens de Nkokolani, se plaignit-il encore, n'achetaient pas autant que les autres nègres. À nous, les Vatxopi, les ressources de la terre et de la forêt suffisaient. Ces types mangent même des serpents, ces autres, les Vátuas, ont raison de les mépriser, déplora le cantineiro.

– Ce ne sont pas des Vátuas, les Vátuas n'existent pas, osai-je corriger, dans mon coin, d'un filet de voix si douce que personne n'entendit.

Le militaire s'arrêta devant le comptoir en bois et, d'un seul coup, jeta à terre les coupons de tissu. La sérénité avec laquelle il parla contrastait avec la détermination de son geste :

– Je ne sais pas comment dire ça. Mais il n'existe pas de façon plus sympathique de te parler. Mon cher Sardinha, je suis venu m'installer dans cette cantina. Mais il existe une autre raison à notre présence ici : nous sommes venus ici pour t'arrêter.

– M'arrêter ?

– Demain, des cipaios vont t'emmener à Inhambane.

– Des cipaios ?

Pas même une seconde, le sourire abruti ne disparut sur le visage du cantineiro. Comme s'il n'avait pas entendu la sentence. Je vais vous servir à boire, dit-il, tandis qu'il finissait d'enrouler les coupons de tissus éparpillés par terre. Ce vin c'est du bon, c'est du meilleur cru, commentait-il en servant les visiteurs dans des timbales en métal.

– Vous venez m'arrêter ? Et je peux connaître la raison ?

– Tu sais très bien ce que tu es en train de vendre dans le coin. Et ce n'est ni aux Vátuas, ni aux Chopes…

– Je sais d'où naissent ces ragots, de ce monhé*… de ce monhé nègre, Assane, qui a une cantina à Chicomo. Je jure par Dieu notre Seigneur…

– Arrêtons de tourner autour du pot. Tu sais pourquoi tu es arrêté.

– À vrai dire, répondit le cantineiro, que Vos Excellences soient ici avec moi est tout ce qui m'intéresse. Que vous veniez m'arrêter n'a pas beaucoup d'importance. Ça fait si longtemps que je n'ai pas vu un blanc que j'avais déjà oublié ma propre race. À vivre uniquement avec ces Cafres, je me voyais déjà comme un nègre. Voilà pourquoi je dis : Vos Excellences ne viennent pas m'arrêter. Elles viennent me libérer.

Et il prit une bouteille dans l'armoire. Il voulait célébrer ce moment, bien qu'il fût fondé sur une triste contrariété. Au début, les étrangers réagirent avec prudence. Cependant peu à peu, les Portugais vidèrent, tous les trois, bouteille sur bouteille et, à mesure qu'ils buvaient, ils formaient une famille, même si par instants ils divergeaient vivement.

À un certain moment, le sergent fit mine de s'asseoir sur une caisse en bois. Il avait le vertige à cause de l'alcool, il était indisposé à cause de la chaleur. Le cantineiro se précipita pour retenir le militaire :

– Ne vous asseyez pas là, mon sergent, le contenu de cette caisse est précieux ; ce sont des bouteilles de Porto. Et savez-vous pour qui elles sont ? Pour Gungunhane… Le meilleur vin pour notre plus grand ennemi.

– Notre plus grand ennemi est un autre. Et tu sais qui c'est…

Un embarras s'empara de Sardinha. On entendit les chouettes biffer la nuit, la paraffine menaça de s'épuiser dans les chandeliers et le cantineiro fut assailli d'une subite mélancolie :

– Ce sont des cipaios qui vont m'emmener ? Ne pourrais-je pas y aller tout seul ? Je promets de ne pas m'enfuir. C'est que, passer devant ces gens escorté par deux nègres…

– Qui t'a dit qu'ils sont deux ?

Et Fragata et Germano rirent. De toute manière, ajouta l'adjoint de l'intendant, ce sont des cipaios qui t'escorteront, ce ne sera pas Gungunhane. Et ils redoublèrent leurs rires.

– Ce n'est pas "Gungunhane". On dit "Ngungunyane".

Les Portugais me fixèrent, surpris. Ils ne pouvaient pas croire que j'avais parlé, par-dessus le marché pour corriger leur accent.

– Qu'est-ce que t'as dit ? interrogea Fragata interdit.

– Il faut prononcer "Ngungunyane", insistai-je délicatement.

Ils s'entreregardèrent hagards. Fragata imita ma diction, m'asticotant sur mes prétentions puristes. Puis ils se remirent à boire et à se lamenter en chuchotant. À un moment, je compris que le militaire murmurait :

– Ce qui me perturbe le plus chez ce Gungunhane, ce n'est pas qu'il nous haïsse. C'est qu'il ne nous craigne pas.

– Vous savez ce qu'on va faire ? interrogea Sardinha. On met du poison dans les bouteilles, celles que vous insistez pour lui offrir ! Même pas besoin de balle, il suffit d'une goutte. Une seule goutte et l'Empire de Gaza s'effondre.

– Nous avons l'ordre de ne pas le tuer.

– Là c'est moi qui ai envie de rire, commenta Fragata. On a ordre de ne pas le tuer ? On a plutôt de la chance qu'il ne nous tue pas tous.

Le cantineiro sortit un moment et revint avec un canhangulo* entre les mains. Et il calma aussitôt ceux venus l'arrêter :

– Ne vous tracassez pas, chers messieurs, il n'est pas chargé.

C'était le fusil auquel il dormait enlacé toutes les nuits. Il l'exhibait avec l'orgueil d'un propriétaire non d'une cantina mais d'un dépôt de munitions. Et il déclara :

– La seule langue qu'ils comprennent c'est celle-là. Ou vous voudriez gagner la guerre avec des saguates* et des salamalecs ?

Et il marmonna des aigreurs et des insultes puis annonça qu'il allait se coucher. Il superposa des tissus sur une natte et s'affala par terre, enlacé au vieux fusil.

Germano traîna une chaise pour venir s'asseoir à mes côtés. Puis il fixa les yeux sur moi comme s'il étudiait une carte. Son regard était de feu. Je me suis souvenue des papillons tournant autour de la lumière des chandeliers. Le cantineiro remarqua l'intérêt du visiteur et, les yeux mi-clos, il mit en garde :

– Faites gaffe à cette gamine. Elle est très jeune mais elle a un corps de femme. C'est que les négresses ont des arts du démon. Je sais de quoi je parle.

Quelques minutes suffirent toutefois et le Portugais ne fit plus attention à moi pour contempler longuement le mur sur lequel il appuyait les pieds. Il resta ainsi un temps, jusqu'à ce qu'il murmure :

– Là, sur ce mur, se trouve mon pays.

Et il désigna une tache sur la peinture. C'était un rectangle décoloré, composé de chaux écaillée par l'humidité.

– C'est le Portugal, là, sur ce mur.

Tenant difficilement debout, il monta sur la chaise et, de ses ongles, il gratta la tache. Il observa la chaux disséminée par terre comme s'il était devant un animal à l'agonie. Et aussitôt le cantineiro, zélé, désigna un balai :

– Alors petite ? Il faut nettoyer par terre et tu restes plantée là ?

Le militaire prit les devants et dressa le balai en l'air comme si c'était une épée. Et il proclama :

– C'est moi qui nettoie. C'est ce que je suis venu faire ici. Nettoyer les saloperies des autres.

Dans le silence qui suivit j'étudiai la meilleure manière d'annoncer mon départ. Ma timidité m'enseignait que les timides et les invisibles deviennent insupportablement exposés quand ils prennent congé. Il faisait nuit et je n'étais qu'une femme parmi des étrangers. Le cantineiro se leva de son lit improvisé et vint me trouver avec une caisse dans les bras :

– Emporte ce Porto pour ton père. En remerciement de tout ce qu'il a fait. Attention, c'est lourd.

Ployée sous le poids, je titubai dans la cour sombre jusqu'à ce que la voix de Sardinha me fasse m'arrêter :

– Attends, je vais avec toi, je t'aiderai jusqu'à la route. Et se tournant vers l'intérieur, il demanda au militaire : Je peux, sergent ? Seulement cinq petites minutes, je ne me sauverai pas.

Sitôt la porte claquée, le cantineiro m'adressa, avec son haleine empestée, la plus étrange demande : que je lui parle en txitxope pendant qu'il allait cueillir des herbes.

– Allez ! Parle, petite. Parle-moi, je suis Musaradina.

– Je dis quoi, patron ?

– Quelque chose, mais parle, parle sans t'arrêter...

Et il se pencha sur le sol comme un chien flairant des traces. Il ramassa des feuilles, des graines et, les yeux fermés, il portait tout cela à son visage pour les humer longuement. Se redressant, il déclara :

– Je l'ai vu ici, sur ce terrain.

– Excusez, patron Musaradina : vous avez vu qui ?

– Gungunhane. Il est venu ici, il voulait tuer sa bien-aimée. Et il voulait mourir lui aussi.

– Ngungunyane était ici ?

– Il est venu ici clandestinement, à la recherche du poison de mri'mbava, cet arbre qui pousse près d'ici, dans le marais de Nhanzié.

Je regardai le cantineiro et le vis noir, avec la peau de Sardinha et l'âme de Musaradina. Le Portugais était un mutxope, l'un des nôtres. Non seulement parce qu'il parlait notre langue, mais par sa manière de parler avec tout son corps. Et Sardinha poursuivit en mélangeant les langues :

– Ngungunyane a cru que je pourrais l'aider. Il voulait mourir et tuer. Et tout ça par amour, il avait un amour interdit. Joli, n'est-ce pas ?

– Qu'est-ce qui est joli, je ne comprends pas ?

– Un homme comme lui, qui a toutes les femmes qu'il veut, qui finit par ne pas avoir la seule qu'il aime réellement.

– Sardinha, dites-moi : il y a quelque chose que vous voulez me dire ?

Il ne répondit pas. Il retourna dans la maison et, déjà sur le seuil, fit un signe dont j'ignore s'il s'agissait d'un adieu ou d'un ordre pour que je me dépêche de partir.

Je n'avais pas fait une demi-douzaine de pas quand j'entendis le coup de feu. Derrière les rideaux on devinait un remue-ménage d'ombres et de murmures. Je fis demi-tour pour trouver Francelino

Sardinha agonisant au milieu d'une mare de sang. L'épicier se débattait sans jamais lâcher son vieux canhangulo. Il mourut enlacé au fusil dans la même position dans laquelle il avait toujours dormi.

Alerté par le coup de feu, mon frère Mwanatu apparut, venant des dépendances où il était logé. Sans prononcer un mot, il aida les Portugais à traîner le corps derrière la maison, puis il courut au hangar chercher des pelles pour ouvrir la fosse. Au retour, il trouva le sergent agenouillé, le visage retombant sur sa poitrine. Germano de Melo avait des yeux si bleus que nous craignions que, s'il pleurait, il ne devînt aveugle pour toujours. Il n'y eut pas de larme. Le blanc priait seulement pour le cantineiro mort. Fragata le rappela à l'ordre : qu'il se reprenne et interrompe les prières. Les suicidés n'ont pas d'âme. On ne prie pas pour eux. Ce fut ce que dit Fragata.

Le militaire se leva et empoigna l'une des pelles que Mwanatu avait rapportées du hangar. Avec rage, il se mit à creuser parmi les dures mottes de terre. Je regardai les hommes besognant et je ne pus m'empêcher de noter le manque d'adresse des Portugais. Et je me dis : nous, les noirs, nous savons toucher à une pelle incomparablement mieux que n'importe quelle autre race. Nous naissons avec cette aptitude, la même qui nous fait danser quand nous avons besoin de rire, de prier ou de pleurer. Peut-être parce que, depuis des siècles, nous sommes obligés d'enterrer nous-mêmes nos morts qui sont plus nombreux que les étoiles. Il y aurait une autre raison : les Européens avaient certainement, là-bas dans leur pays, des noirs esclaves qui faisaient ce travail. Qui sait, au Portugal m'attendait peut-être un homme de ma race ? Qui sait, l'amour m'attendait peut-être là où n'arrivent que les bateaux et les mouettes ?

6
Troisième lettre du sergent

Nkokolani, le 12 janvier 1895
Votre Excellence Monsieur le Conseiller José d'Almeida,

Je vous écris, Votre Excellence, pour vous donner des nouvelles de mon arrivée à Nkokolani, qui a eu lieu hier en milieu de matinée, conjointement avec l'adjoint Mariano Fragata. Les nouvelles que j'apporte ne sont pas des meilleures et je regrette par avance que ces lignes ne correspondent certainement pas à ce que Votre Excellence préférerait entendre. Contre toute attente, le cantineiro Francelino Sardinha n'était pas là à notre arrivée. La fille déjà mentionnée dans ma dernière lettre nous a été fort utile. Bien élevée et excellente locutrice de notre langue, c'est elle qui nous a souhaité la bienvenue. Elle s'appelle Imani et elle sera d'une aide providentielle aux desseins de ma mission.

Je dois signaler que la propreté et l'étendue de la localité nous ont beaucoup impressionnés, rien de semblable ne se présentant dans les territoires des voisins bitongas* et vatsonga. J'ai demandé à la fille si elle se sentait fière de la taille et du soin de son village. Et elle a répondu de façon curieuse : qu'ici tout le monde ressentait cette fierté, sauf elle. Pour elle, cette expansion n'avait qu'une seule explication : la peur. Nkokolani s'était accru à mesure même que ses habitants s'étaient racornis. C'est ainsi qu'Imani a parlé, avec ces mots exacts et sophistiqués. Et elle a ajouté que son peuple se concentrait là dans l'illusion qu'uni il était plus protégé. Mais c'est la terreur qui nous gouverne, a-t-elle dit, en montrant les orangers touffus qui bordent les rues. Ce sont les arbres sacrés de ces Chopes. Ces Cafres croient que les orangers les protègent contre les sorts, leurs pires ennemis. J'en viendrai peut-être moi-même à planter un arbre dans mon jardin, qui sait ? S'il ne me protège pas, il donnera toujours des fruits et de l'ombre.

Contrastant avec le reste du village, le poste militaire où je prendrai mes quartiers est un spectacle d'une décadence absolue.

Appeler “caserne” cet édifice vétuste ne peut résulter que d’une énorme distorsion de celui qui prend ses désirs pour la réalité. Il serait de bon aloi de démolir ce taudis, qui est un mélange inacceptable de dépôt d’armes et de bazar en quincaillerie.

Votre Excellence connaît l’histoire de cet édifice décrépit : il y a plus de deux décennies, les Portugais avaient commencé les fondations et monté les murs. Leur intention était vraiment de construire une caserne. Mais finalement il n’y eut jamais ni toit, ni fenêtres, ni portes. La caserne en resta aux intentions et elle périclita, oubliée et abandonnée. Des années après, un commerçant culotté, du nom de Francelino Sardinha, termina les travaux et y monta son magasin. La maison se présente à présent comme une créature hybride : mi-fort, mi-cantina.

Là tout de suite tandis que j’écris, assis à une table de cette infortunée cantina, des araignées velues se promènent sur mes mains et mes papiers. Ces bêtes écœurantes et une variété d’insectes sans nom sont attirées par les lumières. L’alternative serait le noir, une malheureuse anticipation des ténèbres. Et Votre Excellence sait comme la nuit tombe tôt dans ces contrées.

La nuit dernière, j’ai écrasé l’une de ces répugnantes araignées avec le presse-papier. Une giclée pâteuse et fétide a inondé tout le plateau de la table, rendant inutilisable la correspondance qui s’y trouvait. Mon visage, mes mains et mes bras ont été complètement souillés par ce poison verdâtre. J’ai eu peur que la peau n’absorbe le poison et qu’il ne se répande dans mes veines. Imani dit que je ne dois pas tuer les bêtes. Et elle a une curieuse théorie sur les services que les araignées rendent. Elle dit que leurs toiles referment les plaies du monde. Et qu’elles pansent des blessures que je ne connais pas à l’intérieur de moi. Enfin, des fantaisies propres à ces gens ignorants.

Ce n’est pas seulement l’état décrépit de la caserne qui me perturbe aussi intensément. J’avoue, Monsieur le Conseiller, ma surprise de voir toutes ces régions étendues si vides de constructions et d’Européens. Naïvement, j’entretenais une idée bien différente de la colonie du Mozambique. Je pensais que nous régnions, de fait, sur nos territoires. Finalement, notre présence ne se limite depuis des siècles qu’à l’embouchure de quelques fleuves, qui font office de réserves d’eau. La triste réalité peut être ainsi décrite : il n’y a que des Cafres et des Banians dans cet immense sertão. Les rares signes de notre présence sont avilis par des personnes de l’acabit du cantineiro.

Le messager qui transporte cette missive s'appelle Mwanatu et c'est le frère d'Imani. Le garçon a l'air à moitié empoté mais, en toute sincérité, je préfère cela à n'importe quel prétentieux indigne de confiance. Profitant de ce qu'il s'occupe déjà des messages de Sardinha, j'ai confié au simplet Mwanatu les tâches qui seraient celles d'un aide de camp. Je lui ai, par exemple, remis un fusil en panne et obsolète, et il a assuré avec une fierté poignante la garde de l'établissement.

Je n'ai pas encore inventorié l'armement laissé à la garde du cantineiro, dont la quantité ne me semble pas énorme. L'entreprise demandera du temps et de l'effort, à l'heure actuelle, en effet, tout se trouve mélangé : marchandises et matériel guerrier. Dès que j'aurai passé en revue l'ensemble de l'entrepôt, j'enverrai un rapport circonstancié du matériel existant ici.

Je dois dire, au nom de la vérité, que l'arrivée de Mouzinho de Albuquerque a suscité à Nkokolani une expectative immense et disproportionnée. Non que quelqu'un le connaisse et, à dire vrai, les noirs ne savent presque pas prononcer le nom de notre capitaine de cavalerie. Mais c'est par peur démesurée qu'ils s'impliquent dans la construction d'un messie salvateur. Il est bien vrai qu'après nos récentes victoires militaires, bon nombre de regulados du Sud ont tourné le dos à Gungunhane et se sont mis à nous prêter allégeance. S'il est certain que notre supériorité récente a donné espoir aux indigènes, il est vrai que ce changement de vassalité peut leur être fatal. Si nous ne confirmons pas la suprématie de notre autorité, ces régulos* vacilleront et, par crainte d'une terrible punition, ils seront à nouveau sujets du grand roi de Gaza.

C'est l'une des raisons pour lesquelles ces gens nourrissent autant d'espoir dans l'arrivée de Mouzinho et de sa cavalerie. Mais il existe d'autres motifs de ralliement à la personne de Mouzinho : d'abord les gens de Nkokolani sont depuis longtemps fatigués des bavardages. Et notre attitude les laisse perplexes ; au lieu de faire la guerre contre l'ennemi commun, nous insistons pour négocier avec ceux qui n'ont pas de parole.

Mais ils ont encore une autre raison d'investir dans la construction imaginaire d'un sauveur. Elle n'a pas à voir avec Mouzinho. Tenez-vous bien, Votre Excellence, elle a à voir avec les chevaux. Les Cafres disent que les chevaux ne sont pas des animaux terrestres. Ils savent cela à la façon dont leurs sabots foulent le sol :

un pas nerveux et inquiet comme celui des oiseaux échassiers. Ils ne marchent ni ne courent comme les zèbres et les gnous, qui est la faune la plus ressemblante qu'ils connaissent. Car ces autres animaux posent avec familiarité leurs sabots sur le sol sauvage. Les chevaux ont une démarche différente, presque sans toucher terre. Ils évoluent dans le sertão comme des nuages biffant les cieux. D'où cette croyance : les chevaux, plaident-ils, ont été ramenés de cet endroit lointain où la Terre forme une frontière avec le firmament. Les Cafres auront certainement vu les images de saint Georges et d'autres saints descendre des cieux à cheval sur les cartes postales que l'ancien prêtre avait distribuées par ici.

Nous pourrons raisonner comme bon nous semble, mais c'est là la vision des Cafres, c'est là leur perception d'un animal qu'ils n'ont jamais vu auparavant. Si, pour nous, les chevaux sont une arme de guerre, ils réveillent pour les "gentils" d'autres batailles tout aussi sérieuses et mortelles. Une guerre de sorts, de potions magiques et de malédictions s'est installée à Inhambane. Il n'y a pas ici un sorcier qui ne s'occupe de bénir l'arrivée de notre cavalerie. Quand, à Nkokolani, j'ai dit que certains chevaux – comme celui d'Ayres de Ornelas – étaient morts de tremblements et de fièvres, certains ont aussitôt attribué cette maladie aux esprits vanguni. Ils ont inventé les mêmes méfaits en apprenant que, là où l'on supposait de vastes pâturages verdoyants, toute la prairie était subitement devenue désolée et sèche. Ce changement brusque et inexplicable ne peut être que l'œuvre de sorciers sataniques.

Ne croyez donc pas, Monsieur le Conseiller, qu'il existe une sympathie particulière envers qui, par hasard, Votre Excellence ne nourrit aucune affinité. Pour toutes ces raisons, je vous encourage à ne pas songer à ce que les militaires ourdissent. Poursuivez le travail que vous avez engagé en entreprenant des négociations avec les nègres.

Certains disent que la politique de dialogue trahit notre peur et notre manque de préparation. Ces médisants méconnaissent la capacité belliqueuse de l'État de Gaza. Ce sont des dizaines de milliers de guerriers intrépides, dûment préparés et équipés pour une guerre dans le sertão. Je ne vois pas autrement une confrontation ouverte avec les forces de Mudungazi que comme une aventure téméraire et vouée à l'échec.

Ce que nous tenons pour de l'arrogance des noirs n'est rien que la conscience qu'ils ont de leur supériorité numérique et militaire.

En vérité, cette insolence n'a pas commencé avec Gungunhane. Il y a déjà cinq décennies, le souverain des Zoulous, le roi Dingane, nous traitait comme ses subordonnés. Il était persuadé d'avoir des pouvoirs pour démettre et nommer des chefs européens pour gouverner les territoires qui, nous appartenant de droit, lui paraissaient relever de sa possession exclusive. Dans son jugement déformé, tout le sud du Mozambique était une colonie zouloue temporairement concédée à la gestion des blancs.

Ce fut ainsi que Dingane décida en 1833 de remplacer le gouverneur Dionísio António Ribeiro, basé à Lourenço Marques. À sa place, il nomma Anselmo Nascimento, un commerçant connu qui rendait des services aux territoires voisins. Le monarque zoulou échangeait un blanc contre un autre blanc. Dingane argumentait que "les Portugais se contrôlaient mieux les uns les autres". L'application de la mesure fut cependant suspendue. Jusque fin 1833, le roi zoulou décida de maintenir au pouvoir le gouverneur Ribeiro, bien que ce dernier ne lui payât pas de tribut.

Mais au cours de l'une de leurs razzias pour capturer des esclaves, les Portugais arrêtèrent et tuèrent par erreur des Zoulous. La rupture survint alors. Comme Dionísio Ribeiro refusait d'être démis par celui qui ne l'avait pas nommé, le roi Dingane envahit la ville, obligeant le gouverneur à chercher refuge sur l'île de Xefina.

Alors qu'il tentait de s'enfuir, caché dans un petit bateau, Ribeiro fut capturé et tué. Ils l'exécutèrent publiquement, en lui brisant le cou. Que firent les autorités portugaises en réponse à cet outrage? Elles ignorèrent le sujet. Son successeur au poste de gouverneur présenta des excuses préalables au roi zoulou, argumentant que la colonie était pauvre et que les coffres vides de Lisbonne ne permettaient pas de payer les impôts à l'empereur zoulou.

Des comportements de lâcheté comme ceux-là ne font que légitimer la prétention impérialiste des Anglais à prouver que le Portugal n'a pas les moyens de gouverner ses colonies africaines. Je ne sais si je hais davantage l'ambition anglaise ou la soumission honteuse de nos autorités.

7
Sur les ailes de chauves-souris

> Nos routes ont déjà eu la timidité des fleuves et la douceur des femmes. Et elles demandaient la permission avant de naître. À présent, les routes prennent possession du paysage et étendent leurs grandes jambes sur le Temps, comme font les maîtres du monde.

Les Vatxopi doivent leur nom à l'adresse avec laquelle ils manient l'arc et la flèche. Exceptionnellement mon père, Katini Nsambe, a grandi en marge de cette tradition, loin de la chasse et de la guerre. La musique et les marimbas* étaient sa passion, en dehors de l'alcool. Peut-être était-ce sa vocation à créer des harmonies qui le rendait si opposé à la violence. Mon père était un accordeur de cet infini marimba qu'est le monde.

Tous reconnaissaient en lui le meilleur fabricant de timbila* de la région. Il les engendrait comme s'il s'engendrait lui-même. Ce n'était pas un travail, c'était une gestation. Chaque étape de cette longue genèse était accompagnée d'un rituel de prières et de silences. Afin que d'autres mains, si anciennes qu'elles ne se donnaient pas à voir, guident ses gestes.

Depuis toute petite j'accompagnais mon petit vieux à la recherche des mimuenge, les seuls arbres qui fournissent un matériau de qualité. Je l'aidais à couper le bois, à attacher les lanières de cuir qui reliaient les planches, à chercher les calebasses de résonance qui sont placées sous les touches. Chaque calebasse était testée mille fois jusqu'à trouver la note juste. J'avais en charge de garder la cire des abeilles, qui était ensuite utilisée pour sceller les calebasses.

La fabrication de marimbas, voilà ce qui, ce jour-là, me fit me lever à l'aube pour accompagner mon vieux à la forêt des grands figuiers qu'on appelle mphama. Depuis toute petite, on m'avait chargée d'une mission censée revenir à un garçon : grimper aux figuiers pour capturer les chauves-souris et arracher leurs ailes, sans être mordue par leurs dents pestilentielles. Les membranes des ailes, une fois sèches, recouvraient le fond des caisses de résonance. C'était là le plus précieux secret de la recette paternelle pour la fabrication des marimbas.

J'acquis peu à peu de la dextérité dans l'art de capturer les grandes chauves-souris, ces voraces mangeuses de fruits. Sur les branches du haut, elles restaient la tête en bas, balançant comme des pendules vivants, inquiètes mais sans crainte apparente. Perchée sur les hauteurs, je les contemplais longuement avant de leur jeter le filet. On ne distinguait pas toujours les vivantes des mortes. Leurs griffes s'accrochaient aux branches avec un tel acharnement que, même une fois mortes, elles demeuraient suspendues et séchaient ainsi jusqu'à ce qu'elles ne soient plus qu'une ombre racornie. Certains d'entre nous, humains, connaissons ce même destin : morts au-dedans, et debout uniquement par notre ressemblance aux vivants que nous fûmes.

Sur les branches plus hautes se réunissaient les femelles qui allaitaient leurs petits. Elles ressemblaient tant à des êtres miniatures que j'évitais de les fixer dans les yeux afin de ne pas faiblir dans ma visée chasseresse. Ce sentiment de compassion alla redoublant à mesure que grandissaient en moi des rêves de maternité. Jusqu'à ce que, cette fois-là, devant le tronc que je devais escalader, je m'arme de courage pour déclarer :

– Pardon, tate. Mais je ne retournerai plus jamais là-haut.

Mon petit vieux s'étonna de mon attitude. Aucun père, à Nkokolani, n'accepte de réponse négative. Mais il sourit, avec une douceur inattendue. Tu ne veux pas monter ? demanda-t-il, d'un air ahuri. Je refusai en silence, mais avec fermeté. Et lui, étonnamment, accepta mon refus.

– Les chauves-souris te font de la peine ? Je comprends, ma fille. Et je vais te dire pourquoi je comprends très bien ton refus là.

Et il me raconta une histoire ancienne, qu'il avait entendue de ses grands-parents. En ce temps-là, les chauves-souris traversaient les cieux avec la vanité de se croire des créatures sans égales sur cette terre. Un jour, une chauve-souris tomba blessée à la croisée de chemins. Les oiseaux passèrent par là et dirent : regarde, l'un des nôtres ! On va l'aider ! Et ils l'emmenèrent dans le royaume des oiseaux. Le roi des oiseaux, cependant, en voyant la chauve-souris moribonde commenta : elle a des poils et des dents, elle n'est pas des nôtres, chassez-la d'ici. Et la pauvre chauve-souris fut déposée à l'endroit où elle était tombée. Les rats passèrent et dirent : regarde, c'est l'un des nôtres, on va le sauver ! Et ils la conduisirent en présence du roi des rats qui proclama : elle a des ailes, elle n'est pas des nôtres. Ramenez-la ! Et ils reconduisirent la chauve-souris agonisante au carrefour fatidique. Et elle mourut là, seule et abandonnée, celle qui avait voulu appartenir à plus d'un monde.

La moralité de la fable était évidente. Aussi, je trouvai étrange sa question, à la fin :

– Tu as compris, ma fille ?

– Oui, je crois.

– J'en doute. Parce que ce n'est pas une histoire sur les chauves-souris. C'est sur toi, Imani. Toi et les mondes qui se mélangent à l'intérieur de toi.

Les arts de Katini ne se limitaient pas à la confection des marimbas. Il était compositeur et chef d'un orchestre qui comptait une dizaine d'exécutants. Il se produisait dans notre localité et faisait des périples dans d'autres villages. J'assistais aux concerts et je contemplais, extasiée, les danseurs habillés en guerriers simulant des luttes avec des boucliers et des gourdins. Étendus sur le dos, ils se redressaient d'un bond comme s'ils étaient possédés par des esprits émergeant des profondeurs.

– Pourquoi joue-t-on aux guerres ? demandai-je, effrayée.

Mon père ne répondait pas. Peut-être ne savait-on pas vivre sans peur. En dansant avec des fantômes, on finissait par les domestiquer. Le problème des fantômes, c'est qu'ils ont toujours faim. Un jour, ils nous dévorent et nous devenons, nous-mêmes, nos propres fantômes.

Quoi qu'il en soit, la vérité est que cette cadence virile m'arrachait au monde et, bien que la danse fût exclusivement exécutée par des hommes, à ma place à l'écart, je gardais tout mon corps en mouvement. Et c'était comme si une autre personne dansait en moi. Cette autre personne était peut-être "la Vivante", c'était peut-être "Cendre", c'étaient peut-être toutes celles qui avaient vécu en moi. À ce moment-là, j'étais dispensée d'avoir un corps, je n'étais plus obligée d'avoir une mémoire. J'étais heureuse.

À la fin de la danse, les danseurs tombaient inertes comme s'ils avaient été transpercés par la mort en personne. La participation des femmes n'était autorisée qu'alors. Quelques mères se détachaient du public et faisaient mine de chercher leurs fils parmi les guerriers tombés à terre. Ce moment, contrastant avec la joie puissante de la danse, me plongeait dans une angoisse démunie. Et, invariablement, je pleurais.

– Ça ne t'a pas plu, ma fille? interrogeait, à la fin, notre mère.

J'acquiesçais que oui, que j'avais aimé. Et elle passait son bras sur mon épaule et me réconfortait: C'est un jeu, ma fille. Mais il y avait dans sa voix et dans la lourdeur de son bras une tristesse bien plus grande que la mienne. Et elle expliquait la raison de cette mélancolie: que ce soit sur les scènes de danse ou sur les vrais champs de bataille, il n'est pas un enfant qui soit uniquement le nôtre. Tous ceux qui sont tombés sont nos enfants. Les mères de ma terre portent le deuil de toutes les guerres.

Il était presque midi et mon père était assis avec un livre ouvert sur les genoux. Sur la couverture, on pouvait lire: *Abécédaire pour apprendre à lire*. J'avais trouvé le manuel il y a longtemps, au milieu des vieilleries laissées à l'église. À l'époque, j'avais tenu à le lui offrir. Jamais aucun autre cadeau ne l'avait autant ému. Il n'y avait pas un jour où il ne passait le bout des doigts sur les pages comme s'il venait juste de les créer. Au lieu de mots, dit-il, j'entends de la musique. Et ses doigts tambourinaient sur les pages comme si c'étaient les touches d'un marimba.

– Tate, vous n'avez pas peur des Vanguni?

– Il faut effrayer ceux qui veulent nous faire peur. C'est pourquoi j'apprends avec ce livre.

Il ferma le cahier avec mille soins et, tout aussi soigneusement, le rangea dans un sac en cuir. Puis il soupira profondément.

– On dit que je me suis livré aux Portugais, on dit que j'ai vendu mon âme aux blancs. Eh bien je demande: tu connais l'oisillon qui vit sur le dos de l'hippopotame?

Je connaissais l'oiseau et, mieux encore, l'aphorisme. Mon père répéta la vieille légende: tout le monde dit que le fameux oiseau vit aux dépens du pachyderme. Mais quand l'oiseau disparaît, l'hippopotame meurt en peu de jours. Et il conclut avec l'enthousiasme d'une nouvelle découverte:

– Je suis cet oisillon sur le dos de l'hippopotame. C'est moi qui soutiens les Valungu, les blancs des Terres de la Couronne. Pour ta mère, je ne fais rien d'autre que boire et fabriquer des marimbas…

– Tate, je ne vais pas continuer ce travail.

– Ton travail n'a pas encore commencé. Laisse le sergent portugais s'installer et sitôt après tu te présenteras à la caserne, lavée, jolie, bien habillée. Prête pour le service…

– Ce n'était pas de ce travail dont je parlais. Je dis que je ne monterai plus aux arbres, je ne tuerai plus de chauves-souris…

– Ah, ce travail est fini. Maintenant tu dois t'occuper d'autre chose. Et je te le dis d'avance : quand le sergent te donnera une récompense, il ne s'agira d'aucune générosité. C'est le paiement de mes faveurs. Je leur ai remis une fille et, plus encore, je leur ai remis un fils. Ce que je leur ai déjà donné a-t-il un prix ?

– J'avais promis que je ne retournerai pas à la cantina de ce Sardinha…

– Ne traite pas ça de cantina. C'est une caserne. Et là, tu pourras aider ton frère. C'est un bon petit, mon Mwanatu, il ne se trompe jamais avec le courrier. Personne n'imagine ce qu'il endure pour apporter ces papiers.

– Vous connaissez bien les dangers de ce travail. Imaginez que mon frère perde une lettre, qu'il glisse et tombe dans le fleuve…

– Tu n'as rien à voir avec ça, ce sont des affaires d'homme. Je veux plutôt savoir la chose suivante : toi, ma fille, tu lis les lettres, n'est-ce pas ?

– Quelques-unes, oui.

– Satisfais donc ma curiosité : quand est-ce qu'il arrive, ce fameux grand chef portugais ?

Pour mon père, tous les Portugais étaient de grands chefs. Il comprit mon hésitation et précisa :

– Je parle de celui qui a quitté Lisbonne pour venir tuer Ngungunyane…

– Mouzinho de Albuquerque ? Je ne sais pas, tate. Le navire dans lequel il voyageait a été victime d'une tempête.

– Une tempête ?

– Juste à la sortie de Lisbonne, une tempête a presque coulé le navire.

Déjà son fils Mwanatu avait fait référence à l'incident précoce qui s'était abattu sur le voyage de Mouzinho de Albuquerque.

– Que personne ne se fasse d'illusions, chuchota mon petit vieux : ce n'était pas une tempête. C'était une commande.

– Tate, faites attention. Personne ne doit savoir que je lis les télégrammes des Portugais.

– Tu crois que je suis fou ? Tu penses que je ne sais pas ce que les Portugais font aux espions ? C'est moi-même qui en ai dénoncé quelques-uns.

– Les nouvelles que je vous apporte sont des messages secrets qui arrivent de Lisbonne et de Lourenço Marques. Personne d'autre ne doit savoir…

– Je soupçonne que quelqu'un fournit des informations. Et ce quelqu'un a donné l'information à un féticheur fabricant de tempêtes.

– Ne dites jamais le nom de ce suspect. Je vous en prie, tate, pour l'amour du Ciel ! Même ici, dans cette prairie, j'ai peur que quelqu'un nous écoute.

– C'est peut-être ton frère, c'est peut-être mon fils, mais un de ces jours, j'oublierai que je suis père et je le dénoncerai.

– Pour l'amour du Ciel, ne dites pas ça. Ce n'est pas juste. Vous avez toujours traité Dubula comme s'il n'était pas votre fils.

– Dis-moi une chose : son héros, qui est-il ?

– Je ne lui ai jamais demandé.

– Le grand héros de ton frère à toi, c'est l'empereur Ngungunyane. Et maintenant réponds : cette personne peut-elle être mon fils ?

– Et que pensez-vous faire ? Le remettre aux Portugais ?

– C'est exactement ça que je ferai. Le jour où je croiserai ton frère, je lui ferai regretter de m'avoir affronté.

– Mais tate, s'il vous plaît, réfléchissez bien : des tempêtes, il y en a toujours eu. Pourquoi celle-ci serait-elle différente ?

– Eh bien, je vais te révéler la chose suivante : j'ai été voir la nyatisholo*, j'ai consulté la devineresse. J'ai été là-bas, voir tante Rosi, pour éclaircir s'il y avait eu ou non commande.

Devant la devineresse il s'était assis, sans plier les genoux comme le commandent les respects. Il était tellement triste et abattu que ses jambes s'étaient éteintes sur la natte. Il avait demandé à Rosi d'écouter comme si elle n'avait jamais rien écouté en ce monde. Car il allait lire à haute voix le manuscrit que sa fille avait rapporté de la maison du sergent.

– Vous avez emporté le rapport chez tante Rosi ?

– Oui.

– Mais c'est une folie ! Et si le sergent se rend compte que les documents manquent ?

– Les documents, comme tu les appelles, il n'y en a qu'un seul et il est ici avec moi.

Il ôta de sa poche une feuille froissée, qu'il se mit à lire avec la lenteur de celui qui déchiffre lettre par lettre. Il tourna et retourna la feuille pour faire mine que ses difficultés de lecture provenaient seulement des ombres passagères des nuages. Et il révéla phrase après phrase, bousculant tellement les mots que la salive coulait de son menton sur ses mains tremblantes :

“… le navire *Peninsular* dans lequel voyage notre capitaine Mouzinho de Albuquerque, sitôt sorti du port de Lisbonne, a été frappé par une tempête jamais vue sur cette côte. La mer creusait des abîmes et formait des montagnes, de sorte que le navire devînt si petit que même Dieu ne pouvait le voir. Les vagues étaient si hautes que l'hélice du bateau se détachât et se perdît au fond de la mer. Le *Peninsular* se détachait ainsi de la volonté humaine. Des bateaux français et anglais lui vinrent en aide. Ils lancèrent des cordes, les cordes cassèrent. Ils lancèrent les embarcations de secours, les embarcations étaient incapables de naviguer à la voile sur cette mer démontée. Enfin, sans que nul ne comprît, la tourmente s'apaisa subitement et le navire de Mouzinho retourna à Lisbonne pour être réparé et poursuivre son voyage désormais avec la bénédiction du Seigneur…”

– Tu t'étonnes que j'aie lu tous les mots ? demanda Katini d'un sourire railleur. C'est toi qui m'as appris, conclut-il, tandis qu'il pliait la feuille et la remettait dans sa poche.

– Mais tate, c'est la seule feuille ? Et les autres pages ?

– La nyatisholo en a eu besoin.

Tante Rosi, sa plus légitime belle-sœur, n'avait pas eu besoin, à l'occasion de la consultation, d'élever la voix pour être promptement obéie :

– Mets un de ces papiers dans l'eau !

La feuille flotta dans la bassine que la femme avait posée sur ses larges cuisses. Le papier ballotta comme un bateau dans la tempête. Puis l'encre se libéra et un nuage de tourment noircit l'eau. Cette tache inonderait pour toujours l'âme de Katini.

– Cette encre ne sort pas du papier, jugea la devineresse. Cette encre sort de tes veines.

Étourdi, Katini Nsambe observa la feuille, déjà pâle, s'enfoncer lentement dans le baquet d'eau. Rosi lui demanda de lui remettre le reste du rapport.

– J'ai besoin de ces écrits, dit-elle. Les paroles écrites sont de grands fétiches, capables de puissantes magies. Je veux utiliser ces papiers dans mon travail.

– Je te les donne, mais d'abord je veux connaître le résultat de ma visite.

– Tu peux être sûr d'une chose : cette tempête n'est pas venue de la mer. Cette tempête avait un maître. Celui qui a commandé ce travail va répéter sa commande. La victime sera toujours ce Portugais, ce Mauvaizinho...

– Mouzinho, corrigea mon père.

– D'autres sorts suivront, en Afrique et au Portugal.

– Qui a commandé la tempête, tante Rosi ?

– Tu le sais, Katini. Celui qui ouvre la porte est celui qui est à l'intérieur de la maison.

Katini me remit la seule page qui restait du rapport de voyage de Mouzinho. Il croyait ainsi soulager ma tristesse. Et ce fut pour me distraire qu'il se remit à parler :

– Eh bien je vais te dire une chose : quand l'armée portugaise viendra nous sauver, il faudra que tu fasses attention, ma fille.

– Et pourquoi, tate ?

– Ces blancs viendront à cheval. As-tu déjà vu un cheval ? J'en ai vu à Inhambane. Avec un animal pareil il faut faire attention, ma fille. Il ne faut jamais les regarder en face.

Les yeux des chevaux sont incandescents. Ils sont faits d'eau sombre, comme les lacs profonds. Mais c'est une eau incendiée. Qui les contemple de face voit son âme brûler.

– Et c'est là que les sortilèges aiment habiter : dans les yeux. Le jour où j'ai connu ta mère, nos regards se sont croisés avec une telle passion que toi, Imani, tu es née à ce moment exact.

Il chassa les mouches qui rôdaient autour de son visage. Son geste était rond comme s'il avait réellement capturé quelque chose dans les airs.

– Et tu t'es déjà présentée pour donner des leçons au sergent Germano ?

– Oui, mais il a l'air de n'avoir aucune envie d'apprendre.

Dès la première leçon, le Portugais n'avait pas levé les yeux de la correspondance éparpillée sur la table. Sans me regarder, il avait clairement montré qu'il prétendait à peine apprendre "l'essentiel". Ce qui lui suffirait à donner des ordres. En vérité, il n'apprendrait jamais un seul mot. Finalement, dans l'infinie solitude dans laquelle il allait vivre, à qui donnerait-il des ordres ?

– Il a raison, ce sergent. Je n'ai jamais compris pourquoi ils veulent apprendre une langue de nègres, soupira mon père.

– Ils ne veulent pas. Ce sont des ordres qu'ils reçoivent.

– Avec ou sans leçons, présente-toi toujours chez lui. Cet homme sera notre garantie. Tant que ce sergent sera avec nous, nous serons protégés.

– Je n'y manquerai pas, tate.

– Et je dis une chose : si, un jour, ce blanc veut quelque chose de plus de toi, tu sais.

– Je ne comprends pas, tate.

– Ce que je dis est très simple : tu dois être pour lui ce que toutes les femmes sont sur cette terre. Tu comprends ?

En silence, j'enfonçai mes pieds dans le sable comme si j'arrêtais un fleuve. Mais c'étaient les larmes que j'arrêtais. Il aurait mieux valu laisser venir les pleurs. Notre mère disait que, quand nous pleurons, l'âme suit l'exemple de la terre sous la pluie : elle devient argile. Et l'argile nous donne un toit, l'argile est celle qui moule notre main.

8
Quatrième lettre du sergent

Nkokolani, le 13 mars 1895
Votre Excellence Monsieur le Conseiller José d'Almeida,

Je suis navré d'apprendre que la lettre confiée à Fragata s'est égarée. Davantage que sa simple perte, je suis gêné à l'idée qu'elle se trouve entre des mains étrangères. Quoi qu'il en soit, le messager qui remettra cette missive mérite toute confiance. J'en ai déjà fait mention auparavant. Cet aide que par malheur on m'a donné s'appelle Mwanatu. Il est à moitié attardé, mais d'une loyauté à toute épreuve. Sa sœur Imani est quant à elle intelligente et vive, on en oublierait presque qu'on se trouve devant une jeune négresse.

Je vous remercie de m'avoir averti de ne pas envoyer la moindre information directement à Lourenço Marques sans qu'elle ne soit d'abord soumise à l'appréciation de Votre Excellence. Je n'aurais jamais pensé que de telles discordes soient possibles dans notre administration. Votre Excellence peut être tranquille, je serai digne de la confiance que vous déposez en moi.

Je dois ajouter, Monsieur le Conseiller, que les détours étranges et les interférences dans notre correspondance que Votre Excellence soupçonne n'ont pas de fondement. L'unique personne susceptible d'interférer dans le secret de cette communication serait Mwanatu déjà cité, celui qui nettoie et garde ma maison. Il est le seul à transporter le courrier. Le garçon a appris à lire, bien que de façon très rudimentaire. Mais non seulement il ne se risque pas à ouvrir les lettres tout comme, j'en suis sûr, il ne donne notre courrier à lire à personne.

Je suis donc à l'aise pour fournir dans ce rapport, sans crainte d'interférence, les détails que Votre Excellence m'a demandés sur le tragique événement, consécutif à la détention du cantineiro Francelino Sardinha.

En effet, conformément aux instructions reçues à Lourenço Marques, nous avons signifié au cantineiro son arrestation. Nous n'avons pas jugé nécessaire de le menotter et, à vrai dire, il n'a pas du tout semblé abattu par la nouvelle. Au contraire, notre compagnie semblait tellement le réconforter qu'il n'a même pas posé de questions sur les motifs des soupçons qui pesaient sur lui. Cette absence de surprise était, pour moi, une preuve évidente de l'admission de sa culpabilité.

Il nous a uniquement demandé de lui épargner d'être exhibé dans les rues de la ville, attaché et escorté de cipaios noirs. Dans le reste de la conversation il s'est montré cordial, bien qu'en grand désaccord avec notre politique coloniale. Brusquement, cependant, son humeur a radicalement changé. Et il a adopté une attitude agressive, allant jusqu'à maudire la gloire de notre armée. Je me rappelle ses mots exacts : Putain d'héroïsme que le vôtre, vaincre des armées de nègres qui se précipitent désarmés contre vos fusils et vos mitrailleuses ! À ces mots osés et provocateurs, je n'ai pas eu à répondre, Fragata a en effet vigoureusement riposté, rappelant que beaucoup de Cafres possédaient déjà des fusils et des mitrailleuses.

Mais le colérique Francelino Sardinha n'en démordait pas. Connaisseur de première main d'une réalité que l'on appréciait avant tout par des rapports, le cantineiro argumenta que la plupart des Vátuas se refusaient à utiliser un armement européen. Tels furent ses mots : "Ils n'utilisent pas les fusils qu'on leur remet. Ils disent que c'est le propre d'un lâche de combattre à distance. Ces gens ont confiance dans les potions, les amulettes dont ils croient qu'elles les immunisent contre les balles. Même moi, que Dieu me pardonne, j'avoue que j'ai foi en ces superstitions."

Je consigne ce qui s'est passé au cours de cette nuit fatidique, avec les détails d'un souvenir encore extrêmement vivace, et je procède ainsi minutieusement, car les dialogues échangés là peuvent servir à mesurer le pouls des tensions qui nous divisent, nous, Portugais. Par exemple, le cantineiro a passé son temps à défier l'impassible Fragata, en lui demandant s'il parlait la langue des nègres. Il voulait savoir si nos négociateurs s'étaient jamais souciés d'apprendre l'une de ces langues. Que lui, Sardinha, parlait le dialecte des Cafres car la vie l'avait obligé à l'apprendre. Qu'il n'était pas comme les "autres" qui sont en Afrique depuis des années et ne connaissent pas un mot de leur langue. C'est ce qu'a dit le cantineiro.

Cette fois, c'est l'adjoint qui a perdu patience. Et quand, sorti de ses gonds, il s'est adressé à Sardinha, il a laissé échapper nos véritables intentions : Et toi, cher Sardinha, tu parles anglais quand tu vas en Afrique du Sud vendre les secrets militaires des Portugais.

Le cantineiro s'est tu pendant un temps. Il a vidé son verre cul sec pour se donner du courage et il a déclaré : "Vous savez quelle langue on parle, les Anglais et moi ? On parle zoulou." D'après lui, les Anglais, contrairement aux Portugais, apprenaient à parler les langues des Cafres. C'est pourquoi ils cohabitaient en bons termes avec la cour de Gungunhane et s'asseyaient à ses côtés comme conseillers. J'avoue que cet éloge des Anglais, en contrepoint à une quelconque défaillance lusitanienne congénitale, m'a mis le sang en ébullition.

Sans doute est-ce pour cela que j'ai volé au secours de notre honneur et défendu l'utilisation de traducteurs, notre politique dans les territoires africains. Parler et faire parler portugais faisait partie de notre mission civilisatrice. Toujours provocateur, le cantineiro nous a mis en garde contre la naïveté de faire confiance aux traducteurs. La même crédulité fatale nous faisait distribuer de l'armement aux Cafres que nous avions pour alliés. La sentence du cantineiro délirant n'aurait pu être plus tragique : "Nous serons tués avec les mêmes fusils que nous avons mis entre leurs mains. Et l'ordre d'exécution sera donné en portugais, dans la langue que nous avons mise dans leurs bouches."

À ce moment-là, je dois dire que Sardinha parlait déjà tout seul. Car aussi bien Fragata que moi étions occupés à défaire nos valises pour en retirer les affaires dont on avait le plus besoin. L'enthousiasme du cantineiro, en me voyant accrocher mon fusil à un clou sur le mur, m'a surpris. À voix haute, il a proféré les mots suivants : "Voilà donc, sur ce mur, la seule langue que ces gens comprennent."

Je lui ai demandé de surveiller son langage, le lendemain, en effet, il allait traverser le village des Cafres encadré par deux cipaios armés. Le cantineiro a persisté dans la même arrogance et a ironisé au sujet des incongruités lusitaniennes : tandis qu'il recevait son ordre d'incarcération, les autorités portugaises promouvaient Gungunhane, mon supérieur hiérarchique. Et Sardinha s'est encore moqué du fait que le Terreiro do Paço avait nommé le chef des Vátuas colonel de notre armée, ouvrant droit à des privilèges et à des avantages. Et ce qu'il a ensuite révélé, je l'avoue, m'a rendu furieux : "Vous savez comment ce nègre nous traite, nous, Portugais ? Il nous appelle ses 'Machangane* blancs'. Nous sommes ses esclaves, à ce Gungunhane. Nous ne sommes pas autre chose que ses esclaves…"

La conversation s'est éternisée jusqu'à ce qu'il fasse nuit noire. Imani, qui avait accompagné tout cet exposé, a pris congé, et le cantineiro a demandé à sortir avec elle quelques minutes. Après une brève absence, l'homme est revenu dans la maison pour, de façon intempestive, se suicider sous nos yeux.

Vous n'imaginez pas, Votre Excellence, les embarras qui ont suivi cet acte insensé. J'ai aussitôt dû enterrer l'infortuné cantineiro et j'ai nettoyé moi-même, de mes mains, le sang qui s'était répandu sur le plancher de la cantina qu'on appelle caserne. Aujourd'hui encore, tandis que j'écris, je vois le sang couvrir mes doigts.

Je me souviens, sur le moment, de l'ami Fragata, me voyant si affairé, voler à mon secours :

– Ne restez pas dans cet état, cher Germano. Notre malheureux cantineiro ne s'est pas tué uniquement parce qu'il avait reçu son ordre d'incarcération. Le crime dont il était accusé dépassait largement la vente d'armes et de défenses d'éléphant aux Anglais.

– Et quel était ce crime ?

– Celui d'espionnage en faveur des Anglais. L'homme aurait été fusillé à son arrivée à Inhambane. Et Sardinha était au courant.

– On fait fusiller des Portugais ? On fait tuer l'un des nôtres ?

– Tout est là justement : le cantinier n'était plus l'un des nôtres depuis longtemps. En vérité, il était déjà… comment dire ?… il était déjà un nègre, juste un peu plus pâle. C'était pour ça qu'il parlait la langue des Cafres.

En outre, avait poursuivi Fragata, ce n'étaient pas les affaires de Cafres qui avaient entraîné la détention de Sardinha. Les nègres, dit Fragata, sont un fantôme qui nous poursuit, mais ils n'ont pas d'existence propre. Ce sont les Anglais qui sont derrière eux. Ce sont eux nos vrais ennemis.

Mon collègue croyait m'avoir soulagé du poids de la culpabilité, en attisant mon animosité contre les Anglais. Mais le remords continuait, planté en moi. Alors, comme en ultime recours, Mariano Fragata m'a conduit derrière la maison et a désigné un mur en pierre :

– Vous voyez ces trous, tous à la même hauteur. Vous savez ce que c'est ?

– Je n'en ai pas la moindre idée.

– Tous ces trous ont été faits par des balles. Et de conclure : Ce mur est un mur des fusillés. On m'avait dit à Inhambane que ce n'était pas la peine de ramener le cantineiro en ville. Qu'on l'exécuterait ici, devant ce mur.

– On l'aurait fusillé ici ?

– Vous l'auriez fusillé, puisque vous êtes militaire. Vous voyez ? C'est bien mieux qu'il se soit fusillé lui-même.

9

Messages des morts, silence des vivants

> La différence entre la Guerre et la Paix est la suivante : dans la Guerre, les pauvres sont les premiers à être tués ; dans la Paix, les pauvres sont les premiers à mourir.
> Pour nous, les femmes, il y a encore une autre différence : dans la Guerre, nous sommes violées par ceux que nous ne connaissons pas.

Nous étions à Nkokolani en raison de fuites, de mensonges et de lâchetés. Nous avions été heureux à Makomani, près de la mer. À cet endroit je suis née, à cet endroit j'ai grandi comme pensionnaire à l'école de la mission, là j'ai appris à être la femme que je suis aujourd'hui. Ma mère, elle surtout, avait été heureuse dans cette petite localité, au bord de l'océan Indien. C'est notre grand-père Tsangatelo, l'ancien de notre famille, qui, un jour et sans raison apparente, nous avait donné l'ordre d'en partir et de ne plus jamais y retourner. La décision était inattendue, il semblait être poussé par des fantômes.

C'est ainsi que nous nous installâmes à Nkokolani, un village de l'intérieur où seule la présence du fleuve Inharrime nous soulageait de la nostalgie de l'immense océan. Sans jamais le déclarer, nous attendions qu'un jour grand-père nous donne une explication. Ou, mieux encore, qu'on rentre de cet exil. Et c'est ce que nous avions cru quand, il y a cinq ans, il avait donné l'ordre à toute la famille de se réunir.

Nous étions tous ensemble, assis dans la cour de sa maison, quand Tsangatelo avait émergé de la chambre portant le bagage typique du voyageur : une natte, une couverture, un rouleau de tabac, un sac en peau de cabri rempli de farine de manioc. Et une calebasse pleine d'eau.

– Vous allez partir, grand-père ?

– Je vais émigrer, je pars dans les mines.

La première réaction de la famille fut le rire. Les mines exigent un âge, les entrailles de la terre s'alimentent de jeunesse. Tsangatelo avait déjà dépassé la soixantaine. Il ne supporterait même pas le voyage à pied. À cette époque, les compagnies de recrutement qui, des années plus tard, se chargeraient de transporter les mineurs n'existaient pas encore.

Pourtant, Tsangatelo n'avait jamais rien dit d'aussi sérieux de toute sa vie. Il était décidé à travailler sur les terres des Anglais. Il se rendrait au Daimond qui était la façon dont on désignait les mines de diamants en Afrique du Sud. Préoccupée par la gravité de l'annonce, toute la famille tenta de le dissuader : ils utilisèrent d'abord l'argument de l'âge. Puis ils eurent recours à d'autres raisons. Qu'il regarde l'état misérable dans lequel les magaíças* rentraient. Plus que tous les parents, mon oncle Musisi protestait :

– Notre départ pour les terres du Rand est pire que toutes les guerres qu'on nous a faites.

Nos jeunes, argumenta-t-il, revenaient d'Afrique du Sud et ils n'étaient plus les mêmes, ils ne redevenaient plus jamais des Vatxopi. Impassible, grand-père Tsangatelo ne prêtait l'oreille à personne. Oncle Musisi insista encore : les mines du Transvaal étaient en train de tuer notre nation. Autrefois nous payions le lobolo* avec notre bétail. Maintenant tout le monde ne voulait plus que les fameuses livres anglaises.

Un autre parent commenta encore à contre-courant : les Portugais nous payaient dans leur monnaie mais collectaient les impôts en monnaie anglaise. Comment ne pas émigrer, dans ces conditions ?

Le lourd silence de la résignation s'était déjà installé quand grand-mère, la voix tremblante, affronta son mari :

– C'est celui-là l'exemple que tu veux donner à notre famille ?

– Quelle famille ? s'enquit grand-père.

Et sa femme ne dit rien de plus.

Avant de quitter Nkokolani, grand-père m'appela. Il violait le commandement du village : personne ne parle d'un sujet sérieux avec un enfant, surtout si cet enfant est de sexe féminin. À cette époque, je n'avais pas plus d'une dizaine d'années. Aujourd'hui, je comprends : notre ancien avait seulement besoin de s'entendre lui-même. Devant moi, il se remémora le moment où on l'avait convoqué pour rendre visite à son père sur le point de mourir. Il n'en avait pas eu le courage. Il ne savait pas contempler un dénouement qui était, en définitive, sa propre fin. Tant d'années après, ses yeux se posaient sur moi et son cœur s'ouvrait :

– Maintenant, avec les nouvelles invasions des Vanguni, c'est la même chose. Je ne veux pas qu'on m'appelle, encore une fois, pour assister à une mort encore plus grande : la mort de ma terre.

Je regardai ses pieds crevassés. Au même instant, j'eus honte de mes sandales. Et sous le poids de la culpabilité, mes jambes pesèrent. À l'exception de ceux de ma maison, personne au village ne connaissait les chaussures. C'était suffisant pour qu'on nous traite de valungu, de blancs.

Tsangatelo me demanda alors d'aller chercher un cahier de ceux que je gardais à la maison. Il voulait me dicter un rêve qui le poursuivait. Il prétendait que je note exactement ses mots. Pour qu'ensuite, une fois la feuille déchirée, il se voie ainsi délivré de ce cauchemar. Je lui fis plaisir.

"Écris, ma petite-fille, écris sur les rêvés. Toi, ma petite-fille, tu questionneras : les rêvés ? Et moi je répondrai : oui, les rêvés.

Parce que je les rêve. Je dis que je les rêve et non que je rêve d'eux. Les soldats morts m'apparaissent toutes les nuits, plus éveillés que moi. Ils m'arrivent de toutes les batailles, de tous les temps et de toutes parts. Puis, ils me secouent de leurs longs bras pour me dire qu'ils sont venus à cause de la nouvelle guerre.

– Quelle guerre ? leur demandé-je craintivement.

– Celle qui est sur le point de commencer, répondent les rêvés.

Je jette un œil dehors. Mais c'est uniquement pour les distraire. Car ils savent que je ne vois rien en dehors de moi-même. Je suis un champ éventré, un cimetière plus grand que la terre elle-même.

Tous ces rêvés me pèsent au point de couler mon rêve. Car ils voyagent en portant les armes avec lesquelles on les a abattus.

– Donnez-moi des trêves, leur demandé-je.

– Ce n'est pas nous qui avons ouvert la porte, répondent-ils. C'est toi. C'est toi le rêveur.

Je désigne les murs de ma petite chambre et je leur fais voir l'exiguïté du lieu : D'ici peu, je ne pourrai plus abriter aucun de vous. Et ils répondent : Quand cela arrivera, ce sera toi qui devras sortir du rêve.

Il m'est alors venu à l'idée de les appeler à la raison. Faisant signe au plus proche, je m'apprêtais à lui chuchoter quelque chose à l'oreille quand, péremptoire, il a clamé : Inutile de faire des messes basses. Ici tous t'entendent avant même que tu ne parles.

– La guerre dont vous parlez peut tarder à arriver, argumenté-je.

– Eh bien dans ce cas on te tirera dessus.

– Mais je suis le rêveur.

– Tu ne l'es plus. Maintenant, c'est nous qui te rêvons toi."

Quand il eut terminé de me dicter ses intimités nocturnes, Tsangatelo redressa le dos comme s'il se sentait soulagé. Puis, il me demanda de lui remettre la feuille où j'avais écris pour la déchirer lui-même et la lancer au vent. Et il procéda ainsi, tournant lentement sur lui-même et jetant les bouts de papier aux quatre points cardinaux. Juste après, les yeux ouverts, il ouvrit les bras et affronta le soleil. Et il proclama alors :

– Adieu, rêvés. Je vais là où je serai maître de mes rêves.

Et il partit. Je restai immobile à regarder comment Tsangatelo s'éloignait, avec cette habileté savante à n'être pas plus qu'une ombre. Ces pieds sillonnant le sable étaient plus anciens que la terre elle-même. Dans ces pas tous les ancêtres marchaient.

Mon grand-père avait mon âge quand nos terres avaient été envahies pour la première fois. On ne comprenait pas pourquoi ces gens nous prenaient pour des bêtes et appréciaient mieux leurs bœufs que les peuples qu'ils soumettaient. On ne comprenait pas pourquoi ils volaient notre bétail, tuaient nos gens et violaient nos femmes. Ils nous traitaient de tinhloko, les "têtes". C'était ainsi qu'ils nous voyaient : comptés comme des esclaves, décomptés comme des bêtes. À feu et à sang, ils avaient fondé un empire qui était passé du grand-père au fils, du fils au petit-fils. Et c'était maintenant ce petit-fils, Ngungunyane, qui nous punissait à nouveau.

L'agression persistante créa des changements chez notre peuple. Le fait est que nous avions toujours vécu dispersés et occupés à de petits conflits de voisinage. Mais cette menace nous réunit en une seule entité. Nous devînmes les Vatxopi, ceux "de l'arc et de la flèche". Nous résistâmes à l'invasion des Vanguni, nous maintînmes notre langue, notre culture, nos dieux. Nous payâmes cher cette obstination. Le prix pour Tsangatelo fut de s'égarer de sa propre vie.

Cinq ans étaient passés depuis le départ de grand-père. Un matin, un messager se présenta chez nous : notre parent s'était perdu à l'intérieur de la mine où il travaillait.

– Il est mort ? demanda grand-mère, sans émotion.

Non, il n'était pas mort. Il s'était simplement perdu. Ce fut ainsi que répondit le messager. Ou peut-être que "perdre" n'était pas le verbe juste, ajouta-t-il, dubitatif.

– Bon, alors il a fini par mourir, conclut grand-mère. Ce n'est pas de cette mort que tu apportes la nouvelle ?

J'offris au visiteur une noix de coco pleine de nsope. L'homme resta impassible, à examiner la boisson. Je me souvins, je ne sais pas pourquoi, d'une vieille chanson d'enfance : "Qu'ils sont beaux les pieds des messagers..." Et les pieds du messager entrèrent peu à peu dans la chanson comme s'ils me conduisaient loin du village.

Enfin, l'émissaire porta la noix de coco à ses lèvres. Personne ne but jamais rien aussi lentement. Pesait ce qui lui restait à annoncer. Enfin, il s'y résolut : ce n'était pas définitif que grand-père Tsangatelo se soit perdu involontairement. Tout indiquait que notre ancien s'était égaré de son propre chef.

– De son propre chef? trouva étrange grand-mère qui conclut aussitôt : Alors celui-là n'est pas mon mari.

Parmi les collègues mineurs il n'y avait qu'une seule explication : Tsangatelo avait choisi de vivre pour toujours dans les labyrinthes souterrains. Notre parent s'était exilé dans la mine, errant éternellement dans le noir. Parfois, la nuit, les mineurs entendaient quelqu'un creuser dans les profondeurs. C'était Tsangatelo ouvrant de nouvelles galeries. Il avait tellement trimé dans le ventre de la terre qu'il n'y avait pas un recoin qu'il n'avait pas atteint. On courait le risque que la nation entière s'effondre, sans sol pour la soutenir.

Notre grand-mère rit, sans tristesse ni colère. Et elle commenta : Ce démon aurait dû me rendre mon lobolo depuis longtemps...

– Ce que je vais dire après ne vous plaira peut-être pas, s'excusa le visiteur. Et il approcha sa noix de coco pour que je la remplisse à nouveau.

– Continue, mon ami, encouragea grand-mère. Tsangatelo s'est perdu dans les profondeurs ? Je ne pouvais pas recevoir de meilleure nouvelle.

Il y avait, cependant, un autre sujet plus grave. Ce sujet était commenté dans les compounds où les mineurs dormaient. Il se disait tout bas que, de temps en temps, une femme descendait dans les galeries pour lui apporter de l'eau et à manger. C'était ainsi que le vieux Tsangatelo survivait.

– Une femme ? s'enquit grand-mère. C'est ce que tu as dit : une femme ?

Je guettai le visage de grand-mère, jaugeai ses sombres rétines. Aucune jalousie, aucune surprise. Rien. Pas même une ombre. Le messager porta plusieurs fois le dos de ses mains à ses lèvres tremblantes. Il ne s'essuyait pas. Il se donnait du courage pour poursuivre.

– Vous aimerez encore moins savoir le reste.

– Le reste ? Quel reste ?

– En fait, personne ne croit que celle qui va le rejoindre soit une femme.

– Qui est-ce, alors ? Un esprit ?

– C'est un homme.

– Un homme ?

– Un tchipa. Un de ces hommes qui, parmi les mineurs, font office de femmes. La vérité est celle-ci : votre mari est maintenant marié avec un tchipa.

Alors seulement grand-mère fut touchée. Son air railleur céda la place à un masque de surprise blessée. On avait tous entendu parler de ces mineurs qui se "marient" avec d'autres hommes et qui oublient les épouses qu'ils ont laissées dans leurs pays d'origine. Mais nous ne pouvions pas imaginer que grand-père Tsangatelo deviendrait l'un d'eux.

Avec une vigueur inattendue, grand-mère retira la noix de coco avec le nsope de la main de l'intrus, elle la jeta par terre et chassa le messager. Elle laissa l'homme disparaître pour vociférer :

– Tsangatelo n'est plus une personne ! C'est un mort. Tsangatelo est mort.

Avec ostentation, elle entra dans la maison pour, tout de suite après, jeter par la porte tous les biens de son mari. Comme font les veuves, elle frappa d'un bâton toutes ces affaires. Elle leur ôtait les saletés de la mort. En faisant siffler la baguette, elle sentenciait :

– Cette taupe pourrira dans le trou qu'elle a creusé.

Ces paroles résonnaient comme une terrible malédiction. Pour moi c'était l'inverse: grand-père nous disait qu'il existait une issue. Nkokolani n'était pas finalement comme les petits hameaux dont l'unique chemin est celui du retour. Il était parti et n'était pas revenu.

Jusqu'à aujourd'hui, en m'endormant, j'entends ses longs doigts creusant le ventre de la terre. C'est ainsi qu'il va déterrant les étoiles près de notre termitière. C'est ainsi que ma mère et moi enterrons notre rêve de retourner un jour près de la mer.

Il était midi, il faisait si chaud que même les mouches, somnolentes, s'abstenaient de voler. Nous étions à l'ombre derrière la maison. Tante Rosi était venue nous rendre visite dès le matin et elle était restée comme si elle avait oublié qu'elle n'habitait pas là. Elle était tout excusée de s'être autant attardée: les chemins devaient être en feu. À cette heure, des morceaux de feu se détachaient du soleil et personne ne pouvait fouler le sol.

Ma mère lui tressait les cheveux et se moquait des fils blancs que sa belle-sœur souhaitait voir dissimulés sous sa nouvelle coiffure. Mon père se leva alors et montra une page colorée qu'il avait volée dans un livre de la vieille église. Non sans l'avoir regardée comme si cette feuille renfermait la solution à nos angoisses.

– Vous voyez les anges ici?

– Je ne vois aucun ange noir, ironisa Rosi. Et mame et elle rirent.

– Taisez-vous, c'est très sérieux. J'aimerais vous demander une chose: si un de ces anges apparaissait maintenant à Nkokolani, que devrait-on lui demander?

– Puisque ceux qui existent ne nous écoutent pas, ça vaut la peine de demander à qui n'existe pas?

– Je demanderais un fiancé pour Imani, ironisa Rosi.

– Si au lieu des ailes, ils avaient des rames… soupira mame.

J'attendis encore que mon père veuille écouter mon vœu. Au lieu de cela, il décida de parler en mon nom. Inutile de me demander car il était très sûr de mon désir secret.

– N'est-ce pas, ma fille?

Et il prit une pose rigide, il se frappa la poitrine par-dessus la feuille de papier et proclama que, dans son cas, il ne demanderait rien. J'ai réfléchi, déclara-t-il, et j'ai décidé qu'en qualité d'aîné des Nsambe, aujourd'hui j'irai parler avec les esprits.

– Le soleil n'est pas encore monté et il est déjà soûl, commenta mame.

Cette nuit-là, il y aurait, dans le cimetière de la famille, une cérémonie en souvenir de Tsangatelo, pour lui demander surtout de nous ramener la paix. Plus que la sympathie des Portugais, nous devions gagner les bonnes grâces de nos ancêtres. Ce culte traduisait la division qui régnait dans notre famille : pour les uns, comme grand-mère et mon père, notre ancien était décédé ; pour les autres – et j'étais l'une de ceux-là –, Tsangatelo arpentait vivant un long tunnel sombre. Un jour, il serait expulsé de ce tunnel, comme s'il s'agissait d'une deuxième naissance.

Les préparatifs de la cérémonie requéraient un effort de nous tous. Le travail le plus éloigné de la maison me revint à moi : tout l'après-midi je collectai du bois. Et je ramassai bâtons et brindilles comme si c'étaient des morceaux de moi que je regroupais sous le bras. À l'exemple des autres épouses de Nkokolani, ma mère avait laissé des bûches volumineuses brûler pendant la nuit. C'était ainsi qu'elles faisaient invariablement. Le matin, quand les maisons naissaient, le feu était déjà allumé. Et ainsi épargnait-on aux hommes d'initier un nouveau feu. Dans notre village, allumer le feu est la tâche exclusive des maris.

La nuit commençait à tomber et je n'avais pas encore empilé tout le bois dans la cour. Ce fut quand la cloche de l'église se mit à sonner toute seule. Les oiseaux s'envolèrent, effrayés, et les villageois cherchèrent refuge dans leurs maisons. L'aveugle du village, qui ne sortait jamais dans la rue, surgit sur la place. Il était rentré de la guerre depuis des années sans blessure apparente. Mais la guerre était entrée dans sa tête, éteignant ses yeux de l'intérieur.

L'aveugle entendit le volettement des oiseaux autour de lui et déclara :

– Mes frères, ceux-là sont les derniers oiseaux ! Regardez-les bien car vous ne les reverrez plus jamais.

Il tournoya comme s'il dansait avec ses pieds aveugles, les bras déployés comme des ailes.

– Saluons ces oiseaux qui donnent de la hauteur aux cieux. Saluons-les car, demain, il n'y aura que les balles qui voleront à Nkokolani.

Et il rentra chez lui, ses mains pagayant dans le noir. Le tintement mystérieux de la cloche était pour moi un appel, une mise en garde que d'autres dieux réclamaient notre attention. Je laissai le bois sans le ranger et oubliai mes autres obligations. Et me voilà partie, sous la lumière ténue qui subsistait, en direction de l'église décadente. C'était un bâtiment petit et simple, dans une telle décrépitude que personne n'y entrait plus depuis longtemps. Pas même Dieu n'était présent. On dit qu'on y avait célébré des messes et catéchisé beaucoup de nouveaux chrétiens. Mais depuis que le dernier prêtre était parti pour Inhambane, le bâtiment avait décliné, solitaire et fané, comme une île au milieu des esprits africains infinis. C'est dans une petite église, semblable à ce que celle-ci avait été un jour, que j'avais reçu en son temps la leçon des lettres et des nombres.

Il n'y a rien de tel qu'une petite église vide pour trouver Dieu en nous. Je me rappelai les temps où l'église de Makomani était vivante et où le père Rudolfo répétait pour lui-même :

– Les noirs n'ont pas d'âme, dit-on, là-bas dans la métropole. Eh bien c'est l'inverse : ces gens ont plutôt trop d'âme...

Le prêtre avait peut-être raison. Mais là, je n'avais pas d'âme qui vaille. Agenouillée, je collai mon oreille contre le sol. Et j'entendis grand-père Tsangatelo creuser pour atteindre la surface. Mais il y avait trop de pierre et les doigts de grand-père étaient fragiles et fatigués.

Les cloches sonnèrent de nouveau et la chouette qui vivait cloîtrée dans les ruines s'envola au-dessus de ma tête. J'avançai sur le sol tapissé de plumes comme si je marchais sur une bribe de clair de lune. Le proverbe dit que les plumes des chouettes sont tellement légères qu'elles n'en viennent jamais à tomber. Cette nuit-là, les plumes tournoieraient, devenues folles, et s'élèveraient jusqu'à se coller aux tuiles. Au plafond, elles se métamorphoseraient en corps et en ailes : des anges naîtraient. Cette nuit-là, je deviendrais folle comme les chiens. Mes hurlements hérisseraient la peau des plus audacieux. Comme dit ma mère : pour ma folie une petite portion de Lune me suffit.

Tandis que je m'éloignais, la cloche sonnait encore, secouée par des mains invisibles. Je rentrai à la maison certaine que ce n'était pas à l'église qu'on devait chercher grand-père. Pendant que les autres partaient pour accomplir la cérémonie d'évocation d'un mort qui n'était jamais mort, je choisis une autre manière de célébrer notre grand-père. J'embrassai la termitière comme si j'étreignais la terre entière. C'était celui-ci l'autel de la famille, notre digandelo, où poussait la mafurreira sacrée. Là j'attachai les tissus blancs. Là j'écoutai Tsangatelo, comme on écoute le battement d'ailes d'un ange.

Tsangatelo s'appuya contre la termitière pour narrer une fable vieille et usée. Il faisait nuit, les dieux l'autorisaient à raconter des histoires. Mais, cette fois, il improvisa une nouvelle mise en scène. Il se leva pour gagner la taille de la nuit. Et lorsqu'il parla, il semblait s'exprimer dans une nouvelle langue qui naissait de ses mots. Comme si seuls les dieux l'écoutaient. Voici l'histoire que Tsangatelo narra :

"Il y avait quelque part une guerre ancienne, en un temps où nul lieu n'avait encore de nom. La bataille en était aux préparatifs initiaux, à cet instant où les guerriers sont possédés d'une telle foi qu'ils ne se voient plus fragiles et gagnés par la peur. Les deux armées s'alignaient pour la confrontation quand un énorme éclair déchira les cieux. Une incandescence d'étoile balaya le firmament. Les soldats tombèrent, momentanément aveugles. Quand ils revinrent à eux, ils avaient perdu la mémoire, ignorant à quoi servaient les armes qu'ils avaient dans les bras. Alors ils se défirent des lances, des sagaies et des boucliers et se regardèrent les uns les autres sans savoir quoi faire. Jusqu'à ce que, perplexes, les chefs rivaux se saluent. Puis, les soldats s'embrassèrent. Et quand ils regardèrent à nouveau le paysage, ils ne virent plus un territoire à conquérir, mais une terre à cultiver.

Enfin, les hommes se dispersèrent. En rentrant chez eux, ils entendirent la plus ancienne berceuse, entonnée dans les voix infinies d'une seule femme."

10
Cinquième lettre du sergent

Nkokolani, le 5 avril 1895
Votre Excellence Monsieur le Conseiller José d'Almeida,

Je suis parti hier, par voie fluviale, en direction de Chicomo. Là, j'ai participé à la réunion des officiers de la colonne nord, au cours de laquelle nous avons passé en revue les avancées et les difficultés de notre campagne contre le quartier général de Gungunhane, à Manjacaze. Votre Excellence recevra en main propre le rapport détaillé de cette rencontre.

Je suis rentré à Nkokolani le lendemain, accompagné de l'adjoint de Votre Excellence, notre ami commun Mariano Fragata. Nous avons voyagé en pirogue toute la matinée, en descendant le fleuve Inharrime. À un certain point du parcours, sur la rive gauche, un homme nous a fait stopper. C'était un grand nègre, de fière allure et d'un certain âge, qui gesticulait pour attirer notre attention. J'ai donné l'ordre d'interrompre notre voyage, malgré les avis contraires de tous les occupants de la pirogue. Le fameux nègre m'a salué avec un mélange de soumission et de dignité et m'a adressé, davantage par gestes que par mots, une demande extrêmement étrange : que je change sa date de naissance sur ses papiers. Il avait besoin de renouveler son autorisation de travail dans les mines d'Afrique du Sud et ne pouvait avouer son âge véritable. Il en a profité pour se présenter et il a sollicité que personne, au village de Nkokolani, n'apprenne son apparition.

– Je suis Tsangatelo, le plus ancien des Nsambe. À Nkokolani, vous avez sûrement déjà rencontré mes petits-enfants, Mwanatu et Imani, les enfants de Katini et Chikazi, patron.

Il était accompagné d'un autre mineur, qui est demeuré aussi discret qu'une ombre mais qui nous a servi d'interprète pour le reste de la conversation. Cet autre homme était un landim*, originaire de Lourenço Marques, et il se montrait bien plus coutumier de nos mœurs.

– Je ne peux pas falsifier tes papiers, ai-je commencé par argumenter.

– Qui a parlé de falsifier ?

– Toi. C'est toi qui m'as demandé de changer.

– On change, sans mensonge. Parce que personne ne connaît le jour exact de sa naissance. Non ?

– En ce qui me concerne, je sais.

– En plus, les Portugais sont maintenant nos parents. Monsieur est mon père. Comment pouvez-vous refuser la demande d'un fils ? D'un fils plus âgé que son propre père ?

Fragata, qui se tenait jusqu'alors à l'écart, s'est présenté à la proue de la pirogue pour couper court à cette rengaine. Le vieux Cafre a plissé les yeux et a levé un bras :

– Je me souviens de vous, s'est-il exclamé.

– Pour ma part, je ne pense pas t'avoir déjà vu.

– Patron, vous êtes celui à la dent en or. Je suis Tsangatelo, le chef des caravanes, vous ne vous rappelez pas ? J'ai transporté des armes pour vos troupes...

Mariano Fragata a penché la tête et a scruté la silhouette à contre-jour. Puis il est sorti de l'embarcation et a donné l'accolade au noir. Et là, avec l'aide du traducteur, ils ont fêté leurs retrouvailles comme s'ils étaient des compagnons d'armes. À un moment donné, et remarquant ma curiosité, Fragata s'est expliqué :

– Ce type n'avait jamais vu un blanc avant moi. Il croyait que le cheval et moi étions une unique créature.

Et ils ont ri tous les deux. Le Portugais d'un rire contenu et austère, un contentement revêtu de rigueur. L'Africain d'un éclat de rire large et franc, une crue d'un fleuve puissant. J'avoue que ces rires ont provoqué en moi une colère effrénée, comme si j'étais devant une manifestation du démon. Ces manières, subitement rudes et âpres, ont ravivé en moi cette triste suspicion : nous aurons beau leur apprendre notre langue, ils auront beau s'agenouiller devant un crucifix, les Cafres ne cesseront jamais d'être des enfants à l'état sauvage.

Fragata a alors ordonné de faire halte là et de partager la nourriture et l'eau avec ces deux mineurs. Alors seulement, une fois assis à l'ombre touffue, l'adjoint a procédé aux explications nécessaires sur l'identité de ce vieux noir. Il s'agissait d'un ancien propriétaire de caravanes qui, il y a des années, avait abordé la délégation pionnière dont Fragata faisait partie, en offrant ses services pour le transport des armes et des vivres. Ces services s'étaient avérés providentiels dans l'installation de nos premiers casernements. Tsangatelo était, à cette époque, une autorité prestigieuse dans toute la région. Ses caravanes avaient le droit de passage assuré tout au long du parcours, que ce soit dans l'État de Gaza ou sur les Terres de la Couronne portugaise. Les chefs locaux recevaient de l'argent et garantissaient la protection contre les assaillants armés. C'était cet ancien allié, efflanqué et déguenillé, qui se présentait maintenant devant nous.

– C'est ça, tu es le vieux Tsangatelo ! Et maintenant il te prend d'être mineur ?

– Et vous patron ? Vous avez encore votre dent en or ?

Il semblait ravi, notre Fragata, car il accepta de retrousser les lèvres et d'exhiber sa dent qui brilla à la lumière intense du jour.

– Je l'ai ici et je l'aurai toujours, mon vieux Tsangatelo, a-t-il proclamé. En examinant la dentition de Fragata, le nègre a manifesté d'un claquement de langue une soudaine inquiétude.

– Que se passe-t-il ? ai-je demandé, en le voyant changé.

– C'est que cette dent ce n'est que le début, a dit le nègre.

– Le début ? Le début de quoi ?

À quoi le nègre a répondu que tout le squelette de Fragata allait se convertir en or. Et les os et osselets dont il ignorait même l'existence lui pèseraient. Notre ami, en un mot, était en voie de se transformer en mine. Avec sa longue expérience de mineur, Tsangatelo mettait en garde :

– On va vous tuer, patron. On va vous étriper comme on le fait à un gisement. Si j'étais vous, j'enlèverais cette dent. Ou croyez-vous que vous en réchapperez parce que vous êtes blanc ?

Nous avons tous ri modérément de cette aberration. Et nous lui avons offert du vin et des biscuits de campagne en notre possession. Son compagnon et lui se sont servis avec des manières raffinées. Le vieux a voulu savoir qui j'étais et je lui ai fait part de ma condition de novice en terres africaines. Et il a tout de suite manifesté une bien étrange curiosité.

– Je peux vous demander une chose : quelle est la taille du Portugal ?

– Je ne comprends pas la question.

– Vous connaissez la taille de ces terres d'Afrique ? Même nous on ne sait pas, mon patron. Ces terres-là, à nous, sont tellement vastes qu'on mesure les voyages aux fleuves qu'on traverse. Vous voyagez par ce fleuve. Eh bien, je ne compte plus les fleuves que j'ai croisés.

Et il s'est tu. Je ne l'aurais pas compris si Fragata ne m'avait expliqué la logique de cette parole : le nègre me mettait en garde contre les revers que je devrais essuyer pour franchir le gué des fleuves qui se présenteraient à nous. Je ne pouvais pas imaginer les traversées pénibles, guéant leurs lits traîtres, avec des hommes, des bœufs, des chevaux, des canons et des cargaisons. Ce nègre a raison, a dit Fragata. Ces traversées étaient, a ajouté mon compagnon, une guerre dans la guerre. Et plus nous avions d'armes moins nous étions préparés.

Il était déjà tard quand Fragata a tenté de convaincre le Cafre de venir avec nous à Nkokolani. Péremptoire, le mineur Tsangatelo a refusé. Il avait quitté la localité depuis des années, il ne serait pas bien reçu, a-t-il expliqué. Et il souhaitait s'épargner cette désillusion. Et pourquoi ne serait-il pas bien reçu ? Il a répondu d'un ton désabusé : tout le monde connaît la rage de ceux qui restent face à ceux qui ont eu le courage de partir.

C'était la fin de la conversation. Le vieux mineur s'est levé et, alors seulement, je me suis vraiment rendu compte de sa maigreur. L'homme ressemblait davantage à un mât qu'à une personne. Cependant sa fragilité mentait de même que sur cette terre tout apparaît illusoire et faux. Lentement, comme si l'indolence était une éducation, l'homme a fait ses adieux. Il a tendu les mains à Fragata, et il est resté ainsi, tout en réitérant sa demande véhémente de le voir libéré de sa dent en or.

– Faites attention, patron. C'est que nous, mineurs, nous descendons dans les tunnels parce que nous avons confiance en vos dieux.

C'est ce qu'a déclaré le vieux nègre. Je n'ai pas compris pourquoi il proférait une telle affirmation, qui était pour moi une hérésie éhontée. Pourquoi parlait-il de "nos" dieux ? Alors Tsangatelo m'a interrogé – moi et non Fragata – dans les termes suivants :

– Cet or, ces diamants : à qui pensez-vous, patron, que ces minéraux appartiennent ?

– Bah, ils appartiennent à ceux qui les prennent.

– C'est l'inverse, monsieur. Ils appartiennent à celui qui les y a mis. Et ce sont les esprits des ancêtres qui les ont plantés. Je vous le demande, vous avez demandé l'autorisation, vous, les blancs ?

– Oui, à vos chefs.
– Lesquels ?
– Ceux qui commandent là-dessus.
– Ces chefs ne commandent ni sur la terre ni sur ce qui est à l'intérieur. Voilà pourquoi je dis, a continué l'indigène, que ce serait bien que vos dieux nous protègent. Parce que nous avons perdu la protection des nôtres depuis longtemps.

Le bon Fragata, qui rentrera à Inhambane dans quelques jours, a assisté à ce dialogue pittoresque et il est demeuré mélancolique le restant du voyage. Je n'ai pu que penser que notre compatriote était devenu perméable à la superstition enfantine de ce noir. La vérité, c'est que moi-même je me suis laissé abattre par cette prostration. Quelle espèce de maladie est-ce là, Monsieur le Conseiller, qui nous contamine dans ces contrées tropicales ?

J'ai consigné cet incident car j'ai connaissance de la sensibilité de Votre Excellence. Ou peut-être ai-je besoin, qui sait, d'oublier la farce que nous avons mise en scène, au long des siècles, en exhibant nos pouvoirs fragiles. Le voyage à Chicomo et, en particulier, la traversée du fleuve ont suscité en moi les doutes les plus sombres. Quelles sont ces Terres de la Couronne qui n'ont jamais vu le roi ? Est-il jamais passé par la tête de Dom Carlos de rendre visite aux territoires d'outre-mer ? Et si jamais le roi venait ici, serait-ce cette Afrique qu'on lui ferait voir ? Toutes ces questions me torturent et, si je les partage avec Votre Excellence, c'est parce que je comprends qu'en les couchant sur le papier, je leur ôte leur poids.

Je me remémore la façon quasi poétique dont le nègre Tsangatelo a fait allusion à l'immensité de ces terres comparées à celles du Portugal. Les mots de cet indigène suscitent en moi une autre question : des territoires aussi étendus peuvent-ils être à nous ? Des terres qui ne finissent pas sur une unique mappemonde peuvent-elles être propriété lusitanienne ?

Les Anglais d'Afrique du Sud nous accusent déjà de compromettre le prestige de la race blanche. Et ils en sont venus à proposer d'engager des mercenaires boers pour mettre un terme à la rébellion des Landins et à la désobéissance de Gungunhane. Peut-être ferions-nous bien d'accepter des mercenaires dans nos rangs. Puisque nous avons honteusement accepté l'ultimatum des Britanniques, mieux vaudrait perdre une parcelle de notre territoire et sauver ainsi notre dignité là où l'on maintiendrait une présence effective.

PS : Votre Excellence m'a encouragé à faire usage d'un ton moins formel dans notre correspondance. Vous vous dites fatigué d'avoir affaire à des documents officiels, aussi lassés d'eux que de dormir hors de chez vous. Vous me demandez de rédiger des lettres à la place des rapports et d'écrire comme un ami. Vos paroles débonnaires sont une véritable bénédiction pour moi. Aussi, cher Conseiller José d'Almeida, userai-je dorénavant d'un ton plus familier.

C'est pourquoi, sur le mode de la confidence amicale, je vous rapporte ce qui s'est passé cette nuit. Je me suis, en effet, endormi comme si j'étais loin de moi-même, ou comme si mon corps était plus vaste que le sertão africain. Et j'ai dormi avec agitation, sentant qu'un fleuve traversait mon sommeil. Quand je me suis réveillé, le vieux mineur Tsangatelo était assis au fond du lit. Il ressemblait à un cygne noir et il glissait silencieusement tandis qu'une rumeur d'eau se répandait dans la chambre. J'ai compris alors que le lit était une pirogue. Le mineur ramait et moi, lui tendant le bras, je le suppliais : Apprends-moi à rire, Tsangatelo ! Apprends-moi à rire !

Rêves étranges que ceux suscités par la chaleur des nuits africaines. La vérité est que ce délire occupe tout mon temps. Je ne cesse de me rappeler la maison de mon enfance, dans un village froid du nord du Portugal. Dans mon premier foyer, le rire était laissé à l'extérieur, comme si la joie devait s'essuyer les pieds sur un tapis effiloché au seuil de la porte. Sévère et taciturne, mon père s'habillait en noir comme si nous étions en deuil de toutes les morts de ce monde. Dans la nuit noire, quand toute la maison dormait déjà, ma mère, à pas de loup, venait me dire bonsoir pour que son mari ne l'entende pas. Ton père ne me laisse pas t'embrasser, disait-elle à voix basse. Et elle ajoutait, dans un murmure : Ton père a peur que je sois moins à lui, si je suis trop mère. En sourdine, elle me racontait des histoires. C'étaient de simples fables, les unes pour rire, les autres pour pleurer. À cette époque, cependant, j'avais déjà appris à refréner la larme et ravaler le rire.

Je suis né et j'ai vécu parmi des ombres. Ma maison avait l'odeur et le silence d'un orphelinat. J'avais tout pour être un bon soldat.

11
Le péché des papillons

> Celui qui ourdit des vengeances croit devancer le futur. C'est un leurre : le vengeur vit uniquement dans un temps révolu. Le vengeur n'agit pas uniquement au nom de celui qui est déjà mort. Il est lui-même mort. Il a été tué par le passé.

On savait que notre père était réveillé à un claquement émis par sa bouche. Ce bruit s'entendait dans tout le village. Les habitants commentaient en chœur : Katini s'est déterré. C'était une plaisanterie, mais en même temps elle fonctionnait comme un avertissement. L'éveillé revenait des rêves, il fallait faire attention : l'homme avait aux pieds la poussière des dieux.

Ce matin-là, notre père se réveilla sans bruit. Muni d'un énorme sac, il quitta la maison, bouleversé, et passa par la caserne où son plus jeune fils s'était logé. Abruptement, il lui donna l'ordre de l'accompagner. Puis il prit la direction du fleuve, en route il mobilisa les jeunes rencontrés. Il demanda à tout le monde de rassembler les bêches et de les emporter dans cette expédition. Il traversa les rizières et s'arrêta pour contempler l'étendue de la vallée. Les semailles étaient une marque de désobéissance qui enorgueillissait beaucoup l'oncle Musisi. Les envahisseurs vanguni nous avaient interdit de cultiver du riz. Ils disaient que c'était une "nourriture de blancs". Mais ce n'était rien que des mots. La vraie raison était ailleurs : les petits grains ne se prêtaient pas à la fabrication de boissons. Ils nous volaient plus et mieux si on plantait du maïs.

À proximité de la berge du fleuve, le paysage était déjà différent : les terrains étaient tous cultivés de maïs. Les rizières que nous avions laissées derrière nous n'étaient juste qu'une petite transgression temporaire. Pour tout le reste, nous avions abandonné nos propres aliments – la mapira* et la mexoeira*. Musisi avait raison : nous imitions déjà les envahisseurs. Et nous le faisions dans ce qui est le plus viscéral : nous mangions ce qu'ils mangeaient.

Mon père grimpa sur une termitière, examina sa petite armée, puis tourna le visage vers le ciel jusqu'à ce que ses yeux se remplissent de lumière. Quand il redescendit, il avait le vertige et, chancelant, il ramassa les bêches des présents et les entassa à la va-vite. Ensuite, il distribua des bidons avec de la paraffine et fit mettre le feu aux outils empilés.

– On n'en a plus besoin, dit-il. Quand on devra creuser, on utilisera cet os. Comme si c'était une lance, il brandit une côte d'éléphant qu'il avait dans son sac. Et il poursuivit en hurlant qu'après le premier feu on incendierait les plantations, il ne resterait pas de trace de vert dans la prairie.

Les jeunes reculèrent, terrifiés. Devant la perplexité générale, Katini réagit, furieux :

– Faites ce que je vous ordonne. Je ne suis pas fou, obéissez-moi !

Les adolescents s'enfuirent, apeurés. Restèrent le père et le fils, solitaires au milieu d'une mer de fumée et de flammes. Le village en masse ne tarda pas à se présenter avec des branches vertes pour combattre les flammes. Un groupe d'hommes accourut pour insulter et agresser mon petit vieux. Mwanatu s'interposa encore avec son uniforme ridicule, proclamant : "... au nom de la Couronne portugaise, laissez ce Cafre en paix !"

Ils traînèrent Katini, en hurlant : Attachez-le, attachez-le ! Ils cherchèrent l'un de ces troncs avec des orifices où l'on fixe de force les pieds et les mains des assaillants. Heureusement pour Katini, tous les troncs étaient en train d'être consumés par le feu. Le visage gonflé et couvert de sang, mon père rassembla ses forces et se lamenta :

– Espèces de noirs brutaux et ignorants, vous ne comprenez pas que je suis en train de sauver vos vies ?

Pour lui c'était évident : les soldats qui descendaient du nord étaient affamés. Ce n'était pas la haine qui les guidait. C'était la faim. S'ils avaient connaissance de nos champs labourés, c'était sûr qu'ils nous attaqueraient. C'était cela qu'il voulait éviter. Notre indigence était le meilleur bouclier contre les agresseurs. Nul n'attaque celui qui n'a rien.

Les villageois rentrèrent chez eux, en jetant sur moi le regard qu'on destine aux orphelins. Derrière moi, mon père grattait le sol avec la côte d'éléphant. Un moment, j'ai pensé qu'il ouvrait sa sépulture.

À la maison, ma mère fit semblant de ne rien savoir de ce qui s'était passé cet après-midi-là. Assis sur l'ossement d'éléphant, mon père attendait en vain qu'elle lui prête attention. Agenouillée devant la grande cruche en argile, ma mère était occupée : elle se lavait les mains et frottait méticuleusement ses doigts. L'épisode des soldats la bouleversait encore. Il y avait un reste de sang qui ne lâchait pas sa peau, une odeur de poisson qui ne quittait pas sa mémoire.

Enfin, elle s'assit par terre, les coudes en appui sur les genoux, comme si elle avait besoin d'un soutien pour ne pas se morceler.

– Pourquoi ne rentrez-vous pas à l'intérieur, mame ?

Elle secoua la tête. "À l'intérieur" c'est encore moins à l'abri. La jalousie avait élu notre habitation pour demeure. Bien que construite de bois et d'argile, notre maison était unique dans le village. Les murs étaient chaulés et les portes peintes de motifs bigarrés. Le large espace intérieur, les multiples divisions, le plan rectangulaire, la vaste galerie à l'avant : tout cela faisait de nous des gens différents.

Dans les autres habitations, les lampes traditionnelles, les xipefos, alimentées d'huile de mafurra, s'étaient éteintes depuis longtemps. Sous le porche de notre maison, deux lampes à pétrole signalaient les privilèges de notre famille, le clan des Nsambe. Les papillons dansaient, étourdis, autour de ces sources de lumière. Ils semblaient émerger des murs, des morceaux de chaux qui s'en détachaient, et ils voletaient, devenus fous. Mon père disait que, dans des vies antérieures, ces papillons avaient été des papillons diurnes tombés amoureux de leur propre beauté. En punition de leur vanité, ils avaient été chassés de la lumière du jour. C'était par nostalgie du soleil qu'ils se suicidaient contre les lampes. Le verre de ces lampes était leur dernier miroir.

Les papillons étaient pour moi des parents de grand-mère Layeluane : touchés par l'incandescence d'une étincelle, ils tombaient avec la légèreté de la lumière. Rien ne les faisait souffrir. En chaque insecte tombé, grand-mère naissait et mourait à nouveau.

La nuit semblait s'épuiser dans ce sacrifice d'ailes quand, soudain, mon père leva un bras, en alerte :

– J'entends un bruit de fer, devinez ce que c'est ?

– Mari, s'il te plaît…

– Ces vis qu'on traîne, ce ne peut être que ton frère Musisi.

– S'il te plaît, mari, ne te dispute pas avec lui. On est une famille, on ne vit que d'une seule vie.

La colère que Katini Nsambe nourrissait envers son beau-frère Musisi était ancienne et incurable. Elle avait débuté par une petite jalousie. En fait, mon père n'avait jamais rempli ses offices de soldat. Cette preuve manquait pour qu'il fût un homme à part entière.

Au cours de l'une des batailles où il avait brillé par son absence, les Vatxopi et les Portugais avaient affronté ensemble les soldats de Ngungunyane. Lors de cette confrontation, son beau-frère avait été pris pour cible par quelqu'un de ses propres rangs. Pour Katini, l'incident n'était que la confirmation d'une certitude: le coup de feu qui nous tue ne vient pas du dehors, mais de l'intérieur. C'était comme ça qu'il disait.

– Et maintenant ce Musisi se pavane, tout pompeux, exhibant des gloires… Il n'y avait aucune bravoure, c'était un accident.

Voici ce qui s'était passé: un soldat portugais avait confondu Musisi avec un ennemi. Le tireur était pardonné par avance. Pour les Portugais, les Africains, ennemis ou alliés, étaient une masse indistincte: nègres le jour; noirs la nuit. La balle s'était plantée dans la colonne vertébrale de Musisi et y était restée logée, apparemment sans risque ni conséquence. Toutefois, à l'intérieur de l'organisme la balle avait pris vie et les vertèbres, une par une, s'étaient converties en métal. Elles étaient devenues des projectiles, aussi mortifères que la balle originelle. Quand son beau-frère se déplaçait, on entendait le bruit de charnières rouillées. Musisi ne s'affranchirait jamais plus de l'incident. Où qu'il aille, il portait la guerre en lui.

Ma mère se moquait de cette jalousie insoluble. Les hommes partent à la guerre pour être attendus. Vaincu ou vainqueur, le soldat doit être plus grand à son retour qu'à son départ. Le guerrier revient des batailles pour exhiber ses blessures et attendre ce suprême réconfort que sont les bras de la femme aimée. Mais ce n'est pas la consolation de l'amour que le combattant recherche le plus. Il veut oublier, il veut s'effacer lui-même. Katini n'avait besoin ni de consolation ni d'oubli. C'était dans la musique qu'il se retrouvait et se faisait la guerre. La musique était son royaume. La boisson était son trône.

Déjà tante Rosi avait une explication différente de la relation conflictuelle entre les beaux-frères. C'était une querelle de pouvoir qui les divisait. Avec l'absence de grand-père Tsangatelo, Katini exerçait l'autorité sur toute la famille Nsambe. Ce qui était inacceptable pour Musisi.

Pour moi, l'explication de cette rivalité était encore ailleurs : ce qui était arrivé, c'est que ce coup de feu fatidique contenait deux balles jumelles. La première avait atteint oncle Musisi. L'autre avait touché l'âme de mon vieux. Voilà pourquoi il n'y a pas une nuit où il ne se réveille en sursaut, en entendant une balle siffler. Haletant, il s'assoit sur sa natte et aperçoit un oiseau de fer qui traverse si rapidement les airs qu'il n'a même pas le temps de sortir du sommeil. Il tire la couverture du lit sur sa tête et se protège de ce messager fatidique. Le pire du passé est ce qui reste encore à venir.

Dans l'obscurité de cette nuit-là, il se vérifia que mon père avait vu juste en annonçant l'approche d'un visiteur. Ce qu'il avait entendu n'était peut-être pas exactement des fers que l'on traîne. Mais un claquement de mains sonore annonça l'arrivée d'oncle Musisi. Il arrivait inquiet, avec la nouvelle d'avoir aperçu des soldats ennemis aux alentours.

– Nous sommes au courant, dit-il. Nous sommes au courant qu'ils sont par là.

– Nous ne sommes au courant de rien ! corrigea aussitôt sa sœur.

Et elle épela la phrase, syllabe par syllabe : Nous-ne-som-mes-au-cou-rant-de-rien. Ses yeux annulaient l'audace de notre parole. Elle voulait que personne ne soit au courant de nos rencontres avec les militaires vanguni.

L'oncle Musisi restitua ce qu'il avait entendu des sentinelles surveillant la plaine : les troupes de Ngungunyane se répandaient à perte de vue sur la plaine d'Inharrime. Elles avançaient comme des fourmis rouges. L'empereur de Gaza était en train de déménager la capitale de son royaume de Mossurize à Mandlhakazi.

– Je vous garantis une chose : il n'y a jamais eu sur cette terre autant de gens marchant ensemble.

Je ne compris pas le silence qui s'ensuivit. C'était une sorte de deuil recouvrant notre mort anticipée. La première fois qu'on avait été envahis, j'étais enfant. Aussi, la tension générée là était pour moi incompréhensible.

– Où sont Dubula et Mwanatu ? s'enquit mon oncle, brisant le silence.

– Vous savez très bien que vos neveux ne vivent plus dans cette maison.

– Surveille la porte, Imani, fut l'ordre de Musisi. Et il ajouta : Je ne veux pas d'eux ici tant qu'on parle de ces sujets. On ne peut faire confiance à aucun de tes frères.

Mon oncle s'assit plus près du feu et les scarifications sur son visage brillèrent, luisantes, sous le reflet des flammes. Chaque entaille correspondait à la mort d'un ennemi. Pour mon père, ces tatouages étaient tous faux. Jamais Musisi n'avait osé tuer. Au moins lui, Katini, avait eu des enfants, les uns vivants et les autres morts. Les enfants de Musisi n'étaient jamais parvenus à naître. Il était comme moi-même je pensais être : un arbre sec.

– Le repas est prêt !

Le visage grave, ma mère nous donna l'ordre de nous asseoir. Elle m'ordonna de faire tourner une bassine parmi les hommes pour qu'ils se lavent les mains. L'ushua fut servie dans une marmite en argile et, à part, sur une autre assiette, on présenta le curry de poisson séché. Les doigts allaient et venaient en une danse étudiée et, pendant un temps, on n'entendit rien d'autre qu'une mastication pâteuse. Ensuite seulement oncle Musisi leva les doigts saupoudrés de farine et balbutia :

– Maintenant la guerre va recommencer.

Ses doigts subitement blancs dansaient dans le noir comme s'ils prenaient vie en dehors de son corps. Mon père décida d'intervenir avec ses manières complaisantes de toujours, adoucissant les aigreurs du monde :

– On mange, cher beau-frère.

– Et après ?

– Il y a des choses dont on ne parle pas en mangeant. De plus, les guerres ne commencent jamais. Quand on s'en rend compte, ça fait longtemps qu'elles étaient là.

Il gagnait du temps, il remâchait la conversation. À son sens, tous les conflits de ce monde font partie d'une même et ancienne guerre.

– On prévient le Portugais ? interrogea ma mère, ignorant la logorrhée de son mari.

– Jamais ! protesta mon oncle, péremptoire. C'est notre affaire. Les Portugais se sont déjà trop fourrés dans nos vies. Je ne suis pas comme ton mari qui ne sait plus qui il est ni d'où il vient.

– Je suis mutxope de cœur. Tout comme toi, cher beau-frère.

– Ne me traite pas de mutxope ! Ce sont les envahisseurs qui ont inventé ce nom. En ce qui me concerne, je suis des Valengue, qui est notre nom plus ancien. Je viens de l'arc et de la flèche, j'aime le poisson et je n'utilise pas de bœuf pour la cérémonie.

– Toi, mon cher beau-frère, tu n'es pas plus fidèle à nos ancêtres que moi.

Ma mère se leva, les bras en l'air comme pour éviter que les cieux ne s'écroulent. Et elle proclama :

– Assez, assez ! L'ennemi est à notre porte et vous vous disputez ? Il n'y a pas d'autre choix : demain, on ira trouver les Portugais, comme on l'a toujours fait.

– Tu n'as pas compris, ma sœur. Les Portugais nous ont abandonnés. Nous sommes livrés à notre sort.

– Si vous ne voulez pas, j'irai moi-même, argumenta ma mère.

– Tu iras où ? s'enquit notre père.

– J'irai parler avec le sergent.

– Tu ne sortiras pas d'ici, ma femme, contesta mon père, animé d'une soudaine dignité. Je suis l'homme de cette maison, c'est moi qui irai là-bas.

Et il répéta encore une dizaine de fois : C'est moi qui irai chez le sergent. On savait, ainsi, qu'il promettait en vain. En partant, oncle Musisi fureta dans tous les recoins de la maison et demanda :

– À propos, mon cher beau-frère : où est le fusil que j'ai laissé avec toi ?

Mon père haussa les épaules. Quelle arme ? reprit-il avec indifférence. Il était facile d'imaginer ce qui s'était passé : tate avait fait un tube pour l'alambic avec le canon du fusil. Pour lui, c'était la seule valeur des armes : les défaire et les refaire dans d'autres objets plus productifs. Et existe-t-il une chose plus précieuse qu'un alambic ?

– C'est moi qui irai parler avec le Portugais !

– Si tu gardes tes fils loin de tout ça, mit en garde Musisi.

– Je l'ai déjà dit, déclara ma mère, personne ici ne parle des enfants des autres.

Quand mon oncle sortit, ma mère m'appela, montrant les arbustes autour de la maison. Regarde comme ils sont couverts de sauterelles. La guerre ne tardera pas à arriver.

12

Sixième lettre du sergent

Nkokolani, le 10 mai 1895
Votre Excellence Monsieur le Conseiller José d'Almeida,

Aujourd'hui, j'ai établi l'inventaire des armes existant au poste. De même que ce bâtiment ne peut être qualifié de caserne, on ne peut qualifier d'armement les reliques rouillées qui s'entassent ici. C'est à cause de leur absence de valeur qu'elles ont échappé à la cupidité du défunt Sardinha. Voici la situation : à l'exception des fusils que j'ai moi-même apportés, il n'y a ici aucune arme qui puisse nous servir. Les indigènes sont convaincus qu'un puissant arsenal se concentre à cet endroit. Le leur laisser croire. Ce mensonge est la seule fonction de ce poste.

J'ai entendu dire que près d'ici, dans la localité de Nhagondel, il y a un poste militaire dans des conditions identiques. Les ruines et l'abandon sont les mêmes. La seule différence, c'est qu'on y a placé un pauvre nègre pour sergent. J'évalue, à l'aune de cet autre cas, le respect qu'on me réserve. Sans les lettres que je vous écris, Excellence, ma solitude serait insupportable. Dieu me pardonne, mais j'aurais mille fois préféré rester prisonnier à Porto qu'affronter ce douloureux bannissement. Votre Excellence ne lira peut-être pas mes missives. Vous ne leur répondrez peut-être jamais. Mais je persévérerai dans ces manuscrits comme un noyé s'obstine à remonter à la surface de l'eau. Il n'y a que lorsque j'écris que je me sens vivant et capable de rêver.

Savez-vous quelle est l'une des rares distractions que je cultive ici ? Je passe en revue les armes du poste. Elles sont peut-être vieilles et obsolètes. Mais en les touchant, je retrouve une passion que j'ai nourrie du temps de l'École militaire. Et ici, dans les vieux documents à l'abandon, j'ai trouvé une littérature sur les guerres des Anglais contre les Zoulous. De cette lecture, il ressort clairement que l'un des grands désavantages des Européens était le temps passé à recharger leurs fusils. Ce temps, plus que mort, était mortel.

Je suis étonné, je dois l'avouer, de notre décision d'acheter l'arme autrichienne à répétition qui répond au nom de *Kropatchek*. Non pas à cause de l'arme en elle-même. Mais de la décision en tant que telle. Car nous sommes les premiers à utiliser le Kropatcheck en Afrique. Permettez-moi de mieux m'expliquer, que Votre Excellence ne perde pas patience et n'abandonne pas la lecture. Par ce choix même, nous avons obtenu une victoire surprenante. Et connaissez-vous le premier vaincu ? Nous, les Portugais. Si je vous dis que ce fusil nous a déjà vaincus, c'est parce qu'il a mis en déroute notre esprit borné qui imite les Anglais en tout. Pardonnez-moi l'audace de cette conclusion, mais c'est ainsi que se gagne n'importe quelle guerre : en triomphant d'abord de nous-mêmes.

Comme Votre Excellence le sait bien, des voix grandissantes s'élèvent au Portugal qui protestent contre les dépenses causées par la guerre d'Afrique. L'ironie c'est qu'ici il n'y a aucune guerre. Et s'il y en a une, nous serons lynchés sans pitié, il n'y aura pas de Kropatcheck pour nous sauver.

Ce pessimisme est peut-être généré, je l'admets, par les événements dramatiques que j'ai vécus. Le suicide du cantineiro Sardinha m'a abattu bien plus que je ne l'aurais pensé. Le souvenir qu'un compatriote gît dans mon jardin, sans pierre tombale ni cercueil, ne me quitte pas. Les fautes les plus graves lui incombent peut-être. Mais c'est un Portugais à qui l'on n'a pas donné la possibilité de se défendre. Le doigt qui a poussé la gâchette est le sien. Mais c'est moi qui ai dicté la sentence. Les os de Sardinha ne pèsent pas sur la terre. Ils pèsent, oui, sur mes nuits d'insomnie.

Je sais de quoi je parle car, comme Sardinha, j'ai été sommairement condamné et aucune distance ne me fera oublier le bannissement injuste auquel j'ai été contraint. Encore si j'étais complètement en Afrique ! Mais voilà, une partie de moi est restée à jamais sur une place de Porto avec les balles de ma propre armée frôlant ma peau et ma vie. Plus que le souvenir de la révolte du 31 janvier, le jour où l'on nous a emmenés, les autres insurgés et moi, du cachot à une embarcation, ne me sort pas de la tête. Nous avons traversé les rues et le port de Leixões sous forte escorte militaire. Ils n'avaient pas peur de nous. Ils craignaient plutôt la réaction des masses qui remplissaient la ville. Pour la première fois, je me suis senti fier de l'uniforme que je portais. Mais ce sentiment s'est évanoui aussitôt, en entrant dans le navire où œuvrerait le Conseil de Guerre qui allait nous juger. Grande lâcheté de nos gouvernants. Il ne leur suffisait pas de nous cacher aux regards des autres. Il fallait occulter cette farce judiciaire dans les brumes de la mer. Le paquebot où j'embarquai s'appelait curieusement *Moçambique*. J'étais loin de savoir que, dans ce tribunal militaire, ils décideraient de ma déportation dans la colonie du même nom.

Ce que j'ai enduré sur ce navire, en attendant mon jugement, est quelque chose d'indescriptible. En proie à de longs jours d'attente, soumis à des tempêtes successives, étourdis par la faim et la nausée, nous étions réduits à des loques quand nous nous présentâmes au jugement, au point de ne plus avoir de discernement pour répondre aux questions les plus simples. En vérité, ce discernement nous aurait été peu utile: nous étions condamnés dès le départ. Civils ou militaires, innocents ou coupables, il n'y eut même pas une tentative de semblant de justice.

L'un des détenus, un vieux professeur, se remémora un épisode historique bien curieux, survenu en France. Sachant que les chefs protestants étaient arrivés en ville, le roi catholique ordonna à l'armée de les encercler et de les tuer tous. Le militaire ayant reçu l'ordre demanda comment, en arrivant sur les lieux, il distinguerait les chefs protestants du reste de la population. Et le roi répondit: "Tuez-les tous. Dieu reconnaîtra les siens."

J'aimerais bien oublier les mésaventures qui ont conduit à mon bannissement. Mais tout ce passé qui est le mien m'est revenu en mémoire alors que je faisais partie de l'escadron d'exécution, après les escarmouches de Lourenço Marques. En mire de nos fusils se trouvait un groupe de nègres révoltés, capturés la veille. Comme à l'accoutumée, le peloton était composé uniquement de Portugais.

Devant moi s'alignaient les condamnés: tous des adolescents, presque des enfants. Aucun d'eux n'avait été jugé, personne ne les avait entendus en portugais ou dans leur langue native. Ceux qui allaient mourir n'avaient pas de voix. À ce moment-là, je ne sais quelle perturbation, motivée peut-être par la peur ou la mauvaise conscience, m'a fait penser que ceux qui allaient mourir portaient déjà une culpabilité de naissance suffisante: la race qu'ils avaient, les dieux qu'ils n'avaient pas. Mais un étrange incident est survenu: la gâchette de mon arme s'est enrayée. À ce moment précis, j'ai senti que ce n'était pas une simple erreur technique mais un triste présage. J'ai pressé de nouveau la gâchette et, soudain, la déflagration s'est produite, l'éclair, la brûlure. Le projectile avait explosé dans le fusil.

Ce n'est pas la lésion qui m'a marqué, elle était légère et passagère. Pour moi, cependant, l'incident avait d'insondables causes. C'était un message de cet autre Enfer dans lequel n'habitent même pas les démons. La balle avait explosé non pas dans le fusil, mais dans les entrailles de mon être. La poudre sortirait de mes mains, toute ma vie, comme une lave incandescente.

Je ne cesse de penser même pour un instant que ces jeunes nègres, à la couleur et aux traits si éloignés, me ressemblaient finalement. Comme eux, moi aussi je m'étais révolté. Comme eux, moi aussi j'avais osé pointer les armes contre les puissants. C'est peut-être même pour cela que le fusil s'est enrayé et que le projectile a explosé dans la chambre. Cette balle continue de détoner éternellement en moi. Si j'étais un oiseau, j'aurais sombré depuis longtemps, à cause de tant de plomb dans l'aile.

13
Entre serments et promesses

> La guerre est une sage-femme : des entrailles du monde, elle fait émerger un autre monde. Elle ne le fait ni par colère ni par quelque autre sentiment. C'est son métier : elle plonge ses mains dans le Temps, avec l'arrogance d'un poisson qui croit que c'est lui qui fait naître la mer.

Je pris par les rues de Nkokolani et passai dans la rue des orangers. Ils avaient commencé à fleurir et un arôme sucré se répandait dans le village. Les orangers n'éloignaient peut-être pas les monstres. Mais ils convoquaient des esprits de géographies lointaines. Les racines de ces arbres, disait Tsangatelo, sont sur un autre continent.

Enivrée par l'arôme intense, j'en oubliai presque ma destination, qui était l'inévitable caserne des Portugais. Je rectifiai le chemin et pressai le pas. Je devais précéder les miens. Ils ne tarderaient pas à rendre visite à Germano de Melo. Ils solliciteraient sa protection contre les troupes de Ngungunyane qui, en masse, se déplaçaient vers le sud.

Le sergent Germano de Melo était sur le seuil et, encore au loin, il montra des signes de désespoir :

– Viens vite, Imani !

– Que se passe-t-il, sergent ?

– C'est encore une fois ces saletés de mains ! Elles sont parties, qu'elles aillent au diable. Regarde, regarde : je les ai perdues encore une fois.

Il errait, les yeux exorbités, dans la maison. Une certitude le poussait : ses mains avaient disparu. Il avait la démarche d'un aveugle : les bras tendus plus tremblants que la voix. Je ne les ai plus, répétait-il, paniqué.

Ces épisodes lui arrivaient à une fréquence croissante : il cessait de sentir ses mains. Il devenait alors maladroit et dépendant comme un enfant. C'est ce qui était arrivé un peu avant que je ne lui rende visite : ses mains étaient devenues de plus en plus floues, puis de plus en plus transparentes. Jusqu'à ce qu'elles s'évanouissent, sans poids et sans le souvenir de lui avoir jamais appartenu.

– Asseyez-vous, sergent Germano. Je vais chauffer de l'eau et vous laver les mains.

– Mais quelles mains, puisque je ne les ai plus ?

– Je vous laverai les bras et frotterai vos poignets. Vous verrez que vos mains reviendront aussitôt.

Ses crises de terreur provenaient d'un accident survenu en maniant une arme. Il ne m'a jamais raconté les détails de ce qui s'était passé. Je ne lui ai jamais demandé. Les souvenirs sombres sont comme des abîmes : nul ne doit se pencher sur eux.

– Je suis très malade, Imani. On dit que l'Afrique transmet des maladies. Eh bien, je suis malade de l'Afrique, tout entière.

Le vieux Katini serait certainement fâché que j'aie précédé sa visite chez le sergent. Il aurait voulu être le premier, avant les autres, à solliciter la protection contre les ihimpis* des Vanguni. Cependant, personne mieux que moi ne pouvait transmettre, en bon portugais, les craintes de nos gens.

C'est ce que je pensai en franchissant la porte de la caserne. Une fois habituée à la pénombre, je compris que là rien n'avait changé. La vieille bâtisse continuait d'être un étrange mélange de cantina et de base militaire. Dans un certain sens, elle avait même empiré : armes et marchandises, uniformes et cotonnades indiennes, rapports militaires et livres de compte, tout s'y mélangeait. Les travaux de construction engagés au poste militaire avaient été suspendus depuis longtemps. On attendait la fortification, on attendait les soldats. De l'autre côté du continent, le contingent promis, composé par les angolas, n'arriverait jamais plus.

Une fausse caserne et une armée inexistante : c'était ce vide dont Germano était le capitaine. Il n'aurait pas été étrange qu'à ce moment-là, il examine ses propres bras comme s'il ne les avait jamais vus auparavant.

– Et où est votre sentinelle, mon frère Mwanatu ? Je ne l'ai pas vu à l'entrée.

– Je lui ai donné une permission, aujourd'hui.

Je remarquai alors que le sergent saignait d'un genou. Il s'était blessé sur le coin d'une caisse. Les mouches tournaient déjà autour de sa blessure.

– On doit nettoyer cette blessure, lui dis-je, en agitant un tissu mouillé.

– Tu peux toujours nettoyer, mais tu n'empêcheras jamais les mouches.

– Et pourquoi pas ?

– Ces mouches étaient déjà en moi. C'est de moi qu'elles sortent. Je suis pourri, Imani.

J'avançai vers le mur, pris le fusil qui y était accroché et le posai sur les genoux de Germano.

– Allez-y, prenez cette arme.

– Je ne peux pas. Je n'ai pas encore assez de mains.

Le Portugais se plaignait de ne pas reconnaître ses mains ? Eh bien moi, je ne sentais pas mon âme. J'avais cessé de la sentir en apprenant que ma grand-mère était morte sans laisser un seul reste d'elle que la terre puisse étreindre. Ma mère devait mourir de la même manière et moi je reviendrais à mon nom initial de Cendre : sans mains, sans corps, sans âme.

C'était à cela que je pensais, agenouillée aux pieds du Portugais. Les attentes et les désespoirs avaient bouleversé Germano de Melo au point de le transformer en une créature méconnaissable. Cet homme blanc, qui, il y a des mois, s'était annoncé sous une allure distinguée et un uniforme impeccable, était là à présent, vaincu et soumis, livré aux soins d'une jeune fille noire.

À cet instant, je priais pour qu'aucun des membres de ma famille n'entre par cette porte et ne me surprenne à lui laver les bras dans des eaux tièdes. Peu me servirait d'argumenter que ce blanc était une créature particulière. Aux yeux de tous, je passerais pour une féticheuse. Et je serais condamnée à mort. Il n'y a pas à Nkokolani d'autre sort pour les valoyi*.

– Allez-y, prenez le fusil, insistai-je. Prenez-le avec vos mains. Elles sont à vous…

Lentement, les doigts du blanc entourèrent le fusil avec la maladresse d'un aveugle. À ma surprise, il leva son arme pour l'appuyer contre son oreille. Il resta ainsi un temps, le visage collé à la crosse, comme s'il scrutait le silence.

– Dans mon pays, c'est de cette façon qu'on sait combien de personnes l'arme a déjà tuées. Sais-tu comment on fait ? Dans la crosse du fusil, on entend les cris de ceux qui ont été tués. Pourquoi ris-tu ? Dans mon pays nous avons aussi des croyances, comme vous en avez ici.

– Et cette arme a déjà tué ?

– Non. Cette arme n'a jamais servi. C'est une Martini-Henry. Complètement neuve.

Il plaça le fusil sur mes genoux et se leva pour aller chercher un autre fusil dans une armoire. Je lui demandai d'écarter son arme. Il réagit avec une surprise blessée :

– Tu as peur ? Lève le bras. C'est ça, garde-le comme ça, levé. Eh bien, ton bras c'est une arme, la plus précise des armes. Ce fusil n'est que la prolongation de ton bras, de ta main, de ta volonté. Et la main du Portugais parcourut mon bras, mes épaules, mon cou. Tu trembles, tu as peur ? demanda-t-il. Ce n'était pas de peur que je tremblais. Heureusement le sergent s'écarta et se fit distant. Il remâchait quelque chose à l'intérieur. Puis il dit :

– Ce démon de Gungunhane en a une pareille à celle-là et tu sais qui la lui a donnée ? La reine d'Angleterre en personne. Ils se valent tous les deux… Mais cet autre fusil – et il se pencha pour ramasser la deuxième arme –, celui-là oui, celui-là, c'est ma passion… Regarde-le bien, Imani, parce que c'est cette arme qui vaincra Gungunhane.

– Excusez-moi. Mais on dit Ngungunyane, monsieur le sergent. Si vous n'arrivez pas à le dire, vous pouvez toujours l'appeler Mudungazi. Mais c'est important d'appeler nos ennemis par leurs noms justes…

– Ah oui ? Eh bien écoute alors : cette arme est une Kropatcheck. Vas-y, dis Kropatcheck, pour voir si tu y arrives…

La différence, c'est que moi je n'aurais jamais besoin de dire le nom d'un fusil. Et Germano devrait prononcer tous les jours le nom de l'empereur africain. C'est ce que j'aurais dû dire. Mais je m'en gardai, soumise.

Les accords lointains des marimbas nous arrivèrent alors. C'était mon vieux père répétant une nouvelle composition. Plus fort que ma volonté, mon corps initia un balancement qui, immédiatement, fut remarqué par le sergent. Il recula d'un pas et s'exclama :

– Finalement, je vois que tu es africaine ! Un moment j'ai cru que tu étais portugaise.

L'immobilité de Germano de Melo me surprit, tellement loin de l'appel des marimbas. Le corps du Portugais était sourd. Quelque chose était mort en lui, avant même qu'il ne soit né.

Enfin, le sergent sombra sous l'épuisement. Les délires le fatiguaient et, quand il revenait à lui, il avait l'air d'un tapis battu et tourné à l'envers. Il n'était rien que l'ombre de celui qui, des mois auparavant, avait débarqué sur la berge du fleuve Inharrime. Affalé sur un vieux fauteuil, il s'endormit après avoir murmuré :

– Je reviens tout de suite, Imani. Je reviens tout de suite.

Je me vis telle que je n'aurais jamais pu l'imaginer : assise sur une chaise, avec des airs d'épouse ; aux côtés d'un homme blanc rendu au sommeil et un fusil pesant sur mes genoux.

Craintivement, je soulevai l'arme, gestes lents et contrits comme si je prenais un serpent par la queue. Mais peu à peu je gagnai en familiarité avec le fusil, au point de le serrer contre ma poitrine, avec les soins de qui cajole un enfant. J'examinai le canon craignant qu'il n'émerge de lui des cris de celui qui avait tué et des gémissements de celui qui était mort. Je laissai mes doigts presser doucement la gâchette.

Et je pensai : un millimètre, un petit millimètre, c'est ce qui sépare la vie de la mort. Ce fut alors que j'entendis une voix. D'abord je crus que c'était le Portugais qui parlait en dormant. Puis, je compris que la voix émergeait de l'arme et devenait de plus en plus familière. C'était un appel au secours. L'intensité de cette rumeur grandit jusqu'à devenir insupportable. Jusqu'à ce que je crie, par désespoir :

– Dubula ! Dubula mon frère !

Le Portugais se réveilla et s'approcha afin de me calmer. Je m'éloignai, bête acculée.

– Ne me touchez pas ! S'il vous plaît, ne me touchez pas !

– Je ne te touche pas.

– Si ! Et ne me regardez pas, car je suis toute sale.

Comment lui dire que j'étais sale d'une mort qui était la mienne en partie ? Mais Germano de Melo n'attendait pas d'explication. C'était à son tour de me calmer. Encore heureux que mes mains soient revenues, voilà ce qu'il dit en me passant une capulana sur les épaules.

– Les tremblements vont passer, ce sont les nerfs…

Ce n'étaient pas les nerfs. Ni les miens ni les siens. C'était cette maison et les habitants invisibles qui disputaient les fentes du toit : chouettes, papillons, chauves-souris.

– Vous devez quitter cette maison, mon sergent. Allez habiter ailleurs, n'importe où sauf ici.

– Cela paraît impossible, Imani, que tu penses à des sorts, une fille comme toi…

– Il faut que je parte mais je ne peux pas y aller sans vous dire la raison de ma visite. Nous sommes tous inquiets à Nkokolani. Vous savez qu'on a vu de nombreuses troupes de Ngungunyane ?

– Je suis au courant, on m'a déjà informé. Mudungazi transfère sa capitale du nord vers le sud. Il déferle avec des milliers et des milliers de Ndaus*.

– Demain mon père viendra vous trouver. Il viendra demander qu'on nous défende…

– Et vous aurez tout notre soutien, vous pouvez être tranquilles. Demain j'enverrai un message à Inhambane. Sois rassurée : notre armée vous aidera. Tu peux le dire à tes gens.

– Mes gens ? Je n'ai pas de gens…

– Ta famille, je veux dire.

– Excusez-moi, monsieur le sergent, mais il y en a dans ma famille qui trouvent que "demander" n'est pas le terme. Nous avons payé la vassalité, c'est ça qu'ils disent. Nous avons le droit d'être protégés.

– Eh bien, ce droit sera respecté.

– Et excusez-moi, encore une fois, mais les gens demandent aussi : avec quelles troupes allez-vous nous protéger ?

– Ils envoient les troupes d'Inhambane, les armes j'en ai assez ici.

Sur le point de sortir, il vint me trouver avec un papier à la main. Il l'agita sous mon nez :

– Tu peux dire à ton père que j'ai reçu les garanties au plus haut niveau que les VaNguni ne vous ennuieront pas. Regarde cette lettre qui vient d'António Enes en personne. Assieds-toi à l'intérieur et fais-en une copie de ta propre main.

Je pris place à la table de la salle, le dos bien droit, le coude bien appuyé, comme je l'avais appris à l'école de la mission. D'une voix pausée, le sergent restitua doucement chaque paragraphe :

“Mon cher Gungunhane,

Moi, le grand roi de la Province du Mozambique, envoyé ici par le roi Dom Carlos I pour voir où en sont ces choses de la guerre et faire venir des troupes de Lisbonne (selon les besoins, en fin de compte), je t'envoie mon adjoint avec cette lettre afin de te dire certaines choses et parler honnêtement, afin de savoir si, en définitive, tu es ou pas le fils de cœur du roi du Portugal.

Nul besoin de te rappeler ce que le roi a fait pour toi car tu sais bien que si le roi n'avait pas donné d'armes à ton père Muzila pour battre Mahueva*, tu ne serais pas aujourd'hui régulo de Gaza. Tu demeures puissant grâce à l'amitié du roi qui t'offre constamment des saguates pour te montrer que tu es son fils de droit.

Sa majesté m'a dit que tu demandais l'autorisation de combattre les Guambas et les Zavalas, elle a refusé et je le confirme. Je ne te permets pas de les battre, si tu le fais, tu le regretteras ensuite. Je veux rendre justice, s'ils te font du mal je les punirai, s'il le faut je les enverrai en Guinée.

Signé : le Commissaire Royal”

Debout derrière ma chaise, Germano jeta un œil au manuscrit, appuyant sa main sur mon épaule. Je priai les dieux qu'aucun tremblement ne lui dise combien ce contact me troublait.

– Tu as tout recopié ? Maintenant va retrouver ta famille et lis à voix haute ce que tu viens d'écrire…

En sortant, je ressentais encore le frôlement de sa main. Et je lui demandai s'il sentait l'odeur des orangers. Il me répondit qu'il avait depuis longtemps oublié les parfums de cette terre. Et ses paroles me firent mal.

– Commissaire royal ? demanda Musisi.

Certains rirent dans la ronde des parents et des voisins qui occupaient la cour de notre maison pour écouter les nouvelles de ma visite. Au centre de ce cercle se trouvait oncle Musisi, prêt à discréditer la messagère et le messager. Un peu plus loin derrière, ma mère était occupée autour d'un feu : elle fabriquait du sel.

* En 1858, Mahueva succède à Manikusse à la tête de l'État de Gaza. Une guerre éclate avec son frère Muzila en 1859. Muzila en ressort victorieux. Ngungunyane, le fils de Muzila, lui succède en 1884.

Elle s'était dévolue à cette tâche depuis le matin quand elle s'était rendue sur les plaines vaseuses qui bordent les lagunes. Avec une coquille d'escargot, elle avait gratté le salpêtre accumulé sur les vastes bancs de sable. À cet instant, elle s'employait à dissoudre cette boue dans un chaudron avec de l'eau bouillante. Bientôt l'eau s'évaporerait et le sel poindrait comme une nappe blanche dans le fond sombre du chaudron. Tout en travaillant elle chantait : "... le sable c'est l'absence, le sel c'est l'oubli..." Ma mère faisait du sel pour oublier.

– Attention, ne te brûle pas, femme, mit en garde mon père.

Elle dissimula un sourire matois. Oncle Musisi insista : il voulait savoir qui était ce commissaire royal et s'il était digne d'un crédit le différenciant de tous les autres blancs envers qui nous étions méfiants.

– Il s'appelle António Enes, expliquai-je. C'est le représentant du roi du Portugal, il commande sur les Terres de la Couronne.

– Et c'est lui qui a écrit ce papier ?

– Oui, c'est une copie que j'ai écrite de ma main. Le Commissaire a envoyé cette même lettre à Ngungunyane. Il est écrit ici qu'on peut être tranquilles vis-à-vis des menaces des soldats de Ngungunyane. Je vais lire et traduire pour vous tous.

À la fin de la lecture, la lettre balança suspendue au bout de mes doigts. C'était comme si ce papier avait gagné un poids inattendu devant le silence de mes parents. L'un des voisins trancha cette quiétude :

– Où se trouve la Guinée ? C'est avant ou après Inhambane ?

– Taisez-vous, tous, ordonna Musisi. Pour moi cette lettre montre juste qu'on nous traite comme des enfants.

– Parfois, on aime avoir un père plus grand... riposta ma mère.

– Parle pour toi, ma sœur. Eh bien, vous savez ce que j'en dis de ces promesses ? Je ris. C'est ce que je fais : rire. Et savez-vous ce que je vais faire ? Je vais demander de l'aide à l'un des nôtres. Demain, j'irai parler avec Binguane.

– Binguane est un mutxope ? interrogea mon père.

– Au moins on restera entre nous, noirs.

Binguane habitait dans le voisinage de Nkokolani. C'était un chef militaire redouté qui s'opposait férocement aux troupes vanguni. Je l'avais déjà vu. C'était un homme grand et vigoureux malgré son âge. Tout comme moi, c'était un métis de Makwakwa et de Vatxopi. Mon père avertit :

– Très mauvaise idée. Ngungunyane sera plus en colère contre nous. Il n'y a pas quelqu'un au monde que l'empereur haïsse plus que Binguane et son fils Xiperenyane.

Katini ne cessait d'avoir raison : encore enfant, Xiperenyane avait été enlevé par Muzila, le père de Ngungunyane. Enlever les enfants des familles de notables était une pratique courante dans l'Empire de Gaza. On obtenait ainsi la plus rapide des loyautés : celle qui s'impose par le chantage.

Xiperenyane avait grandi au sein de la famille royale et on dit qu'il battait Ngungunyane à tous les jeux et les compétitions. Dès qu'il s'était enfui de la cour, il avait pris la tête d'une redoutable force de résistants. Ce que Katini disait était effectivement vrai : Ngungunyane ne haïssait personne plus que lui.

– Tu renvoies le fétiche au féticheur, mit encore en garde mon père.

Musisi qui, entre-temps, avait pris ses distances, revint dans la conversation sur un autre ton :

– Pendant qu'Imani lisait la lettre des Portugais, j'ai eu une idée. Et il faut en parler maintenant, car je pars demain à la guerre et je ne sais pas si je reviendrai.

– Ne parle pas comme ça, ça porte malheur, avertit notre mère.

– Pour moi, cette histoire de caserne inachevée est un pur mensonge. Ça n'est jamais qu'une cantina déguisée en poste militaire. La vraie caserne a toujours été à Chicomo, ils n'ont jamais voulu en faire d'autres.

– Alors qu'est-ce que ce mulungo* fait ici ?

– Interroge-toi, beau-frère. Cet homme est ici pour nous espionner. Aussi, cher beau-frère, nous allons, nous, espionner cet espion.

– Tu es fou, Musisi ?

– Et tu sais comment on va faire ? À travers tes enfants.

– Assez, Musisi, dit ma mère. Je ne veux pas que mes enfants soient mêlés à ces histoires.

– Tu ne veux pas ? Mais tes enfants, ma sœur, y sont déjà plus que mêlés. On va espionner les Portugais à travers les lettres que le sergent envoie et reçoit, comme celle que ta fille vient juste de nous lire. Ces papiers peuvent être nos yeux et nos oreilles.

– Je te le demande, mon frère : ne mêle pas ma fille à une chose pareille, déclara ma mère. Mes premières filles sont mortes, mes garçons dorment je ne sais où. Cette fille est ce qu'il me reste pour vivre.

Puis, elle me prit la main comme elle ne l'avait jamais fait auparavant. Et je sentis dans ces doigts le prolongement de mon propre corps.

14

Septième lettre du sergent

Nkokolani, le 16 mai 1895
Votre Excellence Monsieur le Conseiller José d'Almeida,

J'ai écouté, il y a quelques jours, l'orchestre de marimbas dont le père d'Imani est un excellent chef, même lorsqu'il est complètement ivre. Cette fois, c'est moi qui ai été saisi par un sentiment d'ivresse, tandis que je me délectais de l'harmonie des timbila des noirs.

J'ai compris. La musique est un bateau, en elle s'accomplit le voyage qu'il me restait à faire. Je peux jouer, ai-je demandé ? Et j'ai tenté de reproduire les mélodies avec lesquelles ma mère m'endormait. Cela ne m'a pas réussi. Mais j'ai compris que mes mélodies et celles des Africains avaient quelque chose en commun : toutes les deux apportaient de l'ordre à un monde chaotique et effrayant.

Je n'ai pu m'empêcher de penser à la belle lettre qu'Ayres de Ornelas avait écrite à sa mère, relatant sa première visite à la cour de Gungunhane. J'ai avec moi une copie de cette missive qui, comme nombre de notre correspondance, a également été interceptée et reproduite. Un ami à Lourenço Marques me l'a recopiée à la main et me l'a aimablement faite parvenir. Si je vous l'envoie à présent, c'est que ce document apporte une certaine lumière sur les sentiments qu'à Lourenço Marques, on nourrit à l'égard de notre lieutenant Ornelas. On ne s'attend pas à ce qu'un militaire de ce grade ait une pareille admiration pour l'art des noirs. Comment un lieutenant peut-il avouer, en temps de guerre, une telle déférence envers ceux dont nous pensons qu'ils n'ont pas d'âme ?

Exprimant une sensibilité peu commune, je transcris une partie de la missive qu'Ornelas a écrite à sa mère :

“… Lorsque le roi de Gaza surgit, les régiments de guerriers de Gungunhane entonnèrent leur chant de guerre. Rien au monde ne saurait donner l'idée de la magnificence de cet hymne. L'harmonie du chant, dont les notes graves et profondes, vibrées avec enthousiasme par plus de 6000 bouches, nous faisait frémir jusqu'à l'intime. Quelle majesté, quelle énergie dans cette musique, tantôt traînante et lente, presque moribonde, qui ressurgissait triomphante dans une ardeur frémissante, dans une explosion brûlante d'enthousiasme! Et à mesure que les régiments, qu'ici nous appelons mangas*, s'éloignaient, les notes graves prenaient le dessus, encore sur une large étendue, retentissant dans les collines et au milieu des forêts de Manjacaze! Qui pouvait bien être le compositeur anonyme de cette merveille? Celui qui sut mettre en trois ou quatre mesures la guerre africaine dans la rudesse âcre de sa poésie n'aurait pas d'âme? Aujourd'hui encore gronde à mes oreilles l'écho du terrible chant de guerre vátua, que la sentinelle chope a si souvent entendu transie de terreur, égarée au milieu de ce taillis de brousses dans lesquelles je vis depuis un mois."

J'imagine que Votre Excellence, Monsieur le Conseiller José d'Almeida, partage cette sensibilité quant à la beauté que les nègres sont capables de produire. Cette beauté, convenons-en avec tout le respect, a fini par entrer dans votre vie. Jamais Votre Excellence ne m'a fait la confidence – et pourquoi auriez-vous dû le faire? – de l'histoire de votre mariage avec une femme cafre. Ce fait est l'objet d'une grande médisance dans les endroits où je suis passé. Mais je vous comprends de plus en plus, mon cher Conseiller. J'avoue commencer à ressentir une attirance pour Imani, la fille qui visite notre poste. Et il ne s'agit pas uniquement d'un sentiment charnel. C'est quelque chose de plus intense, de plus absolu, quelque chose que je n'avais jamais éprouvé pour une femme blanche. Je l'admets, cette pulsion est peut-être une conséquence de la solitude qui m'a été imposée. Ou peut-être un délire de prisonnier. La vérité, cependant, c'est que cette jeune fille s'est insinuée d'une façon respectueuse et subtile et, peu à peu, elle s'est enracinée dans mon âme au point que je ne rêve plus que d'elle.

Hier, par exemple, Imani m'a donné une leçon sur les chicuembos*, les esprits que les natifs prient et auxquels ils font des offrandes. Et elle a expliqué que, pour les Chopes, il existe plusieurs types d'esprit. Celui qui m'a le plus séduit est l'un de ceux qu'ils appellent "esprit majuta". Et j'ai été à ce point impressionné que j'en suis venu, cette nuit-là, à rêver que j'étais l'un de ces fantômes. Je me présentais dûment habillé, obéissant aux préceptes de ces âmes : j'étais vêtu d'une tunique blanche longue et large, de celles que portent les musulmans, et transportais un fusil en bandoulière. Je faisais penser à un marchand d'esclaves arabe, affublé de grandes bottes militaires. J'avais, néanmoins, les lacets défaits et je marchais les jambes écartées pour ne pas trébucher. Je me suis approché d'Imani, qui était assise, à moitié dévêtue, sur une chaise à l'entrée de la caserne. J'ai voulu me libérer des bottes mais j'ai été incapable de le faire. À voix basse, j'ai supplié :

– Aide-moi, Imani. Les lacets, tu ne vois pas ? Ce sont des serpents. J'ai des serpents aux trousses.

Elle s'est agenouillée et, encore une fois, elle m'a massé le dos de ses mains tièdes. Ses soins, cependant, ne m'ont pas empêché de me lamenter :

– On dit que l'Afrique est un abattoir. Si seulement c'était vrai, Imani, si seulement c'était vrai. Je préférerais être mort que de devoir vivre comme ça.

Accroupie à mes côtés, le pagne s'entrouvrait, laissant à découvert ses seins fermes. Et ne contrôlant plus mon geste, je lui ai caressé la poitrine tandis que je murmurais :

– Je perds la tête, Imani. Laisse-moi penser qu'au moins je suis encore un homme.

La tunique blanche tombant, infiniment tombant : c'est ainsi que s'est terminé mon rêve. Et je n'en dis pas plus de crainte de devenir ridicule.

Notez, s'il vous plaît, l'audace de ces confessions personnelles. En vérité, Imani a mis longtemps à oser toucher mon corps. Même au plus fort de mes hallucinations, elle est restée distante, déclamant une étrange litanie qui disait littéralement : Il y a une ombre chez le Portugais, il y a une ombre dans ses yeux, il y a une ombre qui sort de son visage, marche sur son corps et lui vole ses mains. On va faire rentrer et mourir cette ombre dans la lumière de ses yeux. Était-ce de la suggestion, mais cette cantilène m'a rasséréné et j'ai retrouvé peu à peu ma lucidité.

PS : En remarque secondaire, je dois vous informer que l'Italienne dona Bianca (vous vous rappelez, la propriétaire de la pension à Lourenço Marques ?) m'a écrit. Elle m'a, en effet, fait part de sa volonté d'aller à Inhambane pour rendre visite à Fornasini. Elle veut être avec quelqu'un de son pays, de sa langue. Vous voyez combien l'appel de l'origine est si fort ?

15

Un roi en poussière

> Il y a des êtres qui font d'un soleil une simple tache jaune mais il y en a aussi qui font d'une simple tache jaune un véritable soleil…
>
> Pablo Picasso

Tout le monde sur cette terre vit dans un lieu unique et dans un temps sans recommencement. Tout le monde, sauf nous, ceux de Nkokolani. Comme les chauves-souris de la légende, nous habitions à la croisée de mondes. Une frontière invisible et insurmontable traversait notre âme.

Avec pour preuve de cette duplicité ce matin où oncle Musisi, réveillé plus tôt qu'à l'accoutumée, attacha à sa taille le plus solennel des tissus et, sur son torse nu, ajusta le manteau que son père lui avait envoyé des mines.

Son corps recevait ainsi les habits de deux mondes. Dans sa besace en peau de chevreau, il rassembla une pleine poignée de fruits de mafurra et sortit sans dire au revoir à son épouse. Il allait rendre visite à Binguane, dans l'intention de requérir ce qu'il avait refusé de demander aux Portugais : la protection contre les guerriers de Ngungunyane.

En chemin, Musisi se rappela la dernière fois où il s'était rendu sur les terres de Binguane. À l'époque, il accompagnait grand-père Tsangatelo qui allait voir le grand Nkosi afin qu'il lui vienne en aide pour récupérer son épouse, Layeluane. Le sujet était délicat et exigeait un interlocuteur de poids auprès des autorités de la Couronne. Tsangatelo était parti rejoindre les militaires portugais qui faisaient face à des révoltes autour de Lourenço Marques. On avait cru qu'il y passerait un ou deux mois. Il y était resté presque un an. Vinrent les indunas* de Inhambane pour percevoir les impôts. Layeluane ne pouvait pas payer et elle expliqua aux percepteurs les raisons de l'absence de son mari. Ils ne la crurent pas. Ils l'emmenèrent prisonnière, en garantie de paiement. Elle était ce que les Portugais appelaient un "fuyard à l'impôt". Quand les hommes étaient absents et que les familles ne pouvaient pas payer, on arrêtait les femmes et les enfants jusqu'à ce que les maris se présentent pour payer le tribut. Dès son retour de la bataille, Tsangatelo paya ce qu'il devait, mais personne, parmi les autorités portugaises, ne connaissait l'endroit où son épouse se trouvait. Grand-père avait l'espoir que Binguane userait de son influence.

Musisi se rappela la déférence avec laquelle Tsangatelo s'était présenté au régulo Binguane. À l'entrée, de grands paniers de paille, appelés xirundzo, montraient combien les récoltes avaient été abondantes, et révélaient surtout combien les paysans avaient été généreux dans leurs offrandes. Tant qu'il ne fut pas assis, grand-père resta sur la pointe des pieds. On racontait que le régulo haïssait les personnes de petite taille.

– Je veux des hommes qui puissent guetter au-delà de la plaine, proclamait-il.

Ouvrant les bras sur les grands paniers, le régulo commenta avec orgueil :

– Cette année on va danser ngalanga*.

Puis il ferma les yeux et resta ainsi, comme s'il s'était subitement endormi. Grand-père comprit qu'il devait exposer son affaire sans plus tarder. Dès qu'il eut terminé, Binguane assura qu'il intercéderait non seulement auprès des Portugais mais enverrait aussi des gens interroger les indunas qui avaient emmené sa femme.

– Sois tranquille, elle sera ici dans quelques jours. Parlons d'autre chose : on m'a dit que tu négocies avec les militaires portugais pour organiser une caravane de porteurs.

– C'était aussi ce que je venais vous demander, si je dois leur faire confiance. Après ce qu'ils ont fait à Layeluane. Dites-moi, Nkosi : vous croyez que je peux avoir confiance en ces Portugais ?

– As-tu confiance en ceux de ta propre race ?

– Comment puis-je avoir confiance ? Prenez le cas des Vanguni…

– Et as-tu confiance en ceux de ta propre maison ?

– Vous savez bien que non. Je ne peux même pas faire confiance à mon gendre là qui m'accompagne.

– Sais-tu pourquoi j'ai confiance en toi ? Parce que tu fais comme si tu étais plus grand que tu ne l'es réellement. Tu veux me plaire. C'est pour ça que j'ai fait courir cette rumeur selon laquelle je hais les hommes petits. Pour estimer non pas leur taille mais leur envie de me plaire. Tu peux arrêter de te grandir, mon ami.

– Je vous remercie, Binguane.

– J'ai suffisamment confiance en toi pour te dire : je veux que tu traites bien les Portugais. Nous n'avons pas d'autres alliés plus utiles. Demande-leur de payer en armes. Et de laisser ces armes ici dans notre village. Ensuite je ferai les comptes avec toi.

À la sortie Tsangatelo prit congé, mais Musisi resta en arrière. Il profitait du moment pour satisfaire une vieille curiosité. Et il s'adressa au régulo :

– Dites-moi, Binguane : vous venez de rendre visite à Ngungunyane. J'ai toujours voulu savoir comment il est. Comment est cet Umundungazi ?

– Et qu'est-ce que ça peut faire ce qu'il est ?

– On dit que c'est un homme méchant, que ses dents du haut ont poussé avant celles du bas. C'est pour ça qu'on lui a donné ce nom. Vous savez ce que ça veut dire dans leur langue, Umundungazi ?

– Je viens de dire qu'on s'en moque. Vous donnez trop d'importance à cet homme. C'est cela qui grandit l'ennemi.

Tous les deux savaient : *Umundungazi* veut dire "le destructeur de la nation". C'est pour cela que les anciens de la cour avaient changé son nom. Pour Binguane, ce changement aurait pu être évité : ce premier nom nous aurait donné une bonne raison de l'aimer. Peut-être nous aiderait-il à détruire sa propre nation, qui sait ?

Cette conversation était encore bien présente dans la mémoire de Musisi. Mais il était en proie au doute : Binguane se souvenait-il encore de lui ? Ce fut alors qu'il entendit un violent coup de tonnerre qui fit trembler le sol. Le ciel était dégagé et mon oncle s'interrogea sur les raisons de ce fracas déchirant le firmament. Il hésita encore dans son dessein, mais reprit aussitôt sa route. À mi-chemin, il fut surpris par un énorme raffut. Il comprit que c'étaient des régiments vanguni marchant au retour d'une bataille. Depuis les buissons de cimbirre*, il vit clairement les soldats défiler. Ils portaient une plume blanche sur le front : c'était le signe qu'ils avaient tué des ennemis. Et ils hululaient comme des bêtes en rut. Grand-père Tsangatelo le disait bien : il faut encourager les soldats à crier. Les cris les empêchent d'entendre leur propre peur.

Dans l'épais feuillage où il se cachait, Musisi craignait pour sa propre vie et le simple fait de respirer lui apparaissait comme un bruit insupportable. Si on remarquait sa présence, les tatouages sur son visage révéleraient aussitôt son identité. Et il serait sommairement exécuté. Il était celui que les envahisseurs appelaient "ceux à la figure coupée". Il n'était même pas une personne. Il serait tué comme une bête, sans pitié, sans enterrement.

Les soldats se perdirent au loin et Musisi poursuivit d'un pas prudent en direction du village de Binguane. Arrivé là-bas, il tomba démuni comme si ses genoux l'avaient lâché : le village était en flammes et le sol était jonché de cadavres. Un groupe de femmes ramassait les blessés et recouvrait leurs corps de nattes et de tissus.

– Où est Binguane ?

– Il n'en reste rien, répondirent-elles.

– Où est le corps ?

– Il n'en reste rien, on vous dit.

Il s'était passé la chose suivante : désespéré sous le poids de sa défaite, Binguane avait retiré du mât le drapeau portugais. Il avait longuement regardé la couronne dorée au centre. On disait que cette couronne symbolisait l'or. Mais y voyant un soleil incandescent, il avait laissé cette brillance inonder ses yeux. Puis il avait déchiré le tissu en deux et s'était enroulé dans la moitié bleue. Ainsi couvert, il s'était assis sur un baril de poudre pour se faire sauter.

Un contretemps avait dénaturé la noblesse de son acte : avant que le feu ne parvienne à se propager, le baril s'était renversé sous le poids du suicidé. La poussière grise qui s'en était libérée avait ôté la respiration à ceux désirant le secourir. Binguane n'avait pas renoncé. Il avait ravivé le feu sur le tissu qu'il portait, puis il avait embrassé son baril comme si c'était sa dernière épouse. C'était alors que s'était produite l'explosion qui avait assourdi le monde. Et il s'était fait nuit, au-dedans et au-dehors de Binguane.

Je me réveillai en sursaut sous un lointain fracas de tempête. Il m'arrivait la même chose que dans les cauchemars de mon père : je me souvins des oiseaux de fer traversant vertigineusement les cieux. Il commençait à faire jour. Je regardai derrière le rideau :

au loin scintillait ce qui me parut être l'éclair rouge d'un brûlis. Je parcourus la maison pour vérifier si les fenêtres étaient fermées. Le vent avait soufflé pendant la nuit et le plancher était jonché de taches sombres. C'était sûrement la suie des brûlis et je passai un balai sur le sol. Je regardai les escarbilles, noires et tordues, comme si je reconnaissais en elles la même matière dont j'étais faite. Poudre et cendre. Et je revenais à mon nom originel.

Des heures après sa mort, Binguane s'était déjà métamorphosé en légende. Le soir, quand les histoires peuvent être racontées, les anciens contaient aux plus jeunes la véritable raison de la mort du grand guerrier. Et l'histoire était ainsi : Il était une fois un roi qui ne croyait pas à l'existence des nuages. Il soutenait que les nuages existent uniquement dans nos yeux.

– Je n'y crois que si je peux les toucher.

C'était ce qu'il disait. Et il fit construire une échelle qui serait tellement haute qu'elle lui permettrait de grimper aux plus nébuleuses hauteurs. Ils mirent des années à terminer l'escalier. Quand ils l'appelèrent, le roi regarda le sommet de la construction et ne réussit pas à voir toutes les marches.

– Je vais monter, déclara-t-il avec fermeté.

Il monta, monta et fut de plus en plus fatigué. Les hirondelles le croisaient, trouvant étrange une compagnie aussi disharmonieuse. Alors que le roi souffrait déjà de vertiges et manquait d'air, il vit qu'il était entouré de nuages. Il tendit les bras pour les toucher. Mais ses doigts passèrent à travers cette écume comme de la lumière transperçant de l'eau. Et il sourit, heureux. Finalement, il avait bien raison. Tandis qu'il descendait les marches il proclamait :

– Je ne les ai pas touchés. Ils n'existent pas.

À mesure qu'il descendait, il remarqua qu'il devenait léger, chaque fois plus léger. Déjà près du sol, il dut même se tenir fermement. La plus légère brise le faisait ondoyer comme un drapeau. Lorsque ses pieds touchèrent le sol, le roi s'était déjà métamorphosé en nuage. De lui resta l'escalier qui conduit les sceptiques à la hauteur des cieux.

On dit que Binguane, dès cette nuit-là, revint de la mort pour recueillir ses cendres. Mais elles avaient déjà été en partie balayées par le vent. De cette façon, il se reconstitua uniquement par moitié. Et c'est ainsi, incomplet et troué, qu'il déambulera dans le Temps : moitié guerrier, moitié txope, moitié héros, moitié vaincu. On dit encore que nos arrière-petits-enfants auront déjà oublié cette moitié du passé. Et ils tairont leurs noms de peur qu'on ne les charge de porter le fumier des autres.

Et il en sera ainsi jusqu'à ce qu'un nouveau Binguane surgisse. Et ce sera un nouveau type de guerrier, il nous apprendra en effet à surmonter les frontières qui nous divisent. Et nous visiterons alors les deux moitiés du Temps de nos ancêtres.

16
Huitième lettre du sergent

Nkokolani, le 25 mai 1895
Votre Excellence Monsieur le Conseiller José d'Almeida,

À force d'être ici, seul et abandonné, j'ai l'impression de me transformer en un autre Sardinha : plus uni à ces gens, plus proche de ces noirs que de mes propres compatriotes. Votre Excellence est mon unique ami, l'unique pont qui me relie au Portugal.

Cette semaine, j'ai eu l'impression que mon esprit de mission revenait. Les Cafres m'ont amené un prisonnier vátua. Et cette déférence, cette subordination ont fini par me rendre mon orgueil militaire terni.

Bien que maltraité, le soldat de Gungunhane conservait une dignité enviable. Il a demandé l'autorisation de parler et j'ai compris, avec l'aide de la mère d'Imani, que son peuple entretenait avec les Chopes la même supériorité que nous entretenons avec tous les nègres. Et le prisonnier a dit que ces terres leur appartenaient de droit divin et que ces natifs avaient besoin de quelqu'un qui les civilise. J'ai fait taire le prisonnier. Je ne le haïssais pas pour ce qu'il disait des vaincus. Mais parce que lui, avec cette condescendance, devenait semblable à ceux qui m'ont envoyé en Afrique.

Les informations qui me sont parvenues les jours suivants ont confirmé la haine du militaire nguni envers les natifs de Nkokolani. J'ai en effet reçu une série de plaintes des Chopes concernant les atrocités pratiquées par les troupes de Gungunhane. Sous le poids des récriminations, les victimes me sont devenues étrangères, me rendant, plutôt qu'insensible, indifférent à la raison et à la justice. Je me suis dit que le prisonnier vátua avait raison : de son point de vue et de ceux de sa nation, ils ne commettent pas de crime. Au contraire, ils bâtissent héroïquement un empire. Les choses bien considérées, ce qu'ils font n'est pas très différent de ce que nous faisons nous, avec tout le recul et le respect dus. Nous aussi défendons un empire, autorisés par Dieu et notre supériorité naturelle. Nous aussi enjolivons l'histoire de cet empire de splendeurs pompeuses. Si les Vátuas gagnent cette guerre, le destin de cette nation s'accomplira à notre insu. Personne ne se souviendra d'António Enes. Et le vaillant Mouzinho de Albuquerque sera un pâle vaincu. L'État de Gaza survivra avec sa glorieuse histoire. Gungunhane survivra, l'unique grand héros. Ce noir brillera comme ont déjà brillé un César, un Alexandre le Grand, un Napoléon, un Afonso de Albuquerque. Et la statue du roi africain figurera un jour sur une place de Chaimite, la ville sacrée des VaNguni. Des générations de Cafres adoreront l'empereur africain comme une preuve éternelle d'héroïsme et de la valeur de leur race.

Je reconnais, Excellence, l'audace de ces pensées et ne pourrais les partager qu'avec vous. Et j'avoue que ces idées m'ont poursuivi tous ces jours-ci. Et elles m'ont d'ailleurs remis en mémoire un épisode que je croyais disparu. Un jour de permission à l'école, à Lisbonne, un homme, au cœur du Rossio, pointant le ciel, déclara avec une étrange familiarité :

– Elles sont toutes pareilles.

Je n'avais pas compris. L'homme avait répété : elles sont toutes pareilles, partout. Il parlait des statues. Il tendait le bras en direction du monument à Dom Pedro IV. Et l'étrange créature avait déclaré alors que ce n'était pas notre roi qui était représenté là. C'était, oui, Maximiliano I, "empereur" du Mexique. Un Portugais anonyme avait acheté au rabais la statue à Paris, vu qu'entre-temps le candidat à empereur avait été fusillé juste avant son entrée en fonction. On avait ménagé les coûts, gagné en lustre. Et l'homme avait répété que les statues, tout comme les narrations impériales, ne différaient guère les unes des autres.

– Ce roi marche à pied. Mais s'il était à cheval, vous verriez que le cheval aussi est toujours le même !

Pour le reste, ces semaines se sont déroulées comme si le temps ne s'écoulait pas. Peut-être puis-je vous raconter quelque chose d'encore plus personnel, mais qu'il me plairait de partager. Il y a quelques jours, le père d'Imani est venu me rendre visite. Un instant, j'ai craint qu'il ne vienne me demander des comptes au sujet des avances que j'avais tentées sur sa fille unique. Aussi le saluai-je avec une cordialité excessive, dès son entrée :

– Bonjour, Katini Nsambe !

– Vous êtes un soldat, vous ne devriez pas m'appeler par mon nom. Les soldats ne veulent connaître le nom de personne.

– Et que viens-tu faire ici ?

– Je viens vous offrir une chaise à porteur. Une que j'ai moi-même fabriquée.

– Et pourquoi voudrais-je une chaise à porteur ?

– Mais, pour être transporté dans la brousse, comme font tous les Européens.

– Eh bien, je ne suis pas comme tous les Européens. J'ai mes jambes, j'aime les fatiguer.

– Vous êtes un homme bon. Mais attention, mon patron, car à Nkokolani la bonté et la faiblesse parlent la même langue.

Il révéla alors qu'en déambulant dans la forêt, il lui était venu à l'idée de m'offrir un arbre. Un arbre entier, racine, tronc, branches et feuilles. Par ce cadeau il m'offrirait le Ciel, la Terre et le Temps. Comme il ne pouvait pas le faire, et comme par ailleurs je refusais la chaise à porteur, il allait donc m'offrir une poule.

– Une poule ?

Il ne laissa pas le temps à une quelconque réticence de ma part, il traîna dans ma direction une cangarra* avec un gallinacé bien nourri, au plumage marron.

– Là où vous voyez une poule, je vois des œufs. Et, à la fin des œufs, de la viande. De la viande pour une semaine de curry.

Je retirai la poule de la cangarra sans qu'elle ne prenne peur ni ne coure aveuglément un peu partout. Elle se blottit plutôt à mes pieds, docile comme un chat.

– Je vais lui donner un nom, annonçai-je, attendri par la douceur de la bête.

– Ne faites pas ça, s'il vous plaît, supplia le pauvre nègre effrayé. Sinon cette poule ne croira plus jamais qu'elle est une poule. Et elle entrera dans vos rêves et vous, patron, vous entrerez dans ses rêves…

Depuis ce jour-là, une poule partage avec moi l'intimité de mon foyer. À l'encontre des conseils reçus, je lui ai donné le nom de *Castânia*. Pendant la journée, on la laisse sur le terrain. Pendant la nuit, je lui offre l'asile chez moi, afin qu'elle ne soit pas dévorée par les genettes. Dans la pénombre de la chambre, sous la lumière intermittente de la veilleuse, Castânia me regarde avec gratitude, puis elle cache la tête sous son aile. Je me rappelle la mise en garde de son ancien maître, et je m'amuse à penser que la poule rêve, en portugais, mes propres rêves. J'espère que moi, en échange, j'aurai ses rêves, certainement moins pesants.

Hier, Katini a de nouveau frappé à ma porte. J'ai jeté un œil à la fenêtre, je l'ai vu planté dans la cour, un énorme marimba sous le bras. Cette fois il ne m'offrait pas le fruit de son savoir-faire. Me sachant malade, il se disposait à jouer pour soulager mes peines. La musique, disait-il, pouvait éloigner de moi maladies et fantômes. Je le laissai s'asseoir dans la cour, les yeux fermés et les baguettes braquées vers le ciel. Il joua quelques notes éparses comme s'il prenait courage. Il finit par dire dans un portugais lent et confus :

– Je vais jouer la musique des Portugais...

– La musique des Portugais ?

– Une que le prêtre m'a enseignée. Il a dit que c'était l'hymne du Portugal.

Immédiatement il se mit à fredonner avec un mauvais accent mais remarquablement en mesure :

La vérité ne s'offusque pas
Le roi ne se trompe pas, non
Nous proclamons...

Je l'interrompis avec délicatesse. Je souris, d'ores et déjà triste de la désillusion que mes mots lui causeraient.

– Cet hymne, lui expliquai-je, n'est pas mon hymne.

– Vous n'êtes pas portugais ? demanda-t-il.

Je me tus. Le mieux dans cette circonstance serait de laisser le pauvre musicien accomplir sa généreuse intention. Et l'homme joua bouleversé, une curieuse version de l'hymne portugais. Au début, je trouvai ça étrange. Peu à peu, je l'avoue, j'en fus même ému. Cette composition prit la vertu d'un baume. Et la nuit tomba à Nkokolani avec un blanc buvant du nsope et un nègre entonnant l'hymne du Portugal.

Je découvre, enfin, mon cher Conseiller, dans ces tristes sertões une humanité que je méconnaissais en moi-même. Ces gens, en apparence si éloignés, me donnent des leçons que je n'apprendrai nulle part ailleurs. Il y a quelques semaines, par exemple, s'est présenté devant moi un indigène de Nkokolani qui avait été convoqué à l'administration de Zavala accusé d'échapper à l'impôt. L'administrateur avait ordonné à un cipaio de le fouetter. Ce n'était pas la désobéissance qu'il fallait punir. Ce qui était impardonnable, c'était la suffisance d'un noir qui affrontait sans peur la puissance des Portugais. Voilà l'impression qui me resta du récit du malheureux Cafre, qu'il égrena sans lamentation ni plainte.

Je comprends la logique de nos autorités. Il fallait l'humilier, faire comme on fait aux éléphants en Inde lorsqu'on veut les domestiquer : leur briser les genoux afin que leurs pattes cessent de rêver. Et l'administrateur leur avait ordonné de le frapper d'abord avec un nerf de cheval du fleuve. Et le nègre avait alors procédé à une petite correction : à cet endroit il n'y avait pas de chevaux, ni du fleuve ni de la terre. Et que cette queue desséchée appartenait à une bête qui répondait au nom de mpfufu. Si nous n'avions pas de nom adéquat dans la langue portugaise, il suggérait d'emprunter ce terme à sa langue.

Il ne vint pas à l'esprit de l'administrateur qu'hippopotame était le mot dont notre noble langue disposait déjà. Et il prit ces déclarations pour une preuve d'insolence redoublée. Puisqu'il n'y avait pas de nom approprié pour nerf de cheval du fleuve, qu'on le fouette alors avec une vieille férule.

Je dois vous dire, par cette brève parenthèse, que tandis que le Cafre relatait ce qui s'était passé, une grimace fronça son visage et les yeux de l'homme s'embuèrent. Se remémorer l'événement le faisait davantage souffrir que le moment de la punition. Car à cet instant où le bois avait rongé sa chair, il était resté impassible. Pas une plainte, pendant les trente coups de férule. Le bourreau n'obtint pas cette victoire et le châtié se retira de la pièce avec les mains tournées vers le haut comme s'il prenait Dieu à témoin de cette insupportable douleur. Il prit poliment congé du cipaio qui l'avait fouetté. Mais il ne s'en alla pas. Il frappa plutôt à la porte du bureau de l'administrateur et sollicita :

– Je veux vous demander une faveur, Excellence.

– Une faveur ?

– Je veux que ce soit vous qui me battiez.

– Tu n'en as pas eu assez ?

– Je veux qu'on voie que je ne suis pas n'importe qui. Je veux rentrer dans mon village et dire bien haut que moi c'est un blanc qui m'a battu.

Plus tard, en parlant avec l'administrateur en personne, celui-ci corrobora cette histoire. Et il précisa qu'il avait refusé de faire plaisir au Cafre présomptueux. C'était ce qu'il voulait, avait-il plaidé. Ces nègres sont comme des enfants et ils voient en nous la figure paternelle à qui il revient de les punir et de les absoudre. Je ne suis pas certain que cette interprétation soit juste. À mon avis, l'intention du nègre était différente : prouver la lâcheté de celui qui fait châtier mais qui est incapable d'exécuter le châtiment.

Ces épisodes, en apparence si factuels, sont ici reproduits pour souligner notre obstination à ne pas comprendre comment cette réalité humaine est bien plus complexe qu'on ne le suppose à Lisbonne. En intégrant le peloton d'exécution à Lourenço Marques, je n'ai pas été capable de deviner l'âge de ces jeunes. Ils auraient pu être enfants, ils auraient pu être adultes. Comme le dit fort bien Sanches de Miranda, ces créatures ne sont pas lisibles. Et cela redouble notre rage à leur encontre.

Et il est dommage que l'on se contente d'une si grande ignorance. Car de cette ignorance nous sortons perdants non seulement dans notre habileté à gouverner mais aussi dans notre capacité à intervenir militairement. La compréhension des sujets fondamentaux nous échappe et nous tenons pour sûr et définitif l'appui que nous avons de quelques regulados. Ces appuis, cependant, sont précaires et reposent sur des consensus fragiles et temporaires. Aujourd'hui encore j'ai assisté, avec l'aide d'un traducteur, à un curieux dialogue entre deux chefs locaux qui se sont présentés pour résoudre un milando* de Cafres. Je reproduis le plus fidèlement possible l'échange de quolibets dont ils ont usé. Toute la question était de savoir si céder des terres aux envahisseurs vátuas constituait une trahison. Et ils se disputaient en ces termes :

– On leur a donné les terres, disait l'un, mais on ne leur a pas remis les dieux qui sont les uniques maîtres de la terre.

– Des mots. Ce sont juste des mots, rétorquait l'autre. Nous leur avons tout donné.

– Mais qui dirige toujours les cérémonies sacrées, ce n'est pas nous ?

– Eh bien, je demande : dans ces cérémonies, en quelle langue parlent nos ngangas* ? Ils parlent dans notre langue ? Ou n'est-il pas vrai que nous parlons déjà avec nos dieux dans la langue des envahisseurs ?

17
Un éclair venu de la terre

> Tout général sait que, plus que de se défendre de l'ennemi, il doit se protéger de sa propre armée.

Tout de suite à l'aube, on m'avertit que Katini et Musisi iraient en audience à la caserne ce jour-là. Sans attendre je me mis en route. Il y a de cela quelques jours, j'avais moi-même informé le Portugais de l'intention de ma famille. Néanmoins, il convenait que j'aille en tête le jour de la visite. Depuis la mort de Binguane l'atmosphère était tendue et il était important que le sergent Germano soit convaincu de l'urgence de notre requête. Je traversai donc les chemins encore recouverts d'une brume qui, au début, me parut être de la bruine, mais dont je vérifiai après qu'il s'agissait d'une épaisse fumée. Ces fumées provenaient du lointain endroit où Binguane avait embrassé la mort.

À l'entrée de la caserne, mon frère Mwanatu avait redoublé de vigilance. Si auparavant il exhibait un semblant d'arme, il arborait maintenant un nouvel accessoire: ses mains couvertes de gants blancs. Rentre vite, petite sœur, on est en état d'alerte, me chuchota-t-il, ondoyant les doigts.

Germano était penché sur une carte étalée sur le plateau de la table. Il s'enquit, sans lever la tête:

– Tu sais ce qui est arrivé?

– Tout le village le sait.

– Et tu sais qui vient juste de sortir d'ici? Le fils de Binguane, Xiperenyane.

– Xiperenyane était ici?

– Il est venu me demander d'intervenir pour sauver sa petite-fille. Dans l'attaque d'hier, la petite a été kidnappée par les Vátuas. Et il circule dans le coin qu'elle a déjà été tuée, dévorée par les sorciers de Nungunhane.

Le Portugais était perturbé, on le voyait à l'enrouement avec lequel il s'exprima. Il fit une pause et posa sur moi ses yeux bleus pour m'interpeller d'une façon presque agressive : Tu viens à cause des leçons ? Eh bien les leçons sont terminées.

– Elles sont terminées ?

– Continue à me rendre visite, mais ne m'apprends rien. Car je suis venu dans ce bout du monde pour oublier qu'il existe des langues. Oublier qu'il existe des gens, oublier que j'ai un nom…

Et il allongea les bras sur la table comme s'il embrassait la carte. Ainsi affalé, il répéta : Je veux oublier. J'avançai de quelques pas et murmurai, craintivement :

– Puis-je demander une chose ?

– Qu'est-ce que tu veux, toi ?

– Puis-je toucher vos cheveux ?

Il sourit et hocha la tête. Ma main cessa d'être mienne et s'appuya d'abord sur son épaule pour se perdre ensuite dans son épaisse chevelure. Le Portugais ne comprit sûrement pas ma demande. Seule la curiosité de toucher ces cheveux si différents des nôtres m'animait. Voilà ce qu'il fit : il tendit les bras et recueillit mes seins au creux de ses mains. Et il se passa la chose suivante : les boutons du chemisier sautèrent et roulèrent fantasques sur le plancher. Puis chacun de ces petits boutons se tordit et se racornit comme s'ils fondaient sous un feu invisible.

Et le Portugais poursuivit dans ses desseins charnels. Je voulus résister, lui mordre le bras, l'attaquer avec toute ma fureur. Mais je ne bougeai pas, immobile, en femme sagement soumise. À ce moment-là, je l'avoue, une étrange torpeur m'étourdit : pour la première fois, je sentis mon cœur battre dans un autre corps. Les doigts du sergent caressèrent mes tétons comme s'ils étaient des boutons faits de chair. Et je restai là, retardant ma velléité de m'écarter.

– Mon père doit être sur le point d'arriver, je suis juste venue ici pour vous prévenir de sa visite.

Brusquement, le Portugais se reprit et se retira en silence. Je restai seule, le chemisier entrouvert. Et je contemplai ma poitrine comme si je ne l'avais jamais vue auparavant. Dans notre pays, c'est la taille des seins qui fait devenir femmes les jeunes filles. Cette double courbure annonce le moment où nous pouvons engendrer une autre vie. Mes seins, à ce moment-là, montraient seulement combien j'avais de vie en réserve.

J'étais pressée de quitter cet endroit. Toutefois, j'hésitai encore avant de ramasser les boutons. Peut-être devais-je les laisser là, rabougris et tordus sur le plancher. Peut-être étais-je punie : aucune autre femme avant moi n'avait jamais boutonné ses vêtements à Nkokolani. Et quand, déjà gagnée par la hâte, ma main frôla le plancher, je m'aperçus que les boutons étaient chauds comme les braises. Malgré cela, je les gardai dans ma main gauche, tandis que je réajustai mes vêtements et mes cheveux.

Et j'allai attendre, à l'entrée de la maison, la venue des parents. À leur arrivée, je m'adossai au montant de la porte pour leur laisser le passage. Mon frère Mwanatu leur barra le chemin, soucieux de ses devoirs de sentinelle.

– Arrête tes idioties, Mwanatu, dit mon oncle. Ce fusil est plus détraqué que ta tête.

Mon père haussa les épaules en désapprobation. En passant devant son fils, il lui arrangea son col. C'était sa façon discrète de saluer son allure si européenne.

– Comment va notre kabweni ? demanda-t-il avec un orgueil indéniable.

– Kabweni non, mon père, corrigea mon frère. Je suis caporal d'infanterie.

Il me sourit et retourna à sa pose de statue, comme si contempler l'infini était son unique occupation. Mon intention était bien différente : me sauver de là d'urgence. Mais le bras de mon père contrecarra mes intentions :

– Tu entres avec nous, qui d'autre pourrait nous traduire ?

– Inutile, vous parlez tellement bien !

– Je n'ai pas assez de portugais pour ce que nous venons dire ici, argumenta mon vieux.

– Je ne vais rien dire du tout, contredit mon oncle. Je viens seulement contrôler ce que ton père va dire.

Le sergent fut très attentionné dans sa façon de nous recevoir. Il avait revêtu son uniforme pour montrer qu'il était en fonction officielle. La sympathie qu'il afficha, cependant, se destinait davantage à moi qu'à ma famille. Il ouvrit une bouteille de vin pour saluer les visiteurs. Malgré sa bonne volonté, l'hôte méconnaissait nos mœurs : chez nous, les morts boivent d'abord. Au nom des défunts, nous versons sur le sol les premières gouttes. Une pause s'ensuit pour montrer combien ces faux absents commandent encore le Temps. Puis on sert les femmes, non par égard, mais par méfiance, au cas où la boisson serait empoisonnée. Alors seulement, on sert les hommes et les invités. Telles sont nos bonnes manières.

Le militaire fut le premier à boire. Il but directement à la bouteille, son chapeau sur la tête. Le vin lui coula abondamment le long du menton et du cou. Il paraissait avoir davantage envie de se baigner que de boire.

Après avoir écouté les craintes de mon père, il adopta un ton formel et entreprit de nous rassurer :

– Je vous ai déjà dit qu'on ne permettra pas que vous soyez ennuyés. Ces garanties ont été données par celui qui me commande, qui vous commande et commande Gungunhane. Vous n'aviez pas besoin de venir demander…

– Demander ? s'indigna mon oncle, s'exprimant en txitxope. Et se tournant vers moi : Traduis donc ma nièce. Je veux dire certaines choses à ce blanc.

– Parlez, mon oncle, mais prenez garde au ton de la voix. On ne va pas chez les autres pour les insulter.

– Tais-toi, Imani. Binguane vient de mourir. Et nous mourrons tous si ces patrons à toi ne prennent pas ça au sérieux.

– D'accord, mon oncle. Maintenant parlons avec lui en portugais, pour ne pas susciter de méfiance sur ce que nous disons.

– Demande à ce patron à toi la chose suivante : à qui payons-nous la vassalité ? N'est-ce pas aux Portugais ? Nous sommes sujets de la Couronne. Nous sommes portugais, n'est-ce pas ce qu'ils disent ? Eh bien, s'il en est ainsi, le Portugal a l'obligation de nous défendre. Ou je me trompe ?

Avec inquiétude, mon père s'empressa d'adoucir l'intervention de son beau-frère. Et il utilisa son portugais confus.

– Ne faites pas attention, mon patron. Ce parent à moi est seulement inquiet…

– Pas la peine de traduire. Je comprends parfaitement que votre beau-frère soit fâché. Je sais depuis longtemps ce qu'il pense des Portugais. On va discuter comme des gens… c'est-à-dire… comme des gens civilisés. Et toi, Imani, tu connais déjà la maison de fond en comble, va à la cuisine et rapporte-moi une autre bouteille comme celle-là.

D'un pas discret de domestique, je me dirigeai vers la cuisine où on voyait sur la table deux bouteilles d'eau-de-vie. En dessous, il y avait un télégramme signé par le commissaire royal. Il était daté de deux semaines et il était adressé à tous les commandements militaires d'Inhambane. Je ne résistai pas à l'envie d'y jeter un œil. À mesure que j'avançai dans le texte, un goût amer pointait en moi. Voilà ce qui était écrit :

"Nous ne pouvons, en aucune circonstance, échanger l'urgence d'aider les Chopes contre la nécessité de défendre Lourenço Marques. Nous ne pouvons expédier aucun renfort à Inhambane sous peine de laisser dégarnis les territoires au sud. Il est possible que Gungunhane ne résiste pas à sa soif de vengeance contre les Chopes, ces gens qui lui opposent autant de résistance. Mais c'est un dommage que nous devons ignorer. Nous devons, en outre, considérer la chose suivante : si les Chopes sont punis, la faute doit revenir, tout d'abord, à eux-mêmes. Les Vátuas qui descendent maintenant avec leurs hordes entendent se venger non de nous, Portugais – qui sommes leurs ennemis naturels –, mais de ceux qui sont nègres comme eux. Ce sont ces affronts qu'ils se proposent maintenant de châtier. Il ne serait pas à notre avantage d'intervenir. L'ordre est donc : laissons arriver ce qui doit se produire."

Je retournai dans la salle, un bourdonnement dans les oreilles m'empêchait d'entendre, comprenant uniquement aux gestes que le Portugais s'enquérait de la bouteille que j'avais oublié de rapporter.

– J'ai lu le télégramme, déclarai-je tandis que je me dirigeais vers la porte.

– Quel télégramme ? demanda le Portugais, ahuri.

J'agitai la feuille de papier que j'avais avec moi, ouvris la porte extérieure et demandai, avec fermeté, que mes parents se retirent avec moi. Quand je regardai les marches, je vis que l'escalier n'avait pas de fin. Je descendais dans les profondeurs de l'Enfer. Le Portugais avait menti. Et la douleur causée par ce mensonge me disait combien je l'aimais.

Le lendemain matin, je me dirigeai pieds nus vers le fleuve Inharrime. Je me plongeai dans son lit jusqu'à ce que l'eau m'arrive à la poitrine. Non pas que je veuille mourir noyée, entraînée dans les courants profonds. Bien au contraire : je voulais être enceinte du fleuve. Cet amour fécond s'était produit auparavant avec d'autres femmes. Le secret était qu'elles ne bougent pas jusqu'à ce que leurs âmes ne se distinguent plus des feuilles, flottant mortes, le long du courant.

C'était cela que je voulais à ce moment-là. Car j'étais sûre d'une chose : aucun homme ne pourrait me posséder. Il me restait le fleuve, mon fleuve de naissance. Les eaux coulaient déjà en moi quand je m'échouai sur la berge, paralysée comme un vieux tronc naufragé. Et je restai là jusqu'à reprendre des forces pour rentrer à la maison. Ce fut alors que mes pieds s'enfoncèrent dans le matope*. Au lieu de combattre cette absence de sol, je me dégageai de mes vêtements et, toute nue, m'abandonnai à l'étreinte visqueuse de la boue. Un instant, je me laissai posséder par le plaisir de sentir ma peau recouverte d'une autre peau. Je compris alors le goût des animaux pour le bain de boue. C'était ce à quoi j'aspirais : être une bête, sans croyance, sans espérance.

Barbouillée de boue des pieds à la tête, je parcourus le chemin du retour au village. Sous le regard amer des femmes, je me dirigeai vers la maison du sergent. En me voyant, Mwanatu s'enfuit de son poste de sentinelle. Le Portugais était assis sous la galerie et me reconnut seulement après que je lui eus dit :

– Vous aimeriez me voir nue, Germano ? Eh bien versez de l'eau sur mon corps. Personne ne me déshabillera jamais autant comme ça.

Le Portugais, confus, me demanda d'entrer chez lui. Il ferma la porte et rôda aux quatre coins de la pièce, comme un chasseur qui redouterait sa proie. Il sortit pour réapparaître avec un linge et une bassine d'eau.

– Maintenant c'est à mon tour de te laver des mauvais augures, déclara-t-il.

Il passa ses mains sur mes bras, mes épaules et mon dos. Puis il jeta le linge et fit tomber de l'eau sur mon corps. Quand il me vit, nue et sans défense, le Portugais perdit la tête. À la hâte, il ôta ses vêtements, les doigts tremblants, le menton baveux. Et quand il me prit la taille, je le laissai lécher mes seins jusqu'à sentir sur ma peau la palpitation de son sang. L'homme s'allongea ensuite sur le plancher de la pièce. Ses mains frappant le sol m'invitaient à m'allonger à ses côtés. Je ne bougeai pas. Je le regardai plutôt de haut, dans un long regard de reine. Par cette sentence ajournée, je ressentis le goût pervers que les lionnes éprouvent avant le coup fatal. Je jetai le télégramme de la veille par terre, posai un pied sur sa poitrine, lui crachai au visage et, de ma voix la plus douce, je l'insultai dans ma langue.

– Sale menteur de blanc ! Tu ramperas comme un serpent.

Le Portugais se traînait encore sur le plancher quand il me vit sortir, enveloppée dans un bout de tissu blanc que je pris sur une étagère. Plus que l'insulte, je me délectai de lui parler en txitxope. Peut-être qu'aucun noir ne dominait aussi bien la langue portugaise. Mais la haine que je ressentais ne pouvait être dite que dans ma langue maternelle. J'étais condamnée : je devrais naître et mourir dans ma propre langue.

À la maison, je rassemblai les parents pour leur révéler combien les promesses de Germano de Melo étaient fausses. Le Portugais ment ? demanda mon père, incrédule. Tu as mal lu, ma fille. Tu t'es trompée. Et il répéta : Tu t'es trompée. Musisi demeura silencieux, discrètement satisfait de voir établie la preuve de ses vieux soupçons.

Sans réponse, mon père ouvrit une bouteille de vin et se servit généreusement. Quand la bouteille fut aussi vide que lui, Katini alla s'asseoir devant son marimba. À cet instant, le sol était déjà un siège insuffisant : l'ébriété démultipliait sa vision et les touches, farouches, lui désobéissaient. Il leva le visage comme s'il invoquait les esprits. Dans cette position, il appela sa femme en hurlant :

– Viens danser, Chikazi. Je veux te voir danser.

Comme un fantoche, sa femme se traîna au centre de la cour et resta là, immobile.

– On va festoyer, ma femme. Tu n'as pas entendu les serments de nos amis portugais ? La guerre n'arrivera jamais ici ! Y a-t-il une meilleure raison pour danser ?

Mon père attaqua les touches avec furie comme s'il punissait l'instrument qu'il avait lui-même fabriqué. Et sa femme ne bougea pas, les yeux rivés au sol.

– Tu n'as pas besoin de bouger, si c'est comme ça que tu préfères. Toi, ma Chikazi chérie, tu danses même sans bouger.

Il me vint à l'idée de remplacer ma mère pour la sauver de cette humiliation. Cependant, j'avais une autre mission conférée par la rage qui brûlait dans ma poitrine. À la hâte, je pris le sentier en direction de l'église. Les sons désaccordés du marimba résonnaient toujours tandis que, bouleversée, j'avançai dans la forêt. J'entrai dans la vieille église où m'attendait mon frère Dubula.

– J'ai reçu ton message, dit-il sans me saluer. Que veux-tu ?

Le sol de l'église était recouvert de plumes de chouette. Je me déchaussai. Et sentis sur la pierre une douceur de nuage. Une eau coulait sur les murs comme ces blessures que le temps déchire dans une grotte. Je m'armai de courage pour lui dire mes intentions. Je plantai mes ongles dans une fente humide de la pierre et dis :

– Tu sais, Dubula : mon corps n'a jamais appris à être femme.

– Je ne sais pas de quoi tu parles, ma sœur.

– Tu sais. Tu sais très bien. Mame ne m'a jamais laissée aller aux cérémonies d'initiation. Je viens ici pour que tu m'apprennes comment une femme peut être réveillée par un homme.

– Ne dis pas une chose pareille, Imani. On est frère et sœur, on ne peut même pas parler de ces sujets.

– Tu peux, tu l'as toujours fait.

– J'ai fait quoi ?

– Tu m'as toujours épiée quand je me baignais sur notre terrain.

Dubula nia avec véhémence. Il mentait. Mais c'était la moitié d'un mensonge. Car il avait toujours épié, mais il n'avait jamais été capable de voir. Quand mon corps se montrait, Dubula devenait aveugle. Cet aveuglement temporaire ne découlait pas d'un problème de vue mais d'un excès de désir.

– Aujourd'hui je me suis baignée dans le fleuve. Je me suis lavée avec de l'eau et de la boue.

– Et pourquoi ? s'étonna Dubula.

Je ne répondis pas. Mon frère savait : c'étaient les autres qui prenaient un bain de fleuve. Pas nous. Notre famille faisait comme les Européens : on rassemblait des bassines et des seaux dans la cour. En me lavant, je prenais peut-être mon temps parce que je savais la présence furtive de Dubula. Mon frère était la raison de cette chorégraphie où je me cachais et me montrais. Une cascade tombait sur la pierre et le bruit de l'eau était la pure imitation de la pluie. Les gouttes frémissaient, illuminées, sur mes seins, l'eau coulait sur mes fesses. Et c'était comme une danse : je me baignais seulement pour être caressée.

– Il va y avoir la guerre, mon frère. C'est pour ça que j'ai rappelé le passé. Par peur de l'avenir.

Et je racontai à Dubula ce qui s'était passé à la caserne. Quand je lui parlai du maudit télégramme, il se leva tendu et pressé de sortir de cette église.

– Je dois y aller, chuchota-t-il.

Il guetta à la porte pour vérifier que son départ était sans danger. Avant qu'il ne disparaisse, je demandai :

– Dubula, dis-moi une chose : il n'y a pas une femme dans ta vie ?

– Je suis un soldat. Les femmes ramollissent le cœur. Regarde ce qui t'arrive avec ton sergent.

– Je ne veux pas que tu me parles de cet homme.

– Je te connais, Imani. Tout ce temps où on était ici, tu ne parlais pas avec moi. Tu parlais avec ton Portugais à toi.

– C'est faux, mon frère. C'est faux.

– Tu sais ce qui va arriver ? Il va arriver ce dont tate a toujours rêvé : le Portugais va retourner au pays d'où il vient et il va t'emmener avec lui.

– Jamais !

– Si j'étais toi, ma sœur, j'irais chez lui maintenant. Et je lui demanderais de fuir d'ici. Fais ça, si tu l'aimes. Parce que, quand les Vanguni et moi entrerons à Nkokolani, on en finira une fois pour toutes avec cette caserne.

– Tu ne me dis pas au revoir ?

Il ne le ferait pas, murmura-t-il. On ne dit au revoir que lorsqu'on attend une nouvelle rencontre. Et il ne voulait plus jamais me voir.

Je rentrai à la maison comme si mes épaules traînaient à terre. Nos plus anciens disent : celui qui marche tout seul se protège à l'ombre de lui-même. Eh bien moi, je n'avais même pas d'ombre.

Mame m'attendait sur le terrain. Elle me dit que sa commère, la mère de Ndzila, ma meilleure amie d'enfance, venait juste de partir. On avait fait l'école ensemble à la mission.

– Ndzila est là ? demandai-je, enthousiasmée.

La réponse tarda. Les mots furent choisis et adoucis pour ne pas me blesser.

– Elle est arrivée hier. Mais son père l'a renvoyée à Chicomo. Il ne veut pas qu'elle reste là.

– À cause de moi ?

– Ta compagnie est mauvaise, c'est ce qu'il dit. Pour ce village, ma fille, tu appelles beaucoup de méfiance. Ton destin est de rester solitaire, célibataire et sans enfants. Remercie ton père pour ça.

C'était le prix pour m'avoir livrée au monde des Portugais. La possibilité de revoir Ndzila dévoila quelque chose que je faisais mine d'ignorer. Je n'avais pas, à Nkokolani, d'ami ou d'amie. Plus grave encore : je n'avais même pas le désir d'avoir des amis.

Ma mère comprit ma tristesse et s'assit à mes côtés. Elle ne me toucha pas, ne me regarda pas. Comme si elle parlait toute seule elle dit : J'étais une femme et les femmes de Nkokolani devaient appartenir à quelqu'un pour cesser d'être personne. C'est pour ça qu'on attribue aux filles célibataires le nom de lamu, mot qui signifie "celle qui attend". C'est une façon de dire que nous ne serons des personnes qu'après avoir été épouses.

– Ne perds pas l'espoir, mon enfant. Tu n'as pas encore cessé d'être une lamu.

La certitude de cette condamnation était la meilleure consolation que ma mère pouvait m'offrir.

18
Neuvième lettre du sergent

Nkokolani, le 5 juin 1895
Votre Excellence Monsieur le Conseiller José d'Almeida,

Cette semaine, blessée par mon mensonge, Imani s'est retournée contre moi et m'a humilié avec raffinement. Je vous épargnerai les détails de la scène qu'elle a provoquée au poste militaire. J'ai pour moi que l'endroit soit à l'écart des regards et de la curiosité de la populace.

Je dois néanmoins avouer quelque chose : quand Imani m'a maltraité, j'ai eu l'impression qu'on me crucifiait sur le plancher de la maison. Par sa furie, j'ai compris combien elle était la seule raison qui me rattachait à la vie. À présent que j'ai perdu la possibilité de la conquérir, que me reste-t-il d'autre sur cette terre ?

Je ne sais pas, Monsieur le Conseiller, comment je pourrai poursuivre ma mission. En vérité, j'ai déjà oublié qu'elle était cette mission, si tant est qu'elle ait jamais existé. Je me rappelle avoir lu une lettre du roi Affonso du Congo adressée au roi du Portugal. Je cite, sans prétendre à la rigueur, les mots de ce monarque nègre : "En nous disputant avec les autres nations, nous pouvons emprisonner, nous pouvons tuer. Mais rien ne sera jamais aussi efficace que la séduction de nos femmes." Le roi Affonso avait raison. Somme toute, je suis tombé, moi aussi, victime de cette séduction. Je suis un vaincu. J'ai été défait dans une bataille qui n'a jamais eu lieu.

Je ne sais comment passer les jours, j'ai horreur des nuits. Vous n'imaginez pas les mauvais rêves qui m'assaillent. Et il est un cauchemar plus récurrent que les papillons tournoyant autour des lumignons. Dans ce cauchemar, je vois des milliers de Cafres revêtus de nos uniformes, assis dans un grand cercle. Et nous, Portugais, dansons près d'un feu, arborant les peaux et les pagnes des indigènes. Tout inversé, tout à l'envers.

Monté sur un cheval blanc surgit Gungunhane qui passe ses troupes en revue. Puis, avec la vanité d'un empereur, il descend de selle et prend place sur un trône. Plus près, on voit que le Cafre exhibe une courte moustache, taillée à la mode de nos officiers. Il nous ordonne d'arrêter les danses, qu'il trouve trop bruyantes et sensuelles. Et il nous demande de nous asseoir, d'ouvrir nos bouches et de les garder ouvertes jusqu'à ce qu'il ait terminé de parler. Utilisant un portugais irréprochable, le noir déclare :

– Vous vouliez notre terre ? Eh bien, elle est entièrement à vous.

Et, sauvagement, il verse du sable dans nos gorges. Comme nous sommes vite gavés, le cacique réclame la présence d'une des reines qui s'approche munie d'une énorme défense en ivoire.

– Vous avez rêvé de l'ivoire ? Eh bien le voici.

Se servant de l'ivoire comme d'un bâton de pilon, la reine tasse la terre amoncelée dans nos bouches jusqu'à l'asphyxie la plus complète. Et nous mourons ainsi, assis et le visage tourné vers le soleil, un filet de sable glissant de nos mentons. Voilà le cauchemar qui me fait me réveiller en sursaut pour mettre la main à la première bouteille venue sur ma table de nuit. Je bois avidement et, en posant la bouteille, je lis la vieille étiquette : "Vin pour le nègre."

Pardonnez-moi cet étalage de choses intimes. Attribuez cette audace au désarroi dans lequel je me trouve, loin de tout et de tous. Je me sens tellement accablé que, ces derniers jours, je me suis mis à fréquenter l'église en ruine du village. Si un prêtre était là, je n'y mettrais jamais les pieds. Peut-être est-ce à cause de son grand abandon que je reste là à prier longuement sans mots. Et vous savez pour qui je fais cette espèce de prière ? Eh bien, je prie Dieu pour ces pauvres indigènes. Et je Le supplie qu'ils soient épargnés des razzias des Vátuas.

Chaque fois, je prie plus avec moins de foi. Un jour, dans le calme de l'église décadente, j'ai fini par m'endormir. Et j'ai eu l'impression, en me réveillant, que l'édifice balançait en un bercement de fleuve. L'église était un bateau et Maurício, un oncle à moi devenu prêtre, y voyageait. Cet oncle m'apparaissait à présent avec la tête retenue uniquement par un lambeau de chair. Et il me suppliait, la voix aussi entrecoupée que la gorge :

– Convertis-moi en mots et mets-moi dans une lettre, mon neveu. Envoie-moi dans une enveloppe de retour au pays.

Maurício avait abandonné l'Église, ne croyant plus au sacerdoce. Il s'était marié et il était devenu père d'un adorable enfant.

Cependant, il n'avait jamais cessé d'être un homme austère et maussade. Disposé à mettre un terme à sa propre vie, il tua d'abord sa femme puis son fils. Avec le sang des victimes, il voulut peindre les murs. Mais les murs rejetèrent la peinture. La maison était vivante. Et la maison échappa à ses fondations. L'homme resta à nu, avec la nuit seule pour toit. Le lendemain matin, en se réveillant, il ne savait plus où il était. Et il vit sa femme et son fils suspendus au-dessus de lui, chacun avec un couteau à la main. On ne découvrit jamais le corps et le sang versé ne laissa jamais de tache ni de caillot. Maurício partit et oublia qu'un jour il avait eu un corps. Lui qui avait abandonné Dieu n'avait pas de direction à donner à son âme.

Après cette apparition, je ne me suis plus jamais rendu à l'église, de peur que le fantôme d'oncle Maurício n'y habite. Mais j'ai suivi le conseil du fantasmagorique parent. Les lettres infinies que j'ai écrites (la plupart sans adresse ni destinataire), je m'en suis servi pour ordonner et expédier les visions démentes qui constamment m'assaillent.

J'ai écrit tant de lettres que j'ai bien peur de réaliser ainsi une prophétie de ma vieille mère. Elle disait avoir connu un homme qui, depuis tout petit, ne faisait rien d'autre qu'écrire. Sa main droite se déforma, ses yeux rétrécirent. Et il n'arrêtait pas d'écrire. Tout cet infini griffonnage constituait, en définitive, une rédaction unique : c'était une lettre pour le Messie. Dans cette missive, l'homme énonçait les maux de ce monde. Aucun des malaises de l'humanité ne pouvaient lui échapper, sous peine de nous faire manquer la rédemption finale.

Il mit des années à l'écrire, il n'y avait pas un seul jour où il ne remplissait des pages et des pages. Le Messie mourut sans qu'il eût terminé sa longue missive. Néanmoins le pauvre homme continua de rédiger, croyant que le document serait prêt pour le successeur du Sauveur du Monde. Il vieillit entouré de piles de papiers qui s'entassaient jusqu'au toit. Un jour, l'homme ne sut plus où se situaient la porte et les fenêtres. Son monde n'avait plus qu'un dedans. À ce moment-là, il décida qu'il devait mettre fin à sa longue missive. Il apposa son nom au dernier paragraphe et se coucha avec cette page posée sur la poitrine. Et il découvrit alors qu'il était le destinataire de la lettre infinie. Il était le Messie. Et il était mort.

19

Chevaux blancs, fourmis noires

> Les ennemis les plus dangereux ne sont pas ceux qui te haïssent depuis toujours. Ceux que tu dois redouter le plus sont ceux qui ont été proches un temps et que tu as fascinés.

Toute la matinée il nuagea. Des nuages noirs se froncèrent jusqu'à que ce que le ciel se déchire comme un vieux tissu de la cantina de Musaradina. Le village se recueillit, timoré. Moi seule affrontai la pluie. À Nkokolani règne la terreur des éclairs et, pendant les tempêtes, tout le monde s'abrite sous le chaume des cases. Je demeurai complètement seule sous l'épais toit de nuages et, pour mieux m'exposer, je montai au sommet de la dune. Et depuis cette butte me parvint la vision inattendue recouvrant tout l'horizon : une masse humaine marchant en une vague infinie. C'était une marée humaine, tellement immense que même Dieu n'aurait pas imaginé avoir été si prolifique. Bordant la colonne, des soldats défilaient, transportant tous types d'armes.

Cette vision était comme la pluie : faite pour déborder le regard. Dans un premier temps, je fus terrifiée. Peu à peu, cependant, la panique céda la place à un étrange sentiment de résignation. Et il me vint l'envie de me joindre à cette vague de gens. Et de partir loin de Nkokolani. Partir loin de moi.

La marche de cette multitude devait se prolonger de longs jours de suite. Fusils et sagaies défilèrent des temps infinis. Le sol tremblait au passage des charrettes et le paysage s'inclinait sous le poids des files de caravanes de bœufs.

Très vite tout notre village se rassembla sur cette hauteur, pour contempler, épouvanté, cette vision apocalyptique. À mes côtés, mame commenta : Il y a plus de poudre dans ce défilé que de sable dans le monde entier.

– Quand il pleuvra de nouveau, ajouta tante Rosi, des balles tomberont au lieu des gouttes.

La plupart de ceux qui marchaient étaient des paysans se traînant péniblement, comme s'ils étaient déjà morts. Selon les sources de Musisi, c'étaient des Vandau, forcés d'abandonner leurs terres du Nord là où Ngungunyane maintenait la capitale de son royaume.

Notre oncle affirma bien haut ce qu'on savait déjà tous. Que les Portugais avaient les angolas parce que c'étaient des noirs arrachés à leur terre, sans famille, sans retour. Les Vanguni avaient maintenant leurs angolas qui étaient les Vandau. Ils les avaient ramenés de force au cours de leur route vers le sud car leurs troupes à Gaza n'offraient pas de garanties de loyauté. Et ces troupes, les vieilles et les nouvelles, s'interrogeaient s'il valait la peine de se sacrifier pour un roi qui les martyrisait. Donc ils désertaient, morts de faim et de soif. Et Musisi se tut. Nous scrutâmes de nouveau l'avancée de ce convoi humain comme si nous scrutions une colonne infinie de fourmis.

De temps en temps, parmi la masse de civils, pointaient des groupes de militaires en grande tenue. C'étaient les soldats de l'empereur. Dans une cadence démoniaque, ils frappaient les pieds à l'unisson et un fracas de volcan jaillissait de la terre. Je craignis que grand-père Tsangatelo ne prenne peur et n'émerge des entrailles de la terre, gênant le funeste défilé.

Les angoisses de mon père étaient différentes. La voix contenue, il soupira :

– Notre fin est proche ! Maudits Vanguni !

L'immense défilé était loin d'être terminé et, au village, des parents et des voisins avaient déjà commencé à ouvrir des fossés à proximité des maisons et des puits d'eau.

Je crus d'abord qu'ils labouraient. Mais les trous gagnèrent en profondeur, au point d'y rentrer des maisons entières. Les hommes se mettaient dans les fossés et levaient les bras au-dessus de leurs têtes pour tester leur profondeur. Et ils continuaient de creuser.

Le matin suivant, une délégation alla vérifier l'état des fortifications autour du village. Pendant ce temps, mon père nous appela et nous ordonna à tous de descendre au fond des fossés. Ma mère rapporta des vivres, les voisines et les tantes approvisionnèrent les tranchées de cruches d'eau qu'elles fermèrent avec des bouchons en bois.

Ce fut alors que mon frère Mwanatu se présenta dans ce décor insolite. Les parents, interdits, commentèrent son apparition. Voilà des mois qu'il ne se montrait plus chez nous. Il semblait plus attardé que d'habitude et j'eus peur qu'il ne tombe dans l'une des nouvelles tranchées.

– Le sergent fait demander ce que vous êtes en train de faire, déclara Mwanatu.

– Nous nous semons, lui répondis-je sans patience. Et je ne me reconnaissais pas moi-même au ton sec que je pris : Va dire ça à ton patron. Dis-lui que c'est comme ça que les gens naissent : à la bonne saison, on jette leurs graines dans le sol. Franchement, Mwanatu : comment peux-tu être aussi stupide ?

– J'ai encore cru, rétorqua-t-il avec candeur, qu'on creusait pour retrouver notre grand-père souterrain.

Et comme personne ne lui prêtait attention, il fit demi-tour et retourna à la caserne. En le voyant s'éloigner, j'ai pensé : on ne nous enterre pas à notre mort. On le fait dès la naissance.

Le lendemain, les troupes ennemies entrèrent dans notre village. Dire que c'étaient des soldats vanguni était un mensonge. La plupart étaient d'autres tribus, d'autres nations. Les uns étaient vandau, les autres étaient makwakwa, d'autres bila, d'autres étaient simplement autres. Et il y en avait même des nôtres, avec nos noms. Ces gens, venant de tous les côtés, cernèrent le village et se dirigèrent vers les tranchées où nous nous cachions. Furieux, ils nous insultèrent, comme si ce travail de fourmi dévalorisait leur statut de guerriers.

Debout au bord de mon fossé, un chef vanguni nous donna l'ordre de sortir des abris. Il m'observa escalader le côté comme on contemple une bête sortir de sa tanière. Quand nous fûmes alignés sur le terrain, les envahisseurs prirent des bâtons et des pelles et se mirent à boucher les tranchées. Je sentis le choc du sable sur ma poitrine. Ces mottes ne recouvraient pas uniquement les fossés, elles m'ôtaient la respiration. À chaque mouvement de pelle, mon corps s'effaçait. Peu à peu, je m'éteignais, ensevelie.

À ce moment-là, je vérifiai ce que je soupçonnais depuis longtemps : il n'y a rien sur cette terre qui ne soit sous ma peau. La roche, l'arbre, tout vit sous mon épiderme. Il n'y a pas de dehors, il n'y a pas de lointain : tout est chair, nerf et os. Peut-être n'avais-je pas besoin d'être enceinte. À l'intérieur de mon corps s'abritait le monde entier.

Les soldats ennemis se retirèrent, non sans auparavant mettre le feu aux maisons de la périphérie du village et enlever des jeunes et des femmes qui rentraient des machambas*. Les plantations furent dévastées et nombreux furent ceux qui n'eurent plus rien à récolter. Mon père avait raison dans sa folie apocalyptique : il aurait mieux valu que nous eussions nous-mêmes détruit les champs.

Comme toutes les autres du centre du village, notre maison fut épargnée, mais l'agitation n'était pas moindre pour autant. Les heures passaient en effet sans qu'on voie notre père. Un moment nous crûmes qu'il avait été fait prisonnier. Mais non, cela n'arriva pas. Il réapparut dans le bois sacré de notre maison. Assis sur un vieux pilon, il était là, les doigts crispés autour du manche d'une hache. Sa main, ainsi étalée, semblait redécouvrir, divine, la création du monde. À ses côtés se trouvait un cocotier qui venait juste d'être abattu. Il désigna le tronc et affirma :

– Celui-ci n'est que le premier. Je vais en abattre beaucoup plus.

Les cocotiers de notre plantation étaient déjà peu nombreux, mais mame évita de commenter ce délire. Son mari savait peut-être tout, excepté vivre. Sans les cocotiers nous serions dévorés par la misère. Mais la conviction de Katini était celle de qui est guidé par le commandement des esprits. Il fallait donc témoigner le respect dû.

Et ce fut ainsi que les voisins s'associèrent à l'abattage des cocotiers et au transport du bois. Mon vieux rassemblait les troncs et les sciait. La plupart du temps, cependant, il demeurait ébahi dans la contemplation des matériaux. Ainsi immobile, il procédait comme il l'avait toujours fait : comme si le travail prenait fin dans le rêve de l'œuvre.

Personne ne demanda jamais à quoi servait cette réalisation. Nous imaginâmes qu'il se préparait à construire un nouveau kokholo autour de notre localité. À présent, devant la menace d'une nouvelle agression, ces palissades étaient plus que justifiées.

Mais un jour, nous remarquâmes qu'en travaillant le bois, mon petit vieux avait juxtaposé les troncs, les uns dans l'alignement des autres. Juste après, une fois ceux-ci fixés bout à bout, il dressa une gigantesque hampe, tellement haute qu'elle biffait les cieux. Mame rassembla son courage et interrompit la tâche énigmatique de son mari :

– C'est pourquoi, ça, là ?

– C'est un mât.

– Je n'ai pas compris, tu fais un bateau ?

Les yeux de Chikazi brillèrent. Mais son mari ne répondit rien. Il réagit comme si faire des bateaux était la plus banale des occupations. Mame, alors, me demanda :

– Va parler à ton père. Doucement, sans crainte, sans hâte. Parfois ton père a très peur des mots.

En sa présence, cependant, je n'eus pas l'opportunité de parler. Car tout d'un coup il me fit face :

– Tu sais où je pourrais trouver ton autre frère à toi ?

Je haussai les épaules. Il ne me plaisait pas que mon frère ait, comme les morts, perdu son nom. Dubula était "l'Autre" comme, en son temps, j'avais été "la Vivante".

Mon père ordonna qu'on se réunisse, nous, la "famille en cours", comme il disait. Vinrent l'oncle Musisi et tante Rosi, vinrent les cousins et les voisins plus proches, et nous nous assîmes sur les troncs dispersés dans la cour, dans l'attente que Katini parle. Il profitait de cette courtoisie respectueuse, tardant à prendre la parole. Il désigna, enfin, l'immense mât et proclama :

– On dirait un bateau, mais ce n'en est pas un. C'est une île que je suis en train de faire. C'est une île qui va tous nous sauver.

Aucune ombre, aucun doute ne froissa notre regard. On donnait du temps afin que les mystères se démêlent là d'eux-mêmes. Les uns pensèrent encore que Katini se référait aux pilotis que nos frères avaient érigés à Chidenguele et où ils se réfugiaient chaque fois qu'ils étaient attaqués à terre. Musisi fut le seul à manifester son impatience. De façon agressive, il me fit signe pour que les boissons soient servies. Tate haussa la voix pour imposer son autorité.

– Cette guerre ne peut être gagnée qu'en dehors de la guerre.

Nous, les Vatxopi, étions peu nombreux. Pour gagner la bataille, prédit-il, nous devions faire alliance non avec des personnes mais avec des fantômes. Ce sont ces âmes qui commandent la peur. Et nul n'a plus de pouvoir que la peur. Ces fantômes commandaient davantage que les chefs militaires renommés, comme ce Maguiguana, qui était un Machangane au service de l'empereur. Les Vanguni, poursuivit mon père, ne sont forts que sur terre, là où on laisse des empreintes.

– Dans l'eau, ils n'ont plus de corps.

Ma mère sourit, pensant à la mer. Et elle balança ses épaules comme si c'étaient des vagues. Ses bras dansaient et son corps devenait eau. Dans ce balancement se rassemblaient les heures entières où, assise sur la berge de l'Inharrime, elle avait attendu que le fleuve se transforme en mer.

C'était cet autrefois qu'elle convoquait à présent. Ce passé où, assis tous les deux sur la plage, le vieux Tsangatelo demandait: Toi, que vois-tu quand tu regardes la mer? Et Chikazi ne savait pas répondre. Car elle ne voyait rien que des gens. Chaque vague charriait des personnes, des vies successives abordaient la côte et se défaisaient en écume. Depuis des générations et des générations, les gens les plus divers débouchaient sur la plage. Ces morts lui caressaient les pieds quand elle marchait sur le sable mouillé. Voilà pourquoi ma mère sourit en entendant son mari parler d'océans et d'îles.

– Dans l'eau, ils n'ont plus de corps, répéta Katini.

L'un des voisins, plus âgé, se leva et posa sa main sur l'épaule de notre fabricant d'îles. Il se donnait du courage pour s'adresser à nous tous. Il dit, enfin, qu'il était inutile d'alimenter des illusions. Les troupes de Ngungunyane étaient à présent différentes. La plupart des soldats étaient vandau. Et ceux-là n'avaient pas peur de la mer. Que l'on fuie vers l'océan, que l'on s'échappe dans les lagunes: on demeurerait aussi vulnérables que sur terre. Ceux qui avaient été esclavagisés par les Vanguni seraient encore plus cruels que leurs maîtres. Malheureusement, dit-il, telle est la loi du monde: celui qui a souffert veut faire souffrir les autres. Nous allions souffrir davantage avec les esclaves des Vanguni qu'avec les Vanguni eux-mêmes. Nous allions tellement souffrir avec les noirs que nous oublierions ce que nous avions souffert avec les blancs. Il termina de parler et un long silence s'ensuivit. Jusqu'à ce que mon vieux intervienne de nouveau:

– Tout ça c'est du blabla, mes frères. On ne doit pas tuer nos ennemis. Si on les tue, ils grandissent. Il faut seulement les fatiguer. Les rendre absents, comme s'ils n'avaient jamais existé.

Ainsi parla notre père. Et lui-même ne s'écoutait déjà plus. Car il faisait seulement semblant d'exister.

Quelle était cette mer où notre mère ne retournerait jamais ? Je ne saurais pas répondre. À vrai dire, j'avais du mal à me souvenir du village côtier de mon enfance. Nous avions vécu pendant des années auprès des pêcheurs sur la côte au nord de l'estuaire de l'Inharrime. C'est grand-père Tsangatelo qui décida l'exil dans les terres intérieures. Les parents avaient trouvé cela étrange. Près de la mer, nous étions protégés. À l'approche des troupes ennemies, on courait chercher nos radeaux et on partait sur les vagues de l'Inharrime. Ceux qui nous attaquaient avaient horreur de l'océan, qui était pour eux un domaine sans nom et interdit par les dieux. Tout au plus, ils escaladaient les dunes, se limitant ensuite à contempler impuissants nos barcasses colorées. Dans cette ondulation, on était à l'abri des hordes d'envahisseurs.

C'est par accident que grand-père avait découvert cette faiblesse chez nos ennemis. Une fois, il fuyait sur la plage en courant avec moi dans les bras. Les timbissi, le peloton d'exécution de l'empereur de Gaza, étaient à nos trousses. Dans sa course aveugle, grand-père finit par trébucher sur les amarres d'une vieille embarcation. Par désespoir, il utilisa le bateau et rama au-delà des remous. À ce moment-là, il découvrit que la mer était une frontière : la bravoure des ihimpis sombrait dans le sable mouillé de la plage. Le soupçon se confirma dans des cas ultérieurs : les Vanguni n'osaient jamais entrer dans la mer. Ils redoutaient non pas exactement les eaux, mais les esprits qui habitaient en elles.

Ma mère, enfin, avait raison dans son doute angoissé : quelqu'un peut-il s'éloigner de son propre salut ? Pour quelle raison Tsangatelo nous avait-il arrachés à ce lit protégé et avait-il conduit la famille à travers des dunes, des fleuves et des marais ?

Cet après-midi-là, tante Rosi me fit appeler. Elle était assise sur sa natte habituelle, tamisant du riz. Je lui fis remarquer son air fatigué, comme si le tamis lui pesait. Rosi parla sans me regarder :

– C'est avant de mourir que les morts nous donnent le plus de travail.

Elle revenait du village voisin où sa mère malade agonisait. Depuis des mois que ma tante partait le matin et revenait l'après-midi, la fatigue dessinait la courbe de son dos. Auparavant déjà, elle s'était occupée de sa grand-mère, dont l'agonie s'était prolongée plusieurs années. Dans chaque famille, il y a quelqu'un qui reçoit en silence la tâche de s'occuper de ceux qui se retirent.

– Je ne suis pas là pour me plaindre, déclara ma tante. Je viens te parler d'un rêve qui m'a hantée la nuit dernière.

Elle avait rêvé de chevaux aveugles. Les animaux se jetaient contre les arbres et trébuchaient sur des rochers jusqu'à se briser les jambes. Et elle les fixait dans les yeux qui étaient des eaux noires et, soudain, elle perdait pied et se noyait dans le désespoir des grands animaux. Telle avait été sa vision. Et sa poitrine haletait en achevant de la raconter. Ma tante était une devineresse et elle nous demandait à nous de déchiffrer le sens de cette hantise.

– Je veux que tu déniches dans les livres de la maison là-bas le dessin d'un cheval. Si tu trouves, rapporte-moi ce dessin.

– Je vais voir ce que je peux faire.

– Fais au plus vite. Parce que j'ai un mauvais pressentiment. C'est que, ma fille, je vais te dire une chose : ces chevaux sont des personnes. Les Portugais leur donnent des noms comme on le fait aux enfants. C'est toi qui m'as raconté ça, ce n'est pas vrai ?

– C'est vrai, confirmai-je.

Les chevaux qui suscitaient des cauchemars chez tante Rosi étaient pour moi une promesse de bon augure. Si seulement un troupeau de sabots pouvait visiter mes nuits. Et je bénis les rêves qui me faisaient perdre ma stature et ma place. Les rêves étaient mon tabac, ma boisson.

Ce fut mon père qui me tira de la natte où je dormais. Il passa la main sur ma tête, avant de demander :

– Ta tante était là ? Et elle t'a parlé de ses cauchemars ?

– Oui.

– Ses rêves me préoccupent beaucoup.

Il médita un instant, une herbe tournicotant entre ses dents, les yeux fixés par terre. Sa détermination jaillit d'un seul coup :

– Va à la caserne, Imani. Va là-bas voir les papiers des blancs, cherche dans les lettres, regarde si on n'y parle pas de chevaux…

– La tante m'a demandé presque la même chose.

– Ma préoccupation est différente. Je veux avoir des nouvelles de Mouzinho et de sa cavalerie. Il devrait déjà être là, avec ses chevaux, à combattre côte à côte avec Xiperenyane. Quelque chose est arrivé.

Mon père avait raison : le rapport était bien là chez le sergent portugais, au milieu des registres de comptes et de dépenses. Voici ce qui y était écrit :

"Quand la division de cavalerie de Mouzinho de Albuquerque débarqua à Lourenço Marques et défila sur la Sete de Março jusqu'à Ponta Vermelha, la prestance et la grandeur de nos troupes arrachèrent à l'assistance une expression unanime : 'Quelle belle troupe !' Un souffle de courage enthousiasma les habitants de la ville épuisés. On avait promis au capitaine Mouzinho qu'il trouverait les facilités nécessaires pour démarrer ses plans d'actions. Mais, dès le lendemain, la désillusion naquit chez le capitaine : les chevaux qui l'attendaient étaient tous inaptes à n'importe quelle tâche d'équitation, sans parler des offices de la guerre. Il ordonna encore d'intensifier les entraînements et de renforcer la nourriture. Mais ce qui se passa, la semaine suivante, dépassa les attentes les plus pessimistes. Étrangement, l'état des animaux s'aggrava : les uns se réveillèrent malades, incapables même de tirer des charrettes ; les autres se métamorphosèrent en bêtes indomptables. Mouzinho espéra encore que les chevaux censés arriver de Durban compenseraient le troupeau de rosses et de bêtes de somme avec lesquelles il se voyait en butte. Mouzinho luttait contre le scepticisme des officiers qui martelaient qu'on ne pouvait pas utiliser la cavalerie dans des guerres de la brousse africaine. Son obstination était de prouver le contraire, mais pour cela il avait désespérément besoin d'animaux en bonne santé.

Quand les chevaux de Durban arrivèrent, la désillusion n'aurait, cependant, pu être plus grande : la plupart étaient des chevaux de bât, éclopés, atteints d'éparvin et usés à tirer des charrettes au service des Anglais. Le vendeur de Durban assura avec les documents d'inspection que la livraison avait quitté le port en bon état. Preuve en était, le témoignage du militaire portugais qui avait accompagné l'achat. Que s'était-il passé dans le voyage en bateau pour que les chevaux se dégradent ainsi ? Quels mystères retardent les desseins patriotiques de notre fringant capitaine ?"

Je rentrai à la maison décidée à mentir. Qu'il n'y avait aucun rapport. Aucune lettre, aucune référence à des chevaux. Tante Rosi pouvait bien rêver. Mais les causes de ces cauchemars étaient privées et n'avaient rien à voir avec ce qui se passait sur cette terre. Il n'y avait pas de raison de douter que les sorts avaient été commandés. Mes frères étaient ainsi à l'abri du soupçon qu'ils trafiquaient les rapports et les remettaient entre des mains ennemies. Tout était en règle, Mouzinho ne tarderait pas à arriver avec sa cavalerie messianique.

Le lendemain, ce fut à notre tour de rendre visite à tante Rosi. L'occasion était propice, en effet Musisi était parti à la chasse et la devineresse était à notre entière disposition. Même sans documents pour le prouver, les soupçons de mon père lui avaient ôté le sommeil. Il existait une cause obscure au retard des chevaux et des cavaliers.

– Aujourd'hui il a passé toute la journée à pleurer, annonça la devineresse en nous voyant arriver.

– Oncle Musisi en train de pleurer?

– Non. C'est mon fils qui a pleuré. Celui qui attend à l'intérieur de moi.

Rosi n'avait jamais été mère. Elle avait fait une fausse couche chaque fois qu'elle avait été enceinte. Les enfants étaient "revenus en arrière", comme on dit des avortés. Ma tante était condamnée à ne pas laisser de descendance. En son temps, elle avait eu recours au test de l'araignée pour connaître le coupable de la stérilité. Elle avait laissé près d'une toile d'araignée deux bouts de tissu, l'un retranché au vêtement du mari, l'autre à la femme. Le tissu choisi appartiendrait au conjoint infertile. L'épreuve avait été finalement non concluante. L'araignée avait marché au milieu des deux tissus sans toucher à aucun d'eux.

Et maintenant voilà qu'elle était là, à étirer son dos pour donner de la proéminence à son ventre maigre.

– Il faut lui donner de l'attention, affirma ma mère, tous les enfants ont besoin d'attention.

Et ce fut ainsi que Chikazi poursuivit la conversation, comme si les mots de sa belle-sœur recelaient une vérité incontestable. À l'époque, je ne savais pas encore: les femmes du monde entier forment un ventre unique. Nous sommes toutes enceintes de tous les enfants. De ceux qui naissent et de ceux qui reviennent en arrière.

Mon père devait déjà être habitué aux délires récurrents de Rosi. Dans ces moments où notre parente se proclamait enceinte son ventre s'arrondissait. Tout faux, tout vrai. Car même les mains, la bouche et le nez prenaient la courbure d'une bonne nouvelle.

Cette fois, cependant, Rosi était plus convaincue que jamais, ses mains caressant son ventre volumineux. Je regardai mon père cherchant à savoir en silence si cela valait la peine qu'on maintienne le but de notre visite. Comprenant notre hésitation silencieuse, tante Rosi nous tranquillisa :

– Mettez-vous à l'aise, cet enfant ne va pas naître aujourd'hui. Il est comme ça, dans l'attente de naître, depuis des années. On attend tous les deux une époque sans guerre.

Notre mère conduisit sa belle-sœur à l'ombre et toutes les deux se penchèrent sur un même tamis de riz. Elles séparèrent ensemble les grains, leurs doigts se touchant et se confondant jusqu'à ce que Rosi demande :

– Ma nièce, aurais-tu vu Mwenua par là ? Et l'autre, Munyia, aurais-tu vu cette paresseuse ?

Je secouai la tête dans la négative. Je faisais comme si tout cela faisait sens. Tante Rosi était la Nkosikasi, littéralement "la grande épouse, ou la femme grande", la première des épouses de son foyer. Oncle Musisi avait épousé deux femmes de plus, bien plus jeunes. C'était elle, la première épouse, qui avait choisi les deux autres : Mwenua et Munyia. Tout le village savait que ces deux femmes avaient été violées et tuées par les Vanguni. Tout le village sauf tante Rosi.

– Tu as entendu ma question ?

Mon regard demeura distant, comme si autour tout était sombre. Dans cette pénombre mon père avait disparu.

– Je vais voir si je trouve les autres tantes, annonçai-je en sortant.

Je m'éloignai mais n'allai pas loin. Derrière la maison, je trouvai mon vieux qui fumait. Il me fit un signe complice des sourcils :

– C'est triste. C'est très triste. J'y retourne, je ne peux pas laisser ta mère seule avec elle.

Il éteignit sa cigarette sur le sable et se faufila dans le terrain pour se joindre aux femmes. Je jetai un œil de loin. Ma tante avait étalé par terre les papiers qu'elle avait reçus de mon père. Dès qu'elle le vit apparaître, Rosi lui demanda :

– Explique comment on fait ?

– Comment on fait quoi ?

– Comment est-ce qu'on arrive à lire ? J'aimerais tellement savoir…

– Ça prend du temps pour apprendre, Rosi.

– J'ai vu comment tu fais. Tu passes le doigt sur les lignes et tu remues les lèvres. J'ai déjà fait la même chose et je n'entends rien. Explique-moi quel est le secret. J'apprends vite.

Mon père leva les yeux au ciel et promena ses mains sur les feuilles qui gisaient dans la poussière.

– Pour lire ces papiers, Rosi, il faut rester immobile. Complètement immobile, les yeux, le corps, l'âme. Tu restes comme ça un temps, comme un chasseur en embuscade.

Si elle restait un temps immobile, il se produirait l'inverse de ce qu'elle attendait : ce seraient les lettres qui se mettraient à la regarder. Et elles lui murmureraient en secret des histoires. Tout cela ressemble à des dessins, mais à l'intérieur des lettres il y a des voix. Chaque page est une boîte infinie de voix. Quand nous lisons, nous ne sommes pas l'œil ; nous sommes l'oreille. Et ce fut ainsi que parla Katini Nsambe.

Rosi s'agenouilla devant les papiers et se tint coite, dans l'attente que les lettres lui parlent.

20
Dixième lettre du sergent

Nkokolani, le 14 juin 1895
Votre Excellence Monsieur le Conseiller José d'Almeida,

Le sentiment de culpabilité qui m'accable est indescriptible, Excellence. Hier, une attaque a eu lieu à Nkokolani perpétrée par les abominables Vátuas (j'ignore pourquoi je m'obstine à les appeler ainsi, puisqu'ils se désignent eux-mêmes VaNguni). Ces criminels ont tué, brûlé, violé. Avant l'attaque, j'avais envoyé là-bas Mwanatu, pour enquêter sur le motif qui poussait les locaux à construire ces énormes tranchées. Ce n'étaient pas des abris de combat. C'étaient des refuges où ils espéraient devenir invisibles. Le stratagème n'a pas fonctionné. Les malheureux ont été découverts et n'ont pu se défendre contre la violence pleutre des soldats de Gungunhane.

Après l'invasion, je me suis rendu au village et sur les terrains agricoles, mais je n'ai eu le courage que de jeter un rapide coup d'œil à l'étendue désolée de cette plaine recouverte de cendres qui, de temps en temps, voletaient sans but. Et je suis retourné à la caserne, incapable d'imaginer comment les ruines de ce poste pourraient me protéger aussi intensément. Je me suis assis avec Castânia sur les genoux et me suis remis à la seule occupation qui ait encore du sens : écrire.

Mes remords sont tels que je ne sais comment je peux sortir de chez moi. Je suis ici depuis trop longtemps, j'ai noué des liens et me suis laissé gagner par ce sentiment d'empathie qu'Ornelas a découvert dans la musique, mais que je retrouve dans les plus simples détails de la vie de ces gens si humbles.

Fatigué d'écrire, j'ai ôté mon uniforme et je l'ai accroché à un cintre, et je suis resté à contempler l'accoutrement comme si c'était moi qui étais suspendu là, flétri, sans lumière et sans matière. Étrange sentiment pour qui n'a jamais été réellement un soldat. Mais le problème, que Votre Excellence me permette cette audace, mon problème est que je n'ai jamais été autre chose, quoi qu'ait été cette chose. Je suis l'uniforme vide, accroché à un cintre que seules habillent et déshabillent les ombres.

J'avoue, Excellence, que très souvent j'ai pensé à tout quitter et à partir par la brousse en direction d'Inhambane et, de là, fuir vers le nord, vers la capitale de la colonie, l'île du Mozambique. Je ne me rendrais pas simplement sur une île. Je serais une île. Faites-moi sortir d'ici, je vous en prie.

Ici depuis longtemps j'ai perdu la raison, mais après ce que j'ai vu hier dans Nkokolani massacrée, je suis dans un état d'accablement irréversible. À mon réveil ce matin, j'étais entièrement paralysé. Je ne bougeais que les paupières. J'ai cru que j'allais mourir là, sans personne pour m'aider. Même mon idiot d'adjudant, ce gamin qui me rend service, ne m'aurait pas été très utile. Il n'entre en effet jamais dans ma chambre sans permission. Et j'étais dans l'incapacité de l'appeler. Heureusement, Imani s'est présentée pour me rendre visite. Alarmée par mon silence, elle est entrée et m'a trouvé dans cette misérable torpeur. J'ai communiqué avec elle par un battement de cils. Un moment, la jeune fille a hésité. Elle semblait vouloir me laisser là, sans défense et agonisant. Mais elle a fait ce qu'elle faisait toujours dans ces angoisses : elle m'a massé la poitrine et les bras. Peu à peu, je suis revenu à moi-même.

Je me rappelle qu'elle m'a dit la chose suivante : les paupières sont des ailes que nous tenons d'une époque antérieure, lorsque nous étions oiseaux. Et les cils sont les plumes survivantes. Telle est la croyance de son peuple, qui vit d'absurdes superstitions. Et elle a encore répété d'autres bigoteries tandis que je revenais à mon état normal. Elle a dit, par exemple, que dans la langue des Zoulous "voler" et "rêver" se dit avec le même verbe. J'espère que oui, ai-je pensé. J'espère que nos balles captureront ces maudits Vátuas en plein vol.

L'intervention de la jeune noire m'a aidé sans me guérir, car la maladie dont je souffre ne commence pas dans mon corps. Elle commence avant moi, elle commence dans l'Histoire de mon peuple, condamné par la mesquinerie de ses dirigeants. Je me rappelle Tsangatelo m'interrogeant sur la taille de mon pays. Il était loin de connaître notre petitesse, qui vient non pas de la géographie mais d'un état d'âme atavique qui confond saudade et destin.

Toute cette asphyxie pourrait être compensée par la géographie infinie de l'Afrique. Or cette vaste distance produit un effet inverse : ici, tout devient plus proche. La ligne d'horizon est à portée de nos doigts. Et j'imagine l'immense parcours de nos lettres traversant le sertão africain. En y pensant, je griffonne ces mots comme si c'étaient des chevaux, comme si c'étaient des bateaux franchissant le lointain. Je ne sais si tel est votre sentiment. Et je ne sais pourquoi je vous confie ces émotions désorientées.

La semaine dernière, j'ai mis ce sens du voyage à l'épreuve. Et je me suis rendu sur les bords de l'Inharrime avec Mwanatu pour seul guide. Je voulais témoigner de l'avancée de nos troupes dirigées par le colonel Eduardo Galhardo. Je souhaitais rencontrer une colonne militaire lusitanienne en mouvement, qui prouverait l'inexorable avancée de nos troupes, positionnées au nord, afin d'encercler le perfide chef vátua. Le voyage, ai-je pensé, ferait du bien à mes ressassements et à mes maux. J'aurais mieux fait de m'abstenir. J'avais dans l'espoir d'en tirer du courage. Or ce que j'ai vu m'a désespéré plus encore. Nul ne peut imaginer l'effort titanesque qu'est la traversée des fleuves avec ces charrettes, ces canons et ces gens.

Le colonel m'a appelé à part et m'a dit : C'est bien que vous voyiez combien c'est dur et que vous le transmettiez à António Enes ; pour qu'il sache combien nous luttons pour progresser sur le terrain. Galhardo voulait un messager, un allié dans sa querelle avec les autorités de Lourenço Marques. Aussi a-t-il continué de répéter : António Enes n'y croit pas, il pense que j'ai peur, que j'invente des excuses. Le colonel avait raison et sa certitude le rendait malheureux.

J'ai descendu la pente pour contempler tout le convoi de charrettes. Et je suis tombé sur les jeunes soldats enterrés dans la boue jusqu'aux hanches et c'était comme si le sertão africain était en train de les dévorer. C'est alors que j'ai été terrassé par l'un de mes épisodes délirants. Soudain, au lieu des caisses d'armes j'ai vu des cercueils ; au lieu des fusils j'ai vu des crucifix ; au lieu du colonel Galhardo j'ai aperçu un prêtre en soutane. Et, en un éclair, toute cette caravane s'est métamorphosée en un cortège funèbre. J'étais à un enterrement. Et là se trouvait, parmi les différentes urnes, le cercueil de Francelino Sardinha. Mes mains en sang ne cessaient d'ouvrir une fosse sur le sol rocailleux.

Si j'avais déjà des raisons de ne pas dormir, j'en ai maintenant trouvé une pour ne même plus vouloir m'endormir : le bruit de la pelle déchirant le sol. La nuit, dit-on, est la porte de l'Enfer. Les vers, qui auparavant s'agitaient par terre dans la fosse, grouillent à présent à l'entrée de cette porte. Ces vers gigantesques, couleur chair, chassent mon sommeil.

Au moment précis où je rédige cette lettre, une nostalgie qui me paralyse me frappe petit à petit. Je vous écris allongé et, en raison de cette position, ma calligraphie tant vantée se mue en ces gribouillis confus. C'est cette torpeur, Excellence, qui me rend inapte à une mission que je pensais, au début, ne pas comprendre et dont je soupçonne aujourd'hui qu'elle ait même jamais existé. Voilà ce que j'ai peu à peu découvert : les araignées que j'ai observées sur la table dès le premier jour ont toujours été en moi. Et en moi, elles ont fabriqué une toile qui brouille non seulement mes mouvements mais toute ma vie.

Des rouleaux de sisal, des vieux tissus, des murs de la maison, de tout cela, j'ai fabriqué ma toile. Et je suis devenu prisonnier dans l'espoir que cette fausse caserne soit à moi, qu'elle soit portugaise, qu'elle soit ma maison. Je n'en ai pas été capable. Une créature plus grande a dévoré l'araignée et la toile. Cette créature s'appelle Afrique. Aucun mur, aucune forteresse n'aurait pu enfermer cette créature. Et voilà qu'elle était là, pénétrant par les interstices sous forme de la musique des marimbas, des voix et des pleurs d'enfants. Voilà qu'elle était là, transformée en racines qui poussaient entre les fêlures des briques. Voilà qu'elle était là, habitant mes rêves, envahissant ma vie sous la forme d'une femme. Imani.

21
Un frère fait de cendre

> Je connais le jeu des Européens. Ils envoient, d'abord, les commerçants et les missionnaires ; ensuite, les ambassadeurs ; ensuite, les canons. Ils pourraient bien commencer par les canons.
>
> Empereur Théodore II d'Éthiopie

On vint m'appeler : un visiteur inconnu apportait un paquet et prétendait me le remettre en main propre. Il venait de loin, de terres qui ne prennent de nom que dans d'autres langues. Je guettai à la porte, méfiante et partagée. La générosité d'une famille se mesure à la façon dont on accueille les visiteurs. Mais il est aussi vrai que, chez nous, aucun homme ne se présente chez un étranger pour parler à une femme célibataire. Les règles d'usage commandent de s'adresser aux parents et d'attendre le temps nécessaire pour pouvoir apprécier ses intentions. Toutefois, nous, les Nsambe, étions différents, moins prisonniers des traditions. Aussi, je consentis à ouvrir la porte. Un homme âgé fit signe avec un paquet de documents et, d'une voix rauque, annonça :

– Ce sont des lettres que je rapporte des mines.

– Nous n'avons personne dans les mines.

– Si, si.

– Qui ?

– Rappelle-toi bien.

Les papiers étaient froissés et tellement sales qu'on n'y entrevoyait rien d'écrit. Malgré cela, les doigts grossiers du messager dépliaient les feuilles avec une délicatesse féminine. Un bataillon de doutes m'embarrassait : grand-père était réellement vivant ? Et il avait écrit cette correspondance, lui qui ne connaissait pas une lettre ?

– Tsangatelo a dicté, j'ai écrit, déclara le messager comme s'il m'entendait.

Je le reconnus. C'était le même mineur qui, il y a de nombreuses années, avait apporté des nouvelles de grand-père. De prime abord, un premier soupçon m'avait déjà assaillie. J'avais maintenant la certitude que cet homme était son compagnon, le tchipa qui s'était occupé de lui dans les profondeurs de la terre.

Si en premier lieu je ne déchiffrais pas l'écriture, ensuite je ne compris rien à ce que l'étranger disait. Une espèce de suie sortait de sa bouche et se concentrait sur sa lèvre inférieure qui retombait sous le poids de la salive noire. L'émissaire de grand-père toussait plus qu'il ne parlait.

Jusqu'à ce que le visiteur se fasse comprendre. Le vieux Tsangatelo demandait que l'on transmette à ma mère : elle ne verrait plus jamais la mer. Aucun de nous, ceux de Nkokolani, ne retournerait sur les terres du littoral. Le tchipa réitéra avec la certitude d'une prophétie :

– On ne revient jamais, personne ne revient.

Je scrutai le visage du messager et compris qu'il renfermait des secrets et qu'il avait peut-être des réponses à quelques-unes de nos vieilles interrogations.

– Je ne vous demanderai pas votre nom. Mais j'aimerais que vous aidiez à comprendre ce qui a mené grand-père à rester loin de l'océan.

– Tsangatelo m'a appris qu'on ne doit rien dire à quelqu'un qu'il ne puisse oublier.

– Ce n'est pas pour moi. C'est à cause de ma mère, pour qu'elle ne souffre plus de l'illusion du retour.

– Je vais raconter l'histoire, dit le messager.

Tout commença par une matinée ensoleillée de la saison des pluies de l'année 1882. Jusqu'alors Tsangatelo n'avait jamais vu un blanc. Le premier Européen se présenta à lui sur un cheval, un animal qu'il ne connaissait pas. Le cheval était blanc, bien plus pâle que son cavalier. Ils formaient à ce point une seule silhouette que grand-père crut qu'il s'agissait d'une unique créature. Et il fut horrifié en percevant que l'apparition avait l'intention de se séparer de sa moitié inférieure. Le cavalier descendit et Tsangatelo Nsambe entendit la chair se déchirer et un os se démembrer. Il ferma les yeux pour s'épargner la vision du sang giclant comme du cou d'un poulet. La question posée en portugais le ramena à la réalité :

– C'est toi, le fameux Tsangatelo ? Tu es le pombeiro de cette région ?

Grand-père ne parlait pas un mot de portugais. Il devina plus qu'il ne discerna la question de l'étranger. Il fit signe que oui, pour répondre à la première question. Mais ni lui ni personne du village n'aurait pu comprendre le mot "pombeiro". Le terme provenait d'Angola pour désigner les commerçants qui organisaient les expéditions dans les terres de l'intérieur africain.

– Je suis Tsangatelo Nsambe, fils de Zulumeri, qui est le fils de Masakula, qui est le fils de Mindwane, qui est le fils…

Le Portugais leva le bras pour endiguer l'énumération interminable. En fait, il n'y eut presque pas d'interruption : à mesure qu'il progressait dans la liste des ancêtres, grand-père parlait de plus en plus en bas. Il ne voulait pas se faire trop remarquer, c'est un risque fatal dans un milieu aussi petit et aussi pauvre. Cette prudence fut vaine. Car, en quelques secondes, une marée humaine se rassembla autour de l'apparition. Par crainte d'être avalé par la foule, l'étranger se jucha de nouveau en selle. Il voulait être vu depuis un plan élevé, comme on regarde les dieux : à contre-jour, en se découpant dans le ciel. Du haut de son cheval, le Portugais condescendit un regard hautain autour de lui comme s'il pensait : tellement de monde et pas une personne !

Auprès du cavalier s'alignèrent deux autres Portugais, également à cheval. Les animaux étaient bien différents, de tailles et de couleurs distinctes. Mais les blancs étaient pareils : visage caché par des chapeaux à larges rebords, longues moustaches retroussées et les yeux inquiets et fuyants. L'un d'eux, le plus petit, dit quelque chose dans une sorte de langue métisse qu'avec effort et créativité Tsangatelo Nsambe traduisit de la façon suivante :

– Nous avons besoin de tes services.

Grand-père était propriétaire de caravanes de porteurs. C'était lui qui organisait les opérations de transport à longue distance. En ce temps-là, il n'y avait pas de routes. Les seuls chemins étaient faits par les pieds des voyageurs. Les porteurs étaient la route, les chemins de fer, ils étaient la mer et les fleuves. Sur leurs dos, pendant des siècles, se transportèrent misères et fortunes, gloires et trahisons.

Tsangatelo n'était pas précisément aimé pour la façon dont il traitait ses porteurs. Très souvent il avait fait décapiter ceux qui, fatigués et malades, étaient tenus pour indolents. Lui-même racontait le cas d'une femme qui, attachée à d'autres femmes par des cordes, s'était obstinée à porter dans ses bras son fils mort de faim depuis des jours. Il avait dû la faire abattre. Ce n'était pas de la mauvaiseté, plaidait Tsangatelo. Mais une mauvaise influence au contact des autres. Ces gens sont rusés, disait-il. La vie leur a appris à mentir, à simuler deuils et maladies.

Il était donc naturel qu'on haïsse Tsangatelo Nsambe pour toutes ces années de mauvais traitements. Mais la haine la plus forte provenait du fait qu'il était devenu un notable, plus riche et plus honorable que tous les autres du village. Dans un endroit pauvre, c'est un crime de cesser d'être pauvre. Dans notre village, la richesse ne naît jamais propre.

Un sentiment ambigu parcourut Tsangatelo en s'asseyant avec le Portugais qui parlait la langue métisse. C'était une rencontre préliminaire, un "ouvre-bouche" comme nous l'appelons. Les étrangers voulaient juste annoncer leur arrivée et prévoir une rencontre en petit comité pour le lendemain.

Cette nuit-là, grand-père eut du mal à s'endormir. Il était au courant : ailleurs, le commerce du transport et des porteurs avait déjà été usurpé par des commerçants blancs et métis. Il se leva donc tôt et se prépara à impressionner la délégation portugaise. Il ne voulait pas qu'on le prenne pour un rustre sans valeur. Il demanda à son frère aîné de lui prêter des vêtements européens. Son frère n'avait qu'un manteau et des lunettes de vue qu'il avait trouvées à l'entrée du village. Le manteau au-dessus d'une peau de vache faisant office de pagne, les lunettes sur le bout du nez : ainsi se présenta Tsangatelo, confiant et fier. Et le doute n'était pas de mise : il n'y avait pas dans toute la région de meilleurs services que ceux qu'ils effectuaient.

– Et en plus : je ne paie que les porteurs qui atteignent la fin du trajet.

Mais il ne payait pas en argent. Il payait en esclaves qu'il capturait sur la route. C'est comme ça la vie, philosophait-il : ceux qui aujourd'hui sont la propriété de quelqu'un seront demain les maîtres d'autres. Nous tous sur cette terre sommes descendants d'esclaves ou de maîtres d'esclaves.

Le Portugais retira de son étui un énorme pistolet et un éclat métallique aveugla Tsangatelo. Il baissa la tête et fit mine de secouer ses pieds crevassés. Balançant son arme comme si c'était un éventail, l'Européen dit :

– Le transport que nous te commandons est très sensible.

– J'ai porté beaucoup d'ivoire pour des Portugais et des Anglais. Mes caravanes vont jusqu'à Inhambane et plus loin, jusqu'à Lourenço Marques.

– Cette fois, c'est différent. Je ne vais pas te le cacher : ce sont des armes.

Grand-père tira sur les manches de son manteau qui étaient déjà remontées jusqu'à ses coudes, replaça ses lunettes sur l'arête de son nez et secoua son pagne pour essuyer une poussière imaginaire. Puis il fixa pour la première fois l'Européen, les yeux dans les yeux :

– Vous n'êtes pas d'ici, patron. La seule distance que vous connaissez est celle de la mer. Sur terre, la distance peut avoir un énorme avantage.

– Et quel serait cet avantage ?

– Cette distance paraît offrir mille façons de s'enfuir. Mais c'est la plus grande prison. Aucun porteur ne se risque à s'échapper.

– Bon, venons-en à ce qui nous intéresse : tu transportes ces armes ou pas ?

– Ces armes voyagent d'où à où ?

– Quelqu'un les apportera de Lourenço Marques jusqu'au fleuve Limpopo. À partir de là, c'est toi qui les transporteras jusqu'à Chicomo.

En rentrant à la maison, un étrange sentiment assaillit grand-père : les armes, pensa-t-il, ne se déplacent pas. Elles ont toujours été là où elles sont aujourd'hui. Elles naissent et renaissent comme les mauvaises herbes, sans but ni raison.

Tsangatelo rentra par le bord de la plage : la nuit était tombée et les chemins de la brousse étaient pleins de danger. Son épouse l'attendait dans la cour et elle écouta en silence les nouvelles de sa rencontre avec les Portugais.

– Des armes ? s'étonna sa femme.

Elle se tut un temps. Elle contemplait la mer, qui est une façon de ne rien regarder du tout. Puis elle se leva, les mains posées sur ses reins comme si elle contrariait son corps. Avec la sérénité des grandes certitudes, elle déclara :

– Apprends une chose, mari : l'arme ne peut pas être un commerce. Si tu acceptes cette commande, je quitterai cette maison, je fuirai ce village. Et jamais plus personne ne me verra.

– Mais ces armes, femme, c'est pour chasser nos ennemis.

– Quand les ennemis partiront d'ici, ces fusils ne resteront pas à dormir. Et nous serons massacrés par les mêmes armes que nous portons aujourd'hui dans les bras.

– Je ne sais pas pourquoi je t'ai informée. J'ai mes affaires, ce sont des affaires d'homme.

Les objections de son épouse mirent grand-père mal à l'aise et perturbèrent sa nuit. Le lendemain matin, mal dormi et encore plus mal réveillé, Tsangatelo vit l'un de ses porteurs arrêté sur le seuil de chez lui. À ses pieds se trouvait un ballot d'ivoire et des peaux d'animaux. L'homme fit une révérence et en profita pour glisser ses mains sous le ballot. Quand il souleva la charge, il se produisit ce que Tsangatelo ne sut jamais décrire : le sol tout autour vint en même temps que le ballot. Comme une nappe, la terre environnante s'éleva et un nuage de poussière plana en suspens. Aux entours du porteur surgit un abîme sans fond. Sans difficulté apparente, l'homme dressa le paysage entier au-dessus de sa propre taille. Puis, il déposa le monde sur sa tête. Immobile, sur cette île subite où reposaient ses pieds, l'esclave sentencia :

– Maintenant plus personne ne pourra marcher ! Les caravanes sont mortes, pour toujours elles sont mortes.

Le maître des porteurs, le puissant Tsangatelo, trembla des pieds à la tête : il était la cible d'un mauvais œil. Quelque part dans un chaudron anonyme se mijotait son funeste destin.

Ce même jour, grand-père Tsangatelo décida de quitter le village de la plage. Voilà la raison, cachée pendant des années, pour laquelle nous nous étions éloignés de l'endroit où nous avions été heureux.

Le messager de Tsangatelo s'éloigna, il ne resta même pas une trace de lui sur le sable balayé autour de la maison. J'aurais dû aller trouver ma mère pour lui transmettre ces nouvelles rapportées du fond de la terre. Mais je ne l'ai pas fait. Je suis restée à la maison toute la journée, respectant les temps longs avec lesquels les messages se traînent dans notre terre. Je parlerais avec ma mère le lendemain matin.

Mais je ne l'ai pas fait. Car dès l'aube, la nouvelle nous parvint qu'une créature hantée avait envahi le village, traversant les rues en une course agitée. Ce duende – ce txigono, comme nous disons – pillait les maisons et envahissait les étables, en laissant un énorme vacarme sur son passage.

Rapidement notre tour arriva d'expérimenter la véracité des rumeurs : une figure monstrueuse envahit notre terrain après avoir sauté la barrière d'épineux, semant la terreur parmi les femmes et les enfants.

Au premier coup d'œil, il ressemblait à la bête la plus grotesque et la plus effroyable. Puis on distingua en elle une certaine familiarité. Les monstres sont d'autant plus effrayants qu'ils suggèrent une figure humaine. C'était le cas de cette apparition. Sur la tête du txigono balançaient trois plumes d'autruche. Une sorte de bonnet en peau, attaché derrière par un ruban, faisait paraître sa tête bien plus volumineuse. Autour du cou, il portait une bande noire en peau de vache que nous appelons tinkosho. Jambes, ventre et bras étaient ornés de lanières en peau de vache. Autour de la taille était attachée une peau de chat sauvage. Au début il rugissait avec une voix plus animale qu'humaine. Peu à peu nous comprîmes qu'il hurlait en txizulu, la langue des occupants. Et la terreur grandit à cette constatation.

Remis de leur surprise, certains hommes gagnèrent courage et lui sautèrent dessus, le maîtrisant de force. Ils le maltraitaient déjà quand mon père interféra :

– On va voir qui est ce malheureux !

Ils lui retirèrent de force les ornements avec lesquels il se déguisait. Je ne sais pas si ce fut une surprise pour moi : celui qui se cachait derrière ce masque n'était autre que mon frère Dubula. Je l'aidai à se relever, pendant que mon père s'occupait de faire partir les voisins furieux. Quand, enfin, on resta seuls, Katini affronta longuement son fils et lui demanda :

– Pourquoi ?

Dubula ne répondit pas, occupé à récupérer les ornements éparpillés par terre.

– Pourquoi t'es-tu habillé comme ça ? s'enquit à nouveau mon père.

– Je ne me suis pas habillé en guerrier. Je suis un guerrier vanguni.

– Tu es devenu fou ?

– Je n'ai jamais été plus lucide.

Notre père tourna en rond, les mains sur la tête : que dirait Germano de Melo quand il se rendrait compte que, dans notre famille, quelqu'un avait donné ce triste spectacle ?

Mame s'agenouilla devant son fils et posa la main sur sa tête pour le supplier doucement :

– Va-t'en avant que ton oncle arrive. Mon frère, en te voyant déguisé comme ça, te transpercera d'une lance.

– Je suis venu ici justement pour que mon oncle me voie.

– Tu veux le défier ?

– Au contraire, je fais ça par respect envers lui.

– Je ne comprends pas, mon fils.

– Oncle Musisi est le seul homme dans cette famille. Je suis fier de l'avoir comme ennemi. J'espère avoir un jour à l'affronter, dans une lutte corps à corps.

Nous-mêmes sommes un frère, mais à moitié. Dubula était plus que la moitié de moi. Il était moi, dans un autre corps. Bien qu'il fût mon frère préféré et le fils favori de notre mère, la vie l'avait éloigné de nous et de notre maison. Mon frère aîné appartenait à la petite minorité qui regardait d'un bon œil la présence vanguni. Pour lui, le plus grand ennemi, celui qui devait convoquer toutes les rages, présentes et futures, c'était la domination portugaise.

Avant les invasions, on ne connaissait pas encore l'ampleur de la dévotion de Dubula pour les Vanguni. On le voyait, en fin d'après-midi, escalader la plus haute colline. C'était une dune dépouillée de végétation, blanche au point de blesser la vue. Il s'asseyait vigilant au sommet de la crête tournée vers le sud. Le village croyait qu'il prévenait l'arrivée des Vanguni. Mais ce n'était pas la crainte qui l'animait. C'était le désir qu'ils arrivent.

En fin d'après-midi, je montais la côte pour le secouer et lui demander de rentrer à la maison.

– Ça ne peut pas continuer, Dubula. On veut que tu rentres et que tu viennes demander pardon à notre père.

Il n'a jamais répondu. Il attendait les barbares comme s'il était dans l'attente de lui-même. Il voulait être envahi. Il voulait être conquis, occupé de la tête aux pieds, au point d'oublier qui il était avant l'invasion.

– Mieux vaut Ngungunyane que n'importe quel Portugais.

Et il expliquait : le monarque vanguni était un empereur déjà sans empire ; les blancs étaient un empire sans empereur. Un empereur prend fin à sa mort ; un empire élit sa demeure dans notre tête et reste vivant même après sa disparition. C'était de l'enfer et non du démon que nous devrions nous défendre.

Très souvent, nous demandions à Dubula de contenir sa sympathie déclarée envers l'occupant. Le beau-frère Musisi n'accepterait pas ces délires. En désespoir de cause, mon vieux insistait, interrogeant :

– Et si, à la fin de cette guerre entre envahisseurs, les Vanguni gagnent ? Quelle différence cela fera-t-il pour nous ?

– Si les Vanguni gagnent, je pourrai toujours être quelqu'un. Quelles personnes serons-nous, si les Portugais gagnent ?

Qu'on prenne, dit-il, l'exemple de Maguiguana, le chef militaire de Ngungunyane. Il n'était pas un Vanguni, mais il avait été accepté et promu. Et il poursuivit, en défi : dans l'armée lusitanienne, y avait-il un seul chef noir ? Des millions de noirs sont morts en luttant aux côtés des Portugais. A-t-on jamais vu un hommage, une récompense pour les Africains tombés ? Seul notre frère Mwanatu, qui était né fou, croyait avoir gagné le respect des blancs. Voilà ce que dit, enflammé, mon frère Dubula.

Quand un père et un fils se disputent, le vrai motif de la dispute est toujours un autre, une querelle plus ancienne que les mots. Je connaissais déjà le dénouement des arguments de l'un et de l'autre camp. Et c'était mon père qui clôturait toujours la querelle :

– Pour moi la couleur du serpent importe peu. Le venin qui nous tue est toujours le même.

La veille de la bataille décisive – et qui aurait lieu dans la plaine de Madzimuyni –, le guerrier Xiperenyane rendit visite à notre village. Son allure inspira confiance à tous. Le commandant txope bénéficiait de l'appui des Portugais. Il semblait, toutefois, se passer de parrains. Fils du roi Binguane et héritier de la couronne, il était le premier à croire en ses pouvoirs.

Tous les villages aux abords avaient déjà livré leurs hommes pour grossir l'armée de Xiperenyane, qui irait affronter les Vanguni. Toutes les familles, excepté la mienne, étaient prises par les préparatifs du grand combat.

La nuit précédente mon père invita son beau-frère Musisi à fumer le mbangue ensemble. "Fumer ensemble" désignait tout rite qui scellait la fin d'un désaccord. Mais tate ne fuma pas. Seul Musisi aspira et retint dans sa poitrine le tabac narcotique. Mon vieux se limita à nettoyer, de temps en temps, la corne qui servait de pipe. Chaque fois qu'il se penchait, il se plaignait avec une moue sur le visage :

– Le sol est de plus en plus bas.

Ils laissèrent le temps s'arrondir avant d'annoncer le véritable sujet de cette rencontre. Ce fut mon père qui leva le voile :

– Aujourd'hui je vais déterrer ma sagaie.

Il remplit sa main de sable et souffla, fermement, sur son poing serré. Il montrait qu'il proférait un serment.

– Je ne comprends pas, commenta Musisi. Tu vas déterrer quoi ?

– Demain j'irai avec toi sur le champ de bataille.

– Tu as bu avant de fumer ?

– Je suis décidé : demain j'irai combattre les vautours.

Un éclat de rire fut la réponse de Musisi. L'invitation à la cérémonie du mbangue avait pour but la paix. Mais elle n'aurait pas pu engendrer de plus grande discorde. En se retirant, mon oncle eut soin de ne pas se retourner. Il se défendait d'un mauvais augure.

Le mépris de Musisi ne fit que renforcer la décision de mon vieux. En fin d'après-midi il se présenta, solennel et armé, devant son épouse. Je me trompais, mes illusions sont terminées, déclara-t-il. Et il ajouta, taciturne :

– Demain je serai soldat, j'irai avec ton frère.

Chikazi renversa le riz qu'elle tamisait. L'annonce de son mari fit se répandre son âme, grain parmi les grains de riz. Et elle se tourmenta encore davantage quand son mari traîna une natte à l'extérieur de la cour. Il allait passer la nuit à la belle étoile, preuve de combien il était fidèle à sa décision de guerroyer. La veille d'une bataille, les guerriers dorment loin de leurs bien-aimées.

Cette nuit-là, les hommes et les jeunes se concentrèrent sur la place. Musisi monta sur une vieille souche et s'adressa à la foule :

– Que pensez-vous, mes frères ? On attend les Portugais ?

Un "non" vibrant résonna dans tout le village. Et, de nouveau, mon oncle fit vibrer le rassemblement :

– On attend ce qu'ils promettent et qu'ils n'accomplissent jamais ?

Il parlait des Portugais mais il évoquait mon père, Katini Nsambe, qu'on ne voyait nulle part. Les troupes lusitaniennes avaient reçu l'ordre de ne pas intervenir. Hébété dans son lit, mon père obéissait aux ordres de l'alcool qu'il avait si généreusement consommé.

Le nyanga prit la place de mon oncle sur son estrade improvisée pour propager sa parole puissante. Dans une palabre davantage chantée que dite, il assura que ces hommes pouvaient partir sans crainte car, avec les remèdes qu'il leur avait administrés, ils étaient immunisés contre les armes ennemies.

Et la foule s'éloigna dans une marche désordonnée, dans un brouhaha de cantiques et de hurlements. En voyant ces gens se disperser sur la route, j'ai pensé combien nous ressemblions à nos propres ennemis.

Quand nos hommes rentrèrent, il apparut criant que ce n'étaient pas des soldats. C'étaient des paysans et des pêcheurs, sans aucune préparation guerrière. Au fond, ils étaient autant militaires que mon frère Mwanatu sentinelle. Quoi qu'ils fussent, la vérité c'est que, dans ce défilé dépecé, ils rapportaient avec eux le deuil et la honte de la défaite. Ils passèrent par la place, les têtes courbées, les lances griffant le sol. Mon père était à mes côtés, assistant à cette vision désolante. Jamais auparavant je n'avais remarqué ses yeux si vides, si dépourvus de lumière. Katini inventait qu'il voyait, feignait qu'il pleurait.

Les vaincus s'éteignirent à l'ombre de leurs maisons. Tous rentrèrent, sauf Dubula.

Deux jours passèrent sans nouvelles de mon frère aîné. On savait qu'il était parti à la bataille de Madzimuyni et qu'il avait rejoint les régiments des agresseurs. Et on ne savait rien de plus. Les jours suivants, on ne parla pas de cette absence, mais un nuage sombre plana sur notre maison.

Le troisième jour Chikazi décida de rendre visite à son frère. Je l'accompagnai sans qu'elle me le demande. Sur le terrain de Musisi elle ne s'assit même pas. Ses mains inquiètes se croisaient et se décroisaient sur sa poitrine et furent ensuite projetées en avant comme si elle les lançait avec ses paroles accusatoires :

– Dubula n'est pas revenu jusqu'à aujourd'hui. Toi, Musisi, tu as tué mon fils.

– Qui te l'a dit ?

– Un rêve me l'a dit. Nous sommes frères, nous sommes visités par les mêmes ancêtres.

– Je n'ai pas vu Dubula, je ne l'ai vu ni avant ni après la bataille.

– Tu ne l'as pas vu parce que, dans la guerre, mon fils est devenu autre. Tu l'as tué, Musisi. Alors, écoute bien ce que je te dis : tes nuits ne t'appartiendront plus jamais.

Ce même matin, je me dirigeai toute seule vers cette maudite plaine de Madzimuyni, déjà rebaptisée “la plaine des morts”. Je partais à la recherche de mon frère avec le vague espoir qu'il soit vivant. Alors que je m'éloignais du village, quelques paysans m'abordèrent, surpris :

– Où vas-tu ? Ce chemin est interdit.

Et quand j'annonçai ma destination, un frisson parcourut leur regard. Et ils me supplièrent de ne pas y aller. Devant mon insistance, ils secouèrent la tête et s'écartèrent hâtivement, comme on s'écarte des fous ou des lépreux. Avant de m'engager sur des sentiers indistincts, je me vis crier :

– Vous avez peur de moi ? Eh bien il y a de quoi. Parce que je pars d'ici femme et je reviendrai fantôme.

Je descendis, sans me presser, par la côte qui menait à la plaine. En marchant, je pensai : mon frère avait rejoint la bataille avec la certitude de connaître son ennemi. Avec moi c'était l'inverse : je ne savais pas qui haïr. Je n'avais personne pour qui mourir. Ce qui veut dire que je ne savais pas qui aimer. Et j'enviai la façon dont lui, ayant perdu le sens de vivre, avait trouvé une raison pour mourir.

Nous unissait, Dubula et moi, la peur que les autres nourrissaient pour nous. De lui on craignait la désobéissance totale. Moi, les hommes et les femmes me craignaient. Les hommes me redoutaient d'être une femme. Les femmes mariées me redoutaient d'être jeune et belle : je pouvais être celle qu'elles avaient déjà été. Les femmes célibataires jalousaient mon appartenance au monde des blancs : j'étais celle qu'elles ne pourraient jamais être.

Absorbée dans ces pensées, je ne me rendis pas compte que j'étais arrivée sur le lieu de la tragédie. Je me déchaussai avant de fouler l'enceinte de la bataille. J'ôtai mes savates comme si j'entrais dans une maison inconnue. Je traversai le champ parmi les cadavres, les gémissements et les râles. Il y avait tellement de morts que, par moments, je ne voyais plus. Je devins aveugle, immobile et sans geste. Au milieu de tant de corps, seul mon corps existait. Quand je recouvris la vision, je constatai que mes pieds étaient rouges. C'est alors que je compris que la terre entière saignait, comme si un ventre souterrain s'était déchiré.

La cruauté d'une guerre ne se mesure pas au nombre de tombes dans les cimetières. Elle se mesure aux corps qui restent sans sépulture. Ainsi pensais-je, tandis que je choisissais où poser les pieds, au milieu des êtres déchiquetés, des chacals et des rapaces.

La plus grande blessure de la guerre est qu'on ne cesse jamais de chercher les corps de ceux qu'on aime. Qui aurait dit que je serais une de ces femmes condamnées à marcher toute sa vie parmi les cendres et les ruines ?

Je déambulai dans la plaine en criant le nom de mon frère, dans le vain espoir qu'il réponde à mon appel :

– Dubula !

Les cadavres semblaient avoir été semés par un dieu ivre : erratiquement décimés, mais ici et là soudainement entassés. Quelqu'un les aurait-il transportés ? Ou s'étaient-ils traînés au même endroit dans un ultime sentiment grégaire, de peur que la mort ne les surprenne dans une solitude sans défense ?

Et, de nouveau, ma clameur se répandit dans le paysage désolé :

– Dubula, mon frère !

Soudain, j'entendis quelqu'un répondre. Devant moi se tordait, gémissant, un guerrier qui portait encore les habillements militaires. Tombé sur le dos, la tête cachée par son masque de guerre, il semblait terriblement blessé. Et il répétait, d'une voix assombrie :

– Petite sœur ? Je suis là, petite sœur. Aide-moi !

Dans un premier temps, je ne reconnus presque pas sa voix. Il était en si mauvais état que même sa voix était défigurée. Sous les plumes qui lui recouvraient le visage, son soupir émergea : Je suis là, petite sœur ! Les larmes me brouillaient la vue. Je lâchai la plus absurde question :

– Dubula, tu es vivant?

Je n'eus pas d'autre réponse que mes propres pleurs. Celui que je cherchais était là. Peut-être était-ce trop tard pour le sauver. Mais, au moins, Dubula rentrerait à la maison en compagnie de qui l'aimait. Et je pensai au bonheur de ma mère quand elle nous verrait arriver chancelants, nous soutenant l'un l'autre comme si nous étions une seule ombre.

– Allons-y, mon frère. Je t'aide.

J'évitai de fixer son visage. Dans le regard des moribonds, nous voyons notre propre mort. Quand je touchai ses mains, un doute soudain m'assaillit. Ces mains n'étaient pas celles de mon frère. Ce jeune était un autre, un inconnu qui, dans l'agonie finale, me prenait pour sa parente. Je me levai. Fis le tour du corps, prête à m'en aller. Ce fut alors que le moribond chuchota:

– Je savais que tu viendrais. C'est pour ça que j'ai attendu…

Avec peine, je l'aidai à se lever. Je lui offris mon aide pour marcher et, nous donnant le bras, comme font les mariés, nous nous mîmes en route vers le village.

– Viens, petit frère. Rentrons à la maison.

Le soldat fit quelques pas et s'effondra aussitôt sur moi. Une giclée de sang inonda mon corps et ses bras perdirent toute leur conviction. Néanmoins, je redressai ce poids inanimé et me traînai péniblement jusqu'à ce que le jeune s'écroule à nouveau, sans défense, sur son dernier sol. À genoux, j'arrangeai ses vêtements comme j'avais toujours fait à mon frère quand, soûl, il s'endormait sur le seuil de la maison.

Ce fut alors qu'un bruit m'alerta. Quelqu'un s'approchait. Au début, ce n'était rien de plus qu'une silhouette. Elle portait une cape noire qui lui donnait l'apparence d'un rapace. Plus près, je constatai qu'il s'agissait d'un de ces malheureux qui se nourrissent en pillant des butins de guerre. Il sautillait parmi les cadavres, du bond ridicule des vautours. Il portait sur le dos un sac rempli de vêtements et d'armes. Presque sans voix, j'implorai:

– Aidez-moi, s'il vous plaît!

Il me dévisagea comme si je n'étais guère plus qu'un butin de guerre prêt à grossir sa besace obèse. Je reculai, craintive. Et l'homme interrogea:

– D'où tu viens? Je ne t'ai jamais vue.

– Je suis d'ici.

– Tu fais aussi les récoltes? Je n'en ai pas vu d'aussi bonnes depuis longtemps, les dieux soient loués.

Dans mon silence, l'homme perçut la pire des réprobations. Dans le bras qu'il leva, il confirmait l'aile noire d'un rapace.

– Je ne vole que les morts pour leur épargner d'être volés par leur propre famille. Ils ne tarderont pas à être là, ces chacals... Et toi que fais-tu ici?

– Je cherche quelqu'un. Un frère.

– Je ne parle pas de ce cimetière. Je demande pourquoi tu es à Nkokolani.

L'homme sentait la bête et quand il s'approcha, je sentis son haleine de hyène. Il se pencha sur le corps qui gisait dans mes bras et cracha avant de parler:

– Dans cet homme, il n'y a plus aucune personne déjà.

Sur le point de partir, il fit marche arrière et, traînant bruyamment sa besace, il me tourna autour puis m'interpella:

– Comment t'appelles-tu?

– Moi? Je n'ai pas de nom, répondis-je.

Ce fut comme si je l'avais frappé. Il laissa tomber son sac et son contenu roula sur le sol. Il avança vers moi, le bras tendu:

– Ne dis plus jamais ça. Tu veux savoir comment on tue quelqu'un pour de vrai? Pas besoin de lui trancher la gorge ou de lui planter un poignard dans le cœur. Il suffit de lui voler son nom. C'est ça qui tue les vivants et les morts. Donc, ma fille, ne dis plus jamais que tu n'as pas de nom.

Il s'accroupit pour remettre les objets dérobés dans sa besace. Et il se mit à bavarder d'une voix amicale, presque comme s'il s'agissait d'une confession intime. Et il me dit qu'il pourrait m'enseigner les habiletés de son office, un art qui ne souffrirait jamais de la rareté de l'offre. Et qu'il avait déjà volé dans les cimetières des blancs, à Inhambane et à Lourenço Marques. Et il avait observé que les Européens écrivent sur une pierre le nom de ceux qui ont été enterrés. C'est leur façon à eux de ressusciter, dit-il.

– Celui que tu cherches n'était pas un chef militaire?

– Non, c'était un soldat comme un autre.

– Tant mieux pour lui. Tu sais ce que fait Ngungunyane avec les corps des ennemis les plus puissants? Il leur arrache le cœur et les vertèbres pour ensuite les réduire en poudre et les donner à manger à ses soldats. C'est comme ça qu'ils mangent notre force.

Et il s'éloigna aussitôt, en fredonnant et en traînant sa besace poussiéreuse. La voix douce contrastait avec son personnage sombre. Je laissai la silhouette disparaître pour me libérer de mes propres vêtements et en couvrir le corps inanimé de celui qui, pour un instant, avait été mon frère. Je le laissai là, à plat ventre, sans tombe ni stèle, mais couvert selon les préceptes du Créateur.

J'entrai dans le village complètement nue et il me sembla que je m'étais trompée de destination. Nkokolani était désert. Plus que désert, il laissait croire que personne n'avait jamais vécu là. Je criai, pleurai, m'épanchai.

Les femmes, peu à peu, accoururent. Pourquoi cries-tu, ma fille ? demandèrent-elles. Je ne savais pas répondre. Le plus souvent, nous crions pour cesser de nous entendre nous-mêmes. Pourquoi pleures-tu comme ça ? demandèrent-elles encore. Et une fois de plus elles restèrent sans réponse. Celui qui revient des morts n'a pas de mots.

– On va te ramener chez toi.

Voilà ce que fait la guerre : on ne rentre plus jamais chez soi. Cette maison – qui naguère fut la nôtre – cette maison meurt, jamais personne n'y est né. Et il n'est pas un lit, pas un ventre, pas même une ruine pour donner un sol à nos souvenirs.

Le lendemain, je décidai de rendre visite au guérisseur qui avait béni les troupes et leur avait promis de blinder leurs corps contre les balles. Sa maison se trouvait dans la boucle du fleuve, là où plus personne n'osait habiter.

Le nyanga était assis auprès d'un feu encore allumé. C'était là qu'il avait cuisiné les potions qu'il avait données à boire à mon frère. Je remplis une main de cendres encore ardentes dans l'intention de les jeter au visage du guérisseur. Mon envie était de lui brûler les yeux, pour qu'il soit aveugle pour toujours. Mais je restai sans geste, les poussières de feu brûlant mes mains.

– Ce n'est pas ma faute ! se défendit l'homme. Ton frère est parti d'ici déjà sans corps, dit l'homme.

Peut-être était-ce vrai. Peut-être que Dubula était un ange et qu'une balle lui avait déchiré les ailes. C'est ainsi que tombent les créatures célestes. Soulignant ses dires, le guérisseur fit monter un nuage de cendres avec ses pieds nus. Puis il me força à entrouvrir les doigts pour me libérer des tisons.

– Tu ne sens pas la brûlure ? demanda-t-il.

Je me retirai sans dire au revoir et déambulai sur les rives de l'Inharrime. À un certain moment, je me renversai dans les eaux calmes et me laissai emporter à plat ventre comme une feuille morte. La pluie lave les morts. Le fleuve lave les vivants.

À cet instant, flottant dans le lent courant, je compris qu'il ne suffisait pas de quitter Nkokolani. Je voulais émigrer de la Vie elle-même. Grand-mère Layeluane était morte dans le feu des cieux. Grand-père Tsangatelo s'était éteint dans les profondeurs de la terre. J'allais me dissoudre dans l'étreinte de l'eau.

– Dubula ! appelai-je.

Une silhouette noire surgit sur la berge et fit signe lentement. Le geste et la tenue étaient ceux de l'homme qui, tout à l'heure encore, rapacisait sur le champ de bataille. Mais ce n'était pas lui. C'était l'aveugle du village qui s'approchait, flairant le chemin comme un chien. Il me demanda de lui parler sans m'arrêter pour qu'il sache où me trouver. Je lui dis qui j'étais. Et il lança les bras dans une étreinte vide :

– Viens sur la terre, Imani. Le fleuve est un endroit pour naître.

Quand il sentit mon corps, il me tira par les bras comme s'il me sauvait. Comment savait-il que j'étais là ? demandai-je. Et il répondit que ma tristesse était très bruyante et que je marchais comme Tsangatelo dans les mines : en grattant les doigts dans la terre pour trouver une issue.

– Ton issue c'est ce fleuve, ma fille. Il n'existe pas d'autre route. Et emmène ton père avec toi. Parce que le vieux Katini est aussi aveugle que moi.

Dans un monde de coups de feu et de morts, mon père entendait uniquement la musique. Que je l'emmène de là, demanda l'aveugle.

22

Onzième lettre du sergent

Nkokolani, le 18 juin 1895
Votre Excellence Monsieur le Conseiller José d'Almeida,

Imani s'est présentée ce matin, en furie, au poste. Elle n'a pas eu besoin de parler. J'ai compris que je devais la suivre. Je l'ai accompagnée par de longs sentiers et ainsi, à la dérobée, j'ai observé combien, furieuse, elle était encore plus belle.

– Je peux savoir où tu m'emmènes ?

Elle n'a pas répondu. Nous nous sommes enfoncés dans le sertão, d'un pas rapide et déterminé. Jusqu'à ce que je sente une odeur de chair putréfiée et la plus lugubre des visions s'est étalée sous mes yeux : une immense plaine bourrée de cadavres. J'ai voulu reculer mais Imani m'a pris la main et m'a effleuré le bras dans une sorte de caresse. Sa voix dissimulait un ton caustique :

– Regardez, sergent Germano. Regardez ce vaste cimetière et dites-moi où je pourrais trouver, parmi tant de morts, mon frère Dubula…

Et toujours d'une voix contenue, elle a dit que mon mensonge n'était guère plus petit que celui du sorcier qui avait garanti l'immunité contre les armes ennemies. Où étaient, a-t-elle demandé, les forces lusitaniennes que j'avais promises ?

– Vous vous rappelez votre promesse de nous aider ? Et comment allez-vous nous aider maintenant, monsieur le sergent ?

Violemment, je me suis libéré de son bras et j'ai couru pour rentrer à la maison. J'ai parcouru des sentiers épineux, sans autre but que de m'éloigner de cette odeur nauséabonde.

Sûrement je me suis évanoui. Ce dont j'ai ensuite conscience, c'est de me réveiller sur le terrain de ma maison. Tout près de mon visage, la poule Castânia fixait sur moi son regard myope et vide. Et j'ai entendu, au loin, les accords d'un timbila. Puis m'est parvenu le chant lointain d'une femme. Et j'ai dit à Castânia : de l'autre côté de la mer il y a une femme qui chante. Comment s'appelle-t-elle ? Elle n'a pas de nom. Je l'appelle "maman". Ma mère chante en sourdine, pour que mon père ne l'entende pas. Ces vieilles chansons sont maintenant les miennes et je les entonne pour qui ? Pour toi, ma poule chérie.

Tandis que je délire, Castânia s'endort instantanément. Il n'y a personne d'autre à la maison, mais je me conduis comme si je craignais de réveiller quelqu'un. Je suis toujours prisonnier de cet homme qui, dans mon enfance, a surveillé la nuit.

Enfin, déjà plus lucide, je me traîne à l'intérieur de la maison, je réchauffe un reste de thé et me mets à regarder la correspondance laissée en suspens quand Imani est venue me chercher. Je passe en revue vos griefs les plus récents, mon cher Conseiller. Je mesure combien doit vous blesser la méfiance insensée de nos supérieurs communs. Notre Commissaire Royal doit sûrement recevoir une fausse information à votre sujet.

Les accusations lancées contre Votre Excellence sont non seulement infondées mais aussi d'une énorme injustice. Prétendre clore en quelques jours les négociations avec Gungunhane, c'est réellement méconnaître la notion du Temps qui régit la vie des indigènes. Je le vois dans mon cas, qui suis censé gagner la confiance du chef local. Mais depuis tout ce temps, je n'ai pas encore démêlé si cet interlocuteur était le père ou l'oncle d'Imani. Tous les deux se disputent le commandement du village. Je devrais choisir l'oncle qui, n'ayant pas de sympathie pour nous, est plus proche de la cour de Binguane. Mais je suis empêtré dans les faveurs que me fait Katini, le père d'Imani.

Quoi qu'il en soit, l'ordre que vous avez reçu de vous retirer immédiatement de Manjacaze et d'attendre de nouvelles instructions à Chicomo est totalement incompréhensible ! Et que fera Votre Excellence à Chicomo, outre cette attente absurde ? L'on vous fait, mon cher Conseiller, ce que l'on m'a fait à moi : on vous envoie en prison. Le résultat de cet arbitraire sera catastrophique pour notre présence dans le sud du Mozambique.

Je commence à être d'accord avec Votre Excellence, lorsque vous dites que le traitement qui vous est réservé tient au fait de vivre avec une femme noire. Vous avez pour vous, que Votre Excellence pardonne ma sincérité, d'avoir cette réputation et d'en jouir. À moi, il ne revient ni une chose ni l'autre. Venez à Nkokolani, mon cher Conseiller. Ici, il reste de la place pour vous abriter vous et votre épouse noire.

Ne prenez pas au sérieux, mon cher Conseiller, l'audace de cette invitation. À présent que je revois ce que j'ai écrit ici, je remarque comme le ton de ma correspondance a changé. Ces lettres sont, passez-moi le terme, le balcon où les femmes de notre pays échappent à la solitude. Je m'assieds à ce balcon comme si je contemplais n'importe quelle rue de Lisbonne. Malheureusement ce ne pourrait être une rue de mon village. Car, dans ce village, il m'a manqué un frère. Il m'a manqué l'enfance.

Vous trouverez étrange, Excellence, cette verborrée qui est la mienne. Peut-être suis-je un poète bien plus qu'un soldat. À dire vrai, ce que j'ai apporté avec moi de plus précieux, ce sont deux livres de poésie que je relis indéfiniment. L'un d'Antero de Quental. L'autre de Guerra Junqueiro. Ce poète ne pouvait parler que de ce poste militaire, quand il écrit dans le livre *Finis Patriae* :

Ils étaient de roche vivante les créneaux calcinés
Pour des géants et des condors !
Aujourd'hui des pierres mutilées
Ils font du gravier sur les routes
Les casseurs de pierres.

Et je revois ces vers avec une âme telle, que, par un après-midi ensoleillé, j'ai été assailli par un étrange ravissement. J'avais bu et, pris de vertiges, je m'étais allongé sur le dos, la lumière du soleil frappant directement mon visage. Et j'ai senti au-dessous de moi une roche se mouvoir. Je me suis assis, effrayé. Et j'ai vu que je me trouvais dans une clairière couverte de pierres de taille considérable. En plein délire, j'ai compris que l'un de ces rochers parlait.

– N'aie pas peur, nous sommes les pierres, dit la roche.

– Ce n'est pas vrai, contredit un autre rocher. Nous sommes des personnes. On fait semblant d'être des pierres afin qu'on ne nous emporte pas dans les bateaux comme esclaves.

– Et qui vous emmène ?

– Tout le monde. Les nègres nous emmènent, les blancs nous emmènent.

Le personnage de Mouzinho de Albuquerque a surgi dans ce ravissement. En militaire expérimenté, il savait distinguer les fausses pierres des pierres authentiques. Défilant à cheval, le guerrier a fait crisser la lame de son épée sur les rochers et allumé des incendies qui ont dévoré les chemins. Puis, le cheval et le cavalier ont fait demi-tour et traversé, indemnes, cette mer de flammes. Avec un regard d'aigle, Mouzinho a jaugé l'authenticité des roches. Le cavalier a asséné de vigoureux coups sur les pierres vivantes. Et des bouts de chair ont volé dans toutes les directions, le sang et le feu se mêlant en un unique drap rouge.

Imaginez l'absurdité de tout cela. C'est pourquoi je dis : c'en est assez des vers mal rédigés et des rêves mal vécus. C'en est assez de moi. Dans votre dernière lettre, Votre Excellence me demande de décrire mon quotidien, saturé que vous êtes d'avoir affaire aux sujets arides de la politique. Je crains, cher Conseiller, que l'on continue dans la même monotonie stérile. En effet, mon au jour le jour est, disons, un jour sans jour. Mais je ne me plains pas. Cela me fait plutôt du bien d'avoir une routine. Ne pas oublier que je suis un prisonnier me convient. Et comme tout prisonnier, je dois inventer des routines pour vaincre la monotonie du temps.

À l'aube, Mwanatu m'apporte l'eau et les seaux pour les ablutions matinales. Imani vient plus tard, avec la nourriture que sa mère m'a préparée. Elle rit quand je reçois la marmite : "Vous êtes déjà le mari de ma mère, je ne sais pas comment mon père accepte." Voir son sourire me fait du bien, toujours attendu mais toujours imprévu. La fille n'insiste plus avec les leçons. Elle s'occupe maintenant d'autres fonctions : elle range, nettoie et lave le linge. Cependant je regrette de l'avoir autorisée à ranger ma chambre. C'est risqué, la jeune fille sait lire, elle peut aller voir mes papiers. Mais le mal, si tant est qu'il existe, est déjà fait. Et il n'y a pas de jour où Imani ne me demande de lui prêter des feuilles, un encrier et une plume pour écrire. Assise dans la cuisine, elle griffonne je ne sais quels manuscrits. Je vous avoue que c'est là l'unique moment où sa présence ne me procure pas de plaisir. J'ai fini par lui offrir une plume, un encrier et une rame de papier à condition qu'elle aille écrire loin, là où je ne la verrais pas. J'ignore pour quelle raison je trouve bizarre de voir un nègre écrire. Cela me plaît qu'ils parlent notre langue convenablement et sans accent. Pourtant, je ressens comme une invasion la maîtrise qu'ils peuvent avoir de l'écrit.

Telle est, Excellence, ma routine à Nkokolani. Comme vous pouvez le voir, c'est une chose qui se décrit en quelques lignes. Et encore heureux car il se fait tard, dehors on entend les hyènes et les chacals. Il fait nuit, je suis entouré d'insectes qui tournoient autour du lumignon et, avec la pointe de la plume, j'ôte des scarabées tombés dans l'encrier. Ils sont vivants, je les laisse se déplacer sur le papier. Sur leur passage subsiste une trace d'encre comme s'ils avaient calligraphié un message codé.

Il y a quelque chose de mon quotidien dont je ne vous ai pas encore parlé, mon cher Conseiller. Il s'agit du rituel que, religieusement, je célèbre le plus. Demain, avant de lui faire remettre la correspondance, je demanderai à Mwanatu d'occuper le fauteuil et de m'écouter. Pour la millième fois, je lui parlerai du jugement des insurgés du 31 janvier. C'est ce que je fais tous les jours. L'attardé Mwanatu est l'auditeur parfait pour un narrateur obsessionnel : il perçoit ce qu'on dit, mais il est incapable de comprendre ce qu'on veut dire. Le garçon est une pierre avec des oreilles. J'ai beau m'attarder des heures, il ne fait preuve ni d'ennui ni de fatigue.

Ce que j'ai relaté à Mwanatu, un nombre incalculable de fois, je dois à présent le raconter à vous. Je veux que vous sachiez ce qui s'est passé lors de ce jugement qui ne m'a pas seulement condamné moi, mais le pays tout entier. Vous aussi, cher Conseiller, avez été condamné par ce Conseil de Guerre. Voilà donc ce qui s'est passé : sur le paquebot *Moçambique,* nous attendîmes des jours d'affilés dans des cabines collectives. Des civils et des militaires, des sergents et des capitaines, des journalistes et des politiciens étaient rassemblés là.

Chaque fois que, conduits par des gardes, nous passions sur le pont, nous assistions au triste spectacle des parents et des amis se lamentant sur le quai. Ils pleuraient et appelaient leurs maris, leurs enfants, leurs frères en criant. Et il y avait des femmes qui, par désespoir, se jetaient contre les amarres du navire. Toutes les fois, je guettai pour voir si l'une d'elles était par hasard ma mère chérie. Je ne l'ai jamais vue. Elle était sûrement dans notre lointain village, étrangère à ma vulnérable condition.

Mes compagnons furent convoqués un par un dans le compartiment où opérait le Conseil de Guerre. Là, ils étaient sommairement jugés. Quand mon tour arriva, une terrible tempête éclata et les vagues gigantesques provoquèrent un balancement tel que nous étions sans cesse ballottés d'une paroi à l'autre. Le bras gauche cramponné à une écoutille, le secrétaire du Conseil de Guerre procéda à la lecture de la sentence, pâle comme un fantôme. La morgue habituelle des grands juges se trouvait là inversée. Titubant comme s'ils étaient ivres, les accusateurs avaient la fragilité des accusés.

À maintes reprises, les nausées obligèrent le secrétaire à interrompre sa lecture solennelle. Avec des haut-le-cœur, il parvint à la phrase finale : "… et, pour toutes ces raisons, l'inculpé Germano de Melo est condamné… est condamné à…" Il fut incapable de terminer, secoué par d'incontrôlables vomissements. Les autres magistrats sortirent précipitamment sur le pont, s'agrippant tous les uns aux autres pour ne pas être emportés par les vagues.

Plusieurs jours après, une fois la tempête apaisée, on nous fit réunir pour écouter les sentences non encore prononcées. Le même secrétaire du Conseil de Guerre scanda les noms des accusés et, à chaque annonce, un inculpé se levait, invité à quitter le navire. Nous comprîmes alors que la liste mentionnait ceux qui devaient être libérés. Tandis qu'ils sortaient à la hâte, ils se débarrassaient de leurs calots et de leurs vestes qui les identifiaient comme militaires. La liste n'en était encore qu'à la moitié et déjà la salle était pratiquement vide. Déconcerté, je regardai un journaliste qui, à mes côtés, assistait à tout cela placidement. Et toi, me demanda-t-il, es-tu très inquiet d'être condamné ? Je répondis que j'avais foi dans le discours de notre avocat de la défense. Lors de la séance d'ouverture, j'avais noté des passages de ses paroles saisissantes. Je dépliai le papier et lus un extrait de la défense afin de réconforter mon compagnon : "Et que vous dirai-je des applaudissements du peuple envers ceux qui apparaissent maintenant comme des criminels ? Vous l'ignorez, sans doute ? Les échos de cet enthousiasme ne sont-ils pas parvenus à vos oreilles, messieurs les juges ? N'est-il pas vrai que les rues et les fenêtres se sont remplies de gens qui ont applaudi le défilé des militaires insurgés ? N'est-il pas vrai que la place Dom Pedro s'ouvrait comme par une matinée de jubilée, où régnait la plus grande joie sur le visage de tous ?"

J'interrompis la lecture pour tomber sur le visage railleur du journaliste. Et il s'enquit : C'est fini ? Et je répondis non, qu'il me manquait lire la fin de ce discours saisissant. J'eus envie de me lever de mon siège pour donner l'éclat adéquat aux paroles de l'avocat : "Pour toutes ces raisons, vous devrez être très cléments vis-à-vis de tant de malheureux. Et pourquoi ne le seriez-vous pas ? Vous jugez, mais l'Histoire vous jugera…"

Le journaliste me regarda intensément. Son air amusé avait laissé place à un ton paternel quand il dit : "Tu sais ce qui me console ? C'est que nous serons plus heureux nous, les vaincus du 31 janvier, que les juges du Conseil de Guerre."

Et il arriva alors que le paquebot *Moçambique* se mit à naviguer de façon inattendue. Nous crûmes, au début, que c'était une illusion. Ou une simple manœuvre d'ajustement du navire face aux fortes vagues. Mais après, nous remarquâmes, perplexes, que l'embarcation quittait Leixões et passait par Matosinhos. Et le *Moçambique* avança au milieu de la mer démontée, jusqu'à parvenir aux eaux abritées de l'estuaire du Tage. Où le bateau jeta l'ancre. Dans ces eaux calmes, je recouvrai une sorte d'harmonie suspendue, un mélange de tension et d'accalmie qui précède l'annonce d'un malheur. Ce fut en effet à cet instant que je reçus la sentence de mon bannissement en Afrique.

23

Une chauve-souris sans ailes

> Voilà comment nous enterrons nos défunts : nous allons dans leur cellier et ramassons les grains avec lesquels nous remplissons leurs mains froides. Ensuite, nous leur disons : retirez-vous avec vos graines !

À l'aube, un groupe de femmes envahit la maison du Portugais, interrompant son sommeil. La cohue était telle que le sergent mit du temps à saisir ce qu'elles criaient aussi fort. Finalement, il réussit à comprendre celle qui gesticulait le plus :

– On vient de voir la Vierge.

– La vierge ? Quelle vierge ?

– On ne sait pas, en fin de compte il y en a combien ?

Trébuchant, Germano s'habilla puis sautilla dans la cour tandis qu'il essayait d'ajuster ses chaussures à ses pieds. Le groupe prit la direction de notre maison. Il faisait sombre et le Portugais se guidait aux silhouettes qui marchaient devant. Dans un portugais mêlé de txitxope, la femme en tête de l'attroupement déclara en indiquant le sol :

– Vous voyez, monsieur ? Les empreintes sont ici.

– Ce sont les siennes ?

– Non. Celles-ci, ce sont des empreintes de l'ange.

– Quel ange ?

– De l'ange qui l'accompagnait.

Le sergent s'arrêta pour vider le sable de sa chaussure. Il eut envie de se départir de cette farce et de rentrer chez lui, mais il craignit d'être mal compris. Le soleil ne s'était pas encore levé et il faisait une chaleur accablante.

– C'est loin d'ici ?

– On arrive très bientôt.

C'est ce qu'ils disent toujours, pensa le sergent : qu'on est tout près. Pourquoi ces gens ne savent-ils pas mesurer les distances ? Et il remit en question l'apparition. À cette heure, si pénombrée, ne se seraient-elles pas trompées ? À quoi l'une des femmes rétorqua :

– Quand on y sera, vous verrez : c'est une vierge pareille à celle qui était dans l'église.

– Certainement, c'est sa sœur jumelle, dit une autre.

– Et celle-ci a aussi les mains collées, ajouta une troisième.

– Les mains collées ? interrogea le sergent surpris.

– Le prêtre l'appelait toujours la Vierge à la Main collée, à cause de ses mains toujours jointes.

Le Portugais quant à lui n'eut pas envie de corriger. Il était déjà difficile de comprendre le charivari de ces femmes. La plus âgée des paysannes traduisait, à son tour, les mots bigarrés de ses camarades. Quant au sergent, il lui manquait quelqu'un pour traduire ses propres pensées. Et il s'imagina, avec une tendresse d'amant, décoller les mains de la Vierge Immaculée. Et il sentit que ces mains, à présent libres et reconnaissantes, caressaient son corps. Maudite chaleur qui nous fait pécher, pensa-t-il, tout en essuyant la sueur sur son visage.

Ce fut alors qu'il entendit un coup de feu provenant de la caserne. Suivi immédiatement d'un autre coup de feu. Et d'un autre encore. Les femmes virent le Portugais courir, hors d'haleine, pour rentrer chez lui.

Après la mort de mon frère Dubula, les oiseaux cessèrent de traverser les cieux de notre village. Les rares à le faire chutaient abandonnés, comme des morceaux déchirés de nuages. À mesure qu'ils tombaient, leurs plumes s'affranchissaient et le vent les faisait tourbillonner, chaque plume en son vol halluciné. Ces apparitions se raréfiaient de plus en plus. En peu de temps les habitants de Nkokolani se déshabitueraient de regarder les hauteurs.

À l'aube de ce matin-là, Mwanatu, en faction, n'avait cessé de regarder le ciel. Il entendit alors des voix féminines à l'arrière de la caserne. Et vit le sergent partir dans le noir au milieu d'une procession de femmes. Il pensa encore poursuivre le cortège déchaîné. Mais il ne pouvait abandonner ses devoirs de sentinelle. Au même moment, volant au-dessus du toit, passa un énorme poisson. L'animal se posa sur le tronc d'un manguier, mais comme il lui était difficile de se tenir ainsi perché, il regagna les cieux en bougeant ses nageoires comme s'il nageait toujours. Mwanatu leva son arme et tira. Une, deux, trois fois. Le poisson chavira dans l'air et semblait se précipiter quand, par à-coups, il reprit de la hauteur, montrant qu'il étrennait ses ailes.

La sentinelle sortit essoufflée dans la rue pour annoncer ce à quoi elle venait d'assister. Des paysans se rassemblèrent, l'écoutant entre fascination et incrédulité. Des avis contraires fusèrent : que les dieux, confus, échangeaient l'eau contre le ciel, affirmaient les uns ; qu'il s'agissait du châtiment dernier, défendaient les autres ; et encore, proclamaient les plus optimistes, que le malheur ainsi annoncé s'abattrait non sur nos gens mais sur les Vanguni. Puisque le ciel avait tourné mer, alors les envahisseurs, qui sont un peuple hostile aux eaux, seraient condamnés à mourir. Et dans ces eaux flottantes, les ennemis de notre nation se noieraient, maudits.

Sur ce, surgit, haletant, le sergent Germano. Inquiet des coups de feu, il n'avait pas le cœur à avaler la nouvelle du poisson volant. Le Portugais se signa, secoua la tête et regarda les cieux pour implorer de l'aide.

– Dans ton pays à toi, mon cher Mwanatu, Jésus serait sans travail : ici, il n'y en a pas un qui ne fait pas de miracles.

Mon frère sortit la tête droite, le doigt levé pour souligner la sentence :

– Il y a des anges dans le coin. Je leur ai déjà tiré dessus.

Ce qui nous rendait fous, c'était l'odeur. Cette odeur fétide provenant des champs de Madzimuyni annonçait que les vautours et les hyènes n'avaient pas encore transformé les corps en simples ossements. Ce n'étaient pas les cadavres, mais la terre elle-même qui pourrissait.

Cette odeur s'attachait aux murs de notre maison, elle poissait aux habits que ma mère portait depuis qu'elle avait appris la mort de son fils. Et même, lorsque mon père entra en hurlant, ma mère resta immobile et absente. Katini avait le visage couvert de sang. Comme les autres hommes, il montrait sa petite blessure en proie à une énorme agitation : Je vais devenir aveugle ! Je l'aidai à s'asseoir et lui, les yeux fixés sur mame, attendit d'elle une attention.

– Qui t'a griffé de cette façon, mari ? demanda-t-elle finalement. Quelle femme a des ongles aussi pointus ?

– C'est un arbre ! C'est un arbre qui m'a lacéré, déclara-t-il tandis qu'on lui lavait le visage.

En cherchant des matériaux pour ses marimbas, notre vieux père appuyait son oreille contre les troncs. Il estimait si l'arbre était enceint. Et ainsi avait-il procédé ce jour-là, en choisissant le bois pour son dernier marimba. Cependant il y avait quelqu'un empoisonnant ses goûts et ses gestes.

– Cette saleté d'arbre avait des griffes, j'ai vu ses griffes me tirer vers les enfers.

Il parlait fort pour impressionner son épouse. Il n'y réussit pas. Le ciel était vaste et le regard de Chikazi aplanissait ces infinis. Mon vieux ferma les paupières pour que l'eau coule sur son visage. Et les yeux fermés, il écouta son épouse :

– La poule blanche : pourquoi l'as-tu tuée ?

– Parce que j'avais faim.

– Elle était réservée aux cérémonies.

– Mais quelles cérémonies ? Personne n'est mort.

– Il est mort, oui. Ton fils, ton premier fils est mort. Ne te mens pas à toi-même, Katini Nsambe.

Et elle poursuivit d'un trait : L'autre garçon a émigré de sa propre tête. Et cette fille-là nous a déjà quittés. Nous sommes tout seuls, mon vieux.

– Imani, tu vas nous abandonner ? me demanda ma mère.

Et sans attendre la réponse, elle continua : que j'étais déjà absente, inventant des visites de messagers comme si grand-père était encore vivant. Et que j'inventais tout cela parce que j'avais peur. J'étais seule, sans amis, sans prétendants. C'est ce que ma mère dit. Et que c'était la faute de mon père.

– Tu m'accuses d'être un mauvais père ? Parce que je veux que ma fille sorte de cette misère, parce que je veux qu'elle aille dans un endroit mieux ?

– Elle se fuit elle-même.

Et Chikazi se leva, les mains sur les reins, dans la même position que les femmes enceintes. Après une longue pause, elle ajouta :

– La poule blanche, c'était pour notre fils. Et celui-ci est mort.

– A-t-on vu son corps ? demanda mon père. Réponds-moi, Chikazi, ne me tourne pas le dos : quelqu'un a vu son corps ?

Une envie de leur dire que Dubula avait expiré dans mes bras me submergea. Je demeurai muette. Celui qui avait péri dans mes bras était encore en voie de devenir mon frère.

Une semaine s'était écoulée depuis le décès de Dubula et aucun oiseau n'était revenu dans nos cieux. Le dimanche à l'aube, ma mère apparut au point du jour, pendue au grand arbre du tsontso. Elle ressemblait à un fruit sec, une chauve-souris noire et flétrie. On alla appeler notre père qui, prudent, s'approcha en traînant les pieds. Sous la vaste frondaison, il s'assit, contemplant le corps comme s'il attendait que des feuilles y poussent.

– Elle n'est pas morte. Votre mère s'est seulement arbrée.

De temps en temps, la brise faisait bouger le cadavre. On aurait dit une danse, de celles qu'elle nous offrait souvent. À la nuit tombée, je demandai :

– On va la laisser là ? Les bêtes vont la dévorer.

Il faisait sombre, je ne me rendis pas compte de l'arrivée du sergent, qui proclama horrifié : Enlevez ce corps de là ! Immédiatement !

Mwanatu, comme toujours, courut obéir. Mais mon vieux leva le bras et sentencia :

– Personne ne fait rien du tout. Ce n'est pas un corps. C'est Chikazi, ma femme.

Le sergent Germano tourna, désemparé, autour de l'arbre. À plusieurs reprises, il voulut m'aborder dans une consolation maladroite. Il en vint une fois à suggérer de prier ensemble. Mais il rectifia aussitôt : Prier non, car personne ne prie pour quelqu'un qui se suicide. Et il ajouta, sa décision déjà prise :

– Pour l'amour du Ciel, Imani, demande à ton père de l'emmener à l'église.

– L'emmener à l'église ? riposta mon vieux. Mais elle est déjà dans une église. Notre église c'est cet arbre.

De la part de mon père, la remarque était étrange. Le Portugais le dévisagea, incrédule. Katini n'était-il pas un Cafre converti ? Germano secoua la tête pour écarter de lui le doute insoluble. Quelle garantie pouvait-on avoir de la fidélité d'un noir, si même ce chef de famille cabriolait de croyance en croyance avec cette facilité ? Le sergent se signa de façon retenue et se retira, murmurant entre ses dents :

– Ils ne ressentent pas le poids de la faute, ils ne savent pas ce qu'est la honte : comment pouvons-nous attendre qu'ils soient de bons chrétiens ?

Et le corps resta là jusqu'au lendemain, suspendu comme une chauve-souris dans le noir. Je m'approchai, tôt le matin, avec la crainte de voir attaquée par le temps celle qui me paraissait immortelle. Mais il n'y avait ni signes de dégradation, ni odeurs, ni mouches, ni corbeaux. Et dans le ciel limpide ne planaient pas de vautours. Je m'assis auprès de mon père qui était resté assis là toute la nuit. Et il gardait les yeux rivés sur son épouse défunte. À un certain moment, il dit :

– Elle est si belle !

Il avait raison. Même ainsi décharnée, ma mère conservait une grâce de créature vivante. Peut-être parce que son corps était trempé par la pluie tombée à l'aube. Par les pieds coulaient des gouttes qui alimentaient une flaque petite et triste. C'est bien comme ça, dit mon père, hochant lentement la tête. Les morts doivent être lavés par la pluie.

– Vous voulez que je grimpe à l'arbre, tate ? demandai-je après un long silence.

– Laissons-la où elle a choisi de rester.

Petit à petit, la même corde qui étranglait notre mère se mit à m'étouffer moi. À midi, quand la défunte perdit l'ombre, les voisins commencèrent à se disperser, interdits et accablés. Moi aussi je fis mine de m'éloigner. Mon père contraria mes intentions, me retenant par un bras.

– Toi tu restes, ma fille !

Alors, avec une agilité inattendue, mon père grimpa à l'arbre muni d'un coutelas. D'un coup il coupa la corde. Je pensai que la chute du corps produirait un choc sec, comme font les arbres qui s'effondrent. Mais non. Il n'y eut pas de bruit, ce qui tomba était un nuage décapité, sans fracas ni substance.

Mon idiot de frère, Mwanatu, courut encore pour tenter de soutenir le cadavre. Il faillit succomber sous le poids qui lui tomba dessus et un instant, mame et lui renversés, nous craignîmes d'être devant un double décès.

Mwanatu participa dès le début aux obsèques de notre mère et se comporta comme s'il était à l'aise dans les rituels du village et les cérémonies chrétiennes. Il avait l'air d'un autre, plus lucide, quand il s'offrit pour aider tate, qui transportait le corps comme si son dos était la terre où il allait l'enterrer. Il la porta ainsi plus de temps que nécessaire car, sans que personne n'ait abordé le sujet, il était décidé qu'elle serait ensevelie sous l'arbre où elle s'était pendue.

Mon père fit quelques tours autour de la fosse puis il tomba démuni à genoux. Nous vînmes tous à son secours et fîmes en sorte que la défunte s'acclimatât à ce trou. Et nous fermâmes la sépulture comme auparavant nous lui avions fermé les paupières. Et je me suis demandé alors pourquoi nous fermons les yeux des morts. Nous avons peur qu'ils nous regardent. Pourquoi dissimulons-nous les corps froids au fond de la terre ? Parce que nous craignons de reconnaître combien nous sommes déjà morts.

Quand on nivela la terre, le sergent planta une croix en fer sur la tombe et, les yeux clos, nous invita à prier. Seul Mwanatu répondit à l'appel. Oncle Musisi marcha sur les présents et arracha le crucifix du sol et, parlant en txitxope, il se mit à invoquer à voix haute nos ancêtres. Le sergent nous regarda comme s'il demandait de l'aide, mais Musisi ignora la supplique silencieuse et, se servant de moi comme traductrice, il demanda au militaire :

– Je demande, monsieur le sergent, puisque votre Dieu est le Père de nous tous et le créateur de toutes les langues, ne comprend-Il que le portugais ? Et toi, ma nièce, ne te contente pas de traduire. Dis-lui comment nous faisons nous, les nègres. Ou tu as déjà oublié ta race, Imani Nsambe ?

Ma race ? me demandai-je en silence. À cet instant, je compris que ma tristesse était grande, mais que j'étais déjà orpheline auparavant. Ce désarroi n'était pas seulement le mien, mais celui de tous mes frères noirs. Cette orphanité n'a pas besoin qu'il y ait mort. Elle commence avant même notre naissance.

Je me penchai sur le sable où était tombé le crucifix et le replaçai sur la tombe de notre mère. Et je me souvins de ses mots, dans sa manière si douce de parler : ce ne sont pas les morts qui pèsent. Ce sont ceux qui ne cessent jamais de mourir.

24

Douzième lettre du sergent

Nkokolani, le 28 juin 1895
Votre Excellence Monsieur le Conseiller José d'Almeida,

Ne sachant comment la consoler, j'ai dit à Imani que sa mère reviendrait un jour. Elle n'a pas à revenir, a répondu d'emblée la fille. Elle n'est jamais partie d'ici. Et elle m'a emmené auprès d'une termitière, derrière sa maison. Désignant la termitière, elle a dit: Ici, nous enterrons des étoiles toute notre vie. C'est là ma consolation.

Puis elle m'a dit des choses qui, susceptibles d'être des blasphèmes, sont les plus belles hérésies que j'aie jamais entendues. Elle m'a dit que les morts ne marchent pas sur la Terre; ce sont eux qui font marcher la terre. Avec une corde faite de sable et de vent, les défunts attachent le Soleil afin qu'il ne se perde pas dans le firmament. Et elle a encore dit que les morts ouvrent le chemin aux oiseaux et aux pluies. Et qu'ils tombent dans chaque goutte de rosée pour amender le sol et donner à boire aux scarabées.

La fille a dit tout cela sans une pause pour respirer. Où as-tu appris tout ça? ai-je demandé, timidement. Je n'ai pas eu à l'apprendre, a-t-elle répondu. Je suis faite de tout ça. Ce sont les histoires des blancs qu'on a dû m'apprendre.

– Mais tu n'es pas catholique?

– Si. Mais j'ai beaucoup d'autres dieux.

Cette révélation ne m'a pas choqué. Peut-être parce que comme tout bon républicain, je suis clairement anticlérical. La haine des curés est la seule bonne chose que j'ai héritée de mon père. Ma mère, elle, m'a laissé un héritage bien différent: elle vivait pour le moment de la messe, le seul où il lui était permis de sortir de la maison. Je ne la reconnaissais presque pas dans sa façon de marcher en direction de l'église: pas réglés, visage voilé, cheveux recouverts d'un châle noir. À la maison interdite d'être mère, dans la rue interdite d'être femme.

Je suis revenu des cérémonies de l'enterrement de Chikazi avec une question sans réponse : présente-t-on des condoléances à qui ne croit pas en la mort ? Pour cette famille africaine endeuillée, ce qu'il y avait, c'était un mort sans mort. De quel deuil souffraient-ils, alors ? Ces doutes, loin de m'angoisser, ont suscité en moi, en rentrant à la caserne, un calme que je n'avais pas ressenti depuis longtemps.

Non sans surprise, je suis tombé sur Mariano Fragata qui m'attendait dans la pièce, il s'éventait avec une enveloppe qu'il m'a tendue en me voyant :

– Je viens d'arriver, j'ai apporté ça pour vous, a-t-il dit avec une moue énigmatique.

Sans même se lever de son fauteuil moisi, il m'a mis en garde :

– Préparez-vous, mon cher Germano. Le contenu ne va pas vous plaire.

– Qu'est-ce que c'est que ce paquet ?

– Ce sont vos lettres, celles que vous avez envoyées au cours de ces mois. Elles sont toutes là.

J'ai secoué la tête : mes lettres ? Était-ce José d'Almeida qui les retournait ? Et pourquoi les renvoyait-il maintenant ?

Ce que Fragata m'a révélé ensuite fut le dernier coup de poignard dans ma poitrine déjà blessée : aucune de mes lettres n'était jamais parvenue entre les mains du Conseiller José d'Almeida. C'est toujours le lieutenant Ayres de Ornelas qui les avait lues et y avait répondu.

– Je ne comprends absolument rien, mon cher Fragata. Tout ce que j'ai écrit…

La perplexité a cédé la place au soupçon. Qu'est-ce qui avait poussé le lieutenant à détourner mes missives et, plus grave, à se faire passer pour un autre ? Quels secrets s'étaient appropriés Ornelas ? Et quel usage avait-il fait de mes confidences à quelqu'un que je prenais pour mon propre père ? Aucune de ces questions ne trouvait de réponse à la hauteur. Il ne m'est resté qu'un simple soupir :

– Je suis perdu ! C'est ma fin…

– Ce n'est peut-être pas ce que vous croyez, a déclaré Fragata, tentant de calmer les esprits.

– Non, comment ça ? N'oubliez pas, Fragata, je suis en Afrique en remise de peine. Maintenant que mes confidences ont été divulguées, ils finiront par me fusiller. Je connaîtrai le destin de Sardinha…

Et j'ai rappelé à l'adjoint du Conseiller combien je m'étais exposé dans ce long échange de lettres. Combien de fois j'avais maudit le gouvernement monarchique, combien de fois j'avais fustigé mes supérieurs hiérarchiques. Au nom de quoi ne m'étais-je pas cantonné aux rapports routiniers qu'on attend d'un sergent anonyme ?

– Ne dramatisez pas, Germano. Ce n'est pas une raison pour en faire autant.

– Malheureusement, je ne peux que craindre le pire. Regardez ça...

J'ai montré à Fragata un document insolite qui, par erreur, avait atterri entre mes mains. Un avis d'enquête sur le détournement des télégrammes que le Commissaire Royal avait adressé aux commandements militaires d'Inhambane. Ayres de Ornelas en personne avait admis être le responsable de ce détournement. Et j'ai lu à voix haute la lettre d'aveu de sa culpabilité, écrite de la main de Ornelas :

– "... je demande pardon à Dieu si je suis devenu la cause involontaire d'un quelconque bouleversement des projets de Votre Excellence, le Commissaire Royal. Et je prie Votre Excellence de pardonner ma faute..."

Fragata a interrompu ma lecture pour me tranquilliser. Ornelas était peut-être arrogant et ambitieux, peut-être avait-il la manie de la persécution. Mais ce n'était pas une personne malveillante, susceptible de me porter préjudice. Et il y avait encore quelque chose que j'ignorais. C'était Ornelas qui recevait et répondait à toute la correspondance adressée au Conseiller José d'Almeida. Et il procédait de cette façon avec l'aval de José d'Almeida en personne, à qui il résumait ensuite les nouvelles des divers télégrammes et missives.

J'ai accepté son réconfort sans conviction. J'ai ouvert l'enveloppe et entrepris de relire les lettres que j'avais griffonnées depuis des mois. Pendant ce temps, Fragata s'est endormi, exténué. Je lui ai cédé mon lit car je savais que, cette nuit-là, le sommeil ne me viendrait pas. Je crois que le sommeil ne me viendra plus jamais.

25

Terres, guerres, enterrements et déterrements

> Le soldat gagne son uniforme ;
> l'homme perd son âme.

Après la mort de notre mère, Mwanatu se réinstalla à la maison. Tate l'accueillit comme s'il n'était jamais parti. Sans un mot et sans aucune attention. Celui qui revenait était un étranger, un simple visiteur à qui l'on prête une natte. Mwanatu semblait moins attardé, mais toujours aux prises avec lui-même. Assis à l'ombre du terrain, il reprenait racine. On le contemplait craintivement. Car son bras avait pris la forme du fusil qu'il avait empoigné jour et nuit pendant des mois.

Cependant ce matin-là, Mwanatu Nsambe prit une décision. Il se munit d'une pelle et se mit en route vers le cimetière du village. Celui qui viendrait de loin n'appellerait pas cimetière la brousse épaisse qui borde le fleuve, au nord de la localité. Mais c'était là, dans ce bois sacré, qu'on faisait reposer les défunts de la plus vieille famille de Nkokolani – les dénommés "maîtres de la terre" –. Les blancs disent "enterrer". Nous disons "semer les morts". Nous sommes les éternels fils du sol, nous concédons aux défunts ce que la terre délivre aux semences : du sommeil pour renaître.

En dehors de la pelle qu'il portait sur son épaule, Mwanatu transportait, coincé sous son bras gauche, avec la solennité d'une parade militaire, son fusil, un Martini-Henry. Dans ce cas, mon frère ne pourrait pas faire usage du verbe "semer". Car il allait, en fait, enterrer l'arme qui l'avait accompagné au cours des batailles imaginaires contre les envahisseurs vanguni. Il ensevelissait ainsi une part de lui-même. L'autre était déjà enfouie depuis longtemps aux confins de la raison.

Par cette expédition au cimetière, Mwanatu accomplissait un précepte. Depuis son retour à la maison, un rêve assaillait toutes ses nuits. Dans ce rêve se passait la chose suivante : du haut de l'arbre où elle s'était pendue, notre mère lui ordonnait de se défaire du fusil. Et de ne plus jamais se faire passer pour un cipaio des Portugais.

– Débarrasse-toi de cette arme, mon fils! Emporte ce canhangulo et enterre-le près du fleuve.

– Canhangulo? Un peu de respect, mame, c'est un Martini-Henry, et il épelait le mot comme s'il en dessinait les syllabes.

Le nom, ainsi prononcé, lui surgissait comme l'éclat d'une médaille. Notre mère ignorait les soins qu'il consacrait à cette autre créature: le tissu spécial pour nettoyer l'extérieur, l'huile pour enduire les intimités, la couverture de feutre pour envelopper le canon. Toutes ces déférences révélaient qu'il y avait là bien plus qu'une simple arme.

– Je ne demande pas, sentenciait mame. Ce n'est pas moi toute seule qui te parle. Il y a ici beaucoup de voix et elles disent toutes la même chose: débarrasse-toi de ce fusil.

L'ordre était clair et ce n'était pas un caprice personnel. En enterrant la carabine, Mwanatu ensevelirait la guerre elle-même.

Sur le chemin du cimetière mon frère mesura combien le fusil pesait en définitive. Dans ses pérégrinations de soldat imaginaire, il n'avait jamais considéré son poids. Au contraire, il lui avait toujours semblé que l'arme faisait partie de lui, qu'elle était une extension de son propre corps.

– C'est une arme congénitale, argumenta-t-il devant sa mère.

Qu'elle comprenne. Il avait beaucoup de personnes qui luttaient en lui: un caporal et un kabweni, un noir et un blanc, un chrétien et un païen. Comment devenir une seule créature? Comment redevenir seulement son fils?

En descendant la vallée de l'Inharrime, le pas de mon frère était hésitant et titubant, révélateur de toutes ces inquiétudes. Mais brusquement, il changea de direction et se mit en route vers la caserne. Il allait parler avec le sergent Germano avant d'accomplir sa promesse. Bien qu'il ait abandonné son travail de sentinelle, il n'avait pas perdu la discipline du soldat. Et il avait besoin d'une bénédiction pour une pareille désobéissance.

Au début, le Portugais feignit encore d'être ailleurs mais, après un instant, sa voix charria toute son étrangeté:

– Tu vas faire quoi ? Enterrer l'arme ?
– C'est mon intention, mon sergent.
– Et que veux-tu que je fasse ? Que j'aille avec toi et que je bénisse l'enterrement ?

Mwanatu n'avait pas pareille audace. Il ne souhaitait que la bénédiction pour son acte insensé. Car lui, le vaillant soldat Mwanatu, chrétien et baptisé comme il se doit, était aussi démuni que confus. Cela l'avait toujours intrigué, par exemple, qu'un fusil porte le nom d'une personne. Martini-Henry ? Avec tout le respect dû, et sans offenser Dieu, jamais un noir ne donnerait un nom humain à une arme.

– Excusez-moi, mon sergent. Je suis seulement venu demander un conseil.
– Tu veux un conseil ? Alors, dis-moi une chose : ce n'est pas toi qui l'as achetée cette arme, n'est-ce pas ? Te rappelles-tu qui te l'a donnée ?
– C'est vous qui me l'avez donnée. L'arme et l'uniforme.
– As-tu déjà oublié qu'on t'a donné cette arme pour que tu tues les ennemis de Dieu et du Portugal ?
– Je ne pense pas.
– Tu penses ? Eh bien moi, si j'étais toi, je rendrais cette carabine. D'ailleurs, tu aurais dû le faire dès que tu as arrêté d'être sentinelle. Et tu vas rendre l'arme et l'uniforme, cet uniforme que tu portes toujours sur le dos. Les armes, les munitions et toi-même appartenez à la Couronne portugaise.
– Si je n'enterre pas l'arme, qu'est-ce que je vais dire à ma mère quand elle visitera mes rêves ?
– Dis-lui quelque chose. Mens, dis que tu as enterré cette saleté de fusil. Elle n'ira jamais vérifier ta version.
– Ne parlez pas comme ça de ma mère ! Ne parlez pas...

Mwanatu se retira, tordant ses mains comme si c'étaient des chiffons. Et pour la première fois, le Portugais eut peur de la sentinelle arriérée. Il lui vint à l'esprit que Mwanatu avait souffert d'une grave régression : il était redevenu noir. Et, comme nègre qu'il était à nouveau, il ne méritait pas sa confiance. Le sergent exacerba encore davantage sa méfiance : et si l'arme du garçon était capable de tuer ? Il serait préférable, en effet, qu'il s'en débarrasse. Et il autorisa l'enterrement du Martini-Henry, avec un regret feint. Et avant que Mwanatu ne disparaisse, il cria encore :

– Et ta sœur ? Elle ne s'est plus jamais montrée par ici...

– Imani est triste. Rien d'autre…

– Dis-lui que j'ai déballé des coupons de tissu neufs, si elle les veut qu'elle passe. Et toi aussi, Mwanatu, repasse, car ta présence me manque.

Le jeune fit un vague signe d'adieu. Et il ébaucha encore un triste sourire : quel manque pouvait ressentir le Portugais puisque, tous ces mois, il ne lui avait jamais adressé la parole ? Chaque fois qu'un visiteur blanc le saluait, pour s'enquérir de sa santé, le sergent écourtait :

– Ne demandez jamais à un Cafre comment il va car la minute d'après, il vous réclamera quelque chose.

Sous la violence de ces souvenirs, le ciapaio eut très envie de donner un coup de pied à la poule domestique du sergent. Il n'agressa pas l'animal mais lui cracha dessus. La salive resta accrochée sur la crête, mais le regard de la poule demeura indifférent et vide. C'était ainsi que Mwanatu voulait être : sans dedans ni dehors, sans remords ni fatigue.

Ce qui l'écœurait le plus, ce n'étaient pas les souvenirs, mais le conseil du Portugais. Mentir à la défunte ? Le sergent était un homme puissant. Il ignorait cependant que là régnaient d'autres dieux, aussi anciens que la terre. Et il reprit le chemin du cimetière.

Il était midi, l'heure immobile où les ombres sont dévorées par le sol. Dans le bois sacré mon frère foula les ombres, avec des précautions de léopard, jusqu'à choisir un grand arbre reposant sur des racines qui émergeaient de la terre en imitant de sombres coudes. C'était là qu'il allait ouvrir la sépulture. Il s'agenouilla et balbutia une complainte monocorde. Il priait ? Non. Ce qu'il faisait, c'était nommer ceux qui étaient tombés à la guerre.

La voix s'échappait en un murmure ténu, mais chacun des noms était prononcé avec le même soin que celui avec lequel on habille les vieux et les enfants. À un certain moment, il s'embarrassa dans un silence épais pour ensuite se plaindre :

– Je ne me souviens plus de personne. Maudite guerre…

C'est là la cruauté de ceux qui sont morts au combat : ils n'en finissent jamais de tomber, griffes plantées dans le temps, comme les chauve-souris mortes. Néanmoins, Mwanatu inspira profondément et clôtura son prêche :

– Je suis ici et je vous appelle, guerriers de la nation txope !

Il caressa son arme avant de commencer à creuser. Nation txope ? interrogea-t-il à voix haute. Et il trouva étrange ses propres mots.

Vigoureusement, Mwanatu enfonça la pelle dans le sable chaud. Ce fut alors qu'il entendit un son métallique, du fer heurtant du fer. Il renfonça la pelle avec la rage de celui qui tue un serpent. Et à nouveau, des éclairs fusèrent comme si le sol tonnait. Un sombre pressentiment obligea le cipaio à regarder les cieux en quête de secours. Le Soleil entier pénétra dans ses pupilles et l'inondation de lumière l'aveugla. Telle était l'intention : que les morts s'absentent un moment. Et que les dieux, vivants et défunts, l'oublient.

Quand il rouvrit les yeux, Mwanatu vit une sagaie. Telle était la raison des bruits et des étincelles. Il dégagea le sable autour de la trouvaille pour constater que, du fond de la fosse, émergeaient des lances, des arcs et des flèches. La quantité d'armes dépassait toute possibilité d'inventaire. Les butins de toutes les guerres pointaient sous ses pieds.

Le cipaio n'accomplit pas son dessein : pressé, d'un pas étourdi, il retourna à la maison. Il traînait son fusil comme si c'était une bêche estropiée. Il s'interrogeait sur cette étrange coïncidence : en enterrant son arme, il avait déterré un vieil arsenal.

Après avoir laissé ses bottes à la porte, Mwanatu se dépêcha de cacher le Martini-Henry derrière l'armoire. Juste après, il chercha notre père pour lui raconter l'occurrence. Ou plutôt, l'inoccurrence.

Il trouva son géniteur occupé à balayer la cour de derrière. Balayer, plaidait-il, c'était comme pêcher : une activité à ne rien faire. Après la mort de mame, tate avait renoncé à lui-même. Moins je serai vivant, moins on voudra me tuer. C'était ce qu'il disait. Sans moi, sa fille unique, il se serait déjà défait des biens, de la maison, de l'existence. Il mettrait certainement plus longtemps à se défaire de l'alambic et des marimbas.

Balayer était à présent son unique occupation. Et il ne posa pas son balai pendant que Mwanatu lui racontait ce qui s'était passé dans la forêt. Aux yeux des voisins, il ne pouvait montrer sa perturbation. À un certain moment, il s'appuya sur le balai, ramena son chapeau sur son front et chuchota :

– Il y a des sujets dont on ne parle pas en place publique. Rentrons.

Dans un coin de la chambre, Katini s'enfonça sur sa chaise, vaincu par l'appréhension. Il découvrit sa tête, posa le chapeau sur ses genoux et, après une longue pause, ouvrit son âme :

– Ce que tu as trouvé dans le bois est quelque chose qui ne s'explique ni ne se comprend...

– Ne me faites pas peur, tate. Qu'est-ce qui s'est passé ?

– Ce qui s'est passé, c'est ce qui va encore se passer.

Il roula lentement une cigarette comme pour se donner du courage. Personne n'aime la feuille, ni la fumée, nous disait-il toujours. Le plaisir du fumeur est d'être fumé par le temps. Il toussa pendant un moment, puis étouffant toujours, il balbutia :

– Je veux dire une chose : c'est moi le père de ce trou.

– Pardon, mon père ?

– Tu as creusé là où j'avais déjà creusé. C'est à cet endroit que j'ai caché ma sagaie.

– Vous avez aussi enterré votre arme ?

– Une arme ne s'enterre pas. Elle se cache, en attendant la prochaine guerre. Maintenant allons-y, allons voir cette fosse.

Appuyé sur le balai comme si c'était une canne, il claqua le portail et se mit en route. Ils avancèrent par le sentier, Mwanatu dans un silence grave, mon père en traînant les bottes. C'était généreux d'appeler bottes ces deux semelles attachées au cou-de-pied.

Jusqu'à ce qu'ils s'arrêtent près de l'arbre où auparavant Mwanatu s'était retrouvé à creuser. Les racines semblaient à présent plus à nues, étreignant le sol comme si elles revendiquaient sa propriété exclusive.

Penché au-dessus de la fosse, notre père ramassa la sagaie et claqua la langue pour traduire son appréhension.

– C'est le même trou. Et celle-ci c'est ma sagaie, regarde cette marque.

– Et comment les autres armes ont-elles atterri ici ?

– Elles n'ont pas atterri.

– Non, comment ça ?

– Elles sont nées ici. Elles sont vivantes.

Et il demanda à son fils de l'aider à ramasser tout ce matériel pour le regrouper ensuite en différentes catégories. Ils empilèrent les sagaies d'un côté, les lances de l'autre et les boucliers dans un troisième tas. Le vieux Katini parcourut longuement chacun des tas comme un général passant son arsenal en revue. À la fin, il dit :

– On va laisser ça comme ça, les armes loin de la fosse. Et on va partir d'ici le plus vite possible. Et ne te retourne pas tant que nous nous éloignerons.

Quand il me rejoignit dans la cour où je préparais le feu, Mwanatu avait le visage lourd des condamnés. Il me raconta ce qui s'était passé lors de l'enterrement raté du fusil.

– Le sergent a demandé de mes nouvelles ?

– Il dit que tu lui manques. Il faudra que je lui dise quelque chose quand j'irai lui rendre l'uniforme. L'arme je ne la rendrai pas, mais cet uniforme, oui. Je ne veux pas qu'on me confonde si ceux de Ngungunyane arrivent.

Que je lui dise, insista-t-il, quel message je voulais transmettre au Portugais. Je restai muette un temps, pour me lever ensuite d'un tel bond que j'effrayai le pauvre Mwanatu :

– Déshabille-toi, petit frère. Je te l'ordonne, je suis l'aînée. Enlève ce maudit uniforme.

– Tout de suite ?

– Oui, tout de suite.

Pantalon, chemise et manteau tombèrent comme un soupir. Je ramassai les pièces de l'uniforme et les jetai au feu. En quelques secondes, les vêtements furent consumés par les flammes, devant le regard effrayé de Mwanatu. Et avant qu'il ne se lamente, je déclarai en furie :

– Ce sont des hommes en uniforme qui ont violé les femmes de ce village.

C'était cela que les hommes faisaient, obéissant aux commandements de la guerre. Ils créaient un monde sans mères, sans sœurs, sans filles. C'était de ce monde, dépourvu de femmes, dont la guerre avait besoin pour vivre.

Honteux, mon frère se retira quand il sentit notre père rentrer à la maison. Occupé à détacher ses vieilles semelles, Katini ronchonna comme s'il parlait au sol :

– J'imagine que tu as déjà préparé à manger.

Le poids de toute une vie me passa par la tête : plus que l'amour, les hommes de Nkokolani demandent aux femmes d'être ponctuelles pour leur servir le repas. Mon père était en cela pareil à tous les hommes de Nkokolani. Il existait pour être servi. Cet ancien devoir de femme se répétait avec moi.

Père et fils s'assirent à table sur le terrain, sous le vieux manguier. Je fis ce que je faisais toujours tant que mame était en vie : j'apportai le pot avec de l'eau et une serviette, les hommes se lavèrent les mains. Je servis le repas en silence, comme si nous écoutions l'absence de notre mère. Katini était perturbé, il se servit généreusement en nsope. Sa voix était pâteuse quand il déclara :

– Tout à l'heure tu as fait déshabiller ton frère ? Eh bien, maintenant, c'est moi qui te l'ordonne : lève-toi, ma fille. Lève-toi et détache ta capulana.

Mwanatu osa encore un geste d'indignation, mais tate réitéra l'ordre. Je tardai à obéir. Tate était soûl, incapable de rattacher les mots aux idées.

– Toi, ma fille, tu fais la maligne, en rêvant très loin d'ici. Dis-moi une chose, Imani : ce blanc te regarde ? T'a-t-il jamais touchée ?

– Tate, s'il vous plaît…

– Chut. Je ne t'ai pas demandé d'enlever tes vêtements ? rappela-t-il.

Je détachai le tissu que je portais noué à la taille et, complètement nue, je restai immobile, les bras alignés dans une pose de soldat. Les cheveux en désordre, les jambes grêles et écartées, le corps plus léger que la lumière du feu qui crépitait à mes côtés.

– Tu es maigre, on dirait une balle, commenta mon père.

Katini Nsambe s'étonnait de me voir ainsi, aussi femme, aussi pleine de ce silence grave des épouses qui, quand elles se taisent, rendent muet le monde alentour. Il regarda les ombres qui dansaient par terre et me demanda de me rhabiller. Et ensuite il affirma :

– Les balles sont des choses vivantes. C'est pour ça qu'elles tuent, c'est parce qu'elles sont vivantes. Et toi, ma fille, on dirait une chose morte.

Et il conclut : Aucun blanc ne voudra de toi comme ça, si dépourvue de chair, si dépourvue de corps. Maintenant que mame n'était plus avec nous, que je ne dise plus que c'était une maigreur de naissance.

– Si tu es maigre, tu vas cesser d'être. En plus tu as les tatouages bien marqués à la taille, sur les cuisses. Tu as vu, Mwanatu ?

– Je ne peux pas regarder, tate.

– Tu as déjà bien regardé son corps, coupa Katini Nsambe. Et tu sais qu'aucun homme ne résiste à ces tatouages. Ce Portugais sait, ainsi, que tu ne glisseras pas quand il...

– Les Portugais ont d'autres coutumes...

– Assez, Imani. Maintenant viens ici, viens boire pour oublier qui tu es : une pauvre négresse, avec une odeur de terre... Demain retourne chez ce Portugais et fais tourner la tête de cet étranger comme les flammes de ce feu.

Tandis qu'il remplissait mon verre, je pensai : oui, je suis une balle tatouée. Je vais me dégainer sur le cœur de cet homme. Et je m'en irai pour toujours de ce maudit village.

Le jour était né gris et tante Rosi – qui, après la mort de notre mère, aidait à la maison – se couvrit avant de partir aux champs. À Nkokolani, il suffit d'un peu de gris au lever du jour pour qu'on se prépare à la rigueur de l'hiver. Il peut régner la plus grande chaleur mais, un jour couvert, on utilise tous des vêtements chauds. Chez ceux de Nkokolani, le ciel commande plus que la température. Les couleurs commandent tellement que nous n'avons même pas de nom à leur donner.

Et ce fut bien couverte qu'en ce matin gris, tante Rosi se rendit à la machamba. Elle portait en elle toutes les tristesses du monde. Très près des semis, elle recula les jambes et se courba lentement comme un astre qui s'éteint. La bêche monta et descendit entre ses mains comme si la lame vibrait sur le cou d'un condamné. Et ce condamné c'était elle-même, incapable de retourner son destin.

Petit à petit, la femme fut attaquée d'irrépressibles pleurs, mais elle n'arrêta pas de bêcher, son corps exécutant une danse tellurique. Elle ne tarda pas à entendre un son métallique comme si sa bêche avait ripé sur une pierre ou un os. Elle ratissa le sable avec ses doigts et vit un pistolet enterré là. Elle courut appeler les voisines. Les femmes pensèrent que c'était mieux de ne pas toucher à l'arme et qu'elles n'avaient qu'à remettre la terre retournée. Elles feraient semblant de n'avoir rien vu, que rien n'était arrivé. Toutefois, quand elles fouillèrent le sable pour recouvrir la trouvaille, des centaines de balles furent mises à nu, toutes pareilles, comme si c'étaient des têtards nés dans une flaque de pluie. Pressées, elles ramassèrent les bêches. Et décampèrent.

Aussitôt arrivée à la maison, ma tante nous communiqua l'incident. Les deux hommes se turent. C'était un silence chargé de présages. Jusqu'à ce qu'oncle Musisi parle :

– Demain tu iras bêcher plus loin. Mais n'y va pas toute seule. Emmène les autres avec toi.

Chez nous, Mwanatu se réveilla en sursaut au milieu de la nuit. Une fois de plus, mame était venue lui rendre visite. Elle lui rappelait qu'il tardait à accomplir son ordre. Ce n'était pas seulement son arme qu'il devait ensevelir.

– Toutes les armes ? demanda son fils.

– Toutes. Celles des Portugais aussi.

– Celles des Portugais on ne peut pas.

– Tu ne comprends pas une chose, mon fils. Ce n'est pas la guerre qui réclame des armes. C'est le contraire, ce sont les armes qui font naître la guerre.

Le lendemain, encore à l'aube, ma tante fit irruption en effervescence dans la maison. Et elle secoua son mari dans son lit.

– La guerre, mari...

– Que se passe-t-il ? On est attaqués ?

Elle confirma, en hochant la tête. Oncle Musisi se leva précipitamment et, tout nu, il traversa la chambre pour prendre un canhangulo dans une besace en peau. En hurlant, il appela Mwanatu. En un instant son neveu se présenta, les yeux éblouis, le fusil au poing.

– Que se passe-t-il ? s'enquit-il. C'est Ngungunyane qui nous attaque ?

– Je ne sais pas, je n'ai pas entendu les coups de feu, déclara l'oncle. D'où nous attaque-t-on ?

Immobile, tante Rosi se contenait comme si elle sentait une présence invisible dans la maison. Jusqu'à ce que, discrètement, elle désigne le sol.

– Je ne comprends pas, dit l'oncle. Il y a quelqu'un sous la maison ?

Elle fit signe que oui. Elles sont partout, ajouta-t-elle. Un subtil balancement de la main accusa de nouveau le sol.

– Mais qui ?

– Elles.

Quelque chose grinça dans le squelette de la maison. Alors je tentai de diluer cette tension et suggérai, convaincue :

– C'est Tsangatelo. Grand-père vient nous chercher.

– Tais-toi, Imani. Je te le redemande : il y a quelqu'un en dessous ?

– Ce sont elles, les armes.

En un murmure, Rosi relata alors ce qui venait de se produire : elle était sortie une fois de plus pour ouvrir une nouvelle machamba, plus loin, près de la berge du fleuve. Mais la funeste découverte n'avait pas tardé à se répéter : sur ce nouveau terrain, au milieu des galets, elle aperçut un crâne de cheval. Et, plus loin, une selle et une paire d'étriers. Gisait à ses pieds l'un de ces chevaux de guerre qui au galop avaient traversé ses rêves. C'était peut-être la monture de Mouzinho de Albuquerque en personne, qui sait ?

Autour du crâne s'éparpillaient une quantité infinie de douilles de balles et tante Rosi jurait que ces douilles, à présent munies de pattes, se déplaçaient comme des insectes voraces, dévorant tout sur leur passage. Cette armée souterraine creusait des tunnels qui s'étendaient dans le monde entier et, encore au loin, tandis qu'elle fuyait, elle entendait le bruit de leurs griffes gratter. Les femmes en débandade criaient qu'il était urgent de se sauver de cet endroit.

– Nous sommes perdus, conclut-elle, gardant une pose contenue et digne. On va mourir de faim, on n'a plus de lieu pour cultiver.

C'était cela qui s'était produit à Nkokolani : la guerre avait fait de la Terre un cimetière. Un cimetière où ne tenait à présent aucun mort.

26
Treizième lettre du sergent

Nkokolani, le 30 juin 1895
Votre Excellence Monsieur le Conseiller José d'Almeida,

Je n'aurais jamais imaginé combien me manquerait celui dont la présence était quasiment inexistante. Un garçon idiot, taiseux et distant, dont le départ a ouvert une faille dans mon âme. Depuis que Mwanatu est rentré chez ses parents, la solitude et le désespoir – qui étaient déjà immenses – sont devenus irrémédiables. J'ai toujours pensé que Dieu serait la compagnie éternelle d'un chrétien, où qu'il se trouve. De deux choses l'une : ou je ne suis pas un bon croyant ou Nkokolani est au-delà de l'attention divine.

Je ne sais pas si Mwanatu me manque davantage en tant que personne ou en tant que messager. C'est l'absence de courrier qui, en vérité, me cause la plus grande privation. Ces jours-ci, le délire de voir le plancher de la maison couvert de papiers m'assaille. En ouvrant la fenêtre, une brise fait tournoyer les pages qui s'envolent et volent au loin. J'observe les champs et ils sont tous tapissés de feuilles de papier. Ce sont des milliers de lettres en un drap ininterrompu, des lettres à perte de vue. Et, au milieu de ces champs, gît un jeune mort qui a tatoué sur le bras les mots suivants : “Amour de mère.” Plus près, on voit que tout son corps est tatoué. En lettres minuscules, il gravera un livre entier. Le mort ressuscite, il reste assis et éveillé. Ce qu'il fait, c'est retranscrire les écrits de sa peau sur le papier. Mais il s'aperçoit aussitôt qu'une vie ne lui suffira pas à transférer les lettres plus nombreuses que les pores de sa peau.

Suis-je devenu fou ? C'est là certainement votre jugement. Et c'est aussi le mien. À cause de cette insanité, je me suis réjoui quand, il y a quelques jours, j'ai reçu la visite de mon ancienne sentinelle. Il venait reprendre son poste de travail ? Je me trompais. Le garçon ne venait pas pour rester. Il ne cherchait qu'un conseil pour une mission sans queue ni tête. Il voulait enterrer l'arme qui lui avait été attribuée. J'en ai profité pour lui demander des nouvelles de sa sœur, la belle Imani. Il m'a répondu qu'il ne savait rien. Il mentait. Il est évident que la jeune fille ne veut pas me voir. Et je respecte ce désir, son désir. Comme j'ai respecté les folles intentions de son frère Mwanatu, faisant semblant de l'écouter et feignant de lui donner des conseils.

Toutefois, cette semaine il s'est passé que j'ai croisé Imani alors que j'achetais du poisson au village. Elle ne m'a pas regardé. Cette attitude ne différait pas de celle qu'elle avait toujours eue. Les yeux baissés, c'est ainsi qu'une femme parle à un homme. Elle ne m'a pas regardé, mais parlé. Et sa question n'aurait pu être plus étrange :

– Vous croyez que je suis une balle ?

Elle a encore répété sa question saugrenue, devant mon incapacité à comprendre. Je l'ai conviée à visiter ensemble la tombe de sa mère. En silence, elle a consenti. À l'arrière de sa maison, nous nous sommes assis tous les deux en silence.

– Des éléphants se promenaient par là, dit-elle en désignant le bois. Maintenant il n'en reste plus aucun. Vous les avez tous tués.

– Nous ?

– Celui qui tue, c'est celui qui tire ou qui ordonne de tuer ? Et je vous demande : tout cet ivoire vous a rendus plus riches ?

– Pas moi, Imani. Pas moi.

Et la fille a poursuivi : Il en sera ainsi quand vous aurez éventré la Terre pour lui voler les minerais. Vous ordonnerez aux noirs de s'empiler les uns sur les autres jusqu'à atteindre la Lune. Et des mineurs txope commenceront l'extraction de l'argent lunaire.

Il y avait dans les mots de la fille un ressentiment affiché. J'avais menti, c'est vrai. Mais il y avait d'autres raisons, bien plus anciennes.

– C'est parce que je suis blanc ? C'est pour ça que tu t'éloignes de moi ?

– La vie est comme une marée.

Je ne suis pas préparé, je l'avoue, à comprendre les allusions métaphoriques qui peuplent les paroles de ces noirs. Imani a une âme presque blanche, mais elle me surprend toujours par ce langage.

– Moi maintenant, dis-je en signe de paix, je comprends mieux ce sentiment amer des nègres contre ceux de ma race.

Et j'ai alors partagé un souvenir que je rapportais de Lisbonne. C'était arrivé la seule fois où mon père m'avait emmené assister à une corrida. À un certain moment, comme le taureau se trouvait fatigué et faiblard, on avait jeté dans l'arène quelques nègres, déguisés avec des plumes et juchés sur de ridicules chevaux en carton. Ce déguisement leur ôtait la mobilité mais renforçait l'aspect caricatural qui exaltait la foule. Le taureau avait foncé sur les pauvres diables et ils avaient tous été terriblement malmenés, à la joie du public qui, jusqu'alors, pestait contre la médiocrité du spectacle.

J'ai levé les yeux vers Imani pour mesurer l'impact de cet épisode. Son visage demeurait imperturbable.

– Ce n'était pas du racisme. Ou peut-être si. La vérité c'est qu'on jetait aussi des Galiciens dans les arènes.

– Les Galiciens sont noirs ?

– Non. Ils sont comme nous.

– Qui ça, nous, sergent Germano ?

Je ne sais pas si j'ai souri, je ne sais même pas si c'était mon intention. Je sais que la fille s'est levée et m'a invité à rester à ses côtés, en silence, près de la tombe de sa mère.

– Votre mère est vivante, sergent ?

Je lui ai répondu que je ne savais pas. Imani m'a regardé longuement dans les yeux et a secoué la tête. Et elle a dit alors que c'était là la réponse la plus triste qu'elle ait jamais entendue.

Et je garde pour la fin de cette missive ce qui m'a le plus bouleversé ces derniers jours. Eh bien, un porteur inconnu est arrivé chez moi, un mulâtre mince aux yeux bleus et fendus comme un poisson. Il venait d'Inhambane et, en plus de la correspondance habituelle, il apportait, imaginez, une lettre de ma mère. Quand il m'a tendu l'enveloppe, je suis resté immobile et abasourdi :

– Une lettre de ma mère ?

Et le garçon a presque dû ouvrir mes doigts pour que je prenne l'enveloppe. Et il s'est excusé : les papiers avaient pris l'eau dans la traversée du fleuve. Je me suis précipité à l'abri dans ma chambre pour lire la lettre lentement et avec plaisir. L'humidité avait taché l'écriture. Mais mes yeux, embués d'émotion, ont vaincu l'illisibilité apparente. Les lignes étaient succinctes et le message vague : elles exprimaient toute la gratitude d'une mère envers son fils qui l'honorait constamment de lettres mélancoliques. J'ai abandonné la lecture avec une absolue certitude : cette lettre ne m'était pas adressée.

Et je suis sorti à la recherche du messager. J'avais mis à disposition les dépendances de Mwanatu pour que ce nouveau coursier puisse se reposer. J'ai interrompu son repos pour lui remettre cette missive erronée.

– Cette lettre n'est pas pour moi !

Le garçon a entrouvert les yeux et s'est recroquevillé de nouveau sur sa natte. Alors seulement je me suis aperçu que je ne m'étais jamais rendu auparavant dans cette chambre minuscule. Et j'ai éprouvé une sorte de regret. Je ne l'avais pas fait, je m'en suis disculpé par la pudeur d'envahir l'intimité d'autrui. Mais moi, en mon for intérieur, je savais qu'il y avait une autre raison.

Je suis retourné dans ma chambre, pressé de vous écrire. Je me suis assis et j'ai commencé, comme je le fais presque toujours, par remplir l'en-tête au nom du destinataire. Votre nom, mon cher José d'Almeida. Et c'est là que je me suis arrêté. Et j'ai pensé aux équivoques à répétition de notre correspondance.

Je n'ai pas compris, par exemple, pourquoi vous m'avez envoyé à moi des copies des lettres adressées par le lieutenant Ayres de Ornelas à sa chère mère. J'ai même pensé, je dois l'avouer, que Votre Excellence avait excédé les limites de la pudeur et de la considération due à ce qui relève du droit de tout un chacun. Mais, désormais, je comprends et salue votre sensibilité raffinée. Votre Excellence a deviné la plus ancienne de mes angoisses, le plus enfoui de mes manques. Et à présent que, la plume en suspens, j'ai arrêté d'écrire votre nom en haut de la page, j'en arrive à la conclusion suivante : je ne peux continuer à faire semblant. Car je sais désormais que ce n'est pas Votre Excellence, le Conseiller Almeida, qui me lit et me répond. Je devrais rayer le nom du destinataire de cette missive pour inscrire à sa place le nom d'Ayres de Ornelas. Car c'est avec vous, cher lieutenant Ornelas, que je parle et à qui, en définitive, j'ai toujours parlé.

Je ne me sens pas blessé par ce malentendu. Au contraire. Je vous prie même, cher lieutenant, de transmettre au Conseiller d'Almeida mes sincères remerciements. Dites-lui combien je suis heureux de cette supercherie. Combien je lui suis reconnaissant d'avoir toujours été Ayres de Ornelas. Et vous, mon cher lieutenant, je vous dis merci de vous être fait passer pour un autre. Plus que tout, je vous remercie de m'avoir aimablement envoyé des lettres destinées à votre chère mère. Vous ne pouvez imaginer combien ces missives m'ont fait du bien, dans ce lointain sertão. Imani avait raison, quand elle m'a fait remarquer que rien n'était plus triste que de ne pas savoir si sa propre mère faisait encore partie de ce monde. Vos lettres m'ont donné l'illusion de parler avec ma mère comme si elle apaisait les douleurs de ce bannissement infernal qui est le mien.

Je suis sûr, à présent, de n'avoir survécu dans ce sertão africain que grâce à la sainte femme qui m'a mis au monde. Et que tous les actes dont je peux m'enorgueillir sont dus à son inspiration. C'est pour elle que j'ai rejoint la révolte républicaine du 31 janvier. Comme si, en voulant tuer le roi, je me vengeais de mon géniteur distant et sévère.

Sur la place de Batalha, c'est à ma mère que j'ai pensé quand les balles ont volé comme des oiseaux en fer, brusques et infimes. Par une étrange et triste ironie, les tirs dirigés contre nous provenaient de l'escalier d'une église de Saint Ildefonso, où la garde municipale était positionnée. Bien que différente, cette église me parut semblable à celle où ma mère disparaissait pour réapparaître avec la légèreté d'un ange.

À mes côtés, mon camarade de chambrée tomba sur les marches. Avec lui s'effondra le drapeau vert et rouge qu'il avait dans les bras. Je me penchai sur le malheureux pour lui prêter secours. On ne voyait de goutte de sang ni sur son corps exposé ni sur son uniforme. Il paraissait seulement avoir trébuché, balbutiant quelque chose d'imperceptible sans jamais fermer la bouche, jusqu'à ce que son regard s'immobilisât, prisonnier d'un lien noir. Ce n'était pas seulement un compagnon de caserne qui mourait. C'était moi qui m'éteignais là. Les larmes que je pleurai à cet instant ne valaient que parce qu'elles me ramenaient dans la chambre de mon enfance.

Et tout ce long voyage qui me fit m'éloigner de chez moi fut, somme toute, un lent et imperceptible retour. Le jour où l'on m'avait laissé à la porte de l'École militaire, j'avais mis du temps à rentrer dans le bâtiment. Je savais que, si je le faisais, une partie de moi mourrait pour toujours. J'étais resté à l'entrée, guettant la rue pour voir si ma mère reviendrait sur ses pas, mue par un sentiment de regret. Mais elle n'était pas revenue.

Des années plus tard, en sortant menotté du jugement des insurgés, j'avais encore cru que, sur le quai où attendaient les proches des inculpés, je serais accueilli par un réconfort maternel. Mais ma mère ne figurait pas parmi les présents.

Je ne sais pas, à cette distance, si elle est toujours vivante. Au-dedans de moi, j'entends encore le chant doux et rauque avec lequel elle me berçait. Et je l'entends dans l'harmonie des marimbas, dans le silence éployé de la savane. Peut-être que ma mère n'a toujours été que cela : une voix douce, un fil ténu de soie suspendant tout le poids de l'univers. C'était ce que j'aurais dû répondre à Imani, quand elle m'a demandé si j'avais des nouvelles de chez moi, au Portugal.

Il aura fallu que je vive parmi des gens noirs et étranges pour me comprendre moi-même. Il aura fallu que je m'étiole dans un endroit sombre et lointain pour comprendre combien j'appartiens encore à ce petit village où je suis né.

Peut-être qu'Imani a raison au sujet des araignées et de leurs toiles qui guérissent le monde et réparent les déchirures de notre âme. Peut-être que moi, pendant cette période d'exil, j'ai pris un goût étrange à inventer des maladies. Ce dont je souffre, cependant, n'est pas du ressort d'un médecin. En vérité, Excellence, je ne suis pas tombé malade en Afrique, comme tous les autres. Je suis malade du Portugal. Ma maladie n'est rien que le déclin et la pourriture de mon pays. Eça de Queiroz a écrit : "Le Portugal est fini." En écrivant ces mots, il dit que les larmes lui sont venues aux yeux. Telle est ma maladie et la vôtre : notre patrie sans avenir, vidée par la cupidité d'une poignée, pliée aux caprices de l'Angleterre.

Cette caserne décrépite n'est pas un mensonge. Moi non plus, je ne suis pas un mensonge. Comme rappelait si bien mon grand-père : on revêt l'uniforme, on dévêt son âme. Si je meurs maintenant, Votre Excellence n'aura pas le désagrément de me renvoyer à la patrie : l'âme nue n'a pas de poids. Je n'aurai pas besoin de voyage. Car il restera un certain souvenir de moi.

Ma mère disait qu'il existait des anges. Et moi, qui étais enfant et avais toute la naïveté du monde, je ne croyais pas en ces créatures célestes. Il y avait en elles quelque chose de triste qui m'empêchait d'y croire. J'ai mis tout ce temps à comprendre cette tristesse. Non qu'il ne puisse y avoir des anges. Peut-être n'y a-t-il pas assez de ciel pour abriter un ange unique.

27
L'envol des mains

> Ce qui est douloureux dans la mort c'est sa fausseté. La mort n'existe que par un très bref échange d'absences. Dans un autre être, le mort renaîtra. Notre douleur c'est que nous ne savons pas être immortels.

– Moi peut-être, dit Germano, j'ai plus perdu ma mère que toi la tienne.

Attentionné, le sergent m'embrassa. Il venait d'arriver chez nous. Il prétendait renouveler ses condoléances, en ce jour où nous évoquions notre mère. J'étais toute seule sur le terrain quand il s'était présenté, accablé.

– Je ne sais pas si je veux vous voir.

Ses mains immobiles sur mes épaules, ce fut comme s'il ne m'avait pas entendue. L'espace d'une seconde, je doutai : était-ce des mains, si dépourvues de poids, était-ce des ailes d'ange ? La seule chose sûre : le Portugais m'étreignit longuement. Jamais auparavant elles ne m'avaient serrée avec cette conviction. Je restai dans ses bras, plus figée qu'une pierre. À cet instant, tous mes quinze ans se blottissaient dans les bras de cet homme. Je trouvai étrange l'immobilité du sergent, comme s'il avait subitement cessé d'exister. Peu à peu, néanmoins, ses mains s'éveillèrent et se mirent à descendre, cartographiant mon dos, naviguant sur mes cuisses. J'étais tellement distante que je ne réagis pas. Quand je voulus protester, je me retrouvai sans voix. D'un coup j'écartai vigoureusement l'étranger. Là, j'étais une balle, une balle capable de traverser les ailes de cet ange. Les yeux rivés au sol, il se retira, tellement fragile que je faillis le rappeler.

Cette nuit-là je me couchai tôt, dans l'attente d'un rêve doux comme une caresse. Mais ce n'est pas cette visite à laquelle j'eus droit. Dans mon rêve il y avait, oui, un immense feu qui incendiait la nuit. Ma mère dansait pieds nus sur les flammes pendant que mon père jouait du marimba. Chaque fois qu'il frappait une touche, une chauve-souris s'échappait du marimba et tournoyait au-dessus de nos têtes. À un certain moment, mame prit dans ses mains un charbon incandescent et le porta à sa bouche pour ensuite l'avaler en entier. Et ainsi, la langue rouge et les lèvres embrasées, elle cria à son mari :

– Le feu ne me fait pas mal. Mon corps ignore la douleur. Et sache pour ta gouverne : je n'ai jamais rien senti quand tu m'as frappée.

Katini continuait à jouer, comme s'il ne l'entendait pas. Et elle tournait autour du feu et du marimba. Le visage tendu, la voix hautaine, elle proclama :

– C'est maintenant que je danse, mari. Je danse maintenant et pas quand tu me l'ordonnes.

Puis elle se fatigua et, entre sueurs et tremblements, elle se blottit à mes côtés. J'essuyai sa sueur, lui donnai à boire. Et je lui racontai que, tous les matins à l'aube, tate laissait un peu de tabac et de farine auprès de l'arbre où elle s'était pendue. Et il restait là des heures, les yeux fixant le néant.

– Je sais, ma fille. Jamais ton père ne m'a autant tenu compagnie.

Et je lui avouai mes manquements intérieurs. Je lui parlai du sergent portugais qui, depuis un temps, me causait nausée et fascination. Comment pouvais-je désirer un homme qui nous avait autant trahis ?

– Tu veux un homme qui ne ment ni ne trahit ? Tu vas mourir célibataire, ma fille.

Tôt le matin, je jetai par terre les vêtements que je portais et sur mon corps en sueur, j'attachai une simple capulana. D'un pas rapide, je me dirigeai vers la caserne. Je trouvai le Portugais sans chemise à cajoler sa vieille poule. Surpris et honteux, Germano se précipita dans la maison pour se rendre présentable. Je lui barrai le chemin et le militaire se cogna à moi. Alors, sensuelle, je lui chuchotai :

– Serrez-moi, sergent. Serrez-moi fort.

L'homme resta muet et immobile. Après un temps, il chercha avec inquiétude s'il y avait un témoin aux alentours.

– S'il te plaît, ma fille…

En silence, je lui pris la main et le conduisis à l'intérieur. Ses pas étaient ceux d'un aveugle, et sans doute pour cela n'avait-il pas remarqué que j'avais laissé tomber ma capulana. Quand il s'aperçut de ma nudité, il trembla tout entier de façon incontrôlée.

– Sergent Germano, je veux être une femme, dis-je en appuyant mes lèvres sur son visage en sueur.

J'attendais une caresse. Mais le militaire était paralysé, scrutant désespérément partout.

– Je suis un marimba, murmurai-je à son oreille. Les hommes qui m'auront jouée vont entendre une musique que personne n'a jamais entendue.

– Je ne peux pas, Imani. Je ne suis pas seul.

Une ombre serpenta sur le sol. Au début, ce n'était pas plus que le froufrou d'une jupe ondoyant. Puis, de la pénombre surgit une femme blanche, avec les cheveux clairs lâchés sur les épaules. Comme un coup, cette vision suscita en moi un vertige. Alors, je me rendis compte : jamais auparavant je n'avais vu une femme d'une autre race. Les blancs que j'avais connus étaient tous des hommes. Honteuse, j'enroulai de nouveau ma capulana. Mes pas en direction de la sortie furent freinés par la visiteuse. Elle était grande et pâle comme le personnage en plâtre de la Vierge Marie qui décorait l'ancienne église de la plage. Sa robe frôlant le sol la rendait encore plus grande.

– Qui c'est celle-là ? demanda-t-elle au Portugais.

– Elle ? Bon, c'est une... une jeune fille qui me rend des services.

– Je vois bien quel genre de services...

– Ne me faites pas rire, Bianca.

L'intruse tourna autour de moi, inspectant mon corps comme seul un homme pourrait le faire.

– Ne crois pas que tu vas t'en aller comme ça, tout simplement, ni plus ni moins, me dit-elle d'un ton sévère. Assieds-toi ici, je reviens tout de suite !

Elle disparut dans le couloir, laissant une empreinte de parfum sucré. Les épaules rentrées, le Portugais me murmura : c'était une amie italienne qui arrivait de Lourenço Marques. Elle s'appelait Bianca Vanzini Marini. On la connaissait comme la "blanche aux mains d'or".

– Appelez-la dona Bianca, me prévint-il.

La visiteuse revint avec un poignard à moitié enveloppé dans un tissu. Je tremblai, terrifiée. À cause de jalousies, j'allais finir là mes jours.

– Ne me faites pas de mal, implorai-je de façon presque inaudible.

Prenant un siège, l'Italienne s'assit derrière ma chaise. Elle déballa le poignard et m'ordonna de redresser la tête tandis qu'elle appuyait ses doigts sur mon cou. Je me mis à pleurer, vidée de mon âme. Ces instants furent une éternité. Puis, lentement, l'intruse se mit à lisser mes cheveux. Et soudain, un peigne métallique sortit du linge. Je souris, soulagée : ce que j'imaginais être un poignard mortifère était, finalement, un objet inoffensif. La femme blanche murmura avec un accent étrange :

– Donnons de l'allure à ces beaux cheveux.

Jamais auparavant on n'avait loué mes cheveux. Au contraire, mon père trouvait que je devais utiliser un foulard pour cacher ce péché incarné par ma chevelure en grappe. Tandis qu'elle me coiffait, l'étrangère dit :

– Ta mère s'est pendue à un arbre. Je suis venue en Afrique pour mourir.

Elle se leva pour mieux travailler. Ses doigts tricotaient dans l'enchevêtrement de mes cheveux crépus. Mon cou, toujours incrédule, demeura tendu tandis qu'elle parlait.

– Je vais te raconter mon histoire. C'est pour ça que je te coiffe. J'ai appris avec les femmes noires qu'il n'y a pas meilleure manière de se faire la conversation.

L'Italienne avait tout à fait raison. Les hommes observent les femmes se tresser les cheveux et croient qu'elles s'occupent uniquement de beauté. Mais elles sont en train d'adoucir le temps.

La première fois qu'elle était venue au Mozambique, dona Bianca était tombée enceinte et son mari s'était enfui, du côté de l'Afrique du Sud, dit-on. Elle était retournée en Italie pour mettre au monde son enfant. Mais, son enfant était mort juste après l'accouchement. Il n'y avait qu'une seule façon d'affronter cette perte : le suicide.

– Je n'ai pas eu le courage d'en finir avec tout. Il m'a manqué la grandeur de ta mère.

Elle s'était alors souvenue qu'il existait un endroit au monde où l'on meurt facilement et rapidement : Lourenço Marques. Ce serait un bon endroit pour mourir. La fin s'accomplirait sans drame, sans décision : la chaleur, la pestilence, les fièvres, les rues sales et pleines de boue, tout cela en finirait avec elle sans qu'elle n'en fût l'auteur.

Voilà comment elle était retournée en Afrique pour mourir. Dans la maison où elle s'était logée, elle avait découvert un album avec des photographies de militaires portugais en vue. L'une de ces photos était celle d'un homme séduisant, en uniforme, avec une élégance virile et affichant sur son visage une étrange mélancolie. C'était Mouzinho de Albuquerque. Pendant un bref instant, l'Italienne avait vu la mort dans le regard du capitaine. Elle avait vu dans ses yeux ce même destin tragique qu'elle cherchait autant en elle. On lui avait dit que le beau capitaine devait embarquer pour le Mozambique. J'attendrai ce jour, avait-elle soupiré en silence. Curieusement, cet homme – qu'elle ne connaissait que par une photographie décolorée – lui avait redonné envie de vivre.

– J'ai l'espoir de le rencontrer dans ce voyage. Pour lui rendre la vie qu'il m'a donnée à moi.

À Lourenço Marques, Bianca avait fait un peu de tout : chapelière, couturière, marchande d'alcool. Et quand il n'y avait eu plus rien à vendre, elle s'était vendue elle-même. Mais c'est au jeu de hasard qu'elle avait fait fortune. Elle avait accumulé assez d'argent pour ne plus travailler et elle était partie le jour même pour Inhambane, où elle irait rendre visite aux Fornasini, italiens comme elle.

Quand Bianca termina son récit, un long soupir de soulagement me parcourut. L'Italienne n'était pas l'épouse de Germano, elle était là comme simple visiteuse. Et je m'enfonçai dans la torpeur que ses mains pâles avaient provoquée.

Loin de la caserne, le désordre s'était converti en chaos généralisé. Les armes émergentes créèrent le sentiment que Nkokolani était cerné depuis les entrailles de la terre. Et on parlait de malédictions, de vengeances, de sorcelleries. La peur est le général le plus puissant. Du ventre de ce caudilho perçaient maintenant les soldats, soucieux d'entendre une voix qui les commande.

Cet après-midi-là, pendant que dona Bianca me coiffait, les habitants du village se réunirent sur la place. Il fallait un chidilo, un grand sacrifice de sang, une célébration adressée à tous les ancêtres. Et ils convinrent que des hommes qui iraient en expédition rendre visite aux territoires plus hauts, au sommet des dunes, près de la mer. Ces terres étaient situées au-delà des premières fortifications pour la protection de la localité. Près de ces khokolo, ils tueraient le chevreau et parleraient avec les esprits des "maîtres de la terre".

– Dans ces parages, il n'y aura pas de cache d'armes, assura tante Rosi. Là, personne ne peut creuser de trou, car c'est là que sont enterrés les premiers maîtres de notre terre.

Musisi marchait aux côtés de son épouse et tous les deux étaient en tête de la multitude immense et effrayée. Armé du vieux Martini-Henry qui avait échappé à l'enterrement, le cipaio Mwanatu marchait sur l'un des flancs. Et il vérifia que tous, sans exception, se faisaient accompagner d'armes: machettes, couteaux, sagaies, arcs et flèches, pistolets, canhangulos. Mwanatu, alarmé, demanda:

– Pourquoi sommes-nous tous armés? On dirait qu'on va à une guerre…

Personne ne répondit. Et le cipaio se laissa distancer comme s'il doutait du sens de cette parade. Et ce fut alors qu'il remarqua notre père marchant en queue du cortège. Mwanatu n'aurait jamais imaginé que Katini Nsambe se joindrait à cette masse bruyante. Il salua son géniteur, d'un geste contenu.

Sur le point d'accélérer le pas pour s'éloigner de cette vision insolite, il vit l'oncle Musisi s'approcher et entendit son inquiétude étranglée:

– Tu as reçu l'ordre d'enterrer toutes les armes?

Sans jamais cesser de marcher, Mwanatu fit un signe d'assentiment. C'est la défunte qui l'a ordonné, dit-il.

– Eh bien nous devrons aussi éliminer les armes des Portugais, commenta mon oncle.

En formation militaire, la caravane des villageois traversa le fleuve et s'enfonça dans les bois sur l'autre berge. Les nuages, ce jour-là, étaient si bas que les guerriers durent se baisser pour ne pas égarer leur corps.

Plus loin, les hommes s'arrêtèrent à l'orée d'un petit bois. Avant d'ouvrir le trou, ils attachèrent un tissu blanc au tronc d'une mafurreira et versèrent quelques gouttes d'eau-de-vie sur le sable blanc. De cette manière, les défunts savaient que l'on se souvenait d'eux.

Et ils se dressèrent d'un seul coup pour, au rythme d'un air viril, s'appliquer à déchirer le sol. Soudain, des viscères de la terre surgit la vision étonnante : un énorme dépôt d'armes étincela au soleil et fit reculer, terrifiés, les hommes qui jetèrent au loin pelles et pioches. Les bras ouverts, tante Rosi invoqua à la hâte les ancêtres et leur demanda l'immunité contre les vengeances et les mauvais sorts.

La première appréhension passée, les hommes guettèrent la fosse. Là s'entassait du matériel guerrier d'une variété jamais vue : des canons, des mitrailleuses, des fusils et des munitions en tout genre, la plupart encore dans des caisses pourries.

Oncle Musisi grimpa sur une termitière et, hautain, il regarda la foule. Sa voix rauque plana sur le silence :

– C'est triste ce qui nous arrive, mes frères. Nous avons peur des étrangers qui viennent de loin pour nous dominer ? Eh bien, ayons plus peur de nous-mêmes, qui sommes en train de perdre notre âme elle-même.

Ce fut alors que mon père ce détacha du groupe de gens et affronta Musisi.

– Mon beau-frère, les gens veulent la paix.

– La paix ? Alors laissez ces cachettes en paix. Si la terre est truffée d'armes, c'est encore mieux. Les fusils rapportent plus que les bêches.

– Retournons à Nkokolani, mes frères…

– Nkokolani n'est plus à nous.

– Mon frère…

– Ne m'appelle plus jamais mon frère, tu es le frère des blancs…

Mon père baissa la tête mais ne se retira pas. Il avait quelque chose d'autre à dire. Et il proclama à haute voix :

– J'ai l'explication de tout ce qui est en train d'arriver.

L'explication était simple : la Terre est un ventre. Ce qui se niche en elle se doit d'être engendré et multiplié. Et quand on avait déposé les armes dans le sol, la Terre avait cru qu'il s'agissait de graines et avait fait en sorte que ces matériaux germent et prolifèrent comme si c'étaient des plantes. Ce fut ainsi que parla Katini Nsambe, perché en déséquilibre sur un tronc abattu.

– La Terre est confuse, mes frères, ajouta-t-il. J'ai marché à l'intérieur d'elle et je sais de quoi je parle. Ma défunte femme a dit qu'il faut enterrer toutes les armes. C'est cela que nous devons faire.

Sans attendre la réaction de ceux qui écoutaient, mon père descendit de son estrade improvisée pour disparaître dans la foule. Mon oncle savoura le retrait de son adversaire et laissa grandir un silence. Puis, seulement, il reprit la parole pour montrer que les derniers mots lui appartenaient :

– Écoutez mes ordres : personne ne doit plus ouvrir de trou. Et personne ne doit retirer aucune arme des fosses que vous avez ouvertes par là inutilement.

Car lui, Musisi, était le seul en qui les défunts avaient confiance. Les défunts se plaignaient combien ils se sentaient oubliés et abandonnés. Et ils réclamaient instamment de ne pas être désarmés.

– On doit les laisser avec les armes, poursuivit Musisi. C'est cela qu'ils nous demandent : que ces fosses soient rebouchées avec tout ce qu'il y avait à l'intérieur. Vous avez entendu ?

Les présents regardaient par terre avec un recueillement respectueux. Mon frère Mwanatu, sans que nul ne s'en aperçût, contourna la multitude pour se placer près de la termitière. Alors tous comprirent que le neveu était désormais le garde du corps de Musisi.

– Quand la prochaine guerre viendra, les morts seront mon unique armée. Vous voulez qu'il en soit ainsi ?

Et tous, à l'unisson, répondirent que non. Exalté, mon oncle leva le bras comme si c'était un drapeau et proclama : Alors, mes frères, allons à la caserne du Portugais et retirons-en toutes les armes. Ces armes doivent passer entre nos mains. Puisqu'ils ne nous défendent pas, nous devrons le faire nous-mêmes.

De retour au village, les paysans furent retenus par les femmes qui se rassemblaient sur la place. Un brouhaha de protestations parcourait cette autre foule. Une femme, la plus forte, fut la première à réclamer :

– Il ne reste plus de terre où nous puissions semer. On va partir d'ici sinon nous mourrons.

– Les armes semées sont tellement nombreuses que la pluie et le fleuve sont pleins de rouille, ajouta une autre.

– Et pire encore, vociféra une troisième, maintenant on ne peut même plus mourir. Où irait-on nous enterrer ?

Et le message divin était, selon elles, bien clair : il ne leur restait qu'à émigrer. Il est des endroits où les gens ont dû quitter la terre. À Nkokolani, c'est la terre qui a quitté les hommes.

Oncle Musisi, qui avait écouté tout cela en silence, poussa les femmes devant lui tandis qu'il encourageait ses compagnons de marche : On est des femmes, nous ? On va se laisser arrêter par ces pleurnicheries, cette parlote à ramollir les pierres ? Marchons, mes frères, marchons sur cette caserne et allons récupérer, enfin, les armes qui nous appartiennent.

Le sergent de Melo regarda vers la place pour témoigner de la plus grande terreur de n'importe quel Européen : voir naître du sol, comme des fourmis sombres, des milliers de noirs armés avançant avec la furie d'une brusque tempête. Et c'était ce qui surgissait devant ses yeux bleus, soudainement verts de peur. Les troupes étaient encore loin, mais il s'empressa de construire ses défenses. Il courut vers le dépôt de munitions obsolète pour en retirer la seule arme qui fonctionnait encore : une mitrailleuse et quelques bandes de balles. Il barricada les portes avec de lourdes caisses de balles et fit de même avec les fenêtres.

Puis il courut vers la maison. Il trouva étrange de voir la porte ouverte et prit peur en tombant sur l'Italienne et moi dans la pièce, guettant à l'extérieur par les volets en bois.

– Vous avez vu ce qui arrive ? Je suis perdu.

– Je venais vous prévenir, m'expliquai-je.

– Eh bien tu es arrivée trop tard, maintenant Dieu seul peut me défendre. Attendez-moi ici, ne bougez pas. Je vais à l'intérieur chercher la Bible…

Il courut comme un dératé dans la chambre écrasant presque la poule et j'entendis encore le bruit sourd de son corps s'écrouler par terre. Je me précipitai à son secours. Le sergent avait trébuché sur une chèvre qui errait dans la maison. À quatre pattes, le Portugais mit son nez contre le museau de la bête. Il s'aperçut alors que de la bouche du caprin émergeait une pâte blanchâtre. De force, Germano ouvrit les mâchoires du ruminant pour exhiber ensuite, au creux de ses mains, les restes broyés d'un livre.

– C'est la Bible, se lamenta-t-il. La putain de chèvre a mangé la Bible.

Elle avait été mâchonnée. Plus que mâchonnée, elle avait été ruminée. La parole divine, celle qu'il cherchait avec autant d'urgence, avait été triturée par une chèvre. Je cherchai par terre ce qui pourrait encore rester des Saintes Écritures, tandis que Germano s'empressait de jeter un œil à la fenêtre. Je récupérai quelques pages et je les présentai devant le regard halluciné du sergent.

– Il reste encore ça, annonçai-je, craintivement.

Des feuilles mouillées tombèrent sur le plancher. Le militaire les toucha encore du bout des doigts. Mais il se redressa aussitôt et chassa la chèvre dehors à coups de pied. Sur le seuil, il tira un coup de feu qui lui broya la tête. Une corne fut projetée violemment dans la pièce et tournoya sur le sol comme si elle était vivante.

Le sergent s'occupa alors d'installer près de la fenêtre la mitrailleuse qu'il avait prise dans le dépôt. Écartez-vous, allez toutes les deux dans la chambre, ordonna-t-il d'une voix méconnaissable. Je n'obéis pas. Je remarquai comment, avec l'arme déjà chargée, le Portugais visait la foule qui s'approchait bruyamment. Et je vis que, en tête de foule, se trouvait mon frère Mwanatu. Je criai :

– Sergent Germano ! Ne faites pas ça !

Il ne répondit pas. Il tourna le canon de l'arme vers moi et son regard affichait son intention. Il me tirerait dessus si je le détournais de ses desseins obsessionnels. Sur le mur, je pris le Martini-Henry qui y avait toujours été accroché. Quand j'appelai son nom à nouveau, le sergent avait déjà tiré. Il me regarda d'abord à la dérobée. Puis, son incrédulité n'eut pas de limites. Il eut juste le temps de mettre les mains devant son visage et le coup de feu retentit, mon corps fut projeté en arrière et le fracas me rendit sourde.

28

Dernière lettre du sergent

Inharrime, le 3 juillet 1895
Votre Excellence Monsieur le Lieutenant Ayres de Ornelas,

Excellence, vous allez trouver cette calligraphie étrange. Mais c'est votre humble esclave, le sergent Germano de Melo, qui écrit, ou plutôt, qui fait écrire. C'est l'écriture d'Imani et, s'il devait encore y avoir d'autres lettres, c'est elle qui les rédigera en obéissant à la dictée de ma voix. La raison en est simple : l'épouvante qui m'a si souvent saisi est à présent devenue réalité. Je n'ai plus de mains, elles se sont envolées toutes les deux comme les ailes d'un ange, déchirées par une balle tirée à bout portant. Celle qui a tiré sur moi, c'est la femme qui occupe mon cœur, celle qui, très souvent, m'a rendu les mains que, dans un délire, je tenais pour manquantes. Si je réchappe de cette très grave blessure, je ferai concurrence à Silva le Manchot, le déserteur qui a fini transformé en héros. Peut-être me graciera-t-on et pourrai-je chevaucher fringant dans les rues de Lourenço Marques. Peut-être m'érigera-t-on une statue sur le Terreiro do Paço. Celle-là oui, différente de toutes les autres qui exposent le corps en son entier, sans la moindre amputation.

Quand le coup de feu fatidique s'est produit, j'ai perdu connaissance. Et en revenant à moi, on me transportait dans les bras vers une pirogue spacieuse. Katini, le père d'Imani, et Mwanatu, son frère fidèle, éloignaient l'embarcation loin de Nkokolani. Ils ramaient contre le temps, ils ramaient contre le courant. Assises derrière dans la pirogue, Bianca et Imani s'occupaient des soins infirmiers.

On se dirigeait vers la maison de l'unique médecin de la région, un Suisse appelé Liengme. Le médecin tenait un hôpital de campagne à la source du fleuve Inharrime et, bien qu'il fût un adversaire du Portugal, c'était le dernier espoir de me sauver. Étendu au fond de la pirogue, des silhouettes se découpant dans l'intense clair de lune surgissaient au-dessus de moi tandis que j'entendais des voix, atténuées d'abord, plus nettes ensuite. De temps en temps, une silhouette se penchait sur moi : c'était Bianca qui changeait mes bandages improvisés et nettoyait mes blessures qu'elle n'osait pas regarder. Le fleuve avait l'air d'un miroir d'argent et à cette heure déjà les hippopotames étaient sortis de l'eau pour brouter sur les berges.

Brusquement, un éclair rouge a surgi à l'horizon : un immense feu s'allumait, quelque part dans le ventre de la nuit.

– On nous a vus, a affirmé Katini.

Ce feu était le signal qu'un village transmettait à d'autres pour informer de l'arrivée des blancs.

– Et ces blancs, c'est nous ? ai-je demandé.

– Oui. Ils croient que c'est une embarcation militaire et qu'on transporte des armes...

Nous avons vu ensuite que ce n'était pas un feu d'alerte. Car immédiatement après, une puissante explosion a retenti au cœur rougeoyant du feu. Les flammes ont grimpé tellement haut qu'elles ont illuminé toute la prairie. La pirogue s'est arrêtée sur la berge, dissimulée par un bois épais. C'est alors que Bianca a sauté brusquement sur le bord et s'est mise à courir dans le désert illuminé, attirée comme un papillon par ces lumières capricieuses. Je me suis assis dans le bateau pour mieux discerner cette vision étonnante et témoigner de la folie de l'Italienne se livrant au terrifiant incendie. Nous lui avons crié de ne pas s'éloigner, nous l'avons suppliée de revenir. Mais elle a poursuivi, démente, dans cette course hallucinée. En hurlant, Katini a donné l'ordre à sa fille d'aller la chercher.

D'abord hésitante, Imani a fini par se lancer sur les traces de l'Italienne insensée. Jusqu'à ce que soudain, un fracas d'orage explose et un tourbillon de poussière et de fumée nous enveloppe. Et c'est alors que, comme une apparition venue des entrailles de la nuit, les chevaux ont surgi. Ils avançaient au galop, affolés et désordonnés, les crinières éclairées par les étincelles, les yeux éblouis par l'éclat de l'incendie. Ils nous ont croisés telles des créatures ailées de l'apocalypse. Et ils ont disparu. Nous avons entendu, encore un temps, le bruit des sabots s'enfoncer dans l'obscurité.

Puis, nous avons perçu des voix humaines. Quelqu'un criait en portugais. Jusqu'à ce que du noir émerge la figure d'un militaire qui, ignorant notre présence, s'est occupé de scruter l'obscurité qui avait englouti les chevaux effrayés. Le visage illuminé, dona Bianca a contemplé fixement l'inconnu pour, de façon inattendue, s'agenouiller devant lui, les mains jointes comme si elle était devant une entité divine :

– Capitaine Mouzinho ! Je ne peux pas y croire !

– Et vous, qui êtes-vous ?

– Je suis Bianca, je suis celle qui est née pour vous rencontrer.

– Ici, ce n'est pas un endroit pour une femme. Comment avez-vous atterri ici ? a demandé le capitaine.

Nous écoutions à distance ce dialogue stupéfiant et aujourd'hui encore, j'en garde une grande incrédulité. La vérité est que Mouzinho, ou qui que soit mon compatriote, a posé un instant les yeux sur Imani cherchant, qui sait, une explication à l'apparition de cette femme blanche. Le visage du capitaine était un masque : l'appréhension ne faisait pas bouger un muscle. Il paraissait serein mais, aux dires d'Imani, son regard était celui des bêtes face au feu. Et il a aussitôt cessé de faire attention à ces deux femmes pour transmettre des ordres aux soldats qui l'entouraient maintenant :

– Attention, car autour d'ici peuvent se cacher des ennemis. Ce feu peut être une ruse, une embuscade des maudits Vátuas.

L'intense lumière rouge a accentué la pâleur des militaires blancs, tandis qu'ils scrutaient dans l'obscurité la confirmation de leurs peurs profondes. Puis ils sont partis précipitamment. Ensemble avec leur commandant, ils se sont enfoncés dans le noir de la nuit.

Par la main d'Imani, l'amie Bianca est retournée au bateau comme si elle était dans un état cathartique. La jeune négresse avait entendu un des soldats expliquer ce qui s'était passé : un incendie avait détruit le campement des Portugais, faisant exploser les munitions et fuir la cavalerie. Ce feu très grave, dit Imani, n'était rien comparé à la peur qui fulgurait dans les yeux des soldats. C'était une peur séculaire. Et elle confirmait en chaque silhouette de très anciens monstres. Déjà le feu s'éteignait. Mais les monstres dévoraient encore l'âme des jeunes militaires.

Bianca était muette, pétrifiée. Elle obéit à nos ordres de se cacher, comme nous tous, dans le ventre de la pirogue. Et nous avons avancé, ramant en silence, afin de ne pas être la cible des soldats terrifiés. Épouvantés comme ils l'étaient, ils auraient criblé de balles notre pauvre embarcation.

Je me suis recouché dans le fond froid de la pirogue, tremblant de douleurs et sous le choc. Je m'étais vu moi-même dans le regard apeuré des chevaux. Un fleuve galopait en moi et, peu à peu, je me suis enfoncé dans ce trouble profond où tout sol est eau.

29
La route d'eau

> J'ai connu des fleuves :
> J'ai connu des fleuves anciens comme le monde et plus âgés que le flux du sang humain dans les veines des humains.
> Mon âme s'est faite profonde comme les fleuves.
> [...]
> J'ai connu des fleuves :
> Des fleuves anciens, et sombres.
> Mon âme s'est faite profonde comme les fleuves.
>
> Vers extraits du poème "Le nègre parle des fleuves" de Langston Hughes*

À la proue de la pirogue, mon père et mon frère ramaient vigoureusement, se relayant pour vaincre le courant. Dans le ventre du petit bateau se trouvait le sergent étendu. Ce qui restait de ses bras était enveloppé dans des chiffons ensanglantés. La disparition de ses mains – qui était auparavant une hallucination – était à présent devenue réalité. Le sergent ne posera plus jamais le regard sur ses propres doigts.

Le sang s'accumula en une flaque et chaque goutte tombait sur ma culpabilité. Sur moi qui, si souvent, lui avais rendu tout son corps, retombait le péché d'avoir fait s'envoler ses mains.

Avec nous suivait l'Italienne Bianca. De temps à autre, la femme détachait les chiffons du sergent gémissant et les plongeait dans les eaux du fleuve. Une tache rougissait les eaux de l'Inharrime.

– Tu connais l'histoire de ce fleuve ? me demanda l'Européenne.

Et sans attendre ma réponse, elle dit que Vasco de Gama, lui, l'avait déjà nommé, le fleuve du Cuivre. Et on lui avait déjà confié que, sur la rive sud, le roi de Gaza avait enterré une fortune en

* Traduits à quatre mains à partir de l'original anglais avec Omónladé Sylvia Sika.

livres d'or. Eh bien, ni cuivre ni or : la seule chose qu'il y a par ici, ce sont des herbes et des pierres. Ainsi parla Bianca pour se demander juste après :

– Pour quelle raison s'obstine-t-on à donner un nom aux choses qui n'ont pas de maître ? Et dis-moi, ma chère : pourquoi diable s'est-on souvenu de me traiter de "femme aux mains d'or" ?

Je cessai de l'écouter. Et me laissai sombrer devant le sentiment qui m'ôtait la respiration depuis que, des heures auparavant, j'avais tiré sur le sergent Germano. Je savais que je l'avais fait pour sauver mon frère. Mais cette raison n'était pas suffisante pour affronter la souffrance que je vis estampillée sur son visage. Depuis que j'étais entrée dans la pirogue, je n'avais cessé de le contempler comme si ce regard, mon regard, le soulageait, ses peines douloureuses partagées en deux âmes.

Les bras du sergent devinrent de plus en plus violacés. C'était une coloration étrange, ponctuée par la poudre qui l'avait embrasé. Déjà son visage avait pris un ton bleuté. Il semblait ne pas y avoir de frontière entre le bleu de ses yeux, le bleu de sa peau et le bleu du fleuve. L'homme gémissait la bouche ouverte. L'Italienne dit qu'il appelait mon nom. Je choisis de l'ignorer. J'eus peur qu'il ne me demande de confirmer l'existence de ses mains, maintenant qu'il les avait définitivement perdues. Mais à un certain moment, je dus me pencher sur son visage agonisant. Il me sembla entendre qu'il voulait me dicter une lettre, une lettre urgente pour "Monsieur l'Excellence".

Le voyage fut interrompu par un incident extrêmement étrange. Sur la rive gauche du fleuve, un gigantesque incendie propagea assez de lumière et de feu pour que la nuit se fasse jour. L'Italienne quitta le bateau et se mit à courir, démente. Quand j'allai la chercher, nous tombâmes sur des soldats portugais qui poursuivaient des chevaux qui s'étaient sauvés à la débandade.

En revenant à la pirogue, l'Italienne était très perturbée et répétait sans arrêt : "Je l'ai vu, je l'ai vu !" Mon père la fit taire car il craignait que les militaires, inquiets, nous prennent pour une cible ennemie.

Et on rama silencieusement jusqu'au lever du jour. Ces événements étranges m'avaient distraite. Au lever du soleil, je fus à nouveau assaillie par la culpabilité et, sans que je m'en aperçoive, des larmes épaisses coulèrent sur mon visage.

– Ne pleure pas, Imani, me pria Bianca.

– Laissez-la pleurer, madame, coupa mon père. Ces larmes ne sont pas à elle.

Et Bianca sourit avec condescendance. Elle était revenue à elle, comme si elle ne gardait pas le souvenir des événements de la nuit précédente. Elle était, oui, plus abattue et ses gestes plus secs et contenus. Depuis qu'elle était revenue à la pirogue et s'était remise de ses délires, l'Italienne rendait justice au surnom dont on avait doré ses mains : elle jouait rigoureusement son rôle d'infirmière. Et elle adoptait une distance froide, lui disant en guise de consolation :

– Il y a deux ou trois doigts qu'on peut encore sauver.

– Au diable les doigts, grommela Germano. Je suis mort, ma chère amie. Je suis déjà mort.

– Allons bon, Germano, c'est vous qui m'enterrerez moi.

– J'aime ton accent, Bianca, continue de parler, ne t'arrête pas de parler.

Les erreurs de prononciation de l'Italienne rendaient la langue portugaise plus douce. Elle ouvrait les voyelles des mots, arrondissait les arêtes des consonnes. Elle aurait certainement été recalée aux examens du père Rudolfo. Cette dualité de critères était là patente. Les blancs peuvent parler de diverses façons : on dit qu'ils ont des accents. À nous seuls, les noirs, il n'est pas permis un autre accent. Il ne suffit pas qu'on parle la langue des autres. On doit, dans cet autre idiome, cesser d'être nous.

Il y a beaucoup de choses que Bianca ignore. Elle ne comprend pas mon père, quand il dit que mes larmes ne m'appartiennent pas. Ces larmes appartiennent à un fleuve intérieur qui déborde de nos yeux. Nous savons, à Nkokolani, ce qui ne peut pas s'expliquer dans une autre langue. Nous savons, par exemple, comment mes petites sœurs ont été emmenées par la crue. Ma mère a pleuré, toutes les nuits elle a pleuré. Aucune larme ne les a ramenées. Lasse de pleurer, notre mère a voyagé vers la source de tous les fleuves. Cette source n'est pas un lieu auquel on donne un nom. C'est le premier ventre, là où s'enroulent ceux qui arrivent et ceux qui partent. Tout cela, l'Italienne l'ignore.

Quand elle voyage sur un fleuve, dona Bianca voit le Temps. Dans le défilé du courant, elle contemple ce qui ne revient jamais. Or pour nous, le temps est une goutte d'eau : il naît dans les nuages, entre dans les fleuves et les mers et retombe dans la pluie d'après. L'embouchure du fleuve est la source de la mer.

L'Italienne a parlé des noms que le fleuve portait. Quand elle les a énoncés, je me suis sentie gênée. Car elle parlait comme si les eaux de l'Inharrime lui appartenaient. La vérité c'est que Bianca est loin de savoir comment sont nés ces fleuves. Elle était trop occupée à leur donner des noms et leur histoire lui a échappé. L'Italienne ne sait pas qu'au commencement de tout, quand la terre n'avait pas encore de maîtres, les fleuves et les nuages couraient sous la terre. Le démon arriva et enfonça son doigt dans le sable. Son ongle long fourragea dans les profondeurs. Il cherchait des pierres qui brilleraient à la lumière du soleil. Nos mères demandèrent aux dieux de protéger les étoiles qu'elles avaient cachées sous le sable. Elles demandèrent que le diable cessât d'arracher les minerais brillants et renonçât à les livrer à la cupidité de ceux désirant s'enrichir. Mais le diable ne renonça pas. Parce qu'il avait, parmi les puissants, quelqu'un qui priait pour lui. Et ses ongles se cassèrent et ses doigts maigres et longs saignèrent. Pour la première fois, dans le ventre de la Terre, le sang contaminé du démon se coagula. Les richesses du sous-sol étaient maudites. Les nuages et les fleuves abandonnèrent le ventre de la planète pour échapper à cette malédiction. Et ils se firent les veines et les cheveux de la Terre.

Voilà l'histoire des fleuves. Ils pourront voler leur eau jusqu'à ce qu'ils s'assèchent. Mais ils ne voleront pas leur histoire. Maintenant je comprends : j'ai appris à écrire pour mieux conter ce que j'ai vécu. Et par ce récit, je raconte l'histoire de ceux qui n'ont pas d'écrit. Je fais comme mon père : dans la poussière et la cendre, j'écris les noms de ceux qui sont morts. Afin qu'ils renaissent des traces que nous laissons.

C'est étrange comment les séparations réduisent la taille du Temps. Mes quinze ans me traversent dans l'éclat d'un instant. Ma mère a maintenant un corps d'enfant. Et elle va rapetissant jusqu'à être de la taille d'un fruit. Et elle me dit : Avant même que tu naisses, avant que tu ne voies la lumière, tu avais déjà connu les fleuves et les mers.

Livre Deux

L'ÉPÉE ET LA SAGAIE

L'auteur remercie Afonso Dambile.

L'empereur

Ils l'ont emmené au-delà de la mer,
là où les corps se font pareils aux coraux.
Ainsi a-t-il oublié
les os qui lui pesaient.

Il n'a pas foulé la plage
lorsqu'il est parti.

Une vague le ramènera, ont-ils dit.
Les uns ont tremblé, désarmés.
D'autres ont soupiré, soulagés.

Ils ont mis du sel sur son nom
afin que nous crachions sur sa mémoire.

Mais la salive
est restée coincée dans la gorge.

En cet exilé
Nous nous éloignions
de qui nous étions.

Ce mort
C'était nous.

Et sans lui
nous naîtrions
moins seuls.

1
Eaux sombres

> Je ne dirai :
> Que le silence me suffoque et me bâillonne.
>
> Muet je suis, muet je resterai,
> Car la langue que je parle est d'une autre race.
>
> José Saramago, *Poème à bouche fermée**

Tout commence toujours par un adieu. Cette histoire débute par une fin : celle de mon adolescence. À quinze ans, sur une petite pirogue, je laissais derrière moi mon village et mon passé. Quelque chose pourtant me disait que plus loin je retrouverais d'anciennes amertumes. La pirogue m'éloignait de Nkokolani mais ramenait plus près mes morts.

Voilà deux jours que nous avions quitté Nkokolani, remontant jusqu'à la source du fleuve en direction de Mandhlakazi, une terre que les Portugais appelaient Manjacaze.

Sans relâche, les rames fendaient le fleuve. Et il le fallait : il était impératif de nous presser à Mandhlakazi où travaillait le missionnaire Georges Liengme. Les protestants suisses avaient choisi avec discernement un endroit pour construire l'hôpital : auprès de la cour de l'empereur Ngungunyane et loin des autorités portugaises.

Le remords m'accabla pendant tout le voyage. Le coup de feu avait détruit une bonne partie des mains du Portugais, ces mêmes mains que j'avais si souvent aidées à renaître des délires qui l'affligeaient. Les doigts virils dont j'avais tant rêvé s'étaient évaporés.

Pendant tout le trajet, je gardai mes pieds plongés dans le fond trempé de la pirogue, où l'eau s'était teintée de rouge. On meurt parce qu'on perd du sang, dit-on. C'est l'inverse. On meurt noyé en lui.

---

* Traduction de Nicole Siganos in *Les Poèmes possibles*, Montfrin-sur-Gardon, Éditions Jacques Brémond, 1998.

Notre bateau progressait avec le lent silence d'un indolent crocodile. Les eaux de l'Inharrime étaient si immobiles qu'il me sembla un instant que ce n'était pas la pirogue mais le fleuve lui-même qui flottait. La natte argentée que nous laissions derrière nous serpentait comme un liseré d'eau entre les terres des Vatxopi. Je me penchai pour guetter les reflets onduleux sur le sable du lit, infatigables papillons de lumière.

– Ce sont les ombres de l'eau, dit mon père, posant la rame sur ses épaules.

Il reposait ses bras sur ce poteau improvisé. Mon frère Mwanatu plongea les mains dans l'eau et, roulant sa langue, il proféra une mixture de sons que je traduisis ainsi :

– Le petit frère dit que ce fleuve s'appelle Nyadhimi. Ce sont les Portugais qui ont changé son nom.

Mon père, Katini Nsambe, sourit, condescendant. Il avait une autre interprétation. Les Portugais étaient, disait-il, en train de civiliser notre langue. D'ailleurs, on ne pouvait pas réclamer la pureté à celui qui baptise les eaux. Car même nous, les Vatxopi, nous changeons de nom au cours de la vie. Cela s'était produit avec moi en passant de Layeluane à Imani. Sans parler de mon frère Mwanatu, sur lequel ils avaient versé des eaux sacrées pour le laver de ses trois noms précédents. Trois fois ils l'avaient baptisé : à la première naissance, du "nom des os", qui le liait aux ancêtres ; du "nom de la circoncision", quand on le soumit aux rites d'initiation ; et du "nom des blancs", attribué à son entrée à l'école.

Et mon père revint sur le sujet : pourquoi, s'agissant d'un cours d'eau, acceptions-nous si difficilement la volonté des Portugais ? Pour le fleuve Inharrime, conclut-il, ils avaient inventé deux noms car deux eaux coulaient dans un même lit. Ils se relayaient, à tour de rôle, selon les lumières : un fleuve diurne, un autre nocturne. Et ils ne coulaient jamais ensemble.

– Ça a toujours été comme ça, chacun son tour. Maintenant c'est à cause de la guerre que les eaux se confondent.

À l'endroit où affluent l'Inharrime et le Nhamuende, il existe une petite île couverte d'arbres et de rochers. Nous fîmes halte là. Mon père nous donna l'ordre de quitter le bateau. Je n'attendis pas que la pirogue touche la rive. Je plongeai dans les eaux tièdes, laissai le fleuve m'étreindre et le courant m'entraîner. Les paroles de Chikazi Makwakwa, ma défunte mère, me revinrent en mémoire :

– Dans l'eau, je suis oiseau.

On dit des morts qu'ils sont ensevelis. Mais jamais personne n'enterre leur voix. Les paroles de ma mère demeuraient vivantes. Il y a quelques mois, elle s'était jetée d'un arbre, n'utilisant que son seul poids pour se suicider. Elle était restée pendue à une corde, se balançant comme un éternel cœur nocturne.

L'île où nous nous arrêtâmes servait non seulement de halte mais aussi de refuge. Autour de nous la guerre faisait brûler le monde. Soutenu par Bianca, son amie italienne, le Portugais réclama un endroit à l'ombre. On lui dit, délicatement, que le soleil s'était caché depuis longtemps. Il fit quelques pas, puis tomba à genoux.

– C'est elle qui m'a tué, cria-t-il, en me pointant du doigt. C'est elle, cette pute.

Qu'il épargnât ses forces, lui recommanda-t-on. L'Italienne lui donna à boire et, de sa main pleine d'eau, elle lui rafraîchit le visage. À mon étonnement, Bianca prit ma défense. De façon convaincante, elle argumenta : ce n'était pas moi qui avais tiré le projectile fatal, mais les noirs qui avaient attaqué la caserne. Le Portugais maintint son accusation, inébranlable : c'était moi l'auteur du crime, il se tenait juste devant moi. Et l'Italienne riposta : j'avais tiré, c'est vrai, mais la cible était tout autre. Et elle ajouta : sans ce coup de feu, le sergent ne ferait plus partie du monde des vivants, massacré par la foule en furie.

– Imani t'a sauvé. Tu dois lui en être reconnaissant.

– Il aurait mieux valu qu'on me tire dessus une deuxième fois, en visant juste.

Et aussitôt sa parole devint pâteuse, la fièvre s'emparant de son âme. Bianca l'aida à s'allonger. Puis elle me fit signe de prendre sa place. J'hésitai. J'entendis la prière, presque exsangue, de Germano :

– Viens, Imani. Viens ici.

Contrariée, j'obéis tandis que Bianca s'éloignait. La respiration bruyante du Portugais taisait la rumeur du fleuve. De ma besace, je retirai un vieux cahier que je déposai sur le sol en guise d'oreiller. Voilà longtemps que le sergent se passait de traversin.

C'était peut-être sa vieille bible effritée ou des feuilles arrachées au cahier qu'il utilisait pour écrire. La vérité est qu'un simple papier accommodait son sommeil.

Mais cette fois il rejeta l'oreiller improvisé. Il me regarda bizarrement et il grommela, déclarant qu'il ne voulait pas de moi à ses côtés. Alors que j'étais sur le point de me retirer, il agita violemment les pieds comme font les enfants contrariés. "Reste avec moi", demanda-t-il. À nouveau j'obéis. Et l'homme appuya sa tête sur mes jambes.

Immobile, presque sans respirer, je le laissai me contempler. J'imaginais ses yeux fébriles se poser sur ma poitrine, sur mon cou, sur mes lèvres. Jusqu'à ce qu'il balbutiât quelque chose de presque inintelligible :

– Donne-moi un baiser, Imani. Donne-moi un baiser, je veux mourir. Mourir sur ta bouche.

Pendant des années, cela s'était passé ainsi : en pleine saison sèche, mon grand-père semait des graines de maïs, par trois, sur le sol racorni et mort. Grand-mère l'appelait à la raison comme si raison il pouvait y avoir dans une vie qui est plus aride que le désert. Et le mari répondait :

– C'est la pluie que je suis en train de semer.

Excellent joueur de marimba, mon père ne s'était jamais consacré aux travaux des champs. À présent, sur la petite île où nous nous reposions, ses doigts faisaient ce qu'ils avaient toujours fait : ils tambourinaient le sable comme si, en tout, il voyait des touches sonores. Mais c'était une musique composée uniquement de silence, un message désespéré pour quelqu'un qui, sur la rive du fleuve, saurait écouter le sol.

Mais déjà plus personne n'écoutait la terre : dans toute la région, des soldats du Portugal et de Ngungunyane se préparaient au combat final. Ce n'était pas la victoire qui les motivait le plus. Mais ce qui s'ensuivrait. La disparition magique de ceux qui auparavant avaient été les ennemis, la rectification d'une erreur dans l'œuvre divine. Mon grand-père plantait d'impossibles semences. Mon père berçait de ses doigts le sommeil de ceux qui, dans la terre, dorment.

Telle était la triste ironie de notre époque : tandis que, désespérés, nous cherchions à sauver un soldat blanc, un abattoir pour des milliers d'êtres humains s'était installé à quelques kilomètres de là. Au carrefour de ces rancœurs aveugles, nous, les Vatxopi, étions les plus vulnérables. Ngungunyane avait juré d'exterminer ceux de notre race comme si nous étions des bêtes que Dieu se repentait d'avoir créées. Notre protection était aux mains des Portugais, mais ce soutien dépendait des accords provisoires entre le Portugal et les Vanguni.

Le sergent Germano de Melo était l'une de ces créatures venues de l'autre côté du monde pour me protéger. Enfant, je croyais que les anges étaient blancs aux yeux bleus. Cette coloration cristalline était pour nous signe qu'ils étaient aveugles. Nouveau venu en Afrique, le père Rudolfo était mesuré quand il me disait ce qu'il savait des créatures célestes.

– Je ne connais pas les anges de ce côté-ci. On assure qu'ils ont des ailes, mais seuls ceux qui ne les ont jamais vus disent ça...

Moi j'étais sûre d'une chose : mon ange à moi serait blanc aux yeux bleus. Comme ce sergent qui, des années plus tard, s'appuyait sur mes genoux. Les chiffons autour de ses bras étaient ses ailes déchirées. C'était un messager nocturne. Dans le noir seulement, il se souvenait du message dont il était porteur. Ce message divin dormait maintenant entre ses lèvres. J'obéis à sa prière. Et me penchai sur sa bouche.

Plus alerte et moins gémissant, Germano sortit de sa torpeur pour chuchoter secrètement à mon oreille :

– Arrache les feuilles du cahier et éparpille-les autour de nous. On va faire un lit.

Lentement, je déchirai quelques pages en morceaux et, sur le point de les éparpiller sur le sol, j'interrompis mon geste, hésitante :

– Et où écrirez-vous les lettres pour vos supérieurs ?

– Je n'ai aucun supérieur. Je suis le dernier soldat d'une armée qui n'a jamais existé.

Tout était une invention, à commencer par la caserne de Nkolani. Même mon frère Mwanatu, avec son faux uniforme et son fusil d'imitation, était un militaire plus réel que lui.

– Je crois qu'ils vous ont oublié, tentai-je, en guise de consolation.

– Ça fait longtemps que j'ai reçu des ordres pour retourner à Lourenço Marques.

– Et pourquoi n'y êtes-vous pas allé ?

– Je ne suis pas en Afrique parce qu'ils m'ont oublié, dit Germano. Je suis ici parce que je les ai oubliés.

– Je ne comprends pas.

– Je suis ici à cause de toi.

Je sentis des pas dans les hautes herbes. On me cherchait. Et j'entendis mon père disperser ses compagnons :

– Imani s'occupe du Portugais, laissons-les tranquille.

Voix et rires s'éloignèrent, s'estompant dans le noir.

Nous retournâmes enfin au bateau où nous étions attendus. Je fus tancée par le soupir long et bruyant de Bianca. Et nous partîmes en direction de Sana Benene. Cet endroit, sur la rive de l'Inharrime, n'était pas exactement un village. Avec l'avènement de la guerre, des dizaines de réfugiés s'étaient installés autour de l'église que les Portugais avaient bâtie là il y a longtemps.

À la première boucle du fleuve, il s'en fallut de peu qu'une énorme frayeur ne ruinât notre voyage. En direction opposée, glissant au gré du courant, surgit un monstre immense et brillant. La créature colossale sillonnait les eaux, silencieuse et flamboyante comme un morceau de soleil. Lentement, elle s'approcha comme un crocodile métallique, envahissant d'abord nos yeux, puis notre âme.

– C'est le nwamulambu ! chuchota notre père, terrorisé. Que personne ne parle, que personne ne le regarde en face.

Cette mythique créature des eaux ne pouvait être dévisagée au risque de nous sécher les yeux et de nous rabougrir le cerveau. Mon frère se signa, mon père rama avec mille précautions, évitant le moindre bruit. Il ne fallait pas perturber ce dieu des fleuves qui convoque les séismes et apporte la pluie. Et je me dis : les fleuves ont déjà été nos frères, en cousant une toile liquide qui nous protégeait. À présent ils se sont alliés à nos ennemis. Et ils sont devenus des serpents d'eau, de tortueux chemins qu'empruntaient anges et démons.

Cette sombre rencontre fut brève. Mais une prémonition funeste perdura en moi. Heureusement, personne ne pouvait remarquer notre présence : la pirogue passait inaperçue. Le sergent voyageait couché dans l'embarcation, la blanche Bianca dormait cachée sous un pagne. Visibles, nous seuls, les trois noirs. Je me rassurai : en tout état de cause, nous étions une pirogue de pêcheurs locaux. Rien ne pouvait éveiller le soupçon, rien ne pouvait déranger les esprits du fleuve.

Quand je rouvris les yeux, le nwamulambu s'était estompé dans le brouillard et nous respirâmes à nouveau. Bianca se réveilla à temps pour l'entrevoir au loin. Elle scruta encore pour voir si, sur la muraille de l'étrange créature fluviale, on distinguait le charismatique Mouzinho de Albuquerque. Mais l'embarcation passait la boucle du fleuve et l'Italienne éclata de rire :

– Un monstre, ça ? C'est un blockhaus.

Ce qui nous avait tant effrayés n'était autre qu'un de ces radeaux fortifiés dont les Portugais se servaient pour sillonner les fleuves du Sud. C'est ce qu'expliqua Bianca. Cette construction apparaissait aussi brillante car elle était faite de plaques de zinc qui reposaient sur une structure en bois. Les soldats blancs s'y protégeaient, évitant les embuscades des noirs révoltés. Dissimulés dans la végétation des rives, les guerriers africains visaient les bateaux à aubes. L'épaisse forêt était un territoire impénétrable pour les Portugais. Les locaux étaient les seuls à connaître les raccourcis au milieu de la vase et des grandes racines qui, comme une construction à l'envers, émergeaient des troncs. Ces chemins s'ouvraient par la volonté des dieux et se refermaient après chaque embuscade.

Plus que de rider la surface de l'eau, la pirogue fendit peu à peu un silence épais. Et autour du sergent on entendait uniquement les mouches, ces pleureuses annonciatrices.

Ce fut alors qu'on aperçut un homme gesticuler sur la rive. Mon père hésita à s'arrêter. C'était peut-être un piège, par les temps qui couraient on ne pouvait faire confiance à personne. L'intrus continua de brandir une enveloppe dans la main en criant le nom du sergent Germano. Lorsque nous l'abordâmes, il s'identifia : c'était un messager et il arrivait de la caserne de Chicomo. Et il apportait cette enveloppe à remettre à Germano de Melo.

2
Première lettre du lieutenant Ayres de Ornelas

> Être arme à l'épaule – sans gâchette – sur les murailles d'une forteresse en ruine, avec une douane et un palais où végètent de mauvais employés mal payés, assister les bras croisés au commerce fait par les étrangers et que nous ne pouvons faire ; attendre tous les jours les attaques des noirs, et entendre à toute heure la raillerie et le dédain avec lesquels ils parlent de nous, tous ceux qui voyagent en Afrique, ne vaut, sincèrement, pas la peine.
>
> Oliveira Martins, *O Brasil e as Colónias Portuguesas*, 1880

Caserne de Chicomo, 9 juillet 1895
Cher Sergent Germano de Melo,

Ne soyez pas étonné, mon cher sergent : c'est le lieutenant Ayres de Ornelas qui vous écrit, accomplissant le devoir, bien que sans l'assiduité de rigueur, de répondre à vos fréquentes missives. J'ai appris qu'on vous avait grièvement blessé lors d'un attentat au poste militaire de Nkokolani. On m'a également informé de votre évacuation vers l'église de Sana Benene d'où l'on suppose que vous serez transféré à l'hôpital du Suisse Georges Liengme. Sachez que ce Liengme, davantage médecin que missionnaire, est un personnage envers lequel nous nourrissons la plus grande des antipathies. Ce médecin, censé soigner vos blessures, incite les indigènes à la révolte et aurait dû être expulsé depuis longtemps de l'Afrique portugaise.

Ne l'oubliez pas, sergent : à Sana Benene, vous êtes entre les mains des Cafres qui se présentent comme nos amis. Mais vous êtes un soldat portugais. Vous auriez dû être évacué vers la caserne de Chicomo, où nous disposons d'un médecin et d'une infirmerie. Un autre de vos supérieurs vous aurait déjà fait punir. Je ferme les yeux, mais juste pour le moment. Vous saurez, sergent, reprendre le droit chemin sitôt que vous aurez entièrement recouvré vos facultés. J'ai instruit le porteur de cette lettre d'effectuer le trajet inverse du vôtre, c'est-à-dire de marcher de la source vers l'embouchure de l'Inharrime. Ainsi, je suis certain que ce message vous sera remis sans retard ni intermédiaires.

Par ces lignes brèves, je souhaite, plus que tout, vous faire une promesse : je pourvoirai à ce que notre sergent regagne sa patrie dans les meilleurs délais ! Vous méritez cette faveur – tout comme je mérite de figurer aux plus hauts postes de la hiérarchie militaire. Je suis fait pour ces hauteurs et seule une triste conspiration me tient éloigné de cette vocation de chef. D'autres ont été promus, comme Paiva Couceiro et Freire de Andrade, au prétexte qu'ils sont des vétérans d'Afrique. Pour António Enes, je suis un novice dans la conduite de la guerre. Le Portugal vit l'humiliation de l'Ultimatum, notre gouvernement traverse un océan de scandales politiques et financiers et un quotidien étouffant pèse sur notre peuple. Que signifie tout cela ? Cela signifie que le Portugal a besoin de héros. Je ne comprends pas qu'on n'offre pas cette opportunité à celui qui a déjà démontré tant de talent dans sa courte mais intense carrière militaire.

Comme je vous l'ai dit, sitôt promu, je m'occuperai immédiatement de votre transfert au Portugal. Mais je vous préviens : vous devrez voyager tout seul. Cette femme noire que vous encensez tant dans vos lettres devra rester au Mozambique. D'innombrables fois, je me demande quelles qualités vous pouvez bien trouver à cette Cafre. Mais ceci est une remarque marginale, un épanchement sans conséquence. Soyez tranquille car nous n'abandonnerons pas cette femme : avec sa connaissance de notre langue, elle pourra nous être fort utile. Les campagnes de pacification terminées, nous l'abriterons dans notre caserne à Nkokolani. Dans cet établissement, assurément, la fille vous regrettera moins. Car ce bâtiment – moitié cantina, moitié caserne – est un peu ce que nous sommes tous : un hybride entre des canards et des paons. Mais cette construction est aussi comme l'un de ces padrões* que les navigateurs plantaient sur les plages africaines où ils débarquaient : une preuve de civilisation sur un continent où règnent les ténèbres.

Enfin, je tiens à vous dire combien je suis heureux de correspondre avec vous, mon cher sergent. Cette rencontre bienheureuse résulte d'une ironie du destin : vos lettres étaient initialement destinées au conseiller José de Almeida. Or notre conseiller est totalement hostile aux lettres et aux télégrammes. Du haut de ses deux mètres, Almeida hausse les épaules, plisse ses yeux clairs qui contrastent avec sa barbe sombre et proclame : Je ne lis rien ! Et il se justifie ainsi : Personne ne peut me surprendre. De Lourenço Marques on ne m'envoie que des admonestations ; de l'intérieur ne me parviennent que des tracas.

Voilà pourquoi il m'incombe de répondre aux missives qui lui sont adressées, y compris la correspondance avec le Commissaire Royal qui, jusqu'à présent, croit que c'est le conseiller Almeida qui répond à ses requêtes. J'ai ainsi fortuitement pris contact avec vos lettres si pleines d'une sensibilité, pardonnez la crudité de ma remarque, inattendue chez un sergent d'une contrée de province. Petit à petit, j'ai découvert en vous quelqu'un avec qui partager cet accablement de me trouver si éloigné de mon pays et si loin de ma mère chérie. Notre correspondance n'est pas une erreur. C'est une rencontre prédestinée de deux âmes jumelles. J'ai fait connaissance de vos compagnons de voyage de la même manière : votre bien-aimée Imani, avec son âme si portugaise ; le père de la fille, le fameux Katini Nsambe, un musicien si fidèle à notre drapeau ; le frère d'Imani, si peu doté par la nature, mais néanmoins si dévoué à la présence lusitanienne ; et enfin cette curieuse Italienne, Bianca Vanzini, qui, loin de l'éthique et des mœurs catholiques, a dispensé à nos troupes de si doux offices. Tous ces gens me tiennent compagnie dans cet aride sertão africain.

Il est vrai que de profondes différences nous séparent. Du haut de mes vingt-neuf ans, je suis un monarchiste convaincu. Avec près de six ans de moins, vous avez été déporté au Mozambique à cause de vos convictions républicaines. Curieux malentendus : en Afrique nous sommes dans la même tranchée ; au Portugal nous sommes de l'autre côté de la barricade. Je vous avoue, mon cher : si la République l'emporte, je démissionnerai de l'armée et je ne vivrai plus au Portugal. Vous avez été exilé par la monarchie. Je serai la monarchie en exil.

J'ai cependant appris que la politique ne saurait être au diapason pour faire et défaire les amitiés. J'ai dans les rangs de mon parti des personnes dont j'ai grande honte. Et j'ai connu chez les troupes adverses des gens qui m'ont fait beaucoup grandir. Les frontières entre les êtres humains sont autres. J'ignore lesquelles, mais assurément elles sont autres. La vérité est que, tous deux, au prix de grandes équivoques et de petites faussetés, nous avons vaincu ces frontières. Notre correspondance célèbre le surpassement de ces différences. Dans un pays traversé par de grands fleuves, chaque lettre est une pirogue qui traverse des distances. Si j'étais poète, je dirais : avec le mot, la marge se fait mirage. Malheureusement, toutes ces trouvailles me paraissent prétentieuses et me rendent ridicule.

PS : Je vous attends donc à Chicomo dès que cela vous sera possible. Ne gâchez pas la moindre opportunité qui se présentera pour revenir à votre nature, à votre destinée. Je sens dans l'air que quelque chose de définitif se produira bientôt et il serait bon de vous avoir ici avec moi. Vous serez certainement en meilleure compagnie qu'avec ce Suisse perfide.

3
Une église sous une autre église

> Ne voyage pas : parce que tu ne reviendras jamais.
> Seuls reviennent ceux qui ont déjà été heureux.
>
> Proverbe de Sana Benene

Ce ne sont pas uniquement des terres et la terre que les fleuves traversent. Ce fleuve où nous voyagions passait par des territoires de feu, labourés par la faim et le sang. Mais il y avait une distance que notre pirogue franchissait peu à peu : à naviguer entre les épaisses forêts, la guerre nous paraissait étrangère et lointaine.

Jusqu'à ce qu'on arrive, enfin, à une anse où le courant s'assagissait. Nous étions à Sana Benene. Près de la rive se dressait une vieille église dont les murs, à la lumière de midi, semblaient faits d'eau. Marchant pesamment dans l'eau, Mwanatu poussa l'embarcation en direction d'une plateforme en bois.

Près du bord s'alignaient des pieux au sommet desquels pendaient des filets de pêche. La pirogue s'immobilisa enfin et la coque grinça contre les planches du quai pourri. Mon père sourit : ce n'était pas un bruit ; c'était un début de musique. Il caressa une des lattes de l'embarcadère avec le même air rêveur avec lequel il cajolait les planches de son marimba.

– Tu entends les planches gémir, Imani ? C'est l'arbre qui appelle ses filles.

Épaulé par son amie italienne, le sergent Germano de Melo s'empressa de sortir de l'embarcation. Il déambula sur la terre ferme, étourdi : le fleuve était entré dans ses yeux. Découragé, il scruta le sentier qui menait au petit groupe d'habitations. Enlacée par des racines et des troncs, l'église semblait être née avant le fleuve lui-même.

– C'est ici l'hôpital ? demanda le Portugais d'une voix éteinte.

Nous étions encore bien loin de l'hôpital de Georges Liengme à Mandhlakazi. Nous passerions la nuit dans les dépendances de l'église avant de nous acheminer à l'aube vers notre destination finale.

Le sergent diminué se traîna sur le sentier, Mwanatu le soutenant. Au milieu de la colline s'éparpillaient les restes de ce qui avait été l'escalier de l'église. La pluie et le temps avaient fendu les marches de l'édifice. Les dalles de pierre semblaient retourner au sol auquel elles avaient été arrachées.

À l'entrée de l'église, on frappa dans nos mains comme l'exige la tradition. Nous ne frappons pas aux portes comme font les blancs. La porte c'est déjà l'intérieur, la maison commence à la limite du terrain.

Le père Rudolfo Fernandes émergea bientôt de la pénombre. Je ne l'avais pas vu depuis des années. J'avais passé toute mon enfance auprès de lui, à l'église de Makomani. Avec le prêtre, j'avais appris à parler et à écrire l'idiome des Portugais. Et disons qu'avec lui, j'avais appris à ne plus être une petite fille noire de l'ethnie des Vatxopi. Rudolfo Fernandes avait vieilli, la barbe blanche et les cheveux grisâtres longs et hirsutes. Il arriva en se frottant les mains sur sa soutane déchirée et sale. Comprenant qui j'étais, il leva les yeux au ciel et m'embrassa, ému :

– Dieu soit loué, Imani, mon Imani ! Regarde-toi ! Quelle jolie femme tu es devenue !

Une fois que nous fûmes entrés dans l'église, je présentai mes compagnons de voyage. Le prêtre distribua une vigoureuse poignée de main à chacun, excepté mon frère Mwanatu qu'il accueillit dans ses bras. Le sergent fut le dernier à être salué. Germano de Melo était un blanc, un homme et un militaire. Il méritait un traitement spécial. Rudolfo tendit fermement le bras et ne remarqua qu'alors qu'il ne pouvait avoir de répondant. Germano agita maladroitement ses moignons et balbutia :

– Je les ai perdues, mes mains.

À l'extérieur, ces mots n'auraient pas été audibles. Entre ces quatre murs, la voix faible du sergent gagna la sonorité d'un écho : Je les ai perdues, mes mains. Le prêtre ébaucha une consolation improvisée :

– Des blessés blancs et noirs arrivent ici. On dirait un temple. Mais c'est un hôpital.

L'église sentait le renfermé, les murs suintaient, collants.

– Lors de la dernière crue, l'eau est monté jusque-là, dit le prêtre en désignant une tache de moisissure sur une poutre en bois. Et il rit, devinant dans notre silence une réprobation quelconque :

– Ça me plaît comme ça, une église lavée par le fleuve.

Des figures religieuses sculptées sur du bois vieilli étaient exposées sur l'autel. Effritant les écailles de peinture qui se détachaient des statues, le curé déclara :

– Il ne meurt jamais, le bois est toujours vivant.

Et mon père sourit, en affinité absolue. Mwanatu s'emberlificota complètement en faisant le signe de croix, entremêlant ses doigts et ses mains sur tout son corps. Et il salua Dieu en le traitant de "Son Excellence". Des tourterelles voletèrent entre les poutres du toit, leurs ailes fendant l'air comme d'agiles fouets lorsque Rudolfo cria par la porte latérale :

– Bibliana, venez voir ! Venez voir qui vient d'arriver !

On entendit des pas lents et pesants sur le parvis : celui qui s'approchait n'était pas pieds nus. Tout d'un coup, le curé ouvrit le portail et proclama avec exubérance :

– Voici ma Bibliana ! Venez ici, mon enfant.

À contre-jour surgit une femme noire, grande et maigre, portant une robe de chambre de soie rouge. Des bottes militaires la rendaient encore plus imposante.

– Bibliana est une faiseuse de miracles, la meilleure des guérisseuses. Il n'y a pas de maux qu'elle ne soigne.

La femme tourna autour du sergent et parla dans un mélange de portugais, de txitxope et de txishangane. Sa voix était grave, presque masculine.

– Cet homme vient avec moi. Il est cassé, son âme est descendue à ses pieds.

Germano aurait-il compris quelque chose, car il la suivit en titubant vers la cour de derrière. Je me levai à sa suite pour soutenir ses pas et aider à traduire. Sentant qu'elle restait seule parmi les hommes, Bianca décida de se joindre à nous.

Une fois dans la cour, l'étrange hôtesse m'inspecta de haut en bas, elle posa les yeux sur mes chaussures et secoua la tête :

– Tu te prends pour une blanche ?

Je ne réagis pas. Bibliana n'attendait pas de réponse non plus. Elle ronchonna entre ses dents en txitxope :

– J'ai connu une femme chaussée dont les pieds se sont incendiés.

Et je cessai d'exister car aussitôt elle s'occupa de faire asseoir le Portugais sur une chaise au centre de la cour. Puis elle passa longuement ses mains sur les épaules de Germano, elle sentit son visage et son cou. Et elle inspira profondément et cracha à plusieurs reprises. Écœurée, Bianca tourna le dos.

D'une besace, Bibliana retira des vêtements de femme et en habilla le sergent. À distance, l'Italienne secoua la tête en signe de réprobation. Moi-même je trouvai étrange cette façon de faire. Son intention, me dis-je encore, serait de doter l'infirme de vêtements amples et légers. Mais non. La finalité était différente, comme le suggérait la prophétie de Bibliana :

– Les hommes peuvent commander sur les terres. Mais ce sont les femmes qui commandent sur le sang.

Et, se désignant elle et Germano, la prophétesse répéta :

– Nous, les femmes.

Le sergent dodelinait déjà de la tête, à moitié endormi, quand la faiseuse de miracles ordonna à des garçons de se rendre au fleuve et de rapporter la pirogue sur laquelle nous avions voyagé.

– Ce bateau sera le lit de cet homme, déclara-t-elle.

Dans une sorte de cortège funèbre, Germano de Melo fut bientôt transporté en pirogue à l'intérieur de l'église. Reposant sur les épaules des garçons, l'embarcation balançait avec la sobriété d'un cercueil. Épouvanté, le Portugais leva la tête, la même inquiétude qui me tourmentait l'avait sûrement assailli car, presque sans force, il demanda :

– Vous m'emmenez déjà ?

Ils déposèrent la pirogue sur la pierre de l'autel. Une fois de plus, la faiseuse de miracles appela les jeunes garçons et transmit, en sourdine, les instructions urgentes. Des mains agiles explorèrent les coins du bâtiment et recueillirent des ombres des plumes de chouette. La prophétesse en tapissa le fond de l'embarcation.

– Emmenez-moi d'ici, Bianca, supplia Germano. Je me vide de mon sang.

– Demain vous partirez à Manjacaze, rassura la blanche.

Mais plus rien ne calmait le sergent. Les coudes appuyés sur les bords de la pirogue, les yeux grand ouverts comme s'ils triomphaient d'un noir qui n'appartenait qu'à lui, le Portugais discourut :

– C'est comme ça que les nègres tuent nos chevaux : ils leur coupent les oreilles et ils se vident de leur sang pendant la nuit.

Il se tut, à bout de forces. Il cala son dos sur le fond du bateau et, ainsi couché, il poursuivit sans relâche :

– C'est comme ça qu'ils les tuent, les pauvres chevaux. Le lendemain matin, les mouches entrent par milliers dans leurs oreilles, elles cheminent dans leurs artères et vident leur chair de l'intérieur, à tel point que, pour déplacer l'animal, la force d'un seul homme suffit.

L'Italienne passa les doigts sur les cheveux en désordre du sergent, elle lui rectifia le col de la robe et souffla tout près de son visage :

– Demain, Germano. Demain, nous serons à l'hôpital des Suisses.

Bibliana répéta, railleuse, les mots de l'Européenne :

– Demain, demain, demain.

Elle sourit avec mépris et, levant le menton, elle m'ordonna de traduire :

– Ce blanc restera ici jusqu'à ce qu'il prenne des forces. Après seulement, il ira à Mandhlakazi. Cet endroit porte un nom de sang. C'est ce que veut dire Mandhlakazi : la force du sang.

– Sitôt le lever du jour, on se mettra en route pour Manjacaze, contredit Bianca. Et se tournant vers moi, elle ordonna : Explique ça à cette folle de négresse.

– Attention, dona Bianca, implorai-je. Cette femme comprend le portugais.

– Oui, je veux qu'elle comprenne.

Bibliana fit semblant de ne pas avoir entendu. Le visage tourné vers les cieux, elle ferma à demi les yeux et proclama :

– Ce blanc ne sort pas d'ici !

Et elle enfonça ses doigts dans le vide, comme des flèches se fichent dans le sol. De désespoir, Bianca porta les mains à sa tête et, sans attendre la fin de la traduction, elle objecta :

– Et on le laisse ici, sans nourriture convenable et sans la moindre hygiène ?

– Je lui donnerai à manger, riposta Bibliana. Et nous avons le fleuve qui lave toutes les blessures.

– Dis à cette négresse, m'ordonna l'Italienne, que je ne l'aime pas. Dis-lui que je n'ai pas confiance en une sorcière qui se promène en robe de chambre rouge. Et dis-lui encore que demain on verra qui commande.

Et l'Italienne parlait dans le vide. Indifférente à la colère de la femme européenne, la noire Bibliana se pencha sur le sergent pour lui défaire ses bandages. Avec précaution, elle fit en sorte que le sang coule dans une bassine blanche. Qu'une goutte touche le sol et ce serait cause de mauvais œil.

– Le sang des autres n'existe pas. Nous tous nous vidons en chacun qui saigne, murmura la guérisseuse.

À mesure que la bassine se teignait de rouge, je perçus l'odeur du sang, une odeur âcre de rouille. Le sergent garda les yeux fermés tandis que Bibliana ajoutait une pincée de cendres à un cataplasme de sèves et d'huile de mafurra. Avec cette mixture, elle frotta les blessures du militaire.

Les soins achevés, la femme déchira par deux fois sa robe de chambre et évolua ainsi dans la grande salle, portant toujours ses bottes grossières. À force de coups de pied, elle écarta les chaises et les bancs. Une fois l'espace dégagé, elle se rendit dans la cour et rapporta quelques bûches du feu qu'elle déposa sur le sol en pierre de l'église. Affolée, l'Italienne cria :

– La femme est folle ! Elle va mettre le feu à l'église !

Un pied de part et d'autre du feu, Bibliana écarta les jambes comme si elle réchauffait ses entrailles. Elle leva lentement les bras et entonna une mélodie. L'air gagna en puissance tandis qu'elle exécutait de virils pas de danse, levant haut les genoux pour marteler ensuite vigoureusement les pieds sur le sol. Elle redressait et contractait le dos comme si elle était en plein accouchement. Ses mains frôlaient le sol pour soulever des nuages de poussière. À un moment donné, du foulard qu'elle portait noué sur la tête, elle prit une pleine poignée de poudre qu'elle jeta dans le feu. Les éclats de rire secs se joignirent au grésillement de la poudre qui crépitait sur les flammes. Puis elle fit planer sa voix, plus rauque que jamais :

– Cette poudre vénéneuse s'est répandue dans le monde. Cette poudre déchire la gorge, dévore la poitrine et, à la fin, provoque l'aveuglement des nations. Cet aveuglement s'appelle guerre.

La main sur la hanche, le buste dressé, la tête fière, elle proféra des ordres belliqueux. C'était clair : un esprit s'emparait d'elle. La voix masculine qui émergeait d'elle appartenait à un ancien guerrier. Ce soldat mort parlait en txitxope, ma langue maternelle. Par la bouche de Bibliana, le défunt prêchait :

– Je vous demande, mes ancêtres : montrez-moi vos cicatrices ! Montrez-moi la veine ouverte, exhibez l'os brisé, l'âme déchirée. Votre sang est le même que celui qui est là, rouge et vivant, dans cette bassine.

Et Bibliana se remit à tournoyer dans l'enceinte, dans un mélange de danse et de marche militaire. Elle interrompit son ballet et, haletante, elle se servit de ses bottes militaires pour éteindre le feu. Elle s'approcha de l'autel, enfonça ses doigts dans la chevelure du sergent et, se tournant vers nous, elle murmura :

– Ce blanc est presque prêt.

– Que voulez-vous dire ? demandai-je, inquiète.

– Il perd déjà les bras, puis il perdra les oreilles et ensuite les jambes. À la fin ce sera un poisson. Et il retournera dans les bateaux qui l'ont amené en Afrique.

Ainsi pensait-on des Portugais : qu'ils étaient des poissons, venus de mers lointaines. Ceux qui débarquaient sur la terre ferme étaient des jeunes, envoyés par leurs aînés qui restaient sur les bateaux. Ceux qui nous rendaient visite avaient encore les membres reliés à leur corps. Passé un temps, ils se mettaient à perdre les mains, les pieds, les bras et les jambes. À ce moment-là ils retournaient à l'océan.

– Prépare-toi, ma sœur : tu ne tarderas pas à perdre la compagnie de ce blanc, dit-elle en me pinçant le bras.

Je m'endormis en rêvant que j'étais moi aussi un poisson et qu'aux côtés de Germano, je traversais des mers sans fin. L'océan : notre maison était celle-là. J'aurais pu me réveiller dans un doux bercement. Il n'en alla pas ainsi. Des cris tumultueux m'arrachèrent du lit et me conduisirent à la porte. Une foule peu nombreuse mais en colère s'agglutinait près de l'église. Au centre du cercle de gens se trouvait un homme dévêtu et ligoté, portant des traces de coups.

– C'est un des soldats de Ngungunyane, entendit-on crier.

Certains hurlaient qu'il s'agissait d'un espion, mais la plupart assuraient que c'était un "passe-nuit", un de ces féticheurs qui travaillent sur commande. Le corps du présumé sorcier était si couvert de sable rouge qu'il me parut un simple morceau de terre avec une forme humaine. Voilà pourquoi j'eus peut-être moins mal à le voir roué de coups de pied.

Le prêtre leva les bras pour réclamer de la modération. Puis il interrogea l'homme sur ses intentions. À quoi l'intrus répondit être venu "voir les femmes". Une clameur empêcha d'entendre le reste de l'explication. Les coups de poing et les coups de pied se remirent à pleuvoir et le malheureux n'avait déjà plus d'âme pour se défendre. Il avait cessé d'être terre. Il était simple poussière.

C'est alors que survint Bibliana, prenant la situation en main. Elle amena l'intrus près du fleuve et le fit attacher à un tronc. L'homme supporta en silence la violence avec laquelle on le ligota sur le bois, comme on le fait à une bête prête à être dépecée. Et il ne ferma même pas les paupières pour éviter le soleil qui frappait son visage. Sur un ordre de la devineresse – que tous appelèrent sangoma –, on jeta à l'eau le tronc d'arbre et l'homme attaché à lui. Il régnait un silence absolu pendant que l'embarcation improvisée était entraînée par le courant. Bibliana proféra alors :

– Tu voulais voir les femmes ? Eh bien, ouvre les yeux dans l'eau et tu ne verras rien que des femmes.

4

Première lettre du sergent Germano de Melo

Dieu n'a pas créé les gens. Il n'a fait que les découvrir. Il les a trouvés dans l'eau. Tous les êtres vivaient immergés comme des poissons. Dieu a fermé les yeux pour regarder dans l'eau. À cet instant, Il a aperçu des créatures qui étaient aussi anciennes que Lui. Et Il a décidé de prendre possession de tous les cours d'eau. C'est ainsi qu'Il a emballé les fleuves dans ses veines et qu'Il a gardé les lagunes dans son cœur. Quand Il a atteint la savane, le Créateur s'est libéré de sa charge. Les hommes et les femmes sont tombés à terre. Se débattant sur le sable, ils ont ouvert et fermé la bouche, comme s'ils cherchaient à parler et que les premiers mots n'avaient pas encore été inventés. Hors de l'eau ils ne savaient pas respirer. Suffoqués, ils ont perdu conscience. Et ils ont rêvé. C'est en rêve qu'ils ont appris à respirer. Quand, pour la première fois, ils ont rempli leurs poumons, ils ont fondu en larmes. Comme si une part d'eux était morte. Et elle l'était : c'était leur part poisson. Ils pleuraient, regrettant leur sort de créatures du fleuve qu'ils n'étaient plus. Désormais, quand ils chantent et qu'ils dansent, ils ne font que célébrer cette nostalgie. Le chant et la danse les rendent au fleuve.

Légende de Sana Benene

Sana Benene, 14 juillet 1895
Votre Excellence Monsieur le Lieutenant Ayres de Ornelas,

Je commencerai par remercier Votre Excellence d'avoir pris la peine de me répondre et, plus encore, d'avoir envoyé un messager qui a parcouru tant et tant de lieues pour me remettre votre si bienveillante missive.

Mon écriture est sans doute peu lisible. Je ne sais même pas, Excellence, comment j'ai été capable de rédiger ces pauvres lignes, puisque je n'ai quasiment plus de mains et que ma mémoire défaille pour évoquer les tourments que j'ai endurés. Écrire est pour moi tellement vital que je ne ressens plus de douleurs lorsque je saisis une plume. J'ignore, Excellence, d'où nous vient cette incurable obstination à vivre. Je parle pour moi, car je ne meurs pas simplement de faiblesse.

Pour achever cette missive, je me suis forcé au point de saigner, car s'il est en effet difficile de me servir de mes mains dans l'état où elles sont, il s'avère pratiquement impossible d'écrire avec les mains bandées de chiffons. La calligraphie est déplorable mais j'ai dû écrire ces lignes sans l'aide de personne. Car je tiens à exprimer de ma propre main mon immense gratitude envers la promesse de me faire rentrer au Portugal. Cette satisfaction, je l'avoue, pardonnez mon audace de vous le dire aussi ouvertement, serait totale si je pouvais emmener avec moi ma bien-aimée Imani. En moi deux désirs s'affrontent. Quand je pense à vivre c'est Imani qui l'emporte; quand je pense que je vais mourir c'est le Portugal qui commande.

La vérité est celle-ci : je ne sais si je veux partir sans la compagnie de cette femme. En réfléchissant d'abord à cette lettre, j'avais décidé de vous communiquer frontalement mais sans affront la chose suivante : sans Imani, je ne voyagerais nulle part. Mais à présent j'hésite. Ma plus grande crainte n'est pas d'offenser Votre Excellence. Mais plutôt de ne pas être sincère envers moi-même. Il se passe que cette fille est désormais mon destin, ma patrie. En sera-t-il toujours ainsi demain ? L'amour de cette noire pour moi est-il complètement désintéressé ? Ne serais-je pas uniquement un sauf-conduit pour qu'elle s'éloigne de chez elle et de son passé ?

Ce sont là les mille doutes auxquels je me confronte. Ce sont mes dilemmes qu'il ne revient qu'à moi seul de résoudre. Je suis sûr que l'obligation de voyager seul n'est pas le fruit d'un caprice ou de votre manque de volonté. Votre Excellence ne peut simplement pas agir autrement. Et je le comprends d'ailleurs : comment s'occuper d'amours privées au milieu d'une guerre si cruelle ? Comment penser à la fiancée d'un sergent anonyme au milieu d'une armée entière ?

Votre Excellence doit se demander pourquoi je reste autant attaché à une jeune fille qui a tiré sur moi et m'a ainsi mutilé à jamais. Je ne saurais répondre, Excellence. Est-ce elle la coupable ? Me rappelé-je exactement ce qui est arrivé ?

Bianca Vanzini insiste pour faire la preuve de l'innocence d'Imani. L'Italienne était présente à la cantina et elle assure que j'ai été touché par les Cafres mutinés. La vérité c'est que je ne garde pas un net souvenir de ce moment tragique. Et je l'avoue, Excellence : la vérité n'a déjà plus d'importance pour moi. De bonne grâce, j'accepte la version de l'Italienne. Car je ne cherche plus de souvenirs. Les histoires me suffisent. Et peut-être que ces lettres ne sont qu'une manière d'inventer, de cet autre côté du papier, quelqu'un qui écoute mes divagations solitaires.

Au milieu de tant de délires fébriles, je ne sais si je me remémore ou si j'imagine des souvenirs, mais j'ai idée que lors d'une halte au cours du voyage, nous nous sommes allongés sur la rive du fleuve, la belle Imani et moi. La fille m'a contemplé de ses grands yeux, si grands qu'en eux tiennent toutes les nuits du monde. Puis j'ai déchiré des feuilles d'un vieux cahier que j'ai disposées par terre. Viens, ai-je dit, couche-toi sur ces papiers. Elle a tenté de m'empêcher d'abîmer le cahier. Où écrirez-vous les lettres pour vos supérieurs ? a-t-elle demandé. Et d'un air mi-provocant, mi-malicieux, elle a chuchoté : Ou suis-je plus importante que vos supérieurs ?

Je ne peux m'empêcher de vous dire combien cette jeune fille donne un sens à ma vie. Encore tout à l'heure j'ai dû interrompre cette lettre, saisi de douleurs aiguës aux mains. Une fois de plus c'est Imani qui m'a secouru. Elle a tout dit les yeux baissés. Caressant mes bras estropiés, elle a égrené un murmure doux mais ferme : plus que de chair et d'os, les mains sont faites de vide. L'espace entre les doigts, le creux qui remplit la paume, c'est dans ce vide où se tisse le geste. Les mains, a dit Imani, sont ce qui leur fait défaut. Sans ce vide, nous ne pourrions ni toucher ni tenir. Nous ne pourrions pas caresser, a-t-elle ajouté craintivement. Et elle a conclu de façon presque inaudible : Maintenant qu'il vous reste quelques doigts, vous sentirez plus les choses que lorsque vos mains étaient intègres.

Embarrassée par sa longue prédication, elle s'est empressée de bander mes poignets avec des tissus déjà lavés par le fleuve et purifiés par le soleil. Vous allez bien mieux, c'est ce qu'elle m'a dit. Et cet optimisme juvénile m'a aidé à affronter la prostration dans laquelle je me trouvais.

Ce sont ces faits infimes que je voulais vous transmettre. Ils sont peut-être insignifiants pour Votre Excellence. Pour moi ces événements ne prennent sens que s'ils sont partagés par quelqu'un qui accueille ces nouvelles avec le même étonnement avec lequel je les ai vécues.

PS : Je ne veux pas conclure cette lettre sans vous assurer la chose suivante : je ne peux pas ne pas me rendre à l'hôpital suisse à Manjacaze. Je pense à la chose du côté positif. Cela sera peut-être utile aux intérêts lusitaniens. Grâce au Suisse Liengme, je saurai ce qui se passe à la cour de Gungunhane. Et, naturellement, je ne manquerai pas de relater ce que j'aurai vu et ce que je n'aurai pas vu, ce qu'ils m'auront dit et ce qu'ils m'auront caché.

5
Des dieux qui dansent

Au commencement du Temps il n'y avait ni fleuves ni mer. Sur le paysage pointillaient quelques lagunes, éphémères filles de la pluie. À la vue de l'aridité des plantes et des bêtes, Dieu décida de créer le premier fleuve. Il arriva, cependant, que son lit s'obstinât à s'étendre au-delà des rives. Pour la première fois Dieu craignit que la création ne défiât le Créateur. Et Il soupçonna que le fleuve eût appris à rêver. Ceux qui rêvent goûtent la saveur de l'éternité. Et celle-ci est un privilège des seules divinités.

Avec ses longs doigts, Dieu suspendit le fleuve dans les hauteurs pour ensuite raccourcir ses extrémités, l'amputant de l'embouchure et de la source. Avec une délicatesse paternelle, Il redéposa le filet d'eau sur le bon sillon de terre. Sans commencement ni fin, le fleuve repoussa les rives et s'étendit à l'infini. Les deux berges se firent si distantes qu'elles inspiraient plus encore le désir de rêver. Ainsi inventa-t-on la mer, le fleuve de tous les fleuves.

Légende de Nkokolani

On dit que la Vie est un maître infini. Les grandes leçons sont venues jusqu'à moi par ce que je n'ai pas pu vivre. Ces révélations ne sont pas nées de la pensée mais de la torpeur du réveil matinal. Aujourd'hui je sais que chaque lever du jour est un miracle. Le retour étourdissant de la lumière, l'odeur des rêves encore prisonnière du lit, tout cela renouvelle en nous une croyance innommée. Il y a deux jours ce miracle se produisit en la personne d'un militaire blanc. Il s'appelait Germano et il m'attendait avec la même dévotion avec laquelle les petits des oiseaux attendent l'arrivée de leurs parents. À ce moment-là j'accomplissais ces devoirs maternels : je lui servis de la bouillie de maïs avec une purée de feuilles amères. En portant la cuillère à sa bouche, je pris la mesure de la dépendance à laquelle Germano était condamné toute sa vie.

À la fin du repas, il me demanda de libérer ses poignets. Il voulait aérer ses blessures, c'est ce que dit Germano. La véritable raison était différente : il entendait examiner ses propres lambeaux. Quand les compresses tombèrent à terre, mon âme s'effondra avec elles : il lui restait environ cinq doigts, à condition de penser que certains seraient encore récupérables. Cinq doigts. Trois sur la main droite, deux sur la gauche. À cet instant, il me demanda quelque chose d'inconvenant :

– Et maintenant Imani, comment je fais le signe de croix ?

Et il s'endormit dans cette douce fatigue qui succède aux pleurs.

En milieu d'après-midi, un groupe d'hommes fit irruption dans l'église. Ils étaient envoyés par Bibliana et ils transportèrent à nouveau le sergent dans la pirogue.

– Posez-moi à terre, insista le Portugais. Mais c'étaient les ordres de la faiseuse de miracles : le malade ne pouvait pas laisser de traces sur ce sol. Où m'emmenez-vous ? demanda Germano ensommeillé tandis qu'ils le faisaient prudemment descendre du côté du fleuve.

– Une messe va être célébrée, rétorqua le père Rudolfo.

– Et pourquoi ne la faites-vous pas dans l'église ? interrogea le Portugais, inquiet.

– C'est une prière différente, riposta le prêtre.

La pirogue fut déposée sur les eaux calmes de l'Inharrime. Assis dans le ventre de l'embarcation, les yeux écarquillés, le Portugais vit s'approcher des centaines de villageois arborant des tissus blancs. Sous un figuier touffu, Bibliana, le père Rudolfo et mon père, Katini Nsambe, s'assirent sur les rares chaises qu'ils avaient rapportées de l'église. L'Italienne Bianca Vanzini s'éloigna de la foule en direction du fleuve et s'installa sur une marche de l'escalier en ruine. Lors d'un long introït, la foule entonna un très beau cantique mais son sens m'échappa totalement.

Vêtue d'une tunique rouge avec des tissus blancs noués à la taille, Bibliana s'agenouilla au centre de cette immense fresque humaine. Un silence absolu se fit tandis qu'elle évoquait les ancêtres. Elle les énuméra un par un, dans une liste interminable, comme si elle les recevait à la porte de chez elle. J'appris qu'il y a une différence fondamentale dans la façon dont les blancs et les noirs traitent les défunts. Nous, les noirs, avons affaire aux morts. Les blancs ont affaire à la mort. Germano s'était retrouvé face à ce malentendu en enterrant le cantineiro Francelino Sardinha. Cette cérémonie d'adieu était une façon de demander la permission à la mort pour oublier le mort.

Après l'évocation prolongée des ancêtres, Bibliana plaça sur sa tête une vierge en plâtre, enveloppée de bandes d'une blancheur impeccable. La foule se tut et tous se prosternèrent sur le sol. La devineresse descendit la côte et serra la statue dans ses bras pour plonger avec elle dans le fleuve. Elle jeta sur les eaux une capulana et proclama :

– Nous ne lavons pas dans le fleuve. C'est le contraire : c'est le fleuve qui se lave en nous.

Et elle plaça la capulana mouillée sur les épaules du Portugais. Après un premier frisson, une sensation de légèreté s'empara de son corps.

Soudain l'Italienne se fraya avec brusquerie un chemin au milieu des gens. Elle s'arrêta devant le curé et lui cria de faire cesser ce qu'elle appela un "carnaval noir". Rudolfo la calma : tout cet apparat n'était pas très éloigné des rituels chrétiens. Que l'Italienne soit patiente : plus tard, la célébration deviendrait plus intéressante. Contrariée, et ronchonnant dans sa langue, Bianca Vanzini reprit sa place sur les marches disloquées.

La prophétesse remonta la côte en direction de la clairière où la foule l'attendait en silence. Les vêtements collés à la peau, elle se mit à rouler les yeux dans le vide pour ensuite balancer son corps en une danse étrange. Ses pas se firent de plus en plus énergiques jusqu'à atteindre la vigueur des foulées militaires. Contaminé par le ravissement de la femme, le prêtre tapota ses mains sur la couverture d'un livre volumineux.

– C'est quoi ce livre ? demanda Bianca.

Sans cesser de marquer la mesure, le prêtre expliqua qu'il s'agissait d'une bible que les Suisses avaient traduite dans les langues natives. Les locaux appelaient ce livre "Buku". Bianca réagit si agressivement qu'elle s'égosilla :

– Le livre sacré sert maintenant de tambour ?

– La musique est la langue maternelle de Dieu, rétorqua Rudolfo.

C'est ça, ajouta-t-il, que ni les catholiques ni les protestants n'ont compris : en Afrique les dieux dansent. Et tous ont commis la même erreur : ils ont interdit les tambours. Le curé essayait depuis longtemps de corriger cette méprise. En vérité, si on ne nous laissait pas jouer les batouques*, nous, les noirs, ferions du corps un tambour. Ou, plus grave encore, nous percuterions avec nos pieds la surface de la terre et, ainsi, s'ouvriraient des brèches dans le monde entier.

La tunique de tissu fin à présent trempée s'ajusta au corps de Bibliana. Et on comprit pourquoi le prêtre s'était laissé séduire. La femme tomba à genoux et discourut avec une telle ardeur qu'il n'y avait pas un recoin où sa voix ne se réverbérait. À nous tous, elle rappela la légende de la création des fleuves et des hommes : "Au commencement du Temps il n'y avait ni fleuves ni mer…" Et elle poursuivit sans interruption jusqu'à ce qu'à la fin, elle vaticinât :

– Ce blanc va retourner aux premières eaux et, en elles, il va apprendre à rêver.

Toute cette prédication fut récitée sans pause. Épuisée, la prêtresse se traîna en direction du fleuve et plongea jusqu'à la taille. Les mains posées sur le bord de la pirogue, elle s'immergea plusieurs fois de suite jusqu'à perdre son souffle. Puis elle versa de l'eau sur la tête du sergent, comme on le fait dans les baptêmes chrétiens. Revenue sur la rive, elle leva les bras et esquissa à nouveau des pas de danse. C'était un signe.

Soudain, les tambours retentirent et les gens bondirent au centre du terrain, en faisant des sauts et des pirouettes.

De façon inattendue, Bianca se joignit à la danse, tourbillonnant autour de Bibliana. Les mains de l'Italienne s'attachaient aux hanches de la noire et les deux femmes évoluaient ainsi au gré de la musique. Le prêtre demeura abasourdi par la scène. Et il demanda :

– Maintenant vous dansez aussi, dona Bianca ?

Au bord des larmes, l'Italienne secoua la tête. Elle ne dansait pas. Elle essayait plutôt d'immobiliser la féticheuse. Elle avait l'intention d'interrompre ce blasphème. Mais elle renonça aussitôt pour reprendre, écarlate, sa place auprès des autres. Quand elle s'effondra en pleurs, le prêtre la tranquillisa :

– Vous ne comprenez pas, dona Bianca. Ce rituel qui vous dérange autant c'est ce qui vous sauve d'être dévorée vivante. Et il ajouta : Les affamés de ce monde, plus que du pain, veulent trouver des coupables.

À cet instant Bibliana retourna à la pirogue et releva les bras du sergent comme si c'étaient des mâts aux drapeaux flétris. Puis elle retira du bateau quelques feuilles de papier et les lança sur les eaux. Elle les laissa flotter à la dérive jusqu'à ce qu'elles se perdent de vue. Plus personne ne fit attention mais ce qui surnageait dans le courant n'était autre que ce que j'appris plus tard être une lettre du lieutenant pour le sergent. Les mots lusitaniens de Ayres de Ornelas se dissipèrent comme des ombres dans le fleuve Inharrime.

Enfin Bibliana remonta sur la rive pour s'allonger à plat ventre sur le sol humide. Extasiée, la foule se serra pour observer la femme qui paraissait embrasser le sol. Elle n'embrassait pas : elle grattait la terre comme font les poules. Ses bras dressés en arrière renforçaient la ressemblance avec les volatiles. Seulement après nous comprîmes : Bibliana écrivait. Avec sa propre langue, elle dessinait des lettres ouvrant des sillons sur le sable mouillé. Elle représentait ainsi l'incapacité de Germano à faire usage de ses mains. De temps en temps, la femme relevait le cou pour apprécier son œuvre, comme un peintre s'éloigne de la toile pour gagner en perspective. Et elle crachait les grains de sable qui se collaient à sa bouche. Pour finir, elle se redressa et montra le résultat de son effort. Sur la terre était écrit un nom. Germano.

6
Deuxième lettre du lieutenant Ayres de Ornelas

> Quelqu'un a dit que la multitude des tribus de l'empire vátua, sur le pied de guerre, serait une chose redoutable contre notre faiblesse. Quelqu'un qui avait fréquenté le kraal de Gungunhane était venu dire qu'il avait assisté à une parade de quinze mille guerriers à l'aspect imposant. Et ceux qui divaguaient ainsi oubliaient qu'une multitude armée n'est pas une armée et que la cohésion que réclament les institutions militaires est incompatible avec l'inconscience des sauvages.
>
> Colonel José Justino Teixeira Botelho, *História Militar e Política dos Portugueses em Moçambique de 1883 aos Nossos Dias*, 1921

Chicomo, 18 juillet 1895
Cher Sergent Germano de Melo,

On vous a sûrement déjà dit que je me trouve provisoirement à Chicomo envoyé par le Commissaire Royal avec une mission quasi impossible : celle de convaincre Gungunhane de se plier à nos conditions de souveraineté. Ces conditions, comme vous devez le savoir, sont diverses : la livraison des deux régulos rebelles, le paiement d'un tribut annuel de dix mille livres en or et l'autorisation des commerçants blancs, banians et maures sur son territoire. Nous avons encore exigé du régulo qu'il permette l'établissement de lignes télégraphiques entre les postes militaires. Gungunhane argumente que les communications modernes offensent les esprits de son père et de son grand-père, enterrés sur ce sol sacré. L'attente de cette autorisation est un bon exemple de notre naïve complaisance. Nous avons accepté de ne pas manquer de respect aux croyances des indigènes. Puis nous avons appris que l'astucieux régulo ne fait que profiter de notre ingénuité. Ce ne sont guère les esprits qui le préoccupent. Ce sont des raisons de stratégie militaire. Gungunhane connaît parfaitement la valeur des communications rapides et à longue distance.

Vous n'imaginez pas combien je déplore que l'on ait transféré mes fonctions militaires vers une mission de nature diplomatique. J'admets, au bénéfice de mon honneur, que la première tâche d'un officier est de ne pas faire la guerre mais de l'éviter à tout prix. Et tout indique que le roi de Gaza veut également fuir la confrontation, maintenant que notre présence s'est accrue dans la région où il a établi son camp. Gungunhane accédera, nous en sommes certains, à toutes nos conditions, à l'exception de celle pour nous essentielle : la livraison des rebelles Mahazul et Xixaxa qui, il y a quelques mois, ont eu l'audace d'attaquer Lourenço Marques.

Cette intervention d'ordre diplomatique favorisera ma promotion aux postes supérieurs auxquels je suis prédestiné. Fort de cette conviction, j'ai accepté d'accompagner le Conseiller José d'Almeida dans les négociations avec le Lion de Gaza. Avec sa longue expérience diplomatique et la précieuse confiance qu'il a engrangée auprès de Gungunhane, le Conseiller José d'Almeida sera le chef des discussions. Ce choix n'a pas fait l'unanimité auprès du commandement réuni à Chicomo. Les objections les plus vigoureuses sont venues du capitaine Mouzinho de Albuquerque, qui est allé jusqu'à dire publiquement que "du Conseiller José d'Almeida, on ne peut attendre que des infamies". Le même Mouzinho a écrit à António Enes pour se plaindre de ne pas avoir été l'élu pour négocier avec le roi de Gaza. Il disait mot pour mot dans cette lettre, à laquelle par d'inavouables voies j'ai eu accès : "Plutôt se perdre tout et tous, mille fois, dans une catastrophe que de nous retirer sans rien faire." Et il ajoutait : "Je m'offre pour conduire cette mission aussi follement risquée que soit l'entreprise." Ces discordes sont tristes. Comme si les conflits avec les Vátuas ne nous suffisaient pas. Plus graves semblent être nos différends internes. Il n'y a qu'une solution : ignorer les jalousies et les querelles pour le prestige. Un esprit supérieur comme le mien : voilà ce qu'on attend d'un commandement lucide à la hauteur des défis actuels.

C'est avec cet esprit de mission que je me suis tenu prêt à me déplacer à Manjacaze en compagnie du conseiller Almeida. Le logement était plus qu'assuré : la résidence de notre Conseiller est éloignée d'une centaine de mètres de la cour de Gungunhane.

Le Commissaire Royal a insisté pour que nous soyons accompagnés d'une escorte de soldats. Nous avons désobéi à ces instructions. La sécurité trompeuse d'une escorte ne compense pas les ennuis provoqués par la soldatesque en côtoyant les femmes du pays. Et c'est ainsi que, montés sur deux beaux chevaux, nous avons voyagé de Chicomo à Manjacaze. Au cours des nombreuses haltes sur la route, mon cheval s'est toujours approché de moi comme s'il voulait me dire quelque chose. Ses yeux de coton sombre me fixaient avec une intensité qui me perturbait. Et je me suis pris d'une telle affection pour la bête que, après notre arrivée à notre destination finale, surmontant mon épuisement, je me suis levé au milieu de la nuit à seule fin de revoir ces yeux presque humains.

Une fois installés dans la résidence du conseiller, nous avons dû attendre davantage que nous ne l'aurions voulu. Le roi de Gaza ne s'est pas présenté à la première convocation. Il était pris par un enterrement. C'est ce qu'un messager nous a transmis. Le Conseiller Almeida a voulu savoir qui était mort. Le messager a répondu qu'il s'agissait de "l'une des mères" du roi. Je me suis retenu pour ne pas rire. Une des mères? Chose de nègres, ai-je pensé.

Enfin, le messager a transmis l'invitation de Gungunhane afin que le roi du Portugal visite l'État de Gaza et amène ses nombreuses femmes. Abrupt, le Conseiller a corrigé: "Le roi n'a qu'une seule épouse." Le Cafre a annoncé, avec dévouement, la disposition des hôtes africains pour aider le roi à suppléer ce manque. Ce fut un nouveau motif de moquerie. Je mentionne ces faits exotiques pour vous mettre en garde contre votre amourette avec cette fille, qui semble vous avoir ôté à ce point le discernement que mon jeune sergent ne comprend pas les conséquences d'un mariage avec cette Imani. En vous mariant avec une négresse, vous vous retrouverez avec le plus gros des beaux-frères, à savoir l'Afrique entière. En vous mariant avec une noire, mon ami, vous vous mariez avec toute une race. Mais restons-en là, car ce sujet m'a accablé ces derniers temps et la dure réalité à laquelle je dois faire face me suffit. Je reviens au récit de mes tribulations à Manjacaze.

Les jours qui ont suivi dans ce poste prouvent le bien-fondé du choix de José d'Almeida comme négociateur. Le troisième jour, le roi de Gaza s'est présenté en personne à notre résidence de Manjacaze. José d'Almeida était l'unique Portugais devant qui le roi abdiquait sa prérogative d'être celui à qui on rendait visite. La suite royale était si nombreuse qu'elle s'est dispersée en un cercle de plus de cinquante mètres de diamètre autour de la tente où se dérouleraient les discussions. La tente a été installée aux côtés de la maison du conseiller Almeida et cela m'apportait un semblant de réconfort. Les plus de quatre mille soldats, qui se sont présentés sans boucliers ni sagaies, ont formé un tableau humain à perte de vue. Les grands notables se sont assis aux premiers rangs : le roi, les oncles, les principaux conseillers ou indunas.

Curieuse coutume : le roi n'a jamais parlé. Un orateur anonyme a usé de la parole pour nous saluer et nous rendre hommage avec une tête de bétail en marque de sympathie. Ce n'était pas encore une négociation. Uniquement un rituel de bienvenue. Mais c'était aussi une démonstration de force. La sensation de puissance qu'ils voulaient laisser ne résultait pas seulement du nombre élevé de soldats. Le chant qu'ils ont entonné à l'unisson m'a impressionné bien plus qu'une quelconque démonstration belliciste. Et ainsi, de façon astucieuse, les Cafres alliaient la menace à l'affabilité.

À un moment donné, un homme que les Vátuas désignaient comme "le chien du Roi" a bondi au centre de la tente. C'était un sujet de petite taille qui s'est présenté enveloppé dans une peau de léopard avec la tête couverte de plumes. Pendant un temps, il n'a rien fait excepté courir d'un côté à l'autre, en aboyant et en hurlant comme un chien.

Ce personnage, si loin de sa propre humanité, m'a impressionné au point que je n'ai pas fermé l'œil de toute la nuit. J'avais déjà lu sur ces pantomimes dans un rapport signé du Suisse Georges Liengme. Le médecin avait tenté plusieurs fois de photographier un de ces hommes-chiens. Mais jamais son image n'avait été captée sur la plaque photographique. Cette nuit-là, l'image du bouffon en train d'aboyer ne me sortait pas de la tête. Cet homme avait une âme de bête. Et il avait l'énorme avantage de ne pas souffrir des maux du monde et de l'humanité. Seules la faim et la soif l'affligeaient. Au milieu de mon insomnie, il m'est venu à l'esprit que c'était cela que je voulais être : un chien. Né pour dormir recroquevillé aux pieds de n'importe quel maître. Ou peut-être un cheval pour être caressé par un cavalier dévoué.

Le lendemain matin, ce furent quatre heures d'affilée de réunions, que, comme vous le savez, les Cafres appellent banja. Et l'habile intelligence de notre adversaire s'y est confirmée. Mes camarades maudissent la sauvagerie de Gungunhane. Mais je dois lui reconnaître la sagacité d'un extraordinaire négociateur. Il n'a pas refusé, il n'a pas contrarié notre plus nerveuse exigence qui était de nous remettre les rebelles Mahazul et Zixaxa. Il a suggéré, en contrepartie, de joindre nos forces dans la recherche de ces fugitifs. En cas d'échec, il ne serait pas le seul coupable. Et il a critiqué notre manque d'intelligence : puisque nous voulions tant capturer ces fuyards, pourquoi en avions-nous fait tant étalage ? Celui qui poursuit une cible furtive doit agir encore plus furtivement. Et Gungunhane a avancé un autre argument qui m'a paru inattaquable : si nous ne voulions pas la guerre, comme nous l'affirmions autant, pourquoi concentrions-nous des milliers de soldats et l'artillerie à la frontière de son territoire ? La mère du régulo en personne, du nom d'Impibekezane – toujours présente dans les négociations –, a déclaré qu'il était étrange de mobiliser toute cette pompe pour capturer deux simples fugitifs. Je dois dire que cette reine mère exerce une énorme influence sur son fils et, ainsi, elle est l'une des figures les plus puissantes du royaume. Pour cette raison, les Cafres appellent cette dame Nkosikasi, la femme grande.

Les conversations achevées, sur le point de prendre congé, il s'est passé la chose suivante : soudain, mon cheval s'est approché, agité, de la tente où nous nous trouvions toujours, toussant bruyamment et libérant une écume abondante par les naseaux et par la bouche. Il bavait tellement que tous les présents furent éclaboussés de virevoletants nuages de salive. L'animal a penché sur moi son énorme tête comme pour montrer ses yeux terriblement enflés et dénoncer ainsi la mort qui avait commencé d'y loger. La bête s'est agenouillée de façon quasi humaine : elle m'avait choisi pour l'accompagner dans ce moment d'agonie. Le roi et les conseillers se montraient intrigués, mais ils ont gardé une retenue religieuse. Vous devez savoir, mon ami, que le cheval est pour ces noirs un animal presque inconnu. Le nom qu'ils lui donnent est copié du mot anglais *horse*. En effet, lors de la rencontre mentionnée, l'un des Cafres présents, entièrement pourvu d'ornements – certainement un jeteur de sorts –, s'est penché complètement sur mon cheval, a posé la main sur sa crinière et a récité une longue mélopée en langue zouloue. À mes côtés, quelqu'un m'a traduit les mots du guérisseur :

– Quand tu es arrivé, nous n'avions pas de nom à te donner. Tu as amené avec toi des cavaliers aux épées scintillantes. Mais toi, tu es une sagaie vivante, tu cours plus vite que le vent et tu sautes par-dessus les plus grands arbres. Sur le sol que tu foules, il reste une empreinte de feu.

Avant la fin de la prédication, l'animal avait poussé son dernier soupir. Je n'avais pas pu rester dans l'enceinte. Les yeux embués, je m'étais éloigné de cette mort qui, s'agissant d'un animal, était un peu la mienne. Un militaire de carrière peut-il pleurer en public ? Et par-dessus le marché à cause d'un animal ?

Le commandement militaire de Lourenço Marques dit que ce sont là les dernières discussions avec les chefs des Vátuas. Le temps joue contre nous : les nations européennes aux ambitions coloniales sont aux aguets. C'est pourquoi, pendant que nous discutons sous un soleil écrasant, qu'un cheval aux yeux humains défaille et qu'un petit homme aboie et hurle, les deux armées se préparent lourdement à la guerre. Et c'est pourquoi je vous mets en garde, pour conclure : il n'est plus sûr que vous vous déplaciez sans une escorte bien préparée. Et vous ne devez pas naviguer à nouveau sur les fleuves. Si ces terres ne sont pas à nous, les fleuves nous appartiennent encore moins. Les angolas qui nous accompagnent parlent de serpents aquatiques aux dimensions gigantesques qui renversent les bateaux. Nos informateurs assurent qu'il s'agit d'une nouvelle forme d'embuscade : les natifs tendent des cordes d'une rive à l'autre qui sont tirées au passage des bateaux. Tous ces dangers recommandent la plus grande prudence. Restez là où vous êtes jusqu'à ce qu'on prépare votre sauvetage avec la sécurité nécessaire.

Je prends congé en vous souhaitant de guérir rapidement. En meilleure santé, vous verrez, j'en suis sûr, le monde avec d'autres yeux. Notre âme est uniquement cela : un état de santé.

PS : Je vous donne un conseil, mon cher : ne gâtez pas cette négresse Imani avec des éloges. Vous courez le risque de la voir perdre sa pureté originelle et son humilité. Il m'est difficile de l'admettre mais avec les noirs c'est ainsi : on ne peut être familiers avec eux car ils se dévoient aussitôt dans leur hâte de nous ressembler. Il n'y a pas de solution : on les méprise parce qu'ils sont qui ils sont. On les hait lorsqu'ils sont semblables à nous. Grâce à Dieu, et si j'en crois vos déclarations, cette Imani est en voie de cesser d'être noire. Espérons qu'elle ne soit pas davantage que cela : une aventure fortuite et passagère dans votre longue vie.

7
Les fruits lumineux de l'arbre nocturne

Nul n'est une personne s'il n'est toute l'humanité.

Dit de Nkokolani

Je trouvai Germano dormant à l'extérieur de la pirogue qui, sur l'autel de l'église, lui avait servi de lit. Il avait souffert d'un saignement, ses pansements étaient complètement imbibés. Des feuilles de papier maculées de sang étaient éparpillées autour de lui. On aurait dit que le sergent les avait utilisées pour s'essuyer. De près, on voyait qu'elles étaient griffonnées : c'étaient des débuts de lettres. Le sergent avait saigné en écrivant.

Le sommeil du sergent était si profond que je ressentis le besoin de confirmer qu'il était vivant. Je caressai son visage pour sentir sa chaleur, j'examinai sa poitrine pour confirmer qu'il respirait. Enfin, je me signai devant l'autel et, à reculons, je me retirai de l'église.

Je me dirigeai vers la chambre improvisée que j'allais partager avec l'Italienne. Je la trouvai à l'entrée, à coiffer ses longs cheveux. Sans cesser de lisser sa chevelure, elle me dit :

– Germano est confus, il ne se souvient pas de ce qui s'est passé. À partir de maintenant, il n'existe que ma version : ce sont les insurgés qui ont tiré. Tu n'es responsable de rien, Imani.

– Je ne sais pas, dona Bianca. Je ne veux pas mentir.

– On ne peut pas mentir à celui qui ne se souvient de rien.

– Moi, je me souviens.

La chambre qu'ils nous avaient réservée était une tente militaire avec un seul lit adossé au fond. Une lampe à pétrole éclairait l'entrée. Posé par terre, un autre lumignon faisait danser des ombres sur les parois en toile. Tandis qu'elle rangeait la brosse et le miroir, l'Italienne déclara :

– Ton père m'a demandé de t'emmener à Lourenço Marques.

Le choc de cette nouvelle me fouettait aux larmes. Toutefois, je fis comme si la décision était attendue et, plus que tout, indifférente. La fausse résignation transparut quand je dis :

– Si c'est ça que mon père veut…

– Ça va te plaire, Imani. Ou tu préfères rester ici, dans cette brousse sauvage ?

Devant mon abattement, la blanche ajouta :

– Au début, tu trouveras ça bizarre. Dans mes établissements, on travaille la nuit. Tu seras une femme nocturne. Mais tu t'habitueras vite.

Le lumignon s'éteignit touché par une brise mystérieuse. Ce n'était pas ma destinée nocturne qui m'angoissait. Je pensais à Germano. Je pensais à notre séparation. Bianca remarqua ce nuage dans mon regard.

– Maintenant, je vais te demander une chose. Déshabille-toi.

– Je suis presque nue, dona Bianca.

– Enlève tous tes vêtements, nous sommes seules, personne ne nous voit.

Réticente, je me débarrassai de mon chemisier et de ma robe. L'Italienne recula d'un pas, prit le lumignon près du chevet et le leva bien haut pour mieux me contempler.

– Les hommes vont devenir fous avant de te toucher.

Elle posa la lampe pour ensuite me caresser les hanches et le ventre. Elle ne cessa de me caresser tandis qu'elle s'expliquait : elle désirait savoir ce que les blancs cherchent tant chez les femmes noires. Puis elle s'assit avec un sourire intriguant. Elle voulait voir la tête de ceux qui nous découvriraient nues et partageant la même couche.

– Tu as déjà vu ? Deux femmes, et par-dessus le marché une blanche et une noire ?

– Cette conversation ne me plaît guère, dona Bianca.

Elle ajusta les bretelles de sa combinaison sur ses épaules et s'observa dans mes yeux comme devant un miroir.

– Je n'ai plus envie d'avoir un corps. Certains hommes se sentent attirés par moi, mais juste parce que je suis la seule femme blanche. Et toi, ma chérie, qu'est-ce que tu as fait pour être aussi charmeuse et aussi dénuée de race ?

– Je suis noire, dona Bianca, argumentai-je, en haussant les épaules.

Mais je savais comment j'avais effacé les marques de mon origine. Pendant toute mon enfance, loin de mes parents, le prêtre avait patrouillé mes rêves dès le réveil, annulant les messages nocturnes de ceux qui m'avaient précédée. En dehors de cela, le père Rudolfo Fernandes corrigeait mon accent comme qui égalise les ongles à un chien. J'étais noire, oui. Mais cela c'était un accident de peau. Être blanche serait l'unique occupation de mon âme.

On entendit alors les batouques venus du côté du fleuve. Des groupes de gens passèrent sur les sentiers du village. J'allai à la porte. Et quelqu'un m'apprit un fait surprenant : le même tronc qui avait servi à attacher l'espion vátua était revenu sur le quai de Sana Benene. Le vieil arbre avait voyagé à contre-courant et sans le corps que l'on y avait attaché. Des marques incontestables sur l'écorce révélaient le destin de l'intrus : il avait fini entre des dents de crocodiles. Tout cela ne pouvait être que l'œuvre de Bibliana. Telle était la raison de cette agitation : on célébrait les pouvoirs divins qui nous protégeaient.

L'Italienne ferma les yeux et grommela : Cette sorcière ! Je lui dis que nous, nous n'utilisions pas ce terme. Et que nous parlions encore moins de ce genre de sujet pendant la nuit. Mais l'Italienne poursuivit :

– Eh bien, moi, ils me traitent tous de sorcière. Je suis une femme, je suis célibataire, je voyage toute seule à travers le monde.

En féticheuse qu'elle était, elle reconnaissait bien une autre féticheuse. Lorsque Bibliana avait dansé au centre du terrain, l'Italienne avait aussitôt identifié la présence du démon. Au moment où elle avait attrapé la tunique de la noire, d'autres mains l'avaient retenue elle. C'étaient des mains de femmes. Elle avait reconnu leurs visages : c'étaient des prostituées qui avaient été tuées dans les bars dont elle était propriétaire. Mais elle avait aussi vu d'autres mains. C'étaient des mains de gens qui lui avaient remis ce qu'elle appela de "l'argent sale".

– J'ai dit à tous que j'ai fait ce long voyage pour des raisons amoureuses. J'ai parlé de ma passion pour Mouzinho. Tout cela est faux. La vérité est que je suis venue récupérer les dettes du cantineiro Sardinha. Ils l'ont accusé de négocier des armes avec les Anglais ? Eh bien, moi j'ai négocié avec tous, Portugais, Vátuas, Anglais, Boers. On dit que mes mains sont en or ? Si seulement elles l'étaient, que Dieu me pardonne.

Elle me tendit un ruban bleu et me demanda de lui attacher les cheveux qui couvraient son dos. Tandis que j'enroulais mes doigts dans sa chevelure parfumée, la femme blanche diminua la flamme de la lanterne et sa voix s'assombrit quand elle dit :

– La vraie sorcière ce n'est pas Bibliana. C'est toi. Germano est complètement envoûté par toi. Et il faut en finir avec ça.

– En finir ? En finir comment ?

– Là où je vais t'emmener, il ne peut y avoir ni épouses, ni maris, ni amours et mariages.

Elle fouilla dans son sac pour en retirer une photographie. Bien que floue et froissée, on distinguait sur l'image la figure d'un homme grand et sec, avec un navire au fond.

– C'est Fábio, mon mari, murmura-t-elle comme si elle était à une veillée mortuaire. Et elle retourna à nouveau son portefeuille pour en retirer quelques enveloppes. Et celles-ci, ce sont les lettres qu'il m'a envoyées. Ce sont les lettres de Fábio.

Elle rangea, avec mille attentions, la vieille photographie. Et elle se lamenta en italien : *Sono tutti uguali, gli uomini sono tutti uguali*. Au début, elle avait encore cru que l'absence dont son mari se plaignait toujours était vraie. Comme l'étaient ses larmes quand elle lisait, dans un lointain village d'Italie, les messages douloureux de son bien-aimé exilé en Afrique. Illusion que la sienne. Comme les autres blancs, son compagnon vaquait à d'autres enchantements. À d'autres doux exils. Et c'est déjà sur un autre ton que Bianca revint à la charge quant à mon avenir :

– Oui, c'est ça qui va se passer : je vais faire de toi une reine. Les blancs courront pour s'agenouiller à tes pieds.

– Et si je ne veux pas, dona Bianca ?

– Tu voudras, Imani. Tu es une femme intelligente, tu sais quel avenir tu auras avec un homme estropié qui sera davantage un fils qu'un mari.

– Et si je refuse ?

– Si c'est comme ça, je rappellerai au sergent Germano qui a tiré, qui l'a rendu infirme à vie.

Elle s'allongea et, les yeux fermés, elle répéta, à présent en portugais :

– Les hommes sont tous pareils, en Afrique, en Italie ou en enfer.

Je crus qu'elle s'était endormie quand je la sentis fouiller à nouveau parmi les enveloppes. Sa main, éclairée par le xipefo, devint plus blanche encore en touchant mon épaule.

– Lis-moi cette lettre. Ne dis pas que tu ne connais pas la langue. Tu la connais, oui, c'est une lettre d'amour.

Je déchiffrai les mots, lettre par lettre. Je sautai ce que je ne comprenais pas, j'enjolivai ce que je comprenais. Mais je lis tout bas et vite, de crainte d'être entendue à l'extérieur des minces parois de toile. Peut-être était-ce différent en Italie. Mais, entre nous, les histoires ne peuvent être racontées que la nuit. Ce n'est qu'ainsi qu'on distrait le noir. Heureusement la femme blanche ne tarda pas à s'endormir.

Bercée par ma propre voix, je glissai moi aussi peu à peu dans le sommeil. Et je rêvai de l'arbre que grand-père avait planté derrière notre maison. Le jour, il était frêle et son ombre rare. Mais à la tombée du jour, il se convertissait en une créature immense et touffue. Sous le clair de lune pointaient, scintillants, ses fruits. C'était un arbre nocturne. Plus personne ne le vit resplendir. Seulement la lune et moi.

8
Troisième lettre du lieutenant Ayres de Ornelas

> … la moindre désobéissance ou un simple retard dans l'exécution de l'un de mes ordres était immédiatement et sévèrement – pour ne pas dire de façon barbare – puni à coups de nerf de bœuf, et un nègre convaincu d'espionnage fut fusillé et son cadavre brûlé, devant quelque trois cents Mabuinguelas et Mangunis*, qui s'étaient réunis sous mon ordre. Qu'on ne pense pas que j'aime voir tuer des indigènes de sang-froid ou les voir se contorsionner sous les coups de fouet, mais j'ai compris que Gungunhane était encore très redouté et respecté, en grande partie en raison des morts qu'il faisait exécuter tous les jours, et, donc, j'ai fait mon possible pour inspirer une terreur semblable à celle que répandait autour de lui le régulo vátua.
>
> Mouzinho de Albuquerque cité par António Mascarenhas Gaivão dans *Mouzinho de Albuquerque. Do Sertão de Moçambique ao Fausto das Cortes Europeias*, Cruz Quebrada, Oficina do Livro, 2008

Inhambane, le 29 juillet 1895
Cher Sergent Germano de Melo,

Grâce à Dieu, je suis revenu à ma vocation militaire. On m'a donné l'ordre d'abandonner les tâches diplomatiques et de m'engager, ici à Inhambane, dans les préparatifs d'une puissante offensive militaire qui aura lieu dans les plaines de Magul. En vérité, le séjour à Manjacaze était déjà devenu insupportable. Non seulement en raison de l'attente stérile que Gungunhane change d'attitude mais aussi parce qu'à cet endroit tout était décadent et sombre.

Vous vous plaigniez, sergent, que votre poste militaire à Nkokolani tînt davantage d'une boutique que d'une caserne ? Eh bien, la résidence de José d'Almeida à Manjacaze s'était transformée en une épicerie où l'on distribuait impunément de l'alcool. Les notables de la cour de Gungunhane, les épouses du roi et ses chefs militaires, tous feignaient d'avoir une raison pour une audience officielle. Il fallait les voir sortir, quelques instants après, marcher en titubant les bouteilles à la main. Boire n'était plus suffisant. Il était vital que celui qui buvait se distingue ostensiblement aux yeux des autres. Car il se promouvait socialement en jouissant de l'alcool des Européens.

J'ai enduré une telle faim à Manjacaze que même moi qui bois avec parcimonie, j'ai fini par consommer du vin sans la modération nécessaire, à seule fin d'oublier la rareté des aliments. Nous en sommes arrivés au point de demander à Georges Liengme de la nourriture pour nos gens et du maïs pour les chevaux. Le Suisse a fourni quatre sacs de céréales.

– Le plus triste, a commenté le médecin, n'est pas de devoir donner de la nourriture. Mais de donner sans savoir si celle-ci se destine à des gens ou à des bêtes.

Avez-vous déjà connu plus grande humiliation que ce type d'aparté venant d'un Européen ?

Je partage avec vous ces confidences préliminaires, mais je dois d'ores et déjà vous prévenir que ceci n'est pas exactement une lettre. C'est une convocation que je rédige dans l'intervalle de mes nouvelles occupations dans cette ville aimable d'Inhambane. Comme je l'ai écrit au début de cette lettre, nous sommes à la veille d'une grande attaque à Magul. Ce sera un moment crucial pour ma carrière. Ma hiérarchie a les yeux fixés sur moi et je ne peux perdre l'opportunité de briller.

Sans plus tarder, l'affaire est la suivante : j'ai absolument besoin que vous serviez d'informateur sur le terrain. Ce n'est pas une demande. C'est un ordre de votre supérieur. Rien de tout cela n'a à voir avec les promesses de vous renvoyer au Portugal, ce seront des faveurs à venir qui n'ont rien à faire ici. Ceci est différent. Il serait vital que je détienne, en première main, des informations de nature stratégique. Les plus importantes sont celles qui ont trait aux déplacements de Gungunhane ou des deux régulos fugitifs. Si je suis au courant avant tout autre officier portugais – et surtout avant Mouzinho de Albuquerque –, j'aurai un précieux atout pour me distinguer devant mes supérieurs. Notre correspondance revêt donc désormais un caractère fonctionnel et secret.

Néanmoins, vos lettres peuvent et doivent continuer à parler de vos sentiments personnels. Ce seront des annotations marginales. Le plus important est que vous me fournissiez des atouts qui me serviront moi et desserviront mes adversaires politiques. Je saurai vous récompenser. Dès que ma promotion interviendra, vous serez immédiatement renvoyé au Portugal. Telle est ma promesse.

9
Un âge sans temps

L'histoire du monde est un récit de trois jours et de trois morts. Le premier jour, il y a eu une inondation et toutes les créatures se sont converties en poissons. C'est ainsi que mes deux filles se sont noyées dans le fleuve. Le deuxième jour, un incendie a dévoré les forêts et là où planaient les nuages ne sont plus restées que poussières et fumées. Les sources se sont asséchées, les fleuves se sont éteints. Alors, toutes les créatures se sont transformées en oiseaux. C'est ce qui est arrivé à ta mère, tu ne te souviens pas d'elle sur l'arbre? Le troisième jour, une violente tempête a balayé les cieux et les créatures ailées se sont converties en animaux terrestres et se sont disséminées par monts et par vaux jusqu'à ne plus se reconnaître elles-mêmes. C'est ce qui nous arrive à nous, les survivants de guerre.

Katini Nsambe, parlant à sa fille Imani

Voici ce qui fait plaisir au cuisinier: voir le fond des assiettes lavées comme si une langue de chat les avait léchées. C'était ainsi, purifiée par la faim, que se présentait l'assiette en aluminium avec laquelle s'éventait le père Rudolfo. Soudain, le religieux suspendit l'éventail improvisé pour commenter une rumeur qui lui était parvenue: on disait que la reine Impibekezane avait été vue aux abords de Sana Benene.

– J'espère qu'elle ne pense pas venir ici, affirma le prêtre, à mi-voix.

Bien plus qu'un honneur, une éventuelle visite de cette sommité était un motif d'insécurité. Le prêtre voulait la maison de Dieu à l'écart des politiques et des guerres. L'église pouvait être une infirmerie. Mais en aucun cas un lieu de cendres et de morts.

– En ça je vous donne raison, mon père, acquiesça Bianca. Parfois, ce qui peut arriver de pire dans une guerre, c'est de gagner une bataille. Les Portugais ont gagné à Marracuene mais ils y ont laissé deux dizaines de morts. La vengeance arrive.

À cette heure, la chaleur était intense mais le présage d'une tragédie imminente nous étouffait davantage. La guerre nous encerclait de ses invisibles tenailles. Comment, cernés par autant de dangers, pourrions-nous conduire Germano à l'hôpital des Suisses, voilà ce qui me préoccupait.

– Ne vous tracassez pas, Imani, ma chérie, déclara le père Rudolfo. Et il ajouta : Votre blanc sera encore retenu ici quelque temps.

Notre départ pour Mandhlakazi était repoussé. Le docteur Liengme avait été appelé par António Enes à Lourenço Marques. Et nul ne savait quand il reviendrait.

Nous restâmes silencieux pendant que Bibliana ramassait les assiettes et les couverts pour les mettre dans une bassine avec de l'eau. Chaque fois que la noire passait, la blanche allongeait les jambes pour lui gêner le passage. Incapable de la faire tomber, Bianca pestait :

– Passe derrière les gens. Le prêtre ne t'a pas appris les bonnes manières ?

Quand enfin Bibliana se retira à l'ombre du porche de la cuisine, Bianca commenta sur un ton sévère : Ce que cette femme portait, c'était une tenue pour dormir.

– Dona Bianca, ici tous les vêtements sont pour dormir, argumenta négligemment le prêtre.

– Les femmes portent ces tenues à l'intérieur de la maison.

– Vous ne comprenez pas : la maison, pour ces gens, c'est tout ça autour.

L'Européenne regarda le chaos alentour tandis que le curé parlait :

– Ce qui se passe, dona Bianca, c'est que vous avez peur de Bibliana. Vous ne voyez pas une personne, vous voyez une noire, une sorcière.

– Ce n'est pas elle qui me préoccupe mais vous. Vous avez déjà oublié que vous êtes un prêtre, vous avez déjà oublié que cette maison est un lieu sacré.

– Un lieu sacré ? Vous voulez savoir pourquoi je suis ici ? On m'a envoyé à Sana Benene parce qu'ici c'est nulle part. J'ai été puni. J'ai dénoncé de sales affaires de gens influents.

– Quelles affaires ?

– Esclaves.

– Eh bien, convenons-en, mon père. C'est fini depuis belle lurette !

– C'est bien là le problème, dona Bianca. Ce n'est pas terminé. Et vous savez très bien de quoi je parle.

En entrant dans l'église cet après-midi-là, le père Rudolfo fut surpris par la présence de trois hommes qui occupaient la première rangée des rares chaises. Les étrangers se présentèrent : c'était Manhune, général et conseiller de Ngungunyane, et deux gardes du corps en civil. Il est mal élevé qu'un visiteur annonce de but en blanc ses intentions. Manhune était au-dessus de ces règles et, sans détour, il annonça le but de sa visite : il venait chercher les femmes.

– Quelles femmes ? demanda, le prêtre en tremblant.

– Bibliana et la blanche qui vient d'arriver.

Ils ne partiraient pas de là sans les emmener. Le Nkosi réclamait les deux. La noire, pour les pouvoirs qu'elle détenait. La blanche pour le surcroît de pouvoir que lui apporterait une épouse européenne. Presque en pleurs, le prêtre implora : S'il vous plaît, n'emmenez pas mon mari.

Les messagers rirent aux éclats. Son mari ? Ils ne firent pas attention : le blanc parlait dans une langue qui n'était pas la sienne. Et ils le corrigèrent gentiment. L'incident linguistique eut un effet de dissuasion provisoire. Le messager condescendit : que le prêtre s'organise, ils reviendraient dans quelques jours. À cette occasion, les deux femmes devraient être disponibles et prêtes à être emmenées. Et ils se retirèrent pour se dissoudre en ombres dans le paysage.

Ni Bianca Vanzini ni Bibliana ne se trouvaient dans la cour de l'église et donc le père Rudolfo profita du moment pour nous informer, mon père et moi, de la visite du chef vanguni et des prétentions de Ngungunyane. Il nous demanda de garder le secret. Il était inutile d'effrayer les femmes visées par la menace. Un silence épais s'appesantit sur nous, interrompu seulement par le glouglou de la boisson dont mon père se servait avec avidité. Irrité, le prêtre lui prit des mains la bouteille de nsope et demanda :

– Votre fils Mwanatu, où est-il ?

Katini contempla les vastes champs alentour comme s'il cherchait non pas son fils mais une langue pour répondre.

– Il est par là…

– Où ça par là ? Il ne fait pas bon errer dans les parages par les temps qui courent.

Mon père ne répondit pas, craignant d'être mal compris. On disait de son fils ce qu'on dit de tous les fous : qu'il rôdait dans la nuit pour endormir les animaux sauvages. Il apaisait les fatigues et les appétits des fauves. Ainsi il gagnait l'âme des bêtes.

– Cet enfant est toujours attardé. C'est ça la triste vérité, insista le prêtre, mal à l'aise.

Katini Nsambe ignora le respect dû à un prêtre et surmonta ses craintes devant un blanc.

– C'est mon fils, celui dont on parle.

Les nerfs l'empêchaient de rester assis. Il tourna autour de l'arbre et arracha les vieilles écorces accrochées au tronc jusqu'à se retrouver les doigts en sang.

Le prêtre parla avec moi comme si Katini n'était pas là :

– Ton père est heureux de t'emmener dans le pays des blancs. C'est cela que tu veux être : une noire dans le monde des blancs ?

Une seconde, je crus que mon père s'était penché sur le curé pour l'agresser. Ce que craignit aussi Rudolfo, se protégeant le visage de ses bras. Pourtant, Katini Nsambe ne faisait que se pencher sur le prêtre pour récupérer la bouteille d'eau-de-vie et, la tenant contre sa poitrine, il s'écarta d'un pas assuré.

– Tu sais que Gungunhane a interdit la consommation de boissons ? Il a décrété la prohibition depuis que son fils est mort ivre le mois dernier.

– Ngungunyane ne me commande pas, déclara Katini. Et il ajouta : Il sera lui-même le premier à violer cette loi.

Lissant sa longue barbe, le curé oublia un instant la maigre silhouette de mon vieux. Et reporta son attention sur moi :

– Je ne cesse d'entendre ce que les autres noirs disent de toi. Et je t'avoue une chose, ma fille : tu ferais mieux d'être blanche.

Plus qu'à une race j'appartenais à une espèce maudite : j'étais amie des blancs. Ils me jetteraient cette condition au visage comme on fait aux fous et aux lépreux.

– Tu finiras, dit-il, par être jalouse du mépris avec lequel on traite ton malheureux frère.

Et il y avait une autre leçon, peut-être la dernière, qu'il voulait me transmettre. Notre terre était une île: ceux qui arrivent ne veulent pas rester. Aussi fort que nous les aimons, nous ne devons pas nous livrer de toute notre âme.

– Ceux qui frappent à notre porte sont de passage. Ouvre-leur la maison mais garde ton âme fermée.

Il faisait référence à mon attirance pour le sergent. Mais le prêtre parlait également de lui-même. Un homme entre des mondes, une créature entre des frontières. Pour les blancs, il était l'ami des nègres. Pour les noirs, il n'était qu'un Portugais de deuxième catégorie. Pour les Indiens qui partageaient avec lui sa couleur de peau, le prêtre n'était personne. Il avait la langue, la croyance et les manières des Européens. Il n'était pas un traître. Simplement, il n'existait pas.

– C'est là la triste loi du monde: ceux qui existent par moitié finissent par être doublement haïs.

Une bouteille vide tomba sur le sable à mes pieds. C'était mon père qui, revenu en notre compagnie, s'asseyait en silence. Rester ainsi muet était une manière de demander pardon. Il frotta longuement les mains sur ses genoux pour s'armer de courage:

– Dites-moi une chose, mon père. Votre épouse, là, cette femme, cette Bibliana parle la langue d'ici, mais elle n'est pas une femme des nôtres, des Vatxopi?

– Drôle de question, Katini! Vous avez voulu savoir quelle était la tribu du sergent portugais? s'enquit le prêtre. Et il ajouta: Bibliana est de la tribu des femmes. C'est cela qu'elle lui répondrait s'il l'interrogeait.

On entendit des explosions au loin. Juste après, des tirs. Et une cavalcade de chevaux qui s'éloignaient. Et ensuite plus rien.

– Qui peut bien tirer maintenant? demanda le prêtre.

Personne ne pouvait répondre. Combien de guerres y a-t-il à l'intérieur d'une guerre? Combien de haines se cachent quand une nation envoie ses enfants à la mort? Je devinai les cris qui s'évanouissaient au loin. Et celles qui criaient et que nul n'entendait parce qu'elles étaient loin, toujours trop loin, étaient certainement des femmes. Le prêtre soupira dans une sorte d'ennui:

– Encore des enterrements!

Et les deux hommes burent. Chaque fois qu'ils remplissaient leurs verres, ils maudissaient le roi de Gaza :

– Que ses fils et ses filles meurent ! Et qu'ils restent sans sépulture et soient dévorés par les quizumbas.

Les ivrognes sont comme les prisonniers : ils créent un temps qui ne peut être partagé qu'entre eux. Exclue, je demandai l'autorisation de me retirer. Mais le prêtre me dit de rester : il y avait un sujet qu'il voulait éclaircir auprès de mon père.

– La guerre est à notre porte, mon frère Katini. Vous ne croyez pas que c'est le bon moment pour Imani de savoir la vérité sur celles qui sont mortes ?

– Laissez le temps en paix, dit mon père.

– Ce n'est pas le fleuve qui a emporté tes sœurs, affirma le curé. Oui, elles ont bu l'eau d'un puits empoisonné.

– Un poison mis par qui ? demandai-je, avec une surprenante sérénité.

– Par le démon, rétorqua le prêtre.

Et mon vieux confirma d'un signe de tête. Dans le calme tendu et dense qui s'ensuivit, les moindres détails prirent la dimension d'un présage : la chute des premières gouttes de pluie, l'odeur qui semblait émerger de la terre mais qui naissait d'un recoin primitif de notre âme. Et, à nouveau, on devina le cri muet des femmes, au-delà du lointain.

– Ce sont des choses passées, déjà anciennes, dit le prêtre en guise de caresse de l'âme.

– Il n'y a pas de choses anciennes, affirma Katini. Il y a des choses vides comme cette bouteille.

10

Deuxième lettre du sergent Germano de Melo

> … étant de grands conquérants de terres, les Portugais n'en profitent pas, mais se contentent de les excorier le long de la mer comme font les crabes.
>
> Frei Vicente de Salvador, *História do Brasil*, 1627

Sana Benene, 8 août 1895
Votre Excellence Monsieur le Lieutenant Ayres de Ornelas,

Votre Excellence m'a ordonné de vous servir d'espion. Je me suis immédiatement attelé à cette nouvelle fonction et, par cette même missive, je vous transmets d'ores et déjà une information sur un fait étrange survenu à Sana Benene. Hier, il s'est passé que la reine Impibekezane, la mère de Gungunhane, s'est présentée à l'église. La grande dame des Vátuas a fait son apparition en milieu d'après-midi, accompagnée d'une petite délégation discrète. Je dormais alors profondément et même le brouhaha ne m'a pas sorti de ma sieste. Le prêtre a logé la visite royale dans une baraque en bois et en zinc, cachée dans un fourré. Parler de cette remise mérite une parenthèse. L'intention première de Rudolfo Fernandes était d'y installer un atelier typographique pour reproduire des textes religieux. D'une vieille réglette et d'une presse ne restaient plus que des pièces détachées, éparpillées dans les coins. Ainsi que la boîte en bois avec quelques caractères, alignés là comme des soldats en parade.

On m'a réveillé par à-coups, annonçant l'arrivée des étranges visiteurs. Encore ensommeillé et appuyé sur les bras d'Imani et du prêtre, j'ai traversé lentement la cour, désireux de connaître la vieille dame qui exerçait autant d'influence sur Gungunhane et sa cour. Comme Votre Excellence le sait bien, la reine Impibekezane n'est pas la mère de sang du monarque. Cette vraie mère est décédée récemment et, à la demande expresse de son époux Muzila, elle a été enterrée enveloppée dans le drapeau portugais.

Imaginez, Votre Excellence, que ma personne était la raison de cette visite inattendue ! Impibekezane avait entendu parler de l'arrivée d'un militaire blanc à Sana Benene et elle entendait rencontrer en privé ce Portugais. C'est ainsi qu'on m'a réveillé par à-coups, car ils ne voulaient pas faire attendre une visiteuse aussi illustre. À la porte de la baraque se trouvaient deux soldats vátuas qui servaient d'escorte à la reine. Ils n'arboraient aucun signe qui les identifiait comme militaires. À la porte, ils ont inspecté les bandages autour de mes bras. Puis d'un hochement de tête, ils m'ont autorisé à entrer. En revanche, ils ont interdit le passage du prêtre et d'Imani.

Au fond de l'auvent étaient assises deux femmes. La reine mère se distinguait par sa coiffure étagée, ses multiples colliers de missangas* et les bracelets qui ornaient ses poignets et ses chevilles. Comme on me l'avait recommandé, je lui ai adressé une salutation qui n'était permise que si elle était destinée au roi :

– Bayete ! articulai-je, m'inclinant en une révérence peu convaincante.

J'avoue, Excellence, avoir été attiré par une autre femme, bien plus jeune et qui se détachait par sa beauté rare et délicate. Je n'ai pas de mots pour décrire cette dame : une peau d'un ton rouge, un corps parfait et un visage bien dessiné. Cette noire m'a tellement fasciné que, remarquant mon trouble, la reine a dit à l'autre de s'asseoir un peu plus loin, effacée par la pénombre du recoin. J'ai parlé en portugais dans le vain espoir qu'on autorise Imani à servir de traductrice. La belle jeune fille m'a surpris en répondant dans ma langue. Elle a expliqué que les sujets qui seraient traités là étaient trop confidentiels. Elle a annoncé qu'elle s'appelait Mpezui, elle était la sœur du roi de Gaza et elle avait fréquenté, pendant son enfance, une école que les Portugais avaient construite à Manjacaze. Et elle m'a fixé de ses yeux profonds et noirs, faits pour cerner l'âme d'un homme.

La reine mère était inquiète de la tension qui régnait dans notre région. Les deux armées concentraient des milliers d'hommes dans la plaine de Magul. Elle a voulu savoir quelle place j'occupais dans la hiérarchie militaire. J'ai fait référence à mon grade de sergent et les deux femmes ont échangé quelques phrases pour ensuite s'incliner avec divers signes de révérence. Avec enthousiasme, Mpezui a déclaré que le roi de Gaza détenait le même rang de sergent de l'armée portugaise et que, pour cette raison, ma personne méritait le plus grand respect. Elles se trompaient. Elles confondaient les grades de sergent et de colonel, qui était la distinction que le roi Dom Carlos avait attribuée à Gungunhane. Je ne les ai pas contredites. Mais l'aspect inhabituel de cette visite m'a énervé au point que les frissons de fièvre me sont revenus. Mon cœur palpitait dans mes poignets et le sang a coulé des bandages. J'ai dissimulé ce suintement derrière mon dos.

– Mon défunt mari, Muzila, a été un grand ami du Portugal, a annoncé la reine. Pourtant, le souverain vátua était mort sans illusions : une partie des promesses des Portugais n'avaient jamais été tenues. Mais c'était vrai dans les deux sens : le monarque africain avait aussi oublié d'honorer ses engagements. Votre Excellence relèvera ces omissions de part et d'autre. Vous savez bien que la nature humaine est ainsi faite : nous avons une mémoire pour oublier nos fautes.

La reine mère a posé sur moi un regard réprobateur tandis qu'elle me mettait en garde de ne jamais, mais jamais, la décevoir. J'ai baissé la tête non pas en signe d'obéissance, mais parce qu'un vertige a brouillé mon discernement.

– Par les temps qui courent, la déception se paie avec la vie, a intimé la souveraine.

La terre que je foulais était sacrée, a déclaré la reine. Sur ce sol vivaient ses morts. Avec un détail inutile, elle a décrit la cérémonie funèbre de Muzila. J'ai écouté le récit funèbre de manière lointaine et fragmentée, devenu sourd ici et là : le corps du défunt Muzila était resté suspendu à un arbre afin que les liquides soient recueillis dans une large bassine. Ces fluides seraient ensuite utilisés pour amender les sols.

– Nous mourons pour être graine, a conclu la visiteuse, retouchant sa coiffure sans paraître jamais toucher ses cheveux. Elle a inspiré profondément avant de recommencer à parler. Je suis reine. Mais avant tout je suis mère. Les hommes, a-t-elle déclaré, sont éduqués pour faire la guerre. Ils ignorent néanmoins qu'aucune armée n'a autant de force qu'une femme défendant sa progéniture.

N'étant pas le sang de son sang, Gungunhane – ou Umundungazi comme elle l'a désigné – était le préféré de ses fils. Et elle était disposée à le défendre à tout prix. C'était la raison de la présence de la reine : elle avait conçu un moyen de sauver l'empereur. Ce plan sauverait en même temps la vie et l'honneur des Portugais qui, aux yeux du monde entier, seraient les uniques vainqueurs. Les seuls à ne jamais reconnaître cette victoire seraient les vaincus. Et ainsi, au long des siècles, ils fêteraient autrement leur triomphe.

La reine mère s'est penchée sur moi comme pour me dire un secret. La belle Mpezui a imité le geste de la souveraine et a effleuré mes oreilles de ses lèvres pour traduire le murmure de Impibekezane :

– Écoutez-moi comme si vous étiez mon fils.

Mais à cet instant crucial, j'ai senti une immense hémorragie inonder le sol derrière moi. J'ai eu encore le temps de comprendre qu'elle parlait de Sanches de Miranda, le Mafambatcheca. Mais je me vidais déjà par les poignets. J'ai essayé de demander de l'aide mais les mots n'ont pas affleuré à ma bouche. Le monde était déjà sombre quand je suis tombé dans mon propre sang.

Je ne peux témoigner, Excellence, de ce qui a pu se passer au cours de cette absence temporaire. Quelqu'un a dû me traîner parce que je me suis réveillé déjà dans ma chambre, effrayé par un bruit infernal qui venait de la cour.

Je dois terminer ici pour ne pas manquer le messager qui va partir immédiatement. Bientôt, je donnerai d'autres nouvelles.

11
Le vol du mot en métal

> Voici ce qu'on nous dit avant même notre naissance : que la grande vertu de la femme est d'être toujours présente sans jamais parvenir à exister.
>
> Dit de Bianca Vanzini

Je me réveillai avec un énorme remue-ménage et, par la fenêtre de la sacristie, je vis des gens courir de façon chaotique. La première chose qui me passa par la tête fut que nous étions attaqués. C'était peut-être mon propre peuple, les Vatxopi, dans le but de séquestrer la reine mère.

Ce fut Rudolfo qui m'éclaira sur ce qui se passait là : après le départ de la suite royale vanguni, on avait constaté que les visiteurs avaient volé tout le métal se trouvant dans la remise. Les étagères étaient vides. Les objets en métal conçus pour divulguer la parole de Dieu servaient à présent à faire des balles.

Au même moment, le sergent Germano sortit de la maison. Il s'informa sommairement de ce qui s'était passé et, le doigt menaçant, avertit le curé qu'il attendait de lui un rapport de l'attaque. Il se comportait comme s'il était le propriétaire de l'église. Le prêtre dédaigna l'ordre. Quelle importance avait la disparition de quelques bouts de métal devant la bonne nouvelle de la victoire écrasante obtenue par les Portugais à Magul ?

– Tu ne célèbres pas les victoires de ton armée ? s'enquit Rudolfo.

La nouvelle semblait source de tracas pour le sergent. Peu lui importait que six mille guerriers ennemis dirigés par l'odieux Zixaxa aient capitulé devant quelques centaines de combattants portugais. Peu lui importait que les mitrailleuses de ses compatriotes aient laissé quatre cents morts dans la plaine de Magul. La seule chose que Germano de Melo voulait savoir concernait le vol des pièces en métal. Rudolfo fixa le soldat dans les yeux et lui dit :

– Je vois la peur dans ton âme, mon fils.

Et il lui tourna le dos. Mais le sergent lui emboîta le pas : que le curé n'oublie pas que, même blessé, il avait ses devoirs sacrés. Et qu'il devrait rendre des comptes de l'incident.

– Rendre des comptes à qui ? demanda le prêtre.

– J'ai mes supérieurs.

Le prêtre se munit d'un seau pour aller recueillir l'eau du fleuve. À mi-chemin, il commenta encore :

– Va retrouver Imani, mon fils. Tu as besoin d'urgence d'un réconfort.

À cet instant, nous croisâmes Bibliana et, sans interrompre sa marche, elle aborda en txitxope le sergent halluciné :

– Combien de bibles existent, mon soldat ? Une pour les Anglais, une autre pour les Portugais ? Une pour les blancs, une autre pour les noirs ? Ce Dieu dont on dit qu'il est unique, quelle langue parle-t-il ?

Les questions affluèrent en cascade et le Portugais n'y comprit rien du tout. Quand il s'approcha de moi, je vérifiai son état perturbé. Son regard était méconnaissable quand il tendit le bras en direction de mon visage :

– Ces cheveux, Imani…

– Qu'est-ce qu'ils ont mes cheveux ?

– Tu ne peux pas les discipliner ?

– Ils sont broussailleux ?

– Dorénavant tu vas te mettre à les lisser. Je ne veux plus de cheveux crépus qui me font mal aux doigts, ces maudites boucles passent dans les bandages, elles infectent mes blessures.

Les fièvres étaient revenues, pensai-je. Mais ce n'était pas un retour. Il y avait sur son visage une crispation dont il n'avait jamais témoigné auparavant. Timidement, j'effleurai ses cheveux de mes doigts. Avec brusquerie, il repoussa mon geste. Méfiant, le Portugais jeta un coup d'œil autour de lui, comme pour s'assurer que personne ne nous écoutait. Il lança alors une question inattendue : si le père Rudolfo méritait notre confiance. Devant ma stupéfaction, il insista :

– N'est-il pas de mèche avec les nègres ?

– Les nègres ? questionnai-je, interdite.

Le sergent ne s'aperçut pas de l'aspect inhabituel de ses mots. Et il doutait déjà que Rudolfo fût vraiment prêtre.

– Tu connais l'histoire de cet individu ?

C'était quelque chose de connu à Sana Benene : tous les matins, le prêtre se regardait dans la glace. Il croyait que, jour après jour, ses yeux marron devenaient bleus. Qu'il se dépouillait de sa race comme les serpents se libèrent de leur ancienne peau. Et qu'il ressemblait de plus en plus à sa génitrice portugaise qu'il ne connaissait que par ce qu'on lui avait raconté.

– Je ne crois pas que ce type ait une mère portugaise. À vrai dire, je ne sais même pas s'il a une mère quelconque, déclara Germano.

– Vous voulez savoir qui est Rudolfo Fernandes ? Personne de mieux que moi pour vous raconter l'histoire de ce prêtre.

La mère de Rudolfo Fernandes était l'une de celles qu'on appelle "orphelines du roi". Recueillie dans un orphelinat de Lisbonne, elle fut envoyée par le monarque portugais à Goa. En Inde, elle devait épouser l'un des rares Portugais à y travailler. Le but était de maintenir la soi-disant "pureté de la race". Dans le cas de la mère de Rudolfo, ce dessein ne fut pas atteint : l'orpheline choisit non pas un blanc mais un Indien à la peau bien sombre. Le fils de ce couple inattendu fut remis au séminaire de Goa où il fit sa formation religieuse. Le séminaire terminé, les autorités lusitaniennes l'envoyèrent de l'Inde au Mozambique, car sur tout le territoire il n'y avait pas plus d'une demi-douzaine de prêtres qui évangélisaient dans une langue civilisée et civilisatrice : le portugais. Les autres chrétiens, les calvinistes suisses, répandaient de façon équivoque la parole de Dieu. Ils encourageaient les noirs à écrire dans leurs propres langues. Ils leur enseignaient à être africains.

C'est avec la mission de contrarier ces influences que le père Rudolfo débarqua à Makomani, le village de la côte. Et c'est ainsi qu'il débarqua dans mon enfance. Au début, le Goanais fut enthousiasmé : l'église débordait de gens aux messes dominicales. Lesdits "indigènes" recevaient avec enthousiasme les abécédaires pour apprendre à lire. Le missionnaire crut que les Africains s'appliquaient à déchiffrer les lettres. Naïveté que la sienne. Les anciens prenaient les cahiers et déchiraient les feuilles pour allumer des feux pour frire le poisson.

Mon père, Katini Nsambe, vit dans le catéchisme davantage qu'une conversion religieuse : c'était une porte s'ouvrant sur le monde des blancs. Son intention était celle-là : que moi, Imani, je me défasse de mon origine. Que j'échappe à moi-même vers un autre destin, sans retour, sans race, sans passé.

– Dans ce métal qu'ils ont volé, il y avait un peu de moi, dis-je, en interrompant le long récit.

Pour contrecarrer l'influence des protestants, Rudolfo décida de traduire la Bible. Pendant des mois, je l'aidai à la conversion du portugais en txitxope. Une fois j'eus l'audace de douter du caractère sacré du livre. Ceux qui l'ont écrit, imprimé, ne sont-ils pas de simples mortels ? Pour Rudolfo, la réponse était claire et simple :

– Les livres ne sont jamais écrits. Nous les écrivons en les lisant.

Ce livre n'était peut-être pas sacré. Mais il rendait les personnes sacrées. C'était comme cela que le prêtre nous apprenait au catéchisme. Pourtant lui, ni le livre ni la foi ne l'aidèrent à demeurer lucide et intègre. Loin de Goa, éloigné des siens, le jeune clerc perdit le sens de la réalité. Nombreuses furent les femmes qui couchèrent avec lui dans l'église. Il soutenait que c'était là la meilleure façon d'administrer la première communion. Mais sa dépravation ne se résumait pas aux plaisirs charnels. À l'orée de la plage s'accumulaient par dizaines des bouteilles de vin déjà consommées. La mer les prenait par la taille et elles évoluaient, danseuses solitaires, sur la crête des vagues. Elles voyageaient, selon le missionnaire, de retour aux plages de Goa. Vides, aussi vides que l'homme qui les avait bues.

Une fois, il me donna l'ordre de suspendre les travaux de traduction et de lui rendre la Bible.

– Nous n'avons plus besoin de traduction. Ni de plus aucun livre.

Et il désigna le fleuve, les dunes et, plus loin, la mer. Et il déclara :

– Celle-ci est ma bibliothèque.

12

Troisième lettre du sergent Germano de Melo

> La pire souffrance n'est pas d'être vaincu. C'est de ne pas pouvoir lutter.
>
> Proverbe de Nkokolani

Sana Benene, 9 septembre 1895
Votre Excellence Monsieur le Lieutenant Ayres de Ornelas,

Je sais qu'après la bataille de Magul, Votre Excellence est retournée à Inhambane et j'imagine que, devant l'euphorie des grandes nouvelles, vous n'avez pas eu connaissance des événements que je vais relater. Tout a commencé la nuit dernière quand les chiens ont dénoncé la présence d'un intrus. Des gens sont sortis des maisons pour savoir ce qui se passait. Un nègre de l'ethnie des Vandau était entré dans le village en trébuchant. Il était blessé, saignant à la poitrine et aux jambes. Imaginez, Votre Excellence, il avait survécu à un peloton de fusillés à Chicomo. Il avait fait le mort après être tombé à terre. Alors que les soldats se penchaient sur le corps pour confirmer l'exécution, un énorme serpent avait surgi de l'obscurité, provoquant la débandade générale. Gravement blessé, l'homme s'était engouffré dans une pirogue et avait laissé le courant l'entraîner jusqu'à Sana Benene.

C'était Mouzinho de Albuquerque qui l'avait condamné à mort, croyant qu'il s'agissait d'un espion de Gungunhane. Ils lui avaient fait enlever tous ses vêtements pour vérifier si son corps arborait les tatouages traditionnels de nos ennemis. Cela ne faisait que repousser la sentence. Qu'il exhibât ou non les marques de l'ethnie coupable, le malheureux était condamné : le simple fait d'oser circuler dans la zone annexe de la caserne était une preuve suffisante.

C'est un miracle que le Cafre soit arrivé vivant à Sana Benene. Quand Bibliana est arrivée, j'ai remarqué quelque chose de particulier se passer entre elle et le survivant. La guérisseuse est restée immobile à contempler l'intrus et, soudain, elle s'est jetée dans ses bras avec effusion. C'est mon beau-frère Manyara, a-t-elle annoncé en larmes. Et tous les deux, enlacés, sont entrés dans l'église. Tous savaient quoi faire : Imani est allée faire bouillir de l'eau, Bianca est allée chercher des bandages et des vêtements propres et le prêtre est resté assis les yeux fixés sur moi. Que se passe-t-il, mon fils ? a-t-il demandé sur un ton paternel irritant. J'ai rappelé qu'il s'agissait d'un prisonnier déjà condamné et qu'il devait être conduit à Chicomo pour être rendu à la justice. Pour qu'on le tue à nouveau ? a ironisé le prêtre.

Je lui ai rappelé comment, de cette façon, nous étions complices d'un criminel. Rudolfo m'a affronté avec une agressivité inattendue :

– Cet homme n'est jamais passé par ici, vous avez entendu ? Bibliana va s'occuper de lui comme elle s'est occupée de vous et, après, il poursuivra son chemin comme vous poursuivrez le vôtre.

Je suis entré dans l'église et j'ai senti l'arôme des décoctions que je connaissais si bien. Le Cafre blessé occupait le lit dans lequel j'avais auparavant fait ma convalescence. J'ai donné l'ordre au nègre de raconter ce qui lui était arrivé à Chicomo. J'ai voulu savoir si, lors de son interrogatoire, il avait admis être un espion. C'est Bibliana, avec son pauvre portugais, qui a traduit les déclarations chancelantes de son beau-frère : Mon beau-frère dit qu'il a parlé dans sa langue, le xindau, et aucun des Portugais ne l'a compris. Et la prophétesse a commenté qu'une même équivoque se produit entre les blancs et les noirs : ceux dont nous ne comprenons pas la langue sont déjà en train d'avouer leur culpabilité.

Vos nouvelles instructions, Excellence, ne me sortaient pas de la tête. C'est ainsi que, malgré l'opposition de la guérisseuse, j'ai insisté pour que le noir maltraité raconte les circonstances de sa détention et de sa fuite consécutive. Entre gémissements et grimaces, l'homme a rappelé l'enfer qu'il avait enduré à Chicomo. Quand on l'avait traîné devant le mur, Mouzinho de Albuquerque avait fait stopper les soldats pour leur rappeler le déroulement : seuls les blancs pouvaient composer le peloton de fusillade. Après les coups de feu, le Cafre avait cru qu'il était réellement mort. Je n'ai pas eu à faire semblant, je suis ici parce que j'ai ressuscité, a-t-il murmuré. Et il a ajouté, avec un sourire juste ébauché : J'ai ressurgi grâce à ma belle-sœur. Pendant deux jours, il s'était traîné sur de pénibles chemins pour venir remercier Bibliana, la veuve de son défunt frère. C'était elle, avec ses magies, qui l'avait protégé contre les balles. Et c'était par les mains de cette sangoma – comme on appelle ici les guérisseuses – qu'il se remettrait de ses graves blessures.

Exténué et souffrant, l'homme a demandé qu'on le laisse seul. Mais avant que nous nous retirions, il a balbutié un message que Bibliana a traduit. L'intrus me mettait en garde de m'enfuir de là. Il disait que la guerre allait arriver. Et cet endroit n'était bon ni pour les blancs ni pour ceux de sa tribu, les Vandau. Tous les deux nous étions des fantômes et pesions sur ce vide.

Dona Bianca a approuvé le message de l'étranger et a agité les mains comme si, plus que d'écouter, nous devions voir ses paroles :

– L'homme a raison. Sauvez-vous de l'armée, Germano.

– Vous savez ce qu'on fait aux déserteurs, a mis en garde le prêtre, amer.

– Allons, mon père, au milieu de ce chaos qui s'apercevra que cet homme existe ? a demandé Bianca. Puisque personne ne s'en est rendu compte avant, quand il se trouvait à son poste, qui le remarquera maintenant ?

Bianca et Rudolfo ont continué à parler comme si je n'étais pas là. J'ai cherché les yeux d'Imani mais elle a détourné le visage. J'ai compris. Puisque je ne me reconnaissais pas moi-même !

Et tels sont, Excellence, les événements mouvementés qui se sont produits par ici. Je suis retourné dans la chambre et me suis mis à griffonner cette missive. Et j'ai passé le reste de la matinée dans un état de prostration inexplicable. Je ressentais, je l'avoue, un manque profond d'Imani. À midi, on est venu annoncer que le beau-frère de Bibliana n'avait pas résisté à ses blessures. La dernière chose qu'il a demandée, c'est de lui amener quelqu'un qui lui chanterait quelque chose dans sa langue maternelle. J'ai encore assisté au début des préparatifs de l'enterrement. Le prêtre m'a appelé à part pour me dire qu'au moment de l'extrême-onction – qui pour les Cafres est un baptême –, le Cafre lui avait avoué que l'accusation pesant sur lui était vraie. Voilà des semaines qu'il faisait de l'espionnage. Il remettait des informations à Gungunhane en échange de la vie sauve de sa famille, esclave à la cour de Gaza. Et c'est alors, Excellence, que le prêtre a révélé quelque chose d'extraordinaire. Voici mot pour mot ce qu'il m'a dit : Ce ne sont pas les espions qui manquent par ici. Si nous les fusillions tous, peut-être ne serais-tu plus parmi nous.

Il y avait dans les paroles du curé une insinuation qui m'a déplu. Peut-être était-ce ma mauvaise conscience, mais cette nuit-là je n'ai pas trouvé le sommeil. La vérité c'est que j'ai été un espion expérimental. Qui, par-dessus le marché, n'a pas dépassé sa période d'essai. La vérité c'est que les paroles de Rudolfo m'ont laissé dans un profond désarroi. Mes mains sauves, c'était mon âme qui, à présent, me manquait.

À la tombée de la nuit, les funérailles de l'intrus terminées, je frappai à la porte de Bibliana. Je voulais être blindé par les esprits africains. Je voulais être protégé contre les balles, contre les amours défaites, contre mon passé, contre moi-même. Nul ne pouvait connaître mes intentions et j'ai donc souhaité que la noire réponde rapidement aux coups légers à l'entrée de chez elle.

La devineresse a entrouvert la porte à moitié déshabillée, ses seins fermes et ses cuisses s'insinuant par l'ouverture de sa capulana. Et ce qui est arrivé d'autre n'a certainement pas la moindre importance pour Votre Excellence. Cependant, je ne manque pas de vous prévenir de la nécessité de surveiller de près ce personnage polémique et charismatique. Votre Excellence imagine difficilement le pouvoir que cette sorcière a sur les indigènes. Soyez-en sûr : aucune armée ne peut nous menacer autant que cette femme avec ses prières et ses prophéties. Ma recommandation est de garder cette négresse sous surveillance. Ce n'est pas la raison pour laquelle je lui ai rendu visite, cela je l'ai déjà avoué. Mais l'exécution de son beau-frère, le fameux espion venu mourir à Sana Benene, ne nous met guère dans une position favorable. On ne peut que s'attendre à ce que Bibliana ait aujourd'hui une énorme animosité contre les Portugais.

En un mot, nous devons garder cette dame à l'œil. Nous aurions tout intérêt à connaître son passé et à voir comment nous pouvons en faire notre alliée. Dans les lignes qui suivent, j'ébaucherai un portrait sommaire de la personne en cause.

Bibliana est née et a vécu jusque récemment dans un village proche de Chicomo. Elle avait, comme il est banal par ici, un autre nom qui n'est pas maintenant à propos. Son père fut emmené comme esclave, sa mère fut tuée en tentant de défendre sa famille. Pendant des semaines, les chasseurs d'humains avaient fouillé le village pour être sûrs que personne ne s'était échappé de la prison et n'était revenu sur son lieu d'origine. Esclaves et maîtres d'esclaves étaient tous de la même race, de la même langue, des mêmes dieux.

C'est ainsi que Bibliana, encore enfant, se retrouva avec sa grand-mère maternelle, sa seule parente. La vieille avait les jambes déformées et, en cas d'attaque, elle ne parviendrait pas à fuir. À la fin de chaque journée, sa petite-fille la mettait dans un sac en toile de jonc afin qu'elle fût traînée dans la brousse, en cas d'urgence. Une nuit, le village fut incendié et Bibliana fut forcée d'abandonner sa grand-mère qu'elle avait juré de protéger. La fille s'enfuit et disparut dans la forêt.

Quelques jours plus tard, les premiers missionnaires protestants à visiter la région la recueillirent. Aucun d'eux n'était européen. Les deux noirs venaient du Transvaal et évangélisaient en langues africaines. Pendant le catéchisme Bibliana vit son histoire écrite dans le livre sacré. Avec la permission des missionnaires, elle troqua son nom d'enfance et adopta cet autre nom par lequel tous la connaissent maintenant. Avec la bénédiction des missionnaires, elle épousa un pêcheur du village. Les années passèrent sans qu'elle ne tombât enceinte. Son mari avait le droit de l'abandonner. Mais il n'en fit rien. Il ne lui jeta jamais non plus à la figure sa condition de femme stérile. En signe de gratitude, Bibliana travailla durement en capturant des serpents et des crocodiles pour ensuite vendre leurs peaux. Son mari en vint à penser qu'elle était une dompteuse de caïmans. Mais elle prouva qu'elle disait vrai en exhibant la machette et les pièges.

Avec l'argent qu'elle accumula, Bibliana acheta deux nouvelles femmes et les offrit à son mari. Ces épouses eurent des enfants et la famille se constitua. Lors d'une attaque du village, lui fut tué par les troupes de Ngungunyane. Veuve, elle crut que la famille se disloquerait. Cela n'arriva pas. Les autres épouses restèrent avec elle, ainsi que leurs enfants respectifs. Étrangement, les enfants se mirent à appeler Bibliana "tate", le mot utilisé pour dire "père". Les épouses craignirent que l'âme du défunt ne se révoltât. Mais rien n'arriva. Et Bibliana pensa: Ma bonne fortune s'est étendue au-delà du raisonnable. Le sexe, l'âge et le veuvage n'autorisent pas autant de chance. Elle ne tarderait pas être accusée de sorcellerie. C'est alors qu'elle prit sa décision:

– Gardez ma maison, gardez mes affaires. C'est moi qui m'en vais.

Et elle partit à Sana Benene où elle rencontra le père Rudolfo. Et la certitude que son histoire était inscrite dans le Livre Sacré ne lui suffit pas. Peu à peu, elle assuma qu'elle était une Sainte Vierge :

– Les enfants que j'ai élevés n'étaient pas aux autres. C'étaient les miens. Je suis comme la mère de Dieu : j'ai enfanté avec des hommes avec lesquels je n'ai jamais couché.

C'est ainsi que cette femme peu commune s'est installée à Sana Benene. Que s'est-il passé pour qu'elle devienne maîtresse des lieux et du cœur du curé, le mystère reste entier. Mais de cela je rendrai compte dans un autre rapport.

13

Entre balles et flèches

> Le fleuve est une larme retournant aux yeux de Dieu.
>
> Dit de Chikazi Makwakwa, mère d'Imani

Mon sommeil fut rongé par la jalousie. Je ne connais pas de triturateur de l'âme plus efficace : la jalousie est un moulin à vent qui tourne sans qu'il n'y ait aucune brise. L'enthousiasme inhabituel avec lequel il y a quelques jours le sergent m'avait parlé de Mpezui était une fausse brise. Désormais il y avait une raison, elle bien réelle. Le souvenir de la nuit passée était un poignard dans ma poitrine : tard dans la nuit, le sergent Germano frappant à la porte de Bibliana. Ce souvenir se renouvelle, d'instant en instant. Voilà comment j'entendis la voix tremblante du Portugais mendier qu'on le soigne. Fière et provocante, la femme interrogea :

– Mais ne vous ai-je pas déjà soigné, mon blanc ?

– C'est un autre traitement.

Germano entra, la porte se referma. Je cessai de voir, d'entendre. Et entrepris de deviner, sachant que l'imagination est le plus acéré des sens. Toutefois je n'eus pas le temps de me tourmenter. Car, quelques minutes plus tard, la même porte se rouvrit et Bibliana sortit dans la cour en portant l'uniforme du sergent. Elle hésita dans le noir pour se diriger ensuite vers moi d'un pas décidé. Elle tendit sa main et me conduisit chez elle où un Germano triste et honteux tremblait dans un coin, couvert d'une simple capulana. Nous avons échangé nos vêtements, murmura Bibliana, expliquant l'évidence. Un doute s'alluma aussitôt en moi : auraient-ils échangé autre chose ?

– Il est venu demander que je le blinde contre les balles, déclara Bibliana en désignant le Portugais. Il a peur, ton blanc, là.

– Je suis paniqué, Imani, balbutia le sergent, tremblant. J'ai créé des ennemis partout. J'ai besoin d'aide.

– Eh bien, je ne vais pas vous blinder, Germano.

Et avant que le sergent ne proteste, la sangoma poursuivit :

– Faites les comptes, mon blanc. Combien de soldats sont morts dans cette guerre ? Et combien de femmes ont été agressées, violées, assassinées ? Et maintenant, répondez : qui a le plus besoin d'être protégé ?

Et elle claqua ses bottes sur le sol comme si elle était passée de prophétesse à une fonction militaire. Elle posa fermement la main sur mon épaule pour déclarer :

– Tu n'as pas besoin de cérémonie, ma fille. Tu es immunisée depuis longtemps.

Elle se déshabilla devant nous pour rendre son uniforme au sergent.

– Et vous, mon blanc, vous pouvez garder cette capulana qui semble avoir été faite à votre taille, plaisanta-t-elle.

Puis elle nous ordonna de sortir tous les deux et de profiter de la nuit pour, comme elle dit, nous immuniser encore plus.

Je menai le Portugais frissonnant par le bras en prenant soin qu'il ne trébuche pas sur la capulana qui couvrait son corps. Si le lieutenant me voyait dans cet état, se plaignit-il en chemin. Dans la sacristie, je l'aidai à se coucher dans son lit improvisé. Il me tendit les bras pour me demander :

– Je saigne encore ?

Je ne le sus jamais. Si l'hémorragie ne s'était pas arrêtée, c'était en moi qu'il saignait. Et nous nous endormîmes, l'un dans l'autre.

Le lendemain l'église était vide. Le sergent était parti en direction du fleuve. Depuis le matin il s'occupait à pêcher. D'un vieux fusil, il avait fait une canne à pêche. Il était resté là pendant des heures sans parvenir à prendre aucun poisson. Mais cela importait peu. Pêcher est un verbe très large. Aussi large et profond qu'un fleuve.

J'attendis le prêtre dans la sacristie. Et comme pour une longue attente, je m'allongeai sur la natte où nous avions dormi. Les endroits où nous rêvons finissent par faire partie de notre corps. Dans ce lit, je me sentais encore en Germano. Je fus arrachée à ces rêveries par des bruits de pas et de chaises traînées dans l'église. Craintivement, je guettai. Je compris aussitôt que c'étaient des militaires des Vanguni. Celui qui semblait être le chef s'assit auprès de l'autel. Les autres restèrent debout. Le père Rudolfo, timide et ratatiné comme je ne l'avais jamais vu, ne tarda pas à faire son entrée dans l'enceinte.

– Ngungunyane nous a ordonné de venir chercher les deux femmes : la blanche et cette autre que tu as traitée de mari, déclara en txizulu le chef de la délégation.

Les éclats de rire des intrus furent tels et si nombreux que le prêtre sourit aussi, faisant mine de se joindre à la raillerie dont il était l'objet. Et sa parole fut si douce que personne ne comprit en quelle langue il parlait : Personne ne sort d'ici... Et il répéta de nouveau, à présent avec plus de force : Même si vous devez passer par-dessus mon cadavre.

– Attachez-le à une chaise et appelez les vautours, ordonna le cerveau du groupe.

Ce ne fut pas le courage mais une force sans nom qui me fit sortir de la sacristie vers le centre de l'église. Les hommes qui avaient déjà commencé à attacher le curé s'arrêtèrent, surpris. Je reconnus dans ces étrangers les redoutés timbissi, les "hyènes", ces escadrons mortifères utilisés par l'empereur.

Peut-on entendre une flèche traverser l'espace ? Ce n'est pas par hasard qu'on appelle les Vatxopi le peuple de l'arc et de la flèche. Une femme txope comme moi est capable d'entendre le sifflement de la flèche jusqu'à ce qu'elle pénètre dans la poitrine d'un homme qui s'écroule ensuite dans le dernier des abîmes. Et immédiatement après, une deuxième flèche et un autre corps tombait. Tout cela se produisait de fait, mais comme si c'était un rêve.

Et ce fut alors que la réalité fit irruption avec fracas dans l'église de Sana Benene : à notre étonnement surgit Xiperenyane, le plus charismatique des guerriers vatxopi et le plus redouté des ennemis de Ngungunyane. De ses propres mains, Xiperenyane libéra le prêtre tandis qu'il donnait l'ordre d'enlever les corps des Vanguni.

– La maison de Dieu ne peut recevoir de sang du diable, voilà ce qu'il dit.

Dès l'enfance j'avais appris à distinguer ce son incomparable d'un corps que l'on traîne. Et c'était comme si ce frottement ôtait la vie au sol lui-même. Le prêtre semblait moins vivant, déjà libéré de ses liens, mais toujours immobile sur la chaise. Xiperenyane s'approcha du dernier des survivants de la brigade et le défia, face contre face :

– Tu te souviens de moi, Manhune ? J'ai grandi avec ton roi, j'ai vécu dans tes possessions jusqu'à être un homme. Et je me suis enfui pour continuer à être une personne.

Les Vanguni avaient utilisé avec lui leur vieille recette pour former une bonne armée : enlever les jeunes garçons loin de leurs terres, faire en sorte qu'ils oublient leur famille et leurs attachements passés. Et inventer chez leurs bourreaux la seule famille qui leur reste. Dans le cas de Xiperenyane, cette recette n'avait rien donné. Le guerrier txope passait maintenant par Sana Benene au retour de la bataille de Magul où il avait combattu aux côtés des Portugais.

– Je porte encore du sang des tiens sur mes mains. Tu vas devoir bien compter combien de tes soldats sont rentrés à la maison.

Et il railla les escadrons les plus aguerris des Vanguni qui, à ses dires, arrivèrent pleins de plumes et s'en furent déplumés. Puis, il s'adressa en txizulu à l'émissaire du roi de Gaza.

– Tu venais voler des femmes pour ton roi ? Pour ne pas partir les mains vides, apporte-lui mon message : tu lui diras que mes ongles sont de longues griffes de lézard. Là où je suis, sans faire un pas, toutes les nuits ces griffes égratignent son sommeil.

– Tu sais que je ne peux pas transmettre ce message, riposta l'autre. Personne ne peut le faire.

– Tu es un esclave, Manhune. Aucun roi ne te commande. Rien que la peur.

Manhune était un commandant important et un conseiller de Ngungunyane. Il ne perdit pas sa fierté en se retirant. En croisant le curé portugais, il plaisanta :

– Soyez tranquille, mon père, ce n'est pas cette fois que nous emmenons votre mari.

14

Quatrième lettre du lieutenant Ayres de Ornelas

> Ayres de Ornelas en personne avoua son ignorance selon ce qu'il écrivit lui-même : "Quoique cela paraisse étrange, à notre époque, à l'École militaire on ne parlait même pas de campagnes coloniales. Le règlement provisoire du service des armées en campagne de 1890 était muet et silencieux à ce sujet. Comment devions-nous combattre, comment combattaient nos adversaires ? Nous n'en avions pas la moindre idée."
>
> Ayres de Ornelas, *Colectânea das Suas Principais Obras Militares e Coloniais*, vol. 1, Agência Geral das Colónias, 1934…, cité par Paulo Jorge Fernandes dans *Mouzinho de Albuquerque : Um Soldado ao Serviço do Império*, Lisbonne, A Esfera dos Livros, 2010

Chicomo, 16 septembre 1895
Cher sergent Germano de Melo,

Mon cher sergent, notre bon allié Xiperenyane sera porteur de bonnes nouvelles : nous avons remporté, et comment, la bataille de Magul ! Le secret de notre succès réside dans un détail préalable dont peu se souviendront certainement. Ce détail porte un nom : le régulo Chibanza. Je vous raconte à présent ce qui s'est passé. Une fois aux abords de Magul, nous avons mis quatre jours à traverser un enfer constitué de marigots, de boue et de moustiques. Avec le peu d'hommes dont nous disposions, n'utilisant que deux ânes et deux chevaux, nous avons été forcés d'établir notre campement dans un endroit sans abri ni végétation aux sols détrempés. On voyait au loin des groupes de soldats ennemis. Mais ils ne s'apercevaient pas de notre présence. Nous avons envoyé quelques angolas pour les provoquer de façon à les contraindre d'attaquer notre position. Je le savais : le seul moyen de nous déplacer en sécurité entre ces troupes était de simuler une formation en tortue et une carapace carrée. Et sans jamais, au grand jamais, prendre l'initiative de marcher sur les adversaires. Au contraire : c'était à eux de nous attaquer.

Toutefois, à Magul, il ne se produisait ni l'un ni l'autre. Nos forces demeuraient immobiles. Et les forces ennemies ne bougeaient pas. Comme je l'ai déjà dit, nous avons obligé les angolas à faire une incursion provocatrice, mais cette initiative n'a pas eu la réponse escomptée. Ou plutôt, celle-ci s'est avérée inattendue. En plus des deux mille soldats déjà aperçus auparavant, nous avons entendu un puissant fracas de cantiques et des coups syncopés de sagaies sur les boucliers. Et, soudain, l'horizon entier s'est couvert de sept mille guerriers environ qui marchaient sur nous en exécutant une sorte de danse. Leur intention était claire : ils nous encerclaient et voulaient nous voir périr dans ce marigot. Jamais un peloton n'avait autant désiré être attaqué. Et alors que nous avions déjà perdu tout espoir de changement, nous avons vu le régulo Chibanza sortir de nos rangs muni d'un fusil. D'un pas sûr et solennel, il s'est approché des troupes des Vátuas. À mes côtés, un soldat a commenté : Fils de pute de nègre, il va se livrer à ses frères ! Redoublant notre surprise, le régulo a grimpé sur une gigantesque termitière. Et depuis cette sorte d'estrade, il a proféré une violente diatribe contre Gungunhane. Les Vátuas protestaient et sifflaient mais ils ont laissé le régulo poursuivre sa pluie d'injures. Pour conclure son intervention, Chibanza a tiré sept coups de feu contre la multitude des Vátuas. Puis il a craché par terre et a lancé l'insulte : Lâches ! Et il est revenu en toute sérénité à notre campement. La prouesse de Chibanza a produit l'effet désiré : une vague humaine rageuse s'est précipitée sur notre position. L'attaque des Vátuas avait été déclenchée. Les noirs se sont jetés sans ambages contre le crépitement de nos mitrailleuses. Et en quelques minutes le combat était fini. Les pertes ennemies étaient telles qu'il était impossible de compter les corps disséminés dans les herbes hautes. Mais je n'ai pas pu non plus compter nos morts. On m'a dit qu'ils ne dépassaient pas la trentaine et que la plupart d'entre eux étaient des noirs d'Angola. Pourtant, l'heure venue de les ramasser et de les mettre en terre, je n'avais pas d'yeux pour autant de douleur. Chacun de ces jeunes était une partie de moi et la culpabilité de les avoir perdus pèsera sur moi pour toujours.

Ensuite une autre douleur a redoublé ma culpabilité. Devant la fragilité des vaincus, dès le retrait des troupes ennemies, les forces des régulos de Matola et de Mahotas ont lancé d'énormes razzias sur les maisons, les femmes et les troupeaux des gens de Mahazul et de Zixaxa. Il est impossible d'imaginer la désolation qui régnait sur les territoires rasés. C'était une rixe entre noirs mais je ne peux m'empêcher de penser que c'est nous qui avons facilité cette dévastation. Mes camarades ont accueilli ces funestes razzias comme des nouvelles encourageantes. Selon eux, le désir de vengeance des gens de Mahazul et de Zixaxa surpassait l'animosité que ceux-ci nourrissaient auparavant envers les Portugais.

Les commandants militaires avec plus d'expérience en Afrique avaient, finalement, tout à fait raison de suggérer une avancée plus prudente. Au début, je l'avoue, je n'ai pas compris (ou j'ai compris et n'ai pas suivi) les sages conseils de ce vieux renard qui répond au nom de Caldas Xavier. Pour ce stratège expérimenté, il ne fallait pas attaquer ouvertement l'armée des Vátuas, il était préférable de la ceinturer de postes fortifiés qui se resserraient peu à peu jusqu'à la garroter. Si l'armée, percevant la menace, voulait réagir, mieux encore car, comme l'assurait Xavier, il ne fallait pas craindre les Vátuas lorsqu'ils passaient à l'attaque. Il convenait même de les provoquer. Et Caldas Xavier recommandait encore que nos postes militaires soient érigés sous une apparence fragile, afin d'encourager l'ennemi à les attaquer. Votre poste à Nkokolani était peut-être dans cet état décadent pour obéir simplement à cette recommandation tactique, qui sait ?

Mais tout ce plan si bien établi avait pour moi un inconvénient fatal : il prenait du temps. Et j'étais pressé. Jeune nouveau diplômé, je venais d'arriver au Mozambique, désireux de monter rapidement dans la hiérarchie. J'ai été l'un de ceux à avoir défendu l'attaque de Magul. Et je suis fier de ce pari. Mais ce dernier combat prouvait également un autre principe : dans la guerre, celui qui est pressé meurt rapidement. Caldas Xavier avait raison : nous n'affrontons pas une armée mais un peuple en armes.

Je vous donne un conseil, cher sergent : ne vous montrez pas aussi faible, aussi humain et aussi semblable devant les Cafres. Vous êtes, mon cher sergent, un blanc et continuez à être, tout à fait, un militaire. Vous êtes blessé, isolé. Mais vous ne pouvez ouvrir votre cœur, pleurer et rire avec les indigènes, et surtout vous ne pouvez afficher votre affection pour une femme noire.

Caldas Xavier avait raison dans sa stratégie au long cours. Magul n'aurait pas dû arriver. Mais c'est arrivé et nous en avons tiré un grand avantage. Car nous avons besoin d'exploits téméraires. Ces audaces ne se destinent pas seulement à intimider les Cafres révoltés. Elles impressionneront aussi l'opinion publique au Portugal, qui voit d'un mauvais œil le gaspillage de fortunes dans une guerre étrangère et lointaine. Et les autres nations européennes seront au courant de notre domination effective en Afrique orientale.

Nous ne sommes plus jaloux de notre propre passé, tels ont été les mots d'un soldat après la bataille de Magul.

15

Femmes-hommes, maris-épouses

> J'ai fait un rêve.
> Mais c'était un rêve aveugle.
>
> J'ai vu un chemin.
> Mais c'était un chemin boiteux.
>
> J'ai vécu jusqu'à vieux.
> Mais je suis mort avant d'avoir commencé à vivre.
>
> Chanson de Nkokolani

Cette nuit-là, le père Rudolfo Fernandes vint me trouver pour me raconter son lapsus linguistique mentionnant Bibliana comme "mari". Nous rîmes et je tentai encore de minimiser le sujet. Ne vous inquiétez pas, c'était une simple erreur. Mais le curé admit que sa relation avec Bibliana était très très étrange. Le prêtre tint à partager avec moi les secrets de leur liaison.

– Notre Bibliana, commença-t-il, s'est occupée de l'église dès son arrivée à Sana Benene. Son arrivée a fait l'objet de mille versions. Les uns ont soutenu qu'elle avait surgi des eaux du fleuve, d'autres ont assuré qu'elle avait émergé du sol comme un serpent aveugle. Ce qui est certain, c'est que la femme s'est présentée à moi, disposée à m'aider dans les tâches domestiques.

Le prêtre l'avait logée dans une remise à l'arrière. Ils parlaient en txishangane et faisaient leurs prières ensemble sur la berge du fleuve. Bibliana s'était toujours adressée à Dieu de façon pas très catholique et, au début, le curé, peut-être pour cette raison, n'avait pas accepté que la femme fasse ses prières dans le temple. Dans la maison de Dieu, la noire procédait uniquement au nettoyage du bâtiment.

Un jour en fin d'après-midi, Bibliana entendit une mélopée à l'intérieur de l'église. Elle entra en silence. Le dos tourné à la porte, le prêtre priait debout devant l'autel. Bibliana s'approcha, elle étreignit l'homme par-derrière comme une ombre regagnant son corps. Elle promena ses mains sur la tunique du curé. Elle chercha avec désir son sexe bandé. Mais elle ne trouva rien, aucun renflement, ni même une ébauche de protubérance. Elle décida de chercher plus haut et, palpant sa poitrine, elle trouva deux proéminences inattendues. Elle lui ôta sa soutane, en la tirant par la tête. Quand Rudolfo lui apparut entièrement déshabillé, aucun signe de surprise ne marqua son visage : le prêtre avait un corps de femme. Terrifié, Rudolfo balbutia :

– Je ne suis pas comme ça, ma fille. Je suis comme tous les autres hommes. Je ne sais pas ce qui se passe.

– Mais moi je sais, mon père. Vous êtes femme à cause de moi. Vous êtes devenu comme ça en me touchant.

– Que Dieu me protège, c'est sûrement une punition.

– Bien au contraire, mon père. C'est la seule façon pour que nous fassions l'amour.

Dans un murmure, elle ajouta : le prêtre était un impundulu, un homme qui aime comme les femmes. Il était l'un de ceux qui, en faisant l'amour, se transforme en femme.

– Ne me dites plus rien, Bibliana. Dieu m'a abandonné aux plus obscurs sortilèges.

Bibliana ne se tut pas. Un impundulu, expliqua l'étrange visiteuse, est un prince mais il n'a pas de sexe. Au lieu du pénis, il a une langue qui pointe du corps comme un fleuve lent et sombre. Cette langue a été faite pour embrasser, lécher, sucer. L'impundulu ressemble à un oiseau sans ailes mais avec des plumes tendres et détachées. Si une femme est caressée par l'une de ses plumes, elle s'incendie comme une torche. Et ce feu ne peut être apaisé que par un feu identique.

– Je suis une de ces créatures ?

– Vous êtes ma créature.

La femme glissa sa main sur l'entrejambe de Rudolfo. Terrifié, le curé retint sa respiration. À l'oreille du missionnaire perplexe, Bibliana sentencia :

– Maintenant tu vas saigner. À chaque nouvelle lune tu verras ton propre sang.

Le prêtre tomba à genoux et ferma les yeux comme si ainsi, les paupières fermées, c'était la seule façon de contempler le ciel.

La matinée du lendemain fut très remplie pour Bibliana. Et elle en vint à me demander de l'aider dans ses travaux d'exorcisme. Xiperenyane avait fait halte à Sana Benene sur la route de Zavala pour se soumettre lui et ses hommes aux rituels de purification, que Bibliana appelait kufemba. Ils rentraient de la bataille de Magul contaminés par la mort. Le retour ne pourrait avoir lieu s'ils n'étaient pas lavés de l'intérieur.

Ce fut l'œuvre de toute une journée : un par un, les guerriers s'assirent auprès de la natte de la devineresse et regardèrent rouler les osselets magiques afin de savoir s'ils apportaient avec eux les esprits de ceux qu'ils avaient tués. Les porteurs d'âmes étrangères étaient ensuite assis sur la berge du fleuve. On leur versait dessus du sang de chevreau et les capulanas couvrant leur taille étaient lâchées dans le courant. Ainsi ils se détachaient du passé et les morts ne pouvaient revenir de la mort pour se venger des vivants.

Une fois tout ce cérémonial achevé, j'étais épuisée comme si certains de ces esprits avaient planté en moi leurs griffes. Nue, je me lavai dans le fleuve. Dommage que Xiperenyane n'ait pas été là pour me voir. C'était un bel homme. Un instant, mon désir oublia Germano de Melo.

16
Cinquième lettre du lieutenant Ayres de Ornelas

> Le nègre ne nous obéit pas, ne nous respecte pas et ne nous connaît même pas dans la majeure partie de cette province. Voilà la vérité dans toute sa crudité, et des faits si nombreux et si récurrents démontrent qu'il n'est ni protestations ni invocations de gloires passées qui puissent l'invalider.
>
> Joaquim Mouginho de Albuquerque,
> *O Exército nas Colónias Orientais*, 1893

Inhambane, 24 septembre 1895
Cher sergent Germano de Melo,

Vous m'avez profondément déçu, mon cher sergent. Vous êtes l'une des causes de mon faible écho devant mes supérieurs hiérarchiques. Dites-moi : avec autant de lettres que vous m'avez adressées, quelle information utile m'avez-vous fait parvenir, ainsi que je vous l'avais demandé ? Vous avez croisé des espions sans me prévenir à temps ; vous allez être soigné par un médecin ennemi ; vous prenez du bon temps dans une église pleine de nègres hérétiques. Tout cela ce sont de simples erreurs, de pures inattentions ? Et par-dessus le marché, vous vous obstinez à traiter de "roi" un noir qui mérite tout au plus l'épithète de "régulo". Vous parlez de "dynasties" et de "sang royal" des Vátuas comme si l'aristocratie était extensible aux Africains. J'imagine que pour vous, républicain déclaré, toutes ces remarques font peu de sens.

Sachez que vous insultez non seulement la monarchie dont je fais partie mais aussi celle de Mouzinho et de tant d'autres officiers. En vérité, nous sommes une armée de gens humbles et pauvres commandés par des aristocrates monarchistes. À seule fin que cela reste consigné : je descends des Seigneurs du Morgado du Caniço du côté de mon père et du Comte de la Ponte du côté de ma mère. Nous portons dans nos familles l'orgueil d'anciennes traditions militaires. Vous avez sûrement été très bien élevé, j'imagine. Mais il est des manières et des mœurs dont l'apanage ne résulte pas d'un effort mais d'une naissance distinguée. Pour exacerber tout ce monde de différences, vous avez fini par vous empêtrer dans des amours avec une négresse. Comme si cela ne suffisait pas, vous contredisez mes instructions et persistez à entretenir une liaison avec une jeune fille qui, en plus d'avoir trop de race, n'a pas l'âge requis. Et je constate avec appréhension que cette romance a déjà outrepassé la rencontre fortuite.

Laissez-moi vous dire sans prendre de pincettes : en tant que militaire vous êtes un désastre. Vous pensez trop, vous vous interrogez sur la légitimité de la guerre, vous n'avez pas d'ambition de carrière. Et vous vivez depuis si longtemps et si intensément parmi les Africains que vous leur découvrez des traits d'humanité. Moi-même je l'avoue : les fois où je me suis le plus approché de ces gens, j'ai fini par des confessions mièvres, comme cette lettre relatant mon intense émotion à l'écoute des cantiques sublimes des Vátuas que j'ai écrite à ma mère. Je parle, en effet, par expérience personnelle : toutes ces circonstances émotionnelles affaiblissent un soldat parce qu'elles le rendent fragile et hésitant. Et, plus grave encore, cette promiscuité, parce qu'elle survient en pleine guerre, finit par confondre les frontières entre notre territoire et celui de l'adversaire.

Pour toutes ces raisons, je vous le communique formellement : vous êtes dispensé de m'envoyer le moindre rapport, de même que sont suspendues vos fonctions d'informateur. Un maladroit comme vous vous êtes révélé l'être ne m'apporterait que des problèmes.

Je déplore sincèrement que notre relation épistolaire se termine ainsi. Ne m'écrivez plus. Tout messager qui m'arrivera à votre demande sera immédiatement détenu et dûment puni.

PS : Deux jours sont passés depuis que j'ai rédigé ces très brefs paragraphes. J'ai eu l'occasion de réfléchir et je reconnais que le ton rude et intransigeant avec lequel je vous ai traité a dépassé la mesure. Je ne supprimerai ni ne corrigerai ce qui est écrit. Mais à présent, avec moins d'émotion et plus de discernement, je veux vous dire la chose suivante : de temps en temps, mais de manière très sporadique, vous pourrez, sergent Germano de Melo, continuer à partager avec moi vos aventures et mésaventures. Rien de plus. Vous êtes dispensé d'être sergent. Il vous suffit d'être Germano de Melo. Abstenez-vous d'espionner l'ennemi, que d'ailleurs vous avez du mal à distinguer. Il suffira que vous me parliez comme un être humain.

17
Quatrième lettre du sergent Germano de Melo

Voici la pauvreté de notre destin : nous finissons par regretter le tyran précédent.

Dit du père Rudolfo Fernandes

Sana Benene, 1er octobre 1895
Votre Excellence Monsieur le Lieutenant Ayres de Ornelas,

Vous avez raison, Excellence. Je ne vaux rien comme soldat. J'ai encore moins de talent comme espion. Je vous remercie de votre lettre, même si vos appréciations sur ma personne ne sont pas très flatteuses. Mais lorsque Votre Excellence se réclame uniquement d'Ayres de Ornelas, j'accède alors à la plus noble des compagnies. Vos mots ne m'ont donc pas desservi. Au contraire. La fin de votre brève missive est pour moi une précieuse récompense.

Je vous suis infiniment reconnaissant de m'avoir destitué de mes fonctions d'espion et de m'avoir encouragé à poursuivre l'envoi de ces messages personnels maladroits. Ce que je fais ici. Et vous verrez que mes récits permettent de regarder le sertão africain comme quelque chose qui est plus qu'un simple paysage. Peut-être suis-je un autre Mafambatcheca, l'homme du sertão, celui qui rit en marchant. Je ne ris ni ne marche. Mais j'entreprends un voyage dans les profondeurs de l'âme africaine. Considérez mes lettres comme un récit de ce voyage. Continuer mes lettres m'épargnera de mourir et de disparaître pour toujours de la mémoire des hommes.

Cette fois, je viens relater une mystérieuse rencontre qui m'est arrivée ce matin. Je me promenais avec Imani près du fleuve, quand un enfant nous a interpellés pour demander s'il me repousserait des ailes. J'ai pensé avoir mal interprété, par ma faible connaissance de la langue des Cafres :

– Des ailes ? ai-je demandé.

– Celles qu'on t'a coupées, a-t-il éclairci.

Imani s'est assise auprès de l'enfant et je ne saurais vous dire de quoi ils ont discuté. Mais j'ai compris qu'ils parlaient de moi et, à un certain moment, l'enfant a imité un oiseau qui volait autour de moi tandis qu'il me traitait de chapungo. Mon accompagnatrice a pris la main du gamin et a passé ses petits doigts sur les rares traitements persistant encore sur mes bras. L'enfant, craintif au début, a ensuite éclaté de rire. Voici la raison de son malentendu précédent : les morceaux de gaze qui pendaient de mes poignets étaient vus comme des restes d'ailes. Finalement, je n'étais pas un chapungo, un de ces aigles qui ne perd jamais ses plumes. Et le petit garçon a ri dans un mélange de soulagement et de déception.

Ces éclats de rire m'ont fait penser que Votre Excellence a raison : en tant que soldat je suis un désastre. Mais je tiens à vous dire : s'il ne faut pas avoir de doutes pour être un bon soldat, je préfère que ma carrière en reste là, un simple sergent tellement oublié par son armée qu'il a lui-même fini par ne plus se rappeler à quoi servait l'uniforme qu'il portait.

L'incident de cet enfant me prenant pour un oiseau n'est qu'une introduction au récit plus sérieux et plus grave qui s'est déroulé à la mi-journée. J'ai surpris, déjà à sa moitié, une conversation entre Katini Nsambe et l'Italienne Bianca Vanzini. Katini demandait à l'Italienne d'emmener sa fille Imani à Lourenço Marques et de la placer auprès des hommes blancs pour gagner de l'argent. Il a argumenté que sa fille était jolie, son teint clair et son tempérament docile. L'Italienne ne le regretterait pas. Bianca a répondu qu'elle ne pouvait accéder à sa demande car elle n'était rien d'autre qu'une propriétaire de bars. À quoi Katini a imploré : Eh bien, emmenez-la dans un de vos bars. Mais le pauvre Cafre ne s'était jamais rendu en ville : dans ces bars, les prostituées étaient toutes blanches. Les négresses servaient uniquement dans les cantinas des quartiers indigènes.

Peu à peu l'Italienne a perdu sa conviction. Et elle a promis de réfléchir à la question. Elle s'est confiée à moi le lendemain, comme si elle me devait une explication. Elle a avoué qu'il lui était déjà passé par la tête d'emmener Imani à Lourenço Marques. Et surtout quand, la première nuit, elle l'avait vue dénudée. La demande de Katini avait tout son sens : les prostituées blanches perdaient du terrain face à la concurrence des femmes de couleur. En me voyant prostré et sans réponse, l'Italienne m'a encouragé à visiter l'effervescence des bars de Lourenço Marques. Elle m'a cité des noms d'établissements comme International Music Hall, Tivoli, Trocadero, Bohemian Girl, Russian Bar et tant d'autres.

Les visiteurs européens se sentaient en Afrique comme s'ils étaient à Lisbonne, à Paris ou à Londres. Avec quelques livres, on pouvait acheter la sympathie de femmes de mille nationalités, même si l'on devinait que la plupart d'entre elles affichaient une fausse identité. Bianca a énuméré des noms aussi différents et exotiques que Dolly, Kitty Lindstrom, Fanny Scheff, Helen Drysdale, Sarah Pepper, Blanche Dummond, Cecília Laventer. Embaucher Imani serait, répétait-elle, un manquement à la règle établie : les blanches, dans les bars de la ville ; les négresses, dans les cantinas des faubourgs. Mais Bianca s'amusait de la possibilité de désobéir dans un monde déjà si désobéissant aux commandements de Dieu. Je l'appellerai Black Lilly, a-t-elle déclaré. Je lui ai demandé de se taire. Elle n'a pas compris ma réaction. Elle a cru que le nom ne me plaisait pas. J'ai protesté contre la façon dont Imani, la principale intéressée, était oubliée.

– Quelqu'un a déjà écouté Imani ? ai-je demandé.

– Depuis quand consulte-t-on une femme ? a-t-elle rétorqué. Imani sera beaucoup plus heureuse toute seule. Entre vos mains, si tant est qu'on puisse appeler ainsi ces appendices que vous portez aux bras, cette jeune fille sera seulement l'épouse d'un blanc. Entre mes mains, elle sera une reine.

Et elle a ajouté que tous deux nous savions – et par expérience personnelle – que les blancs oublieraient leurs préjugés en voyant les négresses briller dans les bars de la ville. C'étaient les femmes blanches que cela ennuierait, agacées par la compétition. Le seul problème, a encore déclaré Bianca, c'est que les négresses deviennent rapidement grosses et flasques. Il faut les recruter bien jeunes, avant qu'elles n'aient des enfants et ne se dégradent. Jeune, belle et célibataire, Imani satisfaisait à toutes les qualités requises pour avoir une carrière longue et rentable.

J'ai écouté ces projets avec le cœur en lambeaux. Si je n'étais pas un enfant abandonné, ce que je ferais, c'est ravir cette femme dans un lieu dont je soupçonne qu'il n'existe pas.

Votre Excellence n'en a pas moins raison. Je n'ai pas idée de ce que pourrait être une vie conjugale avec une négresse. Malgré cela, je laisse grandir ce rêve. Hier, en effleurant ce sujet avec Imani, elle a dit quelque chose qui me paraît irréfutable : que nos deux mondes n'étaient finalement pas si différents. Et elle a raison. En Afrique ou dans mon petit village du Portugal, les femmes partagent les mêmes maigres attentes de ce que peut être un mariage. On n'attend rien d'un mari. Donc il ne peut jamais décevoir. On exige d'une femme qu'elle soit mère. Non pas des enfants qu'elle choisit d'avoir. Mais de ceux qui, par ordre de Dieu ou de la Nature, sont nés de cet homme dont on n'attend rien.

Quels enfants aurions-nous ? me demandera Votre Excellence. Comment les présenterais-je à ma famille portugaise ? Ce n'est pas Imani qui m'a répondu. C'est Bibliana, qui a proclamé avec la certitude des prophéties : Qu'importe la couleur de peau de ceux qui sont nés. Gungunhane aura des petits-fils blancs portugais et les Portugais auront des petits-fils africains ! Contrarier ce penchant c'est freiner le vent avec un tamis. Le Temps, mon fils, le Temps est le grand mélangeur de graines.

Pour toutes ces raisons, la première chose que je ferai dans la matinée, c'est demander qu'on célèbre une messe afin que Dieu, dont j'ai été éloigné, me guide et m'aide à récupérer de mes maladies. L'église de Sana Benene est peut-être petite, solitaire et décadente. Le prêtre est peut-être dévoyé. Néanmoins, une église est, où que ce soit, une petite patrie. Même moi, qui ne suis pas pratiquant, je trouve dans la tranquillité des temples le lieu où renaît ma plus ancienne âme.

18
Une messe sans verbe

> Tu vivras pour toujours avec ces épaisses cicatrices. Mais telle est la vérité : les cicatrices protègent beaucoup plus que la peau. Moi, si je pouvais renaître, je demanderais à venir couvert de cicatrices, des pieds à la tête.
>
> Paroles du père Rudolfo s'adressant au sergent Germano de Melo

Il fallut un effort pour entendre ce que le sergent disait, arrêté devant le prêtre qui balayait l'intérieur de l'église. Moi-même, qui le soutenais, je dus me pencher pour percevoir sa demande. Quand il le comprit enfin, le curé Rudolfo Fernandes ne contint pas son étonnement :

– Une messe ?

Le prêtre dévisagea le sergent comme s'il ne le reconnaissait pas. Voilà des années que personne ne lui demandait de prier. Il cessa de balayer et posa le balai si soigneusement qu'il semblait étayer le mur. Et il contempla, extasié, les nuages de poussière qui flottaient encore dans l'air renfermé de l'église. C'était la seule raison pour laquelle il balayait le temple : voir les rayons de lumière voleter dans l'église. Ce sont mes vitraux et ils sont vivants, pensait-il à part lui.

– Mon père, vous n'avez pas entendu ce que je vous ai demandé ? insista Germano.

Certains indigènes, pensa le prêtre, restent fascinés à regarder les fenêtres. Ils n'ont jamais vu une vitre. Cette matière qui se touche sans qu'elle se voie les captive, cette eau verticale, cette transparence immaculée. Rudolfo était né dans une ville moderne, familier dès sa plus tendre enfance des fenêtres vitrées. Cependant, la première fois qu'il vit réellement une vitre, ce fut en observant la pluie ruisseler sur la fenêtre. Et à présent les mots du sergent coulaient sur sa distraction.

– Père Rudolfo ? Vous m'entendez ? Je vous demande de prier pour moi, mon père, répéta le militaire.

– Mon fils, après tout ce que tu as enduré, tu crois encore que Dieu est vivant ?

Le curé tourna les talons et il se retirait déjà quand je me prosternai devant lui et, à genoux, j'implorai :

– Si vous ne priez pas pour Germano, alors invoquez Dieu pour moi.

Surpris, le curé inspira profondément et me donna l'ordre de l'aider. Les moments où, dans mon enfance, je l'avais secondé dans les rituels de la messe étaient encore présents en moi. Et je refis ce que j'avais fait jadis ; je retirai un missel, une cloche, une coupe en métal et une bouteille de vin de la sacristie. J'aidai le prêtre à monter sur l'estrade qui entourait l'autel, tâche qu'il accomplit comme s'il grimpait la côte la plus abrupte. Se penchant vers moi, il murmura en secret : c'était Bibliana qui utilisait ce lieu de culte. La foule qui, tous les dimanches, remplissait cette maison venait uniquement pour assister aux cultes de la prêtresse noire.

Déjà sur l'estrade, le prêtre balaya l'endroit des yeux. Il se rappelait la première fois où Bibliana avait contemplé Jésus cloué sur la croix. Elle avait eu l'air consternée, et avait fait le commentaire suivant : "Il aurait dû se marier, ce Jésus, regardez comme il est maigre." Puis, le regard de Bibliana s'était attardé sur les pieds du crucifié. C'était en eux que le Fils de Dieu perdait sa race et gagnait une parenté avec les humbles.

Je fis sonner la clochette, plus pour rappeler Rudolfo à la réalité que pour commencer la célébration. Me tournant le dos, le prêtre attendit que le tintement de la clochette s'éteigne pour lever les bras devant la croix du Christ. Il resta ainsi un temps sans prononcer un mot. Jusqu'à ce qu'il fasse demi-tour et affronte de nouveau le sergent qui attendait à genoux avec un air hébété :

– Une messe ?

– S'il vous plaît, mon père...

– Je te demande, mon fils : Bibliana n'a pas soulagé tes douleurs ?

Le désarroi total du sergent dut convaincre le prêtre qui ouvrit, finalement, le missel pour le feuilleter posément d'un bout à l'autre et du début à la fin. Jusqu'à ce que, d'un large geste, il abandonne le livre sur l'autel. Il regarda les tourterelles fureter au plafond et soupira :

– Ni psaume ni prière. Je ne lirai rien du tout. Et il conclut, fatigué : La vie se lit dans les cicatrices, comme celles que tu portes maintenant sur ton corps et ton âme. Moi, si je renaissais, je voudrais venir couvert de cicatrices.

En entendant ces mots, le sergent s'effondra en larmes. Le prêtre descendit de son pupitre pour le consoler :

– Tu es malheureux d'avoir perdu tes mains ? Alors réfléchis bien. Ce n'est pas maintenant que tu les as perdues. Tu as cessé d'avoir un corps dès que tu es arrivé en Afrique.

Les jours de chaleurs infernales, poursuivit Rudolfo, ce n'est pas nous qui transpirons par nos pores. C'est le démon. Le sergent se reconnaissait-il dans l'odeur qui exhalait de lui ? Non, et pourquoi ? Parce que la sueur n'était pas la sienne, l'odeur sulfureuse ne lui appartenait pas. Ni à lui, ni à aucun être humain. Voilà longtemps qu'il n'y avait personne à l'intérieur du soldat. Et ainsi, moins il y a de corps, moins de mort nous aurons à affronter. Tu comprends, mon fils ? Étourdi et confus, le pauvre sergent ne comprenait rien du tout. Mais tout cela, aussi inextricable que cela lui parût, était chargé d'une fascination divine. Aussi le Portugais hocha-t-il respectueusement la tête.

Il n'y avait donc pas de quoi être abattu. Tout ce qui avait l'apparence du malheur contenait sa part bénigne, proclama le prêtre pour terminer. Qu'il pense aux avantages évidents : il serait dispensé de service militaire. Et il serait reconduit au Portugal, sans uniforme ni obligation de tuer.

– Ce n'est pas ce que tu veux ? Ce n'est pas le rêve de n'importe quel soldat ? Rentrer chez lui ?

– Je ne sais pas, mon père. Je suis tellement confus ces derniers temps, dit le sergent en retenant ses larmes.

Ce qui était une consolation pour Rudolfo sonnait pour moi comme une punition. Penser que Germano allait rentrer au Portugal était douloureux comme un poignard planté dans ma poitrine. Rentrer était un verbe étrange. Rentre celui qui est attendu. Et le sergent n'avait personne qui l'attendait de l'autre côté de la mer.

– Je ne sais plus ce que je veux, déclara encore Germano. Je veux Imani, je veux mes mains, je veux rentrer, je veux rester.

Puisque ces doutes le traversaient, il fallait à tout prix éviter son évacuation vers la caserne de Chicomo. S'il se présentait fruste et invalide à ce poste militaire, Germano serait immédiatement évacué vers Lourenço Marques. Et de là, ils procéderaient à son rapatriement à Lisbonne, bien loin de moi. Ce fut ce que je défendis de tout mon cœur devant un sergent ahuri et hésitant. Le prêtre me tranquillisa :

– On ne va pas l'envoyer à la caserne de Chicomo. Il sera plus en sécurité à l'hôpital des Suisses. Les Portugais ne passent pas par là.

Bibliana elle-même considérait cette solution comme la plus pertinente. Bien qu'il allât franchement mieux, les fièvres et les délires continuaient d'assaillir Germano de Melo. La féticheuse avait atteint sa limite : le malade portait des esprits venus d'au-delà de la mer.

– Envoyez cet infirme à ceux qui prient, déclara Bibliana.

Dans toute la région, les protestants suisses étaient connus comme "ceux qui prient". La population locale les écoutait chanter dans de grands chœurs harmonieux lors des célébrations dominicales. L'ardeur de ces voix accordées s'explique, selon Bibliana, parce que les blancs célèbrent un dieu unique. Ils consolent, par leurs chants, ce dieu condamné à la solitude éternelle. Et c'est par pudeur qu'ils ferment les yeux pendant qu'ils entonnent les louanges. Afin que Dieu ne se révèle pas à eux fragile et défaillant.

Il y avait une autre raison pour hâter le départ de Germano de Melo de Sana Benene. Le prêtre en parla tandis qu'il déchirait une page du missel pour rouler une cigarette. Ce n'était pas du tabac qu'il préparait. C'étaient des feuilles et des graines de mbangue, qu'il consommait sans le moindre remords car, soutenait-il, c'était Dieu qui avait semé cette plante miraculeuse.

Les premières bouffées envahirent l'église d'un arôme doux et enivrant. D'une voix étouffée par la toux, le prêtre déclara :

– Les troupes arrivent…

Je soupirai, résignée. Des troupes, c'était ce qu'il y avait de plus dans les parages. Il n'existait que des soldats dans ces brousses : noirs, blancs, enfants et vieux, vivants et morts, tous les armes à la main. Le prêtre devina mes doutes silencieux et précisa :

– Ce sont nos troupes, les portugaises. Elles arrivent demain, commandées par Santiago Mata, un homme sans once d'humanité.

Et juste après il tendit le mégot au sergent qui refusa énergiquement son offre, levant ses bras mutilés comme si on lui pointait un revolver dessus. Le prêtre sourit, indulgent. Et il toussota davantage qu'il ne parla :

– Demain, il vaut mieux que tu restes caché dans la sacristie. Tes supérieurs voudront t'emmener à Chicomo.

Mon frère Mwanatu avait l'air d'un fantôme quand il apparut à la porte de l'église. Il était bouleversé, les yeux plus grands que son visage. Avant d'entrer il fit une sorte de salut militaire, puis face à l'autel, il esquissa sur son ventre le signe de croix. Juste après, il ouvrit et ferma la bouche sans émettre le moindre son. Impatient, le prêtre l'admonesta :

– Pour l'amour du Ciel, Mwanatu, même le signe de croix tu ne le fais pas bien !

– Mon père, balbutia mon frère, je veux parler une chose…

– Ce n'est pas "parler" une chose. C'est "dire" une chose…

Venant de derrière, notre père se joignit à nous. En traînant les pieds, il s'approcha de son fils et scruta son visage avec la curiosité d'un aigle. Il fut forcé d'attendre que mon frère réussisse à articuler un mot.

– Sergent, il est arrivé une chose terrible, annonça finalement Mwanatu. Nkokolani n'existe plus. Ils ont tué tout le monde, ils ont tout brûlé.

Le poids de la nouvelle me fit tomber sur la pierre de l'église. Dans le long silence qui s'ensuivit, j'examinai le sol comme si je cherchais une trace terrestre de la réalité. J'effritai entre mes doigts des écailles de peinture tombées du mur. À la surprise de tous, Mwanatu recouvra la parole, avec une ferme sérénité :

– J'y vais.

– Où ça ? demanda mon père, Katini Nsambe.

– Je vais à Nkokolani enterrer nos morts.

– Tu es un homme, mais je suis le père. Je suis le dernier des Nsambe. C'est moi qui dois aller fermer la terre.

Mais Mwanatu avait déjà tout planifié. Il avait parlé avec des pêcheurs qui, à cet instant précis, l'attendaient sur le quai. Il avait laissé à la porte une besace pour le voyage. Notre père n'avait qu'à partir plus tard. Le père Rudolfo lui trouverait une place sur un autre bateau.

– Maintenant prions pour ceux qui sont morts, invita mon frère.

Je regardai Mwanatu comme si je ne le reconnaissais pas. Quelque chose doit mourir pour que l'on se révèle complet et que l'on renaisse. Mon frère, idiot et faible, ressurgissait à présent sous la personne d'un homme tranquille et éloquent.

Revenu de ses délires, le sergent serra longuement dans ses bras sa jeune sentinelle. Puis, sur un ton fraternel, affirma :

– Enlève cet uniforme, Mwanatu. Ça peut être dangereux. On risque encore de te confondre avec un soldat portugais.

– Je suis un soldat portugais. Je n'abandonne pas mon arme, et il désigna un fusil posé à l'entrée de l'église.

– Tu l'as rapporté de Nkokolani ? demanda le sergent. Mais pourquoi ? Cette arme ne fonctionne pas, elle n'a jamais fonctionné.

– Si, elle fonctionne. Qui a dit qu'elle ne fonctionne pas ?

Notre père me tendit le bras, m'aidant à me relever du sol. Je ne remarquai qu'alors que des larmes coulaient sur mes joues. Essuie ce visage, ordonna mon vieux. On ne pleure pas dans une église, c'est un manque de respect, ajouta-t-il. Puis il s'adressa à mon frère :

– Si les Vanguni ont déjà enterré nos morts, tu sais ce que tu dois faire : déterre-les et procède selon nos règles.

– Je ferai ainsi, mon père.

Nous savions comment les Vanguni traitaient les vaincus. Même une fois morts, ils devaient être humiliés. Ils nous enterraient nous, les Vatxopi, comme ils faisaient aux esclaves : ils nous enveloppaient dans une natte et nous jetaient dans une fosse commune. Le fond de cette fosse anonyme était couvert d'autres esclaves agonisants. À chacun de ces malheureux, ils avaient brisé les jambes. Sur tous ces monceaux de morts et de moribonds, ils jetaient de la terre qu'ils tassaient à la fin avec acharnement. Il ne devait pas rester d'indice que ce sol avait été creusé. C'était ainsi qu'ils procédaient. Et ils avaient un but : sans tombe, on s'assurait que les esclaves ne laissaient pas de mémoire. Autrement, le souvenir vivant des morts poursuivrait pour toujours les anciens maîtres.

– Et qu'est-ce que je fais avec mame ? demanda Mwanatu.

– Avec mame ? interrogeai-je, interdite.

– S'ils l'ont tuée, où est-ce que je l'enterre ?

Notre mère était morte depuis des mois. Je ne corrigeai pas. À ce moment-là, la réalité importait peu. Et notre père, Katini Nsambe, partagea cette pensée quand il déclara solennellement :

– S'ils l'ont tuée, c'est moi qui l'enterrerai. Laisse cette tâche pour mon arrivée.

Mwanatu était assis à cirer ses bottes. C'étaient les derniers préparatifs avant le voyage. Il me regarda longuement et me dit qu'ainsi, à contre-jour, je lui rappelais notre mère.

Ce n'était pas la première fois que Mwanatu me confondait. Il inventait cette ressemblance pour se défendre de peurs indéchiffrables. Le plus grand de ces fantômes était ancien : enfant, il craignait que je m'en aille. Quand je lui lisais des histoires, lui, pris de crises soudaines, criait pour que j'arrête.

– Je ne t'ai jamais dit pourquoi, commenta Mwanatu en posant ses bottes par terre. J'avais peur que tu entres dans le livre et que tu nous quittes pour toujours.

– Les histoires ne te plaisaient pas ?

– Les histoires ont toujours une fin.

– Ça peut être une belle fin.

Mais c'était quand même un dénouement, reprit-il. Puis le grand silence des adieux s'installa entre nous, ce point final des histoires que nous ne racontons jamais.

– J'ai une demande à te faire, ma sœur. Laisse-moi emporter tes lacets. Je te donne les miens.

J'acceptai. Je détachai lentement les ficelles, ignorant l'étrangeté de la demande. Quand enfin l'échange fut effectué, Mwanatu déclara :

– Maintenant tu guideras mes pas, ma sœur.

Et nous nous joignîmes aux autres pour avancer tous ensemble vers l'embarcadère. Mwanatu marchait devant. Je foulai ses empreintes comme si personne n'était jamais passé par là auparavant.

Sur le quai, en embrassant Mwanatu, la voix me manqua pour dire au revoir. Adieu n'est pas un mot. C'est un pont fait de silences. La pirogue disparut dans la boucle du fleuve, dévorée par la pénombre de l'après-midi. Je lui fis signe sur la rive, enveloppée d'un froid soudain.

Puis, tous ensemble, ils retournèrent à Sana Benene. Sur la plateforme, il resta le sergent et moi. Pour la première fois, je pris l'initiative :

– Venez avec moi, Germano.

En silence nous pénétrâmes ensemble dans les eaux tièdes de l'Inharrime. Je lui dis que je voulais un fleuve pour pleurer. Il me serra maladroitement dans ses bras et mes épaules tremblèrent en un désarroi heureux. Le Portugais demanda alors que nous plongions et que nous restions submergés jusqu'à ne plus pouvoir retenir notre respiration. Et nous procédâmes ainsi. À bout de souffle, nous refîmes surface. Le Portugais murmura : Maintenant embrasse-moi. J'hésitai. Sur la bouche du soldat resplendissait une goutte tremblée. Nos lèvres se touchèrent.

– C'est comme ça que doit être le premier baiser, dit Germano.

C'était un baiser espéré et désespéré, comme si chacun cherchait en l'autre son dernier souffle d'air.

– C'est comme ça que doit être le premier baiser, répéta-t-il.

– Le premier ?

– Tous les baisers. Tous les baisers sont les premiers.

19

Cinquième lettre du sergent Germano de Melo

> Il y a une vieille légende à Goa qui raconte l'histoire d'une île et d'un bateau : un pêcheur fit naufrage et se réfugia sur une île déserte. Il resta là, solitaire, pendant des années, enveloppé d'une sorte de brume qui lui dérobait l'horizon. Un jour, il s'aperçut que finalement il n'y avait pas d'île du tout. Il vivait sur un bateau. Il ne l'avait pas remarqué auparavant parce qu'il était aveugle. Tellement aveugle qu'il ne s'était pas rendu compte qu'il avait cessé de voir. Quelque temps après le pêcheur fut mordu par un gigantesque poisson. Il s'aperçut alors que le bateau où il vivait était, en définitive, un débris gisant au fond de la mer. Il découvrit qu'il n'était pas uniquement aveugle. Il était mort. C'était ce qui se passait avec nous. Nous étions morts dans le déterrement du sertão africain.
>
> Récit du père Rudolfo

Sana Benene, 2 octobre 1895
Votre Excellence Monsieur le Lieutenant Ayres de Ornelas,

Il y a plus de deux mois que je suis coincé dans cet endroit qui, comme dit le prêtre, n'en est pas un du tout. Bianca a annoncé qu'elle ne supporte plus tout ça, qu'elle s'en ira à la première occasion. Moi aussi je suis à bout, fatigué. Pourtant, je n'ai pas envie de quitter Sana Benene. La douce compagnie d'Imani m'attache à ce lieu. Je ne peux pas dire que j'ai entièrement renoncé au rêve de retourner au Portugal, ce cadeau que Votre Excellence m'a si généreusement promis. Je suis partagé. Et ces lettres sont le pont entre mes désirs contradictoires.

Voilà sans doute pourquoi il m'arrive à présent quelque chose de nouveau et d'étrange : lorsque je m'assieds face aux feuilles de papier, je me vois me signer avant de commencer à écrire.

Comme si l'écriture était un temple où me réfugier de mes enfers intérieurs. Excellence, ne vous souciez donc pas de me répondre. Écrire est un verbe intransitif, ma manière de prier. Et celui qui prie sait qu'il n'y a pas de réponse.

J'ai parlé à Imani de la promesse de Votre Excellence de me ramener au Portugal dès que vous serez promu. Elle a voulu savoir ce que j'avais répondu. Je lui ai raconté la vérité. Que j'avais d'abord dit oui puis non. Au début, Imani a eu une réaction inattendue. En sourdine, ses lèvres frôlant le lobe de mon oreille, elle a demandé : Vous ne voulez pas rentrer à la maison ? J'ai répondu que pour moi la maison n'existait plus. Et qu'il n'y avait donc pas de retour. Et elle a ajouté que si mon amour était fort, je devrais inventer un moyen pour qu'elle voyage également.

Un vieux soupçon a étouffé ma poitrine. Sans mesurer mes mots, je lui ai demandé si son amour pour moi était plus grand que son désir de fuir. La fille a souri et a répondu de façon évasive : ces deux désirs ne faisaient qu'un. Et elle s'est éloignée en souriant, laissant en moi plus qu'un doute, la méfiance dont je vous ai déjà parlé : m'utiliserait-on pour qu'Imani se sauve de sa terre natale ? Tout ce qu'elle m'avait livré et tout ce dont elle m'avait fait rêver était-il faux ? Je devine la réponse et préfère que vous la gardiez pour vous. Je conserverai, intactes, mes croyances et mes passions. J'ai appris avec Bianca que l'amour est comme le feu : quand il est bon, on en sort roussi.

Je désobéirai par amour, que cet amour soit faux ou vrai : j'irai, contre la volonté de Votre Excellence, à l'hôpital du Suisse. Voilà ce que je ferai. Et l'absence de ces gens devenus la famille que je n'ai jamais eue me fait d'ores et déjà souffrir. Quand j'ai évoqué cette nostalgie avec le père Rudolfo, il a fait la grimace. Et a dit ne plus croire aux amours, aux regrets, aux dons désintéressés. Il ne croyait plus en personne et encore moins après m'avoir connu. Offensé, je lui ai demandé de s'expliquer.

– J'ai lu les lettres que tu as laissées traîner dans ta chambre, a révélé le prêtre. Et ensuite, les mains croisées à l'intérieur de ses manches, il a dit : Il n'y a rien que tu veuilles me confesser ?

Je me remettais encore du choc de cette révélation et déjà le curé retirait de l'une des poches de sa soutane ce qui, au début, m'a semblé être une croix en métal. Je n'ai compris qu'après qu'il s'agissait d'un pistolet. J'ai levé les bras tandis que Rudolfo a dit, en contemplant les cieux :

– Dieu m'a remis cette arme. Même le Créateur a compris que les mots ne suffisent pas dans des terres si pleines de dangers et de péchés.

– Vous n'auriez pas dû lire mon courrier! ai-je encore osé réagir.

Appuyant son index sur la gâchette, il a maladroitement fait tourner le pistolet tandis qu'il me rappelait notre correspondance.

– Tu as divulgué les secrets de cette paroisse, tu as dénigré des personnes qui ne te veulent que du bien. Tu en es arrivé à suggérer que les Portugais devaient surveiller ma Bibliana. Tu devrais avoir honte: cette femme t'a rendu les mains avec lesquelles tu veux maintenant la poignarder?

J'avoue, Excellence, ne m'être jamais senti aussi honteux. Et le prêtre n'en démordait pas:

– Ton patron te demande de trouver les rebelles. Nous appelons rebelles ceux qui luttent pour qu'on ne leur vole pas leur terre? T'es-tu déjà demandé si ce n'est pas exactement à cette fin que nous sommes là: pour voler la terre de ces gens?

– La terre de ces gens leur a été volée depuis longtemps.

Le curé semblait ne pas m'avoir entendu. Parce qu'il a gardé le regard hautain tandis qu'il m'attaquait avec sarcasme:

– Maintenant, tu peux bien dénoncer à ton ami lieutenant qu'il y a des armes dans cette église.

De façon inattendue, il m'a jeté le pistolet dans les bras.

– Garde-le, a-t-il conseillé. Il vaut mieux que tu sois armé parce que ici tous veulent te tuer. Et s'ils te laissent rester en vie, c'est parce qu'ils ont besoin de toi pour que tu les aides à en tuer d'autres comme toi.

Je me suis levé et, alors que j'allais partir, j'ai compris que je ne voulais aller nulle part. Je suis tombé à genoux désemparé et, sur ce sable rouge, j'ai pleuré. J'ai pleuré comme je n'avais jamais pleuré auparavant.

Les mots du père Rudolfo sont alors venus à mon dernier secours. Tout le temps de son sacerdoce au Mozambique, il avait été le témoin d'événements si outrageants qu'il faudrait inventer une langue pour les décrire. Il avait vu du sang couler sur les épées des Européens. Et il avait vu du sang être nettoyé des sagaies de tribus tuant des tribus.

– Les tenues que nous portons ne servent à rien, a-t-il conclu tristement. Jetons la soutane et l'uniforme, a exhorté Rudolfo.

Et il m'a invité à me rasseoir. Il avait un souvenir à partager avec moi. Et il a rappelé qu'il y a très longtemps, quand il célébrait encore la messe, un militaire portugais voulant se confesser était passé par Sana Benene. Mais l'homme était resté muet, et le regard fuyant il n'avait fait que dire "je ne sais pas". Puis il avait secoué la tête, comme s'il chassait une mauvaise pensée. Puis il s'était levé et dirigé vers la porte, évitant tout échange de regards avec le curé de Sana Benene. Déjà sur le seuil, le visage baissé, il avait murmuré : Je ne sais pas combien j'en ai tué, j'ai perdu le compte. Têtes baissées, le prêtre et le pénitent étaient demeurés immobiles, incapables de se regarder ou d'échanger un mot. Une fois perdu le compte du nombre de tués, il n'y a plus de péché, il n'y a plus de Dieu. Le soldat avait encore esquissé un signe de croix mais avait suspendu son geste comme s'il avait renoncé. Sitôt le coin de l'église dépassé, on avait entendu un coup de feu. C'était la première fois que Rudolfo voyait les yeux du jeune soldat. Et le prêtre n'avait plus jamais eu la force de recevoir la confession de quiconque.

Voilà ce qui s'était produit. Et peut-être, quelque part dans l'âme du prêtre, cela se produisait-il encore. Le fait est qu'il a tapé des mains sur ses genoux, coupant court à cette conversation.

– Heureusement, Dieu nous a récompensés par d'autres dons, a déclaré Rudolfo. Prends le corps de ma Bibliana, tu as déjà bien regardé Bibliana ?

Prudent, j'ai évité de répondre. Le prêtre m'a défié : S'il te plaît, mon ami, faisons ensemble un voyage imaginaire. D'abord, je devais imaginer l'attaque d'un village. Dans ce décor inventé, une femme, en panique, essayait de fuir la fureur assassine des assaillants. Au sommet du désespoir, cette femme ne trouvait d'autre refuge qu'une paillote en flammes. En devenant une torche allumée, elle échappait aux ennemis.

Le curé parlait évidemment de Bibliana. Sous ses vieux vêtements, son corps était complètement brûlé, la majeure partie de sa peau était morte comme des écailles de lézard. C'est l'expression qu'il a utilisée tandis qu'il se frottait les doigts comme si les mots lui brûlaient les mains.

Le curé s'est enfin levé et de ses vêtements s'est répandue l'odeur de la déchéance. Percevant ma grimace, il a justifié cette saleté en disant qu'il n'avait pas d'eau pour se laver. Parce que c'était de l'intérieur qu'il pourrissait : il était fait de deux moitiés qui ne se juxtaposaient pas l'une à l'autre. En Inde, il était né en reconnaissant la caste des intouchables. La saleté qu'il portait sur son âme était maintenant devenue une maladie contagieuse. Luimême s'était converti en un intouchable.

On dit que nous sommes cernés d'ennemis. Mais ce n'est pas la présence des autres qui nous menace le plus. C'est notre absence. C'est de cela que le prêtre Rudolfo se plaint le plus : l'inexistence de nos autorités. Qu'il avait arpenté, de part en part, l'immense sertão africain et que ce qu'il avait vu était un énorme vide. Dans toute cette brousse, les seuls qui gouvernaient de fait étaient les indunas de Gungunhane. Qui plus est, ces autorités de Cafres étaient les seules à percevoir les impôts. Et c'étaient elles qui recevaient les émissaires étrangers. Les gouvernants lusitaniens – comme l'intendant Conseiller José d'Almeida – adressaient les demandes de concessions d'exploitation minière à ces autorités indigènes. La présence portugaise était tellement inexistante que l'intendant s'adressait à Gungunhane en l'appelant "Sa Majesté". Inversement, le roi africain surnommait les Portugais "poules" et "Machanganes blancs".

Je ne vous prendrai pas davantage de temps, Excellence. Ce récit est déjà long et épuisant. Je vous raconte tout cela pour vous dire combien ces débats si brûlants me laissent absolument indifférent. Peu m'importe de savoir qui commande. Parce que je suis gouverné par d'autres forces. La seule loi à laquelle j'obéis s'appelle passion. Elle s'appelle Imani Nsambe.

Je ne sais pas si je pourrai maintenir cette correspondance : la petite réserve d'encre que j'ai trouvée ici dans la sacristie s'épuise. À Nkokolani, la seule demande que j'adressais à nos visiteurs était qu'ils rapportent des encriers neufs. À qui puis-je demander, maintenant ? J'ai déjà pensé à utiliser de l'eau. Écrire avec de l'eau ? interrogera Votre Excellence, croyant que je persiste finalement dans mes délires fébriles. La vérité est que l'eau de Sana Benene est tellement sale que ma calligraphie serait facilement lisible. Mais tout a été résolu hier lorsque Imani m'a remis un flacon rempli d'un liquide d'une couleur indéfinie, une espèce de teinture écarlate. Elle m'a réclamé le secret mais je ne résiste pas à le révéler : ces lettres ont été écrites avec une décoction de feuilles et d'écorces qu'Imani a dit avoir additionnée à son propre sang. À vrai dire, ce que vous lisez, Excellence, c'est le sang d'une femme noire.

20

Les ombres errantes de Santiago Mata

> Après être parvenu à son apogée, le royaume des Vanguni est sur le point de crouler complètement. Cela ne pouvait se passer autrement. C'est là l'histoire de toutes les dynasties fondées sur le crime et la terreur. Et, malgré tout, j'aime Ngungunyane ; malgré sa cruauté, je ne cesse de me sentir attaché à lui.
>
> Georges Liengme, médecin suisse

Nous nous réveillâmes à la détonation de coups de feu. Nous nous regroupâmes en hâte sous le toit protecteur de l'église. Le prêtre nous tranquillisa :

– Ce doit être des soldats portugais. Ils sont en train de tuer des têtes de bétail.

Au début, les militaires lusitaniens négociaient encore de la nourriture contre des vêtements. À présent, ils pointaient leur fusil sur les maîtres des troupeaux et leur demandaient de choisir entre la vie et les bœufs.

Étrange que les Portugais utilisent l'expression "têtes de bétail". Parce que nous appelons aussi les esclaves tinhloko, qui signifie "têtes". Plus étrange encore est de m'être habituée au fait que les Vanguni valorisent moins un humain qu'un bovin.

L'explication du prêtre nous rassura : si c'étaient des soldats portugais, il n'y aurait pas de danger. Et nous nous dispersions déjà quand un jeune garçon affolé arriva avec la nouvelle : une de ces embarcations portugaises, un blockhaus, avait attaqué la pirogue dans laquelle suivait Mwanatu. Tous les occupants avaient été tués. Le corps de mon frère flottait dans les eaux de l'Inharrime.

La nouvelle, pour terrible qu'elle fût, n'était pas une surprise pour moi. La même sueur froide me parcourut à nouveau comme lorsque j'avais croisé le nwamulambu en voyageant sur le fleuve. Mes yeux se brouillèrent, mais je le savais : mon frère recherchait cette fin. Ce n'étaient pas les morts de Nkokolani que Mwanatu allait enterrer. Il voulait être étreint par ceux qui étaient déjà partis.

Mon attitude contrasta avec la réaction survoltée de mes compagnons. Mon père déambula dans la cour comme un aveugle affrontant les cieux. Après quelques va-et-vient, il s'appuya contre un tronc et éclata en sanglots. Le prêtre Rudolfo ôta sa soutane et la jeta par terre. En caleçon long, il la piétina et la bourra de coups de pied. Oubliant son état physique, le sergent utilisa ce qui lui restait de mains pour qu'on ne sache pas qu'il pleurait. L'Italienne Bianca demanda qu'on se recueillît et qu'on priât. Attirée par les lamentations, Bibliana quitta la cuisine et apparut dans la cour pour nous réconforter.

Ce fut alors que nous entendîmes un grondement de pas suivi de l'ordre donné en bon portugais :

– Personne ne sort d'ici !

De la forêt émergea alors un groupe de soldats portugais, trois blancs et six noirs. Ils se présentèrent avec l'arrogance de propriétaires du monde. À leur tête, un capitaine qui s'identifia comme Santiago Mata ouvrait la voie. Ils venaient de débarquer du blockhaus et admirent d'emblée être les auteurs des coups de feu sur la pirogue de Mwanatu. Ils avaient confondu le bateau, ils avaient pris les hommes d'équipage pour des fugitifs vanguni. Devant la protestation désespérée de Rudolfo, le capitaine argumenta :

– C'est un pays de tigres et de hyènes. Je dois demander la permission pour savoir s'il y a un chat au milieu des bêtes sauvages ?

– En Afrique, il n'y a pas de tigres, capitaine.

– Sur la pirogue il y avait un nègre armé, que vouliez-vous que je fasse ?

– C'était une fausse arme, hurla le prêtre. Vous n'avez pas vu l'uniforme ?

– J'ai cru qu'il était faux, bordel ! Parce que ici, mon cher ami, ici tout a l'air faux. Vous, par exemple, vous ressemblez à un vrai prêtre ?

Il s'apprêtait à entrer dans l'église mais le curé lui barra ostensiblement le passage :

– Il y en a qui ne sont pas dignes d'entrer dans cette maison.

Le capitaine porta la main à son pistolet. Il était indigné par l'ordre, offensé par le manque de respect. Il inspira profondément et adopta un ton conciliant :

– Ces types sont tous pareils. Vous arrivez à les distinguer, mon père ?

– Je distingue l'humain de l'inhumain. Je distingue les humbles des puissants, je distingue les pauvres…

– Qu'est-ce que c'est que ça ? interrompit le capitaine. Nous voilà déjà tous en train de défendre la négraille comme font ces salauds de Suisses ?

– Je distingue les Africains qui sont dignes du Royaume de Dieu, je distingue ces pauvres noirs…

– Ne vous fatiguez donc pas les yeux et observez les soldats blancs qui m'accompagnent. Regardez-les bien, mon père, ce malheureux ici n'avait jamais mis de chaussures avant ; et celui-là, le mois dernier il était encore en train de faire paître les chèvres. Aucun d'eux n'a posé ses fesses dans une école.

Les mains sur son ceinturon, les yeux étincelants à l'ombre de son chapeau, le militaire dévisagea longuement chacun des présents pour s'adresser ensuite de nouveau au prêtre :

– Vous êtes à la recherche de la pureté des sauvages ? Sachez que le Paradis n'est pas ici. Ces gens c'est le diable. Ce qui anime ces Cafres, ce n'est pas de vous prendre votre chemise sur votre corps. Mais de vous prendre et la chemise et le corps.

Il s'arrêta devant le sergent découragé qui, plus triste que fatigué, prenait appui sur le montant de la porte. Il observa le pantalon jauni et le maillot de corps en loques du jeune soldat. Seulement après il fixa son regard sur les bras de Germano :

– Les Cafres t'ont attaché ! C'est comme ça qu'ils font. Ils attachent les mains des prisonniers jusqu'à ce qu'elles gangrènent.

Je soutins le sergent chancelant pendant que, d'un pas en avant, il se détachait du groupe :

– Je me présente, je suis le sergent Germano de Melo.

– Sergent ? Et de quel diable d'armée es-tu ?

– De la nôtre, mon capitaine.

– On ne dirait pas. Parce que si tu l'étais, tu m'aurais déjà salué comme il faut.

Le visage grimaçant, le sergent ébaucha un salut maladroit. Des gouttes épaisses que tous prirent pour de la sueur coulaient sur son visage. Et aussitôt le soldat perdit en un instant toute importance pour Santiago. La querelle avec le curé : voilà ce qui accaparait son attention.

– Vous estimez que vous savez distinguer les races et les disgrâces ? Eh bien, je vais vous expliquer comment on distingue un nègre d'un blanc. Et ce n'est pas par la couleur de peau, mon cher père. C'est par les yeux.

Nous tous étions prisonniers des mots et des gestes avec lesquels le capitaine histrion paradait. Avec des mimiques de prestidigitateur, il fit claquer ses doigts près du visage du sergent Germano et déclara :

– Fixez bien cet homme, les yeux dans les yeux. Si vous observez bien, cher père, vous verrez au fond des yeux de ce malheureux la brûlure d'anciennes fumées de cuisine. Aussi blanche que soit sa peau, ce type est un nègre. Il a passé toute son enfance à souffler sur la bouche de l'âtre.

C'était là sa certitude. Il était un chef militaire, il naviguait plus profondément et plus rapidement dans l'âme des hommes que n'importe quel prêtre. Et il haussa le ton quand il demanda en hurlant : Vous entendez ce que dit un capitaine portugais ? Saisissant son pistolet, il tira sur la tour de l'église. Une nuée de corbeaux agita les cieux. Le coup de feu parut rasséréner le capitaine. La tête haute et le dos bien droit, il s'approcha à nouveau du sergent Germano :

– Comment as-tu dit que tu t'appelais ?

– Germano de Melo, à vos ordres, mon capitaine. J'ai été placé au poste de Nkokolani. J'ai été blessé dans une attaque de la caserne.

– Ne mens pas, sergent.

– Mais c'est la pure vérité, dit Germano, en montrant ses bras pansés.

– Les blessures sont vraies. Mais il n'y a pas de caserne à Nkokolani. Ce n'est rien d'autre qu'une cantina.

– Pour moi c'était une caserne, la seule caserne de ce monde. Et ce jeune que nous pleurons ici, Mwanatu, était ma sentinelle.

– Sentinelle ? sourit le capitaine avec dédain, en roulant les yeux. Je suis fatigué de cette farce de merde, fatigué des soldats qui ne sont pas militaires, fatigué des casernes qui sont des cantinas. J'en ai assez des guerres que les politiciens affrontent dans leurs bureaux du Terreiro do Paço.

Levant ses bras implorants, il déplora :

– Ah Mouzinho, Mouzinho, pourquoi tardes-tu autant ?

Il chercha de l'ombre près du mur, s'adossa à la pierre que le temps avait rongée et nous contempla comme si nous n'existions pas. Contrairement à ses compatriotes, la vue d'autres blancs ne lui apportait aucun réconfort. Bien au contraire, ces visages pâles suscitaient chez lui une indéniable aversion. Sauf si, malgré l'égalité de la race, l'un de ces autres se trouvait être de sexe féminin. Comme c'était le cas de l'Italienne, qui le dévisageait avec un mélange de crainte et de fascination.

– Je vous ai déjà vue quelque part, avança Santiago.

– Peut-être, monsieur le capitaine. Je suis Bianca...

– L'Italienne aux mains d'or ? Enchanté, chère madame.

Et il s'inclina en une révérence grotesque.

– Il faut que vous compreniez, monsieur le capitaine, pourquoi nous sommes ici tous consternés, déclara l'Italienne. Le garçon qui suivait dans le bateau était le fils de notre ami, là, et elle désigna Katini, qui se cachait derrière tous les autres.

– Dona Bianca, rétorqua le militaire, vous n'imaginez pas combien je regrette ce qui s'est passé. Nous sommes en guerre, que puis-je dire ? Je suis chrétien, j'ai mis en terre les malheureux qui étaient sur la pirogue...

– Et où les avez-vous enterrés ? demandai-je.

Je ne reconnus pas ma propre voix. Poussée par une main invisible, je me vis affronter Santiago Mata. Et je répétai la question. Souriant, l'homme questionna :

– Holà, holà ! Qui est cette beauté ? Ne me dites pas, dona Bianca, que c'est une de vos filles ?

– Où avez-vous enterré mon frère Mwanatu ? insistai-je, sèche et aveugle.

– Voyez-vous ça, la chatte a la griffe acérée ! Et la voix de Santiago prit une candeur malicieuse. Où as-tu appris à parler ma langue comme ça, ma petite colombe ? Tu pourrais peut-être m'apprendre à me servir de la tienne ?

Je fermai les yeux, me rappelai le conseil de notre défunte mère. Ce n'est pas à toi que s'adressent les insultes, disait-elle. C'est aux tiens, à ta race. Feins d'être de l'eau, fais semblant d'être un fleuve. L'eau, ma fille, c'est comme la cendre, nul ne peut la blesser. C'était là la leçon de Chikaze Makwakwa, ma mère si peu défunte. Parce que moi, aux yeux du monde, je ne serais plus jamais exempte de culpabilité. Ma couleur de peau, la texture de mes cheveux, la largeur de mon nez, l'épaisseur de mes lèvres, je porterais tout cela pour toujours comme un péché, tout cela m'empêcherait d'être qui j'étais : Imani Nsambe.

Je jetai un œil à mon père avec le vain espoir que, dans un rare accès de courage, il se confronte à l'assassin de son fils. Mais Katini Nsambe se tint comme il avait toujours vécu : respectueusement soumis, les yeux au sol, les pieds indistincts de la poussière. Peut-être ses poignets abritaient-ils une tension indiscernable. Rien d'autre.

D'un claquement de doigts, Santiago Mata appela les soldats qui s'alignèrent, en formation militaire. Il faut une certaine discipline ici ! déclara-t-il. Il donna l'ordre de hisser le drapeau du Portugal sur la tour de l'église. Le curé ébaucha encore un mouvement de contrariété. En vain Germano manifesta son intention d'aider les soldats mais le capitaine ouvrit les bras d'un geste magnanime :

– Tu es dispensé.

Au garde-à-vous, nous vîmes monter le drapeau blanc et bleu. Le rang défait, le capitaine mit les mains dans ses poches et agita une enveloppe dans sa main gauche :

– Germano de Melo : c'est comme ça que tu as dit que tu t'appelais ? Eh bien, j'ai cette lettre à te remettre depuis des lustres !

Le sergent reçut l'enveloppe en joignant les poignets comme si c'étaient deux pinces. Il examina le timbre sur le pli et il fronça le sourcil, à moitié intrigué et désabusé. La seule correspondance qu'il pouvait attendre était celle du lieutenant Ornelas. Mais la lettre venait du Portugal.

– On va passer la nuit ici, annonça Santiago. On ne vous prendra pas de place, mon père. On utilisera nos tentes. Je vous demande seulement que, tôt demain matin, vous nous dispensiez une tête de bétail. Ce qu'on ne mangera pas, vous pourrez le partager avec vos gens.

– C'est une demande, capitaine ? Ou vous allez me menacer avec une arme, comme vous faites avec les Cafres ?

Le capitaine soupira profondément tandis que les soldats s'éloignaient en rigolant, et leurs rires confirmaient leur possession sur ce qui avait été notre lieu à nous.

Ce fut alors que surgit Bibliana. Elle avait attendu le bon moment pour se montrer. Avec une dignité de reine, elle traversa la lumière intense de la cour. Elle portait ses bottes habituelles et une cartouchière entourait sa taille. Ses pas étaient martiaux et, dans une posture de défi, elle s'arrêta devant le capitaine portugais qui, surpris, questionna :

– Eh ! D'où sort cette créature désenchantée ?

Centimètre par centimètre, il inspecta la prêtresse. Il observa, méfiant, la cartouchière. La femme demeura impassible pendant que le militaire vidait le contenu de l'une des cartouches. Elle renfermait de la poussière de tabac, qu'il écrasa avec un acharnement proche de la rage.

– Et ces bottes ? Où les as-tu volées ? Tu as tué un soldat, c'est ça ?

– Elle ne parle pas portugais, accourut le prêtre en expliquant.

Bibliana devina ce qui allait se passer. Et elle devança l'humiliation de l'ordre qu'elle allait recevoir. Elle se déchaussa sans quitter Santiago des yeux. Le Portugais regarda avec mépris la femme se défaire de ses bottes. Secouant la tête, il commenta : La pauvre, elle ne sait pas que les chaussettes qu'on ne lui a jamais données sont plus importantes que les chaussures. Sans elles, les bottes sont un martyre.

Voilà pourquoi, ajouta-t-il, les bottes offertes par les Portugais aux indigènes restaient accrochées, sans servir.

Mais le motif pour lequel la faiseuse de miracles s'était déchaussée était autre, bien différent. Comme on le vit par la suite.

Bombant la poitrine, Bibliana lança les bottes en l'air avec un tel élan qu'elles décrivirent un arc intrépide sur la cime du manguier. Elles ne tombèrent pas, elles restèrent accrochées à une branche. Elles demeurèrent là dans un lent balancement jusqu'à ce que, soudain, elles se tordent en un spasme intense et le capitaine, apeuré, vit émerger de ces bottes noires de sinistres oiseaux de proie. Ce fut alors qu'il tira, à l'aveuglette, sur les ombres errantes que lui seul voyait.

21
Sixième lettre du sergent Germano de Melo

> Fais attention à ceux qui protègent le château de l'arrivée des barbares. Sans le savoir, ils se sont déjà convertis en monstres.
>
> Dit du père Rudolfo

Sana Benene, 5 octobre 1895
Votre Excellence Monsieur le Lieutenant Ayres de Ornelas,

L'arrivée du capitaine Santiago Mata m'a rappelé qu'il existait un monde, dehors, auquel j'appartiens. Ce capitaine n'est sans doute pas le meilleur émissaire de ce monde, je l'avoue. Il aurait mieux valu qu'il ne se fût pas présenté. Mais d'une certaine manière, son apparition m'a fait voir combien notre arrogance dans ces contrées est vide et caricaturale. Peut-être les jours passent-ils plus vite que je ne pense. Peut-être existe-t-il un autre temps qui progresse silencieusement sous le quotidien que nous vivons.

Pour l'instant, mon lieutenant, la vérité est celle-ci : j'ai une église entière pour chambre à coucher. Je dors ainsi que dort la maison de Dieu dans un calme interrompu uniquement par le volettement des tourterelles et des chouettes. Je me réveille au bruit des pas de souris qui rongent, pressées, les restes de bougies. Je redoute que, ces maigres ressources épuisées, les rats n'en viennent à mes blessures. Et que je me réveille sans les yeux, car c'est ainsi que j'ai trouvé le cantineiro Sardinha quelques instants après sa mort.

Je repousse l'ouverture de la lettre que Santiago Mata m'a remise cet après-midi. En définitive, tout dans ma vie souffre d'étranges ajournements. Je devais rester seulement quelques jours à cet endroit, censé servir d'étape pour atteindre un poste de santé. Je suis ici depuis des semaines déjà. Aussi je regarde cette lettre sans hâte et choisis de me leurrer : elle n'est pas partie de mon village, elle n'a été expédiée par aucun de mes parents. Je n'ai pas d'autre terre que celle-là. Je n'ai pas de famille en dehors de ces gens.

Je connais l'assiduité avec laquelle Votre Excellence écrit à madame votre mère. Vous n'imaginez pas combien je vous envie. Parce que, aujourd'hui, je ne saurais pas quoi dire à ma mère. J'écris tout cela et je sais que ce n'est pas vrai. Mais je ne corrige ni n'efface.

M'autorisant de notre familiarité actuelle, je transcris ici, ligne par ligne, l'extraordinaire lettre qui m'a été envoyée de ma terre natale. Votre Excellence s'est interrogée plusieurs fois sur les raisons qui ont conduit un jeune homme de province comme moi à perfectionner un langage aussi raffiné et une sensibilité aussi élevée. Eh bien, cette lettre parle de deux femmes qui ont fait naître chez moi ces qualités : ma mère et mon institutrice, dona Constança, une dame érudite qui, pour échapper à des persécutions politiques, s'était exilée elle-même dans notre village.

Sans changer une virgule, voici la missive dictée par ma mère, dona Laura de Melo :

"Germano, mon fils chéri

C'est moi, ta vieille mère, qui t'écris. Après tant de mois sans aucun signe de toi, j'ai une triste nouvelle : ton père vient de mourir. Il est mort du cœur comme meurent tous les hommes, c'est ce qu'a dit Toninho de la pharmacie. Je dicte cette lettre à la voisine Constança, qui a été ton institutrice à l'école primaire. Elle t'envoie ses amitiés mais elle est fâchée que tu ne nous aies jamais donné signe de vie.

Je veux te raconter comment ton vieux père nous a quittés. Je l'ai déjà raconté si souvent qu'il me semble qu'à force de me répéter, je m'éloigne de ce triste jour. On était en fin d'après-midi et ton père se trouvait assis sur le pas de la porte. Le jour est tombé avec lui assis là, sans dîner, sans manger, sans dire un mot. Au milieu de la nuit, je lui ai apporté une couverture pour qu'il se couvre. Je ne lui ai rien demandé, car il en était ainsi entre nous. C'est alors qu'il m'a dit qu'il resterait là jusqu'au lever du soleil. À l'aube, quand je suis descendue pour lâcher les animaux, je l'ai trouvé raide et froid. Le beau-frère Arménio m'a aidé à tirer le corps à l'intérieur de la maison et il m'a avoué que les hommes du village savaient en secret que des soldats venus d'Afrique allaient arriver. S'ils sont arrivés, ce n'est pas dans notre village et ton père est mort assis à attendre ta venue.

Ce fut un enterrement très simple, étaient là les rares personnes qu'il nous reste dans la famille et dans le village. La cérémonie fut si sobre que je n'ai même pas eu le temps de pleurer. C'est un grand péché, je le sais, mais jusqu'à aujourd'hui j'attends une larme, une seule larme. Au lieu de pleurer, je ne fais que soupirer. C'est que moi, mon fils chéri, j'étais déjà si fatiguée de ne pas être épouse, fatiguée de ne pas être mère, fatiguée de ne pas vivre !

Et tu sais pourquoi aucune larme ne me vient aux yeux. En vérité, je suis veuve depuis que je me suis mariée. Tant de fois je me suis frotté les bras et le dos avec du basilic pour sentir comme une dame. Et ton père n'a jamais senti mon parfum. D'innombrables fois, dès qu'il faisait nuit, je lâchais mes cheveux. Et ton père me demandait de rattacher mon foulard. C'est toujours dans le noir qu'il m'a touchée.

Sa jalousie a abîmé notre foyer. Il était jaloux même de toi. Surtout de toi, mon fils. Dès ta naissance, cet homme n'avait qu'un seul but dans la vie. Me punir. D'abord, par le silence. Ensuite, par les mots. Et enfin par des claques et des coups de pied. J'ai pensé à fuir, j'ai désiré mourir.

Mais après, il m'est arrivé comme à toutes les femmes de notre pays. J'ai renoncé à tout, j'ai renoncé à moi. L'idée que sa jalousie fût le seul cadeau qu'il savait m'offrir m'a consolée. Le pauvre, il lui est arrivé ce que le père Estevão avait dit dans un sermon : celui qui n'a jamais aimé ne sait pas être jaloux. Et ton père fut maladroit même dans la jalousie. Dès notre mariage, il a colporté dans le village qu'il était avec Julinha des Cinq Rois. Il tardait à rentrer en fin d'après-midi à seule fin de m'irriter. Mais je savais qu'il était tout seul, assis sous ce grand mûrier qui répandait ses fruits sur toute la place. Le pantalon de ton père était couvert de taches noires et sucrées. Je sentais ses vêtements. C'est l'unique parfum qu'il ait jamais utilisé. Parfois l'odeur des mûres me manque tant.

Et à présent, je vais te confesser ce que Dieu seul pourrait entendre. Il y eut des fois où ton père, que Dieu le garde, en est venu à prier que tu meures encore enfant. Non parce qu'il était malveillant, mais à cause des privations que nous endurions. Et si Dieu t'avait emporté aussi petit, ce n'est pas toi qui serais mort. Les enfants, lorsqu'ils meurent jeunes, ne sont que de petits anges. Et lorsque les anges meurent, il n'y a pas de pleurs, il n'y a pas de tristesse, il n'y a pas de mort. Il n'y a qu'une créature céleste que Dieu nous donne et que Dieu nous ôte. Voilà pourquoi, je l'avoue à cœur ouvert, je suis restée silencieuse face à ces demandes de ton père. Heureusement, Dieu ne l'a jamais écouté. Et dès lors, comme par miracle, tu t'es mis à m'appartenir de plus en plus, sang de mon sang, vie de ma vie. Et je me suis tellement attachée à toi que la rancœur que ton père a toujours éprouvée à ton encontre a empiré.

La prochaine chose que je vais faire, mon fils, c'est aller chez un coiffeur. Il n'y en a aucun ici au village. Mais j'irai en ville, on dit qu'il y a là-bas une femme très habile. Peut-être est-ce de la vanité, un péché. Je veux seulement me voir de mes propres yeux, car jusqu'à présent je ne me suis connue que par les yeux de mon mari. Lorsque tu reviendras, je ne veux pas être prise de surprise comme l'a fait ton père, qui aujourd'hui encore t'attend sur le pas de la porte.

Tu verras, mon fils, que j'ai aussi arrangé la maison. Je l'ai rendue plus confortable. Avec le peu d'argent de l'héritage, j'ai acheté trois chaises, pour offrir un siège aux présents et aux absents. À ton arrivée, tu auras une chaise pour rester à ne rien faire, car on dit que les chaises aident à oublier le passé. C'est ce que dit la commère Constança, qui s'est déjà beaucoup assise là-bas à l'école. Et elle dit que celui qui rentre de la guerre a beaucoup à oublier.

Et nous nous distrayons tandis qu'elle griffonne cette lettre. Ce soir, tu sais ce que nous allons faire, elle et moi ? On ira toutes les deux siffler dans les rues. Car siffler est une chose interdite aux femmes. C'est ce qu'on dit dans ton pays : une femme qui siffle appelle les sorcières. Eh bien nous, Constança et moi, allons appeler les sorcières.

Je demande à Dieu que tu rentres vite et bien auprès de ta mère car désormais il ne me reste plus que toi dans cette vallée de larmes. Et j'espère qu'on t'a bien nourri, dans mes rêves tu m'apparais toujours tout maigre. Reçois les mille baisers que je ne t'ai pas donnés lorsque tu tenais dans mes bras.

De ta mère qui t'aime tant."

J'ai transcrit cette lettre dans l'intégralité parce que je voulais partager avec mon lieutenant non seulement le contenu mais aussi combien à la fois je désirais et craignais cette nouvelle. Ce n'est pas la gravité de ce qui s'est passé qui m'émeut. C'est un sentiment de culpabilité. Non pour avoir oublié le passé familial. Une autre culpabilité m'assaille et à mon lieutenant seul je pourrai rendre compte d'un secret. Dans mon casier de chambrée au collège militaire, j'avais mis une photographie de quelqu'un que j'avais présenté à tous comme étant mon père. Mais ce n'était pas lui. C'était un officier de carrière dont j'avais découpé l'image sur un almanach. L'image était fausse mais mon orgueil était vrai. Aux yeux de tous, j'étais comme Votre Excellence, l'héritier de notre noble tradition familiale. À force de mentir et de sentir sur moi les yeux de cet inconnu, j'ai fini par oublier le véritable visage de mon père. J'ai apporté avec moi en Afrique la photo de ce géniteur anonyme et, aujourd'hui encore, je la garde dans mon maigre bagage. Comme vous le voyez, Excellence, il ne me manque pas tant que cela un passé familial aristocrate. J'ai inventé pour moi ce passé. Affichée sur un mur ou rangée dans mes bagages, mon autre vie est, avec tout le respect dû, aussi vraie que n'importe quelle autre.

Et il me semble que c'est tout, pour l'instant. Demain, Imani partira avec son père pour localiser l'endroit où ils sont censés avoir enterré son frère Mwanatu. J'espère que ce qu'a dit Santiago Mata est vrai. J'espère qu'ils l'ont enterré et qu'ils trouveront la tombe. J'ai encore manifesté mon intention de l'accompagner, mais ni Imani ni son père n'ont souhaité ma présence. Katini fait maintenant tout pour éviter qu'Imani et moi soyons ensemble. Il veut prouver devant Bianca Vanzini que la promesse de lui remettre sa fille est toujours valable.

J'ai commenté avec le prêtre l'insistance des Cafres à s'occuper des morts autant ou plus que des vivants. Rudolfo a expliqué ce que je savais déjà : la différence entre le vivant et le défunt réside uniquement dans le degré de présence. On prend soin du mort pour qu'il ne meure jamais. Être sur ou sous la terre est un petit détail. Le sol africain lui-même est si vivant qu'il n'y a pas de défunt qui ne veuille rester enterré. Et je suis d'accord avec lui : dans ces parages, la terre n'est pas une sépulture. Seulement une autre demeure.

J'avoue que c'était étrange d'entendre de telles croyances venant de la bouche d'un prêtre. Et je me suis souvenu des discours enflammés de ceux qui, au nom de la Terre, m'avaient envoyé à la guerre. Des générations successives, au nom du sol sacré, ont été jetées à la Mort. Je ne me suis pas retenu et j'ai proclamé mot pour mot la chose suivante : que, moi aussi, on m'avait appris à aimer un cimetière.

– Avoir une patrie c'est autre chose, mon père, ai-je dit.

Le curé a voulu savoir quelle était cette chose. Je suis resté silencieux. Je ne savais pas répondre. J'étais surtout occupé à penser à Imani. Quand elle reviendrait de cet au revoir, nous irions ensemble à l'hôpital de Manjacaze. Puis nous voyagerions vers Lourenço Marques, avec mes mains complètement guéries. Maintenant que mon père est mort, j'aurai le destin des anges : mes bras repousseront et j'aurai des doigts en nombre que Dieu a fait.

Un de ces jours, je répondrai à ma mère. Et je lui annoncerai que, bientôt, une autre chaise sera occupée, avec l'arrivée de sa nouvelle belle-fille.

22
Une sauterelle décapitée

> Tel est l'office de la haine : ne pas nous reconnaître nous-mêmes en ceux que nous méprisons.
>
> Dit du grand-père Tsangatelo

À la tombée de l'après-midi, le repas terminé, le capitaine Santiago s'approcha du grand figuier où nous nous étions abrités. Et il présenta ses excuses pour la façon dont il s'était comporté auparavant. Il était nerveux, voilà des semaines qu'il déambulait dans le sertão dans une quête infructueuse des révoltés Zixaxa et Mahazul. Ngungunyane les avait cachés. En Afrique, selon ses dires, il n'est pas besoin de brousse épaisse pour que quelqu'un devienne invisible. Les personnes se cachent dans les personnes.

– Et donc, déclara le capitaine, il faut tuer les hyènes et les chats. Et les tigres, même s'ils n'existent pas.

Comme un félin, Santiago rôda autour de notre table. Personne ne parla, personne ne leva le visage. Contrariant notre sentiment d'antipathie, l'Italienne prit une chaise et invita le capitaine à partager notre compagnie. Dona Bianca ne comprenait pas que le silence qui se faisait là n'était pas une absence. C'était une prière. Dans ce silence, nous parlions avec notre défunt Mwanatu. Bianca Vanzini sourit au Portugais, désignant la chaise vide :

– Asseyez-vous, capitaine. Ma mère disait toujours : à table personne ne vieillit.

Le capitaine se servit à boire et demeura silencieux en regardant les flopées d'insectes tournoyer autour des lampes à pétrole. Je me rappelai notre maison à Nkokolani. Le noir était le même et les mêmes bêtes ailées devenues folles par les mêmes lumières émergeaient de lui. Cette fois, cependant, elles étaient si nombreuses qu'on entendait le grésillement des corps sur les flammes.

– Vous en avez déjà mangé, mon père ? questionna Santiago. On dit qu'elles sont bonnes, ces sauterelles grillées sur le feu. J'ai pensé que, en tant que bon pasteur, vous aviez déjà partagé cette nourriture de vos gens.

Le prêtre accueillit l'ironie avec des imprécations murmurées. Le capitaine lui demanda de ne pas y accorder d'importance.

– Ne le prenez pas comme ça, dit Santiago. Au fond, nous sommes tous portugais et nous attendons, dans la même tranchée, l'arrivée rédemptrice de notre cavalerie.

– Personne ici n'attend de sauveur, rétorqua le curé. Je suis un homme de foi, mais je peux vous assurer une chose : à cet endroit, même le Christ aurait renoncé.

– Drôle de discours pour un homme en soutane !

– Sur le quai, en arrivant, vous avez vu les pieux avec les filets accrochés ? voulut savoir Rudolfo Fernandes.

Jusqu'à il y a un temps, des têtes humaines étaient plantées sur ces bâtons. Ce fut cela que le prêtre rappela sur un ton pâteux. Elles étaient restées là des jours durant exposées à la chaleur et aux mouches comme si elles étaient nées ainsi, détachées du corps et de la vie à laquelle elles avaient appartenu.

– Des nègres ou des blancs ? demanda Santiago.

– Devinez, capitaine. Devinez.

– Ce n'est pas moi, cher père, ne m'accusez pas. Il fit une brève pause et poursuivit. Et convenons-en, ici entre nous, il est bien plus confortable pour un mort d'avoir la tête sur un pieu plutôt que de laisser son corps accroché à une croix.

Clignant intensément les yeux, le capitaine rit. Et nous vîmes tous la peur qui se cachait derrière ce rire. Plus jamais, assura le prêtre, cet endroit ne se libérerait de l'odeur putréfiée qui l'avait empoisonné.

Santiago se leva pour s'approcher d'une lampe. Il semblait insensible au nuage de sauterelles qui tournoyaient autour de son visage.

– Vous voulez retrouver Zixaxa et Mahazul pour les punir ? Eh bien, je crois qu'on devrait les récompenser. Sans la révolte de ces Cafres, notre armée continuerait à dormir dans le rang.

– Vous savez ce que je préférerais ? interrompit Bianca, d'un sourire timidement conciliant. Je préférerais vivre toujours comme ça, avoir tous ces militaires par ici sans qu'il y ait la moindre guerre.

– Alors vous êtes au bon endroit, au bon moment ! déclara Santiago. C'est que les guerres ont un problème, dona Bianca : pour les faire, il faut un ennemi. Et nous, avec cette clique lisboète, nous avons un ennemi intérieur plus grand que celui de l'extérieur...

Tous disaient ne pas vouloir de conflit. Eh bien, Santiago priait qu'un combat engloutît cette saleté. Le père Rudolfo protesta :

– Aucune guerre n'a de bouche pour autant de saleté. Les guerres sont des tapis, dit le curé. Dessous se cachent les immondices des puissants.

Déjà sur le point de nous retirer dans nos chambres, nous surprîmes Santiago Mata en train de prier agenouillé, sa tête frôlant presque le sol. En nous voyant, il redressa les épaules, honteux. Et nous demanda de nous rassembler debout autour de lui. Il posa son chapeau par terre et, soulevant l'un des bords, il en recouvrit un tas de sauterelles. Puis il griffonna sur le sable une carte avec les points cardinaux. Un cercle plus grand signalait Lourenço Marques ; un autre, plus haut, Inhambane, et au centre un cercle plus petit représentait Mandhlakazi. Glissant deux doigts entre le sol et le bord du chapeau, il en retira un premier insecte à qui il donna le nom d'António Enes. Il le plaça sur Lourenço Marques tandis qu'il nous demandait :

– Que fait cette bête ? dit-il en lui arrachant la tête. Et il répondit : Elle ne fait rien. Ou plutôt, elle fait des rapports pour les autres qui ne font rien.

Avec une autre sauterelle se débattant entre ses doigts, il proclama :

– Celle-ci, c'est le chef de la colonne du Nord. Le colonel Galhardo, cette femmelette. Que se passe-t-il avec cette sauterelle ? Avant de répondre, Santiago arracha une par une les pattes de l'insecte. Voilà ce qui se passe, le gars ne bouge pas, paralysé par la peur. Il prit son chapeau, secoua la poussière et chassa les bêtes restantes. Puis il claqua les talons de ses bottes comme s'il nous donnait l'ordre de nous disperser. Une mante religieuse se posa alors sur ces guêtres. Et nous accourûmes tous en même temps pour protéger l'animal. Le prêtre éclaira :

– Pas celui-là, capitaine ! Celui-là, c'est un envoyé de Dieu.

Santiago Mata ironisa :

– Alors ce doit être Mouzinho, ce doit être lui qui commande la colonne qui vient du sud.

La mention de Mouzinho de Albuquerque fit briller les yeux de Bianca qui sollicita, enthousiasmée, que le capitaine décrivît ce fringant cavalier, ce prince dont elle rêvait tant. Santiago Mata ne se fit pas prier. Sans toutefois dire qui était Mouzinho. Il s'en tint à ce qu'il n'était pas. Par exemple, le capitaine Mouzinho n'était pas comme les autres officiers qui pullulaient dans les parages, le cou dodu et la panse bombée. Son visage émacié et anguleux ressortait parmi la foule. Son allure, surmontant sa monture, était celle d'un ange de feu.

– Il vous plairait.

– Vous ne savez pas combien je l'aime déjà. Mais mon capitaine n'est pas en reste derrière ce prince.

Et Santiago poursuivit la description du cavalier. En plus de toutes ces qualités, ce grand Portugais n'était pas un novice dans les affaires coloniales. Mouzinho était déjà venu au Mozambique quatre ans auparavant, comme gouverneur de district. Et il n'était pas comme les autres qui s'accommodaient de l'apathie généralisée. Il avait demandé sa démission, il n'avait pas supporté la politique du "plus c'est lent mieux c'est". Mouzinho avait directement engagé Santiago Mata lui-même pour une intervention militaire qui, aux dires de Mouzinho, ne pouvait pas partir de l'armée.

– Un mercenaire, voilà ce que vous avez été, interrompit Rudolfo.

– Il y a des mots qui doivent être évités, cher père. Disons que j'ai fait partie d'une force de volontaires qui devaient attaquer les camps de la British South Africa Company de Cecil Rhodes*.

– Et Ngungunyane ? osai-je demander, à contre-courant de la conversation.

Le capitaine me contempla, perplexe. J'étais une femme, jeune et noire. Comment osais-je prendre la parole dans cette rencontre ? Je changeai de prononciation et épelai son nom à la manière des Portugais : Gungunhane.

– Monsieur le capitaine connaît Gungunhane ? insistai-je.

Il répondit que oui, mais qu'il n'avait pas envie d'en parler à cette heure. D'ailleurs parce que, ajouta-t-il, le grand ennemi ce n'étaient pas les nègres, avec tout le respect pour ceux qui se trouvaient là. Le véritable adversaire, selon Mata, était à l'intérieur

* Constituée en 1889, la BSAC malmène les positions portugaises au sud du Zambèze. L'ultimatum des Britanniques de 1890 enjoint les Portugais de quitter les territoires du Zimbabwe et de la Zambie actuelle. Le traité luso-britannique du 11 juin 1891 entérine l'évacuation par les Portugais des territoires du Nyassa, Shiré. Cecil Rhodes est privé d'accès à la mer et le Mozambique actuel se dessine.

de la forteresse. C'était António Enes, le commissaire royal du Portugal.

– Vous savez comment Mouzinho appelle António Enes ? Eh bien, il le traite de "Tsungo Khongolo", la façon dont les noirs d'Inhambane désignent les blancs qui se croient importants. Cet António Enes est le grand chef de ces canailles de sauterelles parasites.

Et on débattit toute la nuit. Mon père tomba peu à peu sur la table, ses yeux de plus en plus près d'un verre de vin toujours à vider. Bianca semblait somnoler et seul le sergent suivait la querelle entre Santiago et le père Rudolfo : ce n'était pas Mouzinho qui capturerait Ngungunyane. Ce seraient les noirs qui le livreraient sur un plateau. Ceux qui aujourd'hui le louaient, lui planteraient demain un poignard dans le dos. Et le curé conclut :

– La capture de l'empereur ne sera pas l'œuvre du courage mais de la trahison.

Le capitaine feignit de ne pas entendre. Et dit ainsi au sergent :

– On te donne des médicaments de Cafres. Tu sais lequel est le meilleur ? Il s'appelle mitrailleuse.

C'était avec ce médicament que les Portugais balaieraient les guerriers de Ngungunyane. Dommage que le sergent soit aussi infirme. Et le capitaine ajouta, s'adressant toujours à Germano sur le même ton de défi :

– Si tu n'étais pas blessé, tu viendrais avec nous sentir la poudre. Il n'y a pas de meilleure drogue, mon ami. On la sent une fois et on est pris.

23
Septième lettre du sergent Germano de Melo

> Ce qui dit notre cruauté
> n'est pas tant ce que nous tuons
> mais ce que nous empêchons de vivre
>
> Dit du père Rudolfo

Sana Benene, 12 octobre 1895
Votre Excellence Monsieur le Lieutenant Ayres de Ornelas,

Je ne sais, mon lieutenant, ce que je pourrais répondre à ma mère. Que dit-on à une mère quand on perd un père ? Qu'y a-t-il à dire quand ce père n'a jamais vraiment existé ? Certains croient que la distance fait s'évanouir les sentiments. Ce n'est pas vrai. Loin de chez soi, tout naît à nouveau. Et il y a des douleurs que je ne veux pas faire renaître.

Ma mère attend que je lui transmette que je reviendrai vite et bien. J'ignore néanmoins quel sera mon destin. Comme je l'ai déjà dit, je ne veux pas rentrer sans Imani. Et si mon pays est toujours comme je l'ai laissé, la seule chose qui me ferait encore rentrer c'est ma mère. Peut-être puis-je la faire venir en Afrique et elle se retrouverait ici comme mère et grand-mère des enfants que j'aurai avec Imani, qui sait ?

Mais pour moi, Excellence, il n'y a pas de ciel qui ne soit nuageux et nébuleux. Car si l'on devine le Portugal sous de tristes auspices, les mêmes sombres doutes se dessinent quand je pense à faire ma vie en Afrique. Que ferai-je dans ces sertões, dans une guerre qui se poursuivra même après qu'elle a semblé terminer ? Défilent devant moi les personnages du père Rudolfo qui a oublié Dieu, du capitaine Santiago qui a oublié l'armée, du conseiller Almeida qui se gouverne comme s'il était lui-même le Portugal. Je regarde tout cela et me demande ce qu'il me reste d'autre si ce n'est devenir l'un d'eux. Ou si je pourrai, au-dessus de toutes les circonstances, être un père comme je n'en ai jamais eu pour moi.

J'imagine que vous n'avez guère envie de perdre votre temps précieux avec ces divagations inutiles. Toutefois, je ne résiste pas à vous rapporter une rêverie qui se répète très souvent. Le rêve est le suivant : avec la netteté des choses réelles, je me vois arpenter à pied tout le parcours du fleuve Inharrime, depuis l'embouchure jusqu'à la source. Je fais ce voyage dans le seul but d'apporter un cadeau à l'empereur Gungunhane. C'est ainsi qu'on procède en Afrique : on fait des offrandes aux grands chefs. Pendant plusieurs jours de suite, je transporte dans mes bras une énorme méduse dont le corps d'eau reluit sous le soleil cuisant. Je me presse car je veux remettre l'animal encore vivant, bougeant ses tentacules gélatineux. Je sais l'horreur que ce noir nourrit envers les créatures de la mer. J'ambitionne que le puissant Vátua ne résistera pas à la surprise et succombera devant la bête effrayante. Par la délicatesse fatale de ce don, je vaincrais, sans arme ni sang, le plus grand ennemi du Portugal. C'est ce dessein patriotique qui me fait marcher durant des jours, je sens avancer derrière moi des vagues démontées et le sertão africain est peu à peu inondé par un océan sans fin.

Lorsque je m'agenouille aux pieds de l'empereur, je me rends compte que le venin de la méduse a dissous mes mains. Mes doigts et les tentacules de la gelée de mer tombent par terre. Le monarque sourit avec dédain et m'ordonne de ramasser mes morceaux et de retourner dans l'océan. Que j'en profite tant qu'on m'attend. Je réponds que personne ne m'attend. Alors le roi de Gaza déclare la chose suivante : "Quelqu'un t'attend même si tu ne le sais pas. Cette mer est très vaste, on y entre et on en sort sans avoir à demander la permission. Il n'y a dans cette immensité ni commandement ni maître. C'est pour cela que je hais l'océan et maudis toutes ses créatures." Ce sont les paroles de Gungunhane, paroles qui invariablement clôturent mon rêve.

Pardonnez-moi, Excellence, ces confessions étourdies. Mais moi, si j'avais déjà peu d'âme, je cesse maintenant d'avoir un corps. Je l'ai déjà dit et je le répète à présent, même si je cours le risque d'être puni, je ne me présenterai pas à Chicomo. J'irai avec Imani à Manjacaze et j'attendrai le verdict du médecin suisse. Ensuite je vous dirai ce qui viendra à se passer. Ce sera un miracle si c'est les restes de ce que furent mes mains sont d'une quelconque utilité. Pour s'occuper de mon cas, le missionnaire et médecin Georges Liengme devra recourir davantage à Dieu qu'à la science.

24

Une larme, deux tristesses

> Le monde est un fleuve. Il naît et meurt tout le temps.
>
> Dit de Chikazi Makwakwa

La monotonie engraisse le temps. La compagnie, même odieuse, du capitaine Santiago Mata avait suffi pour que cette journée passe plus vite. On entendait les premiers oiseaux nocturnes et on se disait déjà bonne nuit, quand le capitaine décida d'appeler l'Italienne Bianca Vanzini à part. J'entendis la voix mielleuse du militaire :

– Et maintenant, ma douce Bianca, ce cavalier ici veut la récompense due.

– Vous me voulez ? Je suis très chère, capitaine.

– Un homme comme moi a besoin de beaucoup de substance. Je vous veux vous et une autre femme. L'une pour allumer la flamme, l'autre pour éteindre le feu.

– J'ai compris. Je vais parler à Imani.

– Pas celle-là. Je veux une vraie négresse. Vous comprenez ?

– Non.

– Je veux l'autre, la négresse avec les bottes.

Après avoir vu Bibliana défiler avec ses tissus rouges, son gant noir et la cartouchière, le capitaine ne pensait pas à autre chose. Un sourire matois s'ouvrit sur le visage de Bianca Vanzini. L'intérêt du capitaine confirmait ce qu'elle m'avait déjà chuchoté en secret : un mâle préfère une femme virile.

– Je ne sais pas si j'arriverai à convaincre cette négresse. Nous avons eu des heurts, je crois que Bibliana me déteste.

– Je vous paierai le double, dona Bianca.

– Je suis très chère, capitaine. Je suis en or, ou vous l'avez déjà oublié ?

– Bien, je vous le dis, ici entre nous : je découvrirai bientôt où Gungunhane a enterré une fortune en livres. Et je sais où ce cantineiro Sardinha a caché quelques défenses d'ivoire.

– Dans ce cas on me rendra seulement ce qu'il me devait.
– Il vous devait ?
– Tous les hommes me doivent, capitaine.

Adossé au tronc du manguier, le capitaine Santiago Mata était le conquistador qui, du haut de la forteresse, observe la collecte des butins. À la distance où il se trouvait, il ne pouvait que deviner la conversation entre les deux femmes qu'il avait choisies pour assouvir ses désirs. Mais ce qu'elles disaient était très loin de ce qu'il pouvait imaginer. Moi-même n'aurais pu deviner le contenu de ce dialogue, si je ne m'étais appuyée au dos de l'arbre où elles parlaient.

– Jamais, rouspéta la prêtresse. Cet argent est chaud, il va me brûler les mains.

– Le capitaine t'appelle. De gré ou de force tu iras, maudite sorcière.

– Suca ! Famba khaya ka wena.

La réponse dans une langue qu'elle ne comprenait pas plongea la femme blanche en furie. Et elle se jeta sur l'autre. Elles luttèrent, se griffèrent, s'égratignèrent. Je tentai de les séparer, mais en vain. Le capitaine portugais souriait, croyant que cette dispute était une mise en scène érotique en son honneur. Et la querelle monta au point que Bianca, épuisée, s'écroula par terre et éclate en pleurs. Alors, d'un geste maternel, Bibliana embrassa l'Italienne de façon inattendue. Puis elle attira sa tête contre sa poitrine et lui caressa les cheveux.

– Pourquoi m'agressez-vous, dona Bianca ? C'est la deuxième fois que vous le faites.

En sanglots, la femme blanche avoua ce qu'elle-même n'avait pas compris auparavant. Au moment où Bibliana avait dansé lors du rituel sur le terrain, une impression très étrange l'avait assaillie : cette femme ne pouvait être, comme elle se faisait connaître par là, une Notre-Dame noire. Elle ne pouvait être, comme elle se proclamait, la Mère de la parole. Néanmoins, la vérité est que cette noire lui avait apporté une révélation et l'Italienne avait senti le sol disparaître.

– Soudain mon seul fils s'est présenté devant moi, l'enfant que j'ai perdu à un an.

La mort de son fils lui apparaissait comme la fin de sa vie. Quand elle avait décidé de retourner en Afrique, Bianca cherchait uniquement un endroit pour disparaître. L'inverse s'était finalement produit. La Vie l'avait de nouveau serrée dans les bras d'une mère infinie.

– Je n'ai pas été capable de mourir, admit l'Italienne.

– Vous vous sentez coupable ? interrogea Bibliana.

Incapable d'articuler un mot, Bianca Vanzini hocha la tête dans l'affirmative, le visage accablé comme un enfant orphelin.

– Allons au fleuve, invita Bibliana. La nuit, c'est un autre fleuve, un fleuve nocturne qui appartient exclusivement aux femmes.

Comme si elle n'avait pas de corps, la blanche lui emboîta le pas. Elle regarda par-dessus son épaule, contemplant le drapeau ondoyé, attaché à la croix de la tour. Et elle sentit que, sous cette église, une autre église s'était implantée. C'était à ce temple souterrain qu'elle descendait maintenant, conduite par une prêtresse hérétique.

Avec étrangeté, Santiago Mata observa les femmes s'éloigner main dans la main. Certain qu'elles s'exhibaient érotiquement pour aiguiser ses appétits. Sur la rive de l'Inharrime, elles dansèrent toutes les deux collées l'une à l'autre. La blanche, secouant la tête, chuchota : je suis soûle, en train de danser avec une négresse sur la berge d'un fleuve. Soudain, la noire arrêta son geste :

– Ces mains, ma sœur. Je vois des grains de sable sous la peau, je vois de la terre sous les ongles.

– Aurait-il pu en être autrement ? riposta l'Italienne, sa voix n'étant plus qu'un fil délicat. Une mère peut-elle voir son tout petit enfant être enterré par des étrangers ? Une femme met au monde, une mère ouvre et ferme la terre. Une matinée d'hiver Bianca Vanzini avait écarté les fossoyeurs et avait creusé de ses propres doigts sur le sol rocheux et froid.

– J'ai couché mon petit garçon. Comme je le fais toutes les nuits.

En silence, la prêtresse plongea les mains de Bianca dans le fleuve. Et elle vit comment Santiago était englouti dans le noir.

25
Huitième lettre du sergent de Germano de Melo

> Tout ce que tu auras à dire de grave à un ennemi, tu devras le dire dans sa langue. Aucun juge ne prononce la sentence dans un idiome que l'accusé ne peut comprendre. Nul ne meurt si ce n'est dans sa propre langue.
>
> Proverbe de Nkokolani

Sana Benene, 22 octobre 1895
Votre Excellence Monsieur le Lieutenant Ayres de Ornelas,

Cette fois j'apporte d'importantes nouvelles. Enfin, mon lieutenant, quelque chose bouge dans cette terre morte. Votre Excellence a tout à fait raison : quelque chose de très radical est en train de changer le destin de cette terre portugaise. Et c'est dans ce contexte que Xiperenyane est passé par ici hier matin. Il a fait une brève halte sur la route vers ses terres à Zavala. L'homme est imparable, en permanentes déambulations guerrières dans la brousse. C'est un combattant extraordinaire, un noir d'une loyauté à toute épreuve envers la couronne portugaise. J'espère seulement que cette fois nous saurons répondre avec la générosité due. Étrangement, Bibliana m'a avoué qu'elle avait vu Xiperenyane, squelettique et en loques, balayer les rues de Lourenço Marques. C'était cet avenir indigent qui l'attendait. Une simple prémonition de sorcière, dira Votre Excellence. Peut-être. Le Temps le dira.

Je sais que nos forces préparent une bataille de vaste envergure à Coolela. Une part de moi voudrait marquer de sa présence celle qui sera certainement l'une des pages les plus mémorables de l'Histoire de l'Afrique portugaise. Une autre part hésite. Ces lettres qui s'écrivent en marge des confrontations militaires sont peut-être plus glorieuses. Cette rencontre si improbable de gens apparemment si éloignés est peut-être plus noble. Le Portugal se fait peut-être davantage dans cet assemblage de gens si dissemblables que dans ces guerres sanglantes, qui sait ?

Votre Excellence s'inquiétait que je me présente à l'hôpital du Suisse Liengme ? Vous craigniez que j'évite de me rendre, comme mon statut de soldat m'y oblige, à la caserne de Chicomo ? Eh bien, maintenant aucune de ces destinations. La tension militaire que l'on vit par ici ne nous permet pas de quitter Sana Benene. Le voyage par le fleuve ne s'avère pas sûr non plus. Nous sommes cernés, Excellence. Et je soupçonne que nous nous trouvons assiégés davantage par la peur que par une menace réelle.

Bianca Vanzini souffre le plus de ce confinement. Ici entre nous, ce qui pèse le plus sur elle, c'est d'être éloignée de ses affaires à Lourenço Marques. Hier cependant, le soleil a de nouveau brillé pour l'Italienne lorsque notre Xiperenyane lui a promis qu'au retour de la prochaine bataille de Coolela, il la raccompagnerait à Inhambane. De cette ville, elle retournerait par mer à Lourenço Marques. À un certain moment, elle m'a encore abordé et, à sa façon toujours évasive, elle m'a demandé si cela ne ferait pas plus sens d'aller à Chicomo au lieu de retourner à Lourenço Marques. Au moins je ne mourrai pas sans voir Mouzinho, a-t-elle dit. Elle m'a fait de la peine et la seule chose que j'ai faite, c'est hocher la tête avec un sourire idiot.

J'ai parlé de Bianca, mais celle qui vit une période de profonde tristesse, c'est Imani Nsambe. La mort de son frère l'a jetée dans un abîme gris. Mes capricieux changements d'humeur et mes hésitations sur l'avenir aggravent sa mélancolie. Cette nuit, la fille a été attaquée par un cauchemar récurrent par le passé mais qui ne la visitait plus depuis son départ de Nkokolani. La vérité est qu'elle a de nouveau rêvé qu'elle était enceinte. Les neuf mois révolus, rien ne s'est passé. Au terme d'un an de grossesse, son ventre est devenu immense, plus que ses jambes ne pouvaient le supporter. Ses seins débordaient de son chemisier, le lait jaillissant comme des fontaines abondantes. Jusqu'à ce qu'enfin arrivent les douleurs de l'accouchement. Dès la première contraction, une machette a émergé de son ventre. Les sages-femmes ont reculé, terrifiées. Elles sont revenues à pas de loup pour observer cette apparition. Après la machette, une sagaie a surgi de ses entrailles et, quand les contractions semblaient terminées, un pistolet est encore né. Les armes sont sorties de son corps une par une et la nouvelle s'était déjà répandue dans la région. Les guerriers sont venus, ils ont voulu lui prendre ses armes mais elle s'y est fermement opposée : Personne ne touche à mes enfants !

Et cela s'est passé ainsi : où qu'elle aille, elle emmenait ses petits mortifères, avec des soins maternels qui émouvaient beaucoup les autres femmes. Les hommes réagissaient différemment : les mois suivants, plusieurs d'entre eux se sont mis sur les rangs pour la mettre enceinte. Si cette femme était capable d'accoucher d'armement, il y avait là une possibilité d'accumuler pouvoir et richesses. Et plus jamais les noirs n'auraient à redouter d'ennemis.

Voilà le rêve d'Imani. La nuit suivante, la pauvre fille a dû revivre ce cauchemar car elle s'est réveillée en hurlant en sanglots, en suppliant que personne ne touche à ses enfants. Je l'ai rassurée avec ma maladresse habituelle. Imani s'est levée et elle a tourné en rond, confuse, jusqu'à ce que son père, Katini Nsambe fasse irruption dans la chambre. Je suis resté à la porte par précaution. Il a donné l'ordre à Imani de se préparer car sitôt le lever du jour, ils descendraient le fleuve. Il emmènerait avec lui un des soldats noirs arrivé avec le capitaine. C'est ce qu'a dit Katini. Le but de ce voyage était de s'assurer que Mwanatu avait été enterré selon les commandements de son peuple. Il avait perdu confiance en tout le monde, noirs et blancs, Chopes et Machanganes. Amer, le père d'Imani s'est plaint que la vie était un chapelet de trahisons. Sa fille lui a demandé à quelles déloyautés il faisait allusion. Katini a répondu qu'ils parleraient de ce sujet quand ils seraient sur le bateau.

Imani connaissait depuis longtemps les fantômes qui tourmentaient le vieux Katini Nsambe. Elle avait toujours su, elle avait toujours feint de ne pas savoir. Et tout avait à voir avec la façon dont elle avait été nommée dès l'enfance. Tous dans le village savaient ce qui se cachait dans ce choix. Imani est le nom qu'on donne aux filles d'un père inconnu.

À cet instant, elle a soupçonné que le fantôme qui tourmentait Katini Nsambe était celui-là. Et elle l'a rassuré avec douceur : il était son seul père, le seul qu'elle ait connu. Je l'ai déjà dit, a répliqué Katini, sèchement. Nous en parlerons quand nous reviendrons de l'enterrement de Mwanatu.

Le vieux Katini Nsambe m'a demandé de lui servir un verre de nsope, car il avait besoin de bénir cette mission. Le terme “mission” m'a paru excessif. Il a deviné mon étonnement. Et il a proclamé avec l'orgueil d'un empereur : Je suis le dernier des Nsambe. C'est moi qui vais fermer notre village.

Je me suis offert pour les accompagner tous les deux le long du fleuve. Katini a refusé. Il s'agissait d'une affaire de famille. Imani serait sa seule aide, sa seule compagnie. Il y a quelque temps, a-t-il dit, il y serait même allé tout seul. Mais, à présent, il commençait à avoir le dos d'un oisillon : à la moindre pluie, il ne prenait plus son envol.

J'ai accompagné père et fille jusqu'au quai. Dans la pénombre, j'ai suivi la trace du vieux nègre. Ses empreintes étaient légères, comme s'il y avait une délicatesse polie dans sa démarche. Et j'ai pensé au courage avec lequel, pendant toutes ces années, cet homme a traversé le territoire de l'humiliation. Sa fille m'avait raconté la façon dont il évitait la compagnie des autres hommes du village. Et comme il baissait la tête chaque fois qu'on prononçait le nom d'Imani. Tous le considéraient comme un lâche. Mais il serait difficile de trouver plus grande bravoure. Katini Nsambe abdiquait sa dignité et défendait sa fille, qu'il fût ou non son géniteur. Il n'était donc pas étonnant que ses pieds fussent aussi légers.

Nous sommes passés par l'escalier de l'église et nous avons vu comment, pendant la nuit, les marches en ruine s'étaient déplacées en direction du fleuve. Il a plu cette nuit ? ai-je demandé. Évasif, le père d'Imani a commenté que les pierres ne faisaient que retourner au lieu de leur naissance.

En arrivant sur le quai, Bianca et le père Rudolfo s'y trouvaient déjà. Ils venaient dire au revoir. Chacun d'eux apportait quelque chose à donner. Bianca a enroulé un foulard autour du cou d'Imani. Et le prêtre a offert à Katini un crucifix en fer. Pour qu'il le fixe sur la tombe de son fils Mwanatu.

Je me suis écarté de quelques pas. Bibliana est venue me voir et elle est restée à mes côtés à regarder le courant de l'Inharrime. C'est la guérisseuse qui a brisé ce silence :

– Ta mère est venue ici.

– Ici, à Sana Benene ?

Ce n'étaient pas seulement des forces africaines qui m'avaient guéri. Moi-même j'avais apporté de loin mes remèdes, a dit la prophétesse. Mes remèdes ? ai-je demandé, étonné. Mes rêves avaient été ma plus grande guérison. Car, d'après elle, ils étaient chargés comme des bateaux. Et les parents qui, sans même que je le sache, m'avaient rendu visite, étaient nombreux.

– Ta mère était ici avec toi pour s'occuper de tes blessures.

Et nous nous sommes tous à nouveau rassemblés sur l'embarcadère, assis, les pieds plongés dans l'eau. Le remous autour des chevilles générait un petit bruit doux, comme si c'était la plus ancienne berceuse. Et nous n'avons presque pas entendu un radeau qui s'approchait, poussé par le courant. Un homme nu, les cheveux hirsutes, un regard de bête, le conduisait. Le prêtre a soupiré et commenté : Il ne manquait plus que lui. L'intrus, a-t-il expliqué, était un fou appelé Libete qui se promenait indéfiniment sur le fleuve avec sa besace pestilentielle.

L'embarcation n'avait pas encore accosté et une odeur nauséabonde a envahi les abords. Le prêtre s'est adressé à l'homme en txishangane, lui demandant de jeter le sac puant. L'intrus a refusé, ramenant contre lui une volumineuse besace en peau. C'étaient ses enfants qu'il avait dans ce paquet. Il savait que le prêtre avait des doutes mais, s'il y était autorisé, il répandrait tout sur le quai. Le curé a réagi, inquiet : Non, pour l'amour de Dieu, ne fais pas ça ! Qu'il descende le fleuve, le prêtre lui donnerait sa bénédiction. Le radeau s'est éloigné, entraîné par le courant. Et on a encore entendu l'homme crier :

– C'est Ngungunyane qui a tué ! Il a tué mes enfants, il m'a tué moi.

Katini Nsambe s'est levé et nous avons cru qu'il allait se diriger vers la pirogue et initier son voyage. Mais il est resté là à surveiller le radeau de Libete qui zigzaguait sur le courant. Enfin, il a murmuré :

– Ne le traitez pas de fou, mon père. Cet homme c'est moi.

26
Une sépulture liquide

> Le recrutement de soldats en Angola pour combattre au Mozambique débuta en 1878 et prit fin en septembre 1879. L'apparence et la discipline de ces soldats d'Angola causèrent la surprise au Mozambique. Mais, rapidement, leurs splendides qualités s'altérèrent et, passé un an, nul ne reconnaissait plus les beaux bataillons recrutés en Angola. Soit parce que le régime des férules auquel ils étaient habitués leur avait fait défaut, soit parce que les permissions excessives les avaient désaccoutumés de la rigueur de la discipline, soit vraisemblablement parce que les cadres, rassemblés dans la Province, avaient négligé leurs devoirs, les Angolais, d'organisés qu'ils étaient, étaient devenus batailleurs et dangereux pour la tranquillité de la capitale.
>
> Colonel José Justino Teixeira Botelho,
> *História Militar e Política dos Portugueses em Moçambique de 1883 aos Nossos Dias*, 1921

Je restai à regarder le sergent faire signe depuis l'embarcadère et le grand mouchoir blanc flottait entre drapeau et mirage. Je fis signe moi aussi pour accomplir ces faux adieux. Et nous descendîmes le fleuve à la recherche de la tombe de mon frère Mwanatu. Un soldat portugais de race noire détaché par Santiago Mata nous guidait. Il était sombre de peau, beaucoup plus sombre que ceux de notre village. C'était un mangolê, un de ces soldats originaires d'Angola. En chemin il demeura silencieux, conservant une distance prudente avec mon père.

En faisant halte pour nous reposer, mon père disparut au milieu de la mangrove, le militaire ouvrit son cœur. Il parlait portugais comme s'il était blanc et seuls sa peau et son nom rappelaient qu'il était africain. Il s'appelait João Ondjala parce qu'il était né une année de famine. Nous rîmes parce que c'était aussi comme cela qu'on disait faim dans notre langue txitxope. Il s'exprimait précipitamment comme si la fin du monde guettait à la boucle du fleuve. Qu'on ne l'accuse pas de la mort de notre parent. Parce qu'il était un pauvre malheureux, incapable d'avoir la main sur son destin. Il raconta qu'il avait été capturé par Ngungunyane un mois auparavant. On l'avait fait comparaître devant l'empereur et l'un de ses fils, nommé Godido, avait traduit la conversation. Godido avait étudié à l'École des arts et métiers de l'Île de Mozambique et il connaissait bien la langue portugaise. L'Angolais rit en se rappelant comment, terrifié, il s'était agenouillé devant le roi de Gaza.

– Ne me faites pas de mal, balbutia Ondjala à cette occasion. Je suis votre frère, je suis noir comme vous.

– Frère ? interrogea Ngungunyane. Un frère qui nous tue ?

Ondjala invoqua sa discrimination dans l'armée portugaise et remémora la façon dont eux, les mangolês, étaient envoyés en ligne de front comme chair à canon.

– Alors tu en es, des mangolês ? demanda Ngunguynane.

L'Angolais désigna le mât implanté devant la maison de l'empereur Vanguni.

– Je suis comme le Nkosi, nous obéissons au même drapeau.

À cette occasion, le drapeau bleu et blanc du Portugal était flétri, sans âme. Dégonflé, tout drapeau n'est guère plus qu'un triste tissu. Ondjala pensa alors : ce n'est pas le tissu, c'est le vent qui fait le drapeau. Ainsi était son âme : vide, loin du moindre vent.

– Je ne comprends pas, rétorqua l'empereur. Je t'ai demandé si tu étais angolais. Qu'a à voir le drapeau avec ma question ?

– Ici nous vénérons tous le même souverain : le roi du Portugal.

L'empereur leva les yeux au ciel pour dissiper la colère causée par l'impertinence du prisonnier.

– Ce drapeau est un tissu, je le fais monter et descendre chaque fois que je veux, grommela-t-il.

– Moi aussi j'enlève mon uniforme quand je veux, argumenta l'Angolais.

Le roi n'aima pas ce qu'il entendit. Avec une brindille, il se cura l'ongle long de l'auriculaire, c'était son tic quand il s'énervait. Il murmura entre ses dents :

– Que quelqu'un raccompagne cet homme.

C'était l'annonce de la condamnation. L'empereur proférait ces mots et on savait le destin du malheureux. Il n'atteignait pas l'entrée du village. Les sagaies transperçaient le pauvre bougre et il restait là, sans enterrement, sans mémoire. Mais Dieu était en sa faveur. Car Godido qui dirigeait le peloton d'exécution lui permit de fuir. Il le détacha et dit aux autres : Laissons-le, il sera dévoré par les bêtes sauvages.

Il en avait réchappé à cette occasion. Mais le mangolê savait qu'il était captif d'une autre condamnation, plus longue, plus mortelle : Quand la guerre finira, les Portugais rentreront chez eux. Nous, ceux d'Angola, resterons ici, prisonniers pour toujours.

Tandis qu'Ondjala égrenait ses aventures mouvementées, mon père était en train de ramasser des écorces et des bouts de bois. Il joignit à ces touches improvisées des calebasses de nsala. De quelques riens, il inventait un marimba. Avec le crucifix, il percuta le bois et une mélodie décousue nous fit taire.

– Je l'aime bien, dit le soldat. C'est un musicien, il ne vit pas dans ce monde.

Brusquement, Katini interrompit la musique et nous pressa de poursuivre le voyage. Et nous retournâmes à la pirogue. Mon vieux arborait un visage étrange et il garda le silence jusqu'à ce qu'il manœuvrât la rame à contre-courant, faisant stopper l'embarcation au milieu du fleuve. Du bout de la rame, il toucha l'épaule du soldat et demanda :

– Qui a tiré ?

– Comment ?

– Qui a tué mon fils ?

– Je ne sais pas, on a tous tiré contre la pirogue.

– Tous ?

Alors mon père se leva subitement, faisant tanguer la pirogue dangereusement. Ainsi, vu d'en dessous, il gagnait la taille d'un géant. Il leva la rame bien haut et l'utilisa pour frapper férocement l'Angolais sur la tête, sur les bras, sur tout le corps. Puis il poussa le corps du militaire hors de l'embarcation et lui maintint un temps la tête sous l'eau. Quand l'Angolais n'offrit plus de résistance, mon père saisit le crucifix en fer et procéda comme on fait avec les poissons : il lui enfonça le fer dans la gorge. Les bras et les jambes du militaire se déployèrent comme des ailes sur l'eau et une tache de sang entoura notre pirogue. Katini resta immobile à regarder le corps flotter sans poids.

– Allons-y, tate ! demandai-je en pleurs.

J'empoignai moi-même la rame ensanglantée. Dans la hâte de m'éloigner, je fus incapable de donner un cap au bateau. Où que je me tourne, j'affrontais le corps de João Ondjala planant comme s'il cherchait son ombre elle-même au fond du fleuve. Avec une résolution inhabituelle, Katini Nsambe ordonna :

– Retournons à l'église !

– Mais, tate ? Et Mwanatu ?

– Il n'y a pas de tombe du tout. Mon fils a été jeté dans les eaux, c'est ça qu'on lui a fait. Le fleuve est son unique sépulture.

Debout sur la proue du bateau, dressé comme une statue millénaire, il brandit la croix du Christ et mille scintillations étincelèrent dans sa main.

– Avec ce crucifix, je vais tuer les autres.

– Quels autres, tate ?

Il ne répondit pas. Il ne fit qu'ajouter :

– Quand on arrivera à l'église, on dira que le soldat est tombé dans le fleuve et qu'il a été dévoré par les crocodiles.

Avec une noblesse qu'il n'avait jamais montrée auparavant, mon père affronta le paysage comme s'il était un corsaire qui s'était approprié le fleuve lui-même sur lequel il naviguait. Il brandit à nouveau le crucifix contre les cieux et proclama :

– Certains voient la croix, je vois un poignard. Celle-ci est la lame que Dieu a déposée dans mes mains.

– La vengeance est la justice des faibles.

– Eh bien moi, ma fille, je suis le plus faible des faibles. Il n'y aura pas de plus grande vengeance que la mienne.

Les lumières rares et exiguës de Sana Benene vacillaient déjà quand nous attachâmes le bateau à l'embarcadère. En temps de guerre, les feux restent allumés jour et nuit. On procède ainsi pour que les guerriers, où qu'ils se trouvent, soient toujours éclairés. Je m'apprêtais à monter la côte, mon père me retint le bras.

– Attends, il faut que je te parle.

Je me rassis dans la pirogue. Je regardai les mains ensanglantées de Katini serrant toujours le fatidique crucifix.

– J'ai changé de plans, déclara-t-il. Je vais te livrer au Nkosi, tu seras l'épouse du roi. Tu seras la première épouse de Ngungunyane.

– Pour l'amour du Ciel ne faites pas ça, mon père.

– La vie m'a trompé, les Portugais m'ont trahi. Maintenant, c'est à mon tour de trahir. Tu seras son épouse.

Ces mots étaient des poignards à double tranchant. Du même coup, ils déchiraient mon amour pour Germano et me livraient à la créature que je détestais le plus. Je pleurai comme si je parlais, comme si chaque larme était un mot, chaque sanglot une phrase :

– Je ferai comme ma mère : je me tuerai.

Mon intention était de susciter sa compassion. L'inverse se produisit. Submergé par une colère irrépressible, mon père grinça les dents pour sentencier :

– Ne te compare plus jamais à ta mère ! Ta mère était pleine de vie, donc elle a été étreinte par un arbre. Tu ne peux pas te tuer. Et tu sais pourquoi ? Parce que tu n'as aucune vie.

Et il me tomba dessus comme s'il m'agressait. Mais il demeura immobile. En rouvrant les yeux, l'image floue de mon père penché sur moi, ses bras secouant mes épaules, me parvint :

– Arrête de pleurer, tu vas appeler les mauvais esprits.

– Ne me faites pas ça, mon père. Vous allez trahir les nôtres assassinés par Ngungunyane ?

– Je lutte pour ceux qui doivent encore vivre. Les autres…

– Il n'y a pas de différence, tate. Les autres n'existent pas…

La haine grandissait en moi et il n'y avait pas de pleurs qui pourraient la contenir. Je frappai avec la rame sur l'eau, comme si je me flagellais moi-même. Battre le fleuve était une façon d'agresser le vieux Katini Nsambe.

– Pense à une chose, ma fille…

– Je ne suis pas votre fille !

– Peu importe. Je suis ton père.

– En plus, j'ai fait une promesse. Sur la tombe de notre mère, j'ai juré de tuer ce démon de Ngungunyane.

– Tu n'as pas compris, Imani. L'intention est celle-là : tu te maries d'abord avec lui. Ensuite tu le tues. Qui d'autre, excepté une reine, peut avoir entre ses mains la vie d'un roi ?

Ce que Katini Nsambe disait était, à cet instant, trop pour mon entendement.

– Laissez-moi y aller, tate. Je dois dire au revoir au Germano.

– Tu l'as déjà fait.

– Je veux être avec lui. C'est notre dernière fois.

– Ton sergent là est parti ce matin pour Chicomo. Va ranger tes affaires. Demain tu iras avec moi à Mandhlakazi.

27

Neuvième lettre du sergent Germano de Melo

> Il ne suffit pas qu'on marche pieds nus. Il faut que nos pieds foulent le sol jusqu'à ce qu'ils perdent leur peau. Jusqu'à ce que le sang de la terre circule dans nos veines.
>
> Dit de Bibliana

Quelque part entre Sana Benene et Chicomo, 28 octobre 1895
Votre Excellence Monsieur le Lieutenant Ayres de Ornelas,

Je suis mort, Excellence. On a emporté mon passé, on m'a arraché mes rêves. À l'aube, le capitaine Santiago Mata m'a tiré de force de ma chambre à Sana Benene. Il a prononcé un seul mot: "On y va!" Pendant que je m'habillais à la hâte, le capitaine m'a demandé: "Pourquoi crois-tu que je suis venu dans cet endroit maudit?" Il a levé les bras comme si le monde entier devait l'écouter: "On m'a envoyé te chercher." Et il n'a pas eu besoin de le dire: c'était sous votre ordre que j'étais conduit de force à la caserne de Chicomo.

Triste façon pour Votre Excellence de me rappeler que, plus que tout, je suis un soldat et je suis portugais. Adieu hôpital suisse, adieu Imani, adieu mes rêves de vie au Mozambique. J'écris ces lignes avec le même découragement de ceux qui, enterrés vivants, font trembler sans espoir le couvercle du cercueil. C'est là ma prostration. Je n'aurai plus jamais d'amours, ni d'amis, ni de voisins.

Vous n'imaginez pas, Excellence – ou peut-être l'imaginez-vous mieux que quiconque –, dans quelles circonstances je griffonne ces lignes: assis dans une charrette, le monde balançant autour de moi. Je profite de cette missive pour vous relater les aventures qui me sont arrivées depuis mon transport ce matin à l'aube dans un char à bœufs. Je voyage en compagnie de Santiago Mata et de ses sept soldats qui, d'un pas lent, escortent la charrette. Dans la carriole, en dehors de moi, il n'y a que des armes, des boîtes de biscuits et deux cruches d'eau. Je suis assis dans la position du démon, le dos tourné à un sentier qui, devant nous, s'ouvre sans fin. Nous nous dirigeons vers la caserne de Chicomo, où je recevrai un traitement médical.

Bercé par l'oscillation de la charrette, je m'imagine être en train d'essayer une fois de plus mon propre cortège funèbre. D'abord, c'est arrivé dans le ventre d'une pirogue. Maintenant, dans une charrette poussiéreuse. Lorsque mon enterrement aura réellement lieu, j'irai vêtu de cet uniforme que j'ai toujours haï et qui, maintenant, davantage que mon corps, recouvre mon âme. Prenez note de cette demande, Excellence : enterrez-moi comme si ma peau s'était convertie en cet uniforme malodorant. C'est avec ce linceul anticipé que j'ai embarqué dans ce voyage. Ou, plus grave encore, c'est cela que je suis : un bout de tissu avec lequel, dans la vie et dans la mort, on m'a emballé. D'abord un uniforme, puis un linceul. Je suis un soldat, je ne m'appartiens pas. À mon enterrement, d'autres soldats, méconnaissant qu'ils n'ont eux-mêmes plus d'âme, tireront des salves de poudre sèche. Ils ignoreront qu'avec ces tirs, ils seront en train de tuer le ciel lui-même.

Pendant tout le trajet, les grossièretés constantes de Santiago m'ont molesté. Loin de me gêner, ces insultes me distraient d'autres blessures plus grandes. Et puis, comme disait ma mère : celui qui insulte beaucoup ne peut pas être un homme méchant. Vu sa volée d'injures, Santiago est sûrement une excellente personne. "Par ta faute, m'attaquait-il, par ta faute, sale femmelette, je n'ai pas participé à la bataille de Coolela. Juste pour venir te chercher, parce que notre prince ne pouvait pas se retrouver tout seul ici dans la brousse. Dis-moi une chose, mon petit sergent : avec ces moignons, t'arrives à te torcher le cul ? C'était la négrillonne bonnasse qui te lavait les parties ? Tu voudrais pas qu'un de ces soldats nègres te nettoie le fion ? Ils sont excellents pour ça, tu peux en être sûr. Ils font ça avec une telle ardeur que tu pourras plus jamais chier de ta vie."

Les soldats au début contenaient leurs rires. Peu à peu, ils ont cessé de l'écouter. Le capitaine ne se débattait qu'avec lui-même dans cet infini chapelet d'injures :

– Avec les mains dans cet état, fini les branlettes. J'imagine comment, avec ces mois dans la brousse, tu as dû t'amuser à t'astiquer le bambou. Eh bien, fini les plaisanteries avec les cinq petits nains. Maintenant, tu devras les arroser avec ton pistolet, ces Cafres sournoises. J'espère que t'as déjà inauguré avec cette négrillonne qui t'accompagnait à l'église. Ou tu préfères que ce soit moi qui prenne ses mesures, petit malin de mes deux ?

Enfin, il s'est tu. Un abattement a ployé ses épaules tandis qu'il marchait silencieux. Cependant, sur son visage halé, ses yeux demeuraient vifs, fouillant le paysage. Celui qui nous guidait dans le sertão était un homme terriblement solitaire.

À la tombée du jour, il nous a ordonné de nous arrêter et de camper loin de tout sentier. Tandis qu'il étendait la toile qui nous servirait de lit, l'homme s'est adressé à moi pour la première fois sur un ton amène pour me dire que j'avais de la chance car le docteur Rodrigues Brava était de passage à Chicomo.

Le lendemain, après avoir péniblement gravi des côtes couvertes d'arbustes épineux, nous sommes tombés sur un Cafre à qui nous avons demandé de la nourriture et de l'eau pour nos bœufs. Il nous a conduits en silence dans sa paillote où il nous a offert des épis de maïs grillés que nous avons dévorés. Il nous a alors prévenus que, tout près de là, s'étaient rassemblés des dizaines de soldats vátuas. Ils étaient arrivés en groupe pour se concentrer dans une lagune. Là se préparait une cérémonie traditionnelle pour bénir les combattants.

Un groupe de ces guerriers lui avait rendu visite ce matin-là. Le plus âgé d'entre eux s'était rendu à l'étable et avait choisi un taureau. Avec une perche, il avait frappé le museau du bœuf afin d'exciter l'animal. Quelques jeunes étaient montés sur son dos et l'avaient fait chuter. Tandis qu'ils le tenaient par les cornes, le chef du groupe lui avait ouvert le cou avec une hache.

– Regardez, le sang est ici, et le villageois a montré une tache sombre déjà couverte de mouches.

En quelques minutes, les guerriers avaient dépecé la carcasse et emporté les morceaux de chair sur leurs dos. Le Cafre a désigné une vallée où ils avaient disparu.

– Venez avec moi, a invité l'homme. Ils sont près d'ici. Si on fait attention, ils ne sentiront pas notre présence.

– Ils sont nombreux ?

– Environ cinquante.

– Et à quel bataillon appartiennent-ils ? Ne me dis pas que ce sont les Ziynhone VaChopes, les Oiseaux Blancs ?

– Non, ceux-là sont plus âgés. Il m'a semblé que c'était les Mapepe, les Malins.

– Allons les embusquer ! a ordonné Santiago.

– Vous êtes fou, capitaine, ai-je dit.

Dans une autre circonstance mon insolence aurait été sévèrement punie. Sur le moment Santiago m'a foudroyé des yeux avant de me passer un fusil.

– Tu seras soldat, mon salaud. Avec les doigts qui te restent ou n'importe quelle autre saloperie, tu vas tirer avec ce fusil.

Une autre arme fut remise au malheureux villageois qui, abasourdi, a gardé les bras immobiles, incapable de supporter ce poids.

– Et toi aussi, espèce de noiraud, si tu ne les tues pas, on te tuera toi.

Dans un silence absolu, nous avons marché jusqu'à une clairière au milieu de la forêt. Le Cafre avait vu juste : une cinquantaine d'hommes se disposaient en cercle autour d'un sorcier, qu'on appelle ici nganga, et d'un chef militaire. La fumée émergeait d'une énorme marmite où ils avaient cuisiné la viande de taureau. Cachés derrière une mangrove, nous avons observé l'extraordinaire cérémonie. Un seul genou en appui sur le sol, les soldats chantaient et frappaient avec leurs boucliers et leurs sagaies par terre, en marquant une cadence virile. Jusqu'à ce que, à un certain moment, le chef militaire se lève et exhibe un doigt humain. Un frisson m'a paralysé. Cet organe aurait pu être l'une de ces phalanges qui me manquaient. Remarquant ma réaction de panique, le Cafre qui nous accompagnait a expliqué : c'était un vieux butin qu'ils avaient arraché à un chef militaire chope. C'étaient ceux-là les commandements magiques.

L'exhibition terminée, le chef militaire a gratté avec un coutelas la phalange racornie et a laissé tomber les particules sur la viande. Ce condiment était le soi-disant remède de guerre, la potion qui ferait disparaître les remords de conscience. En mangeant la viande ainsi assaisonnée, les soldats se retrouvaient sans diaphragme. Car c'est dans la poitrine que loge la conscience. Nous a ainsi murmuré en secret le villageois.

Santiago était loin d'entendre ces mots. Il étudiait le paysage pour échafauder une attaque-surprise. Au seul moyen de gestes, il a donné l'ordre de nous disperser afin de créer l'illusion que nous étions nombreux. Nous nous sommes disposés en cercle, dissimulés par la végétation. À son commandement, l'attaque a débuté. Surpris, les Vátuas se sont mis à courir en pagaille, abandonnant leurs sagaies et les rares fusils dont ils disposaient. Trois sont tombés autour de la grande marmite, agonisant auprès de la potion qui devait les immuniser contre les balles ennemies.

On aurait dit que les Vátuas s'étaient dissous dans la brousse quand, soudain, un nuage de balles a balayé notre position. Un de nos soldats, un combattant noir, est tombé près d'un rocher. Je l'ai encore vu enterrer ses doigts dans le sable comme s'il résistait à l'impulsion d'une force obscure. Dans un râle il a tourné les yeux vers moi, il y avait en eux l'obscurité des puits sans fond. Je l'ai reconnu. C'en était un qui s'était tu pendant tout le chemin car la seule langue européenne qu'il parlait était l'anglais. Et pour Santiago, c'était une offense inadmissible.

À mes côtés, Santiago était mortifié : l'embuscade avait tourné et les chasseurs devenaient proies. Devenu fou, le capitaine a rassemblé ses soldats et, avec force hurlements et coups de pied, il les a aiguillonnés pour qu'ils avancent sur l'ennemi. Il n'a cessé de les traiter de lâches jusqu'à ce qu'il les voie progresser à découvert sur les invisibles Vátuas. Je suis resté avec le capitaine à l'arrière. Soudain, je l'ai vu se replier sur lui-même comme s'il avait reçu une balle dans le ventre. J'étais prêt à le secourir quand j'ai compris que la tache humide sur son pantalon n'était pas du sang. C'était de l'urine.

Soudain, la fusillade s'est interrompue de part et d'autre, et un silence absolu a régné. Santiago Mata nous a ordonné de retourner à la paillote où nous avions laissé nos affaires. Une fois là, la première chose que le capitaine a faite a été de renverser sur son corps tout le contenu d'une cruche d'eau. Les soldats ont trouvé ce gaspillage étrange.

Craignant que les Cafres ne nous tendent un piège vengeur, nous avons rassemblé ce qui était le plus précieux, nous avons attaché les bœufs au milieu de la mangrove et avons coupé des branches pour cacher la charrette. Il était impératif de marcher légers et rapides vers Chicomo. Comprenant nos intentions, le villageois a déclaré presque en pleurs :

– Maintenant, il ne me reste plus qu'à aller avec vous.

Santiago lui a ordonné d'attacher ses bœufs et de lui rapporter ses affaires. Il ne s'agissait pas de rétribuer une faveur. Sa présence en tant que guide serait essentielle.

– Mes affaires ? a-t-il demandé d'un sourire triste.

Et nous sommes partis, laissant le malheureux villageois choisir de ses pieds nus des chemins au milieu du paysage indéchiffrable.

À la demande de Santiago, nous sommes passés par un poste abandonné où l'on avait convenu de retrouver le soldat angolais qui avait guidé Imani et Katini dans leur incursion sur le fleuve Inharrime. Mais le poste était désert, sans la moindre trace d'un quelconque passage. Santiago n'a pas semblé surpris par son absence :

– Fils de pute de nègre ! Va faire confiance à ces gens...

Le villageois a alors répété ce qu'il avait entendu d'un voyageur croisé ce matin-là. Aux dires du visiteur, le corps d'un noir était apparu sur la berge du fleuve, à moitié dévoré par les crocodiles. Et ce noir portait l'uniforme de l'armée portugaise. La réaction de Santiago Mata a été immédiate et vigoureuse :

– On fait marche arrière, on va le chercher.

– Faire marche arrière, mon capitaine ? a interrogé l'un des soldats blancs. Ce n'est pas de là que nous fuyons ?

– Toninho a raison, mon capitaine, a protesté l'autre blanc. On va se jeter dans la gueule du loup ?

– Ici il n'y a pas de loups. Ni de loups ni de tigres. On y retourne et on enterre notre compagnon comme il se doit.

Face à l'assurance du capitaine, je me suis joint aux protestations. Modifier la route marquerait notre fin à tous. Sur le fleuve nous serions en sécurité, mais arriver jusque-là représentait un risque fatal.

– Je n'abandonne pas mes hommes, s'est obstiné le capitaine. Vivants ou morts, blancs ou nègres, je ne les abandonne pas.

Et il a tourné sur lui-même. Il m'a demandé la plume, a griffonné quelques lignes rapides et frustes, a plié la feuille et l'a remise à l'un des soldats nègres :

– Apporte ce message à la caserne. Dis qu'on arrivera en retard.

J'ai donc demandé au messager de Santiago d'être le porteur de ces notes mal faites. Ce sont peut-être les derniers mots que je laisse écrits, qui sait. Santiago est venu pour me sauver. Le même Santiago me mène à la perdition.

PS : J'ai profité du passage d'un autre voyageur pour faire parvenir un message à Imani. Sur place, très vite, j'ai griffonné des lignes chargées de nostalgie et du désir intense de la revoir. J'avais déjà pensé aux manières les plus poétiques de lui rappeler mon amour. Mais là, devant la feuille blanche, ne me sont venues à l'esprit que des phrases absolument ridicules. Puis, au moment même où, avec le plus grand soin, je remettais la lettre au messager, Santiago a surgi, exigeant que je lui donne les documents. Comme je m'y attendais, le capitaine a appelé les soldats et, à haute voix, il a divulgué le contenu de la missive en raillant mes sentiments. Le plus grave c'est que moi-même, avec une incroyable lâcheté, j'ai fini par me joindre aux rires de ceux qui se moquaient de moi. Le messager m'a fixé des yeux intensément, il a secoué la tête et il est parti les mains vides.

28

La non-rencontre divine

Les femmes pleurent, les hommes mentent.

Proverbe de Nkokolani

Cette nuit-là, je dormis comme les poissons : dans un rêve sans sommeil, le corps en éveil dans un lit vivant. Ne me sortaient pas de la tête l'image de l'Angolais se débattant dans les eaux, le crucifix dégoulinant de sang entre les mains de mon père, ses doigts tremblants comme s'ils étaient aveugles. Et l'absence de Germano me faisait mal comme s'il n'y avait pas de lit et que j'étais couchée sur des pierres. Et la poitrine me pesait à force de pleurer. Ces pleurs ne prirent même pas fin après m'être endormie. Je dormis en pleurant, comme il n'est permis qu'aux défunts.

Tôt le matin se répéta le rituel de mon enfance : je me réveillai avec le bercement d'un balai sur le terrain. C'était le prêtre qui balayait. Où est Bibliana ? demandai-je. Il ne répondit pas. Devant le balai, le sable se convertissait en eau. Entre les mains du prêtre, le balai était une rame menant les eaux de retour au fleuve. Comme toujours, Rudolfo Fernandes passait le balai pour rêver. Et il rêvait certainement d'un endroit au-delà de tout voyage. Mais les chiens qui grattaient le sol ramenaient la triste réalité. Et nous suffoquions à nouveau dans la poussière persistante d'un monde pauvre et sans destinée.

J'éloignai les chiens qui, près de la porte, s'appliquaient seulement à respirer. L'ombre du chien c'est sa langue même, disait grand-père. Par un jour aussi chaud, je donnerais tout pour savoir haleter comme un chien. Ou, mieux encore, je voudrais que le sol se liquéfie. Et il en allait presque ainsi : dans tout le village les sables fumaient, créant l'illusion qu'on marchait sur une lagune infinie.

– Mon père, il faut que je vous parle.

Ce fut ce que je murmurai en lui ôtant le balai des mains et en m'éloignant par le raccourci qui donnait sur l'église. Le prêtre me suivit, en chassant les chiens. Il marcha à mes côtés, les mains dissimulées dans les manches de sa soutane.

– Je sais ce qui se passe, ma fille. Mais il n'y a rien que je puisse faire. Ce n'est pas avec moi que tu dois parler. C'est toute seule avec Dieu.

Je pressai le pas, je ne voulais pas qu'il remarque que je pleurais. Je croisai un groupe d'hommes qui jouaient au ntxuva* et qui interrompirent la partie pour me regarder passer. Les yeux accusateurs se fixaient sur mes chaussures. Croyant que je ne les comprenais pas, ils commentèrent à voix haute : Maudits Vatxopi, ils gâtent les femmes en les couvant.

À l'église, je m'agenouillai comme si je ne pourrais plus jamais me lever. Mes mains jointes formèrent une coupe et en elles résonnèrent mes paroles :

– Je viens, mon Dieu, offrir mes propres pieds en sacrifice. Les voici dans un état immaculé, sans sang, sans blessure. Comme si, en eux, la vie n'avait jamais existé, comme si c'étaient de simples choses, des objets sans valeur.

Le prêtre nerveux me demanda de me retirer.

– Viens, ma fille, dit-il. Allons dehors.

– Je ne peux pas prier ?

– Ce n'est pas ça prier. Personne ne parle comme ça avec Dieu.

Et il essaya de me relever de force en me tirant par un bras. Je résistai. Ce fut alors que le chapelet que le curé portait attaché à la taille se rompit. Ses cinquante-neuf perles tombèrent bruyamment sur le sol et, en cabrioles capricieuses, s'éparpillèrent dans toutes les directions. Sur les poutres du toit, les tourterelles s'agitèrent. Elles guettaient, curieuses, ce raffut insolite.

– Où est Bibliana ? demandai-je.

– Elle est allée dans le Nord, aux cérémonies de son défunt frère. Elle va rester là-bas quelques jours.

Je demandai au prêtre de me laisser seule. Je voulais avoir l'église entière rien que pour moi, je voulais être étreinte par ce silence. En sortant, le missionnaire trébucha sur les perles du chapelet. Et je l'entendis injurier anges et démons.

Puis je me fondis dans cette quiétude comme si, à l'intérieur de l'église, le temps n'avait jamais pénétré. Je me recroquevillai sur le banc en bois et m'endormis. Et je sentis que Dieu se faisait entendre. Au début, les paroles divines s'entremêlaient au roucoulement des pigeons. Mais ensuite elles prirent forme et il devint évident que le Créateur ne les adressait qu'à moi. J'étais folle mais cette folie m'ouvrait le chemin à la voix de Dieu :

– Triste a été ton choix : une paire de chaussures au lieu des pieds nus. En raison de cette préférence, tu demeureras à jamais incomplète. En échange, les chaussures feront partie de ton corps. Tu as fait ce choix et il aura un prix : car tes propres pas ne seront plus jamais à toi. Avec des semelles de cuir, tu emprunteras des chemins qui te mèneront loin de toi-même. Tu seras distincte des autres femmes noires. Et lorsque tu danseras, tes jambes cesseront d'être tiennes. Et chaque fois que tu serreras tes lacets, ce sera ton âme que tu étréciras.

Le prêtre m'attendait à l'entrée de l'église. Il me dit qu'il m'avait entendue pleurer, parler et prier à l'intérieur de l'église. Ma souffrance était inutile, poursuivit le prêtre : mon père ne reviendrait pas sur sa décision. Je serais offerte au roi de Gaza. Katini Nsambe s'était lassé d'être un homme bon dans un monde qui ne donne raison qu'aux mauvais. En voulant être perfide, il ne lui restait que le premier art de la vengeance. L'homme docile, le musicien affable, la figure paternelle tolérante : tout cela faisait partie du passé.

Je soupirai profondément. La nostalgie ne naît pas du passé. Elle naît d'un temps présent mais vide. Aucun souvenir ne pouvait venir à mon secours.

– On dit que l'église de Makomani, celle de mon enfance, s'est effondrée, engloutie par les vagues. Le bruit de la mer me manque. Vous ne ressentez pas ce manque, mon père ?

– Tu veux savoir la vérité ? J'ai toujours détesté cette époque près de la plage.

Il lui coûtait d'ailleurs de se souvenir. Toutes les nuits qu'il avait vécues sur la côte, la mer lui entrait complètement dans la tête. Pas un sommeil où le curé ne mourait, submergé par un océan qui inondait l'obscurité de la chambre. De peur que les yeux ne sautent de leurs orbites, Rudolfo dormait avec ses mains recouvrant ses paupières. Il se réveillait avec un filet de larmes coulant sur son visage et le sel brûlant sa peau.

La mer me disait qu'il existait un retour. C'était cela qui me faisait mal. Parce qu'à cette époque je ne savais plus désirer le voyage. J'étais comme tu es maintenant, ma chérie : ne sachant pas dormir, ne sachant pas vivre.

29
Dixième lettre du sergent Germano de Melo

> Gungunhane est l'homme le plus cosmopolite que je connaisse : il parle plusieurs langues, il négocie avec plusieurs nations, il s'habille avec des pagnes d'Asie, il se pare avec de la bijouterie du Moyen-Orient, il s'entoure de conseillers noirs et blancs, il a des femmes africaines et des maîtresses européennes, le jour, il boit des eaux-de-vie locales et, la nuit, il s'enivre avec du porto.
> Sa mémoire vivra dans les rêves de ceux qui n'ont pas d'écrit. Et elle vivra dans les livres de ceux qui ont perdu leurs rêves.
>
> Dit du père Rudolfo Fernandes

Sur le chemin de Chicomo, 29 octobre 1895
Votre Excellence Monsieur le Lieutenant Ayres de Ornelas,

Puis-je vous dire, Excellence, à quel point Imani me manque ? Mon lieutenant aurait-il l'indulgence de servir d'épaule à ma tristesse infinie ? Votre Excellence me demandera si j'écris à cette femme. La réponse est non. Quand vient le moment de coucher mon sentiment sur le papier, quelque chose se brise en moi, une sorte d'accomplissement d'une fin anticipée.

Ne vous inquiétez donc pas, Excellence : je n'utiliserai plus nos estafettes pour délivrer des lettres. Ces messagers sont exclusivement au service de l'armée. Et un seul jour s'est écoulé depuis qu'un messager est parti avec deux missives. L'une d'elles, un message laconique de Santiago. Et une deuxième, la mienne, inutilement longue, que Votre Excellence n'aura certainement pas eu la patience de lire au-delà du premier paragraphe. Mais si vous l'avez lue jusqu'à la fin, vous saurez que nous avons fait marche arrière, au cours de notre voyage, pour rendre les derniers hommages à l'un de nos soldats. Et nous avons enterré, sur la rive de l'Inharrime, le malheureux angola, ou plutôt, le peu qui en restait. Les crocodiles avaient épargné son tronc et sa tête. Je n'ai pas eu le courage de fixer ce terrifiant spectacle. Santiago s'est aussi écarté de cette vision macabre. Mais il a donné l'ordre à l'un des soldats noirs d'examiner le cadavre avant de l'ensevelir. Ce que cet homme a fait avec une rigoureuse minutie. À un certain moment, il s'est arrêté sur deux perforations sur le côté droit du cou du malheureux :

– Ce ne sont pas des bêtes qui l'ont tué.

Après le rituel funèbre, nous nous sommes lavés ainsi que nos vêtements immondes. Nous nous sommes retrouvés tous à moitié nus, avec notre tenue en train de sécher au soleil. Un des soldats blancs a monté la garde sur un haut rocher. Plus près du fleuve, les autres militaires ont allumé un petit feu pour préparer du café. Le capitaine et moi sommes restés à nous reposer sous des ombres généreuses. Avec une brindille, Santiago Mata s'est amusé à tracer des sillons sur le sable.

– Qu'est-ce que vous écrivez, mon capitaine ?

– Je n'écris pas, je dessine. Je dessine un pays. Je vais t'apprendre : on commence toujours par un drapeau. Tu vois ? Ce rectangle ici, tout plein de traits, c'est ce putain de drapeau.

– Beau drapeau, mon capitaine…

– Je ne suis pas ton capitaine. Demain, on arrivera à Chicomo et je te laisserai à la porte de la caserne. Et tu ne me reverras plus jamais.

– Vous n'entrerez pas avec moi ?

– Je ne sais pas. On verra bien.

Et il s'est expliqué : ces soldats qui l'accompagnaient n'appartenaient pas à l'armée régulière. J'ai évoqué le père Rudolfo qui utilisait le terme de mercenaires. Il a contesté, secouant la tête.

– Nous sommes… comment dire ? Une unité indépendante, nous faisons des choses que les autres ne peuvent pas faire.

Je vous raconte tout cela, Excellence, imaginant que vous en avez connaissance. Cependant pour moi, tout cela constituait une surprise absolue.

Et le capitaine s'est remis à gribouiller sur le sable. Il manque une caserne ici, a-t-il déclaré en réexaminant son œuvre. Et il a ajouté : Toi qui n'as jamais été militaire et qui as passé de longues vacances dans une cantina, tu peux peut-être dessiner cette caserne…

Dans la pause qui s'est ensuivie, on a entendu le vent ébouriffer les feuilles. Santiago, cependant, écoutait d'autres choses. Ici, nous sommes comme les bêtes, a dit Santiago, paroles et silences se produisent par vagues. Il a fait un signe au garde qui, sur l'autre berge, a répondu en croisant tranquillement les bras. Je me suis souvenu de notre rencontre à Sana Benene et du moment où Bianca avait demandé si Mata connaissait Mouzinho. J'ai alors rappelé la curiosité d'Imani au cours de la conversation tenue à Sana Benene.

– Vous vous souvenez qu'Imani a voulu savoir si vous aviez déjà rencontré Gungunhane ? Maintenant, c'est moi qui vous le demande : vous connaissez le roi de Gaza ?

Santiago Mata avait rendu visite à la cour du roi de Gaza, à Manjacaze. Et il m'a raconté les détails de cette rencontre. À l'époque, il escortait le conseiller José d'Almeida lors de l'une des ces interminables missions diplomatiques auxquelles Votre Excellence a également participé. En pénétrant dans les possessions de Gungunhane, il avait éprouvé la même surprise que tous les Européens qui s'y rendaient. Au lieu d'un palais imposant, il n'y avait rien qu'un ensemble de simples paillotes. Au lieu d'une cour fastueuse, il était tombé sur une cour à la simplicité spartiate : les reines assises par terre, les enfants pieds nus et à moitié nus. Oui, le roi de Gaza l'avait impressionné. Selon Santiago, le roi parle peu, s'exprimant seulement par monosyllabes, et même s'il est un buveur invétéré, il s'est toujours présenté sobre aux négociations. Gungunhane a la qualité de faire semblant de ne pas comprendre ce qu'on lui dit. Il feint de ne pas comprendre d'autre langue que le zoulou, la langue de la cour et de l'empire. Lors des rencontres avec les indunas, à la place d'un tyran qui monopolise la parole, l'empereur laisse les conseillers parler sans jamais les interrompre.

– En Afrique et au Portugal, c'est la même chose : la fonction des conseillers oscille entre aduler le roi ou le tuer. Et Santiago a ajouté : Donner la voix à ces représentants du peuple est la meilleure façon de faire taire une nation.

À présent, très respectueusement, je vous transmets, Excellence, les conclusions que Santiago a tirées de tout ce qu'il avait vu et entendu. Il croyait que ce régulo noir avec ses manières simples était davantage roi que notre monarque et son cortège de somptuosité médiévale. Cet homme sans uniforme était davantage militaire que nos généraux qui se pavanent dans les parades. Il a récité tout cela les yeux fermés, puis il a soupiré, fatigué :

– Que tous les rois de ce monde aillent se faire foutre, noirs et blancs.

– Je suis républicain, mon capitaine.

– C'est la même merde. Tu crois que les républicains ne se réinstalleront pas dans les palais des monarques quand ils les auront démis ?

Vous comprendrez maintenant, Excellence, que celui-ci n'est pas le simple récit d'une modeste incursion en terres africaines. Car, à un certain moment, un des soldats noirs nous a interpellés : sur le haut rocher où elle surveillait l'horizon, la sentinelle s'était endormie. Nous avons ri, amusés par le relâchement de ce soldat blanc, qu'on appelait Toninho. Seul Santiago a soupçonné qu'il existait une autre raison à cette dormance. Et il avait raison. Toninho était mort. Un filet de sang coulait sur son cou. Pour le capitaine, il n'y avait pas l'ombre d'un doute : les deux mêmes orifices ouverts sur le corps de l'Angolais, la même mort, le même tueur. Et il nous a donné l'ordre de fouiller les environs. L'assassin était peut-être encore par là, qui sait ? Mais ce fut en vain.

Partis pour en enterrer un, nous en avons ensevelis deux. Il n'y a pas eu de prière ni de paroles pour recommander l'âme des défunts. Nous avons fermé les sépultures, sur elles nous avons laissé deux croix improvisées. Et on a seulement entendu le fleuve et les pleurs de l'un des soldats.

Santiago s'est maintenu étranger à tous ces tristes procédés. Il a éteint le feu et nous a demandé de reprendre la route vers la caserne de Chicomo. Avec ses bottes, il a lissé le sable, effaçant le pays éphémère qu'il avait inventé sur ce morceau de sol.

– Si tu veux rencontrer un vrai soldat, m'a dit le capitaine, cherche-le hors de l'armée et loin des carrières militaires. Parce que moi, mon cher soldat… j'ai déjà oublié ton nom…

– Je suis Germano.

– Donc, cher Germano, je l'avoue : si un jour je rejoignais officiellement l'armée, ce serait pour le seul plaisir de déserter.

Ne soyez pas offensé, Excellence, mais je reproduis ici tout ce qui est sorti du cœur de ce capitaine halluciné. Je le fais afin que vous connaissiez vos subordonnés et sachiez sur quelle loyauté vous pouvez compter. De nouveau en route, Santiago a maudit ceux qui voient la vie militaire comme une carrière que l'on parcourt avec l'espoir d'une retraite anticipée. Il a parlé de cela et, pendant le reste du trajet, il n'a plus rien dit d'autre. J'ai soudain éprouvé l'envie de montrer au capitaine la lettre de ma vieille mère. Plus que dans ma gibecière, je la portais avec moi en pensée. Je voulais que le capitaine comprenne les raisons affectives qui m'attachaient à un étrange destin : en me retrouvant orphelin, j'étais devenu pour la première fois un fils. Heureusement, je n'ai pas cédé à l'imprudence de partager ces élucubrations larmoyantes. Avec vous seul, mon lieutenant, je suis à l'aise pour partager des sujets de cette nature.

Et savez-vous ce qui s'est passé au cours de cette marche ? Étrangement, j'ai fini par me persuader que l'auteur de cette lettre n'était pas ma mère. Parce que cette autre a abandonné la maison quand j'étais encore un enfant. Elle a abandonné la maison sans jamais en être partie. En vérité, j'ai été adopté. Mais j'ai été adopté par ma propre mère. Vous comprenez, Excellence ? La femme qui m'a fait naître s'appelait Mère. Elle s'est mise ensuite à s'appeler Épouse. C'est cette dernière qui s'est occupée de moi. Avec un amour surveillé, avec des restes de tendresse, avec des paroles chuchotées. J'ai été un enfant à moitié, comme puis-je être un homme complet ? Et peut-être est-ce mieux ainsi, n'exister que par moitié. La nostalgie de ma bien-aimée est ainsi moins douloureuse.

30
Sixième lettre du lieutenant Ayres de Ornelas

> On éprouve en arrivant auprès de Gungunhane une sympathie inexplicable. Regard et parole suaves, on trouve chez lui un ensemble d'attraits qui nous prédisposent aussitôt en sa faveur. Il faut comprendre que, sous ces manières douces, il a une volonté de fer qui ne plie pas à la moindre chose.
>
> Résident Marques Geraldes,
> *Rapport de 1888*

Chicomo, 1er novembre 1895
Cher Sergent Germano de Melo,

J'ai reçu votre lettre apportée par le messager de Santiago. Ironie du destin : lorsque vous arriverez ici, je serai déjà à Inhambane. J'ai été détaché auprès d'autres officiers pour coordonner l'offensive finale contre le dénommé Lion de Gaza.

Curieuses nos rencontres manquées qui mystérieusement et éternellement se prolongent, comme dans les cas d'amours platoniques. Santiago Mata est un personnage aux mœurs très grossières. Je vous demande d'être indulgent avec lui. J'ai dû moi aussi revoir nombre de mes opinions sur les autres. Beaucoup de ce que nous appelons sentiments sont en définitive des préjugés. C'est ainsi que je me suis réconcilié avec Mouzinho de Albuquerque. Nous avons besoin de pondération autant que nous avons besoin de gens téméraires.

Ne vous inquiétez pas pour avoir désobéi à mes ordres. En refusant les fonctions dont je vous ai chargé, vous m'avez mieux fait comprendre les miennes. En persistant à envoyer vos lettres personnelles et colorées, vous avez, mon cher sergent, rendu un brillant service à notre armée. Je connais maintenant les populations du Mozambique comme peu d'officiers les connaissent. Vous avez, mon ami, refusé de faire de l'espionnage ? Eh bien, sachez que le Portugal obtiendra difficilement un meilleur espion en terres d'Afrique. Par vos pittoresques portraits, j'ai compris combien nous sommes loin de comprendre le territoire que nous désirons conquérir. Que pensent ces gens d'eux-mêmes ? Comment se désignent-ils eux et leurs nations et leurs dirigeants ? Par exemple, personne sauf nous n'appelle les Vanguni "Vátuas". Plus personne n'utilise le terme d'"État de Gaza". Comment l'appellent les Cafres eux-mêmes ? Et comment désignent-ils celui que nous appelons roi ? Le nom qu'ils donnent à Gungunhane est Nkosi. Avec le même mot, ils désignent Dieu. Et ils ont raison de l'appeler ainsi. Car il procède avec une autorité divine : il punit et récompense comme un Père puissant. Notre guerre n'a pas seulement une dimension militaire. C'est une guerre religieuse.

Cette missive sert, enfin, à vous donner raison dans votre affirmation insistante : si nous voulons vaincre les Africains, nous devrons mieux les connaître, nous devrons pénétrer dans leur monde et vivre parmi ces autres peuples. Il y a des décennies qu'ils en font de même avec nous. Ils épient notre mode de vivre, surprennent notre mode de penser, apprennent notre langue. Et ils n'ont pas besoin de lettres pour disséminer chez les autres cette mine d'information. Comme un tambour silencieux, les nouvelles de notre pouvoir mais surtout de nos faiblesses se sont répandues dans le sertão africain.

Je dois vous dire pour conclure que le même messager m'a appris que votre bien-aimée Imani et son père avaient quitté Sana Benene. Ils sont partis tous les deux à l'hôpital du Suisse Liengme, va-t-on savoir avec quelles intentions. Soyez attentif, sergent : en tant que futur époux, vous ne pouvez pas manquer de surveiller une fiancée jeune, belle et, par-dessus le marché, noire. Je rends grâce à Dieu de ne pas avoir laissé au Portugal de cœur féminin qui m'attende. D'une mère seule, on peut compter sur une loyauté au-dessus de toutes les contingences. Pour le reste, les fiancées et les épouses, plus la séparation sera longue, plus fausse sera l'attente.

31
Un hôpital dans un monde malade

> Les missionnaires suisses font feu de tout bois pour obtenir la sympathie des nègres, ils ne les contrarient en rien et leur donnent des libertés peu éducatives et pas du tout appropriées, comme, par exemple, celle de leur serrer la main. Et les nègres des environs de cette mission sont tellement habitués à ces salutations fraternelles qu'en la visitant, un domestique nègre de la mission est venu droit sur moi, la main tendue ! Il se peut très bien que ce soit là le meilleur moyen d'éduquer l'indigène mais, me concernant, je ne peux le tolérer, ni même l'admettre. Bien les traiter, les éduquer, leur administrer de bons enseignements et en faire des hommes capables et habiles, qui pourront un jour être utiles à eux-mêmes et à la société, bien volontiers ; maintenant me rabaisser au point de tendre la main à un nègre boçal*, pas question.
>
> AHM-ACM, section E, boîte 169, doc. 506 de l'administrateur de Chai-Chai au gouverneur du district de Lourenço Marques, 28 novembre 1911

Assise à la porte de chez elle, Bertha Ryff s'était endormie en conservant un album de photographies ouvert sur sa poitrine. Elle attendait l'arrivée de son mari, Georges Liengme. En entendant nos pas, elle se réveilla et nous fixa calmement comme si nous avions été annoncés.

Lorsque nous nous fîmes plus proches, mon père se limita à un "permetteeez" aigu et traînant. Je pris l'initiative d'éclairer le but de notre visite. Je compris tout de suite que la seule langue dans laquelle nous pourrions communiquer serait le txishangane.

---

* Noir ne parlant pas le portugais. Durant la traite, esclave récemment déporté d'Afrique ne parlant pas portugais.

Il n'en était pas moins étrange de communiquer avec une Européenne dans une langue africaine. Pour la première fois, je fus fière de la prédominance d'un idiome africain.

La femme semblait faite en cire, tellement frêle et fragile que je me suis vue chuchoter comme si je craignais qu'elle ne se défît au simple effleurement de ma voix. Elle fut distante mais serviable. Oui, accepta-t-elle sans hésitation, nous pouvions passer la nuit dans l'une des remises de l'hôpital tant que son mari ne serait pas rentré. Elle nous imposait une seule condition : que celui-là, dit-elle en indiquant mon petit vieux, serait le seul homme à partager la chambre avec moi.

– C'est mon père, précisai-je.

Mme Ryff sourit, observant à la dérobée mon géniteur qui ne bougeait pas, les mains tenant contre sa poitrine le vieux chapeau de paille.

– Elizabete va s'occuper de vous, conclut la Suissesse. Asseyez-vous, elle va venir vous voir.

Délicatement, nous nous éloignâmes pour prendre place sur un vieux tronc qui, dans la cour, servait de siège. Et nous vîmes comment là tout était propre et ordonné, contrastant avec le désordre de Sana Benene.

De l'une des paillotes parvenaient des voix et des rires : c'était Elizabete Xifadumela, qui enseignait à de jeunes noires les arts de la coupe et de la couture. Deux mois auparavant, au début des leçons, l'entrée était remplie de jeunes filles soucieuses d'apprendre un nouveau métier. Leur nombre avait rapidement baissé : les parents ne voyaient pas d'un bon œil ce détournement des tâches domestiques. Ils craignaient que les jeunes filles oublient leur rôle traditionnel de futures épouses et de mères.

À un certain moment, la femme du médecin nous appela en exhibant un appareil photographique. Je pensai qu'elle voulait un souvenir de nous et mon père crut la même chose parce qu'il se hâta d'arranger ses cheveux. Bertha voulait uniquement discuter du passe-temps de son mari. Elle se sentait soulagée parce que Georges avait oublié d'emporter avec lui son inséparable Kodak. Elle ne l'avait jamais dit à son mari, mais les images des noires presque nues la dérangeaient. Elle feuilleta l'album pour illustrer cette naïve impudeur. Une chose était de savoir que Georges croisait quotidiennement ces femmes. Une autre était de soupçonner que son mari s'appesantissait dans la contemplation de ces corps lascifs. Pour cette raison, Bertha sélectionnait en connaissance de cause les pellicules qui devaient être tirées localement et celles qui le seraient en Suisse. Au siège de l'Église presbytérienne de Vaud, les photographies souffriraient une deuxième censure. De retour à Mandlhakazi, les images arrivaient triées et transformées en conformité avec les préceptes évangéliques. Par exemple, toutes les chaises où s'appuyaient les régulos avaient été effacées. Bertha savait pourquoi : les chaises étaient des signes de modernité pécheresse. Ces objets provenant d'Europe défiguraient l'idée d'un peuple "pur", qui résistait aux temps dans son "état naturel". Les pasteurs suisses avaient été choisis pour sauver un peuple sauvage et originel. La fonction divine de nommer ce peuple leur avait incombé, ils les avaient ainsi désignés Vatsonga. Et la responsabilité sacrée de garder ce troupeau à l'abri de l'influence pernicieuse des temps nouveaux leur revenait.

– Il ne devrait pas tarder, mon mari. Vous allez faire sa connaissance, c'est un saint !

Soudain, un groupe remuant de jeunes filles passa en courant et disparut entre les maisons de la localité. La classe était terminée et Elizabete Xifadumela vint nous saluer. Suivant les ordres de Bertha, la professeure de couture nous guida jusqu'à la paillote où nous serions logés. En chemin, je contemplai la femme qui nous guidait et je pensai : si Georges Liengme avait envoyé en Europe des photographies de cette femme, c'est là que les dirigeants de la mission presbytérienne auraient été troublés. Elizabete était mulâtre, hautaine, consciente de sa beauté. Elle s'habillait de façon moderne, elle portait des chaussettes et des sandales à boucle. Et elle marchait comme aucune femme ne le faisait là : sans demander la permission de fouler le sol. Cette métisse était une erreur dans l'ordre paisible des Africains. Pour rassurer les puritains, la justice divine avait puni cette beauté illicite : Elizabete avait hérité de la maladie de son père, la syphilis. Les taches sombres sur ses mains et ses pieds étaient comme les tatouages sur la peau des condamnés.

Durant tout le trajet, Elizabete marcha à mes côtés. Je comparai mes chaussures à ses sandales. À un certain moment, elle demanda si j'étais aussi mulâtre. Je répondis que non, que j'étais noire, et que je faisais partie des Vatxopi. Elle sourit, incrédule : Ça, c'est ce que tu penses. Tu es plus mulâtre que moi, ma fille. Tu ne sais pas le prix à payer pour ta condition.

J'étais, comme elle, une créature de frontière. Ceux qui se croyaient d'une race pure nous haïssaient. Non pas pour ce que nous étions. Mais parce que nous ne correspondions pas à ce qu'ils attendaient.

Étranger à notre conversation, mon père suivait extasié la belle Elizabete. Jamais Katini Nsambe n'avait vu une femme comme celle-là, à la peau et au nom tout mêlés.

– Déchausse-toi à l'entrée, m'ordonna notre hôtesse.

Elle s'arrêta sur le seuil de la porte, étudiant mon corps et mes gestes.

– Tu sais ce que tu devrais faire? dit Elizabete. Tu devrais porter un foulard.

Cacher mes cheveux, dissimuler mon origine: c'était cela qu'elle recommandait. Une femme a toujours une autre race. Elle gagne du pouvoir dans les mystères qu'elle cache. Devient mystérieuse, conclut la mulâtre. Et elle ajouta:

– Après tu demanderas au docteur de te prendre en photo. Il va aimer. Et beaucoup.

La mulâtresse se retira et nous entendions toujours son rire tandis qu'elle s'éloignait. La paillote était spacieuse et aérée. Par terre, dans un coin, un panier de couture attira mon attention. Je fouillai parmi les bobines, les boutons et les aiguilles. J'attardai mes doigts sur une poupée en tissu, imitant une petite fille noire. Je caressai la figurine petite et mignonne comme si je remontais à ce qui m'avait manqué pour être une enfant. L'armoire en bois était pleine de vêtements d'hiver, tombant des cintres sans âme. Affrontant l'air réprobateur de mon père, je mis sur mes épaules un manteau en peau. Jusqu'à ce que je trouve un papier enroulé, attaché par une ficelle. C'était une lettre de Bertha à son mari. Mon père interrompit cette incursion, me reprochant de toucher aux choses des blancs. Ce fut ainsi qu'il dit: aux choses des blancs.

La mulâtresse Elizabete avait peut-être raison. Je devais sortir davantage de moi et cesser de m'habiller comme s'il n'existait qu'une seule saison dans l'année. Je n'avais pas besoin d'autre miroir que celui des yeux de Germano. Jusqu'à l'arrivée du Portugais, je connaissais mon corps comme une femme aveugle connaît sa beauté. Désormais, un éclat naissait chez cet homme dès que ses yeux se posaient sur moi. Germano était finalement comme tous les hommes: aucun d'eux n'a de terre natale. Tous naissent éternellement des femmes.

De la fenêtre, nous vîmes arriver le médecin suisse et sa suite. Il correspondait à ce qu'on nous avait décrit de lui : petite taille, front ample et large, yeux clairs et brillants.

Georges Liengme n'embrassa pas sa femme qui demeurait assise à l'entrée du terrain. Le couple savait : les manifestations d'affection ne devaient pas être affichées en public. Qui plus est, le missionnaire rentrait épuisé d'un voyage de plusieurs jours à travers le sertão accidenté qui séparait Mandhlakazi de Lourenço Marques. Bertha Ryff cacha l'album à la hâte et mit les photos pêle-mêle dans les poches de son tablier. Puis elle sourit candidement devant la silhouette à contre-jour de son mari fatigué. Plus loin, on distinguait la mule et un jeune guide qui complétaient le cortège.

Georges Liengme rentrait d'une mission épineuse : il avait été convoqué par le commissaire royal, António Enes. Les Portugais attendaient que le Suisse persuade Ngungunyane de livrer Zixaxa et Mahazul, les deux chefs de la révolte contre Lourenço Marques. Bertha connaissait son mari et la ténacité de ses principes : les possibilités de succès de cette réunion étaient minces. Et ce fut cela que son mari confirma aussitôt :

– Ils nous détestent, Bertha, soupira le médecin tandis qu'il soulageait la tension des bretelles sur ses épaules. Dès qu'ils le pourront, ils nous expulseront. Ils ont besoin de trouver un coupable. Un coupable blanc.

– Ils ne peuvent pas nous expulser. N'avons-nous pas tous, protestants et catholiques, les mêmes droits de travailler en Afrique ? Les traités européens n'ont-ils pas été signés ?

– Les traités ne nous défendent pas. Le Portugal prétendra que nous ne nous limitons pas à évangéliser. Ils nous accusent de distribuer des armes aux noirs et de les encourager à la révolte.

Toutefois, pendant la rencontre, António Enes s'était révélé un homme éthique et cordial. Grand et excessivement maigre, joues émaciées, cernes profonds, le commissaire royal, à la surprise du Suisse, avait vanté sa réticence à suivre les exigences du gouvernement du Portugal réclamant son expulsion. Enes s'était exprimé dans les termes suivants :

– Je ne peux pas vous empêcher d'encourager une trahison. Mais j'espère que vous ne trahirez pas le Portugal. Que le missionnaire retourne à Manjacaze puisque le roi de Gaza l'écouterait certainement. Et ainsi éviterait-on la guerre. Au terme de la conversation, le ton de Enes avait frisé la menace : si un affrontement militaire se confirmait, les Portugais ne feraient pas de distinction entre vilains africains et traîtres suisses. Et c'était ce qui s'était passé à Lourenço Marques.

– C'est aussi grave, Georges ? demanda sa fragile épouse.

– Commencez à ranger les affaires. Les enfants et vous devez partir d'ici le plus vite possible.

– Ne faites pas cette tête en entrant, nos enfants ont besoin de retrouver un père souriant et confiant.

Bertha n'avait pas compris : l'appréhension du médecin n'était pas uniquement provoquée par la sommation du commissaire royal. En chemin, il avait croisé des centaines de soldats portugais et angolais qui s'approchaient de la capitale de l'État de Gaza.

– Ils sont ici même, ils sont en train d'encercler Mandhlakazi. La guerre a déjà commencé, Bertha.

La femme se signa. Puis, nous voyant guetter à la porte de la paillote – où nous écoutions le dialogue du couple –, la Suissesse informa son mari de notre présence. Le médecin haussa les épaules : nous n'avions qu'à attendre. Il fallait d'abord qu'il se remette de son voyage. En dehors de cela, il n'y avait pas un jour où il n'arrivait des malades, par dizaines, toujours accompagnés de leurs nombreuses familles. La maladie en Afrique n'est pas l'affaire d'une personne singulière. Il faut s'occuper également des parents, qui sont toujours nombreux et tous aussi proches.

– Vous allez vous reposer ? Ngungunyane est ici.

– Ici, à la mission ?

– Il vous attend à l'hôpital. Il est arrivé la nuit dernière, accompagné, devinez par qui ? Par Mme Fels. Heureusement, elle est repartie aujourd'hui au Transvaal retrouver son mari. Mais vous savez déjà ce que je pense de cela, Georges, nous ne pouvons pas accepter ces scènes indécentes dans notre mission.

– Le roi a des centaines de femmes, quelle est la différence ?

– Ce cas est différent et vous le savez bien.

– Et que veut Ngungunyane ?

– Il dit qu'il se sent mal.

– Et il a raison de se sentir ainsi.

Ce n'était pas l'empereur qui était malade. C'était l'empire qui était parvenu à sa fin. Ses troupes désertaient en masse. Les soldats fuyaient la faim, ils émigraient dans les mines, retournaient sur les lieux où ils avaient été enlevés.

– L'empereur est tout seul. Et nous sommes encore plus désemparés.

Alors que le médecin s'éloignait en direction de l'hôpital, son épouse l'interpella encore :

– Vous ne voulez pas que je vous ôte vos bottes, mari ?

32
Septième lettre du lieutenant Ayres de Ornelas

> La guerre, dans l'Afrique sauvage, a la douloureuse nécessité d'être inexorable dans la destruction, afin de ne pas paraître lâche et peureuse. Les noirs ne comprennent pas la clémence et la générosité. Causer le plus grand dommage possible à l'ennemi est l'unique devoir du combattant.
>
> António Enes, *A Guerra de África em 1895*, 1898

Inhambane, 3 novembre 1895
Cher sergent Germano de Melo,

Notre fracassante victoire militaire à Magul m'a rendu la fierté d'être soldat et la gloire d'être portugais. Par cet exploit, nous avons tu les insinuations calomnieuses du Commissaire António Enes qui a tant maltraité l'un des héros de notre campagne africaine: notre colonel Eduardo Galhardo. Les semaines qui ont précédé, des télégrammes insistants ont répété le même message: invoquant les "devoirs du patriotisme", le Commissaire "demandait" au colonel de se rendre à Manjacaze. La réponse raffinée de Galhardo m'a amusé. Il disait qu'António Enes n'avait nul besoin d'invoquer des impératifs patriotiques pour qu'il remplisse ses obligations. Ajoutant que dans ses relations hiérarchiques, il n'était guère habitué à ce qu'on lui fasse des "demandes". Que le Commissaire lui donne des ordres et il les exécuterait sans la moindre hésitation. Cet élan de dignité a été salutaire pour moi. Celui qui n'est jamais sorti du confort des cabinets ne pourra jamais évaluer la mission herculéenne que représente le transport d'un arsenal de guerre sur des centaines de kilomètres, en traversant les fleuves, les lacs et les marais du sertão africain.

La pire des défaites est celle que nous souffrons pour ne pas avoir eu le courage d'intenter une seule bataille. D'où la sensation enivrante que le combat de Magul m'a apportée. Cette euphorie a perduré jusqu'à ce que, quelques jours plus tard, je tombe sur des colonnes de fumée se multipliant sur les vastes plaines de Bilene. On brûlait les villages. J'ai vu des centaines de Cafres porter, l'air désorienté, leurs maigres affaires à travers le sertão. Et j'avoue que cette vision m'a attristé. Mais telle est la logique de la guerre. Il ne nous suffit pas d'avoir vaincu l'armée des Vátuas. Dans la comptabilité de la peur, le sang des soldats a peu de valeur. La terrible vérité est celle-ci : il faut que des civils meurent pour que la défaite pèse sur une nation.

Au cours de ces jours troublés, quelque chose est arrivé que je n'oublierai jamais. Je vous raconte à présent. Vous serez au courant, cher sergent, de l'incendie qui a détruit en grande partie notre caserne de Chicomo. Cela s'est passé par une nuit sombre comme la poix. Les soldats étant déjà couchés, l'alerte a été donnée alors que les flammes avaient déjà dévoré une grande partie des bâtiments. Au milieu des cris et des bousculades, un soldat anonyme, mat de peau et trapu, a couru vers le hangar de l'hôpital et a sauvé tous les malades. Puis, le même jeune homme s'est faufilé entre les flammes pour atteindre l'entrepôt de munitions, poussant à l'écart les caisses d'explosifs les plus menacées. Ensuite, il s'est rendu à l'écurie et a coupé les cordes qui attachaient les chevaux. Les animaux se sont dispersés dans le noir, en ruant et en bondissant, écrasant tout dans leur course effrénée. Mais ils sont revenus quelques heures plus tard, sains et saufs.

Lorsque tout est redevenu calme, au milieu de l'obscurité et des décombres, j'ai cherché ce soldat pour le féliciter. Je ne l'ai pas trouvé. Le lendemain, pris par la routine habituelle, j'ai oublié ce devoir de gratitude. Et, les jours suivants, le sujet m'est complètement sorti de la tête.

Un jour, pendant les exercices matinaux, je l'ai retrouvé. Le héros de la nuit incendiée était là. Désormais, à la lumière du jour, la déconvenue n'aurait pu être plus grande. Il suffisait de jeter un œil pour comprendre : ce n'était pas exactement un soldat, il n'avait jamais tiré une balle et le fusil lui pesait tant que ses épaules se dépareillaient. Il ne savait pas regarder dans la mire, on aurait dit à l'inverse que c'était l'ennemi qui l'épiait, le visant à l'âme. Son corps s'est totalement désarticulé quand, à mes côtés, il a tiré le premier coup de feu. J'ai pensé à lui dire un mot d'encouragement, des paroles qui unieraient le réconfort à la gratitude. Mais j'ai encore une fois remis à plus tard le contact avec ce jeune soldat.

Jusqu'à ce que, en pleine bataille de Magul, alors que devenu fou, je m'agitais en tous sens, ordonnant aux soldats de tirer sans discontinuer, recouvert de fumée et étourdi par les explosions, je finisse par trébucher sur notre médecin Rodrigues Braga qui, à genoux, prêtait secours à un soldat blessé. Son intention première était de garder éveillé cet homme, touché d'une balle dans le cou. Le médecin secouait le malheureux avec insistance et suppliait : Parle-moi, ne t'endors pas.

J'ai contemplé, surpris, le moribond. C'était le héros du combat contre l'incendie. Celui qui, au risque de sa propre vie, avait sauvé tant de ses camarades, se vidait maintenant de son sang dans les bras du docteur Braga. Aucun héroïsme ne pourrait le sauver, aucun miracle ne pourrait le ramener.

Pendant un temps, le médecin a encore brimbalé le corps déjà sans vie. C'est moi qui, de force, lui ai ôté le jeune homme des bras et fait ensuite retomber doucement le malheureux sur son dernier sol. Le regard vide, le médecin a encore continué de murmurer : Ne le laissez pas s'endormir, ne le laissez pas s'endormir. Et les bras de Braga secouaient toujours le vide, comme font les mères quand elles pleurent leurs enfants qui sont partis.

Il m'est alors venu à l'esprit que c'était cela que nous devions faire : brimbaler le passé pour que le temps se maintienne vivant. Peut-être est-ce pour cela que j'écris si fréquemment à ma pauvre mère. Chaque mot est un coup contre le néant, un cahot que je choisis afin de ne pas m'endormir sur l'aridité de la route.

Et j'ai pensé à vous, cher sergent, lorsque ce garçon anonyme m'est tombé des bras. Je suis sûr que vous n'avez jamais participé à une bataille. Tous vous diront que cela manque comme leçon de vie. Mais croyez-moi, mon cher ami. Il n'y a pas de leçon qui compense ce que nous perdons en humanité. Dans peu de temps, je serai promu à la haute fonction que je mérite tant. J'accomplirai alors ma promesse et mon jeune sergent pourra retourner, sain et sauf, à sa vieille maison.

Toute cette mission me pèse non par sa dimension militaire, mais à cause du reste que je ne comprends pas. Le monde pourrait être bien plus simple, plus ordonné, comme on nous l'a appris au collège militaire : Européens d'un côté ; Africains de l'autre.

Nous sommes loin de ce simple scénario. À commencer par qui nous sommes, nous, les Portugais. Il y a en notre sein des courants plus hostiles entre eux que ceux qui séparent les anges et les démons. Ces désaccords ne sont pas réservés aux seuls Lusitaniens. Car, dans ces contrées, les Européens sont en guerre les uns contre les autres. Pour des raisons politiques, pour des raisons religieuses. Catholiques et protestants luttent comme s'ils n'avaient pas un Dieu unique. Il y a davantage de rivalité entre les Anglais et les Portugais qu'entre les blancs et les nègres. S'il n'y a pas d'unité entre les blancs, il n'existe pas non plus une entité qu'on puisse appeler "les nègres". Ils sont tellement dispersés dans une telle diversité de tribus que jamais nous ne saurons les nommer correctement. Les Changana et les Mabuingelas qui dominent par ici nous haïssent nous, les Portugais, mais haïssent encore plus les gens de Gungunhane. Et il y a les Chopes et les Ndaus qui résistent férocement à la domination de l'empereur noir. Et, pourtant, une grande partie des soldats à la solde de cet empereur proviennent de ces ethnies qui sont ses ennemies.

En un mot, ceux qui sont aujourd'hui nos alliés seront demain nos opposants. Comment pouvons-nous entreprendre une guerre si nous méconnaissons la frontière qui nous sépare des ennemis ?

33
Fièvres impériales

Il était une fois cinq frères qui dormaient dans un lit exigu. Il n'y avait pas une nuit où ils ne se disputaient la couverture unique et insuffisante. Il faisait froid et ils ne cessaient de tirer la couverture d'un côté à l'autre. Il n'y avait pas de solution qui les contentât tous : le froid était excessif, les personnes nombreuses et la couverture petite. Jusqu'à ce qu'ils entendent, à la porte de chez eux, le rugissement d'un lion. Tout à coup, ils se serrèrent les uns contre les autres et la couverture fut plus que suffisante, couvrant les cinq frères. Ainsi vont les choses : la peur transforme le peu en beaucoup. Et le tout en rien.

Récit de Ngungunyane

Le médecin Georges Liengme vint nous voir et, sans nous saluer, il nous ordonna de le suivre jusqu'à l'habitation en torchis dans laquelle ils avaient logé l'empereur. Accroupis sur leurs chevilles, deux guerriers vanguni montaient la garde à la porte de l'infirmerie improvisée. Entre les deux sentinelles, on voyait une chaise vide avec les accoudoirs et le dossier ornementés et l'assise tapissée d'une peau de zèbre. C'était le trône que les guerriers transportaient pour garantir que le roi n'ait jamais à s'asseoir par terre. La chaise était là, à la belle étoile, à la disposition des mouches qui couvraient une grande partie de l'assise.

Georges Liengme s'attarda quelques secondes à contempler mon visage comme s'il me reconnaissait d'un passé lointain. Et il nous ordonna d'attendre là. Mon père profita du moment pour s'expliquer :

– Je ne veux pas vous déranger, dokotela. Je réclame juste un mot avec le Nkosi Ngungunyane. C'est à cause de cette fille à moi…

Le médecin entra dans l'infirmerie alors que mon père n'avait pas encore terminé sa phrase. Craintivement, je guettai par un rai de lumière qui envahissait la paillote. Dans un corps allongé sur une litière, je devinai le personnage de Ngungunyane. Une respiration lourde et entrecoupée résonnait dans l'enceinte : l'empereur dormait à quelques mètres de moi. Et je priai que son lit de mort fût celui-là.

Le missionnaire s'approcha en essuyant ses mains sur une serviette blanche et il annonça de façon tonitruante :

– Nkosi, mon roi, j'arrive de Lourenço Marques et je ne vous apporte pas de bonnes nouvelles.

L'empereur demeura silencieux et immobile, comme s'il ne s'était pas rendu compte de l'arrivée de celui qu'il considérait comme son médecin particulier. Le Suisse posa la main sur le front du patient qui se présentait orné du chidlodlo, la couronne royale. Afin de mieux évaluer sa fièvre, il remonta ce diadème composé d'un tissu entouré d'une cire noire. La couronne créait une rivière de sueur qui coulait sur les joues du souverain jusqu'aux fentes sur les lobes des oreilles qui brillaient comme des lacs sombres. Des mouches insistantes se posaient sur le minuscule os de bœuf qu'il portait fiché sur le chidlodlo et que, contrairement aux conseils du médecin, l'empereur utilisait pour se gratter les cheveux et les oreilles.

Tenant contre sa poitrine une boîte de tabac moulu, le roi de Gaza se redressa avec difficulté, tandis que le Suisse insistait sur les sombres nouvelles :

– Les Portugais sont en train d'encercler Mandhlakazi. Et ils sont des milliers, Nkosi.

– J'ai besoin de vos massages, coupa Ngungunyane. Je commande un empire, mais mes rotules ne m'obéissent pas.

Le médecin soupira. Il connaissait bien ce malade. Il s'arma donc de patience et s'assit sur le peu d'espace disponible dans la litière.

– Je vous l'ai déjà dit, Nkosi : il vous faut surélever l'entrée de votre porte.

– Pas question. Je préfère ne pas avoir de genoux que de perdre mon cou.

Le Suisse sourit. Le toit en paille des cases des Vanguni descendait presque jusqu'à toucher le sol. Il n'y avait pas d'autre moyen d'entrer que de traîner les genoux par terre. C'était une mesure de sécurité. Un intrus mal intentionné serait surpris dans une position complètement vulnérable.

L'empereur passa les mains sur ses jambes et arrangea ensuite soigneusement sa couronne sur ses cheveux. Alors seulement il proclama :

– Oubliez ce que vous avez vu dehors. Souciez-vous plutôt de mes plaintes. Les Portugais auront beau chercher des casernes et des fortifications, ils ne trouveront jamais rien. Ma caserne est ma terre, mon armée est mon peuple.

D'un seul geste, il chassa les mouches et sécha la sueur qui coulait maintenant sur son ventre volumineux.

– Je vous ai déjà raconté l'histoire des cinq frères ?

– Plusieurs fois. Cette fois, il n'y a pas de légende qui puisse venir en aide à votre calme. Regardez ce qui s'est passé à Magul.

– À Magul, ce n'étaient pas mes troupes. Vous savez ce que me disent mes informateurs ?

– Combien de fois avez-vous dit que vous ne faites pas confiance à vos informateurs ? s'enquit le missionnaire. Et il ajouta avec gravité : Cette fois, c'est différent.

Ce qui se passait était inédit : trois colonnes militaires portugaises, composées des unités de cavalerie et d'infanterie les mieux armées, convergeaient sur Mandhlakazi. En plus des centaines de soldats blancs tout juste arrivés du Portugal, les colonnes intégraient six mille guerriers noirs, séparés par différents contingents de diverses origines. Et Liengme lui transmit les détails : Panga et Homoíne ont livré deux mille cipaios. Les régulos de Massinga et Zavala ont également contribué à l'assaut final de la cour de Ngungunyane.

– Vous les avez tous vus au cours de votre voyage, dokotela ? Eh bien, je vous garantis une chose : la moitié de ces gens a déjà fait marche arrière, déclara l'empereur négligemment. La faim les a déjà fait déserter.

– Et vos hommes ne désertent pas ? demanda le Suisse.

– Mes hommes, riposta le roi de Gaza, ont été rendus imperméables par les puissants féticheurs du fleuve Save.

Le missionnaire passa les doigts sur ses cheveux prématurément grisâtres : il n'avait pas d'argument contre une telle présomption.

– Vous êtes très malade, mon roi. Et ce n'est pas des genoux.

– Oubliez la guerre, dokotela. Je suis ici comme une simple personne. Et aujourd'hui je suis en train de me sentir.

Le médecin savait que c'était là la façon pour nous, les noirs, de nous plaindre. Nous disons : il est en train de sentir son corps.

Dona Fels, cette femme blanche du Transvaal, venait de sortir de l'hôpital et avait déjà frictionné ses genoux royaux. C'est ce que relata le monarque. Et d'autres parties du corps peut-être, eut envie de commenter Liengme. Mais il se retint. À contrecœur, il retroussa ses manches et, avec une pudeur excessive, il étala une crème sur les membres volumineux du patient. Ses gestes pressés et furtifs ne passèrent pas inaperçus.

– Vous vous sentez humilié, dokotela ? Vous avez honte de vous occuper de moi comme si vous étiez une de mes femmes ? Vous devez vous enorgueillir de soigner un homme aussi puissant.

– Je suis fier de vous avoir comme patient.

– Je n'ai confiance en personne, pas même en mes sentinelles. Un jour ils m'apportent la chaise, le jour suivant ils m'ôtent le sol.

Cet aveu de faiblesse émut l'Européen. Et il existait d'autres maladies, rapporta le souverain. Des maladies sans nom qui arrivent comme des ombres.

– Il y a des rêves qui me font voler très loin. Ce n'était pas une métaphore.

Liengme savait que, dans la langue de l'empereur, voler et rêver se dit avec le même mot.

– Liez-moi les jambes, attachez-moi par la taille, mais ne me laissez pas voler comme ça. Vous avez vos pouvoirs : découvrez qui m'a commandé cette souffrance.

– Il n'y a pas de commande. Cela s'appelle insomnie.

– Il s'appelle Mafemane. C'est mon frère. C'est moi qui l'ai tué. C'est ça qu'on raconte.

– Qu'on raconte ?

Le souvenir de l'assassinat lui parvenait à travers des versions infinies. Aussi se trouvait-il là, à confesser ses craintes à un étranger. Il ne voulait pas se servir de ses féticheurs. Il avait perdu confiance en eux.

Le médecin sourit en entendant cette demande. Voilà longtemps qu'on ne lui avait pas demandé quelque chose qui le satisfasse autant en termes professionnels. L'hypnose était sa spécialité, le motif pour lequel il avait embrassé la médecine. Et l'opportunité était là d'exercer cette faculté que nombre de ses compatriotes soupçonnaient plus proche de la sorcellerie que de la science.

– Fermez les yeux, Nkosi.

Mais, l'espace d'un moment, le médecin hésita : comment hypnotiser quelqu'un qui parle non seulement une autre langue, mais aussi pour qui voler et rêver sont un même verbe ?

– Que pensez-vous qu'il vous arrive ?

– C'est bien ça le problème, dokotela. C'est que je ne pense que quand je rêve. Et je ne sais pas qui je suis quand je rêve.

– Et que rêvez-vous, mon roi ?

– Parmi tous les rêves, il y en a un qui me commande. Je suis maître de ceux qui dorment et je finis esclave de ce rêve.

– Racontez-moi ce cauchemar qui vous poursuit autant.

Le médecin prenait maintenant un ton éteint, tellement chuchoté qu'il m'obligea à me pencher au-delà du seuil de la porte. Les sentinelles dormaient profondément. Après un silence morose, j'entendis la parole confuse de Ngungunyane :

– Je ne l'ai pas tué, ce sont les anciens et les indunas qui l'ont tué. Je n'ai fait que suivre l'ordre et ma plus grande erreur est là : un frère ne meurt pas. Mafumane a quitté sa vie pour entrer dans la mienne.

– Et quel est ce rêve qui vous perturbe autant ? insista le médecin les yeux fermés. Racontez-moi, Umundungazi, racontez-moi ce rêve, votre rêve.

– Le problème commence là : ce rêve n'est pas à moi. Je dors et mon frère rêve à l'intérieur de moi.

Umundungazi ferma les yeux et parla, les paumes de ses mains appuyées sur la litière. Le médecin écouta, les paupières toujours closes. La voix de l'empereur, détrônée de ses certitudes antérieures, était à présent un chuchotement dans la pénombre de la chambre.

Dans le rêve de Ngungunyane, son frère est vivant. Ou, plutôt, il se débat dans la frontière liquide entre la vie et la mort. Au cours des dernières minutes, les bras de Ngungunyane sont des griffes qui le forcent à s'immerger dans la vaste lagune. Mafumane semble résigner à accepter la fin. Peu à peu, les râles convulsifs se convertissent en un doux ondoiement de bras et de jambes. La mort de l'héritier du trône doit être proche, elle s'immobilisera bientôt comme un tronc flottant sur les eaux où les deux frères se sont affrontés pendant des heures.

Néanmoins ce n'est pas exactement la mort qui se produit. Ngungunyane sent peu à peu les cheveux crépus de son frère se dissoudre entre ses doigts tandis que la tête du malheureux grandit, enveloppée d'une mousse glissante. Les jambes et les bras de Mafumane diminuent à vue d'œil et une créature difforme évolue lentement sur les eaux chaudes. D'abord il pense à une sirène. D'ailleurs il n'y a aucun doute : son frère s'est converti en poisson. Il est vivant et il reste auprès de lui, poisson qu'il est désormais, frère qu'il n'a pas cessé d'être. Et dorénavant, dans toutes les lagunes, dans tous les fleuves, habite cette créature hantée qui garde le secret de sa faute.

Le récit achevé, le roi de Gaza, transpirant et haletant, finit en perdant le fil des mots. Et il délirait déjà quand il murmura :

– Dans tout mon empire, les morts sont devenus tellement légers qu'ils s'évaporent parmi les grains de sable pour ensuite se dresser dans les cieux comme des feux follets.

Dans un chuchotement presque inaudible, Ngungunyane implora :

– Vous qui êtes un roi blanc…

– Je ne suis pas du tout un roi, Nkosi.

– Qui est à mes côtés devient roi. Et donc je vous demande, dokotela, donnez l'ordre que les morts soient enchaînés à l'intérieur de leurs sépultures.

Avant de se retirer, le médecin dut se sentir obligé de consoler son patient. Car il posa la main sur le bord du lit et, avec une bienveillance paternelle, il dit sur un ton amène :

– Je vous parle maintenant en qualité de missionnaire : vous avez trahi, mais cela n'a jamais relevé de votre seule décision personnelle. Les autres ont eu plus de pouvoir. Toujours est-il que vous avez courageusement accepté de protéger Zixaxa et que votre décision reste ferme contre tout et contre tous. Dieu est attentif : cette preuve de loyauté guérira vos fautes.

– Votre erreur est là, dokotela, riposta Ngungunyane. Je n'offre pas de protection à Zixaxa. En l'ayant ici avec nous, je suis en quelque sorte son geôlier. Les Portugais croient que je lui offre un refuge. Mais c'est une prison.

Le Suisse secoua la tête, incapable de comprendre. Et l'empereur poursuivit :

– Je ne peux pas laisser un concurrent en liberté sur les terres du Sud.

Les Portugais voyaient chez ce fugitif l'image de leur humiliation. Pour Ngungunyane, cet homme représentait autre chose : la menace d'un futur adversaire.

– Sous ma protection Zixaxa est condamné : quand on le livrera aux Portugais, il ne sera plus personne.

En quittant l'infirmerie, le médecin suisse se cogna à moi. Et il plissa les yeux d'un air félin tandis qu'il me jaugeait des pieds à la tête. Puis nous traversâmes ensemble une cour entourée de cases précaires. Nous nous arrêtâmes à l'entrée de la paillote où l'on nous avait logés provisoirement et le Suisse fut bref dans ses instructions :

– Demain je vais à Chicomo. Je veux que vous attendiez ici mon retour. Bertha s'occupera de votre séjour.

Il avait l'air pressé en s'éloignant mais il revint sur ses pas pour me réexaminer de près. Une chose était évidente : cette curiosité n'était pas mue par des desseins médicaux. Il parla à mon père, lui donnant des instructions sommaires. Il allait chercher un appareil photographique et, à son retour, je devrais déjà avoir ôté mes chaussures et mon chemisier. Je veux un portrait d'une africaine typique, ne portant qu'une capulana nouée à la taille, déclara le Suisse.

Craignant ce que pourrait être ma réaction, le vieux Katini me murmura à l'oreille en secret :

– Ce sont des ordres, ma fille. Nous sommes ici pour demander.

– Nous ? Vous êtes le seul qui êtes venu ici demander.

Cependant, j'étais sûre d'une chose : plus que mon père, le grand mendiant était l'empereur.

34
Onzième lettre du sergent Germano de Melo

> Je me suis rêvé empereur éternel. Mais je connaîtrai le destin des esclaves : on m'enterrera dans un lieu étranger, mon corps pourrira dans le sol de ceux qui m'ont vaincu. Mes os iront loger au-delà de la mer. Et de moi plus personne n'aura le souvenir. L'oubli est la seule manière de mourir pour toujours. Et ce sera encore pire : ceux qui de moi se souviendront le plus, seront ceux qui ne m'ont jamais voulu du bien.
>
> Dit de Ngungunyane

Chicomo, 4 novembre 1895
Votre Excellence Monsieur le Lieutenant Ayres de Ornelas,

Enfermé dans l'infirmerie de la caserne de Chicomo, où je viens d'arriver, j'aurai peu de nouvelles à vous transmettre. Entouré de dizaines de malades, je me retrouve ici plus isolé qu'au poste de Nkokolani. Pour briser la monotonie, le docteur Rodrigues Braga me convoque régulièrement pour réexaminer mes mains. Il l'a déjà fait des dizaines de fois. Et aujourd'hui je me suis encore une fois présenté devant sa table de travail.

Comme toujours avant l'examen, le médecin a levé les yeux au-delà des limites de la caserne, las du sombre décor qui le cernait. Comme s'il voulait contempler le paysage sans jamais parvenir à le voir, il a écarté ses lunettes loin de son visage. Les yeux myopes, sans défense, lui donnaient un air fragile, incompatible avec l'apparence solide que la guerre réclame aux guerriers.

– Quel jour est-on aujourd'hui ? m'a-t-il demandé, ennuyé.

Il savait qu'il n'y aurait pas de réponse. J'avais depuis longtemps perdu la notion du temps. Braga a réajusté ses lunettes sur son nez et a relevé les extrémités de sa moustache. C'est dimanche, mon garçon.

Il s'est à nouveau concentré sur mes mains oubliées depuis longtemps sur la table, comme si c'étaient de simples objets dans une vitrine d'antiquités. Comme toujours l'homme a examiné mes doigts, palpé la peau, testé les articulations.

– Ça continue de cicatriser sans aucune complication. Qui s'est occupé de toi ? a-t-il répété pour la énième fois, en conclusion.

Une fois de plus, Excellence, je me suis vu hésiter. Que pouvais-je dire ? Que c'était une noire guérisseuse qui m'avait secouru avec des potions, des prières et des onguents ? C'est une… c'est une femme, ai-je balbutié. Le médecin a rétorqué avec un sourire malicieux : Une femme ? Ce sont les meilleurs traitements.

Votre Excellence connaît bien les manières à la fois brusques et délicates de notre médecin. Et c'est ainsi, avec une rude désinvolture, qu'il a laissé tombé mes poignets comme s'il me rendait une partie oubliée de moi. Une fois de plus il a fixé son regard sur l'horizon. L'imitant dans cette contemplation lointaine, je lui ai demandé :

– Croyez-vous que je pourrai à nouveau utiliser une arme, docteur ?

Le médecin a secoué la tête, l'air déçu. Ici, entre nous, mon lieutenant, maintenant encore je trouve cette bizarrerie curieuse. Lors des premiers soins, à Sana Benene, j'avais voulu savoir quelque chose de bien différent : si je serais encore capable de refaire le signe de croix. Quel enthousiasme belliqueux m'animait à présent ?

– J'espère seulement que Mouzinho ne t'entend pas, a affirmé le médecin. Il te recrutera tout de suite pour l'expédition punitive que, contre tout et tous, le capitaine organise.

La triste vérité est celle-ci, Excellence : même avec mes doigts touchés, j'étais en bien meilleure santé que la plupart des soldats qui se trouvaient ici alités. Certains auraient déjà dû être évacués depuis longtemps à Lourenço Marques. Ou même vers la métropole. Mais la plupart ne résisteraient pas au voyage. Une fois, le docteur Braga a partagé avec moi le doute qui le rongeait :

– J'ai appris à faire avec les malades. Qu'est-ce que je fais avec les moribonds ?

Le lendemain, le médecin a agi comme s'il avait trouvé la réponse : il a réquisitionné une des charrettes qui apportaient des vivres à Chicomo et rentraient vides à Inhambane. Il y a placé les malades les plus graves et il a remis deux bouteilles à chacun, une d'eau, l'autre d'eau-de-vie. Une pour la soif, l'autre pour l'oubli.

Il savait que les malheureux n'arriveraient en vie à destination que par miracle. Il a ainsi accompli son devoir de médecin : ne pouvant guérir, ils mourraient dans l'illusion qu'ils rentraient chez eux.

– Tu ne veux pas m'aider à l'infirmerie ?

Et il a repris sa question. Il était mon supérieur, il donnait des ordres. Et sur-le-champ il a défini ma responsabilité. Je me chargerai de l'approvisionnement et de la gestion des médicaments. Il m'a montré une pile de papiers accumulés sur le bureau. C'étaient des requêtes de matériel : bandages, quinine, purgatifs, gélules, sinapisme, acide phénique pour les infections. Tout ce matériel était retenu depuis des mois à Inhambane.

– Je suis un soldat, ai-je répondu. J'ai fait l'École militaire, ce serait un gâchis de ne pas être sur la ligne de front...

Braga a respiré profondément comme s'il se sentait étouffé. D'un coup, il s'est levé et a tendu le bras :

– Viens avec moi, je vais te montrer une ligne de front.

Et il m'a emmené rendre visite aux blessés. Il a demandé à chacun de montrer ses égratignures et de revivre les circonstances de la bataille. Beaucoup sont fous, a dit le médecin comme s'il me réconfortait. Et il a ajouté :

– La folie est parfois le seul moyen de vaincre la peur.

En quelques minutes mes yeux se sont brouillés. Un des soldats, celui qui semblait être en meilleur état, s'est assis sur le lit et a ouvert grand les yeux tandis qu'il répétait : Les anges, les anges...

– Il est revenu comme ça de la bataille de Magul, a dit le médecin.

Le soldat hagard s'est mis à divaguer sur les déflagrations et les fumées, singeant le bruit des fusils et des canons. Et il parlait des Portugais et des Vátuas tous transformés en fumée. Et il imitait les fusils visant les nuages et les fumées avec une telle intensité que le ciel s'était déchiré pour toujours. Vous êtes mon ange ? a questionné le soldat délirant, plantant ses doigts sur mon bras.

– Ce n'est pas moi qui ai besoin de toi, a affirmé le médecin à la fin de la visite. C'est toi qui as besoin de moi.

Voilà comment je me suis installé dans une paillote à l'entrée de l'infirmerie. Il s'agissait, ai-je pensé, d'une occupation provisoire. Désormais je sens l'éternité peser sur moi chaque fois que le docteur Rodrigues Braga annonce un dimanche de plus.

Je laisse pour la fin le récit d'un événement dont Votre Excellence appréciera l'importance. Nous avons reçu ce matin la visite du médecin et missionnaire Georges Liengme. Ironie du destin : Votre Excellence m'a empêché d'aller retrouver le Suisse. Et c'est lui qui se présente maintenant sur mon chemin. Le docteur Rodrigues Braga connaît les instructions supérieures de tenir ce missionnaire à distance. Néanmoins, et sans doute parce qu'il est également médecin, il a reçu le visiteur avec une élégance courtoise.

Pour la défense de notre médecin, je dois dire signaler que le visiteur s'est vu rappeler d'emblée la position officielle du Portugal sur la mission suisse et ses missionnaires. Cet accueil constituait, et cela Braga l'a bien précisé, une exception à la règle. Georges Liengme a déclaré, faussement résigné :

– Les Portugais me haïssent seulement parce que j'ai pris parti pour les noirs.

– Vous n'avez pas pris parti pour les noirs, a contredit le médecin portugais. Vous avez pris parti pour Gungunhane. Et pour votre gouverne, cher docteur, les Portugais protègent beaucoup plus de noirs que les Suisses et tous les autres Européens réunis.

– Ne serait-il pas mieux, a rétorqué Liengme, de laisser ceux-là mêmes que vous prétendez défendre le dire ?

Puis le Suisse a souri pour dissimuler sa fatigue. Il avait quitté Manjacaze voilà trois jours sur le dos d'une mule harnachée et ramenant avec lui une charrette tirée par deux ânes. Il venait à Chicomo remettre de la correspondance pour le colonel Eduardo Galhardo. Il n'avait plus confiance en les émissaires. Dans les moments de crise, la fidélité n'est qu'une absence d'opportunité.

Et ils ont déjeuné ensemble. Le déjeuner terminé, notre Braga a invité le Suisse à visiter l'infirmerie. Il s'est arrêté posément à chaque lit, curieux de l'histoire de chaque patient et priant pour sa guérison. Il s'est attardé le plus longtemps auprès d'un blessé qui souffrait d'hallucinations. Le malheureux était convaincu qu'une sagaie des Cafres avait transpercé son corps. Et il se contorsionnait, gémissant, complètement plié sous une interminable colique. Le Suisse a parlé dans un murmure harmonieux, la paume de sa main posée sur le front du soldat hagard.

– Que faites-vous, collègue ? s'est intéressé le médecin portugais.

– Je ne fais rien. C'était de l'hypnose que je voulais faire. C'est ma spécialité.

– Bientôt, mon cher Liengme, aucun de nous ne se rappellera quelle spécialité il a étudiée.

Et comme il était déjà tard, Braga a insisté pour que le visiteur suisse passe la nuit avec nous. Et il en a été ainsi. Cette nuit-là a dormi, à l'intérieur de notre forteresse, celui qui prenait soin de ceux qui allaient nous tuer.

35
Le vautour et les hirondelles

> Avoir des ennemis c'est être leurs esclaves. La paix ne naît pas parce qu'on triomphe d'un adversaire. La véritable paix consiste à ne jamais en arriver à avoir des ennemis.
>
> Proverbe de Nkokolani

Mon père avait l'air rabougri et vieilli, au garde-à-vous devant l'empereur, qui occupait le lit de l'infirmerie comme si c'était un trône. Les jambes du vieux Katini tremblaient tellement que les mouches ne trouvaient pas où se poser. Les sentinelles observaient, attentives, mon vieux s'asseoir par terre comme l'exige le protocole : les visiteurs doivent être regardés de haut. Son visage touchant presque ses genoux, enroulé comme un tas d'herbe, il attendit la permission pour faire usage de la parole.

– Qui es-tu ? demanda Ngungunyane sans lui adresser un regard.

Katini Nsambe mit du temps à parler, remuant les lèvres sans articuler de mot, comme s'il était à la fois sourd et muet. Il grimaça, son regard erra dans l'infini à la recherche des mots exacts. Mais au lieu de parler, Katini éclata en larmes inconsolables. Les pleurs dégénérèrent en un sanglot incontrôlé.

Ngungunyane fixa, sans la moindre perplexité, les yeux au plafond. Je craignis que ne s'épuise chez lui sa dernière once de patience. Mais ce n'était pas de la patience. C'était du mépris. Mon père n'existait pas et donc, le temps que ces pleurs s'éternisent ne pesa pas à l'empereur.

Quand le silence se refit enfin, le grand chef des Vanguni ferma les paupières pour dire :

– Ceux de ta race, les Vatxopi, pleurent comme s'ils étaient toujours en train de naître.

Ainsi procédions-nous, ceux de l'ethnie condamnée des Vatxopi, pour montrer que nous étions sans défense. C'est ce que dit l'empereur. L'arc et la flèche qui avaient fait notre réputation de guerriers étaient en définitive des jouets d'enfance. Ainsi s'expliquait l'attitude de mon père : sans défense et solitaire, il réclamait un giron protecteur. Vous êtes tous des femmes, conclut-il comme s'il crachait.

De la même manière qu'un bûcheron mesure l'arbre qu'il va abattre, l'empereur fixa mon vieux de haut en bas tandis qu'il se curait les ongles avec le petit os. Enfin mon père parut réussir à articuler des mots et il balbutia :

– Mon nom…

– Personne ne veut savoir vos noms. Dis-moi, plutôt : combien d'enfants as-tu, mutxope ?

Katini Nsambe grinça des dents de sorte qu'on ne comprit pas s'il en était venu à parler. Visible seulement son haussement d'épaules. L'empereur sourit, indulgent :

– Tu me dis que tu ne sais pas. Eh bien, ici je suis le seul qui a le droit de ne pas savoir.

Il ne savait pas où ses terres prenaient fin. Il ne savait pas combien de femmes il avait. Et il y avait tant de mort dans sa vie qu'il avait eu besoin de faire des enfants jusqu'à en perdre le compte. Et il s'occupa de nouveau de sa toilette personnelle.

Comme mon vieux était toujours muet et immobile, je sortis de la pénombre pour annoncer :

– Mon père vient m'offrir comme épouse.

L'empereur ne daigna pas lever les yeux. Il s'adressa à mon vieux, maintenant sur un ton acerbe :

– Qui a dit que j'ai besoin d'une femme ? Qui es-tu pour penser à ce dont j'ai besoin ?

Je fis un pas en avant et le désir de devenir visible déforma ma voix au point que je ne me reconnaissais plus moi-même :

– Je connais la langue des blancs, Nkosi. J'ai été élevée parmi eux.

L'empereur hésita. Il fut impressionné non pas par ce que je dis, mais par mes manières irrévérencieuses. Il fit claquer sa langue sur ses dents et fit longuement la moue.

– J'ai mes traducteurs. Je n'en veux plus d'autre, ils sont un risque dont je me passe.

Et il pérora sur ses soupçons. Les nez des blancs sont des becs de vautours, dit-il. Le même bec crochu pousse aux traducteurs. Ce qu'ils ne savaient pas et qu'ils apprennent est dangereux. Ce qu'ils apprennent et ne traduisent pas est encore plus dangereux.

– Moi, vous devez me croire, Nkosi.
– Et pourquoi ?
– Parce que je suis une messagère, affirmai-je.
– De qui ? Des Portugais ?
– D'une femme.
– Quelle femme ?
– De Vuiaze.

Le nom foudroya l'empereur, tout son corps trembla et l'osselet lui glissa des doigts. Il me fixa comme s'il cherchait un visage derrière un masque.

L'histoire d'amour interdite entre Ngungunyane et Vuiaze, la plus belle femme de tout le royaume de Gaza, s'était déjà transformée en légende. Son visage lumineux, son corps potelé, sa peau claire, tout cela attirait les hommes. Encore adolescent, le candidat au trône était tombé éperdument amoureux et sa passion avait été immédiatement réciproque. La cour avait chuchoté, craintive : un amour aussi ardent pouvait distraire le futur gouvernant. Un empereur malheureux est un risque pour l'empire. Mais un empereur éperdu de bonheur est une menace encore plus grande. Les rumeurs s'étaient immédiatement répandues : Vuiaze était une femme facile, cédant à tous et à la moindre cour. Le roi Muzila l'avait écartée de Ngungunyane pour éviter qu'ils ne s'épousent. Mais il n'avait pas de pouvoirs pour contrarier cette romance enflammée. De cette passion était né Godido, le fils préféré de Ngungunyane. Un jour, Vuiaze était apparue morte. Mystérieusement, quelques heures plus tard, le corps avait disparu. Et on ne l'avait plus jamais retrouvé.

La vengeance de l'empereur fut capricieuse : dans les cérémonies de serment militaire, tous les subordonnés étaient obligés de saluer la disparue.

– Vuiaze ! braillaient-ils à l'unisson.

Et l'empereur me demandait de prononcer à nouveau le nom de cette femme. J'acceptai. Vuiaze, murmurai-je les yeux fermés.

– Quel âge as-tu ? demanda-t-il.
– Je n'ai aucun âge, répondis-je.

Il comprit ma réponse comme une façon élégante de confirmer ma virginité. Et il sourit comme seuls sourient les vainqueurs.

Il appela ensuite les aides de camp pour leur demander s'il restait une bouteille de vin de Porto.

– J'ai plus confiance en l'alcool que m'offre mon ennemi que dans les boissons que me servent mes proches.

Les Portugais étaient prévenus : ils lui envoyaient des petits paquets, des caisses avec quatre bouteilles seulement. Autrement, il était obligé d'en distribuer aux parents et aux indunas. Et il me consacra de nouveau son attention.

– Ce sont les indunas, mes conseillers, qui vont décider de notre mariage. Je suis fatigué, fatigué de moi, fatigué de ces gens.

Les conseillers le gênaient davantage que ses genoux fragiles. Ce fut ainsi que se plaignit le roi.

Il avait envie de faire avec les conseillers ce qu'il avait déjà fait avec les hirondelles. Comme les oiseaux rapides ne lui obéissaient pas, il les avait fait exterminer. Tous les voyageurs lui disaient : il ne restera pas une seule hirondelle dans tout le pays.

Et les instructions pratiques suivirent : le lendemain, je porterai la même robe mais je laisserai mes chaussures à l'hôpital.

– Je ne peux me présenter avec une femme chaussée. Tu comprends ?

Les conseillers me poseraient de terribles questions, les dames de la cour diraient que je ne ferais qu'accomplir l'office des petites épouses, qui est de ramasser et d'enterrer les fèces et l'urine du roi.

– Ma fille fera tout ce qu'il faudra, déclara mon père, avec un élan soudain.

L'empereur fit un signe pour ordonner le silence. Maudits Vatxopi, vous serez mes prochaines hirondelles, sentencia l'empereur. Sur le visage de Katini Nsambe, on pouvait lire la douleur de l'humiliation. Pétrifiée, je vis mon père retirer de sa besace le crucifix en fer avec lequel il avait assassiné l'Angolais. Empoignant la croix, il avança résolument en direction de Ngungunyane. J'agitai les bras, je voulus crier pour qu'il s'arrête. Mais déjà mon géniteur furieux se jetait en avant, son arme improvisée brandie. Terrorisée, je fermai les yeux pour les entrouvrir en entendant un doux murmure :

– On fête presque Kissimusse, Noël. Je vous offre ce christ, mon roi.

Le souverain de Gaza tarda à prendre le cadeau des mains de mon père soumis. Puis il fixa son regard sur la figure squelettique de Jésus.

– Pauvre homme. À l'heure de sa mort, personne ne lui est venu en aide ?

– Ils ne pouvaient pas.

– Le fils de Dieu a agonisé abandonné ?

– Nous mourons tous seuls, répondit Katini.

Nous nous retirâmes mon père et moi de l'infirmerie improvisée, laissant dormir le roi de Gaza. Non moins somnolentes étaient les sentinelles, étendues l'une contre l'autre. De l'intérieur de la paillote nous parvint le ronflement impérial. Mon père avoua que, pendant l'audience avec le roi, le courage lui avait manqué pour accomplir ses desseins.

– Vous vouliez le tuer, mon père ?

Ce n'était pas l'envie mais le courage qui lui avait failli. La bravoure qui lui était restée face aux autres assassins de son fils lui avait à présent échappé face à l'empereur.

– Vous voulez que ce soit moi qui tue Ngungunyane ?

– J'ai déjà tout prévu avec lui.

– Avec lui qui ?

– Avec le roi. Demain tu seras soumise à l'approbation de la cour.

– C'est moi que vous punissez ou c'est Ngungunyane ?

– Je ne t'envoie pas pour être épouse. Tu vas là-bas pour être veuve.

– Et vous ?

– Je ne sais pas. Pour l'instant, je retourne à Sana Benene. Et ensuite, j'irai à Nkokolani.

– Nkokolani n'existe plus, tate. Qui va s'occuper de vous ?

– Les lieux sont des parents éternels. On ne les laisse pas agoniser tout seuls, dit mon père. Et il conclut, avec une moue railleuse sur les lèvres : Ce que j'ai dit au roi est faux. Nul ne meurt tout seul.

36
Douzième lettre du sergent Germano de Melo

> Aie peur de ceux qui ont toujours eu peur. Prends garde à ceux qui se trouvent petits. Quand ceux-ci seront au pouvoir, ils nous châtieront avec la même peur qu'ils ont déjà éprouvée et se vengeront avec leur fausse grandeur.
>
> Dit de Katini Nsambe

Chicomo, 5 novembre 1895
Votre Excellence Monsieur le Lieutenant Ayres de Ornelas,

Je ne sais, Excellence, si, cette nuit-là, notre hôte suisse a fini par dormir. Toute la nuit, il a évolué entre les malades, leur apportant des médicaments, de l'eau et des paroles réconfortantes.

Je me suis réveillé avant le lever du jour et le Suisse était là, agenouillé, à prier. Je lui ai servi un café chaud et l'homme a parlé de lui, de sa vie et surtout de ses expériences extraordinaires sur le continent africain.

Les passions de Georges Liengme (ou simplement Georges, comme il a insisté pour que je l'appelle) étaient nombreuses et contradictoires : horloger, missionnaire, médecin, hypnotiseur, photographe, mari, père de deux adorables enfants. L'horloger observait la Vie cherchant en elle la précision des mécanismes. Le missionnaire cherchait ce qu'aucune photographie ne parvient à capter. Le médecin savait combien le corps est fait d'âme. Et enfin, l'hypnotiseur connaissait les secrets qui logent dans les profondeurs du sommeil.

Permettez-moi, Excellence, de consigner ici mon étonnement : ce que cet Européen connaît de l'Afrique ! Quel José Silveira, quel Sanches de Miranda ! Aucun de nos officiers ne rivalise avec la familiarité de ce Suisse avec la terre et les populations africaines. Ils argumenteront que c'est à cause des langues africaines qu'il maîtrise si bien. Mais la question commence bien avant :

pourquoi nous, les Portugais, souffrons-nous de cette paresse ancestrale d'apprendre ces autres langues? Pourquoi avons-nous seulement envie des idiomes que nous appelons supérieurs? J'ai écouté les histoires de Georges Liengme et ce n'étaient pas des récits de chasseurs de lions. C'étaient des histoires de vies, de rencontres de personnes qui triomphaient d'anciennes barrières et de préjugés. Et elles confirmaient une vérité amère: à l'extérieur ou à l'intérieur de la caserne, nous, les Portugais, vivons entourés de murailles, avec la peur de tout ce que nous ne sommes pas capables de reconnaître.

Soudain, le docteur Rodrigues Braga s'est approché, nerveux et pressé. Son état d'esprit était complètement différent de celui de la veille. Et il a déclaré d'un seul coup: le missionnaire devait se mettre en route de toute urgence. Il avait reçu des instructions supérieures afin que Liengme déguerpisse de là. Le Suisse a alors avoué qu'il était venu dans l'espoir d'emporter avec lui un peu de matériel qui surabonderait dans nos magasins.

– Surabonder? Ce verbe ne se conjugue plus en portugais, mon ami. Et en toute franchise, je dois vous dire que même s'il y en avait, je ne pourrais pas vous le donner…

Georges Liengme s'éloignait déjà dans la brousse quand Braga l'a prévenu qu'il prenait la fausse direction.

– Ici toutes les directions sont fausses, a ironisé le Suisse. Il a expliqué qu'il ne rentrait pas directement chez lui. Il prenait un autre raccourci pour rendre visite à un patient qu'il avait opéré une semaine avant. Il s'agissait d'un beau-frère du roi de Gaza souffrant de cataracte et vivant dans un village proche de Chicomo.

Il nous a alors conviés à lui tenir compagnie. Et il a encouragé son collègue avec un argument professionnel: ils évalueraient ensemble l'état médical du parent de Gungunhane.

– Venez avec moi. Personne ne saura.

Rodrigues Braga a refusé. J'ai demandé l'autorisation d'accompagner l'étranger. J'avais besoin de prendre l'air et un moment loin de la caserne me ferait du bien. Rodrigues Braga a accepté. Mais que la sortie soit brève, a-t-il dit. Et nous voilà partis dans la brousse, conduits par le guide que le missionnaire avait ramené de Manjacaze. Au lieu de suivre les chemins déjà tracés, le jeune garçon nous mena par d'incessants détours dans la brousse.

– C'est moi qui lui ai demandé d'éviter les chemins habituels, a expliqué le Suisse. Les noirs, a-t-il ajouté, trouvent que les étrangers doivent toujours s'arrêter pour rendre visite à leurs chefs. En contournant les villages, on économise des heures de voyage.

À un certain moment, nous avons entendu des pas derrière nous. C'était Rodrigues Braga. Il marchait furtivement comme s'il était poursuivi. Et il a souri comme un adolescent en flagrante désobéissance :

– Personne ne doit savoir que je suis ici !

Quand nous sommes enfin arrivés à destination, une multitude d'enfants nous ont entourés, ils sautaient, bondissaient et lâchaient des éclats de rire contagieux mais gardaient une distance prudente. Un homme âgé et crasseux est sorti de chez lui, exhibant un bandage qui lui couvrait la moitié du visage. Les présentations faites, Braga a aidé son collègue à faire les soins.

– Mes yeux étaient morts, a dit le vieux noir. Ce blanc m'a tiré de l'obscurité.

La gratitude de ce Cafre était si forte que je n'ai pas pu m'empêcher de me demander : au-delà du petit nombre qui servait dans l'armée, quels autres médecins portugais secouraient les populations africaines ? Comme on peut en témoigner, Votre Excellence a entièrement raison : je n'ai pas d'aptitude pour le service militaire. Trop d'interrogations, trop de cœur, trop de transgressions.

À la sortie du village, une nouvelle surprise nous attendait : une vingtaine de Cafres s'étaient alignés sur une seule file.

– Nous aussi, on veut être vus, ont dit les Cafres.

– Qu'est-ce qu'on fait ? a interrogé Braga.

– On fait ce que fait un médecin : on travaille, mon collègue portugais !

Pendant plus d'une heure, j'ai été témoin de Rodrigues Braga auscultant, palpant, touchant, prescrivant. Et il faisait tout cela avec un sourire que je ne lui avais jamais connu auparavant. À la fin, les Cafres et le Suisse ont tous ri, prenant congé au milieu d'effusions d'éclats de rire et de poignées de main. Le médecin Braga a regardé avec étrangeté cette familiarité inédite entre un Européen et des Africains. Et nous sommes rentrés en silence à Chicomo.

Arrivés à la caserne, Rodrigues Braga a remercié, ému, Georges Liengme :

– Recevoir des malades me manquait. Maintenant je ne vois que des blessés.

Les médecins s'étaient déjà fait leurs adieux quand Liengme s'est aperçu de l'absence de son portefeuille. Il avait dû le laisser à l'infirmerie et j'ai couru le récupérer. En le ramassant, une photographie en est tombée. Mon cœur a bondi dans ma poitrine tandis que mes rares doigts effleuraient le portrait : c'était Imani qui posait là, les seins nus, une simple capulana nouée à la taille. Il y avait un éclat étrange derrière son corps, comme si elle était accrochée à la lumière. Le doute m'a rongé de l'intérieur : la fille avait-elle accepté de se montrer ainsi de son propre chef ? Le Suisse avait-il tenté de séduire la jeune fille ?

L'arrivée des médecins a interrompu cette vague d'interrogations. En me surprenant avec la photographie, le Suisse s'est enquis avec un orgueil presque paternel :

– Belle, n'est-ce pas ?

Tous les trois nous nous sommes mis au coude à coude, de façon à partager la photographie qui dansait entre mes mains tremblantes.

– Et qui est cette beauté ? a voulu savoir un Braga incroyablement enthousiasmé.

– C'est une jeune fille chope qui s'est présentée à notre campement. Son père va la remettre au roi de Gaza.

– Quel gâchis ! a soupiré le Portugais.

– C'est moi qui ai pris cette photo, a proclamé Liengme, avec une fierté de chasseur.

– Et elle était toute seule ? ai-je osé demander.

– Elle était avec son père, mais il a refusé de poser. Il craignait que sur le portrait ne surgissent son épouse et ses autres enfants.

– Et quel aurait été le problème s'ils étaient apparus ? a demandé Braga.

– C'est qu'ils sont tous morts.

Rassemblant mon courage, j'ai demandé au Suisse de me laisser garder ce portrait.

– Il ne vaut mieux pas, a argumenté le Suisse. Ce que tu feras de la photo ne t'apportera que maigreur et péché.

De façon inattendue Rodrigues Braga a pris mon parti. Et il l'a fait avec une telle ferveur qu'après une certaine hésitation, l'étranger m'a tendu le portrait osé. Enfin le médecin suisse s'est retiré, à califourchon sur le vieux bât avec tant de délicatesse qu'il semblait que la mule n'était pas un animal de charge mais un compagnon de voyage.

Un mélange de rage et de jalousie bouillonnait en moi en retournant dans ma chambre. Votre Excellence conviendra qu'il y a de meilleures manières de ramener à mon souvenir celle qu'on aime tant. J'ai croisé un groupe de caprins qui mâchaient des feuilles de papier, des bouts de rapports, peut-être des lettres échangées entre soldats, qui sait, des messages d'amour clandestins, qui sait ? Étalés par terre, les chevreaux ruminaient le Temps en personne. C'était ce que j'avais envie de faire. Me coucher par terre. Comme seules se couchent les bêtes.

Dans la pénombre de la chambre, j'ai à nouveau regardé la photographie et, soudain, celle qui posait là n'était plus Imani. C'était une silhouette de lumière, dont les contours allaient et venaient comme s'ils avaient une pulsation propre. Qui sait, peut-être est-il impossible de photographier qui nous aimons.

37
La mariée ajournée

> Les mariées inventent des histoires ; les vierges cachent des secrets ; les veuves feignent de ne pas se souvenir.
>
> Proverbe de Nkokolani

– On m'a apporté une femme ! Vous trouvez que je manque de femmes ?

À la cour de Mandhlakazi, nommée Indaba, les conseillers rirent. Sans grande envie mais avec force démonstration afin que le roi remarque quel plaisir il leur causait. Aucun des indunas n'avait manqué. Plus que la guerre, le sujet des amours royaux les instiguait. Donc des dizaines d'anciens, de nobles et de chefs militaires s'étaient rassemblés. Celle qui était assise là, à la place d'honneur, c'était Impibekezane, la mère du roi. Et ce fut elle qui m'ordonna de me montrer d'un pas lent. Tandis que je tournoyai pieds nus dans l'enceinte, je sentis les regards des hommes comme des lames couper mes vêtements.

Le Nkosi caressa son ventre comme s'il promenait ses mains sur l'extension de son empire. Pendant qu'il regardait mes pieds il rappela, comme si c'était une blague, les mots de son prédécesseur : Les femmes arrivent plus vite parce qu'elles attirent les lieux de leur destination. Il fut accueilli avec des applaudissements et des rires.

Ngungunyane savait que la plupart des rires étaient forcés, chaque éclat de rire une révérence de fausse soumission. Et Ngungunyane discourut dans une tension croissante :

– À quoi bon avoir des millions de sujets, s'ils ne sont pas fidèles ? À quoi bon posséder des centaines de femmes, si aucune d'elles n'est réellement à nous ? À quoi bon être couronné empereur, si ceux qui te saluent aujourd'hui vénéreront avec une plus grande dévotion ceux qui te renverseront ?

Les nobles de la cour se recroquevillèrent, mal à l'aise. Ils croyaient qu'il n'était question que de choisir une nouvelle vierge. L'empereur haussa le ton, s'enflammant :

– Il n'est pas de pierre que je soulève qui n'ait dessous un scorpion. Il n'est pas d'ombre qui ne cache une autre ombre. Il n'est pas d'attente qui ne soit un piège. Comme j'aimerais dormir, dormir tout entier, les paupières m'enserrant des pieds à la tête. Comme j'aimerais croire qu'il reste encore une nuit claire, sans couteaux ni embuscades.

Un chœur de protestations parcourut la cour. Les oncles plus âgés s'entreregardèrent, soupçonneux. Leur neveu était-il sobre ?

– J'ai perdu le compte de combien de fois je me suis marié et je suis plus seul que jamais, poursuivit le roi dans un enthousiasme croissant. J'ai besoin d'une nouvelle épouse. C'est cette jeune fille ici. Et il me fit signe d'approcher jusqu'à me toucher du bout des doigts. Cette jeune fille n'est pas chaude.

– Comment savez-vous, Nkosi ? Comment savez-vous qu'elle est encore vierge ?

– Je sais d'elle ce que personne d'autre ne sait. Et me faisant signe de m'écarter jusqu'au centre de l'enceinte, il fit entendre son ordre rauque : Dis à ces gens comment tu t'appelles.

– Vuiaze. Je m'appelle Vuiaze.

Un silence sépulcral pesa dans l'Indaba. Les conseillers fixèrent leurs yeux au sol. Et un soupçon qu'une conspiration s'ourdissait là plana. Depuis longtemps les anciens, d'origine zouloue et vanguni, se plaignaient que Ngungunyane perdît le sens du discernement et de la justice. La façon dont il favorisait les représentants des tribus conquises, y compris les détestés Vatxopi et des Valengue, était un exemple de cette imprudence. L'armée de Gaza elle-même était désormais composée pour la plupart d'homme des races dites "faibles". Et voilà qu'une mariée impure, d'une nation adverse, rappelait le nom interdit de Vuiaze ?

Le conseiller et parent Queto, qui avait tant d'ascendant sur le roi, sollicita de la retenue. Et il allégua que moi, Imani Nsambe, n'était pas seulement une épouse de plus.

– Cette jeune fille connaît la langue des Portugais, celle des Vatxopi, celle des Mabuingelas et notre langue. Et elle a la porte ouverte pour pénétrer dans le territoire de nos ennemis.

Et aussitôt, avec vigueur, un autre conseiller opposa :

– La question, mes frères, est comment est-ce qu'elle a appris tout ça ? Et comment peut-on avoir confiance en une femme qui sait autant de choses ?

– Nous connaissons l'histoire de cette fille, elle a été éduquée par un prêtre, défendit Queto. Un de ses frères a lutté à nos côtés, contre ceux de sa race. Je propose que la jeune reste avec nous à l'essai, sous le contrôle d'Impibekezane et loin des appétits de notre roi.

– Je ne sais pas, je ne sais pas. L'opposant questionna encore : Comment pouvons-nous être sûrs que ce ne sont pas les Portugais qui l'ont envoyée pour nous espionner ?

Le risque de m'accepter, tout le monde le savait, était différent. Et il figurait dans le nom que je venais d'annoncer comme étant le mien. Rien de plus grave que de répéter, en pleine crise militaire, ce qui était déjà advenu avec Vuiaze : avec l'empereur qui tombe éperdument amoureux et qui s'éloigne des affaires de la nation des Vanguni.

Ils m'ordonnèrent de me retirer de l'enceinte pour discuter plus librement. Dehors, la bruine tombait et la nuit était froide. La lumière provenant de la grande assemblée se réverbérait sur la rosée. Je m'assis dans l'herbe et regardai mes pieds nus. Où pouvait bien être mon sergent ?

Passé un temps, Impibekezane vint me trouver et s'assit à mes côtés. La lumière des lumignons allumés dans l'Indaba nous éclairait par intermittence.

– Mon fils me fait de la peine, commenta-t-elle. Tous lui obéissent, personne ne lui est loyal. Umundungazi est devenu fou et ceux de son entourage applaudissent sa folie.

– Et qu'ont-ils décidé à mon sujet ?

– Ils t'ont acceptée. Mais non comme épouse.

– Je ne comprends pas.

– Tu es une mariée ajournée. C'est mieux pour toi, tu seras épargnée par la jalousie des autres épouses. Même si tu devras faire d'autres tâches…

– Quelles tâches ?

– Ils veulent t'utiliser comme informatrice.

Ils connaissaient ma relation avec le sergent. Ils étaient au courant par les messagers de la correspondance entre Germano et le lieutenant. Personne de mieux que moi ne pourrait s'infiltrer aussi profondément au cœur de l'armée portugaise. Et la reine mère poursuivit :

– Ils veulent que je m'occupe de toi et te maintienne à l'écart de mon fils. Demain nous partirons pour Sana Benene puis nous resterons quelques jours près de l'hôpital du Suisse.

Un tumulte de voix émergea de l'Indaba : les conseillers étaient exaltés. Ils discutaient de sujets militaires, parlaient de la guerre qui était aux portes de Mandhlakazi. On entendait des imprécations, des menaces de mort, des serments de sang. Mon cas avait été un moment de diversion fugace.

– Ces nuits-là, il ne fait pas bon être une personne, commenta la mère de Ngungunyane en entendant les hyènes au loin. Remarquant que je me recroquevillais devant les voix des bêtes sinistres, la reine affirma : Sois tranquille, il y a plus de hyènes parmi les conseillers réunis là que dans toute cette brousse.

Elle prit la natte la plus proche et adopta un ton plus intime. Elle voulait me conseiller sur les nuits que je viendrais à partager avec son fils. Je crus encore qu'elle allait me faire des recommandations sur ma conduite sexuelle. Mais non. Il s'agissait d'une étrange mise en garde : il y aurait de nombreuses nuits où nous dormirions avec d'autres dans le même lit conjugal. D'autres ? Et elle rit. Le roi souffrait de cauchemars terribles et récurrents. Au cours de ces nuits mouvementées, ses frères assassinés lui apparaissaient.

– Il n'y a pas eu de sang. Ces frères sont morts empoisonnés. Aussi je te conseille, ma fille : fais plus attention en engageant un cuisinier qu'en choisissant un mari.

Nous ne choisissons pas, nous sommes choisies. C'était ce que j'avais envie de dire, mais je renonçai en entendant les cantiques qui venaient de l'Indaba. La réunion touchait à sa fin, bientôt les dignitaires se retireraient. À ce moment-là, aucune femme ne devrait se trouver hors de chez elle. La reine ne semblait pas préoccupée et elle me prit affectueusement par le bras :

– Tu as menti aux conseillers sur ton nom. Maintenant je veux que tu mentes quand tu m'appelleras.

– Je ferai ce que vous m'ordonnerez.

– Oublie mon nom. Apelle-moi Yosio.

Avant de se retrouver veuve, c'était ainsi qu'elle s'appelait : Yosio. À la mort de Muzila, on avait changé son nom. Mes mots, soufflés dans cette confidence, l'avaient transportée dans cet autre temps.

– À cette époque, je n'avais pas seulement un mari. J'avais mes enfants. Et j'avais surtout mon Ngungunyane.

– Vous ne l'avez plus ?

– Personne n'a un enfant, affirma-t-elle.

Mais ce n'étaient pas uniquement les cauchemars qui transformaient Ngungunyane en créature méconnaissable. Il y avait d'autres moments plus violents et personne, pas même elle, n'avait le courage de l'éloigner de ces délires. Et en certaines circonstances l'empereur s'était vraiment déplacé jusqu'à la mer. Que faisait-il dans ces déambulations ? Ngungunyane s'asseyait sur une dune, à une distance prudente des vagues qui se brisaient. Pour les Vanguni, l'océan est un dangereux territoire sans nom. Le roi ordonnait aux archers de s'aligner sur le sable mouillé et de se préparer au lancer. Puis il donnait lui-même l'exemple : il bandait son arc et d'un cri vigoureux décochait la première flèche sur l'océan. La flèche sillonnait les airs comme un oiseau détraqué sans plumes et, en tombant, elle produisait un son creux qui fendait les eaux. Immédiatement, une clameur guerrière embrassait les airs et des centaines d'archers lançaient une pluie de flèches qui obscurcissaient le ciel et saupoudraient l'océan d'écume. Un silence épais s'ensuivait jusqu'à ce que Ngungunyane braille :

– Regardez le sang ! Il saigne déjà, il saigne déjà.

Il choisissait le terme "il" pour ne pas dire son nom. L'océan était interdit jusqu'à son mot. Il salait à jamais les lèvres de qui le nommait. À voix basse, l'empereur de Gaza murmurait :

– Il ne tardera pas à mourir !

Et il s'asseyait dans l'attente que l'océan meure.

L'océan en avait réchappé. Ngungunyane avait survécu. Mais beaucoup de ses fils étaient morts empoisonnés.

– Combien de fois n'ai-je pas dormi dans l'attente qu'on m'apporte la nouvelle, confessa Impibekezane.

Je lui dis que je ne comprenais pas. Elle m'expliqua qu'elle avait pris part à la décision de les empoisonner.

– Laisse-moi parler, se défendit-elle devant mon regard de condamnation absolue. Ne me juge pas avant de m'écouter.

Ces enfants-là allaient mourir de toute manière. Ils auraient fini par perdre la vie au cours d'un carnage lent et prolongé. Ils auraient été criblés de balles, poignardés, dépecés. Mais c'était toujours son sang de mère que la terre buvait. Elle avait vécu cette expérience amère lors des guerres de succession entre son mari Muzila et son beau-frère Mawewe. Des années de haine et de massacres. Elle désirait tout excepté que se répète cette barbarie sans fin et sans discernement. Sa part de culpabilité était mince. Elle aurait préféré que celle-ci fût plus grande. Cependant ce choix s'était fait avant elle, bien au-delà d'elle : ils tueraient toujours ceux de son propre sang. Lui restait la terrible prérogative d'élire qui allait survivre.

– Aussi ne me regarde pas comme ça, conclut-elle sèchement. Demande à tes amis européens comment ont fait leurs rois, demande combien de poison a coulé dans les banquets de leurs palais.

C'était Sanches de Miranda, le Mafambatcheca, qui lui avait raconté. L'histoire des blancs, disait-il, n'était pas plus propre que celle des Africains.

– Demain même, nous irons à Sana Benene, décréta la reine. Tu y vas, ma fille. Tu diras au revoir aux tiens. Puis tu iras chercher tes chaussures.

Cette nuit-là je m'endormis péniblement. Ils me mirent dans une paillote où dormaient quelques-unes desdites petites épouses. En me voyant entrer, elles se rassemblèrent dans un coin. Même dans le noir, je voyais leurs yeux pleins de poison. L'insomnie me poursuivit jusqu'au lever du jour. Aux premiers rayons du matin, j'avais déjà pris la décision d'arracher par la racine mon propre passé. Je faisais face à la même cruelle décision qui avait tant martyrisé la reine Impibekezane. Je devais choisir à l'intérieur de moi qui allait survivre.

38

Huitième lettre du lieutenant Ayres de Ornelas

> La mémoire lointaine d'une patrie
> éternelle mais perdue et nous ignorons
> si c'est dans le passé ou le futur que nous la perdons.
>
> Sophia de Mello Breyner Andresen

Manjacaze, 9 novembre 1895
Cher sergent Germano de Melo,

Voilà quelques jours que j'ai entrepris de rédiger cette lettre. Je l'ai commencée là où je vous ai si souvent écrit : depuis la triste et lugubre Manjacaze. L'endroit est le même. Tout le reste a changé. Je suis revenu à mes fonctions militaires, je suis de retour à moi-même. Je rends grâce au ciel que nous ayons définitivement rompu les discussions que nous avons menées, ici même, avec le roi des Vátuas. Les négociations étaient un leurre, des décisions perpétuellement repoussées. Cet homme voulait la guerre ? Il allait donc l'avoir, et à un degré qu'il n'aurait jamais imaginé. Les combats de Marracuene et de Magul n'ont été que le prélude d'une odyssée qui restera dans les annales de notre histoire.

Mes mérites ont naturellement fini par s'imposer et, comme je vous l'ai déjà dit, j'ai rejoint la conduite de l'offensive militaire qui s'est déroulée à Coolela. Il est dommage, mon cher sergent, que vous soyez aussi loin, à la caserne de Chicomo. Car vous éprouveriez le même orgueil que moi en assistant au défilé de notre puissance guerrière. A surgi d'abord un bataillon avec neuf cents soldats tout juste débarqués d'Europe. Ont suivi plusieurs autres bataillons d'infanterie et d'artillerie. Ils apportaient avec eux dix bouches à feu et deux mitrailleuses. Les munitions d'infanterie s'élevaient à deux millions de cartouches. Dans toute notre Afrique, on n'a jamais vu une parade militaire de cette envergure. Des milliers de Cafres qui nous étaient fidèles (comment savoir qui nous est fidèle dans ces confins ?) assistaient à ce spectacle unique, dont l'apogée fut l'arrivée de l'Escadron de Cavalerie commandé par le fameux Mouzinho de Albuquerque. Il est vrai que les chevaux sont peu nombreux, mal entraînés et efflanqués. Mais l'apparition de nos cavaliers a laissé chez les indigènes une trace d'exaltation indescriptible. Avec un enthousiasme puéril, les Cafres couraient aux côtés des chevaux et même ceux qui étaient déjà adultes ont revêtu des yeux et des rires d'enfant.

Toute cette montagne de matériel guerrier a été transportée il y a deux semaines jusqu'à la lagune de Balele où nous avons dressé un campement provisoire. Ce sera un carnage ! Voilà ce que j'ai pensé en passant en revue tout cet armement.

Mais les armes ne suffisent pas pour initier une bataille. Il nous manquait l'ennemi. Le colonel Galhardo suivait à la lettre l'instruction de Caldas Xavier : l'astuce consistait à prendre l'initiative jusqu'au moment où les adversaires passeraient de la défense à l'attaque. Aux dires de Mouzinho de Albuquerque, Caldas Xavier, en concevant cette tactique, s'est inspiré des arts de la femme séductrice : elle papillonne autour de son prétendant dans l'espoir qu'au dernier moment l'homme prenne les devants. Toujours mordant, toujours impatient, notre Mouzinho de Albuquerque !

La vérité est que, des jours durant, l'ennemi ne s'est pas montré. Et, de nouveau, la sagesse du colonel Galhardo a prévalu : il serait imprudent de quitter cet endroit et de marcher sous la pluie intense qui nous fouettait quotidiennement. Plus qu'une imprudence, ce serait une grave erreur stratégique que d'avancer au milieu des mangroves noyées et truffées d'ennemis. Galhardo avait raison. Mais exécuter cette décision était amer. Encore une fois, nos troupes étaient paralysées, victimes du poids de notre machine de guerre. À mesure que les jours passaient, la magnificence de notre artillerie a cessé de m'enthousiasmer. Nous détenions l'épée et le canon. La légèreté de la sagaie aurait été préférable.

Pour ranimer les esprits, le colonel Galhardo a ordonné à deux colonnes d'avancer sur le territoire ennemi. En apparence seulement, nous contrariions les directives de Caldas Xavier. Car nos pelotons n'ont pas investi de cibles militaires. Nous avons plutôt attaqué et détruit des habitations. Non pas dans l'intention de tuer des civils mais de nous emparer des animaux et de nourriture. Et par cet exercice, nous tempérions notre âme et exaltions notre moral. Puis, par une matinée ensoleillée, nous avons décidé de déplacer nos forces en direction de la lagune de Coolela. Mieux valait affronter l'avancée cauchemardesque de notre lourde machine militaire que de la voir pourrir dans le marigot où nous avions campé. En cette matinée gorgée de soleil, le drapeau lusitanien a flotté sur la lande lumineuse et les clairons ont sonné, défiant les divinités africaines.

Après un jour de marche, nous avons campé au sommet d'une dune avec vue sur la lagune de Maguanhana. Nous avons adopté l'habituelle formation en carré, protégée tout autour par une clôture de fil de fer barbelé.

J'ai été désigné pour procéder à la reconnaissance de la région. Devinez qui a été choisi pour m'accompagner ? Ni plus ni moins que votre ami, le capitaine Santiago Mata. Sous une chaleur suffocante, nous avons avancé à cheval. Quinze minutes ne s'étaient pas écoulées que nous avons aperçu le village d'Impibekezane, la terre natale de la mère de Gungunhane. Conscient de me trouver dans une zone trop exposée, j'ai donné l'ordre de retourner immédiatement au carré. Le capitaine a refusé catégoriquement. Et il m'a affronté avec arrogance : pour lui, cette exploration était insuffisante.

– Qu'est-ce que c'est que ça, lieutenant, nous admirons les vitrines dans le Rossio ?

Ce sont ses mots exacts. Jamais personne auparavant ne m'avait insulté de la sorte. Et je l'ai fait sentir au capitaine. Quand nous sommes rentrés à la base, Santiago s'est excusé, honteux d'avoir été si grossier.

Le lendemain à l'aube, nous n'avons laissé au campement que les impedimenta, les bagages susceptibles de retarder la célérité de la marche. Deux prisonniers capturés sur la route ont confirmé que le régulo était dans sa caserne (que les Vátuas appellent "Kraal") avec un grand contingent militaire. Nous réglions les derniers détails de notre stratégie, après avoir repris nos places dans le corps des troupes préparées au combat, quand une dizaine de soldats auxiliaires ont surgi en courant et en criant que les soldats ennemis se rapprochaient :

– Hi fikile Nyimpi ya Ngungunyane ! hurlaient-ils. Les soldats de Gungunhane sont ici.

Soudain, comme par un coup de baguette magique, les mangas des Vátuas ont surgi par milliers, courant d'un pas court et rapide et lançant à l'unisson des clameurs de furie. Cette multitude était si nombreuse que les reflets de lumière sur les sagaies nous ont momentanément aveuglés. Ces formidables troupes se sont rassemblées en une espèce de demi-lune qui s'étendait sur plus d'un kilomètre. Soudain, nous n'avons plus vu nos auxiliaires. Ils étaient plaqués au sol, terrorisés par la démonstration de force des Vátuas. Et même les soldats de Xiperenyane avaient été engloutis par l'épais capinzal*. Et il n'est plus resté que nous, Européens et Angolais, confinés dans notre formation exiguë en carré. Ce quadrilatère humain était une toile d'araignée prête à affronter un typhon.

Et c'est alors que cette tourbe démoniaque d'énergumènes a marché sur nous comme une gigantesque vague menaçante. Quoique la plupart des Cafres soient munis de lances et de boucliers, une bonne partie d'entre eux empoignaient des fusils que, heureusement pour nous, ils manipulaient de façon chaotique. Des coups de feu et des flèches ont plu sur notre position et il semblait qu'un nuage avait définitivement obscurci le ciel d'Afrique. Quelques instants plus tard, nos bouches à feu ont retenti et les attaquants ont reculé. Ce retrait a duré quelques minutes. Ou des heures, c'est selon. Comment mesurer le temps avec la mort pour seule montre ? Je sais que, dans un élan revigoré, les terribles escadrons, qui se surnomment eux-mêmes les Buffles et les Caïmans, ont à nouveau marché sur nous. Ils ont traversé les zones noyées qui nous entouraient, les pieds charriant tant de boue qu'ils semblaient marcher aussi chaussés que nous. Cette vision a confirmé mes peurs : ceux-là n'étaient pas des guerriers, ils étaient une émanation de la terre elle-même.

Les échanges de feu étaient si intenses et la fumée était telle qu'aucun tireur n'aurait pu viser une cible. Ils tiraient contre des ombres et ce qu'ils apercevaient n'était guère plus que d'autres ombres qui tournoyaient dans le brouillard pour s'enfoncer ensuite dans le sol. Et ainsi, l'espace d'un instant, nos soldats se seront peut-être pensés eux-mêmes comme des brumes voletantes, fumée au milieu des fumées. Et ce que nous appelons courage n'aura été que ce délire temporaire.

La bataille a duré à peine plus d'une demi-heure. Tout comme à Magul, ce sont les mitrailleuses qui ont dicté l'issue de la confrontation. Avec la même exaltation que j'éprouve à l'écoute de mon propre cœur, aujourd'hui encore je me souviens de l'efficacité de ce terrible instrument de guerre moderne qu'est la mitrailleuse, qui, à la cadence de cinq cents tirs par minute, fauche sur-le-champ les soldats ennemis. Les troupes des Vanguni – qui totalisaient environ douze mille guerriers – se sont retirées en débandade.

Nous ne nous sommes pas réjouis immédiatement. Après un moment d'incrédulité, des vivats ont retenti et les chapeaux ont volé. Cette victoire avait été si improbable que nous croyions avoir résolu la guerre tout entière. Et nous avons célébré avec une telle ardeur qu'au début, nous n'avons pas senti le poids de nos pertes.

Au centre de notre carré se trouvait toujours Mouzinho de Albuquerque. Il était là, raide comme une statue. Il se tenait comme il s'était toujours tenu dans tout le combat : immobile, debout, sans chercher d'abri, les balles sifflant près de son corps. À ses pieds gisait son cheval défait en sang.

Passé l'euphorie de la victoire, le moment est arrivé de faire les comptes, une dizaine de soldats blancs étaient morts et les blessés étaient une trentaine. Et alors que tous se rassemblaient en rangs pour un dernier hommage aux soldats tombés, j'ai eu, je l'avoue, un moment de faiblesse. Je me suis éloigné près d'une charrette pour ne pas voir ni être vu. Mais les sons de la cérémonie funèbre improvisée me parvenaient toujours.

Comme il n'y avait pas d'aumônier, c'est le colonel Galhardo en personne, qui commandait cette force, qui a requis une prière. Et c'est alors que, jetant un œil autour de moi, entendant au loin mes camarades saluer les morts, j'ai vu le capitaine Santiago Mata caché sous une charrette. Il se cachait pour des raisons semblables à celles qui auparavant l'avaient fait souiller son pantalon d'uniforme, qui sait.

Je me suis arrêté sur la description de cet épisode car, à ce même instant, je me suis demandé à quel point nous pouvons être sûrs de la fidélité d'un camarade d'armes. Mais il n'y avait pas le temps de se lamenter davantage.

Comme toujours, il fallait nous retirer d'urgence de cette plaine et le colonel Eduardo Galhardo a rapidement donné les instructions pour rentrer à Chicomo.

– Rentrer ? Nous devons plutôt avancer tout de suite sur Manjacaze, a protesté le capitaine Mouzinho.

Mis en cause aussi ouvertement, le colonel n'a pas eu d'autre choix que de s'expliquer : il était inutile d'entacher ce triomphe brillant avec la moindre anicroche qui soit. Savions-nous qui avait commandé les forces de Gungunhane ? Son propre fils Godido et son oncle Queto. Notre exploit à Coolela n'avait pas été qu'une victoire militaire. C'était une humiliation pour le roi de Gaza.

– Tout cela ne suffit pas, mon colonel. On ne gagne pas de guerres avec des humiliations.

– C'est mon dernier mot : nous rentrons à notre caserne. Je ne veux pas de risques.

Mouzinho a marmonné entre ses dents. Galhardo avait peut-être entendu son commentaire final : Je ne sais pas comment on peut commander sans accepter de risques.

39

Un toit s'écroulant sur le monde

> Lorsque tu apprendras à aimer la peur : alors tu seras une bonne épouse.
>
> Dit de la reine Impibekezane

Nous arrivâmes à Sana Benene en fin d'après-midi et nous nous dirigeâmes vers l'église. Nous y trouvâmes le père Rudolfo qui priait devant l'autel. Le père Rudolfo sentit un nuage de poussière tomber sur ses épaules. Il examina les poutres au plafond de l'église et vit des flocons lumineux danser dans l'air comme si une explosion silencieuse avait eu lieu dans les hauteurs. Depuis longtemps, sans qu'il ne l'ait remarqué, les termites avaient corrodé le bois. Confiant dans l'apparence du toit, Rudolfo croyait être sous la protection de l'éternité. À tous ceux qui visitaient l'église, le curé montrait avec fierté la robustesse du toit, par contraste avec la décrépitude des murs et du mobilier. C'est le plafond qui rend sacré un temple.

Cependant, à cette occasion, le toit se mit à s'écrouler. Les planches étaient tellement creuses qu'elles tombèrent sans prévenir, sans bruit, sans poids. Les poutres s'effritaient dans l'air et en atteignant le sol, elles n'avaient plus de substance. Ce fut ainsi que le père Rudolfo survécut. Les colombes fuirent en volant à l'extérieur. Mais les chouettes, devenues folles, aveuglées par la lumière qui perça subitement des larges trous au sommet du bâtiment, virevoltaient autour du prêtre qui se précipita dans la cour extérieure, fermant les portes à la hâte, dans le vain espoir que les oiseaux n'abandonneraient pas le bâtiment. Les vieux perchoirs perdus, les oiseaux iraient chercher de nouveaux endroits où se poser. Trop tard. Les rapaces rôdaient déjà autour d'autres toits en quête de nouveaux abris.

– Des gens vont mourir, soupira Rudolfo.

Mais il n'y avait plus de gens à Sana Benene. Se remettant de sa frayeur, Rudolfo resta assis à regarder l'église décapitée.

Puis il se leva et se rendit au fleuve muni d'un seau. Il avait plu intensément il y avait deux semaines. Et le lit de l'Inharrime avait presque débordé sur les berges. Par précaution, le prêtre évita de passer par l'embarcadère. Les planches pouvaient être pourries comme celles du toit. Agenouillé sur la roche et occupé à collecter de l'eau, Rudolfo Fernandes ne s'aperçut pas que la reine, une petite suite et moi approchions, empruntant le même chemin qu'il venait de fouler.

Étrangement, le prêtre se mit à pleurer dès qu'il me reconnut. Et ce fut en larmes qu'il m'accompagna jusqu'aux habitations. J'imaginai le pire. La reine me fit signe qu'elle m'attendrait à l'orée du fleuve. Dans l'intervalle, son garde du corps achèterait du poisson frais à un improbable pêcheur qui passerait par là.

– Où est Bibliana? demandai-je craintivement dès que nous arrivâmes à l'église.

– Bibliana est partie. Tout le monde est parti. Il n'y a plus de gens à Sana Benene, et il désigna ce qui restait du toit de l'église. Tout est en train de s'effondrer, Imani.

– Où est allée Bibliana?

– Dans le Nord. À l'embouchure du fleuve Save, là où ils ont enterré son frère. Et inutile que tu l'attendes. Elle ne reviendra pas. Puis il demanda: Et qu'est-ce que tu lui voulais donc tant?

– Je veux être noire, mon père.

– Tu es folle?

Je levai la main suggérant poliment mais fermement que c'était à mon tour de parler. Je voulais être initiée à mes traditions. Je voulais renaître dans ma langue, mes croyances. Je voulais être protégée par mes ancêtres, parler avec mes morts, avec ma mère et avec mes frères. J'étais fatiguée d'être différente et d'être regardée avec un mélange de jalousie et de mépris. J'en avais assez d'entendre dire que je parlais portugais "sans accent". Mais ce qui me fatiguait le plus, c'était de n'avoir personne avec qui rire ni pleurer.

– Alors et le sergent? voulut savoir Rudolfo.

– Je ne sais pas, mon père. J'ai peur d'un amour qui me demande tant. Et en plus, je ne sais pas où il est, je ne sais pas si je le reverrai.

J'imaginai sa tristesse infinie: lui aussi pourrait ne plus jamais se retrouver avec Bilbliana. Quand je tentai de le consoler, il réagit avec surprise:

– Tristesse? Je suis soulagé, ma fille.

Je ne comprenais pas, ce n'était pas possible de comprendre. Tout cet amour dévoué, tout ce renoncement de soi, tout cela avait subitement disparu? Voilà ce que je lui demandai. Rudolfo indiqua l'église et dit:

– Ce n'est pas le temps qui a détruit le toit. C'est la guerre.

– Ils ont attaqué l'église?

– C'est une autre guerre. Ce sont les termites. Les maudites bêtes ont leurs soldats. Et tu sais pourquoi ils sont si efficaces, ces soldats? Parce qu'ils sont aveugles. Prie pour que ton fiancé ne soit jamais un véritable soldat.

– Voilà longtemps que je n'ai pas de nouvelles de Germano, mon père. On m'a dit qu'il était à la caserne de Chicomo.

– Tu veux lui écrire un message? Je trouverai un porteur dès demain.

Je ne savais pas quoi répondre. Je venais voir Bibliana, avouai-je. Le prêtre rétorqua:

– Même si elle était là, elle ne serait pas capable de te voir, ma fille.

La prophétesse était tombée malade d'un aveuglement particulier: elle voyait par les yeux des dieux. Et avec une telle conviction que le curé en avait pris peur. Ces jours derniers, des centaines de blessés et de réfugiés de guerre étaient arrivés à Sana Benene. Et c'est de cette manière que la prophétesse avait pris sur elle la mission de réparer le monde. Noirs et blancs, hommes et femmes, esclaves et puissants, tous étaient coupables. Et elle était la justicière choisie par le Dieu des blancs et par les dieux africains. Bibliana déclamait ainsi devant un curé terrorisé, incapable d'imaginer une armée commandée par celle dont il avait pendant des années partagé le lit.

Animée par cette mission, la prophétesse avait quitté Sana Benene. Les eaux de l'Inharrime étaient devenues minces pour laver autant de péchés. Il fallait un fleuve bien plus grand. Son mari et son beau-frère avaient été ensevelis sur les rives de cet autre fleuve. Sur le bord du mythique Save erraient des devins et des prophètes dont les pouvoirs étaient connus au-delà des frontières. C'était le destin de Bibliana. Ce fleuve serait son église.

– Finalement, tu as découvert que tu veux être africaine? interrogea à nouveau Rudolfo, sans cacher maintenant un ton ironique. Et par curiosité, ma fille: qu'est-ce que c'est être africaine?

Je haussai les épaules. Peut-être étais-je seulement triste, peut-être me sentais-je en danger. Cela tombait bien d'avoir sous la main une certitude simple, un signe indélébile de naissance, un toit plus éternel que le firmament. Et une ombre passa sur le sourire du prêtre. Lui aussi avait si souvent rêvé d'être européen et blanc. Maintenant, par exemple, c'était ce qu'il ambitionnait le plus : couper sa tignasse, se raser la barbe et laver sa soutane pour se présenter ensuite à la caserne de Chicomo. On l'accepterait peut-être comme aumônier, qui sait ? Et il célébrerait des messes de camp, prierait pour les infirmes, absoudrait les péchés, administrerait l'extrême-onction. Et il serait complètement ce qu'on ne l'avait jamais laissé être : un prêtre portugais.

– Et maintenant assez parlé, dit-il. Et avant que j'oublie, j'ai quelque chose à te remettre.

De la poche profonde de sa soutane, il prit une feuille de papier pliée.

– Ton père a laissé ça pour toi, annonça-t-il.

– Mon père est venu ici ? Racontez-moi : comment allait-il, où s'est-il rendu ?

Le père Rudolfo rappela alors que, la semaine précédente, mon père avait été retrouvé inconscient, étendu sur l'embarcadère. Voilà quelque temps que Katini Nsambe était porté disparu et tous craignaient qu'il n'eût été dévoré par les bêtes sauvages. Mais il était là exsangue, crasseux et empestant. Il arrivait de son village, Nkokolani. C'était ce fou de Libete qui l'avait emmené puis ramené sur son vieux radeau. Une fois dans l'église et après s'être lavé, Katini avait ouvert une besace d'où étaient tombées de petites planches, coupées de la même taille. C'étaient des touches d'un marimba qu'il se proposait maintenant de construire.

– J'ai arraché ce bois au même arbre auquel ma femme s'est embrassée, avait-il dit.

Ce serait son dernier marimba, le plus parfait qu'il ait jamais fait. Il avait lui-même grimpé au figuier, capturé quelques chauves-souris, il leur avait déchiré les ailes et en avait fait des membranes pour les caisses de résonance. Jour et nuit, l'homme s'était appliqué à la confection des touches, des calebasses, des baguettes.

– Cette mbila* ne sera pas jouée par des personnes, avait-il décrété.

– Et qui va en jouer, alors ?
– C'est la musique toute seule qui va se jouer.
Il avait terminé la construction de son instrument le même jour où Bibliana avait annoncé son départ pour le grand fleuve du Nord. Ce n'était pas une coïncidence. Tous les deux en avaient ainsi convenu. Et ils étaient partis ensemble mais distants comme mari et femme. À destination, ils se répartiraient les tâches comme font les vieux couples. Bibliana parlerait avec les esprits ; Katini jouerait pour les dieux. Les deux, ensemble, guériraient le monde.

Telles étaient les nouvelles de Katini Nsambe. Le prêtre avait parcouru ce bref souvenir en gardant, tendu dans ma direction, le papier que mon père lui avait laissé.
Sur cette feuille qu'il avait volée au cahier de Germano se trouvait, forcée et imparfaite, la calligraphie de mon vieux. Je dus déchiffrer mot à mot son mystérieux message : "J'ai commencé, tu termineras. Il y en a encore deux à crucifier."
Le curé ne posa pas de questions. Il me remit une gourde d'eau pour le voyage.
– Et qu'allez-vous faire, père Rudolfo ? demandai-je.
Il sourit et dit :
– Dans l'immédiat, je me coupe les cheveux et je me rase. Et après on verra bien.
À ce moment-là Impibekezane se joignit à nous. Et elle pria Rudolfo de nous laisser dormir dans le coin cette nuit-là. Et quand je demandai pourquoi nous repoussions notre retour, elle indiqua le ciel qui s'obscurcirait bientôt si ce n'était pas une mer de feu qui dévorait tout l'horizon.

40

Treizième lettre du sergent Germano de Melo

> Ce n'est pas uniquement par fatigue que je me trouve dans cet abattement, blême et inerte. Ce qui m'arrive est un suicide. Un suicide sans personne ni mort.
>
> Extrait de la lettre de Bertha Ryff
> à son mari Georges Liengme

Chicomo, 10 novembre 1895
Votre Excellence Monsieur le Lieutenant Ayres de Ornelas,

J'ai passé la journée à nettoyer l'infirmerie de la suie qui s'obstinait à tout recouvrir d'une nappe noire. Pour les malades alités, ces cendres persistantes étaient un signe néfaste. Et la chaleur suffocante qui se faisait sentir, une preuve de ce que l'enfer s'était installé à Chicomo. Mais je savais que dans cette suie s'écrivait une bonne nouvelle : nos soldats avaient triomphé à Coolela. Après leurs victoires, ils mettaient le feu aux localités voisines. C'est ainsi que nous agissons, c'est ainsi que les autres agissent. C'est Votre Excellence qui me l'a expliqué : il ne s'agit pas d'une célébration, c'est une façon d'inscrire la signature du vainqueur bien au-delà du champ de bataille. Ceux qui vivent loin des fleuves n'apprennent leur existence que lorsque les eaux débordent les rives.

Au moment où je vous écris nos soldats seront rentrés. Le retour sera harassant et lent, de préférence sur des terrains en hauteur, à l'abri des feux qui s'étaient disséminés sans contrôle. J'ignore si Votre Excellence retournera directement à Lourenço Marques ou si elle fera partie de la colonne qui fera escale dans cette caserne. J'espère que cette dernière hypothèse se vérifiera et que nous nous rencontrerons enfin en chair et en os.

J'ai pensé au médecin suisse qui avait quitté la caserne deux jours auparavant. Connaissant les haltes qu'il planifiait de faire en route, il était maintenant sûrement cerné par cette mer de flammes. Il ne lui restait qu'un chemin : celui du bord des fleuves qui, dans cette région, créait un réseau enchevêtré d'affluents. Georges Liengme devrait répéter la prouesse du Christ en marchant sur les eaux de tant de fleuves et de ruisseaux qu'il en perdrait le compte.

Toute la matinée, j'ai attendu avec impatience un courrier apportant des nouvelles de Coolela. Voilà le déroulement : un groupe arrive en avance à la caserne afin de préparer à temps l'arrivée des glorieux combattants. J'ai prié pour que cette fois les charrettes ne soient pas chargées de blessés. Avec mon aide, le docteur Rodrigues Braga a préparé les lits, avec des draps propres. Puis notre médecin a étendu des moustiquaires pour empêcher que les cendres n'envahissent la zone destinée aux interventions chirurgicales.

De fait, à midi des messagers sont arrivés. Mais ils venaient de la part de l'ennemi. Ils étaient une poignée de soldats vátuas amenant ligoté un homme grand et au port altier. L'un des émissaires de Gungunhane a avancé d'un pas et a annoncé :

– Notre roi nous a demandé de vous amener cet homme. Nous le connaissons comme Nwamatibjane, vous l'appelez Zixaxa. Le voici.

C'était le trophée que nous avions traqué pendant des mois. Plus que Gungunhane en personne, ce noir était la cible la plus convoitée par la couronne portugaise. Le régulo Zixaxa avait osé prendre la tête d'une rébellion dans le Sud et commander une attaque contre notre plus importante ville. Des Portugais étaient morts, des Africains étaient morts. Et notre orgueil national et notre prestige auprès des nations civilisées avaient été blessés. Et le fameux rebelle était là, les mains attachées derrière le dos, épuisé et échevelé. Malgré tout, je l'avoue, l'homme conservait la dignité d'un prince. Cette fierté me dérangeait mais elle irritait beaucoup plus ses partisans. Car sitôt les présentations terminées, ils l'ont poussé dans ma direction comme si c'était un sac. En trébuchant, le prisonnier a fini par me heurter et j'ai dû l'accueillir dans mes bras afin qu'on ne tombe pas tous les deux. Alors seulement j'ai remarqué que les Vátuas amenaient deux femmes avec eux. C'étaient les épouses de Zixaxa.

– Et pourquoi les amenez-vous ?

– Pour qu'elles voient leur mari mourir. Et après, elles rentreront chez elles pour témoigner de ce qu'elles ont vu ici.

Ils ont poussé les femmes plus violemment et rien n'a pu éviter qu'elles ne s'étalent par terre. Le Vátua qui dirigeait la délégation a repris la parole :

– Nous avons rempli notre part, a dit l'émissaire, maintenant à vous de remplir la vôtre. Finissez-en immédiatement avec la guerre.

Désormais il était trop tard, ai-je pensé à part moi. La guerre s'était déjà consumée elle-même, restaient des suies voletant dans la savane. Les messagers étaient arrivés trop tard, l'obstination de Gungunhane n'avait que trop duré. Mais je me suis tu devant ces émissaires, me disant qu'il serait de toute utilité d'accueillir et de garder en captivité celui que nous avions tant cherché. La livraison de Zixaxa marquait le désespoir de nos vieux ennemis. Et Gungunhane l'avait fait à l'endroit lui paraissant le plus sûr : dans notre caserne. Le choix du lieu et du moment effaçait l'humiliation d'avoir cédé. Même lorsqu'il ne faisait qu'obéir, il commandait toujours.

Les envoyés de Gungunhane nous ont demandé de détacher Zixaxa. Ils voulaient reprendre les cordes. Oublieux de mes limites, j'ai encore tenté de dénouer ces nœuds très serrés. C'est la sentinelle qui a terminé la tâche. Avant de partir, l'émissaire du roi a regardé le régulo captif être emmené par une escorte de nos soldats. À mi-chemin, le prisonnier s'est retourné et a dit aux Vátuas qui l'avaient amené :

– Dites à votre roi que, finalement, les cieux de Gaza sont pleins d'hirondelles.

Le prisonnier et ses deux femmes furent attachés au mât où, au centre de la caserne, nous avions l'habitude d'attacher les mules. Pendant un temps je suis resté assis là, à fixer seulement le prisonnier, sans échanger un mot avec lui. Il ne pouvait en être autrement : l'homme parlait un portugais plus que rudimentaire. Et moi j'étais un simple amateur dans la langue des Landins. Mais sur le visage de Zixaxa se lisait cette nostalgie d'un royaume lointain, d'une époque de faste et de réjouissance. Et cette nostalgie, je l'avais déjà vue dans les yeux des nôtres.

En fin d'après-midi, les sentinelles m'ont prévenu de l'arrivée d'un nouveau messager. Il arrivait tout seul, épuisé, et semblait ne plus voir. Il était tellement couvert de cendre qu'on ne devinait pas à quelle race il appartenait. Il désirait remettre une lettre au docteur. J'apporte ça pour le dokotela blanc, a-t-il réussi à articuler. Il n'a fait que mouillé ses lèvres dans l'eau qu'on lui a servie. Le restant de la cruche, il l'a utilisé pour se laver le visage et le cou. Puis il a de nouveau disparu dans la brousse.

Peu de temps s'était écoulé et Rodrigues Braga est entré dans ma chambre pour me jeter une enveloppe sur les genoux.

– Cette lettre n'est pas pour moi, elle est pour Georges Liengme.

Il est ressorti comme il était entré.

C'était maintenant une évidence : le médecin blanc auquel le messager se référait était le missionnaire suisse. Mais ce n'était guère plus qu'un petit malentendu au regard de ce qui s'est révélé après : cette lettre avait été rédigée par Berta Ryff, l'épouse de Liengme. L'enveloppe s'est endormie sur mes genoux tandis que le soupçon ne me lâchait pas : pour quel motif cette femme avait-elle utilisé une lettre pour communiquer avec celui avec qui elle vivait ? Et pour quelle raison avait-elle décidé de la remettre si loin ? Je reconnais, Excellence, mon manque de scrupules, mais j'ai été vaincu par la curiosité. Mon intention de vous impliquer dans ce péché véniel vise peut-être à soulager la culpabilité qui pèse sur mes épaules. Mais Votre Excellence reste maître de sa décision comme je l'ai été de la mienne. Si vous ne souhaitez pas espionner les secrets de Bertha Ryff, interrompez ici la lecture de ces lignes. Mais sait-on jamais, je transcris ici la lettre que j'ai traduite moi-même en portugais avec l'aide de Rodrigues Braga.

“Très cher Georges,

Une fois de plus tu m'as invitée à t'accompagner dans l'une de tes fréquentes et longues pérégrinations. J'irais si j'étais un oiseau. Si je pouvais voler au-dessus des marais, des lagunes et des fatigues. Mais je n'ai même plus ni la force ni la santé pour être une femme. Je n'ai pas de bonheur pour être une épouse. Ni d'espoir pour être une mère.

Je procéderai maintenant comme je l'ai fait au cours de toutes mes attentes : je prierai pour que tu ne rentres pas aussi distant qu'à ton départ. C'est moi qui me suis éloignée de moi-même, me dis-tu avec insistance. Les fièvres tierces persistantes m'ont laissée dans cet état d'absence. Mais ce n'est pas de maladie que je perds la raison. C'est de tristesse.

Je suis malade, Georges. Mais c'est de la maladie du vide dont je souffre. Aussi n'est-ce pas d'un médecin dont je manque. C'est d'un amant. Pour cette raison, je t'implore : regarde-moi avec le même égarement dans lequel tu te trouves pour photographier les noires nues. Regarde-moi, Georges. Et tu verras que ce n'est pas un missionnaire que j'attends. Je veille pour un mari qui n'ait pas peur du volcan qui à l'intérieur nous embrase.

On reconnaît en Suisse ta valeur comme missionnaire parmi les populations africaines, combattant sorts et sorcières. Eh bien maintenant, mon Georges chéri, je veux que tu m'ensorcelles. On s'enorgueillit du médecin qui a sauvé tant de vies. Eh bien, je suis morte entre tes mains. Je suis morte chaque fois que tu ne m'as pas aimée. Je suis morte encore plus quand tu as cru me sauver. Et je suis revenue à cette existence sans lumière ni éclat. Ce n'est pas de plus de croyance dont j'ai besoin. C'est de vie. Ta cruauté n'a pas consisté à me faire du mal. Mais à ne rien me faire. C'est de m'avoir laissée sans grandeur, floue, inexistante. Voilà ce que je suis : une simple image à contre-jour. Une photographie qui reste à jamais à révéler."

41
Quatre femmes face à la fin du monde

> Le dernier à rejoindre la file de malades fut un homme à la chevelure épaisse et hirsute ayant des pièces de livres enchâssées dans ses orbites. Mes yeux se sont transformés en argent, expliqua-t-il. Mon beau-frère avait les yeux morts, ajouta l'indigène. Et le dokotela l'a soigné. Mais moi, je ne veux pas qu'il me guérisse. Au contraire : je veux qu'il me laisse ainsi pour toujours. Vous savez, docteur ? On ne m'a jamais regardé avec autant de respect. Si être aveugle ne me fait pas mal. Cela me fait plus mal de n'être personne.
>
> Extrait du journal du sergent Germano de Melo

Impibekezane et moi rentrâmes de Sana Benene, découvrant des galeries de forêt dense parmi la ceinture de feu. À l'arrivée, nous contournâmes largement la localité de Mandhlakazi. De la capitale du royaume restaient des cendres. À la hâte, nous nous dirigeâmes vers l'hôpital du Suisse.

– Ici à l'hôpital, nous sommes en sécurité, dit la reine des Vanguni. Les blancs n'attaquent pas les blancs.

La blanche Bertha, la mulâtresse Elizabete, la reine et moi nous assîmes au sommet de la dune où se dressait l'hôpital. Nous étions quatre femmes à regarder brûler la prairie. Quatre personnes si différentes, assises là dans l'abîme de la fin du monde. Et alors, je pensai : il n'existe pas de paysage extérieur. C'était nous qui brûlions. Les blancs ont dit que l'enfer était un brasier allumé par des démons dans les profondeurs de la terre. Ces enfers affleuraient maintenant à la surface.

– Où peut bien être votre fils, reine ? interrogea Bertha. Où Ngungunyane s'est-il caché ?

– Il est allé à Txaimiti, répondit Impibekezane. Mais pas pour se cacher. Au contraire, il est allé se montrer. Il est allé demander protection à son grand-père défunt Sochangane.

La mère de Ngungunyane corrigea alors ma façon de m'asseoir. Comme ma défunte mère avait fait si souvent, elle m'encouragea à plier les jambes sur la natte. Ensuite, une fois dans la bonne position, elle me sourit et dit :

– Et toi, Imani, tu viens avec moi à Txaimiti, je me moque des conseillers, je te fais tout de suite reine.

Une reine couronnée le jour de la mort du royaume ? C'était la question qu'il me venait à l'esprit de poser. Mais je me retins, en contemplant la vieille monarque avec ses longs colliers de missangas autour du cou, ses anneaux infinis en métal aux chevilles et aux bras. Et je me dis : moins il y a de rêves, plus il y a d'ornements.

Le père Rudolfo avait raison : Bibliana était bien plus reine avec sa suite de loyaux suivants. Et je m'entrevis, déjà vieille, pourrissant sur une natte dans le Kraal du Nkosi. Et je pensai qu'Impibekezane méritait toute ma franchise.

– Ma reine, je dois vous avouer : je ne suis pas ici par ma volonté. C'est un démon à l'intérieur de moi qui m'a forcée à arriver ici.

– Je sais quel est ce démon. Tu veux tuer mon fils ?

– Qui vous l'a dit ?

– Toutes le veulent. Tous le veulent.

Et elle dévoila alors qu'elle avait un plan. Et qu'elle avait tenté une fois de le raconter au sergent Germano de Melo à Sana Benene. Mais le jeune homme s'était évanoui, se vidant de son sang. Une affaire de sorts, certainement. Et elle s'était retirée sans révéler ses secrets. Voici ce qui allait arriver selon elle : les Portugais allaient se retirer sans molester la couronne des Vanguni :

– Après cette bataille de Coolela, ils avaient déjà accepté de se retirer sans maltraiter Ngungunyane. Ils ne le tueraient pas, ils ne l'arrêteraient pas. Parce que, comme je l'ai promis aux blancs, mon fils traversera la frontière du côté du Transvaal. Et là-bas, derrière les grandes montagnes, je promets qu'il ne gênera plus jamais les Portugais.

Son plan me paraissait confus. Mais pour la reine, il faisait sens : elle sauvait son fils des mains des blancs mais surtout des mains des noirs. Son fils avait survécu jusque-là. Mais il ne réchapperait pas à une prochaine confrontation. Et les Portugais n'auraient pas besoin de le vaincre. Car ses propres soldats, morts de faim et de frustration, feraient justice de leurs propres mains.

Ce qu'il fallait à Impibekezane, c'était convaincre le roi de Gaza de ce que les Portugais, après la bataille de Coolela, se retireraient volontairement à Inhambane et Lourenço Marques. Sans la menace des Portugais, Ngungunyane pourrait tranquillement congédier ses troupes. Dispersée par ordre du roi en personne, l'armée des Vanguni serait soulagée du poids de l'humiliation. Et les Portugais n'auraient pas de raison de prolonger le conflit. La reine avait déjà commencé à convaincre son fils. La difficulté résidait dans les généraux qui l'entouraient : la guerre était peut-être risquée mais c'était leur source de richesse. Malgré tout, Impibekezane était confiante. Ce qu'elle ne réussirait pas par la parole, elle le réussirait par le poison.

– Je ne sais pas, ma reine. Comment pouvez-vous être sûre que les blancs vont accepter ce plan ?

– Parce qu'ils l'ont déjà accepté, affirma Impibekezane. J'ai parlé avec eux.

– Et ils ont accepté, savez-vous pourquoi ? argumentai-je. Peut-être parce que cela a toujours été leur plan, de se retirer tout de suite après la bataille de Coolela.

– Tant mieux. Cela veut dire que celui-là est le dernier feu, le dernier enfer.

Bertha Ryff écouta en silence les invites de Impibekezane pour que je sois sa belle-fille. Et elle profita de la présence de la reine pour se faire entendre.

– Réfléchissez bien. On vous donne un trône, on vous ôte la vie.

Ce n'était pas uniquement de la guerre que Ngungunyane devait se libérer. Il y avait d'autres défis. Bertha rappela que deux semaines auparavant l'une des plus récentes femmes de Ngungunyane s'était présentée à cet hôpital. Le roi était allé la chercher dans les montagnes du Swaziland. Des fièvres constantes la tourmentaient depuis qu'elle était arrivée à Mandhlakazi.

– Ce sont les mandikwé, les démons, avait déclaré la jeune vierge.

On l'avait soignée et, la semaine d'après, elle était revenue pour offrir, comme preuve de sa gratitude, un panier avec des œufs. Elle s'était alors adressée au médecin dans les termes suivants :

– Ah, mulungu, tu n'as pas un médicament qui empêche notre roi de boire autant ?

Puisqu'il était vrai que le monarque s'abstenait de comparaître ivre dans ses fonctions officielles, il fallait aussi accepter que, dans sa vie privée, le roi était tellement vaseux qu'il se détournait de ses obligations conjugales.

– Si tu ne réussis pas à guérir mon époux, avait dit la jeune épouse, je préfère que tu me rendes mes anciens démons. Parfois être malade est une manière de moins souffrir.

– Georges a été catégorique dans son diagnostic : l'alcool était en train d'ôter la virilité du roi, insinua Bertha.

– N'écoute pas qui parle ainsi, me pria la reine mère.

Puisque mon destin était d'être l'épouse du roi, argumenta Impibekezane, je devrais réunir les sagesses de l'eau et du feu : contourner les obstacles, embrasser les ennemis pour les consumer par la férocité d'un baiser.

Et la reine dit en txizulu : que je ne prête pas l'oreille à une blanche. Tout compte fait, ne rêvais-je pas de récupérer mon âme noire et africaine ?

Percevant la pression croissante, Bertha m'appela à part et me secoua tandis qu'elle murmurait :

– On te fera peut-être reine. Mais parviendras-tu jamais à être une épouse ? Ou ne seras-tu rien d'autre qu'une esclave ?

Les deux femmes m'avaient fait signe avec les drapeaux de l'avenir. Pour la première fois de ma vie, il m'était donné de choisir un chemin à ma vie. Je ne savais pas choisir. Je ne savais pas qu'il y avait tant à élire dans un simple choix. Dans les deux cas, je devais sortir de ma terre, sortir de ma langue, sortir de moi-même. Fuir avec les Suisses était une façon de me sauver de ma propre vie. M'évader avec un roi pouvait m'ouvrir les portes d'un passé qu'on m'avait nié. Mais il me manquait quelque chose dans ces deux rêveries. Il me manquait Germano.

Ce fut à ce moment-là que Georges Liengme surgit, essoufflé. Une semaine après son départ pour Chicomo, il rentrait sans la mule et sans son compagnon de voyage. En hurlant, il donna des instructions pour qu'on rassemble les affaires et qu'on fuie.

– Ils ont mis le feu à Mandhlakazi. Et maintenant ils sont en route pour brûler la mission.

Sans inquiétude, comme si elle attendait cette éventualité depuis longtemps, Bertha rentra dans la maison chercher ses enfants. En effervescence, son mari s'empressa de récupérer les appareils et les plaques photographiques tandis qu'il dirigeait en criant les opérations. Il informa la reine qu'au pied de la colline, un groupe de soldats vanguni attendait pour l'accompagner à Txaimiti. La mulâtresse Elizabete reçut l'ordre de ramasser les médicaments et de cacher les malades dans la brousse avoisinante. La fille haussa les épaules et, contrastant avec le sentiment qui se vivait là, elle me sourit et murmura :

– Ce n'était pas à moi qu'il parlait, Georges ne s'adresse pas à moi de cette façon.

En un clin d'œil, comme s'il s'agissait d'une scène répétée, quelques domestiques transférèrent les affaires de la maison derrière, où étaient postées deux voitures tirées par des mules. Une des charrettes était déjà toute chargée. Le conducteur dit laconiquement : "Ce sont les choses du roi." Tous les biens des Suisses devraient donc tenir dans l'autre charrette. Le médecin allait et venait, nous exhortant à quitter cet endroit de toute urgence. En me croisant, il me lança le défi :

– Viens avec nous, Imani.

Et il tendit le bras, freinant ma marche. Il me retint un temps comme s'il savait que c'était notre dernière rencontre. Je l'écartai de mon chemin avec une fermeté délicate.

– Je vais aider votre femme, dis-je pour me justifier.

Sans cérémonie, j'entrai chez les Suisses pour surprendre la mulâtresse Elizabete qui sortait de la chambre du couple. Elle portait un manteau en fourrure de Bertha Ryff.

– Tout le monde s'en va, sauf moi. Et Georges va rester avec moi, dit-elle. C'est moi qui suis la véritable épouse de ce blanc. Bertha est une femme vaincue. Sans étincelle. C'est du bois mouillé. Il ne prend pas feu en elle.

Vêtue de cette tenue incongrue, la métisse sortit dans la cour et se montra en tournant comme si elle dansait jusqu'à ce que le manteau tombe, laissant son buste découvert. Mais elle ne fit rien pour y remédier. Elle laissa plutôt s'exposer tout son corps. Et ainsi, dénudée, elle pénétra à nouveau dans la maison. La reine, amusée, applaudit le spectacle. Moi seule remarquai que Bertha Ryff se dirigeait vers la charrette, prenait les plaques photographiques de son mari dans un sac et les jetait au milieu du capinzal. Et je n'oublierai pas la rage avec laquelle elle maudit Elizabete et sa race :

– Maudits mulâtres ! Qu'ils brûlent tous en enfer !

Cette malédiction me fit mal. C'était une douleur physique, une déchirure du corps, un poignard aiguisé par des démons. Je n'avais jamais pensé que les mots puissent autant blesser. Et je croisai les bras sur mon ventre comme si, ainsi, je n'entendrais plus les imprécations de la femme blanche.

42

Quatorzième lettre du sergent Germano de Melo

> Les blancs ignorent que les pierres se plantent. Et qu'elles meurent quand elles sont arrachées sans l'autorisation des divinités. Les blancs les emportent pour construire de grandes villes. Ils les construisent avec des pierres déjà mortes et font ainsi pourrir la terre tout autour. C'est pour cela que les villes empestent.
>
> Bibliana parlant des orpailleurs

Chicomo, 24 décembre 1895
Votre Excellence Monsieur le Lieutenant Ayres de Ornelas,

Je crains que cette lettre ne parvienne jamais entre vos mains. Je l'envoie sans espoir à Lourenço Marques. Il est cependant plus vraisemblable que Votre Excellence ait déjà quitté le Mozambique. Quoi qu'il en soit, j'utilise le cuisinier parti aujourd'hui de Chicomo comme porteur de ce message. Et je fais tout cela car les nouvelles que je vous rapporte ici n'ont aucune commune mesure avec celles que je vous ai fait parvenir jusqu'à aujourd'hui. Je commencerai par vous dire, Excellence, que je regrette que vous ne vous soyez pas trouvé dans la salle des officiers à Chicomo lorsque Mouzinho de Albuquerque a fait appeler le capitaine Sanches de Miranda. Je n'ai pas de mots pour décrire l'éclat qui brûlait dans le regard de Mouzinho de Albuquerque, en contraste avec son flegme militaire. Quand Miranda s'est présenté, Mouzinho a été laconique :

– Je vais de l'avant avec mon plan !

– Maintenant, en plein Noël, gouverneur ?

– Le plus tôt sera le mieux. Et ne m'appelez pas comme ça. Je suis capitaine, rien de plus.

Mouzinho venait d'être nommé gouverneur du district militaire de Gaza. Et quant à l'assaut de la nouvelle caserne de

Gungunhane, il avait réfléchi à tout : pour les Cafres, l'offensive militaire portugaise était à l'arrêt. Le Terreiro do Paço considérait lui aussi l'affaire comme close. Des ordres étaient arrivés de la métropole pour retirer nos soldats.

– Vous voyez au meilleur moment que celui-là ? demanda Albuquerque.

Sanches de Miranda a accueilli avec prudence les instructions audacieuses. Il a voulu savoir ce qu'on ferait de Gungunhane, le tuerait-on, l'emprisonnerait-on ? On verrait bien, a répondu Mouzinho. Miranda tout juste arrivé du poste de Languene, sur la rive nord du Limpopo, avait un autre avis. Il savait que la sympathie de la population autour de Chaimite n'était pas garantie. Mais Mouzinho était désormais bien plus qu'un simple capitaine. Et il avait reçu des informations bien différentes : cinquante-trois chefs de localités s'étaient réfugiés sous le drapeau portugais. Après Coolela, la plupart des régulados avaient juré fidélité. "Ne confondez pas loyauté et peur", a interpellé le capitaine Miranda. Car la cafrerie vivait entre deux terreurs. D'un côté, la crainte de la cruauté de Gungunhane. De l'autre, la frayeur que nous punissions ceux qui n'avaient pas été de notre côté, après notre victoire.

C'est en ces termes, Excellence, que s'est déroulé le dialogue entre les deux officiers. Mouzinho était enthousiasmé par ce qui me terrorisait le plus : Imani se trouvait dans le dernier réduit de Gungunhane. Je l'avais appris par l'un des militaires ayant mis le feu à l'hôpital de Liengme. Selon ce témoin, la reine mère avait forcé Imani à l'accompagner. L'assaut final contre le roi vátua pourrait, par un échange de balles perdues, ôter la vie de la femme qui avait conquis mon cœur.

– Puis-je venir avec vous ? ai-je demandé timidement.

– Et qui es-tu ? a interrogé Mouzinho.

Sanches de Miranda s'est précipité. Il savait qui j'étais et quelle assistance je prêtais à l'infirmerie depuis un mois. En l'absence du docteur Braga, le mieux serait que je reste à la caserne jusqu'au retour de l'expédition. Rodrigues Braga rentrerait le lendemain et assumerait le commandement du poste.

Et les deux capitaines se sont disputés à coups d'arguments, maintenant sur un ton plus grave. Pour Miranda, cette opération ne serait qu'une hardiesse très périlleuse. Mais rien ne brisait la confiance d'Albuquerque. Gungunhane ne s'y attendrait pas. Il venait de nous livrer Zixaxa et croyait donc être tombé dans nos bonnes grâces. À la fin de l'altercation, Miranda a demandé si le commandement à Lourenço Marques était informé de cette opération. Et ici, Excellence, cela vaut la peine de reproduire textuellement la réponse de Mouzinho :

– Commandement ? Lourenço Marques ? Je ne connais ni l'un ni l'autre.

Quand Mouzinho s'est éloigné, le capitaine Miranda a commenté pour moi :

– Ce type est fou : cinquante soldats à pied sous ces pluies vont s'embourber dans l'enfer. Ce sera un suicide collectif.

– J'irai à votre place, me suis-je proposé, en le voyant ranger son havresac.

Sanches de Miranda a soupiré et a ri.

– C'est moi qui dois y aller, a-t-il réagi. Et la principale raison est bien triste. C'est moi qui dois y aller car je serai pris pour un autre.

Les indigènes croyaient qu'il était le Mafambatcheca. À cause de ce malentendu, les noirs accueillaient nos troupes avec la plus grande des hospitalités dès qu'elles étaient dirigées par Miranda…

Le peloton aventureux venait de dépasser la porte d'armes de la caserne et le capitaine Miranda, comme assailli par une soudaine urgence, a fait marche arrière pour me communiquer sur un ton presque désespéré :

– Tu veux vraiment être utile ? Eh bien, envoie immédiatement un message à Lourenço Marques. Préviens-les de la tragédie qui va avoir lieu.

Et il a rejoint le groupe qui s'éloignait déjà dans la brousse. Encore sous le coup de cet ordre étrange, j'ai assisté depuis la palissade de la caserne au départ des troupes. Il restait trois jours avant Noël et il pleuvait tellement que ces Portugais semblaient des caravelles traversant un océan. Sur le quai, je voyais les voiles affronter les vagues. Cette vision était peut-être épique. Mais elle était affligeante : les hommes tenaient à peine sur leurs jambes, les mules décharnées n'avaient plus la force de tirer les charrettes. Ce n'était pas un peloton en marche. C'était une procession de malades en route vers leur dernière demeure. Le regard don quichottesque avec lequel Mouzinho de Albuquerque, avec un port divin, marchait en tête, contrastait avec ce triste décor.

Puis je suis retourné à mes affaires. Il n'y en avait qu'une et elle me dilacérait la conscience : l'ordre terrible de Sanches de Miranda. Comme j'aurais aimé que vous soyez là, mon lieutenant.

Car, à ce moment-là, j'avais en charge une arme à double tranchant. En obéissant au capitaine, je désobéissais au gouverneur. En envoyant le message, je pouvais prévenir un désastre d'ampleur nationale. Dans le cas contraire, je pouvais empêcher la capture finale de notre plus puissant ennemi. Et puis restait la question pratique : comment faire parvenir rapidement le message à Lourenço Marques ? Je me suis alors rappelé que, parmi les malades de l'infirmerie, il y avait un télégraphiste. C'est lui qui, en appui sur mes bras, a fait suivre le message. Il était tellement faible que j'ai dû tenir ses doigts sur les touches. Le malheureux soldat oubliait de temps en temps le code morse. Puis, dans un dernier éclat, son visage s'éclairait et l'homme frappait de nouveau la touche et ce tapotement agaçant était pour moi la plus savoureuse musique.

Une fois dans ma chambre, j'ai repensé au choix de António Enes comme destinataire du télégramme. J'étais conscient qu'à ce moment-là le Commissaire Royal était déjà reparti pour Lisbonne. Mais je me suis dit que quelqu'un au commandement de Lourenço Marques retransmettrait le message à Lisbonne. Telle était ma conviction. Tel était mon pari. Cependant cet espoir achoppait sur la muraille de la réalité. Et mon lieutenant sait de quoi je parle. Il règne dans notre commandement militaire l'idée selon laquelle, après la bataille de Coolela, Gungunhane est définitivement vaincu, sa caserne détruite et son armée mise en déroute.

Votre Excellence, ainsi que tous les membres de notre état-major, est peut-être déjà rentrée à Lisbonne, qui sait ? Pour vous aussi la guerre est peut-être terminée. Gungunhane peut bien errer sur ses terres sans s'être rendu. À l'exception de Mouzinho, nul n'est pressé de le capturer.

Le jour suivant, un message a fait vibrer notre télégraphe. Le même malade, encore plus affaibli, a transcrit lettre par lettre ce que, de l'autre côté du monde, une main anonyme dictait. Enfin le message était calligraphié. Le messager a hésité puis, embarrassé, il a fini par me passer la transcription. Il a dit que ce n'était qu'un résumé d'un texte excessivement long. Les lignes étaient succinctes mais elles ont provoqué en moi l'effet d'un séisme. Voici ce qui était écrit :

"Capitaine Mouzinho,

Abandonnez la mission et retournez immédiatement avec les troupes à Chicomo !

Signé : le Gouverneur Général Provisoire."

En un éclair ma décision était prise. J'ai préparé une besace et j'ai demandé au cuisinier de la caserne qu'on descende rapidement vers le sud. Il fallait freiner Mouzinho. Le cuisinier a résisté. Je commandais peut-être la caserne. Mais il n'avait pas d'ordres à recevoir de moi. Je lui ai promis de l'argent pour un montant dont je ne disposais pas. Et il m'a alors accompagné.

Le noir, qui était petit et bien portant, portait un havresac sur le dos avec des vivres et de l'eau. On voyait toujours la caserne quand il a déclaré :

– Langa.

– Je ne comprends pas.

– C'est mon nom. Ne me traitez plus de cuisinier.

Et le nouveau-né Langa, le cuisinier, m'a conduit d'un pas vif. Et il s'est aussitôt révélé un compagnon de voyage indispensable. Sachant en effet que j'étais porteur d'un précieux papier, il m'a suggéré de l'ôter de ma poche. La sueur est jalouse de l'encre, a-t-il dit avec humour. Il venait de Lourenço Marques et servait dans notre armée depuis plus d'une dizaine d'années. Malgré sa carrure imposante, Langa était capable d'un pas rapide et c'est ainsi que, sans ralentir la marche, il m'a suggéré de ne jamais dédaigner les cuisiniers. Le grand général des troupes de Gungunhane était Maguiguana, un ancien cuisinier de la cour de Muzila.

À un certain moment, nous avons croisé un groupe de femmes. Elles ont confirmé que les soldats portugais étaient passés par là. À ce même endroit, la colonne avait été arrêtée par un groupe de Vátuas aux têtes couronnées. Elles nous ont raconté qu'en voyant Mouzinho, ils s'étaient allongés sur le sol et avaient salué :

– Bayete, Nkosi !

Ils avaient parlé avec l'aide d'un interprète portugais de race noire. Ils avaient déclaré qu'ils venaient se joindre aux troupes portugaises.

– Nous voulons voir Umundagazi vaincu, ce vautour aveugle, voilà ce qu'avaient dit les Cafres.

Les Portugais avaient hésité à accepter cette aide.

– Vous pouvez venir avec nous, mais sans armes à feu, aurait déclaré Mouzinho.

Et ils étaient tous partis, les Cafres et les blancs, en direction du sud. Et ils seraient maintenant environ deux mille soldats auxiliaires à marcher sur la plaine de Magunhana.

Une heure après, nous sommes arrivés à la cantina des Banians assis à la porte sous le soleil matinal sur les marches en bois de la boutique. Le commerce des boissons était aux mains de ces Indiens.

Les Indiens ont confirmé que les troupes de Mouzinho avaient fait halte dans cette boutique pour se réapprovisionner. Sur cette même véranda, ils avaient reçu deux envoyés de Gungunhane, qui venaient offrir trois énormes défenses d'ivoire et six livres pour la femme du Mafambatcheca, le nom sous lequel les indigènes connaissaient le capitaine Sanches de Miranda. Je n'ai pu, Excellence, m'empêcher de sourire en pensant comment Miranda avait dû s'amuser de cette équivoque. Les Banians connaissaient bien la langue locale et ils avaient accompagné toute la négociation. Et ils nous ont raconté que, par l'intermédiaire de ses messagers, Gungunhane demandait à Mouzinho de Albuquerque de l'attendre sur la rive du fleuve. Là, ils discuteraient de la Paix dont manquait tant le sud du Mozambique. D'après eux, Mouzinho n'avait pas accepté la proposition.

Nous avons décidé de dormir dans cet établissement. Les commerçants ont mis la boutique à notre disposition après avoir étalé par terre des tissus pour amortir notre corps. L'odeur des épices chassait peut-être les moustiques mais elle était si intense qu'elle nous ôtait le sommeil. Dehors la nuit était épaisse comme un drap liquide, tant la pluie était dense. J'ai béni cette averse car elle retarderait la marche de ceux que nous poursuivions.

Avant même les premiers signes de l'aurore, nous nous sommes mis en route. Ce jour-là, les nuages ont couvert le soleil. L'aisance du cuisinier Langa me fut très utile dans ce territoire illisible, en effet la forêt où nous marchions était si sombre que nos bras discernaient davantage que nos yeux. Sitôt débouchés sur un terrain dégagé, nous sommes tombés sur deux soldats portugais qui marchaient péniblement. Ils étaient accompagnés de quelques noirs. Les blancs m'ont reconnu. Ils faisaient partie des troupes de Mouzinho mais ils étaient tombés si gravement malades qu'ils retournaient à la caserne de Chicomo. Quand j'ai annoncé mon intention, ils ont ri : Arrêter Mouzinho ? Plus facile d'arrêter le vent ! Les troupes que nous poursuivions avaient maintenant une avance d'une demi-douzaine de milles. Les malades se souvenaient du dernier endroit qu'ils avaient atteint, une lagune du nom de Motacane. Les Portugais étaient morts de soif et la lagune était étendue et profonde. Pourtant dès qu'ils avaient vu cette nappe liquide, les soldats auxiliaires noirs avaient couru par centaines se baigner. Ils se lavaient et buvaient en même temps, remuant la vase et transformant l'eau en un liquide visqueux et nauséabond. Assoiffés, les Portugais avaient maudit les noirs et leur manque de manières. Préoccupé par la santé du capitaine Sanches de Miranda, Mouzinho de Albuquerque avait encore eu l'idée d'évacuer aussi son compagnon d'armes à Chicomo. Depuis qu'il avait quitté la caserne, Miranda souffrait de fortes fièvres et vomissait tellement que ses yeux se racornissaient comme deux pierres sombres. Mais le capitaine souffrant s'était refusé à rentrer. Même contrarié, il irait jusqu'au bout de cette folle odyssée. Non pour ce qu'il pourrait faire, mais pour ce qu'il pourrait éviter.

Les nouvelles n'étaient pas si mauvaises. C'est ce que j'ai pensé. Tout retard dans la marche de Mouzinho était pour moi un baume. Peut-être suis-je pessimiste par nature mais à tout instant je voyais le corps d'Imani criblé de balles. Parfois c'étaient des balles perdues. D'autres fois le massacre était volontaire et visait toute la famille royale. Ma bien-aimée tombait, confondue avec l'une des femmes de l'empereur.

43
Tout ce qui tient dans un ventre

> Voici la recette que je vous donne. Prenez les jeunes, tout juste sortis de l'enfance. Volez-leur leurs noms, retirez-les de leurs terres et de leurs familles, asséchez-leur leur âme : vos soldats conquerront des empires.
>
> Ngungunyane, cité par Bertha Ryff

Les Portugais l'appelaient Chaimite. Peu importe la rigueur du nom : Txaimiti n'était pas un endroit où l'on s'attendait à trouver un roi. C'était peut-être l'intention de Ngungunyane : que nul ne devine son nouveau refuge. Celui qui fuit ne souhaite pas uniquement quitter un endroit. Il souhaite qu'il n'y ait plus d'endroits. Et le roi des Vanguni souhaitait être auprès de ceux qui étaient déjà morts. Son Manikusse était enseveli là. Celle-ci était une terre sacrée. Il n'aurait pu choisir meilleure protection.

C'était à Txaimiti que la reine et moi arrivions après avoir traversé la plaine de Mandhlakazi en flammes. Loin, par-delà le rideau de fumée, était l'hôpital du Suisse. Pour atteindre les habitations où se trouvait l'empereur, il fallait traverser une clôture circulaire composée de pieux en bois et de branches épineuses. La seule façon de faire était par une entrée qui avait moins d'un mètre de hauteur et autant de largeur. Ce fut en rampant comme des bêtes que la reine mère et moi entrâmes dans une cour spacieuse entourée d'une dizaine de cases en argile et en chaume. Ces habitations des Vanguni étaient connues comme les xigodjo. À peine arrivées de notre voyage mouvementé, nous nous présentâmes là aussitôt sans bain ni repos. Au centre de l'enceinte étaient assises les reines que le roi avait choisies pour l'accompagner dans cette cérémonie. Assises, toutes les sept, éternellement assises, les reines sans trône. Soudain, d'une ombre latérale se leva une autre femme que j'identifiai sur-le-champ mais dont le nom s'emmêla à mon étonnement :

– Bibliane! appelai-je.

Je me précipitai pour tomber dans ses bras quand, d'un simple geste, la faiseuse de miracles de Sana Benene me suggéra de garder de la retenue et de la distance.

– C'est moi qui l'ai fait appeler, affirma Impibekezane. Et elle expliqua: Bibliana était de la nation des Vandau. La reine elle-même appartenait à ces gens. Les deux rois qui avaient précédé Ngungunyane avaient installé leur capitale dans cette autre nation. Il manquait quelqu'un pour parler aux puissants esprits de cet autre côté du fleuve. Voilà le motif de la présence de Bibliana. Txaimiti était un endroit sacré. Et un tel endroit ne s'ouvre qu'avec la bénédiction de prêtres puissants.

Rapidement il se fit noir. Nous dormîmes à la belle étoile, faute de place à l'intérieur des cases. Quand bien même y en aurait-il eu, je me sentais plus protégée loin de ces murs. Je cherchai un coin, à l'écart de tous. À l'écart de toutes surtout. C'était ainsi, à la belle étoile, que depuis des mois la plupart des gens de Gaza dormaient. Les maisons n'étaient vivantes que pendant la journée. La nuit, elles s'éteignaient comme une nouvelle lune.

Au milieu de la nuit, emmitouflée dans un pardessus noir, Bibliana surgit. Elle ressemblait à une créature émanée de la nuit elle-même. Elle s'allongea à mes côtés et ordonna de parler à voix basse.

– Mon père? demandai-je, anxieuse.

– Il est resté là-bas, je suis venue seule. Mais il va bien.

– Il parle de moi?

– Il t'envoie un message. Il souhaite seulement que tu n'oublies pas ce que tu as promis.

– J'aurais dû partir avec les Suisses.

– Tu partiras avec les Portugais.

– Je ne crois pas à vos prophéties.

– Ce n'est pas une prophétie. C'est une négociation. Et ce n'est pas moi qui l'ai faite. C'est la reine. Elle a négocié avec les Portugais. Et tu partiras avec eux.

– Je n'y crois pas.

– Eh bien, crois-le. Impibekezane a envoyé cette nuit un messager à la rencontre de Mafambatcheca.

– Cet homme est mort depuis longtemps.

– Celui que tu dis mort entrera demain même en uniforme dans cette enceinte.

Un doigt sur les lèvres était sa façon de me faire taire. Que j'écoute, en silence, ses recommandations importantes. Le lendemain matin, je devrais m'asseoir près d'elle mais pas trop. Une guerre d'esprits allait se produire à cet endroit. Il était inutile de convoquer des jalousies. Pour cette raison, je devrais me tenir à l'écart des reines. À un moment donné, Impibekezane me ferait appeler. Je me présenterais pieds nus, tellement pieds nus que mes pieds eux-mêmes sembleraient me faire défaut.

– C'est comme ça que c'est arrangé, conclut Bibliana.

Et nous nous tûmes, englouties par le noir. Alors que je l'imaginais déjà endormie, la faiseuse de miracles dit à nouveau :

– Ce sera un garçon. Et elle fit une pause. Cet enfant que tu portes dans ton ventre est un garçon.

Alors les mains de Bibliana caressèrent mon ventre. Je restai de pierre, entièrement de pierre excepté l'eau qui mouillait mon visage. J'étais enceinte. Et j'aimais déjà cette créature qui se nichait dans mon corps. Je l'aimais plus que Germano, qui ignorait qu'il était en passe d'être père. Je l'aimais plus que moi-même.

Un sentiment profond me divisait : une partie de moi voulait cacher cette grossesse. Une autre partie priait pour que mon ventre soit remarqué. Et plus que remarqué, célébré. À la veille d'être mère, j'avais besoin plus que jamais d'être fille. Et une présence maternelle était là qui me réconfortait. Une mère qui était mienne par emprunt me berçait avec son bras simplement posé sur mon épaule.

Cette nuit-là, je fus de nouveau visitée par le rêve de l'accouchement des armes. Cette fois, le sergent Germano était debout aux côtés de la sage-femme. Il attendait l'arrivée de son fils dans une posture militaire. Après le dernier spasme, une sagaie émergea de mon ventre. C'était une jolie sagaie au manche décoré de missangas noires et rouges. Déçu, le sergent recula d'un pas et s'exprima ainsi :

– J'avais demandé une épée. Une épée, Imani. Et maintenant, que vais-je dire à mes supérieurs ? Que vais-je dire à ma mère ?

La souffrance de ne pas avoir répondu aux attentes de Germano se superposait aux douleurs de l'accouchement.

– Pardonnez-moi, Germano, regrettai-je, mais c'est notre fille, la sagaie, prenez-la dans vos bras.

Le Portugais contempla avec réserve la nouvelle-née, l'hésitation dansant dans ses yeux, et il finit par avouer :

– Je ne peux pas. Pardonne-moi, Imani, ce n'est pas ma fille.

À l'aube, je me réveillai trempée au milieu du cacimbo*. Bibliana s'était déjà levée. À sa place était assise la reine mère qui me salua d'un chuchotement. Puis, sur un ton monocorde, elle me rassura sur ce qui se déroulerait ce matin-là. Je pouvais être tranquille. Parce qu'elle connaissait celui qui commandait ce groupe de soldats portugais. Cet homme avait deux noms et deux vies. Les Portugais l'appelaient Diocleciano das Neves. Les noirs l'appelaient Mafambatcheca. Diocleciano était mort quelques années auparavant. Mais Mafambatcheca continuait de marcher et de sourire à travers la savane. Et il continuait d'être un bon blanc, un vieil ami de la famille. Dès qu'il entrerait dans le xigodjo et tomberait sur elle, le Portugais la saluerait avec amitié, embrasserait son fils et jouerait avec son petit-fils Godido.

– Nous avons été absentes ces jours-ci, comment savez-vous que c'est cet homme qui commande les soldats ? demandai-je, craintivement.

– Quelqu'un m'a dit l'avoir vu marcher près de la lagune.

– Mais, ma reine, douze ans sont passés. Ne serait-ce pas son fils ?

Il n'y avait pas de doute pour Impibekezane.

– C'est vraiment lui, assura la vieille dame. Chez toutes les races, il y a ceux qui meurent et qui reviennent. Chez les blancs, il y en a aussi. Ça a commencé avec le Christ.

– Viens avec moi, je vais traiter Ngungunyane, me dit Bibliana. Il faisait sombre et, sans attendre ma réaction, elle partit et, même de dos, elle désigna un petit feu qui tremblotait à l'un des recoins de l'auvent. Je m'assis là, ensommeillée, pensant aux paroles de la devineresse. Elle avait dit qu'elle allait traiter Ngungunyane. Elle n'avait pas dit qu'elle allait s'occuper de Ngungunyane.

Bibliana ramena bientôt avec elle l'empereur, devenu fou sous les regrets prématurés de son propre empire. Enveloppé dans une couverture, le roi arpenta le centre du terrain avec des pas de prisonnier, comme s'il redoutait un abîme soudain dans le noir. Ngungunyane s'immobilisa devant les flammes, ses pieds nus dangereusement proches du feu. La femme le tira un peu en arrière et lui murmura en secret à l'oreille :

– Regarde bien les flammes.

– Là où les autres voient des flammes, je vois seulement des ombres.

– Je sais de quoi tu as peur, dit la femme. Celui qui regarde le feu voit la mer.

– Cette nuit, j'ai rêvé de la mer. Tu sais ce que ça veut dire ? Que ma fin est proche.

Et alors Bibliana vida un petit récipient d'eau sur les pieds de l'empereur.

– La mer peut être une prison, affirma la devineresse. Mais ça peut être ta forteresse, une forteresse qui te protège plus que n'importe quel xigodjo. Ce ne sont plus les autres qui veulent le plus te tuer. Ce sont les tiens, Nkosi. Protège-toi des tiens.

Et elle versa les dernières gouttes sur les jambes de l'Umundungazi tandis qu'elle disait :

– Cette eau vient de la mer. Et maintenant je vais rentrer chez moi, déclara enfin Bibliana. Elle parla plus fort pour que je l'entende. Je voulus m'approcher et elle tendit le bras : Il n'y a pas de séparation, je ne sortirai pas de toi.

Le soleil venait juste de se lever et moi, comme on m'en avait instruit, j'occupais déjà une place discrète dans une cour de sable, devant la case où se cachait Ngungunyane. Je m'assis en tournant le dos à Bibliana. Et j'imitai ce que les autres femmes faisaient : silencieuse, les yeux au sol, j'attendis le Temps. Les dignitaires étaient assis en bordure de cette cour. Ils occupaient des chaises voyantes et se servaient des traditionnelles queues de gnou pour chasser paresseusement les mouches dolentes. Tout cela se passait sous la protection de larges parasols que des jeunes tenaient des heures d'affilée.

On attendait l'arrivée des indunas Zaba et Sukanaka, envoyés par Ngungunyane pour essayer de freiner l'avancée des Portugais. Ils avaient emporté avec eux six cents livres et des défenses d'ivoire. Avec ces atouts, ils tenteraient d'acheter l'abandon des assaillants.

Ces émissaires ne tardèrent pas à revenir à Txaimiti. Ils se présentèrent à l'entrée du clos et secouèrent la tête. Manhune, le conseiller principal de la cour, fit alors partir une nouvelle délégation. Et les mêmes indunas s'en furent, avec cette fois Godido à leur tête, le fils préféré du roi. Nouvelle attente, la même chaleur, les mêmes regards de travers des reines. L'une d'elles se leva pour distribuer de l'eau aux présents. Moi seule fus exclue de cette sympathie. Ce fut Impibekezane qui, d'un seul geste, fit rectifier cette omission.

Une heure plus tard Godido revint. Il avait apporté aux Portugais une nouvelle offre : le même montant en argent et en ivoire, augmenté de soixante-trois bœufs et de dix femmes de Zixaxa. Une fois de plus, la proposition avait été refusée. C'était le dernier va-tout. Maintenant il ne restait plus qu'à attendre l'invasion.

Sur un silence de mauvais augure, la voix puissante de Impibekezane se fit entendre. Elle parlait comme si, le lendemain, le monde n'existerait plus :

– Personne ne tire, personne ne proteste. Il n'y aura pas de sang. C'est Muzila qui m'a parlé cette nuit.

Et on entendit alors les premiers signes de l'arrivée des Portugais. Ils étaient là à la porte du xigodjo. Je détournai le visage sans avoir le courage d'affronter la réalité. Et je vis la stupeur sur celui de la reine mère. Celui qui défonçait la palissade n'était pas le tant attendu Mafambatcheca. Ni lui ni Diocleciano, son jumeau obstinément décédé. Celui qui pénétrait furieusement dans l'enceinte sacrée était un autre militaire portugais, halluciné et hurlant. D'autres blancs entrèrent et on ne distinguait pas le Mafambatcheca. Nous apprîmes plus tard qu'on avait épargné au capitaine, gravement malade, l'assaut final. Il reposait à une centaine de mètres de la localité.

La reine mère se sentit perdue. Tout ce qu'elle tenait pour sûr s'était effondré. Et ce blanc qui se présentait là en criant "Gungunhane ! Gungunhane !" affichait sur son visage toutes les intentions sauf celle d'une conversation amène. C'était la fin.

Et ce fut alors que la grande dame, en pleurs, se jeta aux pieds du militaire portugais. Elle implorait que fût épargnée la vie de son fils et de son petit-fils Godido. Inversement, je suppliais secrètement que cette épée descendît sur l'empereur et que ces mains blanches vengeassent mes frères noirs. Mais les pleurs de la mère furent plus forts que mon appel à Dieu.

44
Quinzième lettre du sergent Germano de Melo

[...] J'interpellai Gungunhane en criant au milieu d'un silence absolu, prêt à mettre le feu à la paillote, s'il tardait, lorsque je vis en sortir le régulo vátua que les lieutenants Miranda et Couto reconnurent aussitôt pour l'avoir vu plus d'une fois à Manjacaze. On ne saurait avoir idée de l'arrogance avec laquelle il répondit aux premières questions que je lui posai. Je lui fis attacher les mains derrière le dos par un des soldats nègres et lui dis de s'asseoir. Il me demanda où, et comme je lui indiquai le sol, il me répondit avec beaucoup de hauteur qu'il était sale. Je le contraignis alors à s'asseoir sur le sol de force (chose qu'il ne faisait jamais), en lui disant qu'il n'était plus le roi des Mangunis mais un matonga comme n'importe quel autre. Je demandai au régulo où se trouvaient Quêto, Manhune, Molungo et Maguiguana. Il me montra Quêto et Manhune qui étaient auprès de lui et dit que les deux autres n'étaient pas là. Je blâmai Manhune (qui était l'âme damnée des Portugais) d'avoir toujours été l'ennemi des Portugais, à quoi il ne fit que répondre qu'il savait qu'il devait mourir. Je le fis alors attacher à un poteau de la palissade et il fut fusillé par trois blancs. Il n'est pas possible de mourir avec davantage de sang-froid, de fierté et de véritable héroïsme; il ne fit que dire en souriant qu'il valait mieux le détacher afin qu'il pût tomber lorsqu'on lui tirerait dessus. Ensuite, ce fut au tour de Quêto. [...] Il avait été le seul frère de Muzzilla à vouloir la guerre contre nous et le seul à participer à la bataille de Coollela. [...] Je le fis attacher également et fusiller.

Joaquim Mouzinho de Albuquerque, extrait du rapport présenté au conseiller Correia e Lança, gouverneur provisoire de la Province du Mozambique, par le gouverneur militaire de Gaza, 1896

Chaimite, 28 décembre 1895
Votre Excellence Monsieur le Lieutenant Ayres de Ornelas,

Avertissement

Ainsi ce n'est plus pour vous que j'écris. Je ne maintiens que pour moi seul le labeur d'écrire. Ces pages ne seront jamais des lettres. Malgré tout, j'écris comme si demain Votre Excellence viendrait à lire ces lignes confuses. Considérez-les comme un journal de mes tribulations en Afrique. Considérez-les comme une partie de moi.

Je suis arrivé à Chaimite mais on m'a empêché d'entrer là où je voulais: une multitude de plus deux mille personnes entouraient le nouveau xigodjo de Gungunhane. Votre Excellence sait certainement que xigodjo est le nom que les indigènes donnent aux forts royaux. Malgré son nombre, la foule gardait un silence quasi religieux. À la vue de tant de personnes, le cuisinier Langa a déclaré, pressé: Allez-y, moi je reste par ici. Et il s'est abrité à l'ombre d'un figuier africain, à quelque cinquante mètres de la foule. Je l'ai suivi, essayant de l'en dissuader. J'avais toujours besoin de son aide, non plus comme guide mais comme traducteur. Soudain, sous cette même ombre, je suis tombé sur le capitaine Sanches de Miranda. Il était allongé sur une natte, pâle comme un mort. Deux soldats lui tenaient compagnie et ils m'ont expliqué que le capitaine était si faible et si déshydraté qu'il souffrait d'évanouissements continus. À ce moment précis, il semblait réveillé et moi, sans le saluer, j'ai pris dans le havresac la feuille avec les instructions reçues du gouverneur général. Lisez, capitaine, lisez, et j'ai agité le papier. Mais Sanches ne voyait ni lettres, ni papier, ni qui que ce soit.

J'ai entendu la foule exploser en délire, les guerriers frapper avec leurs boucliers sur le sol. Un groupe de femme nous a croisés en criant:

– Gungunhane s'est assis à terre! Les Portugais le tiennent attaché.

Et des groupes de gens sont passés, chantant en chœur:

– Vautour, vautour, va-t'en, vautour. Plus jamais tu n'attaqueras nos poules.

J'ai cherché le cuisinier mais il avait déjà disparu. Je me suis levé, décidé: je me frayerais un chemin au milieu des noirs, peu importe leur nombre, peu importe le temps que cela prendrait. Je me suis faufilé au milieu des imprécations et des bousculades, mais après des instants critiques la palissade du xigodjo n'était toujours pas visible. Et soudain j'ai entendu des coups de feu. Un vieux juché sur un jeune colosse m'a dit qu'on venait de fusiller un "grand" de Gungunhane. Il s'est offert pour céder sa place, à califourchon sur son gigantesque ami. J'ai mis du temps à grimper sur ce mastodonte qui, le dos nu, transpirait copieusement. Depuis ce poste en hauteur, j'ai pu voir qu'on attachait un homme. À mes côtés, quelqu'un a murmuré : Celui-là c'est Manhune, le plus grand des indunas. Puis curieusement, le conseiller a été détaché. Allait-il être libéré ? Cela en avait l'air au sourire confiant qui s'allumait sur son visage. Mais aussitôt une rafale de coups de feu s'est répétée et Manhune s'est écroulé. Et un silence sépulcral s'est fait. Craignant que la fusillade ne se généralise, la foule s'est mise à reculer. Une petite allée s'est ouverte devant moi et j'ai sauté du dos du noir en criant :

– Avortez l'opération ! Avortez l'opération !

J'étais tellement excité que je ne me suis pas aperçu tout de suite du ridicule de mes intentions et, surtout, de l'utilisation grotesque du verbe "avorter".

J'ai renoncé à crier mais j'ai continué d'avancer entre les noirs. Appuyé contre la palissade, j'ai jeté un œil entre les piquets pour voir Mouzinho de dos et une femme âgée, agenouillée à ses pieds, suppliant :

– Mulungu, je suis la reine. Ne tue pas mon fils ni mon petit-fils Godido.

De désespoir, mes yeux ont cherché Imani. Mais on ne la voyait pas parmi les femmes qui occupaient la cour. Un jeune perché sur un arbre m'a raconté ce qui se passait à l'intérieur de l'enceinte : Gungunhane livrait de l'or et des diamants et promettait du bétail et de l'ivoire qu'il avait cachés. À cet instant, un groupe de soldats a forcé l'entrée et a démoli une partie de la palissade. J'ai franchi ce qui restait d'obstacle et j'ai de nouveau crié après Imani. Dans ma hâte, j'ai heurté le lieutenant Costa, celui qui secondait Mouzinho dans le commandement de cette opération. Il m'a salué et m'a dit que l'un des soldats qui assistait Miranda lui avait parlé du but étrange de mon apparition.

– Vous ne me croyez pas, mon lieutenant ? C'est António Enes en personne qui a écrit cet ordre, et j'ai agité la feuille de papier que mes pauvres doigts tenaient encore.

Le lieutenant m'a poussé dans la direction de l'une des délégations de soldats et de prisonniers qui venaient de se former. Tandis qu'il me conduisait au milieu des bousculades, il s'est expliqué. Le problème, s'il y en avait un, n'était pas du côté de celui qui avait écrit le message. Mais de celui qui le lirait. Or cela n'arriverait jamais. Car un Mouzinho de Albuquerque triomphant, l'épée au poing, n'avait qu'une seule chose en tête, exhiber son triomphe et le jeter au visage de ceux qui doutaient de lui.

– Oubliez le message. On ne peut annuler ce qui est déjà terminé. Et maintenant venez avec nous, revenons ensemble, a insisté le lieutenant.

Et j'ai suivi cette curieuse procession, sans cesser de scruter parmi la masse de gens qui s'agglutinaient autour de nous. Heureusement, les soldats ont sollicité un repos pour recouvrer leurs forces avant le retour. Contraint, Mouzinho a accepté. La pause devrait être brève. Il redoutait qu'après une stupeur initiale, les Vátuas ne se réorganisent et ne sauvent leur empereur par la force.

Soutenu par deux soldats, le capitaine Sanches de Miranda a alors surgi. Le succès improbable de la mission semblait l'avoir ranimé. Mouzinho est descendu de son cheval pour donner l'accolade à son compagnon diminué. Et avant de répondre aux saluts, d'une voix fragile, Sanches de Miranda a demandé :

– Pourquoi avons-nous dû les fusiller ?

– S'il n'en avait pas été ainsi, on nous aurait pris pour des faibles, a rétorqué Mouzinho.

On nous traitait déjà de femmes et de poules. Il fallait marquer notre autorité par le sang. Et Mouzinho est remonté sur son cheval. Du haut de sa monture, il a vu ses hommes chercher un endroit sec parmi l'herbe détrempée. Un sourire a éclairé son visage. Utilisant son traducteur personnel, il a donné l'ordre aux guerriers vátuas de jeter leurs boucliers par terre. Ces boucliers serviraient de coussins pour que les blancs s'assoient. Une rumeur de protestation a parcouru les soldats de Gungunhane. Ils étaient vaincus mais ils n'avaient pas perdu leur orgueil. Laisser tomber leurs boucliers était la dernière des humiliations dans leur code de l'honneur. Devant cet embryon de désobéissance, Mouzinho a levé son fusil et fait voltiger son cheval en un cercle large et voyant. Immédiatement, les soldats vaincus se sont mis à déposer leurs armes à terre. Et le capitaine est retourné auprès de Sanches de Miranda avec un sourire presque imperceptible :

– Vous voyez comment on fait ?

45
Le dernier fleuve

> On n'a jamais réussi à bien comprendre le vrai sentiment des Ngunis à l'égard de Gungunhane. Nul doute qu'ils le reconnaissaient comme un chef militaire et politique, mais ils lui portaient davantage de peur que d'amour. On note que, lorsque Gungunhane a été finalement emmené par les troupes de Mouzinho de Albuquerque, cette foule a crié la chose suivante : "Hamba kolwanyana kadiuqueda inkuku zetu", expression zouloue qui signifie "Va-t'en, espèce de vautour, qui décime nos poules".
>
> Raul Bernardo Honwana, *Memórias*, 2010

J'aurais juré avoir vu Germano parmi la foule. Un blanc au milieu d'une foule de noirs est toujours une créature exposée. Pas tant pour sa couleur de peau que pour sa maladresse à faire partie de cette foule. Je courus pour aller le rejoindre, le cœur débordant ma poitrine. Je voulais l'embrasser, lui raconter que j'étais enceinte, je voulais une étreinte qui éteigne la nostalgie. Mais la silhouette s'éclipsa. Et je m'effaçai moi-même au milieu de ce chaos. De nouveau, j'aperçus un soldat blanc et je criai le nom de Germano. Mais c'est un Santiago Mata abasourdi qui me fit face. Il mit quelques secondes à me reconnaître. Il était congestionné, son visage rouge, et il marchait ratatiné. Précipitamment, il me demanda :

– Surveille-moi bien ce fusil pendant que je me sers de ces buissons. Attention, tiens-moi bien ce trésor, il y a beaucoup de négraille en liberté dans le coin.

Et il laissa son arme entre mes bras. Vu ses tout petits pas et la vitesse maximale, on voyait qu'il s'en allait d'urgence. Et il desserrait déjà son pantalon tandis qu'il s'accroupissait au milieu des feuillages. Et il resta là entre grimaces et gémissements.

Un tourbillon de pensées défila dans ma tête. Je vis passer ces femmes de l'empereur dont la tâche principale était d'être invisibles. Et en sens contraire marchaient des femmes chaussées qui, d'un pas digne, portaient des livres et des cahiers dans les mains. Et d'autres étaient habillées en infirmières et marchaient les épaules redressées et le regard sûr. La question qui m'assaillait, à ce moment-là, était celle-ci, simple et terrible : qu'est-ce qu'aucune femme noire n'avait jamais osé faire un jour ? Et la réponse paraissait évidente : tuer un blanc d'un coup de fusil.

Et soudain, comme si une autre âme s'était emparée de moi, je tirai la culasse du fusil de Santiago et contournai, décidée, les arbustes où il se cachait. Je trouvai le capitaine accroupi, dans cette offrande dévote que constitue le soulagement d'une colique intestinale. J'appuyai le canon de l'arme contre son front ridé et je tirai. Et je vis l'homme tomber avec la même expression que Francelino Sardinha en mourant, les yeux remplis de l'étonnement des nouveau-nés. Le militaire saignait et se débattait si vigoureusement que, sans hésiter, je tirai un deuxième coup de feu. Cette autre âme qui m'occupait utilisa ma bouche pour proclamer :

– Tu as raison Santiago Mata, il y a beaucoup de négraille en liberté dans le coin.

L'espace d'un instant, un nouveau sentiment s'empara de moi : j'étais maîtresse du monde, vengeresse des victimes d'injustice, reine des noirs et des blancs. J'étais partenaire de Bibliana dans son œuvre divine de corriger le monde.

Puis, déjà revenue à moi, je jetai un œil alentour, craignant que les coups de feu n'aient attiré la curiosité d'autrui. Mais parmi tant de liesse, nul ne s'était aperçu de ce qui venait de se produire. Empoignant l'arme, j'ouvris la voie au milieu de la foule devenue folle. Devant moi passa la suite des prisonniers vanguni entourée par les soldats portugais. Sept épouses du roi ouvraient le cortège. Un peu plus loin suivaient Godido et Mulungo, respectivement le fils et l'oncle de Ngungunyane.

Je cachai mon arme sous l'une des capulanas qui me couvraient. Ma main gauche dissimulée entre les tissus frôlait nerveusement le canon du fusil. J'attendais que le roi de Gaza surgisse pour accomplir enfin la dernière des vengeances promises. Je croisai un groupe d'officiers portugais. Ce fut alors que Mouzinho de Albuquerque défila. Il ressemblait à un dieu sur son cheval blanc. Croisant mon regard, Mouzinho inclina subtilement la tête. De son visage se détacha ce qui me parut d'abord être un papillon translucide. Et une espèce d'aile de lumière, un morceau de soleil égaré, tomba. Je fis un pas en avant et ouvris en creux la main droite. Sitôt l'objet ramassé, je compris qu'il s'agissait d'un petit verre rond. Je rendis l'objet transparent et Mouzinho sourit et remercia. Je ne devrais pas aller dans la brousse en monocle, dit-il. Et il y avait dans son sourire une tristesse profonde.

Soudain quelqu'un cria d'une voix familière : C'est elle ! Et la clameur se répéta. C'était Impibekezane qui me désignait en hurlant et faisait arrêter le cheval du capitaine.

– C'est elle, c'est la femme dont je vous ai parlé récemment, dit-elle, étranglée. Et elle ajouta, dans un profond soupir, comme si c'étaient ces dernières paroles : C'est elle, la dernière femme de mon fils.

– Amenez-la auprès des autres femmes, ordonna Mouzinho sèchement en me désignant.

– Mais nous en avons déjà sept, mon capitaine, protesta timidement le lieutenant Couto.

– Eh bien, elles seront huit.

Je compris qu'il n'y avait pas de temps à perdre. Car à ce moment précis, derrière Impibekezane surgissait la figure malveillante de l'empereur. Avec mille attentions, je fis remonter le fusil le long de mon corps, le plaçant en position pour tirer. Et ce fut alors que l'arme se mit à s'échapper de mes bras. Quelqu'un me retirait le fusil sans ostentation, mais avec fermeté. Et c'était Germano, mon Germano ! À mes côtés, collé à moi, mon sergent me forçait à lui passer le fusil. Et il me chuchota en secret :

– Quelle folie ! Tu veux être tuée ? Et ensuite il demanda, incrédule : Et Santiago, c'est toi ?

Nos mains se touchèrent en secret, mes doigts rencontrant ceux qui lui restaient. Et toute ma vie émigra dans ce geste. Ce furent de très brèves secondes mais cela prit toute l'éternité jusqu'à ce qu'un soldat me traîne de force. Mouzinho était pressé de quitter cet endroit, il y avait par là beaucoup de gens armés et nul ne croyait à la facilité avec laquelle toute l'opération s'était déroulée.

La délégation pressa le pas et le soldat qui me conduisait prit une corde pour m'attacher les bras. Germano, qui était resté à distance, ne comprit pas ce qui se passait. Quand il vit qu'on m'attachait, il crut qu'on m'accusait de la mort de Santiago. Ce fut quand il leva le fusil et se mit à crier :

– Cette femme est innocente. C'est moi qui ai tué Santiago! C'est moi qui l'ai tué.

Et la dernière chose que je vis fut deux soldats arrêter Germano de Melo. Et j'entendis sa voix incomparable implorer:

– Attention à mes mains, ne m'attachez pas les poignets.

Je me préparais à intervenir en faveur de mon bien-aimé lorsque les bras de la reine m'enveloppèrent dans ce qui semblait être une étreinte d'au revoir. Ainsi enlacée, elle chuchota:

– Laisse-le, maintenant tu es l'épouse de mon fils.

On ne vit plus, on n'entendit plus le sergent. Il fut noyé dans le désordre du cortège. Et moi, les poignets liés mais encore plus prisonnière de l'étreinte de Impibekezane, je soupirai, résignée. Alors seulement la reine mère diminua la pression de ses bras.

– Pour une épouse du roi, tu es trop déshabillée, dit-elle.

Et elle me plaça autour du cou un collier de missangas avec une sagaie en cuivre voyante pour pendentif. Elle me dit que cette amulette me protégerait moi autant qu'elle attendait que je protège son fils.

Et la reine mère tourna les talons et initia son retour au village. Ou plutôt, aux cendres de ce qui avait été son village. Bibliana avait prédit qu'Impibekezane serait assassinée par ses propres troupes. Mais la vieille dame semblait dépourvue de vie quand elle prit silencieusement congé de son fils et de son petit-fils.

Et je marchai comme si j'étais seule dans ce vaste cortège. Nous nous dirigeâmes vers le sud, traversant la plaïne de Languene. Nous marchâmes deux jours sous une pluie intense jusqu'à ce qu'on débouche à Zimakaze, sur la rive du grand fleuve que les Portugais appellent Limpopo et que les locaux appellent le "fleuve enceint". Et Mouzinho me fit libérer de mes cordes. J'aurais préféré les liens s'enfonçant dans ma chair aux regards de perfidie que me dédièrent les sept reines. Puis je plongeai mon corps dans le corps du fleuve. Et alors seulement je me rendis compte que les deux rives s'étaient remplies de gens.

Une colonne de soldats portugais venus de Chicomo nous avait rejoints à notre destination. Et ils amenaient avec eux Zixaxa et les deux femmes qui s'y trouvaient emprisonnées. Les huit autres épouses s'étaient jointes à elles en route. La dignité sereine de Zixaxa m'impressionna, je l'avoue. Assis sur l'embarcadère, les mains liées derrière le dos, il contemplait l'autre rive du fleuve comme s'il était l'unique habitant du monde. Là-bas, de l'autre côté, se trouvaient ses possessions, où il soupçonnait ne jamais pouvoir retourner. Ce port aristocratique dérangea le roi de Gaza, qui feignit d'ignorer celui que, durant des mois, il avait protégé. Et cela dut avoir aussi dérangé Mouzinho de Albuquerque, car il fit interrompre la cérémonie de distribution des récompenses aux chefs locaux qui l'avaient aidé dans l'assaut de Txaimiti. Le chef portugais interpella en ces termes le prisonnier :

– Choisis-en trois.

Les deux hommes savaient ce dont ils parlaient. D'un simple signe du visage, Zixaxa désigna les femmes qui l'accompagneraient. Les épouses restantes furent offertes par Mouzinho aux chefs alliés des Portugais.

À cet instant débuta l'embarquement sur le bateau à aubes. Et aussitôt se répandit la plus grande panique chez le roi de Gaza et sa cour. Ils savaient que le fleuve n'était qu'un chemin pour atteindre la mer. Ce voyage était donc la plus mortifère des transgressions. L'océan était pour ces gens un lieu interdit, sans nom et sans destination. Ils embarquèrent en pleurant comme des condamnés à mort.

Sur le pont, déjà à l'aise comme si le bateau était leur terre natale, les soldats portugais levèrent leurs épées et se mirent à acclamer leur roi. De la rive du fleuve, les immenses colonnes de guerriers levèrent leurs sagaies et répondirent à l'unisson : Bayete ! Et on ne comprenait pas quel roi ils saluaient ainsi.

Mouzinho contempla Ngungunyane abattu dans un coin. Et il demanda de ne pas mettre les moteurs du bateau immédiatement en marche. Il avança vers la proue et s'y montra comme s'il posait à cheval. Impressionnés, les milliers de guerriers entonnèrent un vibrant hymne militaire. À la fin de la louange, une tempête d'insultes fut adressée à Ngungunyane, ce même roi que pendant des années ils avaient idolâtré. Mouzinho de Albuquerque faisait briller sa victoire. Et il était incontestable pour toutes ces troupes que le royaume de Gaza était parvenu à sa fin.

Le bateau descendit le courant, les marins attentifs aux bancs de sable qui pouvaient freiner un voyage qui se voulait rapide et sans interruption. Mouzinho vint se mettre à mes côtés et, après une pause, il demanda si je parlais portugais.

– J'apprends, répondis-je.

Il sourit, comme si cet aveu était un signe de soumission supplémentaire de ma race. Le commandant du navire s'approcha de nous, il se tint au garde-à-vous et tendit un papier au Portugais. Et ensuite il annonça :

– Ce télégramme est arrivé il y a trois jours et il a été envoyé par le gouverneur général à Lourenço Marques.

Mouzinho de Albuquerque me sourit tandis qu'il retirait de sa poche son monocle.

– Voyons voir si tu as sauvé ma vue pour une bonne ou une mauvaise nouvelle.

Il lut à voix basse, secoua la tête et soupira : ce n'était même pas une nouvelle. Et il rendit le télégramme au commandant du navire faisant convoquer les officiers pour qu'ils se rassemblent là. Lorsque tous furent présents, le capitaine annonça qu'il allait lire un message venu de Lourenço Marques. Tous pensèrent qu'il s'agissait de félicitations pour le succès de Txaimiti. Il y a déjà des réactions ? demanda l'un, plus impatient. La lecture compassée de Mouzinho apporta une surprise :

"Monsieur le capitaine Mouzinho de Albuquerque,

Ne convenant pas de soumettre nos forces aux contingences catastrophiques d'une déroute qui annulerait les effets moraux et politiques des victoires obtenues jusqu'à présent, Votre Excellence doit s'abstenir immédiatement de toute intervention sur le Kraal du roi de Gaza. Signé, le gouverneur général provisoire de Mozambique, conseiller Correia e Lança."

Après quelques brèves secondes de silence, les officiers éclatèrent d'un rire unanime et l'exultation fut telle que Ngungunyane lui-même, ne comprenant pas de quoi il s'agissait, ébaucha un timide sourire de sympathie.

Je m'éloignai de ces gens et de cette joie dont je ne faisais pas partie et je m'assis près du bastingage du navire. Normalement la grande incertitude de ce qui allait m'arriver aurait dû déchirer mon âme. Mais moi, à ce moment-là, j'étais faite uniquement de passé. Je laissai le courant du fleuve inonder mes yeux. Et je vis défiler mes parents, vivants et morts, je vis défiler les lieux où j'avais vécu, les personnes que j'avais aimées. Et plus que tous, je me rappelai Germano de Melo. Et je songeai : même si je ne le revois plus jamais, cet homme est maintenant vivant en moi. Et je caressai mon ventre comme si je touchais celui qui habitait en son sein. En touchant cet enfant à venir, je chérissais la mère que j'avais perdue. Mes mains cousaient les lignes du Temps.

Sur ce bateau ne voyageaient pas seulement des personnes différentes mais des mondes en collision. Les femmes de Ngungunyane partageaient leurs regards sombres entre les épouses de Zixaxa et moi.

Les deux monarques ne se dévisagèrent jamais. Zixaxa et Ngungunyane étaient deux personnages absolument distincts. Le premier assis sur un appui du cordage, le torse droit comme si ce siège improvisé était un trône. Enveloppé dans une couverture et replié sur lui-même, le roi de Gaza était le portrait de la décadence. À un certain point, Zixaxa montra les nuages et dit à Ngungunyane :

– Ne regardez pas les eaux, ça donne la nausée. Regardez les cieux, Umundungazi.

Le roi fit mine de ne pas entendre. Mais Zixaxa insista pour que l'autre contemple le firmament, tournant la main au-dessus de sa tête. Moi seule remarquai une pointe de vengeance dans son sourire quand il déclara :

– Et regardez combien d'hirondelles traversent encore les cieux !

Les hirondelles aidaient Zixaxa à humilier celui qui venait de le trahir. Mais je n'avais pas de comptes à régler avec le monde. Aussi demeurai-je vide, recevant l'éclaboussure des vagues qui se brisaient contre la proue. Le fleuve était maintenant plus large et plus agité. Des îlots composés de sargasses où se perchaient d'élégantes et acrobatiques aigrettes flottaient ici et là. Peut-être étais-je l'un de ces oiseaux blancs, peut-être notre bateau était-il une sargasse qui me conduisait vers une destination inconnue. L'embarcation passait tout près des échassiers qui demeuraient imperturbables, occupés à trouver l'équilibre sur leurs perchoirs instables.

Soudain, l'un des soldats portugais se pencha complètement à l'extérieur du bateau et, d'un coup d'épée, il décapita une aigrette plus proche. La tête et le cou de l'oiseau tournoyèrent dans l'air et tombèrent sur le pont, se contorsionnant devant nous comme un serpent agonisant. Une giclée de sang m'éclaboussa la poitrine. Je m'essuyai aussitôt à un bout de ma capulana. Et c'est Zixaxa qui attira mon attention :

– Il reste un filet de sang qui coule de la sagaie.

Je mis du temps à comprendre qu'il parlait de l'amulette que je portais accrochée à mon collier. Un instant, cette goutte coula sur mes genoux. Et c'était comme si je saignais. Ensuite, une vague franchit le pont et me mouilla des pieds à la tête. C'était le fleuve qui me lavait. Un marin me jeta un tissu pour me sécher. Je m'essuyai lentement comme si mon corps était aussi vaste que la terre qui s'éloignait derrière nous. Je conservai, cependant, mon ventre mouillé. À l'intérieur de moi, un fleuve naissait. À l'extérieur de moi gouttelait le dernier des fleuves. Les deux eaux, sans se toucher, se disaient au revoir.

Tout commence toujours par un adieu.

Livre Trois

LE BUVEUR D'HORIZONS

L'auteur remercie Afonso Dambile, Feliciano Chimbutano et Filipe Branquinho.

Moi ? – je bois l'horizon…

Cecília Meireles, in *Mar absoluto*

En temps de terreur nous choisissons des monstres pour nous protéger.

Extrait d'une lettre d'Álvaro Andrea

1
La femme qui appelait les fleuves

> L'aveugle fut le seul rescapé de l'incendie. Parce qu'il fut le seul à ne pas avoir vu la peur.
>
> Zixaxa

– Demande à ce blanc s'il veut que j'appelle le fleuve.

Ce sont les mots de la reine Dabondi. Je n'ose les traduire au capitaine Mouzinho de Albuquerque. Il n'écouterait d'ailleurs pas une question aussi étrange, accaparé qu'il est à manœuvrer ses hommes, qui pataugent dans un banc de sable du fleuve Limpopo. Le bateau à bord duquel nous progressions s'est ensablé et voilà des heures que les soldats portugais essayent de dégager les aubes. Certains, plus téméraires, sont immergés jusqu'à mi-corps et poussent l'embarcation par les bords. C'est du jamais vu : des blancs qui se crèvent sous un soleil cuisant pendant que des noirs attendent assis à l'ombre confortable. Mouzinho ordonne aux soldats de regagner le pont : les eaux sont infestées de crocodiles.

Ce n'est pas tant le retard qui ennuie Mouzinho. Depuis notre départ de Zimakaze, le voyage s'est déroulé vite et sans halte. Le capitaine redoute plutôt les dangers de la brousse alentour où, sans que l'on voie âme qui vive, des voix se font entendre et des ombres furtives se déplacent. Bientôt une embuscade surviendra pour délivrer les prisonniers qui sont à bord de son bateau.

La reine Dabondi est l'une de ces prisonnières. Elle est plus tendue par cet arrêt que le capitaine. C'est elle qui lève brusquement les bras pour faire taire tout le monde. Un frisson parcourt tout l'équipage : comme surgie du sol, une multitude d'hommes, de femmes et d'enfants se dresse sur la rive. Mouzinho ordonne à ses soldats de tenir leurs armes prêtes. Un silence froid s'installe et le fleuve lui-même se tait.

– Puis-je appeler les eaux ? demande à nouveau Dabondi. Puis elle s'adresse à moi :

– As-tu dit à ce blanc que je parle la langue des fleuves ?

Un mot de sa part et le fleuve Limpopo, comme un chien docile, viendrait lui manger dans la main. Mouzinho marmonne entre ses dents : Faites-moi taire cette femme ! La tension est insupportable. Soudain, la reine Dabondi saute du bateau et marche vers la foule silencieuse, qui s'est accumulée sur la berge.

Tous les yeux se rivent sur la reine qui traverse les eaux peu profondes du fleuve. Les pieds de Dabondi ne touchent ni l'eau ni la terre. En vérité, la reine ne marche pas. Elle exécute une danse. Le balancement de ses hanches fait tinter les anneaux de cuivre qui ceignent ses chevilles.

Parvenue sur la rive, la reine parle avec animation aux personnes qui l'entourent. Nous ne pouvons rien entendre mais nous comprenons qu'elle montre avec insistance dans notre direction. Soudain la foule en délire se précipite sur le bateau. Les Portugais terrifiés portent encore leurs armes à l'épaule. Mais il est trop tard. Des centaines d'hommes et de femmes ont déjà franchi le fleuve à gué et se jettent épaules, jambes et bras contre la coque du bateau à aubes. L'embarcation tangue violemment, les marins crient, les chevaux ruent.

En un tournemain le bateau flotte à nouveau. Et lorsque se confirme qu'ils se trouvent tous unis dans la même intention pacifique, alors seulement noirs et blancs crient leur enthousiasme. Ils aident Dabondi à remonter sur le pont. La reine est essoufflée mais heureuse. Je lui demande pourquoi elle a aidé ses geôliers.

– Quelqu'un m'attend à la fin de ce voyage, répond-elle.

Deux jours auparavant s'était produit l'impensable : à Chaimite, le capitaine Mouzinho avait capturé l'empereur Ngungunyane et l'avait emmené ligoté jusqu'au quai de Zimakaze. Avec le prisonnier royal suivaient les sept épouses qu'il avait élues pour l'accompagner. Ce choix a été son dernier acte de souveraineté. Moi, Imani Nsambe, que les Portugais ont choisie comme traductrice, je faisais aussi partie de la suite. Enfin, à Zimakaze, le chef des Mfumos, nommé Nwamatibjane Zixaxa, s'était joint aux prisonniers. Trois de ses épouses étaient avec ce rebelle.

De Chaimite à Zimakaze, la même stupeur s'est reproduite : les habitants de Gaza ont contemplé, incrédules, Ngungunyane l'empereur de Gaza traîné en pleurs. Les militaires portugais étaient si peu nombreux que l'effarement de ceux qui assistaient à ce défilé inhabituel était d'autant plus grand.

Les Portugais n'exhibaient pas seulement un empereur vaincu. C'était l'Afrique entière qui défilait là, pieds nus, rendue, humiliée. Le Portugal avait besoin de cette mise en scène pour décourager de nouvelles révoltes chez les Africains. Mais il lui fallait plus encore impressionner les puissances européennes en lice pour le partage du continent.

Orgueilleux mais inquiet, le capitaine Mouzinho de Albuquerque contemplait la foule qui s'entassait sur les chemins. Et il se passait toujours la même chose : cette masse de gens se mettait à crier, en liesse.

– Bayete ! s'écriaient-ils en chœur.

Le capitaine m'a demandé de traduire cette clameur. Et il a souri, fier, quand je lui ai chuchoté discrètement : la foule l'acclamait lui, le capitaine des blancs. Et ils le louaient avec une ferveur qui, selon Mouzinho lui-même, était sans égal même chez ses plus loyaux compatriotes. Le capitaine n'aurait jamais imaginé que plus d'Africains que de Portugais le salueraient en libérateur. Voilà ce qu'il m'a fièrement avoué. Et il a ajouté :

– Peut-être les nègres iront-ils plus vite à me dresser une statue ici que mes compatriotes ne le feront, là-bas à Lisbonne.

Depuis que nous avons repris le voyage, la reine Dabondi se tient près de moi. La reine observe les cieux et voit les nuages amoncelés pêle-mêle. Elle secoue mon bras et m'avertit de l'imminence d'une tempête. Nous nous dirigeons ensemble vers le commandant du bateau, un officier à l'uniforme bleu foncé. Il s'appelle Álvaro Soares Andrea. Cet homme grand et corpulent fixe sur moi des yeux indéfinis. C'est un navigateur. Pourtant son regard est celui d'un naufragé.

Mais nous n'abordons finalement pas le capitaine. Parce que Godido, le fils de Ngungunyane, s'approche et ordonne à la reine de regagner la place qui est la sienne auprès de son roi. Dabondi feint de ne pas entendre. Godido insiste, plus ferme :

– Retournez auprès de votre mari, ma reine !

– Reine ? proteste Dabondi. Quelle reine suis-je, moi qui cuisine dans les chaudrons de ma belle-mère ? Le doigt menaçant, elle fonce sur la poitrine de Godido : Ne m'appelle plus comme ça. Je suis une veuve. C'est cela que je suis.

Le prince Godido retourne auprès des prisonniers. Il ne sait comment expliquer l'échec de sa mission.

– Que vous arrive-t-il ? Pourquoi désobéissez-vous au Nkosi ? dis-je à Dabondi.

– Je ne suis pas reine. Je suis une nyamussoro*. J'entends les morts et je parle avec les fleuves.

Le bateau réduit sa vitesse. Nous arrivons au poste de Languene, le dernier bastion militaire portugais sur l'estuaire du Limpopo. Mouzinho de Albuquerque salue les marins qui nous attendent sur la berge. L'accostage terminé, je transmets à Mouzinho l'inquiétude de Dabondi : une tempête se lève au-delà de l'estuaire du Limpopo. Ce ne sont pas des vents que le ciel fabrique, dis-je en guise d'explication. C'est une tempête invoquée.

– Mon Dieu, comme ces gens sont attardés, commente le militaire, en mettant les mains sur sa tête. Et les négresses sont encore pires que les nègres.

Il ne comprend pas combien il me blesse. Le portugais dans lequel je m'exprime, sans ride ni rature, fait que Mouzinho cesse de voir ma race. Je garde le silence. Je me tais dans la langue même de l'homme qui m'humilie.

Enfin, nous débarquons au petit poste militaire de Languene. L'arrêt sera bref pour embarquer des armes et des blessés. Les prisonniers africains sont conduits dans un coin à l'ombre. Ils reçoivent des biscuits et un verre de vin. Et ils restent là, engourdis de fatigue. Dabondi se détache à nouveau du groupe et vient s'asseoir à mes côtés. Elle a gardé un reste de boisson au fond de son verre. Elle en laisse tomber quelques gouttes sur le sable chaud. Elle apaise la soif des défunts depuis que le monde est né.

– Tu sais comment j'ai appris à parler avec les fleuves ?

C'était à l'adolescence, dit-elle. Cela s'est passé avant que le roi ne me prenne pour épouse. Tous les matins, elle observait une araignée entrer et sortir d'un trou dans la cour de sa maison. Entre ses pattes, l'animal transportait de la rosée au tréfonds de la terre. Elle travaillait comme un mineur à rebours : elle puisait dans le ciel pour accumuler dans le sous-sol. Cette occupation durait depuis si longtemps qu'au fond de son terrier était né un grand lac souterrain.

La reine voulut aider l'animal dans ses excavations humides. Un jour, par une aube sans rosée, elle apporta une coupelle d'eau qu'elle laissa à l'entrée du terrier. Mais l'araignée refusa cette gentillesse, souriant : Ce que je fais n'est pas un travail, ce n'est qu'une conversation. Et elle ajouta : Je vois combien tu souffres, il faut beaucoup de solitude pour remarquer les créatures aussi petites que moi. En signe de gratitude, l'animal lui apprit la langue de l'eau.

– Maintenant, je parle avec les fleuves, petits et grands, conclut Dabondi. J'appelle chacun par leur nom que moi seule connais.

Nous sommes interrompues par Muzamussi, la plus âgée des épouses. Sans cérémonies, celle-ci tire Dabondi par les poignets et la traîne auprès des prisonniers. Puis elle crie pour annoncer que Ngungunyane requiert ma présence. Je me présente sans tarder.

Devant le souverain je m'agenouille et frappe dans mes mains, comme l'exige la coutume. Le roi prétend savoir quelles conversations j'ai eues avec Dabondi. Je n'ai pas le temps de m'expliquer. Je n'arrive pas à t'entendre, dit le roi. Je hausse la voix. Il secoue la tête : le problème n'est pas ma voix. Il ne m'entend pas à cause de mes souliers. Tes chaussures-là parlent trop fort, dit Ngungunyane. Dorénavant tu ne t'approcheras de moi que si tu es pieds nus.

Que je me le tienne pour dit : le sol foulé par l'empereur devient sacré. Mes chaussures offensent cette condition divine. Les reines l'écoutent et s'esclaffent. Leurs rires font que mes chaussures cessent d'exister.

Les querelles ne naissaient pas seulement entre nous, Africains. Il n'est pas un jour où les chefs militaires portugais n'échangent des accusations. Et tous, Européens et Africains, viennent me trouver pour se plaindre. Je ne sais pas pourquoi ils ont confiance en moi. Plus qu'une traductrice, je suis un pont. Peut-être suis-je l'araignée qui vivait dans la cour de Dabondi. Entre mes pattes, je transporte des mots et, avec eux, je tisse une toile qui unit différentes races.

En route, Mouzinho de Albuquerque m'avait déjà abordée fortuitement. Cette fois il s'assied à mes côtés et demeure immobile sans quitter Álvaro Andrea des yeux.

– Ce type me hait, affirme Mouzinho. Je peux te le dire, aucun nègre ne me méprise autant.

La lenteur avec laquelle le capitaine pose le chapeau sur ses genoux trahit son intention de discuter.

– Je sais qui tu es, commence-t-il par dire. Et tu sais ce que nous voulons de toi. Traduire ne sera que la partie visible de ton travail.

Il fait une pause, lissant sa moustache. Le royaume de Gaza a trop duré, dit-il. Et sais-tu pourquoi ? Et il donne lui-même la réponse : Ce Gungunhane savait tout de nous et nous ne savions rien de lui.

Ces nègres assis là, les poings liés, ne sont pas de simples prisonniers. C'est ce que dit Mouzinho. Ils sont maîtres de précieux secrets, et ce sont ces confidences que je livrerai à l'armée portugaise. Voilà le vrai motif de ma présence dans cette expédition. Je m'éclaircis la voix, craintive :

– J'ai compris, mon capitaine.

Mouzinho roule une cigarette. Il ne l'allume pas. Il la laisse pendre à ses lèvres. Je le regarde à la dérobée. C'est un bel homme. Bianca avait bien des raisons de rêver.

– Maintenant, si vous me permettez, dis-je dans un murmure, je retourne auprès des miens...

– Je préfère que tu restes avec les blancs. C'est chez eux que logent les plus graves trahisons.

2
Un billet griffonné

> … l'activité des Portugais dans les Terres de la Couronne, au sud du Mozambique, se résume à cela : en octobre et en novembre de chaque année, ils parcourent les localités, de paillote en paillote, ils perçoivent l'impôt, frappent à coups de nerf de bœuf sur l'un ou l'autre noir moins obéissant, rapportent le produit de l'impôt à la caserne d'Anguane, reçoivent leur pourcentage et retournent dormir onze mois.
>
> Extrait d'Eduardo Noronha *in* "A rebelião dos indígenas de Lourenço Marques, 1894", cité par René Pélissier

Chaimite, 28 décembre 1895
Ma très chère Imani,

Ne considère pas ceci comme une lettre. C'est un simple billet griffonné à la va-vite. On me conduira bientôt à Inhambane. Plus que tout, je tiens à t'annoncer une bonne nouvelle : je suis libre ! Je ne suis plus soupçonné d'être l'auteur de la mort de Santiago Mata. Pour t'innocenter je me suis déclaré coupable. Il était plus crédible que je sois l'auteur du coup de feu.

Mon sacrifice ne s'est pas payé au prix fort car une autre version des faits évoquant le suicide a aussitôt surgi. J'ai encore pensé que c'étaient mes compagnons républicains qui tentaient de me sauver. Mais non. C'est Mouzinho de Albuquerque en personne qui a défendu la thèse du suicide. Et qui irait douter de la parole du grand héros ? Je suis redevable de cette faveur à mon fidèle ennemi.

Mouzinho, Mouzinho, Mouzinho ! Quand ce Mouzinho cessera-t-il de m'accaparer autant ? Parfois je regrette mon ressentiment : c'est tellement facile de haïr le succès des autres ! Mais le plus souvent je me méfie de cette récente euphorie de Mouzinho. Comment quelqu'un d'aussi fasciné par la mort peut-il se préoccuper autant de l'immortalité ?

Ce qui compte, très chère Imani, c'est que d'ici quelques heures je serai à l'hôpital militaire d'Inhambane. Je me servirai de mes mains inoffensives pour être exempté des tâches militaires. J'ai l'espoir, plutôt la certitude, qu'on me renverra au Portugal. Non pas que je souhaite rentrer. Mon vrai désir est de te retrouver. Si tout se passe bien, nous nous reverrons à Lourenço Marques.

Je remets ce billet à Álvaro Andrea, le commandant du bateau militaire à aubes sur lequel tu embarqueras à Zimakaze. C'est un vieil ami qui partage les idéaux républicains. Par la même voie, je te ferai parvenir, plus tard, une vraie lettre, une lettre de taille décente et indécente entre les lignes.

Ton Germano

3
La boue et la neige

[…]
Hommes qui avez érigé des stèles, qui avez baptisé des caps !
Hommes qui avez négocié pour la première fois avec des nègres !
Qui en premier avez vendu des esclaves de terres nouvelles !
Qui avez donné le premier spasme européen aux noires médusées !
Qui avez rapporté or, missanga, bois odorants, flèches,
De collines explosant en vertes végétations !
Hommes qui avez mis à sac de paisibles localités africaines,
Qui avez fait fuir au bruit des canons toutes ces races
Qui avez massacré, rapiné, torturé, gagné
Les prix de Nouveauté promis à qui, tête baissée
Se rue sur le mystère de mers nouvelles !
[…]

Fernando Pessoa,
extrait de l'*Ode maritime*

On ne maudit pas l'endroit où l'on vient d'arriver. Ainsi m'a-t-on élevée. Mouzinho ne suit guère ce principe. Depuis notre arrivée il n'a rien fait d'autre que de maudire le poste de Languene.

– Je vais faire incendier cette saleté ! ronchonne-t-il. Ce n'est pas une garnison, c'est une planque. Ces gens ont tellement peur de mourir qu'ils font tout sauf combattre.

Il vitupère contre ceux qu'il traite de "bande de politicards". Et il met en garde contre une conspiration d'"intrigants". Il utilise ces termes avec la même hargne avec laquelle Ngungunyane traite ses ennemis de "femmes".

– Imani… C'est comme ça que tu t'appelles, n'est-ce pas ? Ma question pourra te paraître étrange, mais il faut que je te demande : as-tu la sensation d'appartenir à un pays, à une nation ?

Il parle tout seul. Et il répond à ma place. Certain que ce sentiment d'appartenance me fait défaut. Malgré mon apparence, je continue d'être une indigène, loyale envers ma famille, fidèle à ma race. Et il rappelle la malédiction qui pèse sur les frères jumeaux. Lorsqu'on se retrouve face à l'un des deux, on croit reconnaître l'autre si bien qu'on finit par n'en connaître aucun. Ainsi me voyait-il moi et les autres Africains : tous jumeaux. La prochaine fois que nous parlerions je devrais lui rappeler mon nom.

La hargne de Mouzinho de Albuquerque contre le poste de Languene avait son explication. Le capitaine y avait stationné deux semaines plus tôt en route vers l'assaut de la cour de Ngungunyane. L'objectif était d'obtenir des renforts chez les marins qui servaient sur la corvette *Capello*. Arrivé là le jour de Noël, il avait constaté, avec un mélange de sidération et de commisération, que le commandant de la corvette, Álvaro Andrea, avait transformé la garnison en un théâtre de célébration chrétienne. On avait utilisé des plaques de zinc pour servir de tables et des souches comme sièges. Des cartouchières vides et des bandes de mitrailleuses décoraient un arbre au centre de l'enceinte.

Cette fantaisie de Noël apparaissait pathétique aux yeux du capitaine de cavalerie. Et révélait non pas une dévotion chrétienne particulière mais une fragilité dangereuse. Si les chefs militaires s'engouffraient dans la mise en scène, les soldats réclameraient bientôt de plus gros mensonges. Pour toucher au plus juste ce simulacre de Noël, il leur manquait le froid, la neige et les odeurs de leur pays. En échange, il leur restait les moustiques, les fièvres et les miasmes fétides du marécage. Et ils se suffisaient à eux-mêmes comme de maigres silhouettes avec davantage d'uniforme que de corps. À un moment donné, l'une d'elles s'agenouilla aux pieds de Mouzinho. C'était un jeune troufion, l'air ahuri, qui bredouilla péniblement :

– Mon capitaine, ce poste est si beau qu'on dirait le parvis de mon église. Et là, en bas, passe le Tage. Je vous prie de m'autoriser à me baigner dans ces eaux qui sont celles de mon enfance.

Mouzinho lui jeta un regard vide. Il voulut savoir son âge. Dix-huit ans, répondit le jeune homme en secouant la tête. Mais il n'en était pas sûr. Il demanderait confirmation à ses parents qui, d'après lui, habitaient dans un village du Ribatejo tout près du poste de Languene. Je peux les appeler, si telle est la volonté du capitaine. Voilà ce que dit le jeune soldat. Mouzinho réagit comme si le garçon n'avait en définitive rien dit. Il convoqua Álvaro Andrea et lui réclama son épée. À l'aide de ses deux mains, il la ficha profondément dans la terre, frôlant le corps du soldat hébété. La lame s'enfonça comme si le sol était inexistant.

– Cette boue pestilentielle te paraît être de la neige ? interrogea Mouzinho.

– C'est de la neige, oui, c'est de la neige noire. Elle était blanche, mais elle est rentrée d'Afrique comme ça.

Le soldat enfouit ses mains dans le sol et ses doigts furent mangés par la boue. À cet instant, il sembla à Mouzinho de Albuquerque que le jeune militaire exécutait son propre enterrement.

– Ne vous inquiétez pas pour votre épée, dit Mouzinho à Álvaro Andrea. Je la ferai nettoyer et le lieutenant Miranda la remettra sur votre bateau.

Autour du campement s'entassaient les auxiliaires noirs avec leurs feux, leurs chants et leurs danses. Mouzinho pensa leur ordonner de se taire. Il n'en fit rien. Les blessés gisaient à ses pieds sur des civières faites de capulanas. C'était étrange de voir la vie s'éteindre sur des pagnes aussi bigarrés. Les chansons dissimulaient les gémissements et les prières des soldats agonisants. Les voix des noirs accomplissaient ce que l'arbre décoré n'était pas parvenu à faire : elles le soulageaient de cette absurdité de fêter Noël au milieu de l'enfer.

Et Mouzinho demanda à Álvaro Andrea de s'adresser à ses hommes et de leur donner la bénédiction. Il n'y avait que deux bouteilles de vin à base de quinine. Mais elles furent suffisantes pour le toast improvisé. Álvaro Andrea leva son verre mais ne sut pas quoi dire, mortifié par l'avidité puérile des yeux qui se fixaient sur lui.

Ordonnant aux soldats de s'écarter, Mouzinho prit place sur une caisse de munitions et dit au commandant Andrea :

– Je suis assis sur cette boîte de balles mais il me manque des hommes pour les tirer. Choisissez-en pour moi une vingtaine, des plus vigoureux et téméraires.

Le commandant Andrea regarda les cieux en quête des mots susceptibles de mieux lui servir :

– Permettez-moi cette audace mais je considère votre opération…

Il n'acheva pas sa phrase. La réaction de Mouzinho fut prompte et sèche :

– Je vous ai demandé des soldats, pas des conseils…

La dispute enfla et les soldats s'étonnèrent de la bordée incontrôlée d'injures et d'insultes. Álvaro Andrea fut tranchant :

– Si vous voulez mourir, mourez tout seul. Mais vous ne prendrez aucun de mes hommes.

– J'ai compris, riposta Mouzinho, vous êtes de ceux qui prônent la paix par peur de la guerre. Vous êtes claquemuré ici parce que c'est votre manière de fuir. Voici la vérité : vous avez besoin de ces soldats uniquement pour vous protéger de votre lâcheté.

– Tenez-vous-le pour dit, capitaine Mouzinho, argumenta l'autre, la nation vous demandera des comptes sur cette traque aventureuse de Gungunhane. Vous partez à l'aveuglette et sans soutien. Aussi je vous le dis et vous le répète : ne comptez sur aucun de mes hommes.

En silence, tous les marins de la corvette *Capello* applaudirent l'attitude modérée de leur commandant. Andrea les sauvait d'une mort certaine. Et ils utilisèrent les fonds de vin pour rendre grâce à l'homme sensé qui était à leur tête. Les noirs ramassèrent les verres éparpillés sur les tables et versèrent sur le sable les gouttes restantes.

– Vous voulez célébrer l'esprit de Noël ? demanda Mouzinho à Andrea. Eh bien, faites abattre quelques chevreaux et distribuez la viande aux auxiliaires indigènes…

Tout cela s'était passé quelques jours auparavant, en ce même endroit. À la fin de son récit, Mouzinho se couvre la tête et l'ombre de son chapeau obscurcit ses mots.

– Tu comprends maintenant pourquoi je doute de cet Andrea ? me dit Mouzinho. Et il déplace son siège comme si, en se rapprochant, nous devenions plus complices. Álvaro Andrea, dit Mouzinho pour commencer, avait parié qu'il serait tué à Chaimite. Et il était là, vivant et victorieux. Mouzinho était une épine plantée dans son orgueil. Comment remettre aux mains de ce traître le trophée le plus précieux de toutes les guerres coloniales portugaises ?

Des soldats qui se dirigent vers le fleuve pour laver les assiettes passent à notre hauteur. Mouzinho secoue la tête et se lamente :

– Il y a quelques jours ces hommes saluaient la prudence de leur commandant. Aujourd'hui ils le maudissent tous.

Ce que l'on tenait auparavant pour de la modération était désormais de la lâcheté. Par la faute d'Andrea, ces jeunes avaient été exclus du panthéon des héros.

Un soldat blanc s'approche de nous, avec un air abruti. Le capitaine annonce le visiteur :

– Voici donc l'unique soldat portugais qui est en Afrique sans jamais être sorti de son village du Ribatejo. Voici quelqu'un qui a vu de la neige au milieu de l'enfer.

Le jeune soldat se hisse sur la pointe des pieds, le corps tout tendu en un garde-à-vous grotesque :

– Je me présente : le 222 de la troisième compagnie du régiment d'infanterie.

Tout d'un coup je ne le vois plus. Le jeune Portugais se tient devant moi mais, à sa place, apparaît mon frère Mwanatu. La même caricature de soldat, le même uniforme débraillé. Et la même distance d'avec la réalité : Mwanatu Nsambe qui croyait être blanc de naissance et ce Portugais qui prend pour de la neige le sable cuisant des tropiques. J'ai envie de serrer le soldat dans mes bras. Je me retiens quand il me dévisage, à la fois distant et curieux :

– C'est toi la négresse qui parle portugais ? C'est vrai que tu parles mieux que la plupart des blancs ?

Ma réponse est un sourire. J'espère qu'il y répondra. Mais le garçon se met au garde-à-vous et se retire, mû par une étrange urgence. Mouzinho observe le soldat 222 s'éloigner et commente :

– C'est un ange stupide, il est tombé à terre tête la première. Mais il n'en reste pas moins un de ces anges dont la seule fonction est de nous rappeler que nous vivons dans un enfer.

Les soldats sont comme les chasseurs : leurs histoires ont peu à voir avec la réalité. Nul ne s'en préoccupe. En vérité, seuls les morts savent exactement ce qu'est la réalité.

João da Purificação, le plus jeune des soldats portugais, avait d'ores et déjà oublié la première des réalités : son propre nom. Depuis un an il n'était rien d'autre qu'un numéro : le 222. S'en plaignait-il ? Bien au contraire. Il n'y avait pas de nom plus sublime pour lui. À la différence des autres soldats, l'ex-João da Purificação n'avait pas de gloires à raconter, hormis quelques voyages qui n'existaient que dans sa tête. On pourrait dire que les voyages se passent toujours ainsi : dans notre tête. Mais la vérité était tout autre : le 222 avait perdu la raison. Dans le paysage africain le plus sauvage, le soldat voyait un hameau portugais. En chacun des noirs, il reconnaissait un compère de son petit village. Et pas un fleuve du Mozambique qui ne s'appelait Tage et ne traversait son enfance.

Les soldats provoquent João da Purificação dans l'espoir qu'il décrive à nouveau ses voyages délirants. Le 222 finit par céder aux sollicitations et, content qu'on le remarque, proclame :

– Écoutez-moi bien, mes frères : le monde entier est un faubourg de notre terre natale.

– Tu as autant voyagé que ça ? encouragent les autres.

– J'ai tellement navigué qu'il n'y a pas de ciel que mes yeux n'aient touché.

– Et comment est le firmament plus loin ? lui demandent-ils.

– Un peu plus loin il n'y a plus de ciel. Partout la terre, partout le Portugal.

4
Première lettre du sergent

> C'est étrange ce que la guerre fait avec les soldats : elle exige d'eux de perfectionner la précision de leur tir mais ne les laisse tirer qu'une fois aveugles.
>
> Sergent Germano de Melo

Inhambane, 29 décembre 1895
Ma chérie,

Désormais à Inhambane, je peux enfin t'écrire avec du temps et calmement. La bonne nouvelle, mon amour, c'est qu'on m'emmènera bientôt à Lourenço Marques où, si tout se passe bien, nous nous retrouverons. Cet espoir rend l'attente plus légère. À vrai dire, j'aime cette bourgade qui m'est à la fois étrangère et familière. Et ne me réclame pas plus que de passer mon temps sur une véranda à attendre un autre destin. J'ai habité à divers endroits, je n'ai eu que deux maisons : celle de mon enfance et la petite caserne de Nkokolani. Je me rappelle ces maisons comme si elles faisaient partie de mon corps. Et je me dis : nous cessons de voir les choses qui nous appartiennent trop.

C'est le commandant Álvaro Andrea que tu auras certainement déjà rencontré qui te remettra cette lettre. Comme je l'ai mentionné dans mon précédent message, cet Andrea est un honnête Portugais que j'ai connu lors de mes combats républicains. Rares sont les blancs qui parlent aux noirs. Lorsqu'ils le font, c'est pour donner des ordres. Eh bien, cet ami aura envers toi une déférence rare mais qui lui est chère et sincère. Il te plaira. Mais pas trop, je l'espère.

Peut-être ne comprends-tu pas pourquoi nous, les Portugais, nous appesantissons-nous autant à parler de nous-mêmes. Nous le faisons à cause des autres, les étrangers. Nous avons peur qu'ils nous voient petits. Notre vraie petitesse provient non pas de la géographie mais de la façon dont nous nous pensons. Et rien de tel qu'un grand ennemi – comme c'est le cas de Gungunhane – pour nous distraire de notre insignifiance. La guerre contre le roi africain occulte d'autres guerres qui divisent la nation lusitanienne. Les monarchistes et les républicains se retrouvent au Mozambique sous le même uniforme. Ils se haïssent et se tueraient avec la même facilité avec laquelle les uns et les autres abattent un Cafre rebelle.

Je sais que tu es inquiète pour moi, que tu redoutes mon implication intempestive dans les causes politiques. Rassure-toi. Je ne recommencerai pas les audaces qui, auparavant, m'ont coûté le bannissement en terres africaines. Ce châtiment s'est finalement mué en la plus grande des récompenses. Ce qui devait être un exil est devenu un port d'attache. C'est ici, en Afrique, que j'ai trouvé l'amour. Tu es mon unique patrie. Retourner dans tes bras est l'unique cause qui me reste.

Tu as réchappé saine et sauve des endroits les plus violents. Mais il est une guerre à laquelle tu ne pourras réchapper : le conflit entre Mouzinho de Albuquerque et Álvaro Andrea. Tu seras, ces jours-ci, sous un feu croisé. Mon ami Andrea prépare, en secret, un rapport détaillé adressé au commissaire royal pour dénoncer la façon dont Mouzinho de Albuquerque a violé le code de conduite militaire. Andrea m'a déjà révélé le titre provisoire de ce document explosif : *Rapport des violations des codes militaires commises lors de la capture de Gungunhane*. Combien donnerait une certaine presse au Portugal pour avoir accès à ce rapport ?

Je te demande, mon amour, d'aider Álvaro à achever sa mission. Il est urgent que Mouzinho soit démasqué. Ce paon en uniforme doit apprendre que la grandeur d'un commandant ne se mesure qu'à l'aune d'un seul critère : la façon dont il traite les vaincus.

L'image emblématique de notre guerre en Afrique est celle d'un fringant cavalier monté sur son cheval. Mais les campagnes militaires en Afrique se sont gagnées sur les fleuves, en chevauchant des vagues, en franchissant des rapides et des détroits. De ces batailles personne ne parle. Il n'y a aujourd'hui personne qui ne connaisse les exploits de Mouzinho de Albuquerque. Pourtant Álvaro Andrea a aussi ses motifs de gloire. Son embarcation, la corvette *Capello*, a intégré la dénommée "escadrille du Limpopo". Pendant trois mois, elle a bombardé les berges du fleuve Limpopo.

Si les Anglais ont donné un ultimatum aux Portugais, nous aussi nous avons imposé un délai de reddition aux chefs loyaux à Gungunhane. Faute d'obéir à cette semonce, les localités riveraines du fleuve ont été punies par des canons et des mitrailleuses. Aux bombardements ont succédé les opérations sur le terrain. Les marins ont débarqué et attaqué les villages ennemis.

Cette campagne sur le fleuve Limpopo a produit la réponse escomptée : petit à petit, les chefs locaux se sont rendus. Pas un jour où ils ne se présentaient affaiblis et soumis. Certains tombaient à genoux et murmuraient par désespoir : "Nous voici, nous sommes les femmes du roi du Portugal." Il y avait certainement une erreur de traduction. Toi seule pourrais défaire cette équivoque. La vérité c'est que Gungunhane en personne a envoyé des messagers qui proposaient les conditions de sa capitulation. En définitive, l'empereur de Gaza était déjà vaincu et avait reconnu cette défaite lorsqu'il a été emprisonné à Chaimite. Mouzinho a enfoncé des portes déjà ouvertes.

Ce qui se passe, ma chérie, c'est que la vie est capricieuse et les faits insuffisants. Les gens adorent les beaux récits. Dans la guerre ne s'affrontent pas uniquement des armées. Des histoires se confrontent. Et Mouzinho a une histoire bien meilleure que celle d'Álvaro Andrea. Peu importe que la version du cavalier soit fausse. Sa version comporte des héros. Et ces héros c'est nous.

La même chose se passe avec l'amour : Álvaro Andrea n'a pas, comme c'est mon cas, une fiancée qui illumine son existence. Personne ne l'attend à la fin du voyage. Toi, tu pourras peut-être l'aider. Plus que des idiomes, tu sais traduire les secrets du continent noir. Les blancs ne prétendent pas seulement comprendre d'autres langues. Ils veulent cesser d'avoir peur.

Ton Germano de Melo, à toi pour toujours

PS : Tu trouveras mon écriture plus maladroite que d'ordinaire. Tu n'imagines pas la tempête qui sévit ici. Encore tout à l'heure un éclair a détruit un cocotier à quelques mètres de la maison. Les fruits se sont incendiés comme des morceaux de charbon.

À de fugaces moments de clarté, je vois des femmes courir vers le fleuve. Elles se défont de leurs vêtements et jettent leurs pagnes sur les sentiers. Leurs rires se confondent avec la rumeur des eaux tandis que l'obscurité me dérobe à nouveau la vue. Et les femmes réapparaissent à l'instant où elles plongent entièrement nues dans les eaux sombres. Je contemple tout cela et me souviens que c'est dans un fleuve que nous nous sommes embrassés pour la première fois.

Je ne sais quoi te dire de plus. Ce n'est pas la longueur de ces lettres qui compte. Ce qui compte le plus, c'est qu'en les écrivant, tu te fais aussi présente que les mains avec lesquelles j'écris. L'encre noire coule et tu vas émergeant de la feuille à de fugaces moments de clarté.

5
Hirondelles et crocodiles

La pluie sentit l'odeur de la fille vierge
et de son haleine chaude s'insinua dans la case.

Elle se glissa par les lézardes de la porte
se faisant passer pour du brouillard.

Et ainsi, sous cette forme informe,
la pluie séduisit la jeune fille et la fit rêver d'elle.

En rêve, la fille vit un nuage planer.
À l'entrée de chez elle s'agenouilla le nuage,
afin qu'elle grimpât sur son dos.

Et sur cette couche elles dormirent toutes deux, la fille et la pluie.
Ce fut alors que les cieux s'effondrèrent assortis des dieux.
Et toute la terre se parfuma.

Ça sent la pluie, disent les hommes.
Et ils ne savent pas où naît ce parfum.

Parole de Dabondi

Une heure est passée depuis que nous avons quitté le poste de Languene et la corvette *Capello* a très peu progressé en direction de l'embouchure du Limpopo. Le présage de Dabondi était juste : une tempête s'est abattue sur nous, transformant le fleuve en un drapé de vagues et d'écume. Debout sur la proue du bateau, la main en visière sur les yeux, le commandant Álvaro Soares Andrea scrute l'horizon. Des tourbillons de poussière fine fouettent son visage hâlé par le soleil.

Les larges épaules du commandant occultent l'océan entier. Ses yeux sont grand ouverts et son regard est inquisiteur mais sûr.

Et pourtant il hésite, le navigateur portugais : sous la chaleur des tropiques tout n'est qu'apparence. Dans l'agreste paysage africain combien de fois a-t-il surpris le ciel émerger du sol ? Combien de fois a-t-il senti le souffle de l'enfer embraser des silhouettes de cendre et de feu ?

Et là, debout sur la proue du navire, la main en visière sur les yeux, le commandant sent que le bateau lui demande d'interrompre le voyage. Conçue dans la moderne Angleterre, la corvette n'a pas appris à affronter les monstres qui la font ruer comme un poulain devenu fou.

La prudence du commandant a une double raison d'être : jamais auparavant la marine de guerre n'avait transporté de cargaison aussi précieuse. Ces prisonniers devront arriver, sains et saufs, au port de Xai-Xai, où ils seront transférés sur un navire plus grand, le *Neves Ferreira*. Celui-ci les conduira jusqu'à Lourenço Marques. Une cérémonie publique de présentation des trophées de guerre se tiendra dans cette ville. Enfin, les noirs seront emmenés à Lisbonne. Dans la capitale portugaise, leur exhibition atteindra son apogée.

Je suis au courant de ce qui arrivera aux prisonniers. Mais je ne sais rien de mon destin. Encore moins de Germano de Melo. Une seule certitude m'anime tandis que je caresse la courbe de mon ventre : moi, Imani Nsambe, je vais être mère. Et Germano est le père de cet enfant. Quelque part nous nous retrouverons et nous serons heureux.

L'embarcadère de Zimakaze et le poste de Languene sont derrière nous. Les prisonniers ont abandonné leurs vies sur l'autre rive du fleuve. Moi seule n'ai pas où laisser mon passé.

Álvaro Andrea se tient à la proue comme un ange irrévérencieux : il surveille les imperfections de Dieu. La ligne de côte, impossible à cartographier, est la preuve que l'univers n'est qu'un brouillon.

– Et que regardez-vous autant, mon commandant ? demande Mouzinho.

Andrea met un temps à répondre. Il contemple les vagues qui s'élèvent aveugles pour s'abattre ensuite en un sombre abîme.

– Ce que je regarde ? Je ne sais pas. Je regarde les hirondelles.

– Les hirondelles ? dit Mouzinho surpris.

– On dit que Gungunhane déteste autant ces oiseaux qu'il redoute l'océan. Je lui ai déjà demandé la raison de cette haine.

– Je vous donne un conseil, mon commandant : ne demandez rien à ces gens, met en garde Mouzinho. C'est une double erreur. D'abord, parce qu'ils vous mentiront en répondant. Et ensuite parce que, en vous adressant à eux, vous leur donnez une importance qui peut s'avérer dangereuse pour nous.

– L'une des reines m'a dit que les hirondelles ne sont pas des oiseaux. Ce sont des messagères. Il faut écouter le message qu'elles apportent.

– Foutaises, cher Andrea. Et plus fou est celui qui leur prête l'oreille.

L'expédition jusqu'à Xai-Xai devrait durer deux jours. Mais la tempête soudaine empêche la progression de la corvette, ce qui perturbe Mouzinho de Albuquerque. Pour le capitaine, il n'y a pas de temps à perdre : la gloire l'attend à Lourenço Marques. Ce ne serait pas un estuaire démonté qui repousserait la célébration de ses exploits. Habitué à commander, il lui est difficile d'adopter un ton aimable : Poursuivez le voyage, commandant Andrea, ce bateau a été conçu pour franchir des tempêtes.

Álvaro Andrea affronte le regard hautain de Mouzinho, puis il réplique avec irritation :

– Vous commandez votre cheval ; ici, c'est moi qui commande.

Mouzinho aurait pu clore la discussion aussi sec en utilisant ses galons. En plus de capitaine, il est à présent le gouverneur du district militaire de Gaza. Mais il préfère revenir à un ton plus amène. Les prisonniers sont là qui s'entreregardent, trouvant étrange le désaccord entre les chefs blancs. Recroquevillé parmi les bagages, Ngungunyane croit être le motif de cette altercation. Les Portugais, j'ai l'impression, discutent de son exécution sommaire.

– Savez-vous pourquoi j'ai arrêté le chef des Vátuas aussi facilement ? demande Mouzinho au commandant du navire.

Au moment de sa capture, explique le capitaine, les guerriers de Ngungunyane ont cru que le détachement qui se tenait devant eux était un échantillon réduit d'une gigantesque armée qui les encerclait au-delà de l'horizon.

– Aussi je vous le dis, cher Andrea, conclut Mouzinho, ne vous fiez jamais à la ligne d'horizon.

Il y a d'autres raisons d'accélérer la cadence : le bateau à l'arrêt au milieu de l'estuaire peut encourager une volte-face chez les populations riveraines. Telle est la préoccupation de Mouzinho. Les noirs qui ont salué plus tôt la détention de Ngungunyane peuvent souhaiter à présent le retour de leur monarque. Le commandant Andrea proteste : il resterait fidèle aux engagements pris.

– Quels engagements ? interroge Mouzinho.

Le capitaine Mouzinho ne devait pas oublier que, bien avant la capture de Ngungunyane, les chefs locaux avaient déjà déclaré allégeance au Portugal. Ils lui en avaient fait le serment à lui, Álvaro Andrea. En contrepartie, il leur avait promis à tous que, si l'empereur se rendait, il n'y aurait pas de représailles. La famille royale serait respectée et le roi traité avec dignité. Ses engagements étaient ceux-là.

– Les nègres vous l'ont juré ? s'enquiert Mouzinho, avec une ironie mal dissimulée. Eh bien, je vous assure, mon cher Andrea : plus aucun des nègres ne se souvient de ce serment, tout comme aucun blanc n'apprendra vos engagements éthiques.

Muet, Andrea a ravalé l'offense. Il m'a regardée comme s'il cherchait une traduction à son silence. Mouzinho parlait de la ligne d'horizon. Il n'aurait pas dû choisir ce sujet. À force de traverser l'océan, les navigateurs apprennent à faire avec les brumes et les mirages. Le commandant Álvaro Andrea était un expert en horizons.

À l'aide de jumelles, Mouzinho de Albuquerque explore les berges. Il est inquiet : même s'ils décidaient de poursuivre le voyage, l'embarcation se déplacerait difficilement parmi les bancs de sable et, en cas de fuite, la roue à propulsion à la poupe ne suivrait pas l'élan brusque de son cheval Mike. Qui plus est, les canons et les mitrailleuses installés sur le tillac étaient durs à manœuvrer. Mouzinho ne veut pas imaginer une pluie de flèches mortifères s'abattre sur l'embarcation et, plus grave, tuer le prisonnier, qui doit arriver sain et sauf à Lisbonne. Ironie du destin : l'ennemi qu'il avait parié de tuer est désormais celui qu'il doit protéger, au risque de sa propre vie.

– Mon cher Andrea, déclare Mouzinho, vous devez penser que je me précipite pour recueillir les honneurs à Lourenço Marques. Pour votre gouverne : j'ai hâte de quitter ces eaux boueuses parce que je viens d'y perdre un de mes hommes. Au cas où vous l'auriez oublié.

Impossible de ne pas s'en souvenir : le voyage avait à peine commencé lorsque le soldat João da Purificação, que j'avais connu sous le numéro 222, fut envoyé chercher de l'eau pour alimenter la chaudière. En plongeant le seau dans le fleuve, le jeune homme tomba dans les eaux sombres et fut aussitôt entraîné par un gigantesque crocodile. Du navire, des bouées furent lancées en vain, des cris désespérés furent poussés et des objets furent jetés sur la silhouette monstrueuse. On s'attendait à ce que le 222 se débattît de désespoir, bras devenus fous fouaillant l'eau. Mais non. Le soldat accepta ce terrible destin avec la quiétude de celui qui rentre chez lui. À maintes reprises son visage pâle refit surface, ses yeux ouverts nous regardant avec une placidité enfantine. Jusqu'à ce que le 222, dans un lent tourbillon, disparût dans les eaux vaseuses du Limpopo. Malgré les recherches répétées, on ne retrouva jamais son corps. Et plus jamais personne ne l'évoqua par son numéro. Une fois mort seulement, le soldat eut le droit d'avoir un nom. Pour moi, ce nom était aussi bien João que Mwanatu. Tous les deux sont morts étreints par l'eau, ensevelis dans le ventre d'un fleuve.

L'espoir de récupérer son corps ayant échoué, la grande roue du bateau se remit à tourner comme un manège de foire. Avec leurs larges feuilles et leurs fleurs voyantes, les nénuphars virevoltèrent dans l'air comme ballottés par un invisible crocodile. Le bateau était un araire et arrachait les racines du fleuve lui-même. Le bruit des pales – "feque-feque-feque" – illustrait l'origine du nom que les locaux avaient donné à ce bateau : "mafekefeke". Les nénuphars rappelaient la chanson dont ma défunte mère emplissait la maison : "... les fleurs qui poussent dans l'eau sont faites de pluie."

– Il s'est suicidé, conclut Mouzinho.

Pour nous, les noirs, celle-ci n'était pas une mort ordinaire. Le crocodile traître appartenait à quelqu'un et accomplissait un travail sur commande. Ce qui effrayait chez lui n'était pas ce qu'il avait de bête sauvage mais d'humain.

Dabondi avança de quelques pas pour tomber à genoux devant Mouzinho et elle balbutia une complainte en txizulu. Un instant, on n'entendit que cette oraison prononcée dans une langue que les blancs ne comprenaient pas. Mouzinho interrompit la prière. Et renvoya la reine vers le recoin des prisonniers. L'ordre exécuté, le Portugais me demanda :

– Cette satanée bonne femme priait pour le malheureux soldat ou elle remerciait le crocodile ?

– Cet homme qui est mort…

– Ce soldat n'est pas mort, corrigea Mouzinho. Il s'est tué.

– Ce soldat me rappelle mon frère qui a été exécuté d'un tir par un militaire portugais, dis-je en le regrettant aussitôt.

– Comment s'appelait-il ? demanda Mouzinho.

– Mon frère ?

– Non. Celui qui a tué ton frère ?

– Santiago Mata, répondis-je. Et c'est moi qui ai tué Santiago.

– Tu te trompes, déclara Mouzinho. Santiago a choisi son destin.

6
Deuxième lettre du sergent

> Mes histoires sont si anciennes que celui qui les écoute disparaît. Nul ne s'en effraie car, au prochain silence, tous réapparaissent. C'est pourquoi je conte dans le plus doux des chuchotis. J'ai peur d'entortiller le Temps et d'empêcher ainsi le retour des ensorcelés.
>
> Parole de Dabondi

Inhambane, 30 décembre 1895
Ma chérie,

J'ai rédigé la précédente lettre à la lumière des éclairs. En écrivant, il m'est venu une pensée absurde : pour te connaître, j'ai enduré une sorte d'aveuglement. Désormais je ne vois que par tes yeux, je n'ai de mains que lorsque je suis ton corps. Au souvenir de cette nuit orageuse, cette pensée ne m'apparaît plus absurde. Comme j'aimerais que les jours se succèdent avec la fugacité d'une étincelle. Fini l'attente : au prochain éclat, tu serais à nouveau dans mes bras. Mais sous ces tropiques africains, le temps est paresseux et les jours se traînent comme des serpents indolents. Dans l'incapacité de te toucher, je n'ai que deux moitiés de mains à disposition et je suis renvoyé à cette infirmité causée récemment par une balle que tu as tirée. À ce moment-là, tu as choisi de me sacrifier moi pour sauver ton frère. Je ne le prends pas mal. Au contraire, ce choix traduit la grandeur de ton âme.

Ma précédente lettre se trouve déjà en possession d'Álvaro Andrea. Le porteur m'a assuré l'avoir remise en mains propres au poste de Languene, quelques jours avant ton embarquement. Je ne veux pas croire que le commandant ne l'ait pas remise aussitôt. Pourquoi ne me réponds-tu pas, Imani ?

Le grand bonheur dans les lettres d'amour c'est de recevoir la réponse avant même qu'on les écrive. Voilà sans doute pourquoi j'ai recommencé si souvent cette lettre et que, chaque fois, je l'ai laissée tomber à terre. Les mots qui ne t'ont jamais été envoyés se sont imprimés sur mes pieds nus. Je ne ramasse pas ces brouillons. Je les laisse, orphelins, sur la poussière du sol. Ils forment un tapis que j'ai tissé pour ton retour. Je vais pilant des mots comme chez moi nous écrasons les raisins pour que naisse le vin.

En relisant ce que je viens d'écrire, je me dis : trop de mièvreries, une ineptie sous couvert de poésie. La vérité est que j'ai le vice de ces fantaisies comme un ivrogne s'accroche à une bouteille déjà vide. Si tout se passe bien, cette lettre ne tombera pas à terre. Elle parviendra, oui, entre les mains du commandant Álvaro Andrea dès qu'il débarquera à Xai-Xai. C'est curieux : la première lettre lui a aussi été remise sur un quai, le quai de Zimakaze. Chacune de ces missives réclame les soins non d'un facteur mais d'un marin.

Il m'est déjà venu à l'esprit que le commandant ait simplement oublié de te remettre la lettre. Le connaissant comme je le connais, il est tellement en colère contre Mouzinho qu'il est aveugle à ses autres obligations. Malgré tout je comprends qu'il s'alimente de ces rancœurs mesquines. Que reste-il à un militaire après la guerre ? Que subsiste-t-il d'une époque qu'on ne pourra plus jamais oublier ?

En réalité, tout sépare ces deux officiers. Mouzinho est un homme fidèle à la monarchie et fier de ses lointaines et pures racines lusitaniennes. Álvaro Andrea est un républicain d'origine italienne. Son grand-père était un marin gênois et ses racines sont réparties entre la mer et la terre. Mouzinho et Andrea se disputeront ta complicité dans une lutte qui ne les concerne qu'eux. Mais tu n'auras pas le choix. Andrea est un ami. Mouzinho est un allié. Andrea commande sur le bateau. Mouzinho commande sur le voyage.

Le plus grave de tout, ma chérie, c'est que la guerre au Mozambique n'est pas terminée. Aussi t'emmènent-ils comme traductrice. Ils attendent que tu fasses bien plus que traduire. Ils veulent que tu sois une espionne au service de la couronne portugaise. C'est cela qui me tourmente. En trafiquant de précieux secrets, tu courras de sérieux risques. Tout cela m'empêche de dormir. Et puis, le lendemain, je reviens à la raison et j'estime que tu es hors de ces dangers imaginaires. Finalement, seules les plus hautes autorités portugaises sont informées de ta mission. Il est très peu probable que parmi les Portugais quelqu'un découvre ta véritable identité. Aucun des prisonniers (à l'exception de Godido, le fils du roi) ne sait parler un mot de portugais. Et même si Godido veut te dénoncer, qui lui donnera un quelconque crédit ?

Ma chérie, ce sera ta première fois en mer. Voilà un an que j'ai fait ce voyage en sens contraire : du Portugal au Mozambique. Deux longs mois à l'intérieur d'un navire. Durant ce temps j'ai compris la chose suivante : ce n'est pas seulement le bateau qui se déplace sur l'océan. Ce sont les âmes des passagers qui transitent et se mêlent au-delà des races et des nations. Je suis un privilégié sur cette terre, je suis des rares à avoir entrepris cet autre voyage. Et ce n'est pas en mer que j'ai voyagé. C'est en toi que j'ai franchi des frontières qui me séparaient de moi-même. Mes yeux sont bleus afin que tu me traverses comme si j'étais eau.

Pour te consoler, dis-toi que ton voyage n'a pas commencé maintenant. Depuis ton enfance tu émigres de toi-même. Pense aux avantages de cette expédition involontaire : dans cette autre patrie – qui est la mienne de naissance –, nous commencerons ensemble une nouvelle vie. C'est mon plus grand désir. Mais je ne veux pas qu'il t'arrive ce que j'ai vu arriver à d'autres femmes africaines au Portugal. Je n'admettrai pas que tu sois humiliée. Tu seras Imani de Melo. Tu seras femme, ma femme.

Germano de Melo

7
Les mains et les mères

> Le plus grave héritage de la guerre, ce ne sont ni les blessures ni les décombres. Le pire héritage, ce sont les vainqueurs. Les vainqueurs croient que la victoire les a faits maîtres de la terre et ils se croient en droit d'être ses gouvernants à vie.
>
> Extrait de la lettre d'Álvaro Andrea

Je comprends maintenant pourquoi les gens de l'estuaire appellent le Limpopo "Nambo wa Nhimba", le fleuve enceint. Présentement, le fleuve se trouve en travail d'accouchement : il écarte ses berges, se contorsionne comme un serpent, se démène pour expulser ses eaux dans celles de la mer. La corvette chevauche les vagues et il n'est pas un endroit sur le pont qu'elles ne balayent. Les sept épouses de Ngungunyane se serrent autour de leur mari. Si elles sont en quête de réconfort elles n'en trouveront pas : il n'est pas de créature au monde plus apeurée que le roi de Gaza. Je me délecte de voir celui qui a semé tant de terreur chez les miens aussi épouvanté.

La grossesse du fleuve me rappelle mon état : jamais auparavant je n'avais ressenti de nausées. Là, je n'ai qu'une envie, fermer les yeux et m'endormir dans une sorte de rêve ivre. De loin, Dabondi ébauche un sourire timide. Elle est la seule des reines à me témoigner de la sympathie. À pas furtifs, elle vient s'asseoir auprès de moi. Le roi et ses épouses nous observent avec suspicion. Ils ne voyagent pas dans un bateau, ils naviguent dans un cercueil. Ils marchent, morts, sur les eaux. La belle Dabondi est la seule à être vivante. Je me penche pour entendre sa voix qui susurre :

– Je veux que tu me fasses une faveur, ma sœur. Demande aux blancs d'autoriser le Nkosi à porter sa couronne.

Elle cache dans ses mains le chidlodlo, la couronne de cire noire qui chez les Vanguni distingue les nobles des autres castes. La femme en est convaincue : l'empereur africain serait soulagé s'il pouvait la porter. Elle surveille si quelqu'un nous écoute. Puis elle reprend la parole :

– Je suis la seule qui sois pressée de quitter mon pays. Veux-tu savoir pourquoi ? Et elle laisse un nouveau silence s'installer. Ses yeux sont humides lorsqu'elle annonce : Je vais voir mon fils !

À dix-sept ans, son fils João Mangueze fut envoyé au Portugal pour étudier. "Étudier" est peut-être un terme exagéré. Il travaille depuis deux ans pour une serrurerie sur l'autre rive de Lisbonne. Les Portugais avaient offert au roi de Gaza la possibilité que ses fils soient éduqués dans des institutions lusitaniennes : les uns sur l'île du Mozambique, les autres dans le Portugal continental. Mangueze fut le seul à être choisi pour voyager au-delà des mers. L'empereur avait dit aux Portugais : Voyez comme j'ai confiance en vous, je vous remets ce que j'ai de plus précieux. Ses épouses s'étaient unies pour contrecarrer cette décision : en définitive, les enfants de l'une étaient ceux de toutes. Elles partageaient une même crainte : la mer engloutirait le jeune homme que les Portugais avaient baptisé "João". Parmi toutes les épouses seule Dabondi était heureuse. Dissimulant cette joie, elle fit mine de s'y opposer également. Depuis longtemps, elle priait en secret pour que João Mangueze fût emmené au loin. Mieux vaudrait qu'il disparût en mer plutôt que d'être empoisonné dans des querelles de pouvoir.

– Bientôt ils verront tous que tu es enceinte, dit-elle en touchant mon ventre.

– Ça se voit ?

– Je l'ai toujours su. Je suis une nyamussoro. Je jette les coquillages. Et je les ai apportés avec moi, les tintxolo.

Elle redresse la poitrine, exhibant un mpacatxu, un collier de petites baguettes entrelacées sur un fil. Ce n'est pas de la vanité. Le bijou prouve qu'elle a été rêvée par les dieux. Elle se lève, me tend une capulana que je ne tiens guère à accepter. Mais elle insiste. Il fera bientôt nuit et il se mettra à faire froid. Je ne dois pas couvrir mes épaules du pagne que je porte noué à la taille parce que l'enfant serait étouffé à l'intérieur de moi. Cette capulana doit appartenir à une autre femme.

– On va voyager ensemble, affirme Dabondi. Je serai la marraine de ton fils. En échange, tu seras ma petite femme, mon esclave là-bas au Portugal.

– Je n'ai jamais été esclave…

– C’est le moment de commencer, déclare Dabondi. Ton enfant, m’a-t-on dit, ne porte pas la bonne race. Tu auras besoin de quelqu’un qui te protège des blancs et des noirs.

Elle laisse sa main s’arrondir sur mon ventre et se risque à deviner : voilà trois mois que je ne saute pas la lune. Selon la tradition, je suis en état d’obscurité, mes sangs lunaires sont gardés. Il est impératif, assure la reine, que je saigne autrement. Elle se propose de me faire de petites incisions sur les jambes afin que le sang ne s’accumule pas dans mon corps.

– Je t’ai observée, ma fille, reconnaît la reine. Il y a des choses que tu dois apprendre : par exemple, en buvant, tu dois t’agenouiller pour que l’eau ne tombe pas en cascade sur la tête de l’enfant.

Chez nous les jeunes filles apprennent à n’être personne. Dabondi aussi s’est annihilée. Elle pensait que, de cette manière, elle perdrait ses enfants sans souffrir. La nuit où son fils partit au Portugal, la reine se réveilla les doigts collés par une huile épaisse. Elle se demanda si elle rêvait toujours. Mais elle laissa les choses advenir : si c’était un rêve qu’il vînt entier. Dans le noir, elle sentit l’odeur de la rouille et comprit qu’elle saignait abondamment. L’hémorragie naissait de son ventre : c’était João qui se tordait de retour dans le noir. Ce fils dont tous disaient qu’il s’en allait au loin n’était en définitive jamais né. Il était mort encore dans ses entrailles. C’était un ximuku, l’un de ceux qui, dit-on, retourne de l’autre côté. C’est le même nom qu’on donne aux noyés. Ils sont morts dans un ventre infini, sans révéler les secrets qu’ils recelaient.

À l’aube, sans que personne au village ne s’en aperçoive, Dabondi se faufila à travers bois. Elle marcha sans savoir si le sol qu’elle foulait était réel ou rêvé. Munie d’une pelle, Dabondi ouvrit un trou étroit mais profond. Là elle enterra son fils, João Mangueze. Tous diraient plus tard que le trou était vide quand on l’avait refermé. Que seule la terre enterrait la terre. Tous jureraient que le jeune homme n’était pas mort et qu’il avait pris, en suivant les détours de la mer, la destination de Lisbonne.

Les paroles et les promesses des autres ne comptaient en rien. Dabondi voulait juste vérifier que le lait s’était tari dans sa poitrine. Comme le font les mères qui conçoivent des enfants sans vie. D’innombrables fois elle pressa ses tétons et aucune goutte ne perla. Quand elle se fut assurée qu’elle était plus sèche qu’une pierre, elle retourna chez elle et s’endormit.

Le lendemain matin l'empereur la croisa et ne la reconnut pas. Dabondi s'était transformée en arbre. Et ainsi la reine résolut l'insoluble. Être mère est un verbe sans passé. Voilà ce que dit la reine.

– Le sang sur la lame qui a coupé le cordon ombilical appartient à la mère ou à l'enfant ? Et elle ajoute, décidée : Eh bien, c'est mon sang que je vais retrouver dans ce voyage.

On ne rend pas visite à son enfant, affirme-t-elle. On revient vers lui comme s'il n'était jamais né. Elle ferme les yeux, balance les épaules et fredonne les vers d'une vieille chanson : "Les mères mettent leurs mains dans le feu et lancent dans les cieux les cendres encore ardentes. C'est ce qu'elles font depuis l'aube des temps. Ainsi a-t-on créé les étoiles. Il arrivera à ces lumières ce qui est advenu au soleil : elles reviendront. Elles reviendront toutes. Et feront briller les mains des femmes."

J'interromps sa litanie, avec peu de conviction : Votre fils retournera dans vos bras. N'est-ce pas ce que dit la chanson ? Elle me regarde longuement. Ses doigts tricotent un vide comme si, à ce moment-là, elle lisait les osselets divinatoires. Quelque chose chez cette femme me rappelle ma défunte mère.

– Je suis jalouse de toi, avoue-t-elle d'un ton éteint. Je regrette de ne pas savoir parler la langue des blancs.

– N'ayez pas de regrets, ma reine. Ainsi, vous n'entendez pas les offenses qui nous sont adressées. Vous ne comprenez pas combien de fois on nous traite de singes.

– Les blancs aussi ignorent les noms affreux que nous leur donnons.

Et elle répète, le visage illuminé : Je vais voir mon fils, il n'y a que cela qui compte. Elle me demande alors de lui apprendre le portugais. Ce sera dans cette langue qu'elle communiquera avec son fils.

– João n'a pas oublié votre txizulu.

– Tu ne comprends pas, ma fille. Je veux parler avec mon fils dans une langue qu'aucun de mes parents ne puisse comprendre.

Pour se mettre à l'abri des moustiques, le capitaine Mouzinho de Albuquerque se réfugie dans la cabine de pilotage. Il appuie la main droite sur la barre et se tient ainsi, comme si l'humanité l'admirait. Le commandant Andrea marmonne entre ses dents: Qu'il n'ose pas me donner des ordres. C'est la mer qui me commande. Personne d'autre.

Dabondi me prend par la main et me conduit jusqu'à Mouzinho. Elle me demande de l'aider à se faire comprendre. Le capitaine entrouvre la porte, prêt à écouter. La reine demande:

– En arrivant au Portugal, je veux parler avec votre ancien.

– L'ancien? interroge Mouzinho.

– L'ancien des blancs. Je veux le remercier d'avoir reçu mon fils. Ce roi du Portugal est le nouveau père de mon João. Et je suis l'épouse de votre roi.

Le capitaine sourit, condescendant. Il nous demande de le laisser seul. Et il referme la porte.

Sur les berges du Limpopo s'allument des centaines de feux timides. La plupart d'entre eux n'appartiennent pas aux villages riverains. Des gens qui ont campé près du fleuve ont attisé ces feux uniquement pour s'assurer que l'empereur était bien déporté. De temps en temps, on entend une insulte: Va-t'en, vautour, et ne reviens plus jamais!

Dabondi s'est retirée auprès des autres reines, me laissant seul à seul avec Álvaro Andrea. Avec son pardessus noir le commandant est une silhouette quasi indistincte. Les flammes des feux se reflètent sur les boutons argentés de son uniforme.

– Ta reine dit qu'elle parle aux fleuves, affirme le Portugais. Toi qui es traductrice, tu sais ce que disent ces feux sur la berge du fleuve?

Il n'attend pas de réponse. Je le regarde de la tête aux pieds. Cette tenue est déplacée sous la chaleur des tropiques. Les boutons métalliques laissent les reines fascinées. Ngungunyane ne dispose pas de tant d'éclats, aucun morceau de soleil ne pend de sa poitrine. Moi seule éprouve de la compassion envers ce blanc dégoulinant de sueur qui, si ce n'était la solennité de l'uniforme, ressemblerait à un enfant perdu dans le monde. Le manteau trempé lui arrive presque aux pieds qui, par contraste avec la rigueur militaire, se trouvent sans défense. Le Portugais est pieds nus. Les bottes sont au lavage, couvertes de boue noire et puante. Les reines contemplent, amusées, le désarroi du blanc, comme si, à le voir pieds nus, elles le surprenaient entièrement dévêtu. L'oncle Mulungo commente à voix haute : Le zèbre a enlevé ses sabots. Et tous rient. Les anciens juraient que les Européens étaient des créatures ongulées. Voyant les Portugais toujours chaussés, ils croyaient que les chaussures faisaient partie de leur corps.

Essuyant la sueur qui coule sur son front, le Portugais me prévient :

– Il faut qu'on parle, ma fille. J'ai une mission à remplir bien plus importante que de piloter une corvette.

8
Avant que la mer existe, existait un bateau

J'ai lancé une pierre sur le vent
parce que j'ai cru que c'était un oiseau kuerre kuerre
alors le vent s'est arrêté de souffler doucement
le vent a commencé de brasser la poussière
parce que j'ai lancé une pierre sur le vent
le vent a brassé une poussière énorme et s'est envolé
il a soufflé fort
il a brassé la poussière
le vent a débordé
le vent qui jadis a été un oiseau

Récit du peuple San recueilli au Cap en 1870
et traduit dans une version poétique par
l'écrivaine sud-africaine Antjie Krog*

Álvaro Soares Andrea croit avoir appris à naviguer avant la naissance de la mer. Des décennies durant, il a bourlingué le long de la côte africaine et exploré des fleuves encore innommés. Et ses voyages sont si nombreux que pas une nuit ne suffit à raconter ses aventures. D'où son mépris devant les caprices de Mouzinho de Albuquerque.

– Qui connaît la mer connaît les cieux, proclame le commandant tandis qu'il arpente, de long en large, toute la longueur de sa corvette.

Il est inquiet, il n'a pas fermé l'œil de la nuit. Des rêves, d'étranges présages, l'ont visité. Il a rêvé qu'il s'était métamorphosé en un prisonnier noir et qu'il voyageait dans la cale de son propre navire. Dans ce même rêve, Mouzinho lui détachait les poignets et agitait un cahier sous son nez : C'est ça que tu écris contre moi, sale fils de pute ? Il effleurait d'une badine nerveuse la tige de ses bottes. Puis jetait le cahier sur ses genoux. Il exigeait qu'il le lise à haute voix. Andrea prenait les feuilles de ses mains tremblantes. Il voyait bien que c'était son écriture. Mais d'emblée

* Traduction en français à partir de la version originale en anglais.

il s'apercevait qu'il avait tout écrit dans une langue qu'il ne comprenait pas. Cela ressemblait à du zoulou, mais il n'en était pas sûr. Et il se réveillait en sursaut.

– Qui connaît la mer connaît les cieux, répète Andrea, comme si l'adage l'aidait à rester éveillé. Il observe à nouveau les nuages noirs au-dessus de l'océan. Enfin, il se plie à l'ordre des forces insondables de la nature. Il a davantage confiance en cette étoile intérieure – que certains désignent par intuition – qu'en des cartes et des boussoles qui se révèlent inutilisables sur les mers tropicales.

– Préviens le capitaine que le nom de ce vent est moche.

Dabondi veut encore une fois aider Andrea à surmonter son ignorance. Et les méconnaissances du capitaine portugais sont nombreuses. Il ignore, par exemple, que le vent a jadis été un oiseau. Cela nous le savons, nous les noirs vatxopi. Ce sont des vérités que nous apprenons dès l'enfance. Le vent était un oiseau et il a fui hors de lui-même lorsque les hommes ont voulu le capturer. Dépourvu de corps, il a niché dans les nuages et voyage avec eux pour se poser quand il se fatigue. C'est pourquoi le vent chante. Parce qu'il a jadis été un oiseau. Petite, je disais que le vent "siffloriait". Et le prêtre portugais Rudolfo Fernandes souriait avec indulgence. Les langues sont femmes : elles flirtent, tombent enceintes et engendrent des enfants.

– Je connais ce vent, assure la reine. Il s'appelle xidzedze.

Il est bien différent des autres bourrasques, ce xidzedze. Il hurle comme une bête et il est fabriqué sur commande. C'est peut-être l'empereur qui l'a fait appeler.

– Le xidzedze emprisonne celui qui a emprisonné notre roi, relève Dabondi.

Puisque le vent l'ordonne, le commandant obéit : la corvette accoste sur la rive droite et là, si près de l'océan démonté, elle trouve un refuge sûr. J'entends l'ancre descendre dans le fond boueux. Nous allons passer la nuit dans cet abri improvisé, avec l'espoir qu'à l'aube, nous poursuivrons le voyage en direction du port de Xai-Xai.

– Écoutez, mes sœurs ! nous engage Dabondi. N'entendez-vous pas des voix, venues de la plage ?

La furie de la mer nous perturbe intimement. Ce tumulte intérieur nous ôte le sommeil à tous, prisonniers et geôliers. Ce noir n'est pas le fils de la nuit – c'est ainsi que Dabondi explique notre difficulté à nous endormir. Et elle ajoute : Ce noir vient des rochers du Zongoene.

Au-delà de l'estuaire se dressent des dunes tellement hautes que, de leur sommet, on peut voir l'autre côté de l'océan. Au pied de ces dunes se nichent les rochers du Zongoene. Il n'y a pas de roches aussi noires et aussi immobiles dans tout l'univers. La racine de ces pierres loge plus profondément que l'antre où est né le démon.

Voilà des siècles que les pêcheurs viennent prier là, implorant que les navires naufragent et que les vagues charrient sur le rivage les richesses qui voyagent dans les cales. On attache une jeune femme, complètement nue, au milieu des rochers pendant que la clameur des anciens s'impose sur le fracas des vagues : Vous, les psikwembo*, rendez la mer furieuse pour que les bateaux coulent et que nous arrivent des cadeaux venus de loin…

– Écoute bien, ma fille, me dit la reine, n'entends-tu pas des voix venues de la mer ?

Je ne perçois que la rumeur des vagues et le sifflement du vent. Mais, pour Dabondi, il ne fait aucun doute : sur la plage, des gens invoquent les dieux en vue d'un naufrage. Et des mains ont soif d'éventrer un navire. Et ce navire peut être la corvette à bord de laquelle nous voyageons.

Les pressentiments de la reine me bouleversent. Je suis saisie d'une espèce de délire : c'est la fin de tout, mes quinze ans vont se noyer, inutiles, dans les eaux troubles du Limpopo. Je pars à la recherche du commandant Andrea, qui déambule sur le pont une lanterne à la main. Il fait penser à un xipoco, un de ces fantômes insomniaques qui effraient les enfants. Le Portugais met un temps à réagir à ma demande :

– Commandant, prêtez-moi cette lanterne, s'il vous plaît.

– Pourquoi ?

– Je ne sais pas. J'ai envie de voir Germano.

– Germano ? Pour l'amour du ciel, Imani !

– Je suis peut-être folle, mais laissez-moi guetter…

– Ne traînez pas, je ne peux pas rester sans lanterne. Il y en a ici qui veulent me faire du mal.

Le geste tremblant, les mains presque immatérielles, le commandant me confie cette lueur fragile. Le vent secoue le flambeau qui éclaire davantage mon corps que le chemin. À chaque touche de lumière, je me détache de plus en plus nettement, sorte de luciole déambulant dans le noir. C'est peut-être pourquoi les regards voraces et carnivores des marins se fixent sur ma silhouette. Je cherche Mouzinho pour implorer sa protection. Je lui demanderai qu'il me protège contre deux convoitises : celle de mes frères noirs qui me souhaitent morte et celle des blancs qui désirent me violer.

C'est alors qu'Álvaro émerge des ombres et m'arrache la lanterne des mains : Bon, c'est fini, déclare-t-il. Moi, j'ai plus de raisons de craindre le noir.

C'est dans l'exil – et non sur le trône – qu'on reconnaît le véritable empereur. Ainsi disait mon père. Et il recommandait : Regardez les omoplates du roi pour évaluer la vitalité de son royaume. Je regarde Ngungunyane et ne vois pas de corps. Je reconnais la seule courbure de la sujétion. Par contraste, la noblesse demeure intacte chez Nwamatibjane Zixaxa.

– Pourquoi ne vous asseyez-vous pas tous ensemble ? s'interroge Andrea en montrant les prisonniers.

– C'est mieux comme ça, mon commandant, je précise. La rancœur entre les deux chefs est grande…

D'un hochement subtil, le rebelle Zixaxa indique les dunes de Zongoene. Il confirme ce que Dabondi avait déjà annoncé : quelque part, au-delà de l'estuaire, on réveillait les esprits. On leur demandait de fabriquer des naufrages.

– Qu'est-ce qu'il dit ? demande le commandant.

– Dis-lui que je parle des étoiles, répond Zixaxa. Et il poursuit lentement, me donnant le temps de traduire : Les étoiles sont les épouses de la Lune. C'est cela qu'elles sont pour nous, ceux de notre race. Les épouses sont trop nombreuses, c'est pour cela qu'elles maigrissent. La Lune ne leur donne pas à manger.

Un sourire ténu se dessine sur le visage d'Álvaro Andrea. Il s'appuie sur la rambarde, secoue la tête et murmure :

– J'ai oublié que c'était la dernière nuit de l'année.

Je ne fais pas l'effort de traduire pour Zixaxa. Son calendrier est différent, les années sont nommées en fonction des sécheresses, des guerres et de la famine. L'année qui débute maintenant n'aura jamais de nom.

Le Portugais a perdu l'habitude de marcher pieds nus, il se retire donc avec des pas chancelants. Quand sa silhouette devient floue, je demande à Zixaxa :

– Je ne connais pas cette légende des étoiles...

– Je viens de tout inventer. Les blancs aiment les histoires. Des fois ils me font de la peine. Je les traite avec déférence, en les appelant “patrons”, et ils croient que je suis sincère.

Le bateau dort enfin lorsqu'un signe de la berge nous parvient. Un homme agite un flambeau et s'annonce en braillant en txishangane. C'est un induna, un représentant de la cour des Vanguni. Il apporte un message de la reine Impibekezane, mère de Ngungunyane. Il doit remettre personnellement ce message au roi détrôné. Mouzinho hésite à autoriser la visite. Il demande conseil à Álvaro Andrea. Surpris qu'on le consulte, le commandant déclare : Le bateau est à moi, le prisonnier est à vous.

– La reine Impebekazane nous a toujours aidés, dit Mouzinho. Que le nègre monte à bord. Et s'adressant à moi : Et toi, Imani, tu es prévenue ; après tu me raconteras ce qui est advenu dans cette conversation.

Ils envoient un canot chercher l'induna tandis qu'on entend, venues des berges, des voix en txishangane : Va-t'en, gros tyran, qui nous a volé le bétail et les poules ! Et maintenant où t'emmènent-ils ? J'accompagne l'émissaire auprès des prisonniers vanguni. À proximité de l'empereur le messager frappe dans ses mains et s'agenouille pour le saluer : Bayete ! Au début, Ngungunyane ne reconnaît pas le visiteur. Il se lève péniblement, sa couverture retombe sur son dos, laissant ses chevilles à nu. Il scrute avec méfiance le visage de l'intrus. L'émissaire s'identifie comme étant l'adjoint du général Maguiguana et il s'exprime en txizulu :

– Ne faites pas attention aux insultes de ces gens du fleuve. Bientôt ils vous salueront à nouveau comme le Nkosi de tous les peuples de Gaza.

– Que veux-tu ? interroge Ngungunyane.

– Je vous apporte des nouvelles, mon roi. Le commandant de vos ihimpis, le général Maguiguana, est en train d'organiser un mouvement dénommé "Ukubuya Nkosi*" pour exiger votre retour à Gaza.

– Et quoi d'autre ? Allez, parle. Je connais bien vos manières : vous commencez par les bonnes nouvelles pour retarder l'annonce des malheurs…

– Je viens vous avertir, mon roi, que des accusations graves pèsent contre votre mère, la reine Impibekezane. Et c'est à cause d'elle, dit-on, qu'il ne pleut plus depuis deux ans et que le bétail meurt d'une épidémie inconnue. Dites-moi ce que vous voulez que nous fassions pour sauver votre mère.

– Ne vous inquiétez pas, Nkosi Kakhulo, grand roi, répond l'oncle Mulungo. Le vieux conseiller a une idée claire sur le sujet. Les blancs, dit-il, sont ceux qui nous gouvernent maintenant. Ce n'est qu'une question de temps. Bientôt les mêmes accusations qu'ils lancent aujourd'hui contre la reine mère seront adressées aux nouveaux gouvernants.

– Et que disent-ils d'autre ? insiste le roi.

Les yeux cloués au sol, le messager hésite. Et, reprenant la parole, il passe du respect à la crainte :

– Vos oncles veulent tuer Impibekezane. Ils l'accusent de la plus grave trahison : elle a livré son propre fils aux Portugais.

Ngungunyane écoute comme si tout cela était dit dans une langue inconnue. L'émissaire attend de longues minutes dans l'espoir que son interlocuteur quitte cette léthargie. Et comme rien ne se passe, il interpelle silencieusement l'oncle Mulungo. Mais tous savent : il est des silences qui ont un maître. Aussi, le vieux conseiller fait semblant de rien. Et tous attendent que l'empereur, le maître de tous les silences, reprenne la parole :

– Pour que je sois ici, captif des blancs, quelqu'un m'a certainement trahi, déclare Ngungunyane. Cherchez les coupables et faites justice. Commencez par la famille.

L'émissaire prend congé avec force révérences. Reculant sans jamais tourner le dos, il s'adresse au roi pour la dernière fois :

– Voulez-vous que je fasse parvenir un message à votre mère ou à Maguiguana ?

– Dis-leur de faire venir le dokotela, répond l'empereur.

Il parle du médecin suisse, George Liengme, qui lui prêtait secours à Mandlhakazi. Toujours tête baissée, l'émissaire précise :

---

* Du zoulou : "Faites revenir le roi."

– Les Portugais ont expulsé les Suisses. Le dokotela a dû partir pour le Transvaal.

L'induna regagne le canot qui l'a amené, on entend les rames clapoter sur les eaux. Le dernier des messagers du roi disparaît dans le noir. Jamais plus Ngungunyane ne recevra de visites de son royaume. Son exil a commencé avant même qu'il ait quitté sa terre natale.

Sur le pont, Mouzinho de Albuquerque attend mon rapport. Je monte les escaliers en me remémorant les paroles de mon père : en temps de guerre tout traducteur est un délateur.

C'est l'aube lorsque le commandant Álvaro Andrea m'offre une assiette de soupe. Je refuse avec délicatesse et, sans cérémonie, il prend le repas qui m'était destiné. Il s'essuie les lèvres sur le dos de la main et je ne comprends presque pas quand il me dit :

– Tu as parlé de Germano.

– C'est mon fiancé.

– Je sais qui c'est. J'ai une lettre de lui pour toi.

– Et pourquoi ne me le dites-vous que maintenant ?

– J'ai oublié. Je suis un homme solitaire.

– Je ne comprends pas, commandant.

– Les solitaires ne se rendent pas compte qu'ils oublient. Je me rappellerai peut-être. Peut-être m'aideras-tu à me souvenir.

Les boutons argentés de son uniforme luisent mais les yeux qui se fixent sur moi brillent plus encore.

– Je suis enceinte, mon commandant.

Ma propre parole me surprend. Ce que je viens d'énoncer n'est pas une défense. C'est une accusation. Un instant le commandant baisse la tête, gagné par la pudeur. Mais il se ressaisit aussitôt et il redevient tout entier homme, tout entier blanc et militaire :

– Tu es enceinte mais pas amnésique. Il y a des choses que tu vas me raconter. Des choses que tu as vues pendant la capture de Gungunhane.

Le commandant a en sa possession la lettre de Germano. Mon premier mouvement est de réagir avec colère. Mais mieux vaut procéder comme je l'ai toujours fait : repousser la dispute, feignant l'obéissance. J'accepterai de parler, mais je le mets en garde : nos conversations susciteront des soupçons chez les noirs et les blancs. Mieux vaudrait que j'écrive ces aveux. Il lui suffirait de m'autoriser à utiliser la remise et de me donner une plume et du papier. Je ne sais pas, réfléchit le commandant. Les gens mentent, dit-il, la plupart des fois sans même le savoir. Lorsqu'ils écrivent, ils mentent encore plus. Puis il cède. Le problème de la vérité c'est qu'elle n'a pas de solution vraie. Dans mon cas, le mensonge n'est presque toujours qu'une erreur de traduction.

9
La calligraphie du roi analphabète

Les chevaux sont ce qui reste des anciens dragons.

Nwamatibjane Zixaxa

En fin d'après-midi, je suis assise dans le coqueron du bateau. Un cahier, une plume et un encrier attendent sur une table. Le commandant a fermé la porte du compartiment, persuadé que, dans ces murs, je fabriquerai des preuves qui incrimineront Mouzinho de Albuquerque. Surprise par la visite de Ngungunyane, je n'ai pas le temps de commencer ma déposition.

– Je déteste tes chaussures, commence-t-il par dire en entrant dans la petite pièce. Je déteste tes manières et je ne supporte pas la façon dont tu m'échappes. Mais sois tranquille, ajoute-t-il, je ne viens pas te faire de mal.

Puis il m'arrache le cahier des mains. Il le lève sous le lumignon, comme s'il le soupesait. Pourquoi écris-tu autant ? demande-t-il. Et il commente, en plissant les yeux : Même les blancs n'écrivent pas autant. Je n'ai jamais vu aucun d'entre eux écrire après le coucher du soleil.

Mes yeux rasent le sol, je vois ses pieds nus. Ce sont les racines d'un arbre mort. Je sens son haleine chaude quand il m'ordonne de jeter à la mer le cahier et tous les autres papiers.

– Quels papiers ? dis-je d'une toute petite voix.

Il fouille dans ma besace et en retire les lettres que je n'ai jamais envoyées à Germano. Je n'imaginais pas moi-même qu'il y en avait autant. L'empereur a besoin de ses deux mains pour prendre tout ce paquet. Il fait quelques pas et laisse tomber les feuilles. Il le fait exprès. Il entend que je me penche pour ramasser ce qui s'est éparpillé par terre. Il profite de ma fragilité. Ses mains boudinées touchent mes cuisses, parcourent mes fesses et, après un profond soupir, saisissent ma taille.

Je le laisse abuser de moi. Je veux qu'il se distraie et se tienne à l'écart de l'endroit où je cache mes autres écrits. Il n'a qu'à garder les lettres mais qu'il ne touche pas aux cahiers dans lesquels je raconte ces péripéties. À la hâte, je choisis les lettres tout juste ébauchées et les dépose entre ses mains. L'empereur secoue la tête et murmure : Tu seras mienne, ma huitième épouse, ma nouvelle envoûteuse !

Il se dirige vers l'écoutille, faisant osciller son corps comme s'il berçait un enfant. D'un grand geste, il jette les lettres par-dessus bord. Les papiers volent un moment, tournoyant comme des mouettes aveugles. En tombant sur les vagues, la mer entière change de couleur. Elle devient noire comme la nuit. Ngungunyane ne perçoit pas ce changement. Pour lui l'océan n'a toujours été que ténèbres.

– Je suis venu ici, dit-il, non pas à cause de tes papiers. Mais de ma lettre.

– Quelle lettre, Nkosi ?

– Celle que je vais te dicter. Une lettre pour le roi du Portugal.

Il examine la feuille blanche qu'il a lui-même écartée, tâte la pointe de la plume, sent l'encrier. Et me dit de ne pas être avare de fioritures et de circonlocutions. Je veux que tu utilises un langage propre aux rois, dit-il. N'est-ce pas nous, les souverains des nations, qui commandons les mots ? Posément, il commence à dicter. Il garde les yeux fermés comme font ceux qui chantent avec l'âme à fleur de peau.

"Mon frère, Dom Carlos,
Roi du Portugal

C'est moi Mudungazi Ngungunyane – fils de Muzila, lui-même fils de Manikusse, le Sochangane. C'est moi qui vous écris pour vous remercier de votre grande bonté. La rumeur s'est répandue dans ces parages que je suis prisonnier. On dit que je suis à bord de ce bateau comme un animal, vaincu et humilié. Nous savons tous deux que ce n'est pas vrai. Je voyage à l'invitation de Votre Excellence. Tout cela – ma capture, mon emprisonnement, mon voyage – est une mise en scène. Tout cela n'est rien d'autre qu'une farce à l'usage des gouvernements d'Europe. On ne m'a ni enchaîné les poignets, ni attaché les bras, ni ligoté les pieds. Je suis immobilisé parce que j'ai accepté de collaborer à notre imposture. Je suis en route vers Lisbonne afin de discuter personnellement avec vous de nos affaires. Cette invitation privilégiée aurait provoqué de la méfiance chez les rois européens et de la jalousie chez les rois africains.

Il y a eu des fois où, je l'avoue, j'ai faibli. J'ai douté de vous, j'ai craint pour ma vie. La faute en est à la boisson, je le reconnais. Et une crainte permanente me poursuit : la peur de ne pas rentrer. Ainsi pensent les Zoulous : celui qui traverse la mer ne peut plus revenir. Ce n'est pas un pressentiment. C'est cette expérience de tous les Africains, qu'ils soient esclaves, qu'ils soient maîtres d'esclaves. Aucun n'est jamais revenu. Celui qui entre dans la mer perd son nom. Et ne se rappelle que ce qu'il a été avant sa naissance. Ainsi dit-on chez nous.

Je continuerai de gouverner mon peuple de loin comme font les rois déjà défunts. Je n'ai pas peur de la distance. Je crains, oui, la déloyauté. J'emmène avec moi mes sept femmes, chacune d'elles avec son ombre. Parmi elles Dabondi est celle qui rêve. Chacun de ses rêves est un conseiller qui m'avertit des intrigues et des trahisons. Ils vont sacrifier ma mère, Impibekezane, en l'accusant d'être fidèle aux Portugais. Le plus grave est que cette accusation est vraie. La reine Impibekezane a eu confiance en la parole du Portugal. Je souhaite vous demander, mon frère, de la protéger comme promis. On dit que Maguiguana a annoncé un mouvement de révolte pour forcer mon retour au Mozambique. Ne vous laissez pas prendre, mon cher Nkosi. Moi-même je ne crois pas à ses motivations. Pourquoi ce Maguiguana, avec ses talents militaires, n'a-t-il pas tenté une embuscade pour me libérer ? Pourquoi m'a-t-il laissé traverser des endroits où il était si facile d'attaquer par surprise ? Au lieu de lutter pour mon retour, Maguiguana aurait dû empêcher mon départ.

Rien de tout cela ne me surprend, mon roi. Mon général a une histoire. Il vient des Vatsonga, la tribu des conquis. J'ai obligé Maguiguana à s'agenouiller, je me suis assis sur son dos pendant qu'on me lavait. Cet homme voudra s'asseoir sur le dos de quelqu'un. Et, à présent, il commande une armée n'existant que dans ses rêves. Maguiguana fait semblant d'être un général. Je feins d'être un prisonnier. Et mon roi simule qu'il est mon geôlier. C'est pourquoi je dis : les batailles se gagnent avec des armes. Mais les guerres se gagnent avec des mensonges.

Je vous parle de tout cela, mon roi, car les bonnes manières exigent que l'on aborde un sujet par un autre. La raison principale de cette lettre concerne une demande urgente. La chambre que l'on m'a attribuée ne m'a pas apporté la réclusion. Mais la protection. Je suis maintenant à l'abri des Portugais qui me gardent rancune. Je vous demande de ne pas laisser Zixaxa rester dans ma cellule. C'est de lui dont j'ai besoin d'être le plus protégé. Ce Nwamatibjane Zixaxa n'est pas un Munguni, il ne fait pas partie de la noblesse de Gaza. C'est un petit induna du sud du Mozambique, de ceux que vous appelez "régulo". S'il est quelqu'un que Votre Excellence doit haïr, c'est ce rebelle qui n'obéit même pas. En triomphant de moi, vous avez vaincu tous ceux que j'ai vaincus.

Je veux que vous sachiez la chose suivante : l'attaque de Lourenço Marques n'a pas eu, comme on vous l'a raconté, ma complicité. Zixaxa a agi à ses risques et périls. Et maintenant il m'accuse de trahison, il m'accuse de l'avoir livré aux troupes lusitaniennes. Aussi je vous implore : ne m'obligez pas à dormir avec celui qui veut me tuer. Si mon destin est de cesser de vivre, je préfère être tué par les Portugais. Fusillez-moi, Votre Majesté.

Un dernier désir : je vous prie, transmettez un message au capitaine Mouzinho de Albuquerque. Dites-lui que son souvenir ne suscite pas ma colère. Le capitaine m'a arrêté non pas comme un ennemi mais comme un compagnon d'armes qui s'est insurgé. Je suis un sergent de la même armée. J'ai voyagé avec Mouzinho pendant plusieurs jours. Et j'ai constaté qu'une maladie nous rend frères : les genoux. Mouzinho est tombé de cheval dans l'exercice de ses fonctions. Ma souffrance n'a pas la même gloire. Je souffre uniquement de mon propre poids. Ces douleurs sont anciennes mais elles se sont ravivées après ma capture. Des jours durant on m'a battu avec force coups de poing et coups de pied. Je sais que ce ne sont pas vos instructions. Mais je continue de recevoir des coups, beaucoup de coups. Au début, j'ai pensé qu'il s'agissait de bastonnade pour faire semblant. Mais les raclées étaient trop douloureuses pour être fausses. Dans mon refuge de Chaimite, on m'a d'abord frappé pour me faire asseoir, puis à nouveau pour me faire lever. En route vers le fleuve on m'a battu parce que je marchais lentement. Une fois sur le bateau, des soldats ont voulu m'arracher de force le secret d'un trésor caché. Et c'est Mouzinho qui, furieux, a fait cesser cette bastonnade. C'est lui qui a crié : Personne ne touche à Ngungunynane ! Cet Africain est un invité du Roi du Portugal ! Ce Mouzinho, j'imagine, doit se douter de notre secret. Ayez-le sous la main, mon frère. Il ne faut pas tourner le dos à celui qui connaît nos blessures.

Dans peu de temps nous discuterons de vive voix. On ne m'a pas laissé prendre de cadeaux à vous offrir. J'avais déjà affecté trois têtes de bétail pour m'accompagner dans cette longue expédition. Cela n'a pas été possible. Ce sera pour notre prochaine rencontre au Mozambique, époque où, en dehors des bœufs, Votre Excellence aura les pâturages et les fleuves qui font engraisser les troupeaux.

Je salue Votre Excellence à notre manière : Bayete ! Roi Dom Carlos !

Mudungazi Ngungunyane"

Je mets un point final à la lettre avec un sourire malicieux. Pourquoi ris-tu ? demande Ngungunyane. Je me risque à dire : Cela ne peut être que de l'ironie. Comment ça ? demande-t-il. Vous n'avez pas pu être sincère, déclaré-je. Tu as tout écrit comme je t'ai dit ? demande le roi, comme s'il ne m'avait pas entendue. Je fais signe que oui. Et c'est à son tour de sourire avec malice. Il brandit son doigt en avertissement : J'enverrai Dabondi vérifier si tu as été fidèle à ce que je t'ai dicté. J'objecte, timidement : Dabondi ne sait pas… Il ne me laisse pas terminer : Dabondi sait lire. Alors que tu penses encore à ce que tu vas dire, elle lit déjà tes mots.

Ngungunyane prend la feuille dans sa main et parcourt de son index le contour des lettres. C'est sa façon de mesurer mon obéissance. Tu veux savoir pourquoi j'écris au roi du Portugal ? demande-t-il. À Chaimite, dit-il, les chasseurs accrochent les crânes des lions à l'arbre sacré. Tous pensent que c'est un étalage de fierté. Mais c'est l'humilité seule qui guide les chasseurs : ils vénèrent les vaincus, ils demandent pardon aux dieux des bêtes.

– Tu comprends pourquoi j'écris cette lettre ? demande Ngungunyane.

10
Un mouchoir blanc éclairant le passé

> La traversée de l'océan, à l'allée ou au retour, devait être aux yeux des Africains comme le franchissement d'un fleuve.
>
> Alberto da Costa e Silva
> in *Um Rio Chamado Atlântico*

Les navires sont comme les coquillages : en eux on entend la voix de la mer. Le *Neves Ferreira* est un coquillage géant, une coquille métallique renversée sur le dos. Les cheminées sont trois bouches qui avalent les nuages et les régurgitent ensuite, sales et lourds. Ce navire qui nous attend au port de Xai-Xai suscite un tel étonnement chez les prisonniers que l'océan devient invisible.

Assis sur des balles de coton, le roi de Gaza veut savoir combien de temps durera le voyage jusqu'à Lisbonne. Je lui fais part de ce qu'on m'a dit : deux jours jusqu'à Lourenço Marques. Puis deux mois encore pour atteindre la capitale portugaise. En traduisant en txizulu je convertis les mois en lunes. Je pensais que Ngungunyane réagirait tristement. L'inverse se produit. Un sourire éclaire son visage : Deux lunes ? demande-t-il, étonné. Les Portugais ont parcouru une route aussi longue uniquement pour me combattre ? Et il redresse les épaules, fier. L'espace de brèves secondes, il est de nouveau empereur.

Pendant des heures, les captifs attendent sur le quai l'ordre d'embarquement. Ils voyageront dans la cale. Les Portugais commencent par déplacer les marchandises. L'autre cargaison, celle qui parle, pleure et prie, suivra.

De grosses chaînes amarrent le navire *Neves Ferreira* au port. Il est attaché par les naseaux comme on le fait aux bœufs. Il partage la condition captive de l'empereur, dont les poignets ont été temporairement liés avec une corde en sisal.

La stupeur de mes frères noirs remplit le commandant Andrea de fierté. Mouzinho manifeste tout le contraire. Il veut brocarder la marine de guerre et les marins. Les bateaux, dit-il, sont seulement beaux sur terre. Et retournés.

Les marins éclatent de rire. Mouzinho surenchérit, rabaissant la Marine. Il faut retourner un bateau, dit-il, pour comprendre sa véritable nature. Les bateaux et les oiseaux se partagent le mot "quille". Un navire tient plus de l'oiseau que du poisson. C'est ce que dit Mouzinho.

La reine Muzamussi redoute que le navire puisse avancer sur terre. Elle implore en criant de ne pas détacher le monstre. Ngungunyane ordonne à sa femme de se taire. Dorénavant aucune des épouses ne parlera sans y être autorisée. Dabondi sourit avec dédain : l'empereur reconnaît enfin la fragilité de son empire et la précarité de son harem. Il a pris possession de la terre par le sang. Il s'est approprié les femmes par sa semence. À présent, tout ce commandement lui échappe. Voilà pourquoi il crie après ses épouses. L'unique autorité qui lui reste est d'être un homme parmi les femmes.

Sur le quai de Xai-Xai, le capitaine Mouzinho de Albuquerque surveille l'embarquement de son précieux cheval. Ce n'est pas un simple animal qui est là, ni une vulgaire cargaison qu'on transporte. Le cheval compose le portrait que le capitaine se fait de lui-même. C'est ainsi qu'il se rêve, réédition du centaure, cavalier à vie. Heureusement le fringant militaire ne comprend pas la remarque de Zixaxa : Un jour nous mangerons ce cheval.

C'est au tour de Mouzinho de sourire sans comprendre pourquoi. Il sourit toujours tandis qu'il monte les marches qui mènent à l'intérieur du *Neves Ferreira*. Sur le tillac il reçoit les salutations du commandant, le lieutenant Jaime Leote do Rego. Le patron de ce navire est un homme bien différent d'Álvaro Andrea, ce dont Mouzinho rend grâce à Dieu. Le changement de commandants est un soulagement pour lui. Pour moi c'est un cauchemar. Libéré de ses fonctions, Álvaro Andrea est plus disponible pour venir me trouver. Ce n'est pas sa compagnie qui me déplaît. C'est mon manque de courage pour exiger de lui ce qu'il me doit : la lettre de Germano.

Le navire prend le large et, le temps d'un instant, il me semble que c'est le continent qui se déplace. Ce ne sera pas sur un bateau que nous voyagerons. Nous naviguerons comme on voyage toujours : à travers des souvenirs et des rêves. Mais moi je ne me souviens ni ne rêve. J'ai quinze ans. Je pars loin de moi-même, sans bagages et sans papiers. Mais j'emmène mon enfant avec moi, le commencement de mon éternité.

En pleine nuit, nous sommes appelées, Dabondi et moi, à la cabine du commandant Jaime Leote do Rego. À l'entrée, Dabondi serre les bras du militaire. Il est rare qu'une de nos femmes se prête à ces avances. Cependant la reine a sympathisé avec le blanc à la barbe grisonnante. L'affection est réciproque : le lieutenant fixe la reine comme s'il étudiait son visage. Parfait, c'est elle que je voulais, confirme-t-il avec enthousiasme.

Au fond de la cabine se trouve une toile installée sur un chevalet. Sur une chaise sont posés deux pinceaux et une palette où se mêlent différents tons de bleu. Je veux peindre la mer, avoue-t-il. Voilà pourquoi il a exigé la présence de Dabondi. Sur le quai, dit-il, j'ai entendu cette femme. Dis-lui de recommencer à chanter !

– Ce n'est pas moi qui chante, argumente Dabondi. D'autres se servent de ma voix.

– Explique à cette femme que je ne suis pas habitué à demander.

La reine sourit et répond : Demande à cet homme s'il reçoit des ordres pour rêver.

Du bout des doigts Dabondi caresse la toile avec délicatesse. Elle croit être devant un métier à tisser et que le commandant est un tisserand. Avec des gestes ronds, comme s'il parlait avec les bras, le Portugais présente l'œuvre à commencer : La mer ne se voit pas, nous nous voyons en elle. Puis il ajoute : J'ai vu l'océan quand j'ai entendu cette femme chanter sur le quai.

Il offre un petit verre d'eau-de-vie à la reine. Dabondi le vide d'un trait. Elle agite le verre, réclamant une deuxième dose. S'il m'a écoutée chanter, ce blanc ne doit pas être un ennemi, dit-elle. Et elle ajoute : La boisson est bonne, je vais lui faire plaisir. Puis la reine libère sa voix. Le commandant ferme les paupières et, lentement, les eaux de la mer inondent sa cabine.

Le bras droit levé, les pas accordés sur la chanson de la reine, le commandant Jaime Leote do Rego avance vers moi et demande :

– As-tu déjà dansé avec un blanc ?

C'est le matin du 4 janvier 1896 et le *Neves Ferreira* jette l'ancre dans la baie d'Espírito Santo. Devant nous se déploie la même ville que Zixaxa a eu l'audace d'attaquer il y a un an jour pour jour. Les blancs l'appellent Lourenço Marques, nous l'avons baptisée Xilunguíne. Je me rappelle combien l'Italienne Bianca Vanzini déplorait la petitesse de cet endroit. Mais pour nous, qui n'avons jamais vu une ville, cet amoncellement de rues, de maisons et de lumières est un motif d'éblouissement. Aussi l'appelons-nous Xilunguíne, l'endroit où l'on vit et parle comme les blancs.

Naïvement, j'ai cru l'instant du débarquement proche. Mais j'ai aussitôt compris : tous les marins sont emmenés sur des barcasses excepté nous, les noirs. Ancré au milieu de la baie, le navire est une prison. Les Portugais ont besoin de temps : les préparatifs de la grande fête se font dans la ville. Viendront des journalistes, des diplomates et des dignitaires étrangers. Se rassembleront les gouvernants, les commerçants et les chefs religieux. Se réunira enfin la population des régions voisines pour voir défiler le Lion de Gaza vaincu et humilié, les pieds léchant la boue des rues de Lourenço Marques.

Álvaro Andrea refuse de débarquer. Il argue qu'en restant à bord il assurera la sécurité des prisonniers. Nous savons tous que le Portugais a d'autres motivations. C'est là sa dernière occasion d'avancer dans son rapport contre Mouzinho. Sur ce navire somnolent se trouvent, à son entière merci, les témoins qu'il désire interroger.

Le lendemain matin nous recevons des visites à bord. Habillé en civil, Mouzinho de Albuquerque arrive accompagné d'une dizaine de diplomates et de journalistes. Avec lui se trouve également un noir maigre et grand, portant des chaussures et des vêtements européens. S'adressant à moi, Mouzinho demande :

– Tu me reconnais sans uniforme, jeune fille ? Je suis habillé à l'alentejane, jaquette, ceinture et chapeau à larges bords.

Il ordonne de convoquer les prisonniers, puis il nous présente le noir qui l'accompagne :

– Voici Zeca Primoroso, le traducteur, le "langue" comme on l'appelle. Il vient aider pour les entretiens avec Gungunhane. Et il ajoute, se tournant vers moi : Tu es renvoyée, jeune fille.

On prend des photographies du roi entouré par deux reines. Dabondi sourit, satisfaite d'être l'une des élues. La presse comblée, Mouzinho se tourne sur le côté et défie le traducteur : Demande à Gungunhane s'il reconnaît celui qui l'a capturé à Chaimite. Ngungunyane se lève pesamment et montre Mouzinho : C'est celui-là !

– Vous voyez ? relève le capitaine triomphant. Même déguisé j'ai été immédiatement reconnu. Écrivez ça pour faire taire les sceptiques.

Tandis que les entretiens se déroulent, Mouzinho me prend à part pour m'expliquer pourquoi il a eu recours à un autre traducteur. Ce n'était pas une question personnelle. Le problème est le même avec tous les espions, explique le capitaine. Après il faut quelqu'un pour les espionner à leur tour. Payés pour en trahir un, ils finissent par tous les trahir.

Dans mon cas, ce soupçon était encore plus grave. J'étais noire, j'étais une femme, j'avais abandonné ma famille et mes croyances. Plus grave encore : j'avais choisi un blanc pour amant. Comment pouvais-je inspirer confiance ? Tu as trahi les tiens, tu nous trahiras nous plus facilement. Tu es peut-être quasiment blanche, mais quelque chose ne changera pas : la famille d'un nègre c'est tous les nègres du monde.

La délégation prend congé. La même barcasse qui les a amenés les ramène en ville. Ils rentrent tous, excepté Zeca Primoroso.

Le nouveau traducteur est l'un de ceux que nous désignons par muzwalana, c'est-à-dire un noir qui sait lire et écrire. Aussitôt les blancs partis, Primoroso me demande :

– Ils viennent d'arrêter le missionnaire Roberto Machava. Et plusieurs autres ont été emprisonnés. Tu fais aussi partie de l'Église ?

– Je suis d'une autre Église, réponds-je sèchement.

– Et quelle est cette Église ?

– Tu ne la connais pas. Elle n'a pas de nom en portugais.

Les prisonniers assistent stupéfaits à notre dialogue. C'est la première fois qu'ils voient deux noirs communiquer en portugais. Zixaxa secoue la tête et sourit. Un sourire est parfois la meilleure accusation.

Álvaro Andrea appelle Zeca Primoroso à la tour de commandement. On le voit recevoir des instructions et hocher la tête avec un mélange de présomption et de déférence. Puis le traducteur regagne le pont et se pavane avec hauteur devant les prisonniers sidérés. En plus de ses vêtements européens, il porte des chaussures minutieusement cirées, les cheveux tirés de part et d'autre d'une large raie qui traverse son crâne. En txizulu, il va énumérant les qualités qui, selon lui, le rendent distinct de ceux de sa race :

– On dit qu'au Mozambique il y a des rois noirs et des guerriers victorieux. Aucun de ces bobards ne compte, j'obéis en effet à un roi éloigné, le roi Dom Carlos. De plus, je porte des chaussures et des chaussettes depuis longtemps, je dors dans un lit et les repas me sont servis à table. Vous comprenez ?

Le rebelle Zixaxa agite les bras en une courbette excessive et proclame en fausset :

– Si ya vuma* !

C'est une approbation cynique, un "amen" ironique. Zeca Primoroso réagit, contrarié : qu'on n'accueille plus jamais ses paroles avec des exclamations indigènes. Ils pouvaient être d'accord avec lui, ils le devaient d'ailleurs, mais qu'ils n'oublient pas qu'ils étaient devant une autorité lusitanienne. Et il a averti que le capitaine Álvaro Andrea viendrait tout à l'heure interroger les prisonniers. Nous avons deux oreilles et une bouche, a déclaré Zeca. Souvenez-vous, mes compatriotes : les oreilles sont à nous, mais la bouche ne nous appartient pas, a-t-il ajouté.

Le capitaine est descendu jusqu'au pont où les prisonniers s'alignent en silence. Álvaro Andrea m'ordonne de les rejoindre. Tu n'es plus traductrice, déclare-t-il en passant devant moi.

Ngungunyane est le premier à être interrogé. Le Portugais entend que le roi de Gaza avoue les mauvais traitements auxquels il a été sujet. Peu importe que la question soit reposée en txizulu. Le roi se tait. Les questions se répètent sous diverses formes. Et le roi n'ouvre pas la bouche. Le Portugais passe d'inquisiteur à délateur. C'est à cause de celui que son silence protégeait que ses conseillers soupçonnaient sa propre mère. Et Andrea poursuit : Ngungunyane savait-il où était la coupe en argent que lui avait offerte la reine des Anglais ? Il ne devinait pas ? Savait-il qui, après son arrestation, avait donné l'ordre d'abattre tout son bétail ?

* Du zoulou : "Nous sommes d'accord."

Le roi de Gaza est interloqué. Álvaro Andrea semble renoncer. Il se penche vers Ngungunyane pour lui souffler à l'oreille :

– Mouzinho doit t'être reconnaissant. Grâce à toi il est devenu un héros, grâce à toi il a reçu des éloges du roi Dom Carlos. Grâce à toi, les noirs et les blancs l'applaudiront par milliers dans les rues de Lourenço Marques. Sans toi, ce capitaine ne serait guère qu'un illustre inconnu.

Zeca Primoroso s'applique à traduire mais il est inopinément interrompu par des voix venues de la mer. Des dizaines d'embarcations encerclent, dans le noir, notre bateau. Le Portugais demande à Primoroso de lui expliquer ce qui se passe. Les yeux fermés, l'interprète récite par cœur la cantilène :

C'est ce jeune, c'est notre jeune qu'ils veulent tuer.
C'est lui le glorieux, c'est notre motif de gloire.
Il a lutté contre les blancs, il a fui à Cossine.
Maintenant il a été emprisonné. Et on l'emmène au loin…

Primoroso s'éclaircit la voix, embarrassé :

– C'est celle-ci la complainte qu'ils entonnent dans leur langue.

– C'est de Ngungunyane qu'ils parlent ? questionne le commandant.

– Non, Excellence. Les hommes chantent en l'honneur de Zixaxa.

Le commandant court le long de la rambarde, essayant de discerner d'où provient cette effervescence. Il fait nuit noire, on n'y voit rien du tout. Inquiet, Andrea ordonne aux sentinelles de tirer même sans position définie.

– Tirez ! Tirez sur ces maudites pirogues, commande Andrea.

– Mais quelles pirogues ? demandent les soldats.

– Tirez n'importe où, maintenez-les à l'écart !

La manœuvre fonctionne, les pirogues s'éloignent et le silence cerne de nouveau le navire. Ngungunyane est enfermé dans la cabine du pilote. Deux sentinelles sont placées à la porte, un noir et un blanc.

Dans cette cellule improvisée le chef vaincu des Vanguni s'endort, recroquevillé comme un pangolin. Je me souviens des paroles de mon père : chaque cachot est petit ; chaque prison est à vie.

Les pirogues fantasmagoriques laissent le commandant Andrea terrorisé. Il les soupçonne de vouloir tuer le roi noir. Mais il présume, avec plus de conviction, qu'il en est lui-même la cible. Et il s'empresse de prendre le commandement de la situation. Quelle que soit la nature de la menace, il est impératif de renforcer la surveillance à bord.

En urgence, Zeca Primoroso et moi sommes envoyés à Lourenço Marques. Nous avons pour mission de demander de l'aide à un sergent nommé Duarte Amaral qui, en plus d'être un militaire expérimenté, est un fidèle ami du capitaine. Nous devons le chercher dans les maisons du péché. Nous ne partons pas sans qu'Álvaro Andrea nous mette en garde : Mouzinho ne doit pas être au courant de cette mesure de sûreté. Cet appel à l'aide serait, à coup sûr, motif de raillerie. Aussi Andrea nous a-t-il choisis nous, des inconnus et des civils, pour exécuter cette tâche délicate.

– Soyez prudents, nous dit-il. Et ramenez-moi avec vous ce sergent Amaral.

Son regard est halluciné, la sueur coule sur son visage. Je ne reconnais presque pas l'homme tranquille qui a vaincu la furie du vent xidzedze.

En quelques minutes nous débarquons près d'un fort que Primoroso identifie comme la forteresse Nossa Senhora da Conceição. À la hâte, nous traversons une vaste place entourée de ruelles étroites. C'est cette rue, c'est la rue des Mercadores ! proclame Primoroso. Avançons prudemment ! Le soir, la ville est très dangereuse, même Dieu a la trouille, avertit-il. Il ne se tait pas tandis qu'il marche : J'ai mon sauf-conduit, mais toi, une noire indigène, tu ne peux plus circuler à cette heure. Fier, il agite le document qui l'autorise à parcourir des territoires qui, après le coucher du soleil, sont exclusivement réservés aux Européens. Nous devrons éviter les agents de police qui assurent l'exécution du couvre-feu obligatoire. Zeca Primoroso justifie ces rafles :

– Les Portugais, les pauvres, ne font pas ça méchamment. Mais ce n'est pas convenable que les nègres se baladent quand il fait noir. Un blanc pourrait avoir peur, il ne se rend compte de la présence d'un noir qu'après s'être cogné à lui.

Nous avançons dans la rue des Mercadores. Je parle peut-être portugais comme peu de Portugais, j'ai peut-être lu beaucoup de livres, mais je ne me suis jamais retrouvée dans une ville, je n'ai jamais marché sous la lumière des réverbères. Avec orgueil, Zeca Primoroso traduit la ville que mes yeux ne savent pas lire. À la porte des bars des femmes s'exhibent à moitié nues. Des centaines de noceurs passent par là, presque tous ivres, échangeant des blagues et des grossièretés dans les langues les plus indéchiffrables. La découverte de l'or dans les terres voisines a inondé Lourenço Marques d'aventuriers. Sont venus des Anglais, des Boers, des Syriens, des Libanais, des Italiens, des Grecs et des gens de nations si lointaines qu'aucune carte ne leur rend justice.

Tout en dissertant sur la ville, Primoroso examine la façade des établissements. Il scrute l'autre côté de la rue, sur le trottoir moins éclairé. Puis il me soulève dans ses bras comme si j'étais une enfant. Depuis cette position je vois les salles enfumées. Les femmes sont à la fois presque nues et beaucoup trop habillées. Il s'en est fallu de peu, dis-je en confessant à haute voix, que je ne sois une de ces femmes.

– Qu'est-ce que c'est que cette histoire ? demande Zeca, en me reposant par terre.

Je lui raconte l'intention de Bianca Vanzini de m'engager dans une de ces maisons nocturnes. Le Bohemian Girl ? dit Zeca stupéfait. Je hausse les épaules. Je ne sais pas, réponds-je. Je sais qu'on m'aurait appelée Black Lilly.

– Très beau nom, déclare Zeca. Tu devrais le porter, recommande-t-il.

Il est presque minuit lorsque Zeca Primoroso s'arrête devant un établissement qui affiche l'enseigne “La Folia”. C'est ici, murmure-t-il, excité. Il aborde un garde à la porte du bordel. Et une énorme confusion se crée aussitôt. Ils empêchent Zeca Primoroso d'entrer, ils lui interdisent de s'expliquer. Sale nègre de merde, crient-ils en chœur en agressant le traducteur sans défense. Désespérée, je cherche parmi la foule : où peut bien être ce fameux sergent Amaral ?

Je vais au secours de Zeca, qui gît allongé sur le trottoir. Je le traîne de l'autre côté de la route. Je lui essuie le sang qui coule sur son visage pendant qu'il s'occupe d'arranger sa coiffure. Le talon de l'une de ses chaussures a lâché dans la bagarre. Il me demande de le chercher. Une chaussure est plus importante que n'importe quel sauf-conduit. C'est sa priorité : reprendre contenance. Tandis que j'inspecte la route à quatre pattes, le traducteur excuse ses agresseurs : que je n'interprète pas mal cette violence, selon ses termes, un "accident" sans la moindre signification. Ils m'ont confondu, certainement. Partout je suis traité avec le maximum de respect.

– Ne parlez plus, Zeca, j'ordonne tandis que j'essuie son visage ensanglanté. Si vous ne vous tenez pas tranquille, cette blessure ne se refermera plus.

Et il arrange de nouveau sa coiffure, son doigt souillé de sang rajustant la raie qui divise son épaisse chevelure. Je lui passe un tissu pour sécher sa main, cette même main qui a forgé tant de lettres de recommandation pour sauver ses frères. C'est de cela qu'il me parle tandis que je m'occupe de lui. Mille fois il a revêtu la peau d'un blanc en signant des sauf-conduits sous un faux nom, un nom bien portugais. Son écriture était si parfaite que nul ne pouvait imaginer que ces documents avaient été rédigés par un noir.

– Tu vois, Imani ? conclut Zeca. On dit que j'ai trahi mes frères noirs. Personne ne les a aidés autant que moi…

De l'autre côté de la rue quelqu'un m'appelle par mon nom. C'est Bianca Vanzini. Nous nous embrassons avec une telle ostentation que les passants se regardent, méfiants. Je ne me rends pas compte que Zeca se faufile au milieu des curieux, en quête du sergent Amaral.

– Je savais que tu étais à Lourenço Marques, révèle Bianca. Germano m'a écrit. Il t'a déjà envoyé deux lettres. Tu ne les as pas reçues ? Andrea ne te les a pas remises ?

Je secoue la tête. Andrea ? dis-je, la voix éteinte, la tête vide. Quelqu'un me tire par le bras. C'est Zeca Primoroso qui me presse de retourner à notre navire. C'est ainsi qu'il s'est exprimé : "notre navire".

– Vas-y, Zeca. Ce navire n'est pas à moi.

– Viens, insiste l'homme. Le sergent Amaral est déjà là, ne le faisons pas attendre.

Agrippant la robe de Bianca, je m'appuie contre sa poitrine et supplie :

– Laissez-moi rester avec vous, Bianca. Cachez-moi parmi vos femmes. J'attendrai Germano ici.

Ce n'était pas une bonne idée, a argumenté Bianca. Premièrement, on viendrait me chercher. Deuxièmement, personne ne savait quand Germano passerait par Lourenço Marques. Enfin, et plus important que les raisons précédentes : si je ratais ce bateau, je ne partirais plus jamais à Lisbonne. C'est au Portugal, dit-elle, que je dois attendre mon homme.

– Retourne sur le navire. Zeca a raison : c'est ton navire, ton seul navire.

Je me détache de Bianca, je me laisse traîner vers le *Neves Ferreira*. L'Italienne disparaît peu à peu au loin, la lumière du réverbère éclaire ses cheveux quand subitement je la vois gesticuler. Je comprends qu'elle crie mais la musique stridente des bordels empêche de saisir ce qu'elle veut me dire. On dirait une enveloppe qu'elle agite entre ses mains. Ou peut-être est-ce un mouchoir blanc avec lequel elle dit adieu.

11
Lettre de Germano de Melo à Bianca Vanzini

Une fois, au cours d'une guerre, les soldats sortis en mission firent demi-tour et regagnèrent la caserne. Le général, étonné, vit le bataillon rentrer. Ils n'avaient pas trouvé la frontière qu'ils étaient censés protéger. Ils se justifièrent ainsi.
– Vous ne connaissez pas la frontière ?
– Et où est-elle, mon général ?
– Bon, la frontière… c'est-à-dire la frontière… ne me dites pas que vous ne l'avez pas trouvée ?
– C'est pour cela qu'on rentre, mon général.
– Eh bien, la frontière se trouve là où la terre prend fin.
Les soldats repartirent. Et ne revinrent plus jamais.

Histoire anonyme recueillie
par Germano de Melo

Inhambane, 2 janvier 1896
Chère Bianca,

Je vous écris en désespoir de cause. J'ai envoyé deux lettres à Imani sans aucune réponse à ce jour. J'ignore si elle les a reçues. J'ai fait acheminer ces missives par Álvaro Andrea, un commandant de la Marine en qui j'ai confiance comme un frère. Je n'ai aucune nouvelle de lui ni d'Imani.

Les guerres provoquent une déformation de l'âme chez celui qui attend : nous gardons un désir irrésistible de recevoir des nouvelles quand bien même nous sommes certains qu'elles seront abominables. L'enfer est préférable à l'absence de tout.

Ne pas savoir où se trouve Imani a réveillé des angoisses qui semblaient oubliées. Et je me retrouve à nouveau sans mains, sans corps, sans volonté. Parfois je pense qu'Imani a rencontré un autre homme. Ou plus grave : qu'elle a cessé de m'aimer sans aucune raison particulière. Ce sont des fantasmes qui m'ôtent la sérénité mais non l'espoir. Je ne tarderai pas à retrouver Imani dans mon propre pays. Je me rendrai dans mon village avec elle pour la présenter à ma mère. Et je proclamerai alors en montrant le ventre d'Imani : voici votre petit-fils ! Me voici moi dans une autre vie.

J'ai beaucoup pensé à vous, ma chère Italienne, et aux circonstances dans lesquelles nous nous sommes rencontrés. Je me souviens de ce jour où Zixaxa a attaqué Lourenço Marques et comment nous avons cherché refuge au milieu des ruines. Parmi les décombres nous avons oublié, un instant, qu'il existait un monde qui s'effondrait dehors.

Un de ces jours je vous rendrai à nouveau visite. Je n'arriverai pas à temps pour assister au défilé de Gungunhane. Ce serait le moment idéal pour retrouver Imani. Mais d'autres absences pèseront bien davantage que la mienne. Et l'une d'elles, la plus importante, sera celle d'António Enes. Le commissaire royal apprendra les bonnes nouvelles en route vers Lisbonne. La plupart des autorités militaires sont déjà en métropole. À l'exception de Mouzinho, les héros sont tous en vacances, fatigués des trois uniques batailles qu'ils ont dû livrer. Ils débarqueront à Lisbonne en ayant droit à une réception triomphale, ovationnés pour une prouesse qu'ils auront tenté d'éviter à tout prix.

Votre héros, ce chevalier errant, ne pourra guère se plaindre d'un manque de reconnaissance. On a envoyé des médailles et des décorations d'Angleterre, de France et d'Allemagne. Seul le Portugal a oublié de le ramener à Lisbonne pour recevoir les honneurs qui lui sont destinés. Les ordres ont été clairs : Mouzinho restera au Mozambique. La guerre est terminée. Mais pas autant qu'ils veulent le faire croire. Qui sait si ce chevalier errant ne vous rendra pas visite à Lourenço Marques ? Qui sait s'il ne logera pas dans votre établissement ?

Je vous demande pardon, chère Bianca, mais je ne peux rester indifférent à votre attachement à Mouzinho. Tout autant que moi vous êtes libre de choisir vos passions. Mais, pour l'amour du ciel, tous sauf cet imbécile ! Regardez seulement cet émerveillement puéril que ce capitaine nourrit envers l'Angleterre. Vous savez la considération que les Anglais ont pour nous, Portugais et Italiens : ils pensent de nous ce que nous pensons des Africains.

C'est ainsi, chère amie : plus une nation est étriquée, plus il est difficile de choisir des héros. Non pas parce qu'il n'y en a pas, s'il est, en effet, une créature qui prolifère dans ces nations, ce sont les héros. Il y a au Portugal plus de héros que d'habitants. La difficulté du choix réside uniquement dans la crainte de déplaire.

Par cette célébration tapageuse de la victoire, la monarchie dissimule un avenir qu'elle sait incertain et sombre. Ils ont arrêté Gungunhane, ils l'emmènent dans un exil sans fin. Il faudrait un navire de la taille d'un continent pour sauver l'Afrique de la convoitise des Européens et des Africains eux-mêmes.

Le régulo de Gaza a toujours été une gêne pour le Portugal, pas tant par son action que par ce qu'il empêchait de faire. Quelques jours après sa capture, nos soldats couraient déjà dans les villages pour percevoir "l'impôt de paillote". Chaque famille devra maintenant payer une demi-livre en or. Cela ne paraît pas grand-chose, mais c'est une fortune pour qui, paysan, vit loin d'une quelconque monnaie. Les femmes pleurent, les aînés se lamentent : pour obtenir un salaire, les hommes devront migrer dans les mines du Transvaal. En l'absence de fonctionnaires publics, on a envoyé de Lourenço Marques des soldats et des cipaios. Nous connaissons bien leurs manières : ils menacent, exigent à boire, font tuer des canards et des poules. Et ils emportent les vaches qui ont survécu à la peste bovine.

Moi-même, j'ai vu une de ces brigades arriver dans l'une de ces localités. Le soldat portugais s'est assis sur un mortier qu'ils appellent ici curieusement "pilon". Ne faites pas ça, a imploré un vieil homme. Utiliser le mortier comme siège constitue un grave sacrilège, une offense aux bonnes coutumes locales. Voilà ce que le paysan a expliqué humblement au percepteur des impôts. Sans bouger, le soldat a regardé longuement le plaignard et il a dit : Je vais corriger le mal que j'ai fait par inadvertance. Et il a mis le feu à la maison et à tous les biens de la pauvre famille. Le feu s'est propagé, hors de contrôle, dans tout le village. Si cet incident n'était qu'un cas isolé. Mais cette arrogance s'est tellement généralisée que ceux qui vivaient étranglés par le tyran de Gaza le regrettent déjà.

J'arrive ainsi au terme de cette longue lettre. Peut-être me suis-je étendu parce que je sens la fin de mon séjour en Afrique proche. Je suis triste, je l'avoue, de quitter ce pays. Mais à vrai dire c'est le Mozambique qui me quitte. Je regagne ma patrie sans exploits glorieux, je rentre sans avoir beaucoup d'histoires à raconter. La seule compensation qu'une guerre peut apporter à un militaire, ce sont les liens qui s'y créent avec les frères d'armes. Je n'ai même pas gagné cela. J'ai été un soldat sans armée, j'ai été le seul occupant d'une caserne morte et vide. J'ai gagné un amour et un enfant, me direz-vous. Et je vous ai connue vous, c'est moi qui l'ajoute.

À vous seule, je raconte – peut-être n'aurai-je en effet jamais le courage de partager ce souvenir avec Imani – une anecdote du voyage qui m'a conduit du Portugal au Mozambique. De passage par la ville du Cap, une femme malaise, foncée de peau et aux lèvres charnues, m'appela sous un escalier et, m'attirant violemment contre son corps, elle s'offrit avec un long baiser sur la bouche. "C'est un war kiss", murmura-t-elle, et elle disparut dans l'obscurité. Ce "baiser de guerre" devait me porter bonheur dans les batailles à venir. Il n'y eut aucune bataille en définitive. Mais aujourd'hui encore, ce baiser me sauve de moi-même dans les longues nuits de solitude.

J'ai contracté en Afrique un désir irrésistible de dormir et une peur incurable de m'endormir. Je ferme les paupières et les morts ouvrent leurs grands yeux à l'intérieur de moi. Et seule la douceur de cet interminable baiser m'apaise.

Votre plus fidèle ami prend congé

Germano de Melo

PS : Il peut arriver, mon amie, que, par un heureux hasard, vous rencontriez Imani pendant les célébrations de Lourenço Marques. Si cela arrive, je vous implore de parler de moi et des lettres que je lui ai envoyées. Si elle ne les a pas reçues, qu'elle insiste auprès du commandant pour reprendre ce qui lui appartient. Quoi qu'il en soit – et pour prévenir tout désagrément –, j'ai fait des copies de ces textes. Elles suivent en annexe de cette missive. Remettez-les à Imani, pour l'amour du ciel.

12
Empreintes dans la rosée

> … Tes ancêtres ont été de grands hommes qui ont commandé les armées contre l'envahisseur zoulou, il y a des dizaines et des dizaines d'années. Mais ils ont été obligés de se soumettre et de payer l'impôt aux vainqueurs zoulous qui ont occupé le territoire. […] Notre oppresseur zoulou, Gungunhane, qui a voulu chasser les blancs, a été emprisonné par eux et envoyé dans le Nord. On ne l'a plus jamais revu…
>
> Mots de la mère d'Eduardo Mondlane, premier président du Front de libération du Mozambique, quand elle s'adressait à lui enfant, *in* Chitlango Khambane et André-Daniel Clerc, *Chitlango : filho de chefe*, Maputo, Cadernos Tempo, 1990

Une pirogue nous ramène, Zeca Primoroso et moi, au *Neves Ferreira*. C'est le sergent Amaral en personne qui assure la maîtrise des rames. Le silence semble rendre le trajet plus court. La petite pirogue heurte le ventre du *Neves Ferreira*, produisant un son familier semblable à celui du vieux baquet d'eau descendant dans le puits de mon enfance. Je me revois, dans mon village, recevant le poids du ciel sur mes épaules. Combien de nuages les femmes ont-elles déjà portés sur la tête ?

Je monte sur le pont par une échelle en corde. Le même vertige qui me tourmentait lorsque je chassais les chauves-souris en haut des arbres me saisit. J'escalade mon passé, me dis-je. Si mes pieds défaillent je tomberai non pas dans la mer mais sur le sol de mon enfance. Mon père continue de tendre les bras pour me soutenir. Ses bras ont grandi et ils font le tour du monde.

Je prends congé de Primoroso, j'avance dans le noir jusqu'à ce que je trébuche sur une silhouette. C'est Dabondi. Elle est assise au milieu du pont à regarder ses pieds. Regarde ! s'exclame-t-elle, enthousiasmée. Regarde, là, par terre, une empreinte! Je me penche, incrédule. Le revêtement est en fer. Dabondi insiste, pointant ce qu'elle seule est capable de distinguer. Mon fils Mangueze a voyagé sur ce même bateau. La reine lit le sol comme le fait un chasseur: Mon enfant est passé par ici, plus loin il s'est assis et il a pleuré. Il était triste et affamé lorsqu'il s'est couché.

Je l'aide à se lever. Elle lit dans mon geste non pas un soutien mais un reproche. Elle s'explique. À cet instant elle a cessé d'être une devineresse. Elle n'est qu'une mère à qui manque son fils. Et elle reconstitue la scène: un enfant noir entrant tout seul sur un navire, sillonnant l'océan sacré et voyageant en la seule compagnie de blancs. Sur ce pont restent intactes les empreintes de la peur.

Pour la reine il ne fait pas de doute: ce navire, tout en fer, a été fabriqué à partir de restes de canons et de fusils. À l'extérieur il sent la marée, à l'intérieur il sent la poudre. Toutes les autres femmes de la cour ont perdu le compte des enfants qu'elles ont mis bas. Elle seule a eu un unique garçon. Si fluet, si minuscule, quel réconfort aurait-il trouvé dans un endroit forgé de restes de canons?

Je regarde Dabondi et pense: la jeune reine est perdue. Si la vie était juste, il suffirait d'être femme pour être reine. Pourtant cette reine est la plus triste et la plus frustrée des créatures. Pour se sentir vivante elle a besoin que son mari la désire. Pour cette raison, les femmes de la cour, elles toutes, ont besoin d'être belles. Dabondi est belle mais elle sait que la beauté, dans le désarroi où elle vit, est de courte durée. Aussi imite-t-elle les ombres: elle disparaît tous les jours. Un mirage ne vieillit pas. C'est ainsi qu'elle aimerait que son mari, l'empereur, la surprenne: un mirage voyageant sur la mer.

Le roi veut te voir, dit Dabondi. Moi? demandé-je. Il n'y a pas un jour où il ne te voie dans ses rêves, répond la reine.

Dabondi me conduit à la chambre du commandant. C'est là que Ngungunyane se trouve. Il venait d'être interrogé. L'interrogatoire s'était bien passé. Cela seul explique qu'Álvaro Andrea ait laissé le roi de Gaza s'installer dans son compartiment. Ngungunyane demande à Dabondi de se retirer. Le souverain des Vanguni est préoccupé : son frère, le roi Dom Carlos, n'a pas répondu à ses demandes. Zixaxa partage toujours le même espace, dormant et conspirant contre lui dans le noir. Ils n'ont pas remis ma lettre à Dom Carlos. Il est convaincu que quelqu'un l'a trahi en acheminant le message à un autre destinataire. La lettre n'a pas eu le temps d'arriver à Lisbonne, dis-je. Je parle en vain. Ngungunyane n'écoute que lui-même.

– Voulez-vous que j'écrive une nouvelle lettre ? dis-je.

Souriant, le roi de Gaza agite une feuille et déclare : Trop tard, ma fille. Andrea vient de m'aider. Je lui ai raconté des secrets et, en échange, il a rédigé cette lettre. C'est Godido qui a servi de traducteur. Il connaît moins le portugais, dit le roi, mais il sait mieux ce qu'est la loyauté.

– Puisque vous avez choisi quelqu'un d'autre pour écrire, pourquoi êtes-vous ici avec moi ? répliqué-je avec une colère inattendue.

Mon dépit qu'ils aient choisi un autre scribe me surprend. L'écrit, comprends-je alors, inverse les hiérarchies : celui qui dicte une lettre a moins de pouvoirs que celui qui l'écrit.

Le roi s'appuie contre moi. Il se frotte, voluptueux. Je me tiens immobile dans l'attente qu'il renonce. Il me demande de lui caresser les genoux. Il trouve anormal que je ne lui obéisse pas immédiatement.

– Les genoux, répète le roi. Je vais t'expliquer pourquoi un homme a besoin de bons genoux.

Avant de partir à la guerre, un père de famille s'agenouille devant sa femme et lui demande de prononcer le nom de ses amants. Le guerrier doit rester à genoux jusqu'à obtenir un aveu de trahison. Si, par hasard, un soldat meurt au combat, il sera prouvé que son épouse a menti.

– Il y a quelque chose qui ne va pas dans cette histoire, mon roi. Aucun homme ne s'agenouille devant une femme.

Ngungunyane rit, amusé par mon impertinence. Tu n'as rien compris, dit-il. Ce n'est pas à leurs épouses que les chefs de famille adressent leur demande. Ce serait du temps perdu, les femmes mentent toujours. Les hommes, dit Ngungunyane, s'agenouillent pour que les femmes croient qu'ils se présentent soumis.

Je m'éloigne lentement pendant que le monarque continue de divaguer. Quand il s'en aperçoit je suis dans le coin opposé de la chambre.

– Je ne perdrai pas plus de temps, dit Ngungunyane. Je veux seulement que tu me lises cette lettre que j'ai dictée à Andrea. Je ne veux pas avoir de doutes sur ce qu'il a écrit.

Je ne prends pas tout de suite la feuille qu'il veut me remettre. Je me donne des importances, comme dirait ma mère. Et je comprends, dès les premières lignes, qu'Álvaro Andrea a été loin dans l'embellissement du texte. Tous les deux nous rendons trop portugais les mots du roi des Vanguni. Je traduis lentement pour que le roi Ngungunyane me suive :

"Mon frère,
Roi du Portugal

Je viens vous parler de trahison. N'est-ce pas ce sujet-là qui occupe le plus les rois, partout dans le monde ? Il en a toujours été ainsi : le sang de la famille royale est le même qui court dans les veines de ses assassins.

Depuis le début de ce voyage, je traîne un traître attaché à mes pieds. Ce n'est pas une main blanche qui a fait ce nœud. Raison pour laquelle je vous remercie d'avoir autorisé mon loyal aide de camp, le jeune Ngó, à voyager avec moi. Nous savons tous les deux que sous la cape de cuisinier se cache une autre fonction : celle de goûteur du roi. Et nous devons le reconnaître tous deux : nous abusons de l'usage de cette arme silencieuse. Nous avons empoisonné tellement de puits que nous avons fini par tuer nos propres gens. Gardons ce secret. C'est l'autre avantage du poison : la mort a lieu au loin, dans un temps qui n'appartient à personne.

Je vous demande une fois de plus, maintenant que le grand voyage va commencer : séparez-moi de Zixaxa. Que ce maudit Mfumo reste loin, là où il ne voit pas mon sommeil et n'écoute pas mes rêves. Mes compagnons de cellule m'ont déjà vu dormir, manger, uriner, déféquer. Quelle autorité puis-je avoir devant eux ? Je vous en prie, mon frère Dom Carlos, éloignez ce traître de moi. Éliminez cet homme, nul ne le remarquera, nul ne le réclamera. Ce sera, comme le poison que nous utilisons à l'excès, un secret entre nous.

Le roi de Gaza
Lourenço Marques, 4 janvier 1896"

La lecture terminée, Ngungunyane scrute mon visage, il veut lire en moi ce qu'il n'est pas capable de déchiffrer sur le papier.

– Vous croyez que je vous ai menti, Nkosi ? demandé-je. Je vous le jure, je n'ai pas inventé une ligne, réaffirmé-je avec conviction.

– Je sais, dit le roi. Je sais pourquoi tu ressembles autant aux blanches. Tout ce qui se dit sur moi, Imani Nsambe, est faux. Les gens, assure le roi, sont au courant de mon passé. Et ce n'est pas vrai, dit Ngungunyane, que j'ai passé mon enfance dans une mission catholique, loin de mes parents et de mon village. Je suis devenu ainsi, si semblable aux blancs, par l'œuvre d'un sort. Dabondi a compris qui tu es réellement, poursuit Ngungunyane. Rien de tel qu'une féticheuse pour reconnaître une autre féticheuse.

Et il se rapproche, mielleux. Je sens ses yeux prédateurs dévorer mon corps.

– Tu es une féticheuse, Imani Nsambe, c'est ça que tu es, affirme Ngungunyane. Et tu sais ce qu'on fait à une féticheuse : soit nous la tuons, soit…

Il s'appuie contre moi, sa main effleure mon cou, je ne comprends pas s'il me caresse ou s'il me menace. Ses gros doigts descendent de mes épaules jusqu'à ma taille. Puis ils glissent jusqu'à mes genoux. Et s'y attardent. Laisse tomber ta capulana, ordonne-t-il.

J'entends à l'intérieur de moi la voix d'une autre femme. Cette femme dit que je dois feindre d'obéir. Ce roi que j'ai toujours haï est à présent un allié. Ce sera en sa compagnie que je voyagerai à Lisbonne où je retrouverai l'homme que j'aime. Je fais mine de détacher ma capulana et lui glisse à l'oreille :

– Votre mère, la reine Impibekezane, m'a dit que ce ne sont pas les rivaux qu'un mari doit craindre. Un rival peut nous voler l'épouse. Mais l'alcool vole l'homme qui est en l'homme… Vous comprenez ce que je dis, mon roi ?

Il écoute mes paroles et ses mains défaillent subitement. Contenant sa furie, il tape des pieds sur le sol. Il me pousse en se levant.

– Qui es-tu, crie-t-il, pour parler de ma mère ? Tu n'es qu'une Mutxope. Les tiens sont dominés par les blancs.

Et il passe à la menace : il écrirait au roi du Portugal pour demander de me renvoyer au Mozambique. Et de trouver un nouveau traducteur. D'ailleurs, les Portugais ont déjà montré qu'ils préféraient Zeca Primoroso. Parce qu'il faut que ce soit un homme qui fasse ce travail.

– Ton ami le commandant Andrea est parti. En ce moment, il doit déjà être à terre. Il t'a laissé cette lettre, dit Ngungunyane, en me remettant un pli.

13
Lettre d'Álvaro Andrea à Imani

> Gungunhane accepta de se livrer au commandement de mon navire, demandant uniquement qu'on ne lui coupe pas la tête et qu'on garde la vie sauve à ses fils et ses oncles. Je pris solennellement cet engagement sacré en campagne et il fut ensuite lâchement trahi à Chaimite, ses oncles Queto et Manhune qui accompagnaient le régulo rendu furent déloyalement fusillés.
>
> Extrait de "A Marinha de Guerra na campanha de Lourenço Marques e contra o Gungunhane, 1894-1895", rapport d'Álvaro Soares Andrea publié dans *Anais do Clube Militar Naval, 1897-1898*

> Les noirs Manhune et Queto moururent héroïquement et courageusement, et en tombant fusillés, le lieutenant d'artillerie Aníbal Miranda se rendit auprès d'eux, chacun à son tour, et leur enfonça une épée dans le cœur, pratiquant ainsi devant les soldats des sévices sur des moribonds sans défense, fait qui constitue une grave infraction aux lois de la guerre, punissable de la peine de mort selon les lois militaires. [...] Ces fusillés mériteraient d'avoir une statue érigée par les partisans de la cause parce qu'ils luttèrent sans retourner leur veste, Vátuas bien trempés qui surent mourir à leur poste de combat...
>
> Commandant Álvaro Soares de Andrea, article publié dans le journal *O Liberal*, 27 décembre 1908

Lourenço Marques, 5 janvier 1896,
Chère Imani,

C'est Álvaro Andrea qui t'écrit. Cette lettre est, en même temps, une déclaration de capitulation et une demande de pardon. Je me rends à toi avec la même vérité que celle qui me fait rougir pour t'avoir utilisée. J'ai été emporté par une rancœur aveugle contre Mouzinho. Peut-être ai-je exagéré dans ce ressentiment. J'ai agi avec cet adversaire de même que le Portugal avec Gungunhane : je l'ai magnifié pour donner du sens à ma vie, j'ai fait briller sa victoire pour oublier mes défaites.

Il y a mille questions que je ne t'ai finalement pas posées. Par exemple : est-il vrai que Mouzinho était soûl à Chaimite ? Est-il vrai qu'il a consulté une sorcière pour connaître le dénouement de sa hardiesse ? Est-il avéré que, lors de leur marche jusqu'au Limpopo, les prisonniers ont été continuellement battus ?

Oublions ces questions. Après tout, l'intention de cette lettre est différente, peut-être plus égoïste : je veux te montrer les blessures que la guerre a ouvertes dans mon âme. Peut-être que je te raconte tout cela parce que tu es une femme, parce que tu es noire et que le simple fait que tu me lises me soulage de mes tourments.

Ces deux derniers mois, j'ai été l'un des commandants de la dénommée "escadrille du Limpopo". Notre mission était de bombarder les populations des deux berges du fleuve. Et c'est ainsi que nous avons procédé : pas un jour où les salves ne faisaient trembler la corvette. Au même moment, avec l'irréalité d'une aquarelle, le ciel se couvrait de gigantesques éclairs. Des berges émergeaient d'épaisses fumées qui anticipaient le couchant.

Les averses mortifères terminées, mes soldats sautaient du bateau et s'éparpillaient dans la savane comme des crustacés émergeant à marée basse. Les gens noirs contemplaient ces silhouettes avançant dans la brume. Et ils voyaient de gigantesques crabes transportant dans leurs pinces des torches allumées. Avec ces flambeaux ils incendiaient les maisons et les plantations. Des dizaines de villages furent rasés et les pirogues des pêcheurs coulées. De la corvette j'observais les nuages de fumée, mes doigts entrouverts protégeant mon visage. Je craignais d'être touché par une escarbille et de rentrer aveugle au Portugal. Mais sans le savoir j'étais déjà aveugle. Les marins m'apportaient des nouvelles de la dévastation. Ils ne parlaient pas de bases militaires détruites ou de soldats abattus. Ceux qui mouraient étaient des civils sans défense. Les récits achevés seul le noir persistait autour de moi. Je suis un commandant de la marine de guerre. Mon devoir était de parcourir les villages pour évaluer les dégâts. J'aurais dû avoir le courage d'enterrer les morts et de secourir les survivants. Je n'ai rien fait de cela. Je restais là, indolent et tremblant, jusqu'à ce qu'un soldat me conduise par un bras à ma tente. Je tombais sur mon lit de camp comme qui s'enfonce dans le dernier abîme.

La culpabilité m'a pesé de telle manière que, même lorsque Gungunhane a accepté de se rendre, je n'ai pas perçu la portée de ce revirement. Il pouvait y avoir des réserves quant à l'honnêteté du chef nguni. Mais le message était clair : l'empereur se présenterait sur mon navire dès lors qu'aucun mal ne lui serait infligé à lui ou à un quelconque parent. J'ai donné ma parole d'honneur qu'il en serait ainsi. C'était ma promesse. Par la faute de Mouzinho, rien ne s'est passé comme prévu.

C'est ce poids que je porte en moi, ma chère Imani. Il y a quelques jours un marin a essayé de me réconforter, persuadé que mon abattement était dû à une déception amoureuse. Si seulement il l'était. Ma vie sentimentale a toujours été un désert. Je me souviens d'une femme très belle et mystérieuse, invariablement présente sur le quai à Lisbonne. J'ai d'abord pensé qu'elle venait dire au revoir à l'un des marins. J'ai su après qu'elle procédait ainsi avec tous les navires en partance. Vêtue de noir, comme l'exige la tristesse, la femme demeurait sur le quai jusqu'à ce que tous soient rentrés chez eux. Elle ne quittait le port qu'une fois le navire disparu sous ses yeux. L'un de mes adjoints affirma qu'il s'agissait de l'épouse d'un marin, mort depuis longtemps en terres africaines. Peu à peu la femme gagna le regard des aveugles : l'horizon était l'unique terre qu'elle connaissait. Le même marin confirma ensuite que l'"attentrice" – ainsi la surnomma-t-il – venait prendre congé de moi. La femme lui avait confié les circonstances dans lesquelles nous nous étions rencontrés, elle et moi. Je demandai au marin de garder le secret car j'irais moi-même à sa recherche. Mais ce personnage énigmatique ne se présenta plus jamais sur le quai. On dit qu'elle a été internée, folle. Je ne lui ai jamais rendu visite, je n'ai même pas cherché à savoir où on lui avait donné asile. J'ai eu peur de la reconnaître, j'ai eu peur qu'elle me reconnaisse. La bravoure, ma chère, ne naît pas dans la pensée. Le courage ne loge pas dans le cerveau. Il émerge des entrailles.

Je l'avoue maintenant : cette femme n'a jamais existé. J'ai créé ce personnage, pendant des années j'ai alimenté cette mise en scène. J'ai inventé cette histoire et je l'ai si souvent racontée que j'ai fini par croire que tout cela avait eu lieu. Mensonge de fait, la consolation que quelqu'un m'attendait était, elle, toujours vraie.

Les seules histoires qui méritent d'être racontées sont les histoires d'amours manquées. Comme cette passion que je ressens pour toi et qui, d'innombrables fois, me fait imaginer que c'est toi qui m'attends sur un quai quelconque d'un improbable voyage.

Encore aujourd'hui je rapporte à mes compagnons le cas de cette femme qui vécut un amour forgé d'attentes. La dernière fois que je l'ai fait, je naviguais sur le Limpopo et un marin noir a déclaré : J'ai aussi une histoire à raconter. Il a d'abord relaté une légende de son village, qui se trouvait dans le coin, sur la berge du fleuve. Autrefois, se mit-il à narrer, le firmament était tout noir, sans aucune étoile. Un jour, une fille, ivre de manque, décida de marcher dans l'obscurité à la recherche de son bien-aimé. À mi-parcours, elle prépara un feu d'une hauteur jamais vue. Quand il n'y eut plus de bois sur terre, elle jeta en haut du tas les pagnes dont elle se couvrait. Ainsi dénudée, elle attisa le feu et resta à regarder les escarbilles monter dans la nuit. Ainsi naquirent les étoiles.

Pourquoi me racontes-tu cette histoire, jeune homme ? demandai-je. Indiquant la berge plus proche, le marin répondit : Une nuit, de ce même bateau on a tiré des balles de canon qui, comme des étoiles, ont éclairé mon village. Ces étoiles, continua-t-il, ont attisé la curiosité des enfants qui, extasiés, ont accouru dans la cour. Aucun n'a survécu. Il fit une pause et conclut : À cause de ces étoiles jamais plus je ne pourrai quitter ce navire.

L'intention du marin était claire : il voulait enfoncer en moi la lame du remords. Toutefois l'inverse se produisit. Ses mots me suggéraient une issue : ne pouvant réparer mes crimes, m'incombait le devoir de punir les coupables. Je décidai non seulement d'avouer mes fautes mais de dénoncer les sévices commis par notre marine de guerre. J'envoyai une première version de ce document au commissaire royal, sans espoir de réponse. La surprise fut grande quand un messager m'apporta la réaction d'António Enes. Je transcris ici une partie de cette réponse :

"Dans n'importe quel pays civilisé des actes de guerre comme ceux pratiqués par notre escadrille du Limpopo, en plus d'être condamnés par les principes humanitaires et de paraître répugnants à de courageux cavaliers, provoqueraient des réactions violentes, des réactions de haine et de vengeance chez les peuples punis par les fautes du souverain ; or, en Afrique, de telles réactions ne se manifestent pas, parce que seules des notions élevées de moral, de sentiments de justice et de dignité qui manquent aux noirs peuvent les produire."

Je devrais t'épargner ces offenses à ta race. Mais je veux que tu saches comment pensent ceux qui me commandent. Après la réponse d'António Enes, j'ai abandonné ma jérémiade épistolaire. Je me suis concentré sur la rédaction des immoralités commises par Mouzinho de Albuquerque. Je suis naïf mais pas stupide : ces dénonciations n'intéressent personne. L'aventure à Chaimite, la "Chaimitaille" – c'est ainsi que je l'appelle –, est une bouée de sauvetage de la monarchie. Il faudra que les célébrations refroidissent pour qu'on accepte une autre version de cette épopée inventée.

Mouzinho t'a peut-être raconté comment il m'a rencontré au poste de Languene. C'était Noël et le capitaine héroïque a tenu à ridiculiser la fête que moi, avec tant de zèle, j'avais préparée pour nos soldats. Il m'a emprunté une épée et, dans une provocation absurde, il l'a plantée au milieu du marais. C'est le lieutenant Miranda qui l'a ramassée et, par erreur, il l'a emportée avec lui à Chaimite. Et l'impensable s'est produit, ma chère Imani : c'est exactement mon épée qu'ils ont utilisée pour transpercer le cœur des deux fusillés. Je ferme les yeux et je vois du sang. Cette épée déchire mon sommeil, toutes les nuits.

Tu ne me verras pas au défilé demain. Je serai loin, de retour sur le fleuve Limpopo. Je ne serais pas capable de supporter ces exhibitions de cirque. En vérité, elles ne diffèrent pas beaucoup des mises en scène des autres paons européens. Grande illusion ! Nous nous revendiquons maîtres d'un continent que nous ignorons. Il n'est pas vrai que l'Europe ait conquis l'Afrique. Ils prennent leur désir pour la réalité. Nous commandons uniquement de petits comptoirs dispersés près de la côte. Je connais ces comptoirs et ils se comptent sur les doigts. Tout le reste du continent continue d'être gouverné par des rois et des empereurs africains. Deux Afriques se relayent comme des femmes mystérieuses : l'une nocturne, l'autre diurne. Nous n'en connaissons aucune des deux. Pour préserver l'apparence de notre pouvoir, nous devons exhiber le roi de Gaza dans les rues de Lisbonne. Il ne s'agit pas d'une déportation. C'est une foire.

Saudades.
Álvaro Andrea

14
Défilés et délires

> En traversant une forêt un homme fut attaqué par des voleurs. Ils le frappèrent, le déshabillèrent, lui arrachèrent les yeux et l'attachèrent à un arbre. Au milieu de la nuit, les yeux du malheureux se mirent à grimper sur ses jambes. Ils voulaient regagner son visage. L'homme sentit les yeux escalader son corps et les pria de le laisser tranquille. S'il vous plaît, ne revenez pas, implora-t-il. Je ne veux plus me voir, je ne veux plus jamais voir le monde.
> Au terme de cette supplique il entendit le grognement d'animaux qui s'approchaient. En quelques secondes il fut dévoré. Et il ne lui resta même pas les os. Des cordes enserrant le tronc de l'arbre, ce fut tout ce qui resta. N'ayant plus de corps où habiter, les yeux restèrent à errer dans les bois. C'est avec ces yeux que les voyageurs de la forêt voient leurs propres rêves.
>
> Récit de Dabondi

J'ai depuis longtemps oublié ma race, je me suis depuis longtemps éloignée des coutumes de mon peuple. Mais je continue de m'asseoir comme une femme noire : je m'appuie sur mes jambes repliées côte à côte, un genou sur l'autre. L'empereur a les yeux fixés sur moi, il apprécie combien je suis fidèle à des craintes anciennes, il surveille mes mains qui restent respectueusement croisées.

C'est le matin. Il y a quelques heures nous étions encore sur le bateau. Lorsque les détenus sont entrés en ville, ils ont respiré de soulagement. Et les reines ont même souri. Mais la joie a été brève. Ils ne faisaient que changer de cellule. Et maintenant, à l'arrière de la prison de Lourenço Marques, les prisonniers sont divisés en deux groupes. Un militaire angolais nous pousse en braillant :

– Les Landins d'un côté, les Vátuas de l'autre !

– Ces personnes n'existent pas ici, marmonne Zixaxa entre ses dents.

Ngungunyane et ses proches se trouvent à l'ombre d'un manguier. Nwamatibjane Zixaxa et ses trois épouses s'assoient sous un autre arbre.

Zixaxa ironise : au lieu de se préoccuper de récupérer sa couronne royale, Ngungunyane devrait demander aux femmes de lui mettre la tenue des blancs. C'est ce que dit Zixaxa. À moins que, demande-t-il, le souverain de Gaza ne soit plus sergent de l'armée portugaise ?

Il veut humilier le roi, il veut déchoir les reines. Ce que Zixaxa ignore c'est que lui-même, l'emblématique et orgueilleux rebelle, a été incorporé dans l'armée portugaise ce même jour. Tous ces prisonniers sont depuis aujourd'hui membres d'une armée contre laquelle ils ont toujours combattu. En toute rigueur, ils devraient tous défiler en bottes et en uniforme à la parade militaire qui approche. Au lieu de cela, ils marcheront pieds nus et presque nus. La race sera leur uniforme, la seule que les colons reconnaissent.

Je m'approche de Ngungunyane. Cela prend du temps pour qu'un roi remarque la présence de celui qui arrive. Cela prend encore plus de temps si le visiteur est une femme. Je suis au fait de ces caprices, si bien que l'attente n'est pas douloureuse. Finalement, d'un simple hochement de tête, Ngungunyane m'autorise à prendre la parole.

– On m'a envoyée vous expliquer comment se passera la cérémonie.

– Ils vont m'emmener attaché ? interroge le roi.

C'est moi qui devrais poser des questions et lui arracher des secrets. On m'a envoyée pour cela : pour garantir qu'aucune conspiration n'entacherait la fête. Décidément, je ne suis pas douée pour surveiller les autres. Le visage froncé, l'empereur fouille l'horizon. Il cherche des étables, des troupeaux de bœufs. Et il ne tombe sur aucune bête à cornes. Quel diable d'endroit était-ce là où on ne voyait que des gens ?

Occupées à tresser la couronne sur la chevelure du monarque, les sept épouses ne partagent pas les inquiétudes de leur époux. Ngungunyane défilera peut-être attaché, mais en aucun cas dépourvu de son chidlodlo. Aucun coiffeur sur cette terre ne peut concurrencer les dons de ces femmes. Les fils qui entourent la couronne sont faits de matériaux très rares : de fins tendons retirés de l'échine des bœufs. Il faut sacrifier plusieurs têtes de bétail pour obtenir une dizaine de ces nervures qui sont entrelacées, une par une, avec les cheveux de l'empereur. Il n'est pas de noble nguni qui n'utilise une couronne de cire. Mais aucune d'elles n'est tressée avec ces ficelles délicates.

Dabondi sort du cercle et m'offre une calebasse avec de l'ukanyu. Je refuse d'abord. Je connais ma réaction à celle dont on dit qu'elle est la plus aphrodisiaque des boissons. Mais je finis par céder.

– Ils ont fait venir les Anglais ? questionne le roi.

La question était prévisible : le principal destinataire de cette cérémonie ce sont les Anglais, ceux-là mêmes qui convoitent la colonie du Mozambique et qui, d'après ce qui se dit à Lisbonne, ont toujours été derrière le roi de Gaza.

– Tu sais quel jour nous sommes ? se demande Ngungunyane. Sans attendre la réponse il palabre. On célèbre aujourd'hui l'umnkosi nkwayo, la fête des premiers fruits.

Cette fête n'appartient pas aux Portugais. C'est la sienne, ils la font en son honneur. Les blancs l'ont seulement autorisée. Ils ne pouvaient pas l'interdire. Les Portugais ont payé les dépenses, mais la fête est contre eux. Ainsi pense le roi de Gaza déposé. Et il ordonne, le bras levé :

– Va dire la chose suivante à tes patrons : les Portugais ont vaincu mes soldats mais ils n'ont pas désarmé nos dieux.

Je pense : le roi est ivre. Ses mains tremblent lorsqu'il se sert une nouvelle rasade. Profites-en, ma fille, m'encourage-t-il. Ce sera la dernière fois que nous nous régalerons avec nos boissons.

Ngungunyane est galvanisé. Sa coiffure à moitié achevée lui donne un air ridicule, avec une touffe de cheveux hérissés dressée au sommet du crâne.

L'empereur hirsute déambule et imagine à haute voix comment serait la cérémonie festive si nous étions dans sa cour, à Mandlhakazi. Ce serait à lui de choisir les bœufs à sacrifier. Il choisirait des femelles comme l'exige la tradition. Ils devraient les aveugler avant de leur couper le cou. Elles ne peuvent pas voir la mort parce que leur chair durcit. C'est ainsi qu'il me demande, en secret, qu'on procède avec lui, quand ils seront sur le point de le tuer : qu'on lui arrache les yeux. L'aveuglement, dit Ngungunyane, est un cadeau en temps d'horreurs.

Le transport avec lequel les épouses l'écoutent ne me surprend pas. Je suis plutôt étonnée de voir combien le roi détrôné est au fait des préparatifs du défilé. Il sait, par exemple, que son adversaire d'élection, le guerrier Xiperenyane, balaye en ce moment précis les rues de la ville.

– Ce grand héros de ton peuple, ce fameux Xiperenyane, a accepté de s'allier aux Portugais, commente le roi. Maintenant c'est un esclave des blancs. On l'a mis à travailler pour ma fête. C'est un esclave à moi. Tel est le destin de ceux qui osent m'affronter.

Ils peuvent garder l'empereur attaché, loin de son armée, éloigné de sa cour. La vérité c'est qu'il détient une arme plus puissante que la poudre : les faisceaux de nouvelles et les rumeurs. Celui qui lui a parlé du chef des Vatxopi n'a pas failli à la vérité. Je venais moi-même de croiser Xiperenyane. Devant la maison du gouverneur, il était là son balai et son seau entre les mains. Celui qui avait été le guide de mon peuple, celui qui avait le plus aidé les Portugais à vaincre Ngungunyane était à présent un domestique anonyme. Quand je l'avais salué, surprise et blessée, il ne m'avait pas semblé humilié :

– J'aide à fêter la prison de mon plus grand ennemi. N'est-ce pas une joie pour n'importe quel combattant ?

La prophétie de Bibliana se réalisait finalement : Xiperenyane s'était laissé aveugler par le faux respect que les Portugais lui vouaient jadis. Là se trouvait, comme elle l'avait bien prévu, le portrait de nous tous, noirs pauvres, balayant le monde pour la fête des autres.

Je n'aurais jamais cru qu'il y ait autant de blancs au monde. Ni de noirs, à vrai dire. Mais maintenant je les vois, les uns et les autres, applaudir frénétiquement les troupes portugaises qui défilent sur l'unique avenue de la ville. Des soldats de toutes les races sont au garde-à-vous devant une tribune remplie d'individualités coloniales. Au centre de l'estrade se trouve le gouverneur provisoire, Correia e Lança, entouré de diplomates de plusieurs nations. Les places d'honneur ont été réservées aux commandants des croiseurs allemands et anglais stationnés au port. Autour de l'estrade se sont agglutinés des journalistes portugais et anglais. Tous, sauf celui dont la présence est la plus légitime, le capitaine Mouzinho de Albuquerque, sont enfin sur cette tribune. Cette absence énerve le gouverneur qui, entre ses dents, répète l'ordre :

– Appelez Mouzinho ! Appelez-le, vite. Tout le monde veut l'acclamer.

Un émissaire diligent part à la recherche du héros. Je sais où ils le trouveront : assis auprès du lit de mort du major Caldas Xavier. Mouzinho m'avait confié la veille que c'était le pire moment pour festoyer. Victime d'une maladie tropicale, le grand artisan de l'offensive militaire portugaise au Mozambique agonisait. Et Mouzinho s'était dit que la vie était faite de rencontres manquées. Pendant des mois Caldas Xavier avait été administrateur de la Compagnie d'opium du Zambèze. Un champ de pavots à perte de vue avait bercé des mois durant le sommeil du major portugais. Cette mer de fleurs rouges pâlit à présent sous ses paupières.

Pour les blancs, Caldas Xavier était emporté par une maladie. Pour nous, les noirs, l'homme était victime d'un contrat. Dans notre pays on ne meurt pas de "quoi". On meurt de "qui". La mort n'a pas de cause. Uniquement un coupable.

Mouzinho de Albuquerque apparaît finalement en public et, sans saluer les dignitaires, il traverse la tribune pour s'adresser à la foule. En une fraction de seconde, ses yeux croisent les miens. Je le salue, baissant la tête. Je le remercie ainsi de la place qu'il m'a réservée tout près de la tribune. Le corps bien droit au bord de l'estrade, la voix tremblante et caverneuse, le capitaine Mouzinho se fait entendre :

– Je ne mérite pas cette manifestation, commence-t-il par dire. Sa voix prend de l'ampleur. On ne rend pas hommage à un soldat quand un autre agonise. Et il annonce, ému : Messieurs, Caldas Xavier, le plus brave des Portugais, est mourant.

Il marque une pause, essuie discrètement la sueur sur son visage. Il soupire profondément et balbutie :

– J'envie son sort, car il meurt pour la patrie.

On entend alors la foule clamer : Nous sommes toujours portugais ! J'observe le visage congestionné de ceux qui crient, possédés, tellement rouges qu'ils semblent avoir changé de race. Il fait trop chaud pour un patriotisme aussi exalté. Et alors je comprends : on ne célèbre pas là qu'une victoire militaire. Le capitaine a apporté un remède miracle à l'existence abattue de ces gens.

Soudain, je ne sais si c'est à cause de la chaleur ou de la boisson, un vertige me jette presque par terre. Je n'ai personne sur qui m'appuyer. Je suis entourée de gens intouchables. Je ferme les yeux. Les vertiges ne s'arrêtent pas. J'aurais dû refuser de boire autant d'ukanyu. Il est trop tard pour revenir en arrière.

Les discours terminés, ils permettent aux Africains de s'exprimer dès lors qu'ils se tiennent sur le trottoir opposé. Je m'agrippe à l'une des poutres de l'estrade, les vertiges ont empiré et le monde est nuageux et lointain. On entend les tambours, les femmes devenues folles dansent, on entonne des chansons dans les langues les plus variées. Le vacarme des noirs devient tellement assourdissant que les prisonniers, davantage que les blancs, se recroquevillent, apeurés. Ils demeurent prostrés même après que Ngungunyane s'est levé sur la pointe des pieds et s'est mis à brailler. Le roi est possédé par un esprit exalté. Nul parmi les blancs ne comprend un mot de ce qu'il dit. Le roi halluciné annonce : ce n'est pas un défilé militaire qui a lieu dans cette avenue mais la fête des premiers fruits. C'est le Nkosi Nkwayo, proclame-t-il, euphorique.

Pointant le doigt dans ma direction, le roi de Gaza me demande d'expliquer aux blancs les raisons de son exaltation. Les noirs lui rendent hommage comme l'exige la tradition : ils l'insultent le jour où rien n'est sacré. Ces noms affreux, intraduisibles, ne font que confirmer son autorité divine.

Le son des tambours me fait danser et le sol vacille sous l'ivresse de la mer. Tout d'un coup, je bondis au milieu de l'avenue. Mon cœur est à présent un tambour et mon corps ne m'appartient plus. Je regarde autour de moi, tout est brouillard. Je ne parviens pas à démêler les prisonniers des milliers de noirs qui assistent au défilé. Ceux qui pleurent et ceux qui festoient sont tous mélangés. Et les tyrans et les esclaves dansent ensemble. Ceux qui auparavant se combattaient s'étreignent dans la ville des blancs. Dans leur main droite, ils portent la sagaie des Zoulous. Dans la gauche, ils exhibent la machette en demi-lune des Vandau. De leurs épaules pendent les arcs avec lesquels nous, les Vatxopi, avons résisté à l'occupation des Vanguni. Et ils agitent tous les mêmes armes qui les ont tués, comme si c'était des drapeaux victorieux. Unis par l'échec, les vaincus prennent possession de la ville. L'Afrique a conquis la forteresse des Européens. Xilunguíne a englouti Lourenço Marques.

Terrorisées, les autorités coloniales se retirent en débandade, protégeant leurs chapeaux comme si une tempête s'était abattue. Les femmes blanches enlèvent leurs chaussures pour suivre leurs maris partis en courant et tous cherchent refuge au palais du gouverneur.

Je suis collée au rebord de l'estrade lorsque Xiperenyane passe à proximité de moi en dansant. Derrière le guerrier suivent Bibliana – qui marche en priant – et Chikazi, ma défunte mère, qui traîne la corde avec laquelle elle s'est pendue. Les deux femmes traversent l'avenue et s'approchent de moi. Elles m'embrassent. La prophétesse Bibliana me chuchote à l'oreille : Ceux qui dansent sont les guerriers qui sont tombés à Marracuene, Magul et Coolela. Ils sont tous ensemble maintenant. Celle-ci est l'armée des morts, ceux qui ne seront jamais désarmés.

Je retiens la main de ma mère sur mon ventre tandis que je supplie en pleurs :

– Mame, aidez-moi. Emmenez-moi chez nous.

– Tu es sans retour, ma fille. Quand la fête sera terminée tu seras poursuivie par les noirs pour traîtrise. Et tu seras répudiée par les blancs à cause de la maladie incurable que tu portes sur la peau. C'est le destin que tu as choisi, Imani.

En dansant, les deux femmes disparaissent parmi la masse des gens. Hagarde, je monte sur la tribune, en hurlant :

– Sauvez-moi, pour l'amour du ciel. Sauvez-moi !

Cet appel lancinant est plus qu'un simple cri. C'est une âme que j'expulse avec toute la violence d'un accouchement. Brusquement tout le monde se tait et cet immense brouhaha se rétracte comme un escargot dans sa coquille.

Je secoue la tête comme si je me lavais de l'intérieur. Je reviens enfin à moi-même.

En face de moi sont assis les dignitaires blancs qui me fixent, interdits et les yeux écarquillés. Autour, la foule attend, suspendue, ce qui va suivre. Ainsi dit-on chez moi, on a fait un nœud au silence. Je dois être à ce point méconnaissable que Mouzinho lui-même se tient impassible et distant.

– Qui est cette négresse ? demande le gouverneur.

Et il ordonne aux gardes de m'arrêter. C'est alors que Bianca Vanzini fait irruption sur la tribune. L'Italienne s'incline avec une révérence rapide et déclare : Excellences, cette fille est malade, je vais l'emmener.

Sans dire un mot, Mouzinho lève les bras pour les laisser retomber dans un geste de complaisance. Je suis conduite par l'Italienne entre la masse des curieux qui ouvrent les rangs fuyant une maladie contagieuse. Bianca me guide parmi les rues désertes de la ville, pressée de s'éloigner des festivités. À mi-chemin l'Italienne interrompt sa marche et pose ses mains sur mes épaules. Elle semble exténuée. Sa voix frôle les pleurs quand elle me demande :

– Que t'arrive-t-il, ma fille ?

Il n'y a pas âme qui vive dans le bordel de Bianca. Je déambule dans les couloirs, parcours les chambres tapissées de papier peint rose. L'Italienne m'autorise à essayer une robe en soie rouge. Elle ornemente mes mains de longs gants noirs. Elle flatte ma silhouette, regrettant que je n'aie pas accepté son invitation d'être l'une de ses dames de nuit. J'agite ma main gantée :

– Je suis enceinte, mon corps ne sera bientôt plus qu'un ventre.

Elle prend dans un tiroir des feuilles chiffonnées. Ce sont les lettres de Germano. L'Italienne tient à expliquer : Ce sont les copies que Germano a faites de sa propre main.

Mes mains sont incapables de tenir les feuilles qu'elle me tend, tellement mon cœur secoue mon corps. J'ai voulu te les remettre hier soir, dit l'Italienne, mais on t'a traînée dans la rue et on t'a emmenée sur un bateau. Quelque chose goutte sur mes chaussures. Les lettres sont trempées. Elles pendent de mes mains avec le poids d'une chose morte.

– Pourquoi les gardez-vous toutes mouillées ? demandé-je. Comment voulez-vous que je les lise, si elles ruissellent d'eau ?

Le regard angoissé de Bianca est celui de quelqu'un qui ne me reconnaît pas. Il n'y a pas, assure-t-elle, une goutte d'eau sur ces feuilles. Elle veut toucher mon visage, elle hésite. Elle veut caresser mes cheveux, sa main recule. Enfin, elle me demande avec douceur :

– Rends-moi les lettres, Imani. Laisse-moi les lire pour toi.

Je lui passe les feuilles qui gouttent. L'Italienne m'examine longuement, incrédule. Elle hoche la tête et commence à lire. Elle bouge les lèvres mais je n'entends que la rumeur d'un fleuve, ce même fleuve où Germano et moi avons fait l'amour.

La lecture terminée, je suis vide. Ce qui subsiste en moi n'est rien d'autre qu'une colère sourde contre Álvaro Andrea. Comment a-t-il osé garder ce qui ne lui appartenait pas ? Je tourne dans la chambre maudissant le commandant aux yeux exhorbités : Je tuerai ce blanc !

– Calme-toi, jeune fille, ordonne Bianca. Et elle me fait asseoir et écrire à Germano. Je lui remettrai la lettre, dit-elle, quand il passera par ici.

Je tarde à me libérer de mes gants, avec la tristesse languissante du serpent qui perd sa peau. Je veux écrire. Je ne sais pas comment commencer. Ma haine contre Andrea pèse davantage que le manque de Germano. J'écrirai plus tard, promets-je à l'Italienne. Sa main s'enroule dans mes cheveux crépus et, comme lors de notre première rencontre, je fonds sous cette caresse.

– Cette année je te rendrai visite à Lisbonne, déclare Bianca. Parce que je m'en vais aussi. Je rentre en Italie.

Bianca ouvre les fenêtres et son soupir se confond avec la poussière qui s'échappe des rideaux : Mouzinho veut quitter la vie, moi je désire uniquement quitter l'Afrique.

Elle fait mine de regarder par la fenêtre. Sa main caresse le tissu du rideau comme à la recherche d'un soutien.

– Ce n'est pas la mort, dit-elle, que ce capitaine désire.

Mouzinho attend un amour qui ne pourra jamais advenir. Tous parlent de sa passion impossible pour Dona Amélia, la lointaine reine du Portugal : Au moins, il espère encore, soupire l'Italienne.

Et Bianca accuse la vie, elle accuse la ville qui jadis l'avait sauvée. Elle scrute le mouvement de la rue qui bouillonne de gens. À cette heure, noirs et blancs partagent encore le même espace.

– Tu sais ce qui me fatigue le plus dans ton pays, Imani ? Ce sont les pleurs des enfants.

Dans d'autres endroits, déclare Bianca, les enfants pleurent comme celui qui apprend à prier : ils attendent que les choses aillent mieux. Pas les enfants africains. Ils pleurent sans voix, ils pleurent pour eux-mêmes, comme s'ils vivaient leur dernier jour. Les larmes imitent leurs ventres : gonflés mais sans rien à l'intérieur.

– Je retourne en Italie, on retourne toujours chez soi. Et elle sourit, avec tristesse. La première fois que je suis revenue personne ne m'a reconnue dans mon village.

– Vous étiez partie longtemps, dis-je en guise d'explication.

– Ce n'était pas à cause de la durée. On ne m'a pas reconnue parce que je suis rentrée heureuse.

L'Italienne plie les lettres de Germano et les met dans sa poche. Une tache d'encre naît sur sa robe.

15
Une désobéissance soumise

> Les prêtres disent qu'après notre mort nous irons au ciel. Mon ciel est sur terre, Imani. Tous les jours je vais foulant ma future demeure. Voilà longtemps que je vis au ciel. Quand je mourrai j'aimerais aller vivre ailleurs.
>
> Zixaxa

> Vous êtes un idiot, mon cher Álvaro. Je pourrais simplement vous ignorer. Mais la vie m'a appris que ce sont les idiots que nous devons le plus redouter.
>
> Extrait d'un message de Mouzinho de Albuquerque à Álvaro Andrea

J'ai passé la nuit sur le lit d'un bordel, dans des draps qui n'ont jamais accueilli le sommeil de personne. J'avais oublié depuis longtemps ce qu'était un lit. Voilà sans doute pourquoi j'ai autant dormi et si profondément.

Tôt le matin, je me réveille avec la voix douce d'Álvaro Andrea. Le Portugais a attendu la fin du défilé pour débarquer.

– Que faites-vous dans ma chambre ?

– Je vous ai apporté une gracieuseté.

– Vous m'avez apporté les lettres ?

– Les lettres ?

– Les lettres de Germano.

– Je dois vous avouer une chose, dit Andrea. Ces lettres ne sont plus en ma possession. Mouzinho les a prises.

Le capitaine Andrea semble abattu. Il ne m'avait pas remis les lettres, admet-il, parce qu'ils les avaient utilisées comme monnaie d'échange afin que je lui fasse des déclarations. Petit à petit, il avait compris que la raison de cet atermoiement était différente. Il gardait, avoue-t-il, l'espoir que j'oublierais Germano.

– Je te demande pardon, Imani. J'ai trahi un camarade, j'ai déçu une amie.

Et il poursuit sans relever la tête. Le désespoir de ne pas être aimé a empoisonné son âme. L'amour déplace des montagnes. Mais le désamour crée des abîmes. Ainsi se lamente Andrea.

– Allez-vous-en, commandant, dis-je dans un murmure.

Il lève le bras. Son geste est autoritaire. Il ne me supplie plus. Il exige que je l'écoute. Et il rapporte ce qui lui est arrivé : il y a quelques jours Mouzinho l'avait surpris alors qu'il cachait des papiers dans sa gibecière. Persuadé qu'il s'agissait du rapport qui le dénonçait, il avait fait fouiller les poches de son uniforme et les tiroirs de sa chambre. Mouzinho s'était ainsi emparé des lettres de Germano. Et ne les avait plus rendues.

– Et pourquoi ne pas lui avoir demandé de les rendre ?

– Je mourrai sans devoir de faveur à cet imposteur ! dit Andrea. Je sais que Germano ne me pardonnera pas. Et tu te mettras à me haïr. Mais je n'aurais pas pu agir autrement.

– Allez-vous-en, commandant, demandé-je, impatiente. S'il vous plaît, laissez-moi seule.

Le Portugais demeure impassible. Après un temps, il me tend le bras avec les égards d'un fiancé :

– Viens, je vais te montrer la ville.

Je refuse, délicatement mais fermement : je ne veux pas vous voir, dis-je, je ne veux pas parler avec vous.

De la fenêtre je vois Álvaro Andrea s'éloigner. Et je dois l'admettre : c'est un très bel homme. Il y a chez lui un désarroi et une délicatesse qui ne s'accordent pas à son statut militaire. Ces qualités me troublent.

Passé quelque temps, je sors sans remarquer combien ma tenue est inappropriée. Le même lieu qui me semblait resplendissant hier apparaît à présent gris et désolé. Les rues sont encore mouillées par la bruine nocturne. Je traîne sur les trottoirs boueux la robe que Bianca m'a prêtée.

Des plaques en portugais indiquent les noms des rues. Toutes les autres enseignes sont écrites en anglais. La ville elle-même est désignée par "Delagoa Bay". Je remonte la rue des Mercadores qui, à la lumière du jour, semble éteinte et vide. Plus loin, je prends la rue de la Gávea et je croise des marchands indiens qui me hèlent sur le trottoir avec leur curieux accent :

– Entre dans la boutique, migne filli ! Regade, c'est graatis !

Je m'arrête à la dernière rue, la rue dite de la Linha. Là s'alignent de vieux réverbères en fer où l'on brûlait de l'huile de baleine. Tout cela n'est maintenant plus qu'un souvenir. Les poteaux m'évoquent quelque chose de terrible : le corps de ma mère balançant à l'arbre où elle s'est pendue. Je tourne le dos au temps, je m'éloigne du marais qui commence là. Les réverbères sont les sentinelles de la frontière qui sépare deux mondes en guerre.

Brusquement, trois marins font irruption d'un pas de porte. Ils m'encerclent en me menaçant. L'un d'eux commente : C'est la première fois que je vois une pute noire aussi classe ! Ils me poussent sous un escalier. Ils se partagent les tâches en silence, comme si violer une femme était une vocation congénitale. L'un d'eux me tient les jambes, l'autre m'attache les bras. Un troisième, allongé sur moi, déchire mes vêtements et bave sur ma poitrine. Je crie à l'aide. Mes hurlements semblent l'exciter encore plus. Je sais que j'ai abandonné quand, plus que tout autre douleur, je sens une larme couler sur mon visage. Arrive alors ce que je ne pourrais jamais décrire. Car, brusquement, je suis entourée d'ombres qui gesticulent, s'écroulent puis se redressent et s'enfuient. Je ressens le soulagement des déterrés. Je rouvre complètement les yeux pour tomber sur le visage d'Álvaro Andrea. Il m'aide à me lever. Il attend en silence que je me rajuste.

En silence, nous retournons au bar de Bianca. Le Portugais me tend la main pour m'aider à franchir les flaques d'eau. Je ne réponds pas tout de suite à sa gentillesse. Finalement nos doigts se touchent. Mais aussitôt je me libère vigoureusement. Ça y est, on est arrivés, me défends-je en hâte. Bianca – qui avait déjà entendu parler de l'incident – nous attend à la porte. Elle m'accueille dans ses bras et me réconforte : Ça y est, tu es à la maison. Jamais une maison étrangère ne m'a semblé autant la mienne.

Certainement pour une raison, Bianca remémore son défunt mari rentrant à la maison en pleine nuit. Ivre, l'homme se blottissait dans un coin, se protégeant des questions embarrassantes. Je ne sais pas, ma femme, à quelle heure je suis rentré, disait-il. Quand je rentre à la maison le temps n'existe plus.

– Les hommes, se moque Bianca, en se servant une liqueur au citron. Les hommes sont comme cette liqueur : sucrés quand nous les voulons amers, rudes quand nous les attendons aimables.

– Dona Bianca, je vous en prie : rendez-moi les lettres de Germano. Je sais que ce sont des copies. Mais elles valent plus que les originaux.

L'Italienne hésite comme si elle fouillait les confins de sa mémoire. Je lui rappelle que la veille elle m'avait lu les deux lettres.

– Je les ai rangées au milieu du linge. Il faudra que je les cherche.

– Vous souvenez-vous de ce qu'elles disaient ? demandé-je.

– Ma chérie, les lettres d'amour ne disent jamais rien.

Je déjeune avec l'Italienne. La femme partage davantage la parole que la nourriture. Elle me raconte des histoires. Elle sait tout sur tous les clients, des militaires aux missionnaires. Un jour, elle écrira un livre divulguant des secrets qui compromettront les plus éminents.

– On m'appelle la dame aux mains d'or. Mais rien ne se vend aussi cher que le silence.

Des prostituées qui viennent de se réveiller passent. Elles ont le regard foudroyé des oiseaux nocturnes.

– Je me souviens parfaitement de notre première rencontre. Vous êtes la première femme blanche que j'aie vue de ma vie.

J'évoque ce moment, survenu dans mon village il y a des mois. Je me rappelle le parfum doucereux de l'Italienne et son accent encore plus doux. Et je sens à nouveau ses mains coiffer mes cheveux. On aurait dit un simple geste mais peu d'instants ont autant perduré en moi. Il y avait là une femme blanche disant que mes cheveux étaient beaux, assurant que je n'avais pas besoin de les cacher sous un foulard. Impossible d'oublier sa triste confession : elle était venue en Afrique pour ne plus vivre. Et que Lourenço Marques lui avait semblé alors un bon endroit pour mourir.

– Et votre prince charmant ?

– Quel prince ? rétorque l'Italienne.

– Votre folle passion pour Mouzinho ?

– De l'eau a coulé sous les ponts, affirme-t-elle en souriant.

L'amour, ajoute Bianca, est la plus passagère de toutes les maladies mortelles.

En fin d'après-midi, je vais rendre visite à Ngungunyane en prison. J'ai reçu cette instruction du directeur de l'établissement. Il est préoccupé par l'état d'abattement du prisonnier. Il a passé la nuit sous surveillance renforcée. Ils l'ont mis dans une cellule isolée juste après le défilé. Ils redoutent la compagnie des autres prisonniers. Mais ils craignent en même temps que l'isolement n'aggrave son état d'esprit déjà affaibli. C'est pour cela qu'ils réclament mes services.

Les gardes font tourner bruyamment la clé, réveillant le prisonnier assoupi. Ngungunyane me regarde, étonné : il sait que les visites sont interdites. Assis avec une bouteille sur les genoux, le roi est l'image du découragement. Je lui demande la permission de lui tenir compagnie.

– Toi qui es blanche presque de naissance : tu sais quand ils vont me tuer ?

Muette, je le laisse souffrir. Chaque seconde de mon silence est une lame qui déchire son âme. Je sais qu'il me regarde, perplexe. Il admire, comme il l'a déjà avoué, ma beauté. Mais il ne conçoit pas ma désobéissance. Aussi, il reprend la parole.

– J'ai une proposition pour toi : on va faire alliance.

Il commence par admettre que j'ai des pouvoirs. Et que mes pouvoirs sont plus grands que ceux qu'il a jamais eus. Je suis, dit-il, la seule noire que les Portugais écoutent. Il propose d'inventer une version différente des événements. Une version qui rejette les fautes sur Nwamatibjane Zixaxa.

– J'ai protégé Zixaxa en prenant des risques que personne ne peut estimer. Les Portugais m'ont fait la guerre à cause de Zixaxa. Et maintenant ce type m'accuse de l'avoir livré aux Portugais ?

Il avait résisté au-delà de ce que tous attendaient. Il n'avait livré le réfugié des Mfumos que lorsqu'il n'avait plus eu le choix. La vie est ingrate, déplore Ngungunyane.

– Zixaxa répand par là que je suis pareil aux blancs et que je tourmente mes frères noirs. Il dit que je moleste les plus malheureux, que je maltraite mes esclaves. Mais moi je demande : qu'est-ce qu'il fait avec les siens ?

L'empereur de Gaza a raison, ai-je envie de dire. Cela se passe toujours ainsi : les humiliés finissent par être pareils aux oppresseurs.

– Je suis très triste, j'ai besoin d'un réconfort, se plaint le roi. Soulève tes pagnes, je veux voir tes jambes.

Je ferme les yeux, j'inspire profondément. Cette simple demande une violente déjà. Le roi perçoit mon malaise. Et il murmure : D'accord, alors rapporte-moi une autre bouteille de vin sucré.

Je me retire. Ngungunyane peste encore avant qu'ils ne ferment le portail. Quand il rencontrera le roi du Portugal il n'aura rien à lui donner.

– C'est toi que j'offrirai, l'entends-je encore crier. Mais d'abord je dois goûter la qualité du cadeau.

Le lendemain Álvaro Andrea repasse par l'établissement de Bianca. Une fois encore il m'invite à me promener dans la ville. Devant mon refus, le Portugais argumente :

– Ce sera notre dernière rencontre. Ton bateau part demain.

Je finis par céder. Le Portugais m'emmène sur une colline couverte de plantations. Ici et là, des femmes indiennes travaillent dans ces champs avec leurs saris colorés. Nous nous asseyons là, regardant le remue-ménage qui commence à agiter la ville. Des chariots tirés par des ânes transportent des Boers du Transvaal et des Anglais du Natal. Ces malheureux voyagent – commente le Portugais – attirés comme des papillons par la bohème nocturne qui, dans leurs contrées, a été interdite par le puritanisme.

Les premiers bâtiments de pierre et de chaux ont été construits par des noirs. Un maçon, un charpentier et un forgeron sont venus d'Inhambane pour faire les travaux. Un calfateur local les a rejoints. À force de tant travailler avec de l'étoupe goudronnée, le calfateur avait les doigts complètement noirs. Il les levait avec orgueil et proclamait : C'est moi qui suis le vrai noir.

Nous rions. Et nos doigts s'entrelacent à nouveau jusqu'à ce que, doucement mais résolument, je m'écarte d'Andrea. Et je me demande ce que je fais là, main dans la main avec un homme aussi inattendu et différent. Quelque part Germano m'attend. Et je l'attends avec une dévotion semblable. Néanmoins ce quelque part s'estompe peu à peu comme les empreintes qu'ensemble, Andrea et moi laissons sur la route de sable mouillé.

Chemin faisant, nous croisons un vieux guérisseur. Andrea le salue d'un "Monsieur le docteur". Et il n'y a pas d'ironie. Jusque récemment il n'y avait pas de médecin dans toute cette localité. Les blancs étaient soignés par ce nyamussoro de l'ethnie des Mfumos. Le vieux guérisseur rit lorsque Andrea évoque cette époque. Pour chaque soldat soigné, rappelle-t-il dans un portugais improvisé, il recevait une capulana. Et comme les blancs n'arrêtaient pas de tomber malades, l'homme avait accumulé des pagnes jusqu'à ne plus avoir de maison pour les ranger. Il avait perdu le compte des mariages qu'il avait contractés pour écouler autant de tissu.

– Attention aux femmes, met en garde le vieux guérisseur en me pointant du doigt. Il n'y a pas de meilleure maladie.

C'est alors que surgit, affolé, le traducteur Zeca Primoroso. Il est méconnaissable, les yeux écarquillés, les cheveux ébouriffés. Il demande au guérisseur de s'éloigner. Ce qu'il veut nous dire est confidentiel.

– J'ai été mobilisé, capitaine. On va m'envoyer en première ligne de la guerre.

Primoroso revient d'une réunion d'urgence au commandement militaire du Sud, où il a servi de traducteur. Des informations préoccupantes sur la situation à Gaza depuis l'arrestation du roi sont arrivées en ville. Il y a des signes que l'armée des Vanguni se réorganise.

– Tu as entendu Ngungunyane faire des commentaires à ce sujet ? me demande le Portugais.

Je hausse les épaules. Je m'efforce d'oublier ce que, ces derniers jours, le roi déposé répétait sans relâche : Cette guerre ne revient pas. Elle n'est jamais partie.

Il y a encore peu de temps j'étais le centre du monde. En un instant, je deviens invisible. Les nouvelles de Gaza accaparent totalement Andrea et Primoroso. C'est une élite composée de soldats blancs ou africains d'origine angolaise, en plus des cipaios locaux, qui a pris en charge les terres de l'empereur. Ils les ont mis en fonction mais sans leur donner de moyens de subsistance. Ils vivent du viol des femmes et du pillage des biens de la population.

– Et Maguiguana ? interroge Andrea.

– Maguiguana va de village en village pour mobiliser les gens pour la révolte, répond Zeca. Là où passe le guerrier nguni il proclame en hurlant : “Vambuyisa inkosi”, Rendez-nous le roi, c'est son cri.

– Me voilà reparti dans l'enfer du Limpopo, se plaint Andrea.

Si la guerre recommence, alors de nouveaux contingents seront envoyés à Gaza. Selon toute vraisemblance, il sera transféré pour commander à nouveau la corvette *Capello*.

Zeca et Álvaro se disent au revoir. La maigre silhouette du traducteur disparaît entre les bâtiments. Le retour chez Bianca se fait en silence. À la porte du bordel, je demande au capitaine :

– Et Germano ? Vous croyez qu'ils le mobiliseront aussi ?

Álvaro Andrea hausse les épaules et commence par dire : Je ne veux pas le savoir… Mais aussitôt il change de ton, honteux : Germano va s'en tirer, il lui suffira d'invoquer ses blessures de guerre. Moi je n'ai pas de blessure pour me sauver…

Je pense aux mains de Germano. Mais ce sont les mains d'un autre homme qui serrent les miennes en un adieu précipité.

16
Ni crinière ni couronne

Au commencement du temps,
il n'y avait qu'un village et un puits.

À cela se résumait le monde :
un village et un puits.

Une fois, en remplissant sa cruche,
l'homme laissa choir ses yeux dans le puits.

Il plongea ses bras aveugles dans le noir
et comprit que le puits n'avait pas de parois.

Et l'homme sentit
qu'il était appelé par les eaux sans fond.

Quand il retrouva ses yeux
était née la mer.

Légende racontée par Dabondi

Ils ne me laissent pas quitter la cellule où je viens de parler à Ngungunyane. Pour un temps je ne suis qu'une prisonnière de plus. Les militaires disent que nous partirons tous de là directement sur le quai. Il fait nuit noire quand ils nous font avancer silencieux et en file indienne vers le port de Lourenço Marques. Ils nous conduisent ainsi dans le noir par crainte d'une embuscade. Puis nous apercevons les lumières lointaines d'un navire qui nous attend dans la baie. De peur de tomber, je m'appuie sur l'épaule de Dabondi qui suit à mes côtés. Elle repousse mon geste. Laisse-moi trébucher, ce que je veux le plus c'est tomber, déclare-t-elle. Et elle ajoute à voix basse : C'est la dernière fois que nous foulons notre terre. Dommage que tu marches avec des chaussures, Imani. Nous toutes, dit-elle, partirons accompagnées : la poussière des morts s'accroche pour toujours aux pieds.

Si le bateau sur lequel nous avions voyagé était grand celui-ci paraît plus grand que la ville de Lourenço Marques. L'*África* est tellement immense qu'il ne peut amarrer à quai. S'il le faisait, en accostant à terre tout le continent se briserait. Aussi sommes-nous transportés à bord en barcasses. Pendant le court trajet les femmes gardent la tête baissée. Moi seule contemple le ciel étoilé. Dabondi me fait baisser les yeux. Je vais être mère, je ne dois pas dévisager les étoiles.

Le commandant nous attend comme s'il nous recevait à la porte de chez lui. C'est un homme chauve, le visage large et un sourire bienveillant. Il est en uniforme de rigueur, veste bleu foncé contrastant avec quatre bandes dorées sur les épaules et les manches. Les médailles sur sa poitrine sont si nombreuses qu'il semble porter une armure.

– Je suis capitaine de frégate et mon nom est António Sérgio de Sousa, annonce le commandant. Il indique une créature trapue au garde-à-vous à ses côtés : Voici mon adjoint, le sergent Júlio Araújo.

Le sergent est l'image inverse du commandant : une petite stature, la face creusée, des cheveux noirs rejoignant une barbe fournie, des yeux profonds presque dissimulés sous d'épais sourcils.

Ngungunyane est le premier prisonnier à entrer. Il reste planté devant le commandant, barrant le passage des suivants. Brusquement, il s'incline en une révérence appuyée. Prenant appui sur mon bras, il déclare :

– Dis-lui que je suis son fils.

Le commandant sourit, incapable de comprendre. Il demande au roi de Gaza de se relever mais celui-ci insiste pour rester agenouillé. Tirant sur ma capulana, Ngungunyane demande en txizulu :

– Ce n'est pas le roi Dom Carlos ?

Il me coûte, je l'admets, de voir humilié celui qui a tant obligé les autres à s'agenouiller. Traduis, Imani ! demande à nouveau Ngungunyane. Dis-lui que je suis son fils, je suis le fils du roi du Portugal ! Saisissant les mains du commandant, le prisonnier passe de la servilité à la supplique : Ne m'emmenez pas, je vous en prie, je suis déjà mort, je suis très très mort. Sous l'ordre du sergent Araújo, ils entraînent Ngungunyane tandis qu'il continue de proclamer son propre décès.

Le défilé des premiers prisonniers achevé, plus de trente détenus passent sous nos yeux, avec à leur tête le missionnaire protestant Roberto Machava. Ces autres noirs, capturés à Lourenço Marques, ont une destination différente : ils seront exilés au Cap-Vert, accusés de conspiration contre la patrie lusitanienne. Aucun d'eux ne sait cette accusation, aucun d'eux ne sait quelle est cette patrie qu'ils ont tant offensée.

En hurlant, le sergent Júlio Araújo dirige les opérations : Séparez tout de suite les prisonniers en deux groupes, sinon on ne s'en sortira plus ! Ces types sont tous pareils. Et il ordonne leur inspection. Qu'aucun d'entre eux ne puisse se suicider en route. Il passe lui-même en revue chacun des prisonniers. Il s'attarde à dessein sur les femmes.

– Dieu nous protège, commandant, nous emmenons des démons dans la cale, déclare Júlio Araújo.

Et tous les blancs se signent, en entendant les mots du sergent.

Sous escorte, ils nous font descendre par un escalier en fer. Ils nous conduisent ensuite par un couloir éclairé de lumières tremblantes au plafond. J'entends Ngungunyane balbutier : Ce bateau est mon cercueil de fer. Les reines éclatent en sanglots en découvrant la pièce sombre où elles seront logées.

– Explique-leur comment ils seront répartis, m'ordonne le sergent.

C'est un miracle que seize personnes tiennent dans un si minuscule compartiment. Deux plateaux accrochés l'un au-dessus de l'autre serviront de lit pour tous les prisonniers hommes et femmes. Je traduis les instructions : sur le plateau supérieur reposeront le roi et toutes ses femmes. En bas et à l'entrée se coucheront Godido, le cuisinier Ngó et Mulungo. Sur le même plateau, mais plus au fond, dormiront Zixaxa et ses trois épouses.

Les seize prisonniers de Gaza sont entassés dans la pièce et la porte est fermée à clé. Ils me destinent une cellule séparée, une sorte de remise située juste en face du compartiment des gens de Ngungunyane.

Roberto Machava et les trente prisonniers de Lourenço Marques sont acheminés vers une cale à marchandise. Quand s'ouvre la trappe, le pasteur et ses comparses reculent, terrorisés. Il règne entre eux l'idée que la cale des navires est un trou sombre qui s'ouvre sur le fond de la mer. C'est là, dans ces profondeurs, qu'ils brûlent les esclaves puis, avec les cendres des os, qu'ils fabriquent la poudre.

– Je n'y crois pas, dis-je.

– Vous n'y croyez pas ? demande l'un des prisonniers. Qu'est-il arrivé à nos frères qui ont été emmenés ? L'un d'eux est rentré ? Et il conclut, avec une certitude absolue : Ils les mangent.

Un autre prisonnier met en garde : Au cours de ce voyage que personne n'accepte de manger de la viande ! Nous mangerions les nôtres.

– Faites comme voulez, finis-je par dire.

– Ils veulent qu'on grossisse. C'est ce qu'ils veulent.

Avant que le navire ne lève l'ancre, je demande à la sentinelle de me laisser monter sur le pont. J'ai besoin d'un peu d'air, j'argumente. Alors seulement je remarque : le soldat est mulâtre. J'observe, absorbée, sa peau couleur de bronze, ses cheveux aux larges boucles. Et je pense : mon fils sera comme ça.

– D'où viens-tu ?

– Je viens de la salle des machines, répond-il. Je suis sale, couvert de poussière.

Il n'a pas compris ma question, il ne comprend pas mon sourire. Nous montons les escaliers en silence. À l'entrée du pont il fait un geste comme s'il m'ouvrait des rideaux invisibles. Et il retourne au poste de guet.

Le pont est rempli de passagers qui assistent au largage du navire. Cette triste fatalité ne manque pas d'ironie : un navire appelé *África* m'éloigne du continent africain avec un enfant mulâtre dans le ventre et laissant mon mari blanc au pays des noirs.

– Tu ne peux pas rester ici, me prévient-il.

Mais aussitôt j'entends António de Sousa reprendre l'interdiction précédente :

– Laisse-la avec moi, marin.

– Je suis enceinte, capitaine, dis-je dans un souffle, honteuse de ma triste silhouette.

Il montre mes pieds et secoue la tête en signe de mécontentement.

– Je vous demande pardon, capitaine, dis-je dans un murmure. Mes pieds ne rentrent plus dans mes chaussures.

Nous sommes entourés par d'autres passagers, civils et militaires, qui veulent assister au départ du bateau.

– Le soldat avait raison, tu dois rentrer.

– Laissez-moi rester, je vous en prie. Je vais remettre mes chaussures.

Le problème n'était pas mes pieds. Le commandant s'attarde sur les chiffres, il ne veut pas me blesser. Il avait deux cent soixante civils et plus de deux cents militaires à bord. Près de cinq cents passagers voulaient assister au départ et aucun d'eux n'aimerait croiser une femme de ma race.

Les chaussures à la main, j'amorce le chemin du retour quand António de Sousa reconsidère sa décision.

– Tu peux rester plus loin, dans ce coin sombre, personne ne s'apercevra de ta présence.

Péniblement je remets mes chaussures. Et je me rappelle mon frère Mwanatu, avec cette raison brouillée qui lui apportait tant de bonheur, priant Dieu pour arrêter de grandir, ainsi ses pieds rentreraient pour toujours dans son unique paire de chaussures.

Ils ont autorisé Dabondi à se joindre à moi au bastingage. La reine s'assoit le dos tourné à la terre. Je l'encourage à contempler les lumières de la ville.

– Celui qui veut fuir ne regarde que devant, affirme-t-elle.

Passe un couple qui s'étonne de notre présence. Le mari commente, n'imaginant pas que je comprends le portugais : Je parie qu'elles font partie d'un groupe de danse folklorique pour amuser ceux de la première classe. Et la femme conclut : Tout ce qu'ils savent faire, c'est danser.

Et ils s'éloignent en riant. La reine contemple le couple et, quand les voix et les rires se dissipent, elle confie qu'elle ne m'a pas attendue pour commencer les leçons de portugais. C'est Godido qui lui apprend. En me voyant sourire, elle réplique : elle n'a besoin que de notions de base.

Je lui promets de lui donner des leçons. Je suggère qu'on partage la même chambre. Dabondi refuse : jusqu'à la fin de ses jours elle dormira auprès de son mari.

– Mais le roi dort entre Muzamussi et Tuka.

– Peu importe avec qui il se couche, argumente Dabondi. Il ne rêve que de moi.

La reine revoit les noms des autres épouses. Elle les compte sur ses doigts, comme si elle vérifiait les pierres d'un chapelet. Et elle énonce à nouveau les noms : Muzamussi, Namatuco, Patihina,

Machacha, Xesipe et Fusi. Il y a sept épouses, dit-elle. Mais moi seule protège les rêves du roi.

Cette nuit-là Dabondi n'a pas protégé son époux des cauchemars. À l'aube, Ngungunyane se réveille en hurlant : Ce n'est pas moi, ce n'est pas moi ! Le tumulte s'installe dans la chambre, les coups de pied sur la porte en fer résonnent dans le couloir et alertent la sentinelle de garde. Ils ouvrent la porte en fer, attachent les poignets de Ngungunyane et ordonnent aux prisonniers de se rassembler dans le couloir. Il ne reste plus que le roi, le sergent Araújo furibond et moi dans la pièce.

Le roi tarde à reprendre sa respiration. Il est complètement nu, la couronne de cire amochée, de la bave coule sur son menton. Craintivement, il dévoile peu à peu les démons qui lui ont dérobé le sommeil. Le cauchemar ne lui est pas encore sorti de la tête : une pirogue s'approche de la plage, ramenant un corps. À une certaine distance, il s'aperçoit que c'est son frère Mafemane qui est dans l'embarcation. Le roi se tient à l'écart de l'eau : la mer est un territoire interdit. Quand la pirogue touche le sable, il découvre qu'il s'agit en réalité d'un cercueil. Sur cet esquif ouvert, son frère va parlant comme font les morts : sans bouger les lèvres.

– Mon frère Mundungazi, lui demande le défunt, tu dois fermer ce cercueil.

Ngungunyane reste cloué au sol : pour mettre la dernière planche sur la pirogue il doit entrer dans la mer, une hérésie impensable. Mais s'il ne referme pas le cercueil, il sera visité par le mort toute sa vie. Horrifié, il avance contre les vagues, essayant en vain de tirer la pirogue à terre. L'embarcation funèbre est temporairement échouée sur un banc de sable. Mafemane dit à nouveau : Entre dans le cercueil et ramons tous les deux vers la terre. Les vagues sont maintenant plus hautes, les pieds du roi ne touchent plus le fond. Il n'a pas d'autre choix que de sauter dans l'embarcation improvisée. Aussitôt, le couvercle du cercueil retombe sur lui. Le noir qui s'installe est le même qui règne dans la pièce où les Portugais l'ont incarcéré. Le navire est le cercueil où voyagent Mafemane et lui, son frère éphémère, son éternel moribond.

Le sergent m'ordonne d'aider l'empereur à reprendre ses esprits. Ils l'emmènent donc marcher sur le pont. Enroulé dans une couverture, Ngungunyane avance à petits pas traînants.

– C'est le roi des nègres, déclare l'un des passagers.

Je traduis afin que Ngungunyane comprenne que certains le reconnaissent. Il paraît sourire mais c'est une moue triste qui se dessine sur son visage. L'empereur sait les pouvoirs qu'il vient de perdre.

– Dis-moi une chose, Imani, n'y a-t-il pas sur tout ce navire un morceau de terre qui puisse être creusé?

Plus que l'ignorance, l'illusion règne chez Ngungunyane. Finalement nous savons tous: ce n'est pas dans la terre que nous ensevelissons les morts. Ceux qui sont partis ne trouvent le repos que dans notre cœur. Son frère qu'il avait fait tuer, Mafemane, a quitté la vie plus vivant qu'il n'y était entré.

Ngungunyane cherche de ses pieds nus une fente impossible sur le sol en métal. Il éprouve la nostalgie du sable où pénètrent la pluie, la rosée et le sang. Il ferme les yeux et voit un fleuve rouge couler au milieu des paysages arides de son royaume.

Le cauchemar de Ngungunyane a perturbé la fausse harmonie entre les prisonniers. Quand le roi retourne à sa cellule, les détenus sont concentrés dans le couloir. Zixaxa est enchaîné à une poutre et, en voyant arriver le roi de Gaza, il se met à vociférer:

– Ne te berce pas d'illusions, Ngungunyane. Les Portugais ne t'emmènent pas parce que tu es important. Ils t'emmènent à cause des Anglais. Ne pense pas qu'ils te tuent. Au contraire, ils t'épargnent d'être tué par les tiens, dans ton propre royaume. Les Vatsonga ne te respectent pas, les Vatxopi te haïssent, les Vandau ne te reconnaissent pas d'autorité. Les Mabuingelas, ceux qui auparavant te vénéraient, ont craché sur tes jambes lors de ton arrestation. Tu n'es plus rien, tu n'as plus d'amis, tu n'as pas de frères, tu es tout seul avec tes femmes. Tu n'es que l'une d'elles, tu es une reine veuve. Tu ne sers plus d'ennemi aux Portugais. Au terme de ce voyage, même comme trophée de guerre tu ne serviras à rien.

Godido et le cuisinier Ngó attendent un signe pour faire taire Zixaxa. Les reines regardent leur mari, inquiètes. Ngungunyane se contente de pester à voix basse:

– Tu n'as pas prononcé un seul mot. Tu n'as rien fait de plus qu'aboyer. Tu n'es rien d'autre qu'un chien.

Les soldats remettent de l'ordre, les prisonniers sont de nouveau entassés dans la cellule sombre. De retour à ma chambre, je vais forçant le passage entre les militaires qui se sont rassemblés dans le couloir. Les yeux des hommes disent que je suis une femme. J'entends leurs désirs. Mais ils ne me touchent pas. L'arrondi sur mon ventre annonce que je serai bientôt mère. J'ouvre la porte, sûre d'une chose : je ne suis qu'une petite fille. Peut-être moins que cela. Parce que je m'endors recroquevillée, les genoux touchant mon visage. Dans la même position que mon enfant qui, à l'intérieur de moi, dort.

17

Bartolomeu et la route maritime vers le ciel

> … Dabondi a raison quand elle dit que le navire est une prison. L'océan est tellement infini qu'il crée un sentiment d'enfermement. Le bruit de la quille déchirant les vagues, la vibration souterraine des hélices, la plainte lugubre des cheminées, la course métallique de l'ancre : tout cela me cause une fatigue millénaire.
> Gungunhane a raison quand il se plaint qu'il n'existe pas de pierre sur ce navire où il puisse s'asseoir. Il n'y a presque plus de bois sur les bateaux d'aujourd'hui. Désormais les embarcations exigent peu du vent. Tout comme ces femmes qui ont cessé de rêver et se laissent grossir, ces navires se sont offerts le luxe d'être lourds.
> Je ne saurais dire combien ces prisons ambulantes me fatiguent. Malgré tout, chaque fois que je m'attarde sur terre, je suis à nouveau tenté par l'appel du large. Et à nouveau je me rends sur le quai, à nouveau je pars en voyage.
> C'est là l'indéchiffrable séduction de la mer : nulle voix n'est aussi humaine, nul silence n'est aussi rempli d'histoires.
>
> Extrait du journal du commandant
> António Sérgio de Sousa

Au départ de Lourenço Marques la reine Dabondi a prédit qu'il allait pleuvoir. Une eau se lit dans une autre eau, a-t-elle dit en me fixant longuement dans les yeux. La reine avait raison : depuis hier il pleut si fort qu'on ne voit plus la mer.

Je traverse lentement le pont comme si je marchais dans un nuage. J'ai été appelée par le capitaine António Sérgio de Sousa.

Je secoue mes vêtements et craintivement j'entre dans la cabine du capitaine. Ses quartiers sont spacieux et éclairés. La première chose que je vois c'est un oiseau posé sur l'épaule du Portugais.

L'animal me scrute, curieux, dans une pose hybride entre le prince et le clown. Puis il prend peur et bat des ailes pour se réfugier dans une cage accrochée au plafond. Le commandant l'appelle : "Bartolomeu !" Et l'oiseau, un perroquet du Congo, répond : "Prêt, mon capitaine !" Il saute sur la table et avance avec la démarche dandinante des nains.

– De temps en temps il salit mes cartes, se plaint le commandant.

Le perroquet tente un vol maladroit qui fait ressortir sa queue rouge sur son plumage gris. Je demande si je dois fermer la porte. Laisse-la ouverte, recommande Sousa. Bartolomeu a développé ses petites habitudes : en pleine haute mer il s'envole sur le pont ; à terre il ne quitte pas la cabine par peur des mouettes.

– Concernant l'oiseau je suis tranquille. Mais je me demande si nous ne devons pas séparer ce Zixaxa du roi de Gaza.

– Zixaxa ne molestera pas Ngungunyane.

– Comment peux-tu en être aussi sûre ?

– Zixaxa croit que si Ngungunyane meurt, vous, les Portugais, le jetterez à la mer. Sans le roi, aucun des prisonniers ne vaut plus rien.

L'intention d'António de Sousa est d'offrir le perroquet à son fils, qui va fêter ses huit ans. Le petit garçon est né en Inde mais il a grandi en Afrique. Actuellement il est à Lisbonne et souffre d'asthme. Le capitaine croit que les cieux africains manquent à son fils. Ce n'est pas sur la terre, mais dans les cieux qu'il trouve le plus l'Afrique.

– Ce n'est pas à cause d'un perroquet que je t'ai appelée, dit le capitaine en secouant ses mains, comme si ses doigts lui brûlaient. Il me chasse. Ma visite ne doit pas s'éterniser. Je suis le commandant, dit-il, ils ne doivent pas me voir enfermé avec toi dans mes quartiers.

Il m'avait convoquée parce qu'il était préoccupé. L'un des prisonniers de la cale, de ceux du groupe de Machava, s'était suicidé la nuit précédente. Le capitaine craint que d'autres prisonniers ne suivent son exemple. Il a fait améliorer leur régime. Sans résultat. Ces gens manquaient d'un réconfort spirituel. La croyance pouvait compenser leur absence de bien-être.

– Ces gens, dit-il, sont très croyants.

Il serait tout à fait indiqué que les prisonniers croient que les dieux protégeaient le bateau et bénissaient le voyage.

La veille il avait convoqué Roberto Machava. Il connaissait l'influence du pasteur auprès des autres noirs. La rencontre avait eu lieu dans cette même cabine. Sousa lui avait expliqué son intention. Il allait réunir les prisonniers dans une grande assemblée pour que le pasteur conduise une bénédiction africaine et assure ainsi l'arrivée du bateau à bon port. Une bénédiction africaine? avait interrogé le pasteur Machava. Je vous demande pardon, mais il y a erreur, avait-il ajouté. Je suis un missionnaire chrétien. Je n'ai pas de croyances africaines. Vous et moi partageons le même Dieu, le seul qui puisse bénir ce bateau.

Sans un mot, António Sérgio de Sousa avait laissé le pasteur se retirer. Sans renoncer pour autant. Il m'avait donc appelée ce matin pour me transmettre avec un empressement étrange:

– Cela n'a pas réussi avec le pasteur. Mais cela réussira avec la reine sorcière. Tu vas l'amener dans ma cabine. Et je veux que les prisonniers sachent que je vais la recevoir. Et qu'ils sachent qu'ici, dans ma cabine, elle va bénir notre voyage.

J'accompagne la reine à la cabine du capitaine. Au début, Dabondi résiste. Elle ne veut pas que les autres prisonniers apprennent qu'elle jette les coquillages dans la chambre du capitaine. Ils diront d'elle ce qu'ils disent déjà de moi: qu'elle s'est vendue aux blancs. À l'entrée, la reine proteste sèchement:

– Je n'entrerai dans cette chambre que si ce blanc me donne des nouvelles de mon fils.

Le capitaine réagit, serviable. Il note le nom que la reine lui dicte en même temps qu'il épèle: "Man-gue-ze." Je me demande pourquoi nos noms s'emmêlent autant dans la bouche des Portugais?

– J'envoie un message à Lisbonne! promet António de Sousa. Demain nous saurons où se trouve ce garçon.

Néanmoins, la reine hésite à entrer. Cet oiseau, dit-elle en indiquant Bartolomeu. Et le commandant s'empresse de mettre le perroquet dans la cage.

Enfin la devineresse s'assied sur la moquette et retire de sa besace les osselets magiques. Les instructions du commandant sont claires: Dis-lui de prendre le temps qu'il faudra. Il est bon que tous sachent qu'elle est venue ici. La reine invoque les noms des défunts que le Portugais lui dicte. Elle prononce ces noms à sa manière et la plupart d'entre eux deviennent méconnaissables pour António de Sousa. Les tintxolo s'éparpillent sur le sol : plus que des cauris ce sont des osselets, des graines, des coquillages. Attention aux graines, prévient le Portugais. Bartolomeu n'en fait qu'une bouchée !

Dabondi se balance, renifle, éternue, tousse et entre enfin dans une transe convulsive. Les yeux révulsés et la voix défigurée, elle annonce : Il y a un homme pieds nus qui traverse un fleuve descendant des cieux. Il pleut tellement sur cette terre que personne n'a besoin de creuser un puits…

– C'est le Congo ! Ça ne peut être que le fleuve Congo ! s'exclame le capitaine Sousa.

– Vous croyez, mon commandant, que vous transportez des prisonniers, déclare la reine. Mais vous êtes le seul prisonnier. Ce bateau est votre prison.

Les yeux fermés la reine souligne chaque mot d'un balancement de son corps. Je suis ses mots et ses gestes avec un tel abandon que le commandant me demande :

– Pourquoi gesticules-tu autant quand tu traduis ?

– Quand je traduis, je suis elle.

Je rêve que je voyage sur un navire commandé par un capitaine noir. Le navire s'appelle *Europa* et sa coque est peinte de couleurs bigarrées comme les pagnes africains. Les mâts sont des arbres et font de l'ombre sur le pont. Le vent éparpille leurs feuilles sur la mer.

Un grattement de doigts sur la porte interrompt mon rêve. Ce doit être Dabondi, me dis-je ensommeillée. J'arrange mes cheveux et, avec une difficulté inattendue, j'attache une capulana à ma taille. J'en suis à cinq mois, je ne tarderai pas à être dévorée par mon propre ventre.

On frappe à nouveau. J'entrouvre la porte. C'est le missionnaire Roberto Machava. Des mains pressées précèdent le visage du visiteur :

– Regarde ce dessin, me dit-il.

Je tremble. C'est un dessin en couleur que j'ai fait pour mon père quand j'étais enfant. On y voit un village brûlé et des corps gisant sur le sol. Une phrase est écrite sous les personnages, une promesse de vengeance contre les troupes de Ngungunyane.

– Comment avez-vous obtenu ce papier ? demandé-je, inquiète.

– Laisse-moi entrer. Je ne peux pas parler ici dans le couloir.

– Venez à un autre moment.

– C'est le meilleur moment. Ils sont tous distraits par l'arrivée dans la prochaine ville.

Le pasteur entre et reste appuyé à la porte comme s'il voulait la dédoubler. Il arrête de parler portugais et s'explique dans sa langue maternelle. Machava était passé par le Save et avait rendu visite à mon père, Katini Nsambe, et à son épouse actuelle, la prophétesse Bibliana. Mon père était sûr que le missionnaire me rencontrerait à Lourenço Marques. En lui remettant le dessin, mon petit vieux avait été catégorique : "Remettez-le à Imani pour qu'elle n'oublie pas sa promesse."

– J'ai fait la même promesse, affirme Machava. Je poursuis aussi la même vengeance et j'ai besoin de ton aide.

– Demandez de l'aide à Zixaxa.

– Tous sauf lui. Je suis emprisonné avec mes compagnons à cause de ce traître.

Il rouvre la porte et guette le couloir pour vérifier que personne ne nous écoute. Puis il referme la porte. Son visage est tout près du mien quand il confie : Je prépare une révolte. Je secoue la tête et il répète : C'est ce que je prépare, une rébellion sanglante. Son plan est simple, mais d'une logique glaçante : il va tuer le roi de Gaza. Sans Ngungunyane, les Portugais arriveraient à Lisbonne les mains vides, sans la preuve de la victoire éclatante qu'ils proclamaient tant. Si on le tuait maintenant, plaide Machava, il serait impossible de garder son cadavre jusqu'à notre arrivée à Lisbonne. Les nations européennes croiraient que le Portugal avait forgé une grossière mise en scène. Le plan du missionnaire terminait en beauté : dans les contrées intérieures du Mozambique, les religieux protestants clameraient que Ngungunyane était toujours vivant, errant dans les montagnes du Transvaal. Et qui, sur cette terre, pourrait prouver le contraire ?

– Je vais te dire ce que tu dois faire, déclare le missionnaire.

– Non ! Ne me dites rien. Je ne suis pas prête.

Un terrible doute m'assaille : si Ngungunyane meurt pendant le voyage, pourquoi nous emmèneraient-ils toujours à Lisbonne ? Nous serions certainement abandonnés à Luanda ou au Cap-Vert. Je ne reverrais jamais plus Germano, mon enfant ne connaîtrait jamais plus son père. J'ai fait la promesse de me venger, c'est vrai. Mais je n'ai pas à l'accomplir maintenant.

– Écoute, ma fille.

– Allez-vous-en, pasteur Machava. Allez-vous-en ou je crie!

– Réfléchis à ce que je t'ai demandé, murmure le pasteur en partant.

Il croise la sentinelle qui dort. Je le vois disparaître dans la cale. Je verrouille la porte et soupire. Plusieurs angoisses rongent mon cœur: mon refus d'être complice d'un assassinat ne suffit pas. Il est impératif de faire avorter ce plan. Il faut dénoncer, sans tarder, les intentions du missionnaire. Mais les conséquences de cette dénonciation ne sont pas difficiles à deviner: ils jetteront Machava et ses coreligionnaires à la mer. Il me reste l'impossible choix entre deux crimes.

L'*África* s'approche maintenant d'une terre à nulle autre pareille. À l'horizon on devine la ville du Cap. Un massif de montagnes grises entoure la ville. Je contemple ces montagnes comme le condamné scrute, en prison, une bande de ciel.

Surveillés par des militaires, les prisonniers sont autorisés à jouir du paysage. Dabondi se joint au capitaine et moi. Elle serre mes mains, fascinée par la vision d'un continent qui semble tout juste né. Et elle prédit:

– Viendra le jour où un noir conduira un navire comme celui-ci. Puis elle s'adresse à moi en ordonnant: Traduis, Imani. Ce Portugais doit connaître ce futur.

– Seulement si la mer devient fleuve, contredit António de Sousa dès que je lui ai traduit le présage.

– La mer a toujours été un fleuve, affirme Dabondi.

Le commandant et moi rions. Sur le visage de la reine s'ébauche un vague sourire. Le Portugais jette un œil alentour de peur que quelqu'un ne nous surprenne dans cette gaieté. Penché vers la reine, il demande: C'est bon de voir la terre, non?

Il n'attend pas de réponse. Il veut seulement être écouté. La nuit précédente il n'avait pas fermé l'œil en pensant aux paroles de Dabondi. La reine avait raison: ce bateau était une prison. Pendant son insomnie, il avait pensé à ses collègues qui avaient quitté la Marine et s'étaient mis à déambuler en terres africaines. Ils n'avaient pas choisi de devenir pionniers. Ils étaient simplement las de l'enfermement de la mer. Les bêtes sauvages, la jungle et les tribus primitives, tout cela était préférable à l'éternelle solitude de l'océan.

C'est bon de voir la terre, répète-t-il pour lui-même. Avant de se retirer, le commandant transmet des ordres au sergent Araújo :

– Descendez avec ces deux femmes et préparez le régulo à recevoir les visites. Donnez-lui du vin et des vêtements présentables. Je veux cet homme sur son trente et un.

Vêtu d'habits européens, le roi de Gaza reste seul dans ses quartiers. Tous les autres prisonniers sont transférés dans la cale. Excepté Dabondi qui reste à mes côtés.

– Allez toutes les deux dans la chambre et attendez-moi là-bas, ordonne Araújo.

Le navire est immobilisé, ils ont débranché les chaudières. Ainsi procèderont-ils chaque fois que l'*África* atteindra un port. Il faut économiser le charbon. Sans chauffe qui fonctionne, le froid s'empare du navire. Dans la pénombre de mon réduit je me blottis contre Dabondi comme si nous étions un seul corps. La reine forme un creux de ses mains avec lequel elle me réchauffe le ventre.

La porte s'ouvre brusquement pour faire place au sergent Araújo. Un étrange éclat s'allume dans ses yeux en surprenant le geste de tendresse de Dabondi. Le compartiment est exigu mais le militaire considère qu'il y a de la place pour trois. Et il nous encourage : Continuez, continuez, je veux voir ces caresses ! Ce n'est pas moi qu'il désire. Je suis trop proche, trop européenne. Ces élucubrations concernent les épouses du roi, dont il ne saura jamais prononcer les noms. La crainte de contracter des maladies est toutefois plus grande que le désir qu'il éprouve à leur égard. Il se limite à les violer en rêve, sans devoir les regarder dans les yeux et sans la gêne de sentir leur sueur ou le risque d'attraper des maladies.

Il doit imaginer que Dabondi et moi nous caressons sans pudeur. Et que nous le faisons pour l'exciter.

– Serrez-vous davantage. Je veux vous voir comme mari et femme, ordonne le sergent.

La main d'Araújo se glisse dans son pantalon, ses yeux concupiscents devançant la vision elle-même. Comme nous demeurons statiques, le militaire hausse le ton et exige :

– Montrez vos seins !

Ce n'est pas de ceux qui crient que tu dois avoir peur : c'était le conseil de ma mère. Les vrais scélérats, disait-elle, n'élèvent jamais la voix. Si la mise en garde est vraie, les hurlements de cet homme ne devraient pas m'épouvanter. Et pourtant, il y a chez lui quelque chose qui suscite en moi un haut-le-corps.

– Nous sommes enceintes, préviens-je.

– Non, dit le sergent, mais vous le serez dans un rien de temps.

La reine se lève et laisse tomber sa capulana. Le sergent fait un pas en arrière, surpris de voir la femme nue, le pagne tombé à ses pieds. Je suis encore plus stupéfaite lorsque la reine me demande de me déshabiller aussi. Je secoue la tête, craignant que ce qui se passe là ne lui ait échappé. D'un coup Dabondi arrache ma robe. Nous sommes toutes les deux nues, sans défense devant le Portugais dément.

Les mains de Dabondi avancent, provocantes, en direction du sergent qui ferme déjà les yeux. Mais l'intention de son geste est tout autre. D'un coup la reine ouvre la porte et me pousse à la hâte dans le couloir. Qu'il nous suive, comme font les bœufs en rut, déclare la reine tandis que, nues et main dans la main, nous avançons dans les souterrains du navire. Nous montons l'escalier qui débouche sur le pont. Jusqu'où ira ce blanc ? interroge Dabondi. Alors seulement je comprends le stratagème de Dabondi : la nudité qui nous fragilise autant était, dans ce cas, notre meilleure défense. Dans un espace ouvert comme le pont nous serions à l'abri des avances d'Araújo. Loin, très loin, on entend le sergent frapper à coups de pied sur les parois du navire.

18
Un suicide involontaire

À travers ton cœur passa un bateau
Qui ne cesse sans toi de suivre son chemin

Sophia de Mello Breyner, in *Navigations**

Oh Daude! Daude!, va dire à l'administrateur Madekhise que des blancs sont arrivés et ont arrêté le bourreau. Dieu veuille qu'il le trouve!

Extrait d'une chanson consacrée à l'arrestation de Ngungunyane. La chanson a été composée par le maître Katine Nyamombe et présentée par son orchestre de timbila pendant la visite du président Óscar Carmona à Magul, au sud du Mozambique en 1939. Daude était un employé de l'administration de Zavala

Nous, les noirs, avons été prévenus: il nous est interdit de quitter le navire. C'est la règle dans la ville du Cap. Le commandant nous autorise à occuper le pont et à nous distraire en observant le branle-bas incessant des chargements et déchargements qui règne sur le quai. Les prisonniers pointent du doigt les machineries du port en quête de noms qui n'existent pas dans leurs langues. Puis, ils rient, amusés de voir autant de mulâtres porter de lourds fardeaux. Ils ne sont pas comme les métis de chez nous qui se tiennent à l'écart du travail pénible. Et mes frères se moquent de ces métis transpirant comme des mineurs qui creusent le sol de l'enfer. Moi seule ne ris pas. Et je pense à mon futur enfant. Il sera un éternel portefaix portant le poids de sa propre peau.

Des heures durant journalistes, diplomates et missionnaires montent à bord pour s'entretenir avec Ngungunyane. Le Cap était

* Traduction de Joaquim Vital, Paris, La Différence, 1999.

la première vitrine à l'extérieur du Mozambique où s'exposait le roi africain. Dans un recoin du pont, les Portugais ont préparé un décor à la hauteur: ils ont assis le roi sur un fauteuil en cuir, en tenue d'emprunt et bottes militaires qui lui pèsent comme du plomb sur les pieds. Les étrangers n'imaginent pas les conditions inhumaines dans lesquelles voyage l'interviewé. Le roi sourit et fait signe à chacun des visiteurs. Aucun d'eux ne lui rend sa sympathie.

À midi, désormais sans visites, le cuisinier Ngó nous apporte à manger. Ngungunyane est heureux et se sert de ses petits doigts boudinés. L'empereur est loin d'imaginer que sur ce navire des gens de sa race échafaudent des plans pour l'éliminer.

Assise sur mon lit, Dabondi écarquille les yeux en écoutant les bruits qui proviennent du quai de la ville du Cap. Combien de jours manque-t-il pour atteindre Lisbonne? demande-t-elle.

– Nous ne sommes même pas à la moitié du voyage, dis-je.

La reine prend un parasol au milieu du bric-à-brac qui s'accumule dans la petite chambre. Elle entend se promener sur le pont mais sans bronzer. Les femmes brunissent et ne sont plus désirées, déclare-t-elle. Les hommes noirs, dit-elle, ont appris à trouver laide une femme à la peau sombre.

Dabondi décline ma compagnie. Elle n'est pas seule. Godido l'attend au fond du couloir, une paire de sandales pendues à sa main droite. Le prince avait défait sa propre couronne royale pour fabriquer des sortes de sandales. Il avait transformé le diadème en une pâte noire, l'avait séparé en deux bouts recouverts de bandes de toile. Des bandelettes restantes il avait fait une paire de lacets. La reine sait que les sandales improvisées seront de peu d'utilité. Le revêtement métallique du pont est un chaudron bouillant. Quelques brefs pas et il ne restera rien de l'intention de son généreux beau-fils. Et, pourtant, ces sandales sont le plus beau cadeau qu'elle ait reçu de toute sa vie.

Je la vois s'éloigner dans le couloir, empoignant le parasol comme si c'était le plus lumineux des drapeaux. Appuyée au bras de Godido, elle monte lentement l'escalier, veillant davantage à préserver ses chaussures qu'à viser les marches. En haut elle est embrassée par la lumière. La reine et son beau-fils entrent dans la ronde infinie du soleil.

Quelques instants plus tard, Dabondi fait irruption dans la chambre. Elle revient en colère de sa promenade avec Godido. Elle s'appuie contre moi pour exhiber une coupure profonde à son poignet.

– Nous nous sommes battus, soupire la reine.

Dans la tradition de son peuple, deux longues perches sont attachées au corps des épouses infidèles. Puis, au cours d'une cérémonie publique, on leur perce les yeux avec un fer pointu. Néanmoins, ce n'est pas l'idée de punition qui la perturbe. Ni même sa dispute avec son beau-fils Godido. C'est la blessure ouverte sur son poignet. Elle s'est coupée mais elle ne saigne pas, c'est cela qui l'effraie.

– Mon sang s'est arrêté. Mes veines ont séché.

Elle tend les bras, affichant la plus fatale des maladies. Elle tremble tout entière, subitement fragile. Pour la première fois, c'est moi qui dois la consoler. Je ne sais pas quoi faire. De façon timide, presque absurde, je m'assieds à ses côtés et ouvre le parasol. À l'intérieur de la chambre, nous appuyons nos épaules l'une contre l'autre comme si nous étions faites d'une seule ombre. Et nous gardons le silence jusqu'à ce que des hurlements issus de la cellule de Ngungunyane nous surprennent. Ils sont venus prendre ses mesures et, encore une fois, il pense qu'ils le préparent à l'état de cadavre anticipé. Je suis appelée à intervenir et à lui transmettre ce message apaisant : à la prochaine halte, à Luanda, les Portugais achèteront des vêtements pour lui et pour tous les captifs. Non pas qu'ils veuillent nous protéger du froid. Ils entendent seulement que nous débarquions à Lisbonne avec un minimum de décorum.

L'explication ne tranquillise pas Ngungunyane. Pourquoi l'habillait-on et le déshabillait-on ? Je l'avais déjà dévêtu et vêtu. Il avait d'abord accepté parce que c'étaient des mains de femme. Cette fois, ce sont des hommes qui mesurent ses bras, ses jambes, son cou, son ventre. Et justement le ventre ! Il ne peut y avoir qu'une raison à pareille humiliation : les geôliers étaient devenus des bourreaux. Aussi l'empereur tente-t-il furieusement d'échapper aux maudites mesures. Ce n'est pas lui qu'ils mesurent. Ils estiment plutôt la taille de son futur cercueil. Ngungunyane m'appelle et me demande d'intercéder. Je fais comme si je n'entendais pas. Je le laisse souffrir. Parfois l'unique acte de courage consiste à ne rien faire.

Les chaudières se remettent à tourner. Comme un serpent invisible, l'électricité circule de nouveau sur tout le navire. Nous quittons le poste du Cap lorsque le sergent Araújo entre dans mon compartiment sans demander la permission. Il retourne la chambre avec les manières d'un mari méfiant. Ses doigts lents parcourent les pagnes que j'ai suspendus à une barre. Il ralentit son geste comme s'il caressait un corps. Puis il demande : Tu n'as rien pour moi ? Je fais non de la tête. Il insiste : Tu en es sûre ? Devant mon silence obstiné, il jette mes pagnes par terre.

– Alors allons-y, déclare-t-il. Le commandant te demande.

Il me presse de sortir de ce réduit sans pour autant s'écarter de l'étroit passage, me forçant à me serrer entre lui et le mur humide. Je respire son haleine aigre tandis que, de sa main poilue, il me palpe le sein :

– Ne fais pas la maligne, met-il en garde. Je t'ai à l'œil, ma petite négresse.

Il m'ordonne de le précéder. Je sais ce qu'il a en tête : me caresser les fesses et les cuisses pendant que je marche. Le couloir est court, ses doigts œuvrent frénétiquement jusqu'à ce que, une fois sur le pont, la pudeur prenne le pas sur le désir.

Dans sa cabine sur le pont, assis à son secrétaire, le commandant Sousa agite un télégramme :

– Triste nouvelle ! João Mangueze, le fils de Gungunhane qui vivait à Lisbonne, est mort.

Je l'écoute comme s'il parlait d'un inconnu : le fils de Gungunhane ? Et la lumière tarde à se faire. Pour moi, João Mangueze n'était que le fils de Dabondi.

– J'ai déjà parlé à Gungunhane, poursuit le capitaine. Il m'a demandé d'annoncer moi-même la triste nouvelle à sa mère.

Ngungunyane avait accueilli la nouvelle avec plus de peur que de tristesse. Il craignait, avait-il confié, la réaction de Dabondi. Il redoute d'être accusé de complicité d'un éventuel assassinat. Ou plus grave encore : il sera soupçonné de sorcellerie.

Enfant – et bien avant de traverser la mer –, João Mangueze fut envoyé à l'École des arts et métiers sur l'île du Mozambique. Il rentra des mois après avec de nouvelles connaissances mais avec de graves oublis. Il avait oublié, par exemple, que le destin d'un jeune Nguni est la guerre. Seule revint de l'école la moitié de la personne envoyée par Ngungunyane. Ils avaient dilué son sang guerrier des Mangueze et le garçon se refusait à partir sur le champ de bataille. La simple idée de tuer quelqu'un le faisait pleurer. L'empereur donna l'ordre aux gardes d'accompagner son fils à l'étable pendant la nuit, de l'obliger à égorger un bœuf puis de le laisser attaché aux cornes du défunt. Cette expérience endurcirait son fils. Le lendemain matin sa mère retrouva João couvert de sang et le reconduisit à la maison enveloppé dans une mante afin que nul ne le voie rentrer dans cet état lamentable.

Le commandant Sousa a maintenant besoin de mon aide pour annoncer la nouvelle à sa mère. Il ne fait pas appel à mes compétences linguistiques mais à ma condition de femme.

Ils sont allés chercher Dabondi, ils l'ont trouvée sur mon lit, assise avec le parasol ouvert. À la porte du commandant la reine hésite. Et elle me demande, la tête baissée, la voix presque éteinte :

– C'est João ?

Je fais un pas vers l'extérieur, je veux lui prendre les mains mais la reine évite le contact. Impuissante, je regarde ses pieds nus s'éloigner. Dabondi a raison : il y a des empreintes qui s'impriment sur le fer.

Dabondi a reçu la plus grave des nouvelles il y a quelques instants, pourtant il semble s'être écoulé un siècle depuis sa disparition. Toute seule dans mon réduit, je redoute qu'elle ne se soit jetée à la mer, désespérée. Et voici que la porte de ma cellule s'ouvre brusquement et Dabondi surgit escortée par deux militaires. Elle arrive décoiffée et couverte de cendres. La poussant sur le lit, ils lui ordonnent en criant :

– Tu vas rester ici bien tranquille !

Et ils me font traduire : à partir de ce moment, la reine restera enfermée dans la chambre avec un garde à la porte.

– Que s'est-il passé ? demandé-je.

– Ton amie a essayé de se suicider. Elle est descendue à la salle des machines et a tenté de se jeter dans le fourneau. Sans nous elle serait un morceau de charbon maintenant.

– Un morceau de charbon c'est ce qu'elle a toujours été, ironise l'autre militaire. Ils interrompent leurs éclats de rire pour m'avertir que désormais il me revient de veiller sur Dabondi. La reine n'a pas la moindre importance pour les Portugais. Toutefois il convient de garder intact le nombre de prisonnières noires. Plus on exhibera de femmes à Lisbonne, plus le roi apparaîtra comme authentiquement africain. C'est ce que disent les soldats. Occupe-toi d'elle, répètent-ils en sortant. À l'extérieur, j'entends la clé tourner. Et je comprends alors que je fais partie des prisonniers dorénavant.

Je reste un temps à contempler la reine. Son corps, sa vie lui font défaut. Je suis plus que jamais démunie. Face à l'ampleur de cette douleur, toute tentative de réconfort devient ridicule. Soudain Dabondi se lève comme si son âme avait cessé de lui peser :

– Ouvrez la porte. Je veux parler avec Ngungunyane.

Je négocie avec les gardes. Ils sont inflexibles, la reine ne peut pas sortir. En contrepartie, ils autorisent le roi à se déplacer jusqu'à notre chambre. Quelques minutes après, Ngungunyane se présente. Dabondi n'attend pas qu'il franchisse le pas de la porte pour déclarer :

– Tous pensent que Mangueze était ton fils préféré. Tous croient que c'est par amour que tu l'as envoyé à Lisbonne. C'est le contraire : tu voulais l'éloigner. Tu espérais qu'il serait dévoré par la mer.

– Dabondi, mon épouse, supplie le roi. Tu veux m'accuser parce que tu souffres.

– Je ne suis pas ton épouse, répond Dabondi. Je n'ai jamais été la femme de personne. Tu connaîtras le poids de la culpabilité. Et aucune boisson ne te soulagera.

S'ensuivent les menaces. L'empereur souffrait de mauvais rêves ? Dorénavant il aurait des cauchemars même lorsqu'il ne rêverait pas. Et le suicide ne lui servirait à rien. Même après sa mort ces fantômes ne cesseraient de le consumer. Et Dabondi conclut, reine en exercice, donnant l'ordre aux Portugais : Emmenez-le, je ne veux plus le voir.

Ngungunyane se retire en silence. La porte se ferme. Alors seulement Dabondi éclate en sanglots.

La nouvelle d'une mort se répand toujours plus rapidement que le vent. Dans l'atmosphère carcérale du navire, la nouvelle du décès de Mangueze se répand comme une traînée de poudre.

Mis au courant du deuil qui a frappé la famille royale, Roberto Machava sollicite la permission de parler au commandant. En présence d'António de Sousa, le missionnaire fait une révérence et s'exprime en portugais avec une éloquence qui les surprend tous :

– Les prisonniers veulent célébrer une messe pour l'âme de João Mangueze. Je vous demande l'autorisation d'utiliser la chapelle.

– Je ne sais pas si je peux, répond le commandant. C'est le père Martinho qui dirige la chapelle, il est tombé malade et il a dû rester dans la ville du Cap.

Le sergent Araújo s'immisce dans la conversation. Il connaît les faiblesses d'António de Sousa, il craint qu'il ne récidive dans ses largesses avec les noirs.

– Méfiez-vous de ce nègre qui se présente ici faussement humble, déclare Araújo, ce nègre qui se dit missionnaire n'est qu'un subversif qui obéit aux intérêts des protestants. Demandez-lui, mon commandant, s'il sait que la chapelle est un lieu de culte catholique.

– On m'a appris que nous avons un Dieu unique, allègue le pasteur.

– Dieu est unique, mais il a différents troupeaux, riposte le sergent.

Le missionnaire s'éloigne. Quand il me croise, il me demande si j'ai pensé "à son affaire".

19
Les défunts amnésiques

Une fois, ils virent un pêcheur ouvrir un énorme trou sur la plage. Ils lui demandèrent ce qu'il faisait. Il montra une vieille pirogue sur la dune, déjà à moitié dépecée. C'était l'embarcation avec laquelle, pendant des années, il avait gagné le large bien au-delà des lames. À force de chevaucher ensemble sur les vagues, l'homme et le bateau s'attachèrent au point que le pêcheur ne s'endormait que blotti au fond de l'embarcation.
– Quand les bateaux meurent, il faut les enterrer.
À la fin, il planta une rame auprès de la tombe. En faisant le signe de croix, le son du bois qu'on percute résonna dans sa poitrine.

Journal du capitaine António Sérgio de Sousa

Dans l'art de tuer nous n'avons pas beaucoup évolué depuis les temps primitifs. Qu'est-ce que la balle sinon un petit caillou qui a appris à voler ?

Roberto Machava

Toute la nuit, l'empereur Ngungunyane a hurlé qu'il était le “fils du roi du Portugal”. La récrimination lancinante a résonné distinctement dans notre chambre.

À force de crier autant après son père portugais, l'empereur a oublié que la nouvelle de la mort de son fils venait d'arriver. Son esprit a balayé le nom de ce garçon. Il veut invoquer les ancêtres mais aucun ne lui apparaît. Paniqué, il demande à ses parents de s'approcher et murmure : Les blancs veulent me tuer. Mais j'ai pris de l'avance. J'ai embarqué déjà mort.

Craintives, les épouses s'entreregardent. Toutes savent qu'il n'existe pas au monde de trouble plus grave que cette amnésie subite. Plus grave que le roi oublie ses morts, c'est que ceux-ci cessent de se souvenir de lui. Leurs efforts pour revigorer leur époux se révèlent inutiles.

– Dabondi, fais quelque chose, implore l'une des reines.

Muzamussi, l'épouse préférée, lève le bras en une proclamation silencieuse. À elle seule revient d'apaiser ce chaos. Elle fait sonner les vingt-quatre bracelets de laiton qui entourent son bras. Elle se fraie un chemin entre les autres femmes, relevant sa robe de chambre qui lui arrive aux pieds. Le peignoir gigantesque fait partie des vêtements achetés à Luanda.

– Écartez-vous, je suis la Nkosikasi.

La "femme grande", comme on l'appelle, rend justice à son nom. Elle est noble et imposante, elle arbore une coiffure conique qui la fait paraître encore plus grande. Elle s'agenouille devant son époux effarouché. La lumière qui entre par le hublot brille sur ses épaules.

– Buia, Nkosi wa mina ! La reine appelle son époux. À voix basse, comme si elle priait, elle l'invite à se reposer sur ses genoux.

Les autres femmes se serrent contre les murs et le roi se love dans le giron de Muzamussi. Ngungunyane s'écroule inerte, rendu malade par le manque d'alcool. Il se trompe et appelle Muzamussi du nom de Vuiaze, son ancienne et unique passion. Merci, Vuiaze chérie, balbutie le roi. Muzamussi fait mine de ne pas s'apercevoir de sa méprise. Son mari est étendu sur ses genoux et, à cet instant-là, elle redevient reine. Et elle fait un signe pour que tous les autres se retirent. Les prisonniers obéissent et s'entassent dans le couloir. Les femmes contemplent les lumières du plafond et tendent les doigts pour sentir le feu qui se cache dans les lampes.

Rétabli, le roi de Gaza avance dans le couloir escorté par deux gardes. Il traverse l'espace qui précède la cale. Debout entre ces murs, les prisonniers de Machava attendent la désinfection de la geôle improvisée. Le roi de Gaza paraît et tous s'agenouillent. Ils conspirent pour tuer ce tyran. Et cependant ils n'hésitent pas à lui rendre hommage.

– Levez-vous, mes frères ! ordonne Machava furieux.

Mais il n'y a rien à faire. Les prisonniers affichent devant le souverain de Gaza le même respect que celui avec lequel ils se prosternent devant la croix du Christ. Ngungunyane ouvre les bras face à l'assemblée soumise et proclame presque sans voix: Je suis le fils du roi du Portugal! Machava secoue la tête, affligé: l'empereur a perdu son bon sens. Non parce qu'il a consommé de l'alcool. Au contraire. Il est enivré par l'abstinence. C'est pourquoi ses mains tremblent de façon incontrôlée. Une pensée assaille le missionnaire: le roi mourra peut-être sans qu'il ait à exécuter un crime, qui sait? C'est en tout cas la prière qu'il adressera à Dieu dans les prochains jours.

Machava n'en appelle pas à nouveau au bon sens de son troupeau. Il écarte vigoureusement le roi de Gaza. Ngungunyane n'a pas la force de résister. Et il fait une chute spectaculaire. Soudain, à ma surprise, Zixaxa va au secours de Ngungunyane. Laissez-le! hurle-t-il, en aidant le roi à se remettre. Puis, en me désignant, il crie:

– Demande aux soldats d'emmener ce prêtre noir d'ici! On ne veut pas le voir. Et dis-leur d'apporter du vin pour le roi de Gaza.

À la porte de la cellule, les gardes sont assis sur des caisses de bouteilles de vin de Porto. Cette réserve d'alcool fait partie du traitement réservé au prisonnier royal. Ils le veulent gai mais sans âme. Voilà l'exil qu'ils lui destinent, émigré de lui-même, sans mémoire ni destin. L'un des soldats remet une bouteille à l'empereur qui se sert avec avidité. Du vin coule sur son menton lorsque, me fixant longuement, il répète: Imani, je vais t'offrir au roi du Portugal.

– Allez-vous-en, pasteur Machava, demande Zixaxa. Ngungunyane s'est livré à la boisson des blancs, vous à leur Dieu.

Le vin et les prêtres, dit Zixaxa, compléteront ce que les Portugais ont amorcé avec les armes. D'ici quelque temps nous n'aurons plus d'endroit que nous pourrons dénommer maison, nous n'aurons personne que nous pourrons dénommer frère.

– Ma présence vous dérange? réagit Machava. Je vous fais vous sentir coupable?

– Je ne vous ai pas dénoncé, se défend Zixaxa. C'est la pure vérité. Ou croyez-vous plus les Portugais que moi?

Le missionnaire me fait signe de nous éloigner de cet attroupement.

– Prions, propose-t-il.

– Ici dans le couloir? demandé-je.

– Viens avec moi, le commandant a déjà autorisé l'utilisation de la chapelle, affirme Machava.

Je suis le missionnaire en silence. À son arrivée sur le pont, il est méticuleusement fouillé et deux soldats nous accompagnent à l'entrée de la chapelle vide. Sans quitter la croix des yeux, Machava feint de prier. À genoux, les yeux clos et les mains jointes, il entonne une cantilène dans sa langue natale. Mais il n'y a pas de prière. Il annonce les plans pour l'exécution d'un crime : les blancs organiseront une fête d'ici deux jours. C'est une tradition au passage de la ligne de l'Équateur. Ils ont dit à Machava que cela ressemble à une célébration africaine, avec des boissons, des danses et des masques. Ils permettront aux prisonniers d'assister à la fête. Ta tâche, annonce Machava, sera de distraire le sergent pendant que nous nous occupons de Ngungunyane.

– J'ai peur, pasteur.

– Aie confiance en moi, affirme le missionnaire. J'ai des visions. Je vais te raconter comment j'ai rencontré Dieu.

La vocation religieuse de Roberto Machava s'était révélée dans sa jeunesse en parcourant à pied la distance qui sépare Lourenço Marques des terres du Rand. Il voyageait à la recherche d'une vie meilleure. Il savait ce qu'il voulait mais en ignorait la voie. Le troisième jour, fou de chaleur et de soif, il tomba abandonné au milieu de la savane. À son réveil, il se trouvait chez un paysan. C'est un de ces Vatsonga évangélisés dans les plantations des Anglais qui le sauva. Ils s'agenouillèrent tous les deux et Machava – sans jamais l'avoir fait auparavant – pria comme si l'oraison était dans sa langue natale. Son hôte soupira et dit : Personne n'arrive jamais par hasard.

Puis il s'assit sur le terrain, contemplant les terres brûlées par le manque de pluie. Et il s'endormit ainsi une main posée sur une branche d'un acacia. Pendant la nuit ses doigts devinrent des rameaux de l'arbre et pointèrent vers le ciel avec le désespoir d'un déterré. Avec le plus long de ses doigts, l'homme creva le ventre du nuage. Et il plut.

Ce matin-là, Roberto Machava traversa la frontière du Mozambique avec la tête embrumée, surpris par ses facultés récentes. À Lydenburg, il se joignit à l'Église méthodiste et devint pasteur. De retour au Mozambique quelques années plus tard, il ouvrit une école dans la baie de Lourenço Marques. L'Église catholique romaine lui imposa de rejoindre celle qu'elle appela la "seule véritable Église". Machava refusa. On interdit son école. Et ce fut le début d'autres interdictions. À la fin, il comprit que c'était lui l'interdit.

Le pasteur me demande de l'aider à se lever. On l'avait maltraité en prison. Désormais il est capable de s'agenouiller mais il ne se relève plus sans aide. En prison, on lui avait dit que Zixaxa l'avait dénoncé. On avait placé le guerrier des Mfumos devant une liste de noms qu'on lui avait lue avec un accent indéchiffrable. À la mention du nom du religieux, Zixaxa avait hoché la tête. "C'est lui l'homme qui t'a ordonné de combattre le gouvernement?" lui avait-on demandé. Et Zixaxa avait de nouveau confirmé. Quelques heures après le pasteur était arrêté. Pendant l'interrogatoire, on l'avait tellement battu qu'il avait admis tout ce qu'on lui imputait. Le lendemain, on l'avait embarqué sur l'*África*, prêt à être déporté vers les îles du Cap-Vert.

– Il y a des choses que tu dois savoir, déclare le pasteur. La cale où l'on m'a emprisonné est une poudrière.

– Une poudrière?

– Tous mes croyants sont armés.

– Avec quelles armes? demandé-je.

Le pasteur répond en entrouvrant les mains: Celles-ci! Au début, je ne vois rien. Puis je remarque un morceau de verre qui étincelle entre ses doigts. C'est un tesson de bouteille. De celles qui tous les jours se brisent à la porte de Ngungunyane.

– Avec ces armes nous tuerons Ngungunyane, proclame Machava en serrant le verre, sans se rendre compte du sang qui coule entre ses doigts.

Une surprise m'attend sur le pont glissant: Ngungunyane est assis sous la pluie sur un banc solitaire en bois. L'eau coule sur son torse nu, le pagne qu'il porte attaché à la taille goutte. Les soldats qui le surveillent de loin expliquent: Il nous a demandé de rester ainsi, il a dit qu'il voulait sentir la pluie. Je réplique sur un ton maternel: Il vaut mieux qu'il se mette à l'abri, il va tomber malade. Et les soldats condescendent: Va lui parler. Et amène-lui cette cape.

J'arrange la capote sur les épaules du roi. Son corps tremble plus que sa voix quand il confie, dans un murmure, qu'il avait la nostalgie d'être plu. Il se lève et marche à mes côtés comme un somnambule, ses pieds nus pataugeant sur le sol en métal. En descendant les escaliers menant à nos chambres, il appuie un bras sur moi et l'autre sur Dabondi qui vient d'arriver. Mais c'est sur mon visage qu'il lance son haleine aigre :

– Comment dit-on or dans ta langue, en txixope ?

Il n'attend pas la réponse et débite des propos sans queue ni tête. Les blancs, dit-il, mesurent leur fortune en or, mot que nous n'avons pas dans nos langues. Quand il pense à la richesse, le roi de Gaza voit des troupeaux de bœufs à perte de vue, des sabots et des cornes biffant le soleil et la terre. Et il voit de la pluie, des gouttes de pluie, comme celles qui coulent sur son corps.

Le roi serre mes mains et me supplie d'intervenir en sa faveur. Il a besoin d'urgence que Dabondi dorme de nouveau avec lui. Qu'ils la laissent revenir dans la chambre des prisonniers. Il parle comme si Dabondi n'était pas là. J'ai eu tellement de femmes que je suis devenu le plus solitaire des hommes, se plaint-il. Maintenant qu'ils l'ont éloigné de Dabondi, il n'est plus un homme. Il s'attarde un temps, absorbé, puis s'adresse à son épouse en l'implorant : Je veux que tu m'endormes, Dabondi.

– Pourquoi tant de hâte, mon roi ? interroge Dabondi. Ne craignez-vous pas d'être à nouveau visité par des cauchemars ?

– Parfois, répond le roi, les cauchemars sont le seul moyen de garder le passé.

20

Combien pèse une larme ?

Je regarde la mer et je vois la vie.

Journal du commandant
António Sérgio de Sousa

Tôt le matin je suis à la porte du commandant. Je le salue à l'entrée de sa cabine mais il demeure absent, penché sur une table couverte de cartes. La cage vide est renversée au milieu de la pièce. Nulle trace du perroquet.

– Je l'ai libéré au départ de Luanda, commente le capitaine sans lever la tête. Je ne pouvais pas offrir à mon fils un oiseau captif. Et, modifiant brusquement le ton de sa voix : Je suis occupé, que veux-tu ?

Mon intention est arrêtée : je viens dénoncer les stratagèmes de Machava. Sans mentionner de noms et sans m'étendre sur les détails, je n'en suis pas moins catégorique en révélant l'existence de conspirations pour assassiner Ngungunyane. J'ai dû être tellement vague que le Portugais, complètement absorbé, continue à déplacer une petite règle sur les cartes nautiques. Je réitère le danger, maintenant plus clairement.

– Il est urgent, dis-je avec insistance, de renforcer la surveillance près de la cale. Ils veulent tuer Ngungunyane et les tueurs viennent de là.

– Tu as rêvé de tout cela, Imani ? demande ironiquement António de Sousa.

Le commandant Sousa fixe sur moi des yeux fatigués et incrédules. Il n'a pas compris l'urgence et la gravité de la situation. Avec sa règle, il dessine un arc dans l'air, me suggérant de le laisser en paix.

Avant de me retirer je l'interroge encore sur Germano. Des nouvelles du Mozambique étaient peut-être arrivées par voie télégraphique, qui sait ? António de Sousa secoue la tête dans la négative. Je demande ensuite des nouvelles d'Álvaro Andrea. Le commandant pose sa règle et soupire : Je t'en prie Imani, ne m'interroge sur personne. Les gens me fatiguent tellement…

Il avait toujours été un homme reclus, admet-il. Nombre de ses collègues se plaignaient de l'isolement en Outremer. Pour lui, la solitude constituait le plus beau des dons. Connaître des gens était, d'après sa confidence, la plus fatigante des activités. En Afrique il était dispensé de cet office. Les blancs étaient là de passage. Et les nègres, sans vouloir m'offenser, n'étaient jamais qu'une seule et même personne. De cette manière, il était toujours seul. Ainsi s'explique António de Sousa.

Quand je me propose de regagner ma chambre, il me suggère de rester, faisant tournoyer sa règle.

– J'ai des nouvelles, annonce le capitaine.

– De Germano ?

– D'Álvaro Andrea, répond-il. On dit que ce fameux Andrea est retourné sur la ligne de front, dans l'estuaire du Limpopo.

António de Sousa a pitié du capitaine Andrea pour qui le Limpopo est le pire des endroits dans ce monde troublé. Il connaît les remords qui martyrisent son compatriote à cause du massacre de civils innocents. Les adversaires qu'il a fait naître au sein de ses troupes ont inventé cette culpabilité, assure Sousa. Cet Andrea se trompe : la plupart des cibles qu'il a bombardées n'étaient pas des localités mais la brousse inhabitée.

– Andrea est persuadé d'avoir tué énormément de gens… A-t-il jamais vu les corps ? demande Sousa.

Non, ai-je envie de répondre. Aucun militaire portugais ne nous voit, nous, les noirs, même lorsque nous sommes vivants.

– Álvaro est un homme bon, dit-il pour conclure. Ils veulent qu'il renonce à ses causes.

Il se penche à nouveau sur les cartes et murmure, désinvolte : C'est bien de m'avoir prévenu. Je vais transmettre ta révélation au sergent Araújo. Nous allons renforcer la sécurité du roi.

– S'il vous plaît, ne mêlez pas le sergent à cette histoire, dis-je en l'implorant, angoissée.

– Tu ne m'as rien appris de nouveau, ma fille, dit-il pour me tranquilliser. Je suis au courant des plans de Roberto Machava depuis longtemps. J'ai mes sources.

Il se lève en poussant sa chaise et scrute mon visage comme s'il ne me reconnaissait plus. Je recule, effrayée.

– Pourquoi as-tu aussi peur d'Araújo? demande-t-il, méfiant. Il inspecte mes yeux en quête d'une plainte. Que t'a fait mon sergent? insiste le commandant. Devant mon silence, il se frotte les mains et conclut en chuchotant: J'ai compris.

Il fait noir et le pont du navire est devenu méconnaissable. Des centaines de passagers déguisés chantent et dansent. Nous passerons bientôt la ligne de l'Équateur, "l'échine" du monde comme l'appellent les marins.

Au centre de la foule, sur une estrade improvisée, est assis un homme masqué. Couvert d'une cape dorée, il arbore une barbe et une couronne postiches. Ngungunyane s'exclame, enthousiasmé: Regardez, c'est le roi Dom Carlos! Et il appelle en braillant le monarque portugais. Les soldats se mettent à rire, railleurs.

Les membres de l'équipage sont aspergés d'huile puis ils sont baignés et purifiés. Ils appellent cela un nouveau baptême. Incroyable comme les blancs et les noirs ont des cérémonies semblables. Et comme les rituels dont nous usons pour laver notre âme se ressemblent! Finalement, les anges des blancs ne sont pas les austères gardiens qu'ils nous ont fait croire. Ils sont comme les nôtres, ivrognes et fêtards.

L'éclat chaotique de cette célébration me rappelle celles de mon enfance, près du fleuve Inharrime. Soudain, je revois Bibliana sortir de la foule. Avec sa tunique rouge et ses pagnes blancs attachés à la taille, la prophétesse proclame: "Les mers sont comme le sang: elles paraissent nombreuses mais elles ne sont toutes qu'une."

Et je fais comme je l'ai toujours fait: devant une réjouissance, je reste en retrait, loin des lumières et du bruit. António Sérgio de Sousa se joint à moi, les mains enfoncées dans les poches de son manteau. Passent deux soldats traînant le vieux Mulungo, l'oncle de Ngungunyane. Ils le conduisent au sergent Araújo. Ce salaud s'est enfui de la cale, disent-ils, au garde-à-vous. Mulungo est maigre, digne et distant. Il ne veut pas apprendre un mot de portugais et il a honte des crises de terreur du roi de Gaza. Le commandant Sousa le reconnaît. Et ordonne qu'on le lâche: Ce vieux est l'oncle de Ngungunyane. Il est autorisé à assister aux festivités. Pas les autres.

Les “autres” sont les coreligionnaires de Roberto Machava. Ils sont restés dans la cale, sous surveillance renforcée. Mon alerte a fonctionné, me dis-je, non sans une certaine dose de culpabilité.

– Tout ce voyage est une farce, soupire Sousa. Nous inventons un roi qui n’a jamais existé.

Le rituel du passage de l’Équateur a une histoire, dit António de Sousa. Ceux qui festoient ne la connaissent pas. Mais le commandant est décidé à me la raconter. Au temps des caravelles, commence-t-il, ce n’étaient pas les tempêtes mais les accalmies que les marins redoutaient. La zone de l’Équateur était riche en soleil, mais pauvre en vents. Chaque fois qu’un navire s’immobilisait, ce n’étaient pas seulement les aliments qui se détérioraient: la discipline et le sens de la hiérarchie se dégradaient également. Il fallait créer une soupape, une espèce de carnaval où tous pouvaient être tous. C’est ainsi qu’est né le rituel de la traversée de “l’échine du monde”. L’océan était une femme et l’ongle des marins, comme une lame aiguisée, dessinait une ligne sur le dos de cette femme. L’Atlantique souriait et ce rire était l’autorisation dont ils avaient besoin. La frontière entre le Nord et le Sud, comme une robe déchirée, tombait aux pieds des marins.

Les Églises catholiques et protestantes avaient interdit le rituel. Elles y voyaient une survivance païenne. Mais ce ne sont pas les interdictions qui ont affaibli cette vieille pratique. Ce sont les avancées techniques. En se libérant des caprices des vents, le navire à vapeur est venu au secours des efforts chrétiens. Bien qu’affaibli, le rituel a résisté. Tant que la peur survivra, les dieux ne seront pas détruits par les machines.

Je prends congé du commandant et, de retour dans ma chambre, le sergent Araújo m’aborde. Il est accompagné de quelques militaires.

– J’ai besoin de toi, prévient le sergent. Je vais parler avec ce fumier de Machava.

– Si je puis me permettre, mon sergent, dis-je craintivement, vous pouvez vous passer de moi dans ce cas. Le pasteur parle parfaitement portugais.

– Je me fous de ce que Machava a à dire, déclare le militaire. Ce qui compte c'est que les autres suppôts de satan me comprennent bien.

Jamais auparavant je n'étais entrée dans la cale. Je ressens à présent le vertige d'un enfer éteint, moisi et froid. Il fait si noir que je ne sais plus respirer. Et tant mieux : je me sauve ainsi des odeurs pestilentielles. L'un des militaires décide de soulever la trappe de l'entrée et nous sommes balayés par un rai de lumière et une brise timide. On devine les silhouettes des prisonniers entassés dans le même coin. Le sergent s'adresse à eux en hurlant. Il annonce qu'il est au courant des graves conspirations qui s'ourdissent dans cette enceinte. Il exige que les détenus parlent. Les prisonniers ont une étrange façon d'obéir : au lieu de parler, ils prient en chœur.

– Qu'est-ce que vous faites ? Vous priez pour éloigner les démons ? Je vais vous montrer ce qu'est l'enfer.

Ses hurlements retentissent dans l'enceinte et le sergent se penche sur moi comme s'il vérifiait ma traduction.

– Il y a ici une difficulté, sergent, dis-je timidement. C'est que nous n'avons pas de mot pour dire "enfer".

Araújo ne m'écoute pas. Il est décidé à montrer sa colère, à coups de grands pas qui résonnent dans l'enceinte. Il s'arrête enfin devant Roberto Machava et lui ordonne :

– Choisis-en un pour mourir.

Le pasteur demeure impassible. Il procède comme nous le faisions dans notre village quand les blancs ou les Vanguni nous rendaient visite : il n'a plus de visage. Il lui reste un masque fait de pierre noire.

– Si tu n'en choisis pas un, nous en tuerons trois, menace Araújo.

Pas un muscle ne bouge sur le corps de Machava. Et il ne bouge toujours pas, même quand ils s'emparent de trois de ses compagnons.

– J'emmène ceux-là avec moi, sûrement les plus jeunes, déclare Araújo. Tuer pour tuer, mieux vaut commencer par ceux qui doivent vivre encore longtemps.

Le missionnaire avance d'un pas avec les bras ouverts et annonce :

– J'en ai choisi un !

– Et qui est-ce ? questionne Araújo.

– C'est moi, déclare Machava. Je me suis choisi.

– Alors donc, dit le Portugais en s'adressant à ses soldats, tuez ces trois-là.

– Mais j'ai choisi… bégaie le missionnaire.

– Tu t'es choisi. Et tu n'es personne.

Ils traînent les jeunes terrorisés dans le couloir. Le sergent et moi fermons le cortège improvisé. Un soldat referme la trappe de la cale derrière nous. Juste après il demande timidement :

– Pardonnez-moi, mon commandant, mais on les tue pour de vrai ?

– Il existe une autre façon de tuer ?

– C'est qu'on nous a dit de protéger les prisonniers…

– Ça c'est les autres, affirme Araújo impatient. Ceux de la cale, personne ne s'intéresse à eux. Moins il y en aura qui arriveront à destination mieux ce sera. Tuez-les près de la salle des machines, comme ça personne n'entendra les coups de feu.

À l'extérieur la fête se poursuit. Je n'entends pas les coups de feu. Il aurait mieux valu que je les aie entendus. Une mémoire tronquée est une blessure qui ne cicatrise pas. Les nuits suivantes, le visage épouvanté des fusillés me visite. Et je pleure tout ce que je n'ai pas pleuré pour mes morts. Puis je m'endors. Et les larmes, sans poids, restent prisonnières de mes yeux.

– Pourquoi les avez-vous tués, sergent ? interroge Sousa.

Araújo se tient au garde-à-vous, à la porte de la cabine d'António de Sousa. Le regard du sergent est tendu mais ses paroles renferment une confiance sereine.

– Mon commandant veut que je réponde maintenant, dans cette circonstance ? demande Araújo en me montrant du doigt.

Je suis “la circonstance” qu'il mentionne. C'est moi qui ai rapporté la nouvelle de l'exécution. Le silence d'António de Sousa est une accusation qui oblige le subordonné à se défendre.

– Mon commandant m'a donné l'ordre de résoudre un problème, déclare Araújo. Eh bien je vous en ai résolu deux : celui que vous aviez en main et un autre qu'aurait causé, au Cap-Vert, le transfert des nègres insoumis sur une terre que nous contrôlons très peu, bien qu'elle nous appartienne.

– De quel crime ont-ils été accusés pour une exécution aussi sommaire ? demande António de Sousa.

– Quel crime ? Pour l'amour du ciel, commandant, ces fumiers voulaient tuer Gungunhane, un Portugais, un sergent de notre armée.

– Et les corps ? interroge le commandant.

Ce n'est pas une question. C'est une déclaration de résignation. Les fusillés, informe le sergent, ont été jetés à la mer.

En vérité, il n'y a pas un jour où ils ne jettent un corps par-dessus bord. Nombre de soldats portugais embarquent moribonds, affaiblis par les plaies et les fièvres. La plupart d'entre eux sont au courant de cet éventuel destin : mourir sans tombe, pourrir au gré des courants et des monstres marins. Ils préfèrent cela plutôt que d'être ensevelis en terres africaines.

António de Sousa fixe son regard sur l'horizon, ce qui est une façon de ne plus voir. Le sergent perçoit dans ce silence l'ordre de se retirer.

21
Veille de la terre

> Celui qui a peur de l'eau finit
> par se noyer dans la terre.
>
> Proverbe de Nkokolani

Aux aurores, un marin décharné frappe à ma porte. Il vient de la part d'António Sérgio de Sousa, il est porteur de deux enveloppes. Le capitaine souhaite que je lise ses lettres et les renvoie ensuite par le même messager. Tu dois commencer par celle-là, dit le marin en agitant l'enveloppe dans sa main droite. Il tend le bras et hésite, comme s'il soupesait deux paquets. Je me suis trompé, avoue-t-il, rectifiant son geste. Il me tend une autre enveloppe et se retire. Il attendra dans le couloir jusqu'à ce que j'aie terminé la lecture.

La première lettre est écrite par le commandant Sousa et elle est adressée au sergent Júlio Araújo. Dabondi me demande de la lui traduire en lisant. Elle ferme les yeux comme si elle entendait mieux ainsi.

"Cher sergent Araújo,

Demain nous arriverons à Lisbonne et j'aurai accompli mon dernier voyage. Je sais ce qui est arrivé à mes collègues qui ont pris leur retraite. En quelques années je déclinerai comme eux, regrettant ce dont je me suis toujours plaint. En revanche, vous, sergent, poursuivrez votre carrière dans la marine de guerre. Selon toute vraisemblance nous ne nous rencontrerons plus jamais. Nous avons vécu tant de mois confinés dans le même espace exigu et, malgré cela – où serait-ce exactement pour cela? –, nous ne sommes jamais parvenus à soutenir ce qui puisse s'appeler une "conversation".

Je sais ce que vous pensez de moi. Je ne prétends pas changer cette perception. Vous trouvez que je suis un homme faible, trop condescendant envers les Africains. Contre cette impression je n'ai, ni ne souhaite, aucune défense. Vos mots, brandis comme une accusation, sont pour moi le plus grand des éloges. Je vous suis reconnaissant de ces petites détestations.

Je viens vous parler de moi. L'écriture permet des confessions qu'en d'autres circonstances nous n'aurions pas le courage de faire. Je suis né en Afrique, dans des contrées où les arbres dépassent les cieux. Ma mère, que Dieu la garde, m'a appris à aimer ces créatures comme si elle devinait qu'elles me manqueraient davantage que la terre elle-même. Les arbres sont comme les gens, disait-elle. Nous n'avons pas conscience de ne voir en eux que leur surface. Ce qui nous échappe dans les arbres et les gens, c'est le temps lui-même, cet infini tisserand. Les racines, assurait ma mère, sont comme les histoires de nos vies. Qui les voit ? Eh bien nous, sergent, nous nous croisons l'un l'autre comme celui qui croise un arbre et ne voit que des ombres. Nous ne nous connaissons pas, mon cher Araújo. Et peut-être est-ce mieux ainsi. Nous n'avons pas à faire semblant de nous dire au revoir.

Mon père est mort en terres des Indes. Il accomplissait ainsi le destin qu'il s'était promis. Si souvent il nous avait dit : personne ne sait mourir à l'endroit où il est né. Il n'aurait pu mourir plus loin. Après l'enterrement, je suis allé récupérer la paperasse qui s'était accumulée pendant des années dans son cabinet de travail. Ce ne sont pas des papiers, mais sa vie qui m'est passée lentement entre les doigts.

Dans une pochette scellée "Documents du Congo", j'ai découvert une photographie de trois esclaves entourés de deux blancs. C'était une image prise au Congo belge. Les noirs montraient les mains coupées d'autres esclaves. On ne distinguait presque pas les doigts des vivants et des morts. Comme si ces mains coupées étaient toujours attachées à un corps vivant. Comme si elles ne savaient pas mourir.

Ce n'est pas uniquement cette vision macabre qui m'a ôté le sommeil pour toujours. C'est le regard des esclaves, leur expression mortifiée. Ces yeux avaient été amputés de leurs âmes. Le visage de ces hommes était un masque vide, comme si ce qui était plus humain – ce que j'appelle la "voix du visage" – devait être mis à l'abri de l'indiscrétion du photographe. Ils protégeaient ainsi leur dernier reste de dignité.

Ce n'est pas nous, les Portugais, qui avons commis cette barbarie, me direz-vous. Non, c'est vrai. Mais nous tous, Européens, tissons un manteau de silence autour de ce crime immense que fut l'esclavage. Les jeunes que vous avez fusillés – sur un bateau que je commandais – seront votre enfer. Jusqu'à la fin de vos jours, mon cher sergent, vous serez la cible de ce souvenir.

Je vous ai entendu proclamer mille fois que la fin du monde s'est déjà produite. Aucun de nous – pas même Dieu – n'a constaté cette fatalité. La vérité est différente, mon cher. Ce n'est pas nous, sergent, qui avons des raisons de croire en l'apocalypse. Ce sont les noirs qui voient leurs terres attaquées, leurs mains coupées et leurs rêves saignés. Pendant que nous philosophons sur l'apocalypse, ces gens vivent la plus réelle des fins du monde. Et votre théorie d'une hécatombe est bien commode : puisqu'il n'y a plus d'avenir nous devenons semblables aux bêtes. Et rien de mieux pour les guerres qu'une bête en uniforme de soldat.

Je vous envoie ci-joint la photographie qui m'a ôté tant d'âme. Ne vous limitez pas à la regarder. Laissez l'image vous regarder. En étant traversé par les yeux de ces noirs, vous comprendrez peut-être que la faiblesse dont vous m'accusez est bien moins grave que le courage qui vous sert de drapeau.

J'espère, cher sergent, que nous ne nous reverrons plus. Je ne vous souhaite aucun mal. Je veux uniquement oublier. C'est cela que je veux. M'oublier, vous oublier vous et tous les autres. Je désire peut-être un peu plus que cela : je prie pour que vous, sergent, n'ayez jamais existé dans ma vie. Et que cette lettre n'ait été écrite à personne.

12 mars 1896
António Sérgio de Sousa"

Ma traduction a peut-être été défaillante car, à la fin de ma lecture, Dabondi semble complètement indifférente. J'ai d'abord pensé qu'elle s'était endormie. Je suis surprise de la voir agiter les bras en faisant tinter ses bracelets. Elle fait fuir les esprits surgis des lettres.

– Tu as dit au blanc, prévient la reine, que je priais mes dieux. Tu as mal fait. Il n'y a pas de dieux des autres, ma fille. Ce sont toujours les nôtres.

Le soldat frappe à la porte. Il veut savoir s'il peut récupérer les lettres. Je lui demande un moment. Dabondi ferme à nouveau les yeux, attendant la lecture de la deuxième lettre.

"Votre Excellence Capitaine,
António Sérgio de Sousa,

Nous prenons congé de cette curieuse manière, échangeant des lettres comme si nous avions perdu le don de la parole. Et il est bon qu'il en soit ainsi. C'est là, mon capitaine, votre dernier voyage. Ma route néanmoins ne se termine pas ici. Je mourrai en mer et serai enterré dans des eaux inconnues. Sans sol, disent vos Africains, le mort ne trouve jamais la mort. On dirait un nègre qui parle, que Dieu me pardonne.

Pour débuter la conversation, je dois reconnaître que, mon capitaine, vous êtes un homme bon. Mais je m'interroge sur la valeur de la bonté en ce monde. Je suis sûr d'une chose : je n'ai pas le moindre désir d'être bon. Mon seul but est d'être juste. Et la justice exige des hommes qui n'aient pas peur d'être cruels.

Vous avez raison, mon capitaine : je vis obsédé par la fin du monde. Ce n'est pas uniquement le XIXe siècle qui s'achève, ce n'est pas uniquement la monarchie qui agonise. C'est l'univers entier qui s'évanouit comme du sable entre les doigts. C'est écrit dans les livres, mon capitaine. Parfois j'ai interrogé les noirs sur l'idée qu'ils avaient de la création du monde. Tous m'ont donné la même réponse, sidérés par l'absurdité de ma question : bon, le monde n'a ni début ni fin. La matière du monde est le temps lui-même, disaient-ils, il n'y a pas de mots pour distinguer une chose de l'autre. C'est ce qu'ont répondu les nègres, avec leurs humbles paroles. Vous direz, avec votre incurable paternalisme, que cette réponse traduit une sagesse profonde. Je dirai que c'est un manque total de discernement.

Pourquoi vous parler de cela maintenant ? La vérité est celle-ci : il ne peut y avoir de justice sans idée de jugement dernier. Dépourvus de cette idée de jugement divin, les Africains se contrefichent des autres. Un peuple aussi dénué de civisme doit être guidé par des gens civilisés. Ne pas assumer cette mission est un manque de courage et de bonté.

Si le monde est en pleine apocalypse, alors je préfère sombrer sur le dos des démons. C'est là le seul avantage de voyager dans les mers du Sud : elles sont peuplées de diables. Ces créatures malignes sont aujourd'hui mes uniques conseillères et elles me protègent plus que tous les anges. On dit que nos bateaux sont remplis de "manteaux de zinc", qui sont le nom civilisé que nous donnons aux cercueils. L'inverse se produit chez moi : une partie de moi ne rentre plus au Portugal. Une partie de moi reste chez les nègres et, surtout, chez les négresses.

Dieu Notre Seigneur a été prévoyant : les Européens et les Africains n'ont pas été faits dans le même moule. Et il est bon qu'il en soit ainsi. Parce que je n'ai ni le temps ni la patience de démêler les bons des mauvais. Vous auriez voulu que je traite les prisonniers comme des personnes ? Si c'était le contraire, si nous étions les prisonniers, dites-moi, mon capitaine, les noirs nous donneraient-ils la même opportunité ? Connaissez-vous un blanc qui soit resté captif dans la jungle africaine ? Et savez-vous pourquoi vous n'en connaissez pas ? Parce qu'ils ont tous été tués.

Une fois, en plein combat, j'ai entendu la voix du commandant crier : "Ne tuez ni les femmes ni les enfants !" Je me suis dit : ce type est un novice naïf. En terre africaine il n'y a pas de femmes, il n'y a pas d'enfants. Ici tous sont ennemis, tous veulent nous tuer. Voilà pourquoi je dis : plus ils se présentent heureux, plus je les hais. Je ne supporte pas quand ils rient, je n'en peux plus quand ils parlent fort, chantent ou dansent. Dites-moi sincèrement, mon capitaine : qu'y a-t-il d'aussi important dans cette vie qui mérite d'être autant fêté ?

Inutile que nous perdions davantage de temps. Je suis un homme d'action et l'affaire est très simple pour moi : vous avez été empoisonné par cette Imani. C'est comme ça qu'elles font : elles nous inoculent un doux poison, dont nous ne nous apercevons qu'une fois morts. J'imagine les faussetés que cette jeune fille a racontées à mon sujet. Je ne l'ai jamais touchée. Ce n'est pas l'envie qui m'en a manqué. Cette salope – pardonnez-moi, mais c'est le terme exact – n'est qu'une sournoise. Et laissez-moi vous dire la chose suivante : on entend des rumeurs chez les membres d'équipage. Ce sont des ragots, direz-vous. Et pour votre défense, vous argumenterez que dans ce cas il n'y a ni fumée ni feu. Mais plusieurs fois ils ont vu Imani entrer dans votre cabine. J'espère que vous en avez profité. Parce que, je l'avoue, cette fille n'est pas mon genre. Je ne veux pas de négresses parlant portugais aussi bien que moi et me regardant dans les yeux avec hauteur. Ce sont les autres qui m'attirent, les vraies négresses, plus authentiques, plus sauvages. Celles-là oui. Je les ai espionnées pendant leur toilette. Et plutôt deux fois qu'une : elles se baignaient deux fois par jour ! Mais je ne les ai jamais vues faire des conchoncetés avec leurs maris. Le cuisinier m'a expliqué que le sexe leur est interdit pendant le voyage ou la guerre. Ce sont Dabondi et Godido qui ont oublié cette interdiction. Je les ai surpris dans le dépôt de charbon. C'était là qu'ils se couchaient et forniquaient au milieu des cendres.

Je reviens à la photographie que vous m'avez envoyée pour vous dire la chose suivante : cette image ne prouve rien du tout. Les photographies sont comme nous, les sergents : elles disent ce qu'on leur ordonne de dire. Ce sont leurs légendes qui leur donnent sens. Et je ne vois ici aucune inscription. Je ne nie pas. Il y a eu là, sans aucun doute, une barbarie. Mais ceux qui l'ont pratiquée, ce sont les Belges qui sont plus étrangers que n'importe quels autres Européens. Ou ce sont les nègres eux-mêmes, qui sait ? N'avez-vous jamais entendu parler des scènes de cannibalisme, des pratiques de sorcellerie, des vengeances tribales ?

De toute manière, nous, les Portugais, ne sommes pas capables d'une cruauté aussi gratuite. Nous ne sommes pas comme les Européens du Nord qui, le matin, chassent les papillons et le soir, tuent des nègres. Nous, les Lusitaniens, sommes différents. Même lorsque nous punissons nous le faisons comme des parents zélés. Les punis – aussi sévère que soit la punition – ne cessent jamais d'être nos enfants. Nous haïssons avec amour, et vous en savez quelque chose. Personne plus que nous ne s'est mélangé et n'a élevé autant d'enfants métis. Prenez le cas d'Imani. L'enfant qu'elle porte dans son ventre n'est-il pas de l'un des nôtres ? Ce sera, j'en suis sûr, un beau jouvenceau. Soyez-en certain, les autres Européens font rarement des enfants métis et, quand ils les font, ils ne les conçoivent pas avec autant de dignité.

Avec tout le respect que je vous dois, mon capitaine, faites attention à cette photographie qui est une lame à double tranchant. Car j'ai été témoin, avec ces yeux que la terre dévorera, de blancs massacrés par la furie des nègres. Là, il n'y avait pas de photographe pour consigner cette horreur. Ce que je peux vous dire, c'est que la vérité n'est pas une chose qui se photographie. La vérité est dans les yeux de celui qui voit. Pour toutes ces raisons, je vous le demande : jetez cette photographie. Car cette image, que Dieu me pardonne, ne fabrique que des désirs de vengeance contre les blancs.

Il est facile d'être bon quand on a déjà été heureux. La vie a été pour moi une épouse adultère. Mieux vaudrait être veuf, mon cher capitaine. Un veuf ferme les paupières et rêve. Un homme trahi par la vie perd à jamais le don de rêver.

Je vous renvoie cette lettre et la maudite photographie. Je ne me donnerai pas la peine de les déchirer. Peut-être voudrez-vous les garder. Elles seront un bon aliment pour votre mauvaise conscience.

Le sergent Júlio Araújo"

Chapitre 22
La lumière de Lisbonne

Je me livrai à la mer
dans un perpétuel rêve de navire
et j'eus des îles
la ronde illusion d'un infini.

Et je n'abordai pas une plage
où je n'entendais la voix maternelle :
là où il y a la mer, disait-elle,
tu auras un quai et tu seras nostalgie,
distance et attente.

Après,
se brisèrent les rames
et se déchira le fond de tous les navires.

On dit que ce fut l'œuvre du diable.
Mais ce fut le Temps
qui brisa les rames
et éteignit le désir de voyage.

Mon naufrage
eut lieu sans aucune grandeur,
un simple reflux de la marée.
Et sur le sable de la plage
s'effaça à jamais le souvenir
qu'il y ait un jour eu la mer.

Vers du journal de bord
d'António Sérgio de Sousa

Voici Lisbonne, le dernier port, la fin du voyage. Sur le navire, les soldats en larmes agitent leurs calots vers ceux qui attendent sur le quai. Quelque chose d'insoupçonné nous unit, Africains et Européens, dans la guerre : de l'autre côté de la mer, dans le pays lointain où nous sommes nés, tous nous croient morts.

Le pas vigoureux et le visage tendu, la reine Dabondi traverse le pont, ouvrant les rangs parmi les marins. Elle traîne bruyamment derrière elle une pelle qu'elle a rapportée de la salle des machines. Elle sent le sable s'amonceler dans sa bouche, elle crache pour pouvoir respirer. Elle cherche le capitaine du bateau, elle veut savoir où est enterré son fils, João Mangueze. La première chose qu'elle fera après le débarquement c'est de visiter cette tombe. Si elle ne procède pas ainsi, le surplus de terre de la fosse s'amoncellera en elle. Toutes les mères qui ont perdu leurs enfants sont enterrées de l'intérieur, dit Dabondi. Et elle recrache du sable.

Le capitaine explique qu'il sera difficile de savoir où est cette tombe. La ville est très grande, plaide-t-il. Dabondi trouve cela étrange : quelle grandeur peut bien avoir une terre qui ignore où ses morts ont été semés ?

– Pire que de voir mourir un enfant, dit-elle, c'est d'apprendre à l'oublier encore en vie.

Le capitaine Sousa secoue la tête, confus. Et il me demande tout bas : Mais son fils n'est pas mort ? Je réponds : Après leur mort, les enfants deviennent encore plus vivants. La reine tousse et le sol est couvert de sable. Le Portugais recule d'un pas, effrayé. Quand elle retrouve sa respiration, Dabondi affirme : La femme et la terre ont la même bouche. Et elle donne la pelle au Portugais. Déterrez-moi, capitaine, demande la reine. Déterrez-moi, avant que j'étouffe.

Un soldat chuchote à l'oreille d'António de Sousa : Attachez-lui les mains, en Afrique il y a des femmes qui se suicident en mangeant de la terre. Le capitaine est assis avec la pelle sur les pieds. Il ne sait pas quoi faire. Il lui vient seulement d'écouter une mère se lamenter.

– Tous les jours nous mettons au monde le même enfant, dit Dabondi. Tous les jours le cordon ombilical renaît pour être à nouveau coupé. Toute sa vie la mère recommence son accouchement, elle entend les premiers pleurs, sent le premier rire. Tout l'accouchement infiniment se divise.

Dabondi fait ce que depuis le commencement du temps toutes les mères ont fait : elles recueillent les empreintes des enfants qui sont partis. Ainsi le sol devient plus vivant. Et la terre prend la courbure d'un ventre.

Un soldat apporte une demande d'audience de la part de Ngungunyane. Le roi veut une petite faveur, à la veille de débarquer. Je lui accorde quelques minutes, consent António de Sousa. Et me voilà, l'éternelle traductrice, qui descends aussi dans la pièce des prisonniers vanguni. J'ai attendu jusqu'à la fin du voyage que vous veniez me rendre visite, commence par déclarer Ngungunyane. Et il poursuit, posément: Je suis peut-être un prisonnier mais je suis encore un roi. Pendant plus d'une décennie il avait traité respectueusement tous les ambassadeurs du Portugal. Il gardait espoir qu'ils le conduiraient enfin en présence de son homologue le roi du Portugal. António de Sousa a écouté tout cela en silence.

– Aujourd'hui c'est vendredi, le 13, déclare le capitaine. Tu n'as pas peur?

Le roi est surpris. Ce blanc a peur d'un sort? demande-t-il. Car en ce qui le concerne, souverain de Gaza, ce jour lui procure même un certain soulagement. Il est interrompu par une violente quinte de toux. L'haleine de Ngungunyane sent la rouille. Le roi tremble. Non de froid, mais de fièvre.

– Il me manque le docteur Liengme, se plaint-il presque sans voix.

– Ici, nous avons de meilleurs médecins, le tranquillise Sousa. Ne meurs pas maintenant, Gungunhane!

Et ils rient tous les deux. Une nouvelle quinte de toux et le Portugais prend congé précipitamment de peur d'être contaminé. Ngungunyane lui tend le bras. Pour la première fois de toute sa vie, le capitaine salue un noir d'une poignée de main. Le salut se prolonge beaucoup plus qu'attendu. Délicatement, il se libère peu à peu de la main de l'autre. Ngungunyane retient son bras. Et il murmure: J'ai très peur, mon ami. Le Portugais se rassied auprès du prisonnier, hésitant dans le choix de ses mots. Finalement, il retire une bouteille de la poche de son manteau et recommande: Bois ce vin. Il vaut mieux que tu ne sois pas sobre un jour pareil.

Enfin il se retire dans la tour de commandement. Ngungunyane me tend la boisson. Je le remercie en secouant la tête. L'empereur porte la bouteille à sa bouche et j'entends le lent glougloutement. La sonnerie du vapeur retentit comme le mugissement d'un bœuf géant. Ngungunyane lève le visage et parcourt les cieux avec des yeux d'enfant.

– C'est vraiment ce que vous croyez, mon roi, déclaré-je. Ils sacrifient une tête pour fêter votre arrivée.

Le sourire du roi est léger. Mais il éclaire son âme tout entière. Un instant les dieux reviennent et Ngungunyane cesse de voir la peur.

– Ce bœuf que nous venons d'entendre est le même que celui qui a mugi à l'enterrement de mon père.

Son épouse Muzamussi suggère de ne pas rappeler d'aussi tristes sujets. Maintenant je dois parler, dit Ngungunyane. Et il se remémore l'enterrement de son père, le roi Muzila. Le corps du défunt avait été placé dans une peau de vache et accroché au plafond de la grande maison. Il était resté là pour recevoir les honneurs dus. Ce ne sont pas les conseillers royaux qui avaient ouvert le défilé. Ni les chefs militaires. C'est l'inkomo ya mdlozi, le taureau des grandes ombres. C'est ce grand bovin qui se fait maintenant entendre dans les cieux de Lisbonne.

Il doit y avoir un soleil dans ce fleuve. Cela seul peut expliquer le soleil de Lisbonne. C'est ce que je dis au capitaine pendant que nous contemplons les collines de la ville. António Sousa acquiesce en souriant : la ville devrait s'appeler "Luzboa*".

C'est le matin du 13 mars 1896. Le navire progresse lent et fier le long de l'estuaire du Tage. Autour de nous il y a plus de bateaux que de mouettes. Et ils sont de toutes les tailles et de tous les types : bateaux à aubes, canots, frégates, canots à moteur, à voiles, à rames, tous chargés de gens qui font signe dans un boucan infini. Pour les Portugais c'est une fête. Pour les prisonniers c'est un présage de fin du monde.

Plus près du quai, nous distinguons comment la foule s'étend et ondoie à l'instar d'une autre mer. On entend les cris :

– Il est arrivé ! Gungunhane est arrivé !

Les moteurs sont débranchés, au loin la terre tangue, informe et ivre. Je descends à la chambre pour échapper aux nausées. Je scrute les marches par-delà mon ventre. J'en suis au sixième mois de grossesse.

Nous n'avons pas encore accosté et l'invasion des journalistes transportés sur des canots commence. Ils montent à bord avec un tel enthousiasme que nul ne les empêche de se rendre dans la pièce qui, pendant deux mois, a servi de prison à mes congénères. Le sergent me presse de suivre les journalistes. À ce moment-là,

* *Luz* signifie "lumière" en portugais. Jeu avec *Lisboa* (Lisbonne).

me prévient Araújo, il est préférable que j'apparaisse comme l'une des épouses. Dans ma traduction, je devrai adopter un accent plus africain. Les gens de la presse, dit le sergent, sont rompus à forger des histoires et à fabriquer des scandales. Et s'adressant aussitôt aux visiteurs, il se laisse gagner par la vanité. Avec des accents clownesques, il annonce à la porte de la chambre : Voici les nègres, chers messieurs !

Munis de mouchoirs sur le visage, les journalistes scrutent l'espace exigu. On entend la voix de Zixaxa commenter dans sa langue : Heureusement que nous sentons mauvais. Comme ça ils ne s'approchent pas de nous.

– C'est celui-là, Gungunhane ? s'interrogent les journalistes en indiquant Zixaxa. Ils ne comprennent pas un mot de ce qui a été dit, mais le simple fait que cet homme ait osé parler suggère qu'il se distingue des autres.

Le sergent Araújo soulève le tissu dont s'était couvert Ngungunyane. Il n'avait pas besoin de se cacher. L'empereur n'avait désormais plus de visage. Lui restent des yeux tout ronds de nouveau-né. Il ne comprend pas la voracité des reporters. Ils doivent vouloir son âme. Mais l'âme du roi est restée de l'autre côté de l'océan.

Ngungunyane pleure et les reporters trouvent cela étrange. Ils s'attendaient à une posture plus digne. Et les photographes remettent à plus tard le portrait tant désiré. L'espace devient exigu, il y a une femme noire qui tousse des nuages de poussière et il y a un roi répandu en larmes. Il est urgent de sortir de là. Araújo, euphorique, dirige le peloton des scribouillards : Suivez-moi, emmenons ces bons à rien sur le pont supérieur.

Ngungunyane avance, titubant en tête des prisonniers. Il avait obéi au conseil du capitaine : il avait bu si vite que l'alcool a fait de son cerveau un nuage délié. Les ivrognes ne se contentent pas de tristesses. Ils veulent des tragédies. Et il est sûr de son dénouement : il sera fusillé tout comme l'avaient été ses conseillers à Chaimite. Il pleure, implore, cache son visage dans ses mains, offre tout ce qu'il n'a plus pour obtenir sa grâce : des livres, du bétail, de l'or, de l'ivoire, des esclaves, des terres. Et il supplie que Dom Carlos le reçoive. Il veut lui prouver qu'on lui ment, il veut jurer fidélité à son homologue lusitanien.

Il attend que je lui traduise ces suppliques. Je demande à Godido de me remplacer dans cette tâche. Le fils de l'empereur ne se fait pas prier : son port suffisant et sa maîtrise de la langue portugaise le mettent au centre des attentions. Les fils de chef sont presque toujours insupportables : ce qui leur manque en maturité redouble en arrogance. Plus tard, quand le bruit courra que Godido sait signer, des dames distinguées iront le harceler pour obtenir un autographe.

Des châles aux rayures rouges et blanches sont distribués aux reines. Ce sont les couleurs qu'elles portent pour convoquer les pluies. Je n'ai pas été prévue, je ne reçois pas de manteau. Jusqu'à ce jour l'hiver était pour moi un mot dans les livres. C'est à présent une flèche blanche qui me transperce le corps. J'ai peur que mon fils ne meure. Le capitaine Sousa place un manteau noir sur mes épaules. Et il dit : Il te va bien, il est à toi, emporte-le avec toi.

Inopinément, un personnage distingué se joint aux journalistes : António Enes, le commissaire royal. Il est arrivé sur une chaloupe spéciale et sur le pont, tous lui ouvrent les rangs et lui rendent hommage. Il demande à voir les prisonniers. Il secoue la tête en voyant l'empereur larmoyant.

– Ce n'est pas une bonne idée de l'exhiber en public, déplore António Enes. Il va inspirer de la sympathie et de la compassion. Une certaine presse adorera prendre la défense d'un pauvre noir.

– Ne peut-on pas présenter Zixaxa à sa place ? demande António Sérgio de Sousa.

Un sourire triste est la réponse résignée de Enes. C'est tentant, admet Enes, mais c'est un risque à éviter. Rien ne pourrait arriver de pire au Portugal si cette opération de propagande échouait.

– Gungunhane est éteint, dit le commissaire royal. Il faut l'animer. Dites-lui qu'il va être reçu par le roi du Portugal.

– Et c'est vrai, commissaire ? interroge le sergent Araújo.

– Laissons-le croire que oui. Mentons. C'est ce qu'il a fait avec nous pendant des années.

Le sergent Araújo tourne autour de la chaise du commissaire. Il est tendu, il use de ses pieds pour agresser le sol. Quand il prend courage, sa voix sort, stridente :

– Avec tout le respect, Excellence, mais il ne manque pas quelqu'un ici ?

– Je ne comprends pas.

– Il ne manque pas notre capitaine Mouzinho de Albuquerque ici ?

António Enes rajuste ses lunettes. Il n'a pas entendu. On est vendredi 13. Un jour comme celui-là il y a des choses qu'on ne doit pas entendre. Et il se retire. Il prend congé arguant qu'à Lisbonne l'attendent de graves urgences.

Il reste sur le pont un silence gêné. Le sergent Aráujo insiste en s'adressant à António de Sousa : Répondez, mon commandant, Mouzinho ne devrait-il pas être ici ?

Sousa ne quitte pas la mer des yeux tandis qu'il répond. Vous devriez déjà, sergent, dit-il, connaître la différence entre un politicien et un militaire. Le politicien sait – ou croit savoir – quand il doit parler. Le militaire a appris à se taire. Et ainsi, muet, il a toujours raison.

Enfin, nous sommes conduits sur le quai. Ils débarquent d'abord les femmes, qui portent leur attirail sur la tête. Puis ce sont les hommes qui défilent, encadrés d'un cordon de soldats qui maintient la foule à l'écart. Ils nous abritent d'abord dans un énorme entrepôt qu'ils appellent Arsenal. Dans cette vaste enceinte nous attendent les gouvernants, les journalistes, les messieurs et les dames. Dehors le vacarme est assourdissant. Où sommes-nous, capitaine ? demandé-je à António de Sousa. Nous sommes dans une usine de matériel de guerre, répond-il. C'est une bonne manière d'entrer dans ce pays, dit-il. Nos usines, ajoute-t-il, ne sont pas des usines et ne nous appartiennent pas. Ce qu'elles fabriquent arrive déjà tout fait de l'étranger.

Ngungunyane s'assied sur un siège en bois. L'assise est haute, les pieds du roi balancent dans le vide. Il m'appelle, il me demande de rester à proximité. Il a besoin de savoir ce que disent les blancs. Dabondi s'assied de l'autre côté du siège. Les planches grincent. La main maigre de la reine caresse le bois. Nous sommes au Portugal, Nkosi, affirmé-je. Je ne suis nulle part, déclare Ngungunyane. Je tiens compagnie à mon fils João, je suis sous terre.

Regardez les arbres, exhorte Dabondi. Ils sont morts, tellement morts que les corbeaux redoutent de s'y poser. Les arbres ont été sucés par une bête possédant un maître. Dans les rues et sur les trottoirs, les feuilles sèches se rétractent comme des veuves frileuses. Ainsi parle la reine féticheuse. Et elle questionne :

Répondez-moi, sans crainte, avez-vous jamais vu pareille désolation ? Moi oui, répond Ngungunyane. Quand il s'est senti mourir, son père, le roi Muzila, a décoché une flèche contre le ciel. En une seconde les nuages se sont déplumés et, par bribes, se sont effondrés sur le sol.

Cinq voitures tirées par des chevaux sont garées devant nous. Le défilé va commencer. Les soldats nous poussent à proximité des charrettes. Vous voyez ? dit Ngungunyane. Je ne suis pas un prisonnier, je suis un visiteur. Ils m'emmènent en voiture, comme on m'a dit qu'ils font aux rois.

Dabondi se sépare des autres prisonniers. Il fait si froid que les ombres ne se détachent pas des corps. Elle s'agenouille devant les chevaux et se sert de ses doigts pour creuser entre les pavés de la chaussée. Que fait cette femme ? demande Araújo. Nous marchons sur un cimetière, déclare la reine. Les blancs placent des pierres sur les morts afin que ceux-ci ne reviennent pas. Là où l'on disait qu'il y avait une rue, elle voyait un cimetière.

Les chevaux percutent les pierres de la chaussée comme font les tingoma, les joueurs de tambour de chez moi. Les chevaux, dit Dabondi, ont peur de leur ombre même. C'est pour cela qu'ils ne reposent pas leurs sabots. Une fanfare militaire s'installe dans la cour. Les tambours retentissent maintenant au même rythme que les chevaux. Les animaux secouent leurs pattes comme les ikanyamba, ces créatures qui habitent les eaux et les rêves des zoulous. Et il y a un feu qui jaillit de leurs naseaux. Leurs yeux sont remplis de fleuves et de plaines sombres. Les yeux des chevaux sont bons pour pleurer, dit Dabondi. Les feuilles mortes s'envolent et l'empereur les suit du regard croyant à des hirondelles. Il les a faites exterminer. Mais elles ressuscitent et naissent de la terre où son fils est enterré. Le sol portugais est aussi le sien. Cette terre lui appartient depuis qu'elle a reçu son sang.

Ils commencent à répartir les prisonniers dans les voitures. Ils font asseoir les dix épouses dans les trois premières. La quatrième charrette est occupée par le cuisinier Ngó, qui s'installe sur le barda et les nattes, nos uniques bagages. Dans la dernière voiture se trouvent Ngungunyane, Godido, Zixaxa, et Mulungo.

Un instant, ils se demandent où me mettre. La presse avait déjà fait savoir que les femmes étaient dix. Ma présence serait questionnée. Ils décident que je voyagerai, cachée, dans la charrette du cuisinier Ngó.

Et le défilé commence. Escortées par trente soldats, les charrettes forcent le passage au milieu de la foule compacte. Des milliers de personnes se serrent sur les trottoirs et dans les rues, se juchent sur les arbres et les poteaux, se penchent aux fenêtres et aux balcons. Elles ne font toutes qu'une seule créature ondoyant comme une mer qui mugit. Les insultes et les menaces pleuvent. Elles crachent par terre, jettent des objets, réclament l'exécution de ceux qui ont osé se rebeller.

Cahotant, je guette entre les bardas. À l'exception de Dabondi, toutes les reines paraissent curieuses et détendues. Elles croient en la version de Ngungunyane : tout ce tapage est une manifestation de bienvenue. Et les huées des femmes blanches sont comprises comme le "mukulungana", l'ululement avec lequel elles-mêmes saluent les visiteurs dans leur pays. De temps en temps elles aperçoivent des noirs dans la foule. Et elles leur font signe comme si c'était une retrouvaille. Mais, petit à petit, la réalité s'impose et les femmes font comme le pangolin : elles s'appuient les unes contre les autres, comme si elles n'avaient qu'un seul corps, rond et blindé.

Depuis le début, les hommes suivent accablés, transis de froid et de peur. Mais, peu à peu, Ngungunyane adopte une position tranquille et confiante. Ce n'est pas la dignité qui transpire chez lui. C'est l'indifférence. Si son intention était de se soustraire à l'humiliation, le monarque a abusé de la dose de vin. Et il s'endort avec le bercement de la voiture. Cette somnolence est mal vue par les Portugais, qui espéraient surprendre sur le visage de Ngungunyane l'image de soumission de toute une race. L'Africain est absent, absorbé en lui-même comme c'est le propre d'un empereur. Ils l'insultent et il ne réagit pas. Ils lui lancent des objets et il ne se détourne pas. Dabondi sourit, elle lève son poing droit, faisant tinter ses bracelets. Les feuilles sèches se soulèvent du sol et tournoient, de retour sur les arbres.

23

Une chambre sous la terre

> Voici ce qu'ils font : avec l'épée ils tuent les vivants sans dieu ; avec la croix ils tuent les dieux des survivants.
>
> Nwamatibjane Zixaxa

Au fort de Monsanto, ils nous acheminent par un escalier souterrain, comme si nous rendions visite à notre dernière demeure. Même les morts n'habitent pas aussi profondément, soupire Ngungunyane. Le cachot est sombre, humide et froid. L'eau ruisselle sur les murs, on sent l'odeur des vieilles choses. Ils nous enterrent vivants, gémit Godido.

Assis sur le sol en pierre, le roi demande qu'on l'aide à ôter ses bottes. Je n'en ai pas besoin, dit-il. Je n'ai plus de pieds. Le froid les a mangés, le froid a de gros appétits. Le roi délire : si l'hiver se prolonge, il s'habituera peut-être à marcher sans pieds. Et s'ils ne le tuent pas, ses pieds repousseront peut-être la prochaine fois, qui sait ?

J'acclimate mes yeux à la pénombre et je vois que la cellule est plus large que celles où nous avions résidé. Mais au fond de la terre, tout paraît étroit. Nous dormons blottis les uns contre les autres. Dabondi se pelotonne contre moi. La reine sera dans les nuits prochaines ma couverture, mon traversin, ma bouillotte.

Nous ignorons si notre réveil est matinal ou tardif. Parce qu'il n'y a qu'un soupirail tout en haut du mur. Une portion du ciel de Lisbonne nous parvient par cette fente. Godido se perche pour scruter la foule qui s'agglutine sur le terrain vague autour. Et il en sera ainsi les prochains jours : sur cette friche devant le fort des centaines de curieux ont installé des baraques de foire. On y vend des cartes postales de Gungunhane, des fascicules avec les récits épiques de la capture du roi africain. Les stands exposent des biscuits appelés "Gungunhanas" avec l'image d'un homme potelé avec une grosse tête. L'empereur en personne se montrera friand de ces biscuits. Il n'y a pas un jour où il ne se dévore lui-même.

Les Portugais festoient comme font tous les malheureux, murmure Dabondi. Parce qu'ils ne se rendent pas compte que la ville est maudite. Et la reine crache par terre. Dans les mêmes rues où nous avons défilé aujourd'hui le sang du roi Dom Carlos sera versé. Et le corps de Mouzinho de Albuquerque choira. Il tombera comme une feuille morte sur les pierres de la ville.

Nous vivons comme des taupes, dans un trou creusé en terre étrangère. La reine Dabondi reconnaît notre triste condition mais elle n'a pas l'air de se plaindre. Un de ces jours, dit-elle, l'eau jaillira des pierres et elle montera le long des murs. Notre défi est clair, elle vaticine : survivront ceux qui se convertiront en poissons. C'est ce qui est arrivé aux Portugais.

Cela fait aujourd'hui une semaine qu'ils nous ont emprisonnés dans les ténèbres. J'entends des pas. Arrive une sentinelle chargée de journaux. Elle les jette par les barreaux de la porte. Lis-les aux autres à haute voix, me dit-elle. Je montre les photographies à l'empereur de Gaza. Il sourit, satisfait. "C'est le roi du Portugal qui a ordonné qu'on me publie", proclame-t-il. Je m'abstiens de traduire les titres. Ils traitent Ngungunyane de "bête sauvage cruelle", de "régulo sanguinaire", de "tyran brutal allié des Anglais".

Les journaux sont ensuite distribués entre les prisonniers. Ils les déchirent comme si c'étaient des pagnes de la taille de leurs corps. Ils utiliseront ces feuilles pour se réchauffer. Ceux qui n'ont jamais su lire dorment maintenant couverts de lettres.

Le huitième jour ils sont venus nettoyer les chambres et chauler les murs. Il se dit tout bas que Dom Carlos visitera Monsanto. La nouvelle ne cause nul étonnement à Ngungunyane : "J'ai toujours bien accueilli les émissaires de la royauté lusitanienne. Ils vont me recevoir, c'est ce que font les rois."

Le lendemain ils interrompent les nettoyages et les peintures. Le roi Dom Carlos a annulé sa visite. La décision est politique, expliquent-ils. Ils ont amené Ngungunyane pour qu'il soit le centre des attentions. Mais la présence du Lion de Gaza a fini par devenir gênante. Cet embarras porte un nom : les femmes. Ngungunyane peut être africain, il peut être ennemi du Portugal. Mais il ne peut exhiber aussi impunément le péché de polygamie.

L'Église proteste, les journaux s'insurgent, la société se fait l'écho de ce malaise. Les conseillers mettent en garde Dom Carlos : rendre visite à Ngungunyane serait légitimer cette immoralité.

Désabusé, Ngungunyane envoie son fils boucher l'unique fenêtre qui éclaire le cachot. Puisqu'ils ne me reçoivent pas, je ne veux pas de la lumière qu'ils m'envoient par charité non plus, déclare-t-il. Il interroge à voix haute comme si, au-delà des murs, quelqu'un d'autre l'écoutait : Ils m'ont invité avec mes sept femmes. Ai-je jamais compté les épouses qui les accompagnaient lors de leurs visites au Mozambique ?

Ce n'est pas tant le soleil qui me manque. C'est la lune que je regrette le plus. Je ne la vois plus briller. C'est peut-être pour cela que je pense autant à Germano. Son souvenir me vient comme le clair de lune que j'ai cessé de contempler. Dabondi me demande de m'éloigner des ressouvenances. Elle me dit de chanter. Et de le faire dans ma langue. Quelle langue ? dis-je. En silence, elle s'éloigne.

Les jours suivants, des dames de la cour viennent nous rendre visite. Elles parlent par gestes et l'on comprend tout de suite qu'elles ont un objectif : civiliser, disent-elles, leurs congénères africaines.

Et la première leçon se concentre sur l'usage convenable des couverts. Les noires peuvent les insulter dans une langue incompréhensible. Mais on ne tolère pas qu'elles mangent avec les mains. Utiliser ses doigts pour manger c'est, comme la polygamie, une obscénité inacceptable.

Après les visites, les Portugaises passent par l'église pour se confesser. Elles se sont rendues dans un antre du péché. Dieu n'accepte pas qu'un homme ait plusieurs femmes, nous explique l'une d'elles. Les hommes n'ont qu'une seule épouse, ici ? demande Dabondi. La Portugaise sourit et ne répond pas.

Ils ont fini par interdire la visite des dames de la cour. Dès lors les reines passent la plupart de leur temps à jouer aux cartes. Tout en jouant elles se coiffent les unes les autres. Cet oisiveté infinie ne leur est pas étrangère : elles n'ont jamais été très occupées de leur vie. Il y avait à la cour de Gaza des gens pour travailler à leur place. Ngó, Godido et Mulungo font des paniers et des colliers de missangas. Zixaxa étudie le portugais dans un petit cahier qu'on lui a donné sur le bateau. Ngungunyane boit, tousse et dort. Le vieux Mulungo marche de long en large. Il fait comme tous les prisonniers : il compte les pas afin que la cellule n'ait plus de dimension. Il est heureux de ne pas comprendre un mot de portugais. Tout comme les guerriers zoulous – qui s'enduisent de la sève de l'impundu –, il est lui aussi devenu invisible. Son renoncement rend les murs inexistants. Le vieux conseiller est le seul à n'avoir jamais été emprisonné.

Dans mon coin dans la cellule je garde une seule occupation : la grossesse. Mon ventre est mon sablier : il se remplit avec le temps qui passe. J'en suis au septième mois. Et je fais comme Dabondi me l'a conseillé : je chante. Mais je chante sans mots. Nous ne choisissons pas la langue dans laquelle nous naissons. Ce que l'on chante à un enfant c'est un ventre qui perdure au-delà de l'accouchement.

Toutes les nuits je dors enlacée à Dabondi. Le froid exige un corps démultiplié. Dans ce ventre redoublé se niche maintenant mon fils. Avant de naître, il avait déjà plusieurs mères. La nuit, quand tout le monde dort déjà, je retire le tissu qui bouche la fenêtre. Incapable de dormir, je vais scrutant la nuit comme un noyé émerge à la surface de l'eau. L'insomnie n'existe pas, dit Dabondi. Il existe seulement une autre façon de dormir. Au milieu de ce sommeil différent, j'entends le roi gémir et tousser convulsivement. Ce n'est pas une maladie, assure Dabondi. Quelqu'un veut sortir de son corps. L'empereur est plus enceint que moi. Un esprit maléfique s'est abrité en lui et dévore sa poitrine et triture ses genoux.

On n'entend plus le bruit infernal aux abords depuis hier. Ils ont interdit la foire. Les commerçants ont enlevé les baraques et sont allés vendre ailleurs les caricatures du Lion de Gaza. Ils ont peur de moi, ironise Ngungunyane. Je faisais concurrence à leur roi.

Chacun des prisonniers a peut-être son passe-temps. Mais il est une occupation qui nous est commune : le sommeil. La vieillesse et la prison enseignent la même leçon : dormir annule le temps. À mes côtés ronfle sans discontinuer celui que les Portugais nomment le "Lion de Gaza". Le titre lui concède la noblesse d'un roi. Aux lions, les Européens réservent l'un de ces trois destins : être chassés, enfermés dans un zoo ou domestiqués dans un cirque. Le roi de Gaza réunit ces destins en une seule personne.

Les jours passent sans histoire jusqu'à ce que, par un après-midi gris, on reçoive la visite du médecin du fort. On l'a prévenu des douleurs au thorax et de l'état fiévreux de Ngungunyane. Pendant l'auscultation du patient, la reine Dabondi révèle son diagnostic : il y a un oiseau à l'intérieur de la poitrine de l'empereur. On entend l'oiseau pépier pendant la nuit. C'est une xikhova, une chouette, dit Dabondi. Le médecin du fort secoue la tête. C'est une maladie, une pleurésie, déclare-t-il d'un air supérieur.

Le lendemain ils emmènent Ngungunyane étendu sur une civière. Godido accompagne son père, pour les traductions. Les pleurs lancinants des femmes se confondent avec les sirènes de la voiture qui transporte le roi à l'hôpital. Les reines prennent le deuil. Elles ne savent pas dire au revoir à leur époux en terre étrangère. Elles réclament une lame et se rasent les cheveux. Elles ne laisseront repousser leurs cheveux que lorsque leur mari reviendra. Dabondi ne m'enlace plus pendant la nuit. Elle ne peut me toucher tant que le roi sera absent. Je suis impure, dit-elle pour se justifier. Je porte un mulâtre en moi.

Ngungunyane rentre de l'hôpital le corps en bonne santé et un plan en tête. Durant son séjour à l'infirmerie, son fils Godido a entendu des conversations. Et il a compris qu'un sujet empêchait la cour lusitanienne de dormir : le rapport d'Álvaro Andrea. Cette autre version de l'épopée de Chaimite est une bombe à retardement. Les républicains sont impatients de divulguer le document. L'exploit héroïque de la monarchie court le risque de se défaire en poussière.

Ngungunyane sollicite la présence du commandant du fort. Il souhaite négocier avec les autorités carcérales : il corroborera la version de Mouzinho contre de meilleures conditions de détention. Sa revendication aboutit : le lendemain on nous attribue deux grandes cellules, aérées et avec des vêtements à disposition. De plus, on nous autorise à passer les matinées dans la cour extérieure. Le jour même je m'allonge dans l'herbe, je remonte mon chemisier et laisse le soleil réchauffer mon ventre. Mon fils doit savoir qu'il vient d'autres contrées, pleines de chaleur et de lumière.

Le soleil n'est pas seulement un don. C'est un médicament pour moi qui avais cessé de prier. Tous les matins je m'allonge dans la cour les pieds tournés vers le sud. Le bout de mes doigts touche mon village natal. Et je reste ainsi jusqu'à ce que ma peau brûle. Peu à peu, je me mets à aimer la ville de Lisbonne et ses matinées bleues dégagées. Peut-on aimer un pays uniquement à cause de son ciel ?

En ces heures ensoleillées je pense aux femmes de chez moi. Et je conclus : s'il y a une reine dans ce fort c'est moi. Toutes ces femmes qui m'accompagnent ne sont pas très différentes des humbles gens qui habitent mon pays. Si je n'avais pas quitté mon village, je serais uniquement une de ces créatures de plus qui, depuis des siècles, entrent dans les forêts et reviennent chargées de branches sèches. C'est un fardeau qui leur incombe dès qu'elles apprennent à marcher. Leurs bras grandissent plus vite que le reste de leur corps, pour mieux servir les hommes. En apparence, elles travaillent pour leurs foyers. Mais elles font plus que cela : elles rassemblent du bois pour incendier le monde. Viendra un jour où les petites filles de chez moi entreront dans une école et porteront des livres dans leurs bras. C'était ainsi que je rêvais au cours des chaudes matinées de Lisbonne.

Quelques jours plus tard on m'attribue une chambre rien que pour moi. J'ai cru que c'était un privilège. C'était une condamnation. Dans cette pièce je reçois la visite du commandant du fort. Ses instructions sont claires : je dois extorquer des informations aux prisonniers et dénoncer paroles et interlocuteurs. Ngungunyane et Zixaxa détiennent des secrets. Telle est la certitude des Portugais : à distance, les prisonniers commandent encore les opérations de résistance au Mozambique. C'est sans doute une idée trop conspirationniste. La vérité est que la guerre n'a pas pris fin avec la détention du roi de Gaza. De nouveaux foyers de rébellion se sont allumés autour de Lourenço Marques et à Magude.

Ces nouvelles sont un croche-pied à la propagande lusitanienne. Si les nouvelles sont mauvaises pour les Portugais, elles constituent pour moi une vraie calamité : toutes les nuits je passe de traductrice à délatrice. Je n'ai pas le choix : ou je dénonce mes frères de race, ou ils me renverront au Mozambique, après l'accouchement. Je partirais sans mon fils, sans Germano, sans mes rêves.

Je décide d'inventer pour plaire à mes bourreaux. La seule différence entre l'illusion et la réalité c'est juste une question de conviction. Et c'est ainsi que, toutes les nuits, il y a un secrétaire qui transcrit des conspirations imaginaires. Le plus grave est que je prends peu à peu plaisir à ces fausses dénonciations.

Jusqu'à ce que nous parvienne la nouvelle venue de Gaza: ils ont tué Maguiguana, le guerrier qui se métamorphosait en oiseau. Ils ont assassiné l'homme qui gardait en vie la dernière étincelle de l'empire de Ngungunyane. Ils l'ont décapité. Il fallait une preuve de cette mort: ils ont planté sa tête sur un pieu en fer et l'ont exhibée de village en village. Au bout de quelques jours, elle était tellement putréfiée et couverte de mouches qu'elle aurait pu appartenir à n'importe quelle créature. Les gens regardaient, baissaient la tête et s'enfuyaient. Ils n'avaient pas besoin de cette preuve. Ils savaient la vérité par des voies que les Portugais ignoraient.

L'homme qui nous a fait parvenir la nouvelle est un Munguni venu de Mozambique. Il a rapporté une branche de l'arbre sacrée, l'umphafa. Ce rameau avait été coupé là où Maguiguana était mort et ils avaient demandé au mort de migrer à l'intérieur de cette petite bouture.

Ils avaient remis la branche à ce messager et l'avaient envoyé au Portugal. Durant tout le voyage, l'homme avait parlé avec la ramure de l'arbre. Lorsqu'il s'asseyait, il demandait deux chaises, réservant l'une d'elles pour poser la branche. À sa table, il y avait toujours une assiette en plus. Sur le bastingage le messager décrivait à haute voix les ports où ils s'arrêtaient. Les marins se moquaient des égarements du voyageur. Ils ne croyaient pas qu'ils transportaient sur leur navire le défunt Maguiguana Khossa, le chef redouté des troupes ennemies.

Cette même branche est à présent remise à l'empereur qui écrase les feuilles et les épines entre ses doigts. Des gouttes de sang tombent sur la pierre de la chambre. Qui l'a tué? interroge Ngungunyane. C'est Mouzinho, répond le messager en txizulu. Le roi de Gaza ordonne que le porteur se retire. Il place la branche de l'umphafa sur son lit, la couvre d'un tissu. Et s'adresse à elle dans un murmure: Tu es venu me rejoindre, mon guerrier. Il n'y a pas dans notre terre une bribe de sol pour t'enterrer. Il est interrompu par une quinte de toux. Puis, il poursuit: J'ai dit aux Portugais que tu étais un traître. J'ai menti pour te protéger. Et tu as exécuté mes ordres jusqu'à la fin.

Dans un accès de fureur, Zixaxa arrache la branche des mains de Ngungunyane, la casse en petits bouts et jette ces fragments par la fenêtre. Ngungunyane est stupéfait, les reines pleurent. Jamais ils n'auraient pensé être témoins d'une pareille hérésie, que l'on traite la maison d'un mort avec autant d'insolence. Tout ça est faux, crie Zixaxa. Nous venions tout juste d'arriver, dit-il, et quelqu'un apportait déjà des nouvelles du Mozambique ? Sur quel bateau avait voyagé ce fameux messager ? Seul un ivrogne, assure Zixaxa, pouvait croire à cette fantaisie. À moins que Ngungunyane ne veuille de cette façon confirmer la mort de Maguiguana Khossa, qui sait ?

Ils annoncent une nouvelle libéralité : les prisonniers sont autorisés à préparer leurs repas. Dabondi est contente mais elle ne veut pas que ce soit le jeune Ngó qui cuisine. Elle frappe à la porte de ma chambre, chargée de cruches et de marmites.

– Cache-les dans ta chambre et ne les remets qu'aux reines, dit-elle. On ne peut pas permettre qu'un homme prépare la nourriture du Nkosi.

– Et pourquoi pas ? dis-je.

– Il en a toujours été ainsi : les hommes allument le feu, les femmes l'utilisent.

Les traditions sont strictes dans la cuisine : les cendres sont lancées aux quatre points cardinaux. Ainsi seulement purifie-t-on le village. La prison est maintenant notre village.

– Laissez Ngó cuisiner, lui demandé-je. S'il n'a plus de travail, les blancs le jetteront à la mer.

Avec un morceau de charbon la reine trace une croix au fond de chacune des marmites. Bon, elles sont bénies, soupire-t-elle. Les blancs ont des sorts puissants. Cuisiner, ma fille, ce n'est pas préparer à manger. C'est asseoir les dieux à notre table.

Nous oublions, dit Dabondi, comment on rangeait nos cases pour recevoir ces visiteurs invisibles. Dans nos cours, les hommes s'asseyaient tournés vers le sud. Les épouses occupaient le côté opposé. Au vent du nord l'on donne le nom de "nwalungo", l'homme. Le vent du sud est appelé "dzonga", le même mot qui désigne les femmes. Ces coutumes ne sont plus respectées. Dans cette nouvelle maison – que Dabondi dit être un bateau enterré –, plus personne ne connaît les points cardinaux. Si un jour les esprits viennent nous sauver ils ne sauront pas comment nous trouver. Ils sauront traverser le vaste océan mais ils resteront à la porte de nos cellules.

Les rêves sont mes seules visites. Cette nuit-là, j'ai rêvé de celui dont on ne peut pas rêver : mon fils qui doit naître. Dans mon rêve, mon petit garçon va être baptisé dans l'église de Nkokolani. Tous les parents sont présents, les vivants et les morts : mon père avec son orchestre de marimbas, ma mère portant dans ses bras la corde avec laquelle elle s'est pendue ; mon frère Dubula avec sa tenue guerrière et Mwanatu avec son uniforme rapiécé de l'armée lusitanienne. Le dernier arrivé est grand-père Tsangatelo qui se présente entièrement couvert de poussière. En toussant, il contorsionne son corps comme s'il vomissait toute la poussière des mines où il est passé. Et il annonce d'une voix grave :

– J'ai traversé la terre pour me présenter à ce baptême. Ce petit-fils, c'est moi-même.

À haute voix sont invoqués ceux qui ont été emmenés sur les bateaux négriers et ceux qui ont été tués dans les guerres. On verse de l'eau de mer sur chacun des noms. La prophétesse Bibliana appelle les disparus et les murs de l'église commencent à grincer. Elle élève la voix et des fissures s'ouvrent sur les murs. Jusqu'à ce que le toit se détache et flotte brièvement pour ensuite prendre de la hauteur. À la fin, il se perd dans les cieux comme un oiseau ivre.

Bibliana apporte la cruche avec de l'eau de mer. Elle demande au père Rudolfo de verser de l'eau sur le corps de mon fils. Le petit garçon crie et tousse, étranglé. La prophétesse soulève l'enfant et déclare : "Les mers sont comme le sang : elles paraissent vastes et variées, mais toutes tiennent dans un seul corps."

Bibliana se place derrière moi et m'étreint avec force. Je serre ses bras, renforçant cette enveloppe.

C'est le matin. Et je me surprends à toucher les bracelets de Dabondi.

24

Un corps déchiré

> Tous les sauvages ne sont pas mes ennemis. Mais il leur suffit d'être des ennemis pour devenir des sauvages.
>
> Le sergent Araújo, cité par Zixaxa

Une nuit Patihina et Xesipe font irruption dans ma chambre, m'arrachant au sommeil. Les reines me pressent, le roi a une crise. La cellule où elles m'emmènent est plongée dans le noir. Un soupçon germe en moi : pourquoi ont-elles éteint tous les lumignons ? Une silhouette est couchée sur le lit. Soudain je suis entourée de bras qui me poussent. Ce sont les reines qui m'attaquent et me traînent sur le lit. La surprise est si forte que j'en oublie de crier. Les femmes m'attachent les jambes et les bras. La reine Muzamussi place un genou sur ma poitrine et dit : Regarde qui est ici avec nous ! Elle fait un geste et les trois épouses de Zixaxa avancent d'un pas.

Le même rire mystérieux déforme le visage de toutes les femmes. La reine plus âgée m'accuse avec véhémence : Tu te prends pour une blanche ? Tu te promènes chaussée et habillée sans respect et, alors que tu n'es même pas mère, tu parles aux hommes sans baisser les yeux. Nous savons pourquoi : tu es une sorcière, tu veux rendre fous nos hommes. Et tu l'as déjà fait. Nous voyons les cils de nos maris brûler pendant la nuit. Ils rêvent de toi, c'est Dabondi qui nous l'a dit.

Muzamussi poursuit, emphatique : Les mères les plus vénérées de tout le royaume de Gaza sont là. Mais elles n'en sont pas moins des femmes : partout elles seront traitées comme des intruses.

La matriarche s'adresse à son époux, prononçant un verdict : La fautive est là, la femme qui ne te respecte pas en tant qu'homme est là, la femme qui offense ta dignité en tant que personne. Punis-la, affiche ton pouvoir !

– Dabondi ! dis-je en criant, désespérée.

La reine n'est pas au fort. C'est ce que me disent les autres épouses. Ils l'ont emmenée en ville. Tu es toute seule, sans tes patrons, sans ta marraine. Ngungunyane se traîne comme une énorme limace, visqueuse et noire. Une part de moi se noie sous son poids. Une main muselle ma bouche. Je guette dans la pénombre. Je vois le visage du roi suspendu au-dessus de moi.

– Ne blesse pas mon fils, Nkosi, dis-je en l'implorant, luttant contre la main qui me bâillonne.

Le roi respecte ma demande : il s'assied sur le lit, appuyant ses pieds sur la pierre froide. Il donne l'ordre aux épouses de se retirer. Il veut rester seul avec moi. Muzamussi ordonne : Nous voulons entendre cette garce gémir. Et les femmes quittent la chambre.

Nous sommes maintenant tous les deux seuls dans la cellule. Assis sur le bord du lit, Ngungunyane reste un temps à contempler ses genoux. Puis il dit, sans lever la tête : Tu n'es rien d'autre qu'une Mutxope engagée pour m'espionner.

Il était inutile de nier. Godido avait entendu les gardes discuter. Ils n'avaient pas compris que le prisonnier parlait portugais. Ils parlaient de moi, Imani Nsambe, et des secrets que je livrais au commandant du fort. Plus personne n'avait de doute sur la nature de mes services.

– C'est mon espionnage qui vous a sauvé, Nkosi.

– Quand ?

– Pendant le voyage en bateau. C'est moi qui ai fait avorter les plans de Machava.

Avec une vigueur inattendue, Ngungunyane m'attrape par les bras comme s'il me traînait vers un abîme. Dans le noir je sens s'abattre sur moi tout le poids de l'univers. L'empereur de Gaza, tout nu, est irrémédiablement affalé sur mes cuisses. Son haleine puante me dégoûte, sa sueur à l'odeur de bête m'écœure.

– Gémis, lutte, crie ! susurre-t-il à mon oreille.

Je ne comprends pas. Fais comme si je te violais, insiste le roi. Et son corps remue en spasmes qui font grincer le lit. Soudain tout devient clair. J'accepte de participer à cette simulation. J'appelle ma mère en criant, je crie avec une conviction telle que tout mon corps me fait mal et les larmes coulent sur mon visage. Et jamais aucune souffrance réelle ne m'avait autant blessée.

Le roi se lève et fait mine de se laver dans le coin des ablutions. L'eau coule d'un seau à l'autre tandis qu'il parle. Elles savent, dit-il, que je suis impuissant. Il agite les mains dans le seau, il a besoin du réconfort de la rumeur de cette eau. Tu avais raison : voilà des mois que je ne suis plus un homme. Le docteur Liengme en attribuait la faute à l'alcool. Mais le roi n'y croit pas. Les Suisses ne connaissent pas nos sorts, dit-il. Ce n'est pas le vin, ce sont mes épouses qui m'ont flétri.

Ce qu'elles venaient de faire, en me jetant entre les mains de leur mari, n'était rien d'autre qu'un perfide traquenard. C'est ce qu'assure Ngungunyane. Les reines étaient certaines de son échec tout comme elles étaient sûres de mon humiliation. Mais le roi avait conçu une réponse à la hauteur.

– Maintenant c'est mon tour de punir ces femmes, déclare le roi. Continue de feindre, Imani.

– Je n'ai pas besoin de feindre, Nkosi. J'ai été violée.

Ngungunyane secoue la tête avec un sourire vague. À présent seulement il comprend : les Portugais ne l'ont pas amené pour le tuer. Il était déjà mort en embarquant. Au moment où Mouzinho lui avait épargné la vie devant ses sujets, à ce moment précis il avait été exécuté. Un empereur meurt quand il se montre mortel, quand il se déclare humain et fragile, quand il s'agenouille soumis aux pieds d'un autre empereur. Tu ne peux pas avoir été violée, ma fille, déclare-t-il avec véhémence. Parce que tu n'as pas couché avec une personne vivante.

Je me retire de l'enceinte sombre. L'âme en lambeaux, les yeux mouillés, je croise les reines qui, en rangs, attendent médusées dans le couloir. Je sens leurs yeux comme des couteaux qui se plantent dans mon dos. Je ferme la porte de ma chambre, je croise les bras sur mon ventre et pense : ce que les reines viennent de me faire est vraiment triste. Mais plus triste est ce que la vie a fait de ses femmes. La jalousie qu'elles éprouvent envers moi a tout son sens. On les appelle les reines. Mais aucune d'elles n'a rêvé de prendre possession de sa propre vie.

Le matin tôt on vient me chercher. Il y a quelqu'un au parloir, me dit-on, quelqu'un qui est venu de loin pour me voir. Ce ne peut être qu'une erreur, me dis-je tandis que je traverse de larges salles et d'austères couloirs. C'est peut-être Germano, me dis-je, le cœur bondissant dans ma poitrine. Il est arrivé à temps pour assister à la naissance de notre fils.

Le soldat qui me conduit désigne les hauts plafonds et déclare avec orgueil : “Tout est construit avec du béton armé, il n'y a pas de bombe sur cette terre qui puisse le démolir.” Je débouche dans une pièce étrange, avec de grands tapis rouges. Sur un fauteuil rouge également est assise une femme maigre, les cheveux blancs dépassant d'un foulard noir. Elle tricote une layette de la couleur du siège et des tapis. L'espace d'un instant on dirait qu'elle tisse tout cet obscur endroit. Elle balance ses coudes pour éviter que les fils ne s'emmêlent dans les aiguilles.

– C'est pour mon petit-fils, dit-elle. Il naîtra le jour où je terminerai ce gilet.

Maintenant j'en suis sûre : je suis face à Laura de Melo, la mère de Germano. La dame se lève avec désinvolture, faisant rouler la pelote de laine sur le tapis. La pelote la suit comme un chat obéissant. Elle place la laine contre mon visage et secoue la tête d'un air désapprobateur : Tu es plus noire que je ne le pensais. J'aurais dû choisir une couleur plus claire.

Je me traîne derrière la pelote, je veux être utile, plus qu'utile, je veux me montrer soumise. Toujours à genoux, je lui tends la pelote de laine avec les deux mains jointes. Laura de Melo semble ne pas me voir. Ne t'approche pas, m'ordonne-t-elle. Subitement elle immobilise ses bras et, d'un coup violent, elle plante les aiguilles au milieu des fils de laine. La pelote se rétracte en un râle de corps vivant.

Comme si elle redevenait elle-même, dona Laura se signe et me dévisage : Je ne veux pas de familiarités. On pourrait encore s'apprécier et rien ne serait pire que ça.

Elle m'examine de haut en bas. Ses yeux ont le même bleu que ceux de Germano.

– Je ne suis ici que pour une raison, dit-elle. Je viens te remettre une lettre qui est arrivée de mon fils.

Elle retire une enveloppe de la poche de sa robe : Tiens, c'est pour toi. Elle tend son bras vers moi. Devant ma passivité, elle agite nerveusement le paquet. Et elle se plaint : Germano a toujours été porté sur l'écriture. J'espère qu'il perdra cette manie. Écrire des lettres c'est bon pour les femmes.

Je prends finalement l'enveloppe. Je ne l'ouvre pas. Je la porte à mon visage et inspire profondément. J'ai déjà fait la même chose, dit Laura en souriant. Je n'ai pas retrouvé l'odeur de mon fils dans les lettres précédentes. Là oui : Germano est redevenu mon fils.

Sa vieille mère, dit Laura, lui reniflait les cheveux pour connaître son état de santé. Déjà moribonde et incapable de déglutir, la vieille dame se nourrissait d'arômes. Le matin, on laissait des peaux d'orange à son chevet. Le soir, on émiettait des feuilles de menthe sur son traversin. Et la vieille mère dormait en souriant. Et la vieille mère conclut :

– Inutile, dit Laura, de sentir cette lettre, ma fille : tu n'y trouveras pas ton fiancé.

L'enveloppe entre les mains, j'emprunte le chemin du couloir tandis que j'entends ses terribles paroles :

– Il ne viendra pas, ma fille. Il va rester en Afrique, mon Germano.

Je reprends les couloirs froids, suivant le même soldat qui m'a escortée à l'allée. Je contemple les plafonds en béton, désirant que l'édifice s'effondre sur moi.

Je finis de m'installer dans la chambre qui ne m'a jamais paru aussi étroite. La porte s'ouvre grand et je garde les yeux fermés. J'entends les gémissements de Dabondi. Je n'imagine pas combien je suis moi-même brisée.

Ils l'ont tué, crie la reine. Elle revient de la ville où elle s'est rendue sur la tombe de son fils. C'est Godido qui l'a accompagnée au cimetière.

Il est mort et ensuite ils l'ont tué, murmure la reine. C'est ce qu'elle avait constaté ce matin-là. Ils l'avaient enterré conformément aux coutumes des blancs. Mais ils n'avaient pas veillé à faire parvenir la nouvelle au Mozambique. Et les prières idoines n'avaient jamais eu lieu de cet autre côté. Son seul fils, João Mangueze, était venu au Portugal comme un prince et il avait été enterré comme un déshérité, sans nom ni famille. Maintenant il déambule, devenu un xipoco*, une de ces âmes sans parents.

– Tu sais pourquoi je suis allée au cimetière ?

La question est si évidente que je me tais. Dabondi est à présent plus paisible, il y a même un léger sourire qui affleure à son visage.

– Je suis allée voir le défunt, mais je suis aussi allée lui présenter son petit frère.

Je cours l'embrasser. Je soupçonnais depuis le début du voyage que Dabondi était enceinte. Et l'instant est si gai que je décide de ne pas lui parler du viol que je viens de subir. Néanmoins il y a quelque chose que je ne suis pas capable de cacher. La reine recule d'un pas pour mieux m'observer. Pourquoi es-tu si triste, Imani ? demande-t-elle. Germano ne viendra pas, réponds-je. Elle dit qu'elle le savait déjà. C'est ce que la reine dit toujours, qu'elle sait déjà. Et moi je le crois.

Dabondi regarde l'infini tandis qu'elle gratte le mur. Puis, avec un doigt teint de chaux, elle dessine un cercle blanc sur ma poitrine.

– Quand tu donneras le jour, dit-elle, tu te retrouveras vide.

– Vide ? dis-je avec étonnement. Ce n'est pas plutôt le contraire ?

– Ne parlons pas de ça maintenant, demande-t-elle.

Et comme j'insiste, la reine dévoile son jeu : les dieux m'offriront le bonheur d'être mère. Toutefois, ces mêmes psikwembo prétendent manifester leur mécontentement : ils sont déçus parce que j'ignore leur existence.

– Ils vont t'éteindre à l'intérieur.

– M'éteindre ? Qu'est-ce que ça veut dire, Dabondi ? demandé-je, inquiète.

J'aurai le même destin que le figuier sauvage, l'umbombe : je serai dévorée par mes propres racines. La reine prononce ces mots et quitte la chambre. La prophétie m'ôte le sommeil. La nuit est un puits sans fond. Et plus profonde encore lorsque je décide de lire la lettre de Germano. Je déchire l'enveloppe et quelque chose se rompt à l'intérieur de moi.

"Ma très chère Imani,

Ce n'est pas une lettre facile. Je commencerai ainsi sans détour : je n'irai pas à Lisbonne. Il n'y aura pas de bateau, il n'y aura pas de voyage. Je reste à Lourenço Marques. Nous nous retrouverons plus tard, ici au Mozambique, ou quelque part, qui sait, au Portugal.

Je ne veux pas te blesser, je ne veux pas te perdre. Tout l'amour que j'ai ressenti – et que je ressens encore pour toi – est absolument sincère. Tu n'as pas à douter de ma loyauté. Les raisons de cette séparation sont différentes. Je peux être ton mari. Mais je ne pourrai pas être le père de cet enfant. J'ai été emprisonné dans une cellule au Portugal. J'ai été emprisonné au Mozambique sans mur, sans porte, sans barreaux. Je ne veux pas être emprisonné dans une routine domestique. J'ai appris cela avec mes collègues mariés. La vie en couple est la plus perpétuelle des prisons. Peut-être suis-je malade, peut-être m'a-t-il manqué une famille. Mon vieux professait un genre particulier d'athéisme : il ne croyait pas au bonheur. Et il disait des gens du village : "Plus ils sont stupides, plus ils deviennent heureux. Plus ils sont bêtes, plus ils s'endorment facilement."

Il existe un autre motif à cette décision : je ne peux rentrer au Portugal tant que la monarchie ne sera pas renversée. Je serais immédiatement enfermé dans un cachot. Tu te retrouverais de la même façon sans mari. Et notre fils ne connaîtrait pas son père.

Ne me plains pas. Je suis bien ici, Imani. Mieux que je ne l'ai jamais été dans le pays où je suis né. Ma mère a pleuré quand je suis parti à la guerre. Elle a pleuré comme si je quittais un endroit de paix. C'était une erreur. J'ai trouvé plus de tranquillité dans les batailles d'Afrique que je n'en ai jamais trouvé dans mon pays.

Pardonne la brièveté de ces lignes. Mais c'est la plus crue des vérités : la guerre déshabille les hommes. La proximité de la mort expose l'âme humaine sans vêtements, sans retouche, sans fard. Et crois-le, Imani, l'âme des hommes n'est pas une chose que l'on souhaite voir. Il vaut donc mieux que je me tienne à distance pour l'instant. L'amour que nous avons connu, et nous l'avons pleinement connu, survivra. Il n'est pas de mot pour dire ce que l'amour a été. Et il n'est pas de silence pour oublier ce que l'amour nous a laissé.

Tu ne sais pas combien ces derniers mots me coûtent.

À toi, à toi pour toujours

Lourenço Marques, 21 mars 1896
Germano de Melo"

PS : Nous ne nous parlerons peut-être plus. Je dois avoir le courage de tout te dire. Nous sommes face à des gouvernements et des armées puissantes qui tuent, emprisonnent et divisent les gens. Mais il y a quelque chose de plus puissant que n'importe quel gouvernement ou armée, c'est la mentalité viciée qui nous entoure. Contre la violence de ce cercle insidieux, nous ne pouvons pas faire grand-chose. Il n'existe pas d'île ni d'exil pour nous sauver de ce règne de la stupidité.

Tout ce que je t'ai écrit auparavant était sincère. C'est vrai que je n'aime pas l'idée que nous soyons un couple avec sa petite vie routinière. C'est vrai que cela m'enthousiasme peu d'avoir des enfants. Néanmoins notre relation n'a été détruite par aucune des raisons invoquées précédemment. Elle a été détruite bien avant que nous fassions connaissance, bien avant notre naissance. La même intrigue qui a favorisé notre rencontre a rendu notre amour impossible. Nous serons plus proches ainsi séparés que nous ne le serions en vivant ensemble. Tu serais coupable parce que noire. Et je serais haï parce que mari de la noire. Nous résisterions, au début. Puis, nous finirions par céder devant l'armée invisible du préjugé. L'unique manière de vaincre est de refuser la bataille. Notre amour vivra comme ces lettres : tes yeux seuls réveilleront les mots que nous avons couchés.

25
Ce qui a vu le jour

Qui vit à moitié a doublement peur de la vie.
Proverbe de Nkokolani

Dans mon pays, quand une femme tombe enceinte, toute la famille est enceinte. Pendant la gestation, le corps de la femme cesse encore une fois de lui appartenir : il a simplement été prêté. Il a été cédé au mari, aux beaux-parents, à la famille du père de l'enfant. Et même les douleurs de l'accouchement ne lui appartiennent pas. Conformément à la tradition : ce n'est pas la femme qui donne le jour. Ce sont les ancêtres qui insufflent une nouvelle vie à ceux qui naissent. La femme existe comme un clair de lune : un simple miroir d'autres soleils.

Dans la nuit du 25 mai je me réveille avec des douleurs, les jambes mouillées, les draps trempés. J'appelle Dabondi en criant. Dabondi appelle Muzamussi en criant. Et Muzamussi n'appelle personne en criant parce que c'est elle la femme grande, la Nkosikazi. Et elle est aussi la sage-femme la plus expérimentée. Toutes les autres femmes quittent la chambre en silence. Je m'agenouille devant l'aînée des reines, les bras posés autour de son cou. Muzamussi est aussi à genoux, elle me tient par la taille. Ses mains glissent : je viens d'être enduite avec des huiles qui aideront mon fils à sortir de moi.

Les douleurs de l'accouchement sont comme des poignards qui se plantent dans mon dos. Elles vont et viennent comme des marées. Soudain j'oublie que j'ai quinze ans, que je suis toujours fille de. Mon corps possède un autre âge et obéit à l'empire d'une autre volonté. Et même ma voix m'est étrangère lorsque je demande :

– Je vais bien, Muzamussi ?

– Ce n'est pas toi qui dois aller bien. C'est celui qui arrive, déclare la reine.

Elle aussi me réduit à rien. Moi-même je m'éteins à mesure que l'accouchement se prolonge. La fatigue se conjugue aux douleurs et je n'ai plus ni de dos ni de bras pour rester à genoux. C'est Muzamussi transpirant plus que moi-même qui me soutient. Mon fils, dis-je en quête de courage, rappelle-toi grand-père Tsangatelo : têtu avant même de naître. Muzamussi ne trouve pas ça drôle. Ce retard est pour elle la preuve de mon infidélité. Je dois prononcer le nom de cet homme avec lequel j'ai trahi. Qui est-ce ? insiste la reine. Germano, dis-je dans un murmure presque inaudible. Non pas celui-là, dis le nom de l'autre ! s'obstine la sage-femme. Et les douleurs sont si fortes, l'épuisement si grand qu'il me vient d'inventer une trahison. Mais, au même instant, mon fils décide de sortir de moi. Et c'est comme si je renaissais. Mes yeux sont si embués de larmes que je vois Germano me tenir les mains.

Je ne sens pas qu'on coupe le cordon. Je ne sens pas qu'on nous sépare, il n'y a pas de déchirure qui nous empêche de continuer à être une seule personne. Et elles amènent l'enfant au-dessus de mon visage, il vole au-dessus de moi avec sa peau jaunâtre, ses petites mains fouillent l'air. Les boucles claires et larges sont celles des anges que j'ai vus peints dans l'église. J'entends sa protestation vigoureuse. Je pleure auprès de lui. Muzamussi me demande de ne pas le faire. Je suis en train d'appeler les mauvais esprits.

Je ferme les yeux et convoque Germano. Je ne sais pas vivre ce moment toute seule. La sage-femme volumineuse circule autour de moi. Le placenta et le sang sont soigneusement éliminés. Pour que personne ne te fasse du mal, explique Muzamussi.

– Pourquoi m'aidez-vous, pourquoi me protégez-vous ? demandé-je.

La reine ne répond pas. Elle me demande de me déshabiller. Elle va emporter mes vêtements avec elle, elle va les déchirer en lambeaux méconnaissables. En fermant la porte, ses instructions sont claires : les jours qui suivront aucun homme ne pourra entrer dans ma chambre. Je souris : quel homme aurait ce désir ? Puisque même Germano m'attend au loin, dans un autre pays, un autre temps.

Quelques heures plus tard Dabondi me rend visite. Je suis enceinte, dit-elle, je peux prendre ton fils, n'aie pas peur. Une femme qui a ses règles – celles dont nous disons qu'elles sautent la lune – n'a pas le droit de toucher un nouveau-né. Ce n'est pas son cas.

La reine danse avec le bébé dans les bras. Quel nom vas-tu lui donner? demande-t-elle. Il s'appelle Sanga, dis-je. C'est grand-père Tsangatelo qui a choisi son nom. La reine hausse les épaules. La décision devait appartenir au père. Que Germano se plaigne plus tard.

Je demande des comptes à Dabondi : elle avait menacé qu'après l'accouchement je me retrouverais vide. C'était le terme qu'elle avait utilisé: vide. Elle avait dit que les dieux allaient m'éteindre de l'intérieur.

– De quel vide s'agit-il, moi qui ne me suis jamais sentie aussi pleine? demandé-je.

– Nous en parlerons à un autre moment.

– Dites-moi maintenant, Dabondi. Quelle était cette malédiction?

– Maintenant que ton fils est né, répond-elle, tu cesseras bientôt de savoir parler la langue des blancs.

Je souris, incrédule. Impossible. Cette langue faisait partie de mon corps.

– Tu doutes? questionne la reine. Alors essaye de parler en portugais.

Je souris, en secouant la tête. Et tente de prononcer quelques mots. Et ce que j'entends est différent de ce que je dis. Je répète mes paroles et la dissonance persiste: je pense en portugais mais les mots sont proférés en txitxope. Finalement, la malédiction est vraie: à partir d'aujourd'hui je ne connais plus le portugais. La reine avait raison. Mes racines vont me dévorant. Je prie, j'implore. Qu'elle me rende la voix de mon âme. Tu t'es toujours trompée, allègue la reine.

– Ton âme a d'autres voix, déclare la reine. Dorénavant, tu ne serviras plus les Portugais.

Elle ne me punissait pas, dit-elle, en remettant l'enfant dans mes bras. Au contraire, elle ne faisait que me rendre une partie de mon être.

Le lendemain la mère de Germano vient me rendre visite. Elle examine le berceau improvisé et commente, soulagée: Il est tout clair! Je me lève péniblement, les mains rompues à soutenir mon ventre. Émue, je demande: Il n'est pas beau, dona Laura?

– Pas de familiarités, ma fille ! Je suis peut-être grand-mère. Mais je ne suis pas ta belle-mère.

Un de ces jours elle viendra chercher le petit garçon, annonce-t-elle. Ce n'est pas par méchanceté, seulement la promesse qu'elle a faite à Germano. Elle n'agirait pas ainsi, dit-elle, si j'avais les moyens de m'occuper de l'enfant.

Je serre mon Sanga dans les bras et je me fais la promesse : pour l'arracher à moi ils devront lacérer mon corps. Démunie, je pleure. Je demande à la visiteuse de partir, mais cette fois les mots me désobéissent. Famba khaya, dona Laura ! Ce sont ces mots que Laura entend. Mais le message produit l'effet inverse. La Portugaise s'assied sur mon lit.

– Je suis complètement seule, soupire-t-elle. Si quelqu'un pouvait s'occuper de moi.

Elle contemple le bébé, sans finalement le toucher. Son mari n'avait jamais su être père. Et Germano, selon elle, marchait sur les mêmes traces.

La veille de sa mort, son mari lui avait avoué pour la première fois qu'il l'aimait. Et elle avait alors fondu en larmes. Pourquoi pleures-tu ? avait-il demandé. Je ne veux pas être aimée, avait-elle répondu en sanglots. Loin d'être un cadeau, cette confession amoureuse lui faisait penser à tout ce que la vie ne lui avait pas donné.

Quelques années plus tard, à la mort de son mari, Laura s'était mise à dormir allongée sur sa tombe. Ce n'était pas la nostalgie. C'était la peur que le défunt puisse revenir. Son corps à elle était une pierre, une roche plate claquemurant son vieux compagnon. Le prêtre venait la chercher à l'aube. Il la traînait de force à travers le village tandis qu'elle criait après son mari. Mais elle se trompait de nom : c'était Germano qu'elle appelait en pleurs. On ne l'avait pas internée dans un asile car, d'après elle, le village était déjà un hospice. Elle passait par le cimetière et voyait les fleurs, sèches sur la tombe. Cette décadence ne la gênait pas. Ce détachement intérieur était la preuve qu'elle était dispensée de deuil. Elle était déjà veuve avant que son mari ne meure.

Une semaine plus tard dona Laura revient au fort. Elle vient chercher le petit garçon. Je ne la laisse pas s'approcher. Avec l'enfant dans mes bras, je m'enfuis dans la cour. Les gardes me poursuivent. Je me rappelle toutes les mères qui, des siècles durant, ont couru pour sauver leurs enfants. La force et le désespoir de ces femmes habitent maintenant mon corps. Je m'élance dans la cour jusqu'à me retrouver coincée entre les lavoirs. Dona Laura me crie de faire attention, le sol est mouillé, que je n'aille pas tomber et blesser son petit-fils.

Soudain les dix reines surgissent de l'arrière du lavoir. Elles empoignent toutes des couteaux. Elles forment un cordon autour de moi. Et elles menacent les soldats. Ce petit garçon est notre fils à toutes, annonce Muzamussi. Les mêmes couteaux qu'on leur aura remis pour qu'elles se civilisent brillent à présent dans leur geste rebelle. C'étaient des couverts, désormais ce sont des armes. Chaque fois qu'elles lavaient la vaisselle, une pièce disparaissait. S'ils leur avaient permis de manger avec les mains, ils n'auraient pas à les affronter maintenant.

Le roi de Gaza ivre guette et sourit par la fenêtre de la chambre. En son temps, l'idée d'une armée africaine composée uniquement de femmes l'avait hanté. Ce n'était pas un rêve. C'était un cauchemar. Maintenant les femmes étaient là affrontant les militaires blancs. Ce ne sont pas les petits couteaux que les soldats craignent. C'est le simple fait qu'on les affronte qui les effraie. Ils ont appris à combattre une armée. Mais ne savent pas comment vaincre une dizaine de femmes.

Cependant le combat était couru d'avance. Les femmes sont maîtrisées et mon enfant est arraché à mes bras. Dona Laura l'enveloppe dans une couverture et s'éloigne d'un pas rapide. Les pleurs de mon bébé s'évanouissent au loin. Jusqu'à ce que je n'entende plus que l'eau tomber sur le lavoir. Dorénavant il en sera toujours ainsi : une rumeur d'eau sera l'unique voix de mon petit enfant.

26

Entre exils et bannissements

> Le grand roi n'est pas celui qui guide son peuple dans la guerre mais celui qui écarte la guerre loin de son peuple.
>
> Zixaxa

En fin d'après-midi, le 22 juin, les militaires entrent brusquement dans la cellule des prisonniers. Ils hurlent après Ngungunyane, Zixaxa, Mulungo et Godido. Ils leur ordonnent de faire leurs valises. Les valises ? interroge Godido qui est le seul à comprendre ce qu'ils disent. Précipitamment ils empaquettent leurs maigres affaires. Mais on ne leur en donne même pas le temps.

Ngungunyane s'assied par terre, en pleurs. Cette fois c'est la bonne, vu la hâte et la brutalité avec lesquelles on le pousse, il est sûr qu'ils vont le fusiller. Les épouses se lamentent en hurlant, les soldats utilisent la force pour écarter les quatre prisonniers. Je regarde tout cela avec indifférence. Ils ont emmené mon fils, tout le reste n'a plus d'importance.

Ils m'ordonnent d'accompagner les prisonniers, ils n'ont pas confiance en la traduction de Godido. Nous sommes dans deux voitures différentes, la ville est vide. L'opération se déroule en secret. Le navire *Zambeze* attend sur le quai. Alors seulement ils me révèlent : ils vont conduire les exilés aux Açores. Sur le quai il y a un temps d'arrêt. Ngungunyane est plus calme, il comprend qu'ils ne le molesteront pas. Son allure, néanmoins, est complètement décadente : pieds nus, le pan de la chemise débraillé, le pantalon déchiré, les cheveux hirsutes.

– Les blancs sont tous faux, déclare le roi de Gaza. Jamais nous ne leur ferions ce qu'ils nous ont fait : ils nous ont emprisonnés, emmenés dans un autre pays et exhibés comme des animaux ?

– A-t-on jamais fait des prisonniers ? conteste Zixaxa.

– Pourquoi prenez-vous le parti des blancs ?

– Nous ne sommes pas meilleurs qu'eux. C'est tout ce que je dis.

– Vous parlez beaucoup, Zixaxa, parce que ce n'est pas votre mort qu'ils veulent.

– Là n'est pas le problème, mon Nkosi. Le problème, c'est qu'ils ne savent pas quoi faire de vous.

Ngungunyane lui tourne le dos, il dit qu'il ne comprend pas la langue des Vatsonga. C'est la langue que nous avons toujours parlée tous les deux, affirme Zixaxa. Et il poursuit, marchant sur les pas du roi par défi : Vous ne me comprenez pas, mon roi, non pas à cause de ce que je dis. Mais à cause de ce que je suis. Remerciez les Portugais de vous avoir épargné, crie Zixaxa avant qu'ils ne le poussent à l'intérieur du navire. Remerciez-les, Ngungunyane, n'est-ce pas ce que vous avez toujours fait ?

Je vois le bateau s'éloigner dans la brume avec les prisonniers. De retour au fort, je me dis : l'exil ne suffit pas pour éloigner ces rebelles du Mozambique. Il ne faut pas qu'il y ait de terre là où ils seront bannis.

Le lendemain je reçois la visite du commandant António Sérgio de Sousa. Il est surpris par l'absence du roi. Cette décision d'emmener les prisonniers aux Açores était tellement secrète que le visiteur l'ignorait. Il m'offre un bouquet de fleurs. Il sait que j'ai donné naissance, il veut voir l'enfant.

– Où est ce gaillard ? demande-t-il.

Je veux lui expliquer qu'ils ont emmené mon fils mais les pleurs m'ôtent la voix. Consterné, le commandant pense que le petit garçon est mort. Il ne comprend pas ce que je dis. Il ne voit pas pourquoi je ne lui parle pas en portugais. Je fais mine d'avoir mal à la gorge. Je lui demande une plume et du papier. J'écris de courts messages que je lui donne à lire. Ils ont emmené mon fils. Aidez-moi !

– Je vais voir ce que je peux faire, répond-il.

Je laisse tomber la plume, l'encre se répand sur mes jambes. Je parle, je pleure, je gesticule. Il est si petit, dis-je en balbutiant. Il tient presque dans une main. Et je garde la main levée comme si je le tenais encore.

– Les hommes ne savent pas, monsieur le capitaine, mais c'est lorsque nous tenons un enfant pour la première fois que nos mains commencent à naître.

J'appuie ma tête contre l'épaule du visiteur et je reste ainsi tandis que, en larmes, j'égrène mes malheurs en lamentations tristes et intraduisibles toutes prononcées en txitxope. Le Portugais fait semblant de me comprendre, inquiet devant mon indéchiffrable émotion. Je n'ai jamais vu personne d'aussi gentil. Je me suis déjà appelée Cendre, lui dis-je. On m'a donné ce nom pour me protéger. Quand on est cendre, rien ne nous fait mal. Comme j'aimerais avoir la maladie de ma mère, qui n'a jamais ressenti la douleur ! Comme je désire cette malédiction !

Manifestement le commandant ne sait pas s'occuper de ma tristesse. Et il tente un réconfort maladroit. Tu sais lire et écrire ? demande-t-il. Tu as de la chance, ma fille. Mes voisins, qui se disent cultivés et aisés, ont interdit à leurs filles d'aller à l'école, au cas où elles écriraient des lettres d'amour aux garçons.

António Sérgio de Sousa me conduit à une terrasse où l'on peut voir la mer d'un côté et la ville de l'autre. Ses mains sur mes épaules m'apportent d'anciennes quiétudes.

– Il existe une raison qui m'a amené ici, commence par dire António de Sousa.

Je hausse les sourcils, curieuse. Le commandant se frotte les coudes comme s'il souffrait d'un accès de froid. Il s'était réveillé ce matin sans pouvoir se lever. Un temps, il avait soupçonné que, pendant la nuit, on avait bloqué ses jointures et que ses os s'étaient métamorphosés en fer. Il s'était réveillé en se disant : c'est aujourd'hui qu'ils me vendront à la casse avec mon vieux navire. Il s'était assis sur son lit et s'était dit qu'il y avait des sujets qu'il ne voulait pas emporter dans sa tombe.

– Je t'ai apporté des fleurs, Imani, dit-il. Mais une fleur ne vaut rien si elle n'a pas d'histoire.

J'attends cette histoire. Mais le capitaine reste muet, en lutte avec ses fantômes. Je laisse passer un temps et prends des nouvelles d'Álvaro Andrea. Vous croyez qu'il peut m'aider ? dis-je, au moyen de gribouillis. Le capitaine voudrait bien qu'on l'aide, lui, répond Sousa. Un journal a publié une partie de son rapport de dénonciation contre Mouzinho. Et maintenant il ne quitte plus sa caserne. Sous prétexte d'une série d'auditions, ils le maintiennent à l'écart de tout contact. La plupart se sont insurgés contre le rapport d'Andrea non parce qu'il dénonçait le héros national. C'était sa façon de traiter les noirs comme des êtres humains dignes de respect qui les irritait le plus. Le commandant pose à nouveau ses longs bras sur mes épaules et dit :

– Maintenant, oui, maintenant j'en viens à l'affaire qui m'a amené ici. C'est le doute qui m'ôte le sommeil : pendant le voyage, le sergent Araújo t'a fait du mal ?

Je ne réponds pas. Même si je le voulais, j'en serais incapable. Le commandant pousse un long soupir et dit : Je m'en suis toujours douté. Et il ajoute : C'est ma faute, je n'ai jamais été capable de m'imposer. S'il était un oiseau, déclare-t-il honteux, il serait un perroquet. Jamais un aigle. Il lui manque le goût des hauteurs, il lui manque le plaisir de commander. Raison pour laquelle il a toujours eu besoin d'une âme complémentaire. Cette âme était le sergent Araújo.

C'est sa manière de me demander pardon. Un perroquet, c'est ça que je suis, répète-t-il en se retirant. Il est désormais en paix avec lui-même, le vieux commandant de l'*África*. Ce n'est pas lui qui m'a rendu visite. C'est moi qui ai apaisé ses fantômes. Sa générosité a consisté en ce que je lui fasse du bien.

27
Le buveur d'horizons

Je ne vois pas avec les yeux. Je vois avec les rêves.
Dabondi

Très chère Imani,

Cette lettre est une surprise. C'est moi, Nwamatibjane Zixaxa qui t'écris des Açores. Comme tu vois, c'était une bonne chose que j'apprenne le portugais. Au cours du voyage j'ai appris à parler. À présent, sur l'île, ils m'enseignent à écrire. Pour cette première lettre je suis aidé par un soldat qui est devenu mon compagnon. Je l'appelle Munganu. Et il rit, ignorant que je le traite exactement "d'ami" dans ma langue. Je passe plus de temps en sa compagnie qu'avec n'importe lequel de ceux venus du Mozambique. Les blancs trouvent mon choix étrange. Je devrais rester parmi "les miens". Pour eux nous sommes tous nègres, sans distinction. Ils ne savent pas que je suis un Mfumo. Et que les trois autres prisonniers sont vanguni, de la royauté des zoulous. Ils ne comprennent pas pourquoi j'ai davantage confiance en ce soldat blanc qu'en n'importe lequel de mes compagnons de cellule. La prochaine lettre, Munganu et moi nous sommes mis d'accord, je l'écrirai tout seul.

Nous avons voyagé vers les Açores sur un navire appelé *Zambeze*. Le grand bateau qui nous a amenés du Mozambique s'appelait déjà *África*. Ngungunyane croit que ces noms leur ont été attribués en son hommage. Le Lion de Gaza est malade. Comme si sa vieille ivresse ne lui suffisait pas. Il cherche maintenant dans la folie son dernier refuge. Pendant tout le voyage, il a dormi enlacé à une bouteille de vin. Tôt le matin il lançait les bouteilles vides contre les grands oiseaux qui volaient au-dessus du navire.

Sur l'île de Terceira on nous a reçus de façon spéciale : il n'y a eu ni insultes ni menaces comme c'est arrivé à Lisbonne. On nous a dit que nous étions des hôtes, non des prisonniers. On nous a donné une maison à l'intérieur du fort. Nous sommes autorisés à circuler dans la grande enceinte de la forteresse. Sur l'un des bâtiments chaulés en blanc ils ont gravé au fer une phrase qui pour nous, les exilés, ne peut que nous faire rire. Il est écrit: "Plutôt mourir libres que soumis en paix." Ces mots me rappellent le pasteur Machava en débarquant au Cap-Vert. António Sérgio de Sousa lui avait dit au revoir, se sentant visiblement coupable. Et il s'était justifié: Il y a des choses, avait-il dit, qu'on ne ferait pas si ce n'était pas la guerre. Et le missionnaire avait répondu: Nul ne souhaite plus la paix que mes religieux, emprisonnés ici. Ce qui se passe, avait dit le pasteur, c'est que, pour nous, vivre c'est déjà une guerre. Et le commandant Sousa s'était défendu, en argumentant que tout ce qu'il faisait avait pour but d'en finir avec la guerre. Les derniers mots de Roberto Machava avaient été prononcés dans sa propre langue: Vous voulez la paix, mon patron? Eh bien nous, nous voulons ça et beaucoup plus. Nous voulons une autre vie.

J'ai entendu dire que Machava a été renvoyé au Mozambique. Les Anglais ont tellement fait pression sur les autorités portugaises que celles-ci ont cédé et l'ont laissé rentrer. Mais les autres croyants, ses disciples, sont restés au Cap-Vert. Ils ont encore attendu que Machava vienne les chercher. Ou que Dieu rende justice. On les a envoyés travailler dans les salines. La plupart sont morts, à ce qu'on m'a dit. Une fois mis en sac, le sel se transformait en une pierre dure. C'était un problème de qualité du sel. Mais les patrons ont accusé les esclaves du Mozambique. Et ils les ont punis, les obligeant à dormir attachés aux sacs. Les hommes se sont racornis, perdant chair et substance. Le jour où ils ont pleuré, ils se sont dissous. C'est peut-être faux. Mais c'est cela qu'on raconte. Les absents servent exactement à cela: à être métamorphosés en histoires. Ces histoires retournent au Mozambique. Ainsi les absents retrouvent le chemin du retour.

J'imagine que tu veux savoir comment je passe le temps encerclé par autant de mer. Eh bien, je te le dis: si cette île est une prison alors je partage cette punition avec des milliers d'Açoriens. Ici je suis tout sauf un prisonnier. Derrière la forteresse il y a une grande forêt où nous chassons les lapins. Les arbres ici sont différents. Nous ne savons pas quelles âmes y habitent. Ngungunyane ne se déchausse pas pour entrer dans la forêt. Il marche sans demander la permission parmi les arbres qu'il ne connaît pas.

Les fous sont dispensés de craindre les dieux. Pour tuer les lapins, Ngungunyane utilise un bâton qu'il a rapporté du Mozambique. Il lance ce pieu et ne rate jamais sa cible. Ngungunyane dit que ce bois a été traité par Dabondi. Un jour, dit-il, il lancera ce bâton à l'encontre de l'océan. Au lieu des lapins il tuera des baleines. Il jouira alors du respect dû aux chasseurs de la mer.

La nuit, le roi circule dans la cour et nous l'entendons crier le nom de la seule femme qu'il ait aimée : Vuiaze ! Godido sort aider son père. Il le serre dans ses bras et lui remet une bouteille de vin sucré. Le roi garde les bouchons de liège. Il en a des centaines qu'il a rassemblés pour construire un bateau. Sur ce bateau, dit-il, il retournera un jour au Mozambique.

J'avoue, Imani, que Ngungunyane me fait de la peine. Le malheureux a déjà été puni. Il a été châtié de la seule façon possible : il est son propre bourreau. Maintenant il n'a même plus besoin de boire : l'horizon remplit ses yeux, la solitude inonde son âme.

Moi, je n'ai pas mal d'être encerclé par la mer. En vérité, ce n'est pas la première fois que je suis sur une île. Quand j'avais vingt ans, les Portugais m'ont envoyé sur l'île du Mozambique pour me punir. Puis ils m'ont pardonné. Et m'ont laissé revenir à Lourenço Marques. Ce fut une erreur. S'ils doivent haïr quelqu'un, c'est moi. C'est moi – et moi seul – qui ai attaqué Lourenço Marques. Il s'en est fallu de peu que je gagne, il s'en est fallu de peu que je ne jette les Portugais dans les eaux de la baie.

Les rencontres et les malentendus de ce monde sont curieux. Hier, le militaire qui rédige cette lettre a amené un autre groupe de soldats blancs. Ils se sont assis autour de moi, très attentifs, et m'ont demandé comment était mon pays. Ils veulent s'enfuir de l'île, ils ne supportent pas la pauvreté dans laquelle ils vivent. Beaucoup de gens de leur âge ont fui au Brésil. Mais ceux-ci pensent que l'Afrique est peut-être une meilleure destination, maintenant qu'il n'y a plus la guerre. Ils voulaient savoir comment était la vie, là-bas chez nous. Je leur ai répondu la chose suivante : Si vous m'y autorisez, je vous conduirai au Mozambique et, si vous ne changez pas de race en cours de route, vous finirez tous riches. Et ils ont ri, nous avons tous ri. Rire ensemble est une union.

Les choses sont ainsi, ma fille. Ngungunyane va tissant des paniers. Je vais tissant de petites joies. Être heureux est la meilleure façon de me venger de Ngungunyane. Le roi de Gaza m'a livré aux Portugais ? Eh bien, c'est ce que je suis maintenant : un

Portugais, un Portugais à la peau noire. Un Portugais heureux qui regarde celui qui l'a trahi et le voit malheureux et soûl. Les fins de semaine ils m'emmènent dans les maisons de femmes. Je couche avec elles, j'oublie mes épouses restées au loin. Godido et moi nous amusons dans ces virées nocturnes. Mulungo est vieux, il ne s'y rend jamais. Ngungunyane s'y rend parfois quand il est sobre. Mais il reste juste le temps d'un premier verre. Puis il est vaincu par la peur qu'il éprouve des femmes. Et il rentre chez lui sachant que, plus que détrôné, il a été déchu de sa virilité. Notre Ngungunyane déteste la mer, les femmes et les hirondelles pour cette même raison. Il craint ce qu'il ne peut gouverner.

Je ne veux pas terminer cette lettre sans te parler de ce qui, je le sais, te tourmente. Les trois prisonniers qui ont été fusillés au cours du voyage. Alors maintenant je veux te dire : ne te torture pas, Imani. Tu n'es pas coupable. C'est moi qui, sur le bateau, ai dénoncé les plans de Machava. C'est moi qui ai empêché que mon grand rival soit assassiné. J'ai fait cela par peur de la réaction que la mort du Lion de Gaza provoquerait. Les Portugais se seraient vengés sur moi. J'aurais été exécuté aussi et jeté à la mer.

Je prends congé de toi, en demandant à cet ami qu'il me prête la plume qu'il a utilisée pour rédiger cette lettre. Parce que je veux écrire maintenant de ma propre main : ita vunana musuko, nkata Imane ! Nous nous verrons demain, très chère Imani.

Île de Terceira, 1er juillet 1896
Nwamatibjane Zixaxa

28

La dernière langue

> Les Portugais m'ont arraché à mon sol. Maintenant je n'ai pas où être enterré. Ceux qui prieront pour moi devront regarder la mer.
>
> Ngungunyane

Je m'habille alors que je devrais mourir. Je mets mes chaussures et le sol n'existe plus. Ils me poussent dans les couloirs du fort, mon paquet de vêtements balayant le chemin. Les soldats hurlent, ordonnant de nous dépêcher. Ils nous traitent de noms horribles qui offensent plus les reines parce qu'elles ne les comprennent pas. Depuis que Dabondi m'a maudite, je n'ai plus jamais parlé portugais. Dommage que le mauvais œil ne m'ait pas aussi empêchée de comprendre cette autre langue qui, étant celle des autres, fait partie de ma chair.

Ils vont nous emmener très loin sur une île. C'est un exil au sein de l'exil. Les reines sont résignées, rien ne les attache nulle part. Ce n'est pas mon cas. J'ai mon fils dans cette ville. Je demande au commandant de me laisser dire au revoir à mon petit garçon. Personne ne m'écoute. J'ai déjà été la traductrice d'un roi. J'ai déjà été espionne au service de la couronne lusitanienne. Maintenant je ne suis que la onzième des négresses. Tout récemment j'ai donné naissance et je ne verrai jamais plus mon petit Sanga. Je ne retrouverai jamais plus le père de cet enfant, mon Germano, l'amour de ma vie. Je monte dans la charrette, complètement débraillée. Dabondi arrange mes cheveux, boutonne ma robe. Je n'ai plus de doigts, tout le corps que j'avais c'était pour cajoler le fils qu'ils m'ont volé.

Nous avançons en silence en direction du quai. Il y a quatre mois nous sommes entrés dans une ville froide, bondée. Nous quittons maintenant une Lisbonne chaude et déserte. À mi-chemin je suis prise de délire. Et je me mets à crier : Dona Laura !

Rendez-moi mon fils, dona Laura ! Les reines pleurent, me serrent dans leurs bars, abritent ma tête sur leurs larges poitrines. Les chevaux pilonnent le silence, leurs sabots sont des pierres percutant des pierres.

Le bateau à bord duquel nous voyagerons est maintenant en vue. Il s'appelle *São Tomé*, le nom de la contrée où nous serons bannies. Les reines foulent pieds nus la dalle du quai. Elles avancent les yeux fermés, deux d'entre elles ont le visage couvert de leurs châles. Cela fait quatre mois qu'ils nous ont mises dans un puits sombre, deux semaines qu'ils nous ont ôté la compagnie des hommes. Ils redoutent que notre tristesse se transforme en rage. La rage crée des racines. C'est pour cela qu'ils nous emmènent loin en mer.

Il me reste encore une dernière force. Et je proteste, même sans y croire : puisqu'ils nous transportent en bateau pourquoi ne pas nous laisser aux Açores, où se trouvent déjà nos maris ? Mais c'est oublier que désormais je ne parle que ma langue natale. Les soldats se moquent de mes protestations vives mais incompréhensibles. Mais je sais pourquoi nous ne pouvons pas avoir la même destination que les hommes. António Sérgio de Sousa me l'avait déjà expliqué auparavant : les Açores sont une terre de grande religiosité. Ils accueillent avec une piété chrétienne les Africains souffrants. Mais ils n'accepteraient pas d'abriter le péché de la polygamie. Les lettres de Zixaxa ne confirment pas cette pureté des mœurs. Elles évoquent les maisons de prostituées que les prisonniers sont amenés à fréquenter en fin de semaine. La morale a ses interdictions et ses consentements concernant les femmes. Putes, oui. Maîtresses, peut-être. Polygames, jamais.

Nous n'allons donc pas aux Açores. Mais on ne nous renvoie pas non plus au Mozambique. Et la raison est facile à comprendre : l'arrivée des reines pourrait attiser les animosités contre le Portugal. Et l'on parle déjà d'une femme – la reine Zambili – qui est à la tête d'une révolte aux portes de Lourenço Marques.

Ce sont douze jours de nausées jusqu'à ce qu'on accoste à São Tomé. Enceinte, Dabondi est celle qui souffre le plus. Son ventre se voit déjà, ses seins sont couverts d'un pagne qui sera toujours le même jusqu'à l'accouchement. Au fond, la reine aura plus de chance que moi. Sur l'île de São Tomé, il n'y aura pas de grand-mère pour lui voler son enfant. Nous serons dix tantes l'aidant à élever un fils qui, bien que le sien, nous appartient à toutes.

Je ne savais pas qu'il y avait autant d'Afriques. Il aura fallu une petite île pour connaître la dimension des terres africaines. À São Tomé, on croise des gens, des langues et des croyances de tout le continent. Si bien que nous demeurons calmes et timides chaque fois que nous croisons un autre noir. Nous sommes de la même couleur de peau mais nous ne sommes pas de la même race. Aussi nous hésitons à nous lancer dans des salutations chaleureuses. Et pourtant, il y a toujours un geste ébauché, un sourire contenu, un silence caché que nous partageons à chaque rencontre. Dans l'intention suspendue d'une étreinte nous remettons à plus tard notre fraternité.

La première semaine nous sommes hébergées dans les dépendances d'une plantation qu'ils appellent ici "roça". Nous dormons dans un hangar de café. Là nous nous occupons avec ce que nous faisions déjà auparavant : absolument rien. Mais cette fois, il n'y a ni barreaux ni soldats. Un seul garde – en civil et désarmé – surveille à la porte du hangar. Quand il pleut – et il pleut constamment –, nous invitons ce surveillant à s'abriter sous notre toit.

Je ne sais ce que je deviendrais sans la compagnie des reines. La présence de ces femmes est une preuve supplémentaire de la prophétie de Dabondi : les racines de mon âme me rendent maintenant tout mon être. Il ne s'agit pas seulement de revenir à la langue de mon village. Ces femmes ramènent mon pays et les miens. Et me ramènent à moi-même.

Ce commerce si familier avait cependant ses jours comptés. La deuxième semaine nous sommes séparées. Muzamussi, la matriarche, est conduite dans un chantier au sud de l'Île. Elle est la plus corpulente, ils l'obligent à transporter des pierres pour les travaux. Huit des autres reines sont emmenées pour travailler à l'hôpital. Elles y feront le ménage. Elles seront logées dans les dépendances de l'enceinte hospitalière. Dabondi et moi sommes les seules qui restent dans le hangar de café. Pas pour la meilleure raison qui soit : ils nous trouvent les plus attirantes, on nous met à servir dans un bordel de l'armée. Ils ne s'aperçoivent pas que Dabondi est enceinte. Et elle préfère ne rien dire. Elle a peur d'être jetée aux bêtes si elle est considérée comme inutile. Le présage de Bianca Vanzini s'accomplit enfin : je suis en tout et pour tout une fille de mauvaise vie, je me vends la nuit comme une chose de chair.

Toutes les nuits, la reine et moi parcourons un chemin de sable bordé de cocotiers. Ce sentier nous mène au bouge où les soldats nous attendent. À l'aube nous rentrons épuisées et soûles au hangar de la roça. Nous nous endormons au son des charrettes et des porteurs qui empilent les sacs. Ils sont noirs, jeunes, vaquent torse nu. Ils transportent leur charge comme nous le faisons nous les femmes : sur la tête. Leurs corps libèrent un doux arôme, le même qui émane des grains de café. Cet arôme engourdit les sens. Étrange souffrance que celle qui rend dépendante comme l'alcool : la charge elle-même les empêche de sentir la fatigue.

Un matin, la reine me réveille. Du sang coule sur son visage, elle a été frappée par un client à qui elle a refusé de céder. Viens avec moi, dit-elle. On va chez l'administrateur. Dabondi sait des choses que je ne sais pas : l'administrateur portugais se nomme Almada Negreiros, sa femme est mulâtre, originaire de l'île, et elle est gravement malade. Je me lève, obéissant péniblement : Et que va-t-on faire là-bas ? Sans attendre la réponse, elle me presse de sortir. En chemin, le pas rapide, la respiration haletante, Dabondi s'explique : elle va demander du travail dans la maison des Negreiros. Je m'occuperai des enfants du couple, dit-elle.

Nous gravissons des collines, passons par des ruisseaux et des cascades et traversons de vastes plantations. Les caféiers sont en fleur, des dentelles blanches frôlent nos bras. Je n'aime pas ce paysage, ronchonne-t-elle. Je n'ai jamais vu la brousse autant coiffée. Tout le chemin la reine palpe son ventre. Un filet de sang coule le long de ses jambes. Et elle peste : Si cet homme a blessé mon fils, je le tuerai !

La maison de l'administrateur Negreiros repose sur des piliers et autour il y a des grottes d'où coulent des filets d'eau qui naissent des cieux. Tu vas rencontrer dona Elvira, la femme de ce blanc, je suis sûre que tu n'as jamais vu d'aussi grands yeux, prévient Dabondi.

– Elle est très enceinte, ajoute la reine, elle doit être sur le point d'accoucher, si cela dure encore quelques jours, ses yeux sauteront de ses orbites. Elle me demande de lui servir de traductrice. D'abord je résiste : Vous m'avez volé le portugais, maintenant, même si je le voulais, j'ai oublié. Laconique, Dabondi affirme : Tu vas parler !

Après une longue attente, nous surprenons l'administrateur et son épouse partant à l'hôpital. Dabondi se présente. Elle parle de son origine, de la cour de Gaza. Le fonctionnaire nous observe, méfiant. Reines ? dit-il d'un ton sarcastique. Et il presse son épouse qui tient un petit garçon par la main : Partons, Elvira ? On n'a pas le temps pour ça.

Avec fermeté, Dabondi s'interpose entre le couple. Elle affronte le Portugais d'un air de défi : Je vous connais, monsieur l'administrateur. Voulez-vous que je raconte comment nous nous sommes rencontrés ? Sans que je traduise, António Almada Negreiros semble comprendre. En silence, il s'adosse à un mur. La reine s'approche de dona Elvira, elle met les mains sur son ventre et proclame :

– Je vous en prie, madame. Regardez-moi, je suis aussi enceinte. Comment peut-on m'obliger à coucher avec les soldats ?

Dona Elvira fixe les yeux sur la noire qui ose lui barrer le chemin. Elle ne semble pas contrariée. Au contraire, elle a l'air fascinée. Elle touche les bracelets qui couvrent le bras de la reine.

– Tu viens d'Angola ? demande-t-elle. Je reconnais tes traits, tu viens de Benguela…

La reine ne comprend pas mais répond par l'affirmative. L'administrateur réagit, nerveux. Il est pressé, d'autant plus que ces deux étrangères le dérangent.

– Je vous en prie, madame, parlez à votre mari ! insiste Dabondi.

Soudain, la reine cesse de quémander. Elle est pieds nus, mais elle parle du haut de sa dignité. Madame a du sang noir, vous allez devoir m'aider, déclare-t-elle. La famille de l'administrateur est immobile, suspendue aux mots que je traduis avec empressement. À cette amie à moi – et Dabondi me désigne – on a pris son fils. Et à moi… Elle s'arrête, ravale sa salive, puis reprend son discours… À moi, on vient de maltraiter mon enfant.

– Et où est ce petit garçon ? interroge l'épouse de l'administrateur.

– Il est ici, à l'intérieur de moi.

L'administrateur tire son épouse têtue par le bras. Laissez-moi, réagit-elle fermement. Son mari, plus délicatement, insiste : Partons, Elvira. Elles n'ont qu'à revenir après.

Il n'y a pas eu d'après. Le lendemain Dabondi perdait son fils à l'hôpital. Dans une autre chambre de la même maison de santé, l'épouse de l'administrateur Negreiros mourait en couches. En apprenant la nouvelle, Dabondi sortit de sa chambre et, d'un pas décidé, franchit les lignes qui, dans cet hôpital, séparaient les races. Une infirmière lui courut après, l'avertissant des conséquences de cette insubordination. La reine fit irruption dans la chambre de la défunte Elvira au milieu des visiteurs consternés, elle se rendit auprès du berceau et prit le nouveau-né dans ses bras. Elle le berça et le conduisit à son petit frère. Le petit garçon fixa sur elle les yeux exorbités qu'il avait hérités d'Elvira. Dabondi dit en txizulu: Ton frère est né pendant que mon fils mourait. Deux ombres se sont touchées, dans mes bras tu trouveras ta mère...

Cela n'avait pas de sens de traduire. Je n'aurais même pas le temps de le faire: les autres reines, entre-temps, s'étaient déjà réunies à l'hôpital. Et elles reconduisirent Dabondi chez elle.

– Tu vas écrire pour avertir Ngungunyane, ordonne Muzamussi sur le chemin. Quand un enfant meurt dans le ventre, on dit "qu'il a décidé de revenir". Et il y a des accusations qui pèsent sur la mère. Nous devons dire à Ngungunyane que ce n'était pas le cas. Le petit garçon a été tué. Il est impératif d'en informer son père, même si nous savons que la nouvelle prendra du temps pour arriver aux Açores.

– C'est Godido qui doit être prévenu, réagit Dabondi. Et elle ajoute: Lui seul doit savoir.

Je suis à genoux auprès de la natte où repose Dabondi. Par respect, les porteurs de sac déposent leur charge à l'extérieur du hangar. Ses yeux sont rivés au plafond, et moi je prie en zoulou, la seule langue que nos dieux comprennent. J'égrène une prière improvisée et Dabondi écoute sans m'interrompre:

Ma reine, vous avez effacé en moi la langue que j'ai apprise à l'école, vous m'avez arraché l'une de mes plus anciennes racines. Mais vous n'avez pas effacé en moi l'art de lire et d'écrire en portugais. Eh bien à présent, c'est moi qui vous le demande: retirez-moi aussi ces dons. Je ne veux plus de papier, je ne veux plus d'encre, je ne veux plus de plume. L'écriture me fait mal et moi je désire détatouer mon âme. Peut-être ne le savez-vous pas, mais les mots, quand ils sont fixés, arriment le temps. Puisque je ne peux revoir mon fils, je ne veux plus du temps, je ne veux plus aucun souvenir. Aussi je vous implore: déchirez toutes les feuilles avant qu'elles soient écrites et convertissez en eau chaque goutte d'encre. Je me veux vide. Et lorsqu'il ne me restera plus aucune langue, je vous demande d'effacer en moi la langue des rêves. Parce que la nuit des bêtes me suffit : un temps pour simplement naître et mourir.

Et je regagne le silence. Les yeux fermés, la reine Dabondi tend le bras en quête de mon visage. Ses doigts palpent mes yeux, descendent lentement sur mes joues, puis ils croisent ma bouche comme deux lames. Elle est épuisée, elle ne veut plus m'écouter. Mais je reprends la parole :

– Nous ne rentrerons plus jamais, Dabondi.

– C'est mieux ainsi, ma fille, mieux vaut mourir par ici, affirme la reine. Nous avons perdu nos enfants, nous n'avons pas laissé de graine en ce monde. Nous ne sommes personne. Nous n'avons pas où rentrer, Imani.

29
Un nouveau nom pour Zixaxa

> Qui souffre le plus ? Celui qui attend pour toujours ou celui qui n'a jamais attendu personne ?
>
> Dabondi

Très chère Imani,

Je commence cette lettre par la fin. Et je signe déjà de mon tout récent nom : Roberto Frederico Zixaxa. Comme tu le vois, j'ai été baptisé. Au vu de mon âge et de ma race, cela signifie la chose suivante : on m'a lavé mon âme. Et je peux le dire, j'ai été lavé avec de nobles eaux. D'après ce qu'on m'a expliqué, Frederico est le nom de gens distingués. Les blancs ont ainsi voulu montrer qu'ils nous respectent en tant que rois de nos contrées d'origine. Le baptême a eu lieu dans la plus grande église de la ville. Ils ont amené des personnes importantes, les indunas de l'île de Terceira et des autres îles. Ils en sont ressortis satisfaits, croyant avoir changé notre nature. Mais moi j'imagine qu'au fond, ils savent : les noms sont des tatouages sur l'âme. Il n'est pas de mort qui les efface.

À toi je peux l'avouer : j'utilise ce nouveau nom comme si c'était une paire de chaussures. Elles vont à mes pieds, mais ne font pas partie de mon corps. À la naissance, nos ancêtres choisissent le nom que nous porterons. Les patrons du monde décident du nom que nous ne portons plus. Tout cela est peut-être vrai dans le cas de Ngungunyane. Dans mon cas, je préserve mon passé dans le nom qu'il me reste. Les enfants et petits-enfants que j'aurai sur cette île ne nieront pas ce nom africain : Zixaxa. Je suis heureux de ma petite éternité.

Je ne suis pas le seul à qui ils ont changé le nom. Tous les quatre avons été baptisés au cours de la même cérémonie. Ngungunyane s'appelle désormais Reinaldo Frederico Gungunhane.

Sur sa fiche d'état civil, ils lui ont inventé un âge. Il est écrit qu'il a soixante ans. Le malheureux n'a pas atteint les cinquante. Un de ces jours, devant ses protestations véhémentes, ils décréteront sa mort.

La semaine dernière, le Nkosi du Portugal, le roi Dom Carlos, a visité les Açores. Afin d'éviter que l'illustre visiteur n'ait à rencontrer Ngungunyane, ils nous ont envoyés nous promener dans la campagne. Il paraît que Dom Carlos tenait quand même à nous saluer. Ils l'en ont dissuadé. Ngungunyane ne valait même plus comme souvenir de ce qu'il avait été jadis.

Ils nous ont donc emmenés loin, nous promener dans la lagune dite du Nègre. L'endroit est né des larmes d'un esclave. Cet Africain s'était épris d'une grande dame. Son mari avait découvert leur liaison et ordonné sa mort. Le malheureux s'échappa de la maison mais il fut poursuivi par des chiens et des soldats. Il se réfugia dans un marais. Et il pleura. Il pleura tellement que, lorsqu'il s'en rendit compte, un lac était né autour de lui. Ce sont ces eaux qui arrêtèrent les chiens. Cerné par les soldats, l'esclave se noya dans la lagune.

Assis sur la berge de ce même marigot, le roi de Gaza s'est ému à l'écoute de cette légende. Mais il a aussitôt avancé que cet homme qui a tant pleuré pour une femme ne pouvait pas être de son ethnie. Dans notre race, a-t-il déclaré à haute voix, ce sont les femmes qui pleurent par amour. Et Vuaize ? ai-je demandé.

J'ai été cruel, je le reconnais. Je n'aurais pas dû raviver un souvenir aussi triste. Car le roi, après avoir entendu le nom de sa bien-aimée, a déambulé chancelant et pieds nus comme un fantôme. Le marais est entouré de grandes pierres auxquelles on a donné le nom de "mystères noirs". Les soldats, vigilants, ont suivi le prisonnier jusqu'à ce qu'il trébuche sur des ossements. Ce n'étaient pas des restes d'animal. C'était un squelette humain, partiellement enterré. Ngungunyane a creusé et il a ramassé un os long. Et il a vu un nom écrit dessus. Et il a aussitôt maudit le jour où il avait appris à lire. Car c'était son propre nom qui était gravé là : Reinaldo Frederico Gungunhane. Il a gratté avec ses ongles, il voulait effacer ces lettres. Il a gratté avec rage jusqu'à sentir le sang couler sur ses poignets. Je me suis coupé, a-t-il pensé. Pourtant ses doigts étaient intacts. Et néanmoins il voyait le sang couler abondamment. Il a compris alors que c'était l'os qui saignait. Apeuré, il a lâché l'ossement sur le sable et l'a laissé là saignant.

De plus en plus affaibli, il est resté à regarder le sol devenir rouge. E il s'est effondré sur les os du squelette où se trouvait écrit son propre nom.

Cet épisode a laissé Ngungunyane bouleversé. Il est rentré muet à la forteresse. À un moment donné, il m'a pris le bras et il a dit : Ils viendront me chercher, Zixaxa. Mes petits-fils viendront me chercher.

C'est peut-être vrai, je l'admets, peut-être viendront-ils le chercher. Mais moi ils sont déjà venus me chercher. Et ils ne sont pas venus de loin. Celui qui est arrivé est d'ici même. J'ai une fiancée. C'est vrai, une fiancée blanche, complètement blanche. Elle s'appelle Maria Augusta, c'est la fille de João de Sousa, un Açorien originaire de Ribeirinha. Sa mère, ma future belle-mère, s'appelle Francisca Vila d'Amigo et elle est née en Espagne. Le monde est petit et grand, Imani. Me voici ici, un Africain sur une île portugaise, prêt à me marier avec une Açorienne d'origine espagnole.

Je ne pourrai pas loboler* ma fiancée. Sur cette île c'est comme en pays zoulou : un bœuf vaut plus qu'une personne étrangère comme moi. Quelle dot ai-je à lui offrir ? Pour me consoler, j'ai pu avoir des invitations pour un spectacle de cirque en hommage aux prisonniers d'Afrique. En d'autres termes, en notre hommage. La famille de la mariée – les beaux-parents, comme nous les appelons – a été impressionnée par mon importance. Elle l'a été encore plus en apprenant que j'avais été promu garde forestier. J'ai un travail, j'empoche mon argent, je gagne mon respect. Tu sais ce qu'on me fait garder ? Je garde tout un mont, un mont appelé Brésil. Je suis passé de surveillé à surveillant. Tout cela arrive et Ngungunyane assiste à tout cela à l'âge que l'on vient de lui donner. Je l'avoue, ma fille : la haine que j'ai ressentie envers Ngungunyane commence déjà à me manquer.

Un matin à l'aube, le roi de Gaza s'est réveillé en hurlant : Ne l'emmenez pas, ne l'emmenez pas ! Comme toujours, c'est son fils Godido qui l'a secouru. Lui seul est autorisé à venir en aide aux délires de l'empereur. De plus en plus, Ngungunyane ignore s'il est en plein rêve ou en pleine ivresse. Cette fois il a confié qu'il venait de voir le grand taureau sacré des zoulous, l'isibaya. L'animal avait traversé deux océans pour le rejoindre. Il avait émergé des eaux, traversé la plage, grimpé sur la dune rocheuse, franchi les "gueules du loup" qui protègent les murailles de la forteresse.

Quand il s'était présenté devant notre cellule, le taureau avait plié ses grands genoux et s'était placé de manière à ce qu'on l'attache. Finalement il ne s'était pas couché car un groupe de blancs, criant et agitant des chiffons et des cordes, avait surgi de façon inattendue. Ils voulaient emmener le taureau sacré pour la fête du lâché des taureaux. Un jour, je t'expliquerai ce que c'est que ces fêtes. Je n'ai jamais vu un peuple aussi triste et aussi festif.

Encore une fois il a fallu aider Ngungunyane à sortir de son rêve, encore une fois Godido a conduit son père dans les ruelles qui entourent le fort. Les autorités ont laissé le roi se distraire avec ce petit tour. Mulungo et moi avons suivi derrière eux, déambulant parmi les sentes bordées de montagnes de pierres. Pour le bonheur de Ngungunyane, l'île est pleine de bœufs. Là où il passe le roi touche les bêtes, il apprécie le port et la grosseur de leurs cornes. Tous ces bœufs, assure-t-il, sont sa propriété. À l'aurore, le roi a décidé qu'il devait apprendre aux blancs à parler zoulou. Seule sa langue est riche pour traduire le monde des bovins. Le bétail est l'or des Vanguni. Ils n'ont pas de châteaux comme ceux que nous avons vus à Lisbonne. Mais ils ont une nation de bœufs, d'étables et de bergers. Et les dieux sont convoqués par le sang des animaux.

En revenant au fort, c'était déjà le matin, nous avons senti la terre trembler. Les Açoriens sont faits à moitié de lave, à moitié de mer. Aussi ne craignent-ils pas les séismes. Ils ignorent peut-être la vraie cause des tremblements de terre. La terre tremble lorsque le wamulambo, le dragon qui vit dans les montagnes, sort de sa grotte pour frayer dans la mer. Cette fois-là le dragon marchait courroucé : le tremblement de terre a été fort et il a duré longtemps. Les pierres ont roulé sur la route, on aurait dit des bêtes devenues folles. Les bœufs ont sauté des terrains et se sont dispersés dans les champs. Les militaires sont venus nous chercher – chacun de nous s'était enfui de son côté – et ils nous ont ramenés au fort.

À la porte nous avons croisé le général Almeida Pinheiro, le commandant de la forteresse. Nous l'appelons xipõ̥ngo xa mahetche, à cause de sa barbe qui descend sur sa poitrine comme un vieux bouc. Nous croyant paniqués, le Portugais nous invite dans son bureau. Il nous sert un thé et ouvre un journal pour nous montrer une photographie de la visite de Dom Carlos et Dona Amélia. Ngungunyane observe l'image avec énormément d'attention. Puis il commente : Elle est belle, la reine, mais elle se fait belle comme un homme. Les plumes qu'elle porte sur la tête sont des choses de mâle. La reine portugaise, dit-il, nous imite, nous les guerriers vanguni. Et il dit pour conclure : C'est vous qui devriez porter ces plumes, mon général !

Le général réagit d'abord avec froideur. Finalement, c'est de la reine dont on parle. Mais aussitôt il lâche un éclat de rire, amusé. Il caresse sa longue barbe et invite ses collègues à l'imaginer couvert de plumes d'autruche.

Une fois de plus le roi de Gaza se penche sur la photographie. Son doigt boudiné graisse l'image tandis qu'il précise : Permettez-moi de dire, général, que votre reine est toute maigrelette. Mes épouses sont dodues. Elles ne sont pas, dit-il, comme les autres femmes qui ne mangent de la viande que les jours de fête. Dites au roi que ce n'est pas convenable d'exhiber une épouse aussi maigrelette et aussi emplumée.

Et à nouveau tous éclatent de rire. Soudain, Ngungunyane devient sérieux, presque solennel, quand il implore : S'il vous plaît, mon général, ne me renvoyez pas !

Surpris, Almeida Pinheiro regarde le roi et ne sait pas quoi dire. Vous renvoyez où ça, au Mozambique ? interroge-t-il, confus. Vous ne m'avez pas tué, mes frères me tueraient, affirme Ngungunyane. Et il se retire. Les yeux du général sont tristes en voyant le roi noir se fondre dans la nuit.

J'en arrive à la fin. Je l'avoue, ma fille : c'est mon beau-père, João de Sousa, qui écrit cette lettre. Seules les deux premières lignes sont de moi. Tout le reste, c'est son écriture et sa tournure. Mon beau-père veut savoir qui tu es, ou plutôt, il veut savoir comment tu es. Je t'ai décrite comme la plus belle des femmes. Après Maria Augusta, bien sûr. Personne n'est à la hauteur de ma fiancée açorienne. J'ai expliqué à mon beau-père que, comme nous, tu vis sur une île. Et lui, de son air mystérieux bien à lui, a déclaré : Tout le monde vit sur une île.

Lorsque je lui ai demandé de lui dicter cette lettre, mon beau-père a dit qu'il le ferait volontiers mais à un endroit qu'il choisirait. La fille est africaine, n'est-ce pas ? a-t-il demandé. Et il m'a alors emmené à la plage da Vitória et il a fouiné au milieu des rochers jusqu'à ce qu'il choisisse une énorme pierre et dise : C'est ici. Nous nous sommes assis tous les deux, côte à côte. Et nous avons écrit cette longue lettre, adossés à cette pierre blanche qui contraste avec la falaise de roche noire qui borde la plage.

Cette pierre a une histoire, dit-il. C'était son grand-père, un vieux marin au long cours, qui l'avait rapportée à Terceira. Lors d'un voyage près de la côte africaine, le capitaine avait décidé d'accoster sur une plage. Son intention était d'aller voir un padrão* que les explorateurs portugais y avaient planté des siècles auparavant. Ils demandèrent aux indigènes où était le Cabo da Cruz. Jamais personne n'avait entendu un tel nom. Ils s'enquirent de la stèle en pierre avec la croix aux cinq écus gravés. Personne n'avait vu une telle pierre. Les marins expliquèrent les choses aux natifs. Et les noirs leur montrèrent un énorme trou. Le padrão s'était enfoncé, comme si la plage avait faim de pierre. Les marins le déterrèrent et le remirent debout sur le sable. Le lendemain le padrão fut de nouveau avalé par le sol africain. Les noirs dirent aux Portugais : Emportez cette pierre. Elle est à vous, emportez-la avec vous. Notre sol ne supporte pas le poids de cette pierre.

C'est cela, ma fille. La pierre a écouté notre histoire, nous avons écouté la sienne. Se sont réunis le grand-père de mon beau-père, toi, moi, le temps. S'il te plaît, Imani, ne lis pas cette lettre à mes épouses. Je ne veux pas qu'elles sachent que je me suis marié. Dans la correspondance que j'échange avec elles, elles me donnent des nouvelles. La plupart sont des mensonges. Ce n'est pas grave. N'est-ce pas à cela que servent les lettres ?

30
L'ombre des mots

> Un jour de chaleur un jeune chasseur vit un nuage planer au-dessus de sa maison.
> Le jeune s'occupait de son vieux grand-père.
> Cette ombre inattendue était si merveilleuse que son grand-père rajeunit.
> De crainte que le vent n'emportât ce bonheur, le jeune décida de lancer une corde et d'attacher le nuage par le cou.
> Sitôt dit, sitôt fait. Comme un animal domestique, le nuage se retrouva attaché à un pieu.
> Le lendemain matin, en sortant de chez lui, le jeune trébucha sur le ciel et s'effondra dans le firmament.
> La même corde avec laquelle il avait auparavant lié le nuage l'attachait maintenant à l'infini.
> Et son grand-père reposait dorénavant dans une ombre sans fin.
>
> Récit de Nkokolani

On frappe à la porte. J'entrouvre et vois une main blanche.

– Germano ? dis-je, en sursautant.

J'ouvre grand le portail avec un entrain inattendu. J'ai quatre-vingt-quinze ans, je n'ai même plus de forces pour me souvenir de qui je suis. Voilà longtemps que mon corps est une charrue qui ouvre des sillons avec ses pieds. Mais, soudain, une étrange vigueur naît en moi. Je me protège les yeux pour déchiffrer la silhouette qui se dessine à contre-jour. Et cela ne me paraît plus mon mari qui attend sur le pas de la porte.

– Sanga ? Mon fils ?

Je l'embrasse. C'est mon fils. Je suis presque aveugle, j'embrasse l'obscurité et laisse mes mains qui palpent le visage du visiteur me rendre mes yeux. Surprise, la silhouette se recroqueville dans mes bras.

– Mon fils !

Ma poitrine se vide dans un soupir. J'ai oublié comment on pleure. Mon fils a dû lui aussi avoir ses oublis. Parce qu'il ne me rend pas mon étreinte.

– Dona Imani ? m'interpelle-t-il.

C'est ce qu'il me semble entendre. Je suis à Nkokolani, dans mon village natal. Je suis rentrée de São Tomé il y a soixante-trois ans. Peu à peu, il est arrivé aux voix ce qui advient aux heures : elles se ressemblent toutes.

Plus personne ne frappe à ma porte. Les rares qui le font, ce n'est pas moi qu'ils veulent. Ils cherchent mes petites-nièces qui font mine de s'occuper de moi. Ce visiteur est différent : il sent la mer, il a une voix et un accent différents. Et il me cherche. Il ne peut pas être mon fils. Il serait plus vieux, plus voûté par le temps.

– Je sais, tu es mon petit-fils ! Appelle-moi grand-mère. Tu comprends le txitxope ?

– Non, dona...

– C'est que je ne parle plus portugais depuis longtemps. Maintenant, je ne parle plus qu'en txitxope.

– Mais... vous parlez portugais.

– Je t'entends mal. Tu dois parler plus fort.

– Je dis que vous parlez en portugais. Et en très bon portugais.

Je tends la main pour toucher ses cheveux. Mon petit-fils se détourne. La peau, les yeux, les lèvres, tout peut fausser la race des gens. Seuls les cheveux ne mentent pas. Et moi j'ai hâte de sentir la vérité de ce corps.

– Tu comprends tout ce que je dis ?

Le jeune homme acquiesce et dit : Parfaitement ! Je lui demande d'entrer. Il hésite, essuie ses pieds, plein de courtoisie. Comme ce balancement policé du corps me manquait ! Le jeune homme porte un sac à dos et marche courbé, non à cause du poids mais par gentillesse : il veut parler plus près de mon visage.

Au loin on entend des explosions. Ce sont des coups de feu ? dis-je. Ce sont des feux d'artifice, répond le jeune homme. Ils préparent les fêtes pour la proclamation de l'indépendance. Enthousiaste, il conclut : On va avoir un drapeau, dona Imani ! Un drapeau à nous !

– Tu ressembles à Germano. Tu as le même rire. Comment t'appelles-tu ?

Il forme un creux avec ses mains pour porter sa voix. Abandonnant ce stratagème, il sort de son sac une plume et un cahier. C'est comme cela, je me rappelle. C'est comme cela que, pour la dernière fois, j'ai communiqué avec le commandant António Sérgio de Sousa. Il griffonne des phrases courtes, ses doigts ébranlent le temps : son écriture est pareille à la mienne ! Mais l'inévitable se reproduit : les lettres sont visibles jusqu'au moment où quelqu'un les écrit. Ensuite elles deviennent brumeuses. Je fais mine de déchiffrer son nom, je ne veux pas que le jeune homme renonce. Je souris et l'invite à entrer.

J'avance lentement dans le couloir. Je ne me souviens pas si je suis malade. Tout mon corps, avec l'âge, est devenu une maladie.

– Je suis un écrivain, déclare le visiteur.

Le jeune homme hurle peut-être, mais je l'entends comme s'il s'exprimait sur le plus doux des tons. Les blancs de la ville parlent ainsi, ils ne sont pas comme nous qui communiquons toujours en criant. Pour les Portugais bien élevés, parler fort est une grossièreté. Pour nous, le parler bas de certains Portugais est une preuve qu'ils cachent quelque chose.

Nous accédons à une cour intérieure où s'entassent des pilons, des marmites, des assiettes et des poules. Mon petit-fils est sûrement surpris. Il est venu de la ville, peut-être même du Portugal. Il n'avait pas prévu qu'il existait une maison en ciment dans un village aussi reculé. C'est la maison des Nsambe, lui dis-je, ce qu'il reste de ta famille.

De l'extérieur on n'imagine pas que notre demeure abrite une cour aussi spacieuse : à l'ombre d'un grand manguier sont assises plusieurs femmes. Ce sont mes "sobrinhas", mes nièces. Je les appelle les "sombrinhas", les petites ombres. Parce que ce sont des ombres. Elles sont là affalées et immobiles, comme si elles anticipaient sur ce sol vivant leur dernier destin.

J'entends les ombres crier : Ubuyile, mulungo ! Elles me préviennent de l'arrivée d'un blanc. Comme si j'étais complètement aveugle. Mes filles, leur dis-je, je ne suis pas encore morte. Je vois mal mais j'entends encore.

Elles rient, amusées. Attendez, dis-je le bras levé. Je vais vous expliquer, même silencieux, les blancs s'entendent de loin. Et j'en sais quelque chose : j'ai passé des décennies avec eux, dans leur pays. Je parle, je pense et je vis comme eux. Je suis noire, c'est vrai. Mais j'entre et je sors de ma race quand je veux.

– Celui qui arrive n'est pas un blanc, j'affirme. C'est mon petit-fils. Vous comprenez ?

Mon petit-fils – comme je désire l'appeler par son nom ! – salue les ombres. Les femmes, toujours assises, répondent à la salutation. Et elles se présentent une par une. Ce sont mes filles éloignées, elles ont le sang de mon père et de Bibliana. Elles sont venues du Save, où elles sont nées et ne sont jamais retournées. Maintenant, leur unique tâche est d'attendre. Elles attendent que je meure pour vendre la maison familiale. Cette attente est celle des chacals : ils ne sentent pas les pas des assassins. Plus qu'une attente c'est une embuscade. Tandis qu'elles attendaient les femmes ont eu des enfants. Les garçons se sont enfuis en ville. Les filles sont restées et se sont métamorphosées en de nouvelles ombres. La plus belle et la plus séductrice de toutes se lève pour saluer le visiteur.

– Je m'appelle Mozi. Elle oscille les mots comme si elle ondulait une jupe à volants. Puis elle s'adresse à moi, demandant la permission : Je vais aider à la conversation, grand-mère Imani.

– Je n'ai besoin de personne, j'affirme, décidée. Je rentre car ici il y a déjà plus de bouches que d'oreilles.

Mozi marche en tête, nous menant par un couloir sombre à l'odeur de marée. Je sais ce qui passe par la tête de l'écrivain. Il doit trouver cela bizarre : avec la mer aussi loin, d'où vient cet arôme ? Il ne peut venir que des cheveux de Mozi. Des rumeurs de coquillages cascadent sur ses épaules. Et elle est tout entière une vague qui s'est détachée de la mer. Les hanches de Mozi mordent les yeux de l'étranger. Et il baisse la tête pour se sauver.

Nous arrivons enfin à ma chambre, le seul endroit où l'âge m'oublie. Il m'est difficile de l'accepter, mais la présence de ma nièce est finalement providentielle. Pour une raison mystérieuse, Mozi est l'unique personne que j'entends sans effort. Les mots, dits par elle, prennent une étrange sonorité. D'ailleurs, elle tout entière me ressemble. Tous disent : Mozi c'est moi, à un âge différent. Cette comparaison me rend fière mais en même temps elle me remplit de colère. En vieillissant, ce sont les miroirs que nous voulons le moins.

– Joli nom, Mozi, affirme mon petit-fils. Je devine que c'est un diminutif du mot "Mozambique".

Mozi sourit. Elle affiche son rire comme un palmier dans une oasis : elle veut être vue et, en même temps, aveugler celui qui pose les yeux sur elle. Elle déambule dans ma chambre en faisant tourner sa jupe. Toute cette exhibition me fatigue. Avec aigreur, je m'adresse à mon petit-fils :

– Tu es venu pour rester ici ?

– Rester ici ? demande-t-il.

– Si tu n'es pas venu pour vivre avec nous, tu peux t'en aller.

Ma petite-nièce échange des messes basses avec l'écrivain. Puis elle s'adresse à moi, résumant leur conversation. Cet homme veut que vous racontiez votre histoire. Contre mon oreille, elle chuchote en secret : l'écrivain pense que j'ai été la femme de l'empereur Ngungunyane. Que je suis l'unique survivante de ses plus de trois cents épouses.

– Tu veux que je raconte mon histoire ? dis-je.

– Puis-je enregistrer, dona Imani ?

Excité, mon petit-fils touche des fils et des boutons. Et il commence à enregistrer bien avant que j'aie envie de parler. La bande de l'enregistreur tourne, somnolente. Mes paupières me pèsent déjà lorsque Mozi me secoue et m'encourage : Racontez, grand-mère, racontez, moi aussi je veux entendre !

Voici ce qui m'est arrivé, mon petit-fils : à quinze ans j'ai eu un fils. Quelques jours après on m'a volé ce petit garçon et on m'a emmenée sur l'île de São Tomé au milieu de l'océan Atlantique. Je suis restée sur cette île pendant quinze ans. Juste après la proclamation de la République portugaise, en 1911, on nous a envoyées chercher, moi et les reines qui m'accompagnaient. Ils nous ont dit qu'ils allaient nous renvoyer au Mozambique. Dix femmes étaient arrivées sur cette île, sept rentraient. La reine Dabondi, ma très chère Dabondi, fut une de celles qui restèrent enterrées sur l'île. Qui perd la vie sur une île ne sait pas revenir de la mort. Son esprit vague dans la brume, sans savoir s'il appartient à la terre ou à la mer.

Le bateau qui alla nous chercher fit escale à Lisbonne. Pendant quinze ans j'avais rêvé de cette destination. Ou plutôt, celle-ci était l'unique destination de mes rêves. Je fis les comptes : cinq mille quatre cents nuits, cinq mille quatre cents rêves. Tous pareils : moi sauvant mon fils, lui se blottissant dans mes bras comme s'il retournait, entier, dans mon corps.

Au cours des quelques heures d'escale, on m'autorisa à me rendre chez ma belle-mère, Laura de Melo. Je m'y rendis escortée par un sergent de la Marine. Mon intention était de récupérer mon fils, mon Sanga, et de l'emmener avec moi au Mozambique. Mon cœur tressauta lorsqu'un garçon m'ouvrit la porte de la famille Melo. Je me contins, les mains tellement tendues que je me blessais avec mes propres doigts. La mère de Germano, dona Laura, était alitée et ce fut mon fils qui me conduisit à sa chambre. Je le suivis, muette, regardant à contre-jour celui qui avait habité ma chair. Allongée sur un lit et les yeux clos, la mère de Germano déclara d'un air de défi :

– Montre à cette femme qui est ta seule et vraie mère.

Mon fils, muet, s'approcha du lit de sa grand-mère. Je baissai la tête, les yeux embués. Je suis morte, pensai-je. Il ne me reste qu'à me retirer. Mais comment pouvais-je marcher, puisque je n'étais plus vivante ? Se raclant la gorge, dona Laura me fit signe d'approcher. Toujours couchée, elle tendit la main et caressa mon épaule. Puis elle murmura : Tu es partie quinze ans. Pense à ce petit garçon, ma chérie. Réfléchis et réponds : en dehors de moi, existe-t-il une autre mère dans cette chambre ?

Elle ouvrit les yeux et me contempla longuement. Je savais que l'on ne se reverrait plus jamais. Il n'y a pas de faute dans cette histoire, dit-elle. C'est la vie qui a choisi, ajouta-t-elle. Je secouai la tête, suggérant que je ne voulais pas l'écouter. Je permis néanmoins qu'elle garde sa main sur mon épaule.

– Et quel nom lui avez-vous donné, dona Laura ?

– Celui que tu lui avais déjà donné, répondit Laura. C'est notre Sanga.

– Et Germano ? voulus-je demander. Mais je n'avais pas de voix pour autant. Et ce fut comme si Laura devinait mes interrogations secrètes. Parce qu'elle murmura : Mon Germano arrivera la semaine prochaine, il est très malade. Il n'a même plus la force d'écrire, dit Laura. Mais il n'a pas cessé pour autant d'envoyer religieusement les mensualités pour son fils... Et elle corrige : ... pour votre fils.

En retournant au bateau je n'étais pas la seule à pleurer. Discrètement le sergent échangeait un mouchoir avec moi. Nous empruntâmes la route des Laranjeiras et, à un certain endroit, le marin interrompit sa marche et dit : C'est ici, c'est ici qu'il s'est tué ! Et avant que je le questionne, il clarifia : Mouzinho de Albuquerque, c'est ici qu'il est mort.

Il passa ses doigts sur les pierres de la chaussée comme s'il sentait le sang. On lui a dressé son lit, commenta le sergent. Ils ont fait courir le bruit partout que Mouzinho avait été inhumain dans les campagnes d'Afrique. C'est mon chef, le capitaine Andrea, qui a manigancé ça, il était aussi là-bas…

Sur le quai, le sergent prit congé d'une poignée de main inattendue. Ce marin expérimentait, qui sait, quelque chose de nouveau : le respect de la tristesse d'une femme noire. Incapable de me réconforter, il essaya une diversion.

– Et Gungunhane, tu sais ce qui lui est arrivé ? demanda-t-il. Gungunhane, le roi des nègres…

Après toutes ces années j'avais déjà renoncé à corriger le nom de Ngungunyane. Cette fois, par respect de celui qui demandait, je rectifiai la prononciation du militaire. Ils sont tous morts, dis-je sèchement. Le roi de Gaza est mort, son fils est mort, son oncle est mort. A survécu le seul qui ait été heureux : Zixaxa. La dernière nouvelle que j'ai reçue c'est que ce Zixaxa allait avoir un fils. Un fils mulâtre, comme mon Sanga.

La bande du magnétophone me donne sommeil. Je tente de me redresser pour résister à cette douce indolence. Mais mon corps ne m'obéit pas. Et je m'enfonce à nouveau sur le siège. Les yeux fermés, je caresse l'accoudoir du fauteuil comme si c'était la rétribution d'une tendresse.

– Depuis combien de temps habitez-vous dans cette maison ?

– Je n'habite pas. Je suis cette maison.

Je suis la maison, je répète, et ces meubles sont mes sœurs. J'ai des parents en bois qui n'ont jamais cessé de me tenir compagnie. Tu dois apprendre, mon petit-fils, dis-je en poursuivant. Attache-toi aux meubles plus qu'aux gens. Le lit et les chaises, assuré-je, sont ceux qui nous demeurent les plus fidèles jusqu'à la fin de nos jours. Prie pour l'âme des choses, mon petit-fils.

– On continue l'enregistrement, dona Imani ? demande mon petit-fils.

Je secoue la tête, en refus véhément. Je suis fatiguée. Je le vois retirer de son sac un appareil photo. Je couvre mon visage de mes bras. Et je proteste, m'oppose avec conviction. La protestation est morose, mais mon petit-fils m'écoute sans interruption. À la fin, fasciné, il s'exclame : Quelle belle chose ce que vous venez de dire !

Vous voulez écouter ? demande-t-il. C'est que j'ai tout enregistré, dit-il pour se justifier. J'éprouve de la honte en écoutant, au volume maximum, ma propre voix :

"Tu peux enregistrer, mais ne me prends pas en photo. Regarde-moi bien, mon petit-fils. Cette créature que tu vois devant toi n'est pas faite d'un corps unique. Ce sont quantité de corps collés, chacun fait à une époque, chacun provenant d'une terre différente. Le cœur est de ce village, les bras sont de Makomani, les jambes ont déjà oublié d'où elles sont. Ne me prends pas en photo, mon petit-fils. Ce corps, mon corps, est fait de tronçons. Celle qui vit le plus en moi est celle qui est déjà morte : les mères qui me donnent encore naissance. La première, Chikazi Nsambe, et les autres, Bibliana, Bianca, Dabondi. Ne me prends pas en photo, mon petit-fils. Parce que je ne prends pas fin avec moi. Mon corps est maintenant le monde entier."

L'écoute se termine, les bandes tournent dans le vide. Et Gungunhane ? demande mon petit-fils. Je ne sais pas, réponds-je. Je ne sais que mon histoire.

Le bruit des bobines grandit dans la chambre. Je demande à Sanga s'il a connu Germano. Qui ? demande-t-il. Ton grand-père Germano, dis-je pour éclaircir. Il secoue la tête, souriant. Et Bianca, tu en as entendu parler ? dis-je en le questionnant à nouveau. Mais je n'attends pas la réponse. Soudain je suis assaillie par une colère insolite : j'attaque la table devant moi avec mes pieds. Le magnétophone et l'appareil photo tombent par terre. Mon petit-fils fait un pas en arrière, entre la peur et l'étonnement.

– Ne reviens plus avec ces appareils ! Plus jamais ! dis-je en hurlant.

Je veux me lever, mais même la furie ne m'aide pas. Je reste enfoncée dans mon vieux fauteuil en skaï. Je suis emprisonnée dans les barreaux de mon corps.

Mozi me regarde dans le fauteuil, secoue la tête, impatiente, et demande au visiteur de nous laisser seul à seul. Elle lui dit d'attendre dans la cour. L'écrivain ramasse ses appareils et se retire, plus courbé qu'il n'était entré. Dès que la porte claque, Mozi se jette sur moi. Elle est en colère. Je ne comprenais pas, argumente-t-elle, qu'il y avait là une opportunité unique. Et moi je faisais simplement tout capoter.

– Faites semblant, grand-mère. C'est si difficile ? Admettez que vous avez été l'épouse de Ngungunyane...

Elle essaie de me convaincre, obstinée. Si l'on faisait cette petite mise en scène, nous, les Nsambe, aurions d'innombrables avantages. Nous serions de la famille des héros, nous gagnerions une fortune, voyagerions jusqu'à la capitale, peut-être nous emmèneraient-ils aux Açores ?

– Écoutez bien, grand-mère, insiste Mozi, maintenant sur un ton mielleux. Je vais vous dire ce que vous allez raconter à l'écrivain...

– Il n'est pas écrivain, c'est mon petit-fils.

– Petit-fils, arrière-petit-fils, arrière-arrière-petit-fils... À tous ces gens vous allez dire que vous avez été l'épouse du roi. Et vous allez leur raconter une histoire...

– Je ne vais pas commencer à mentir à quatre-vingt-quinze ans.

– Si vous ne voulez pas mentir, objecte Mozi, alors cessez d'appeler ce jeune homme petit-fils.

Elle se dirige vers la sortie pour lancer une dernière menace : N'oubliez pas, grand-mère : c'est nous qui nous occupons de vous ! Et elle claque la porte, furieuse. Un moment je reste seule. Je n'ai jamais été aussi seule. Et la solitude ne m'a jamais autant plu.

J'ouvre la porte de derrière et me faufile dans la rue. Pour la première fois depuis plusieurs années je sors de chez moi. Et je prends le même chemin de sable que ma mère empruntait pour aller chercher du bois. J'avance au hasard, comme les enfants qui font leurs premiers pas. Je veux seulement m'éloigner de chez moi, m'écarter de qui je suis. Au coin je trébuche presque sur un groupe d'enfants qui jouent assis par terre. Ce sont des gamins pauvres, sales et mal habillés. Je me souviens de lorsque j'étais petite et je pense : même dans la guerre la plus cruelle, même au milieu des ruines et des cendres, les enfants n'ont jamais arrêté de jouer.

Soudain une ombre rapide me renverse. Je suis si maigre que je n'en finis jamais de tomber. Et je vois passer, comme un monstre de métal, un camion militaire chargé de guérilléros. Je revois les temps mouvementés de mon enfance. La différence c'est qu'il y a maintenant plus de sol, un sol qui m'appelle par mon nom.

Je rentre soutenue par le jeune écrivain qui vient de me sauver d'être écrasée. Venez, grand-mère ! m'encourage-t-il. Il m'appelle "grand-mère", le jeune homme. Il m'appelle "grand-mère" et les rues m'appartiennent de nouveau. Dans la cour de la maison nous passons près de la vieille termitière. Ils ont cimenté la cour mais ils ont laissé vivant cet endroit sacré. Ils ont eu peur, ce n'était pas du respect. Là, la termitière résiste, soutenant la mafurreira feuillue. On n'y attache plus les tissus blancs. Plus personne ne parle avec les ancêtres. La seule qui leur parle c'est moi, qui suis presque défunte.

Je demande à l'écrivain de m'attendre. Je reviens peu après, portant une valise dans les bras. Elle est lourde? demande-t-il, en s'empressant de m'aider. À mon âge tout est lourd, à commencer par mes propres bras. Je renverse le contenu de la valise. Le sol est jonché de papiers. Ces cahiers sont à toi, lui dis-je. Mes écrits sont ici, les lettres que j'ai gardées sont ici, toute ma vie est ici. Emporte ces cahiers et publie-les si tu crois qu'ils méritent d'être connus. Signe-les comme auteur, cela m'est égal. Si tu dis que tu es mon petit-fils, le petit-fils d'Imani Nsambe.

L'écrivain fait deux pas, s'assied et commence à lire le premier cahier. À mesure qu'il lit, je me blottis contre lui, comme si je cherchais dans son corps ma dernière ombre :

"Tous les matins se levaient sept soleils sur la plaine d'Inharrime. Nue comme elle avait dormi, notre mère sortait de la maison avec un tamis à la main. Elle allait choisir le meilleur des soleils. Avec le tamis, elle recueillait les six étoiles restantes et les rapportait au village. Elle les enterrait près de la termitière, derrière notre maison. C'était celui-là notre cimetière de créatures célestes. Un jour, en cas de besoin, nous irions là-bas déterrer les étoiles."

Glossaire des mots en langues africaines et en langue portugaise*

Angolas ou *mangolês* : soldats recrutés de force en Angola pour incorporer les troupes portugaises.

Batouque : de batuque, tambours.

Bitongas : ethnie de la province d'Inhambane.

Cacimbo ou *cacimba* : brume, brouillard.

Cangarra : panier en paille pour transporter les volailles.

Canhangulo : fusil de chasse artisanal.

Cantina : petit établissement colonial servant à la fois de boutique et de débit de boissons installé dans la brousse ou dans les faubourgs des villes, tenu par les Portugais ou les Indiens.

Cantineiro : propriétaire de la cantina.

Capinzal : étendue recouverte de capim, herbes hautes de la famille des graminées et des cypéracées.

Chicuembo ou *chikwembo* ou *psikwembo* ou *xicuembo* : puissance surnaturelle, esprit des ancêtres. Après sa mort l'être humain devient un chicuembo.

Cimbirre : *Androstachys johnsonii*. Arbre de petite taille à moyenne de la famille des Euphorbiaceae, connu également sous le nom de mecrusse.

Cipaio : soldat natif de l'administration coloniale.

Chope (pluriel *Chopes* ou *VaChopes*, singulier *Muchope*) : ethnie du sud du Mozambique située dans la plaine du fleuve Inharrime et la province de Gaza. Pour les Mozambicains, selon la

---

* Il existe au Mozambique plus d'une vingtaine de langues. Celles-ci ne sont pas encore complètement normalisées, leur orthographe notamment ne fait pas consensus. Diverses graphies coexistent qui diffèrent de la transcription portugaise comme cette œuvre en témoigne.
Sources principales : *Moçambicanismos para um léxico de usos do português moçambicano* de Armando Jorge Lopes, Salvador Júlio Sitoe, Paulino José Nhamuende, Livraria Universitária Universidade Eduardo Mondlane 2002. Mia Couto.

transcription de l'auteur: *Vatxopi*, singulier *Mutxope* ("tx" se pronconce *tch*).

Ihimpis: guerriers de l'armée zouloue ou vanguni.

Indunas: conseillers du régulo ou chef traditionnel.

Landim (pluriel *Landins*): nom donné par les Portugais aux habitants de Lourenço Marques (aujourd'hui Maputo) quel que soit le groupe ethnique. Littéralement "ceux qui parlent un dialecte".

Loboler: de *lobolar*, s'acquitter du *lobolo* en vue du mariage.

Lobolo: quantité d'argent ou d'autres biens comme des têtes de bétail que le marié paie à la famille de la mariée pour officialiser le mariage.

Machamba: terrain agricole.

Machangane: Mozambicain originaire de la province de Gaza et de Lourenço Marques et qui possède la langue changana ou txishangane comme langue maternelle. Vient de Sochangane, nom du chef zoulou fondateur du royaume de Gaza.

Mafurreira: *Trichilia emetica*. Arbre très répandu dans toute l'Afrique tropicale. Du beurre et de l'huile sont fabriqués à partir de ses graines.

Magaíças: travailleurs mozambicains revenus des mines d'Afrique du Sud.

Mangas: vient de main, instrument de lutte et de travail, main armée. En langage militaire forces, troupes.

Mangolês: voir *angolas*.

Mangunis: autre nom que les Portugais donnent aux Ngunis ou Vanguni.

Mapira: sorgho. Avec sa farine, on fait de la bouillie et du pain, elle sert aussi à la confection de boissons comme l'uputu.

Marimba ou *timbila* ou *mbila*: balafon, xylophone à résonateurs.

Matope: boue, vase.

Mbila: voir *marimba*.

Mexoeira: mil.

Milando: conflit, dispute en voie de résolution par une prise de décision.

Missanga: perles de diverses matières très répandues.

Monhé: désignation du commerçant indien de confession musulmane.

Mulungo ou *Mulongu* (pluriel *Valungu*): désigne le blanc.

Ndaus ou *Vandau*: ethnie de la frontière sud avec le Zimbabwe actuel.

Ngalanga : type de danse.
Nganga : voir *nyanga.*
Ngonyamo : le lion, surnom de l'empereur Ngungunyane ou Gungunhane pour les Portugais.
Ntxuva : jeu de la famille des mancalas (jeux de semis), proche de l'awalé. Jeu très prisé à l'époque de Ngungunyane.
Nyamussoro : devin qui établit la communication entre les vivants et les morts, ou entre celui qui consulte et les mauvais esprits.
Nyanga ou *nganga* : guérisseur.
Padrão (pluriel *padrões*) : stèle columnaire aux armes du Portugal.
Psikwembo : voir *chicuembo.*
Regulado : territoire d'une chefferie traditionnelle sous l'autorité d'un régulo dans une circonscription.
Régulo : chef traditionnel intégré dans la hiérarchie administrative coloniale.
Saguate : cadeau, pourboire.
Sertão (pluriel *sertãoes*) : ce mot est utilisé ici par les Portugais, qui désignaient ainsi les terres de l'intérieur du Brésil, pour nommer la brousse ou la savane.
Timbila : voir *marimba.*
Ushua : bouillie de farine de maïs, de sorgho, de mil ou de manioc.
Valoyi : sorciers, féticheurs.
Vanguni (singulier *Munguni*) : ou *Ngunis* ou *VaNguni*, peuples zoulous à l'époque de l'empereur Ngungunyane.
VaTsonga ou *Vatsonga* (pluriel de *Tsonga*) : ethnie du sud du Mozambique au sud du fleuve Save. La langue tsonga est l'une des langues officielles de l'Afrique du Sud.
Vatxopi : voir *Chope.*
Vátua : nom donné par les Portugais aux Vanguni, Ngunis ou VaNguni.
Xipoco ou *chipoco* : de l'anglais *spook,* "fantôme". Esprit utilisé par les féticheurs pour exercer leurs pouvoirs.

TABLE

Livre Deux
L'épée et la sagaie

Livre Trois
Le buveur d'horizons

Bonjour, nous vous remercions d'avoir acheté ce livre et nous aimerions pouvoir vous connaître mieux, lire vos commentaires sur nos publications, vous informer de nos nouveautés, vous offrir la primeur des premiers chapitres de nos textes à paraître, vous prévenir quand nous organisons une rencontre près de chez vous. Pour ce faire il vous suffit de nous envoyer votre mail et la ville dans laquelle vous habitez à : **redaction@metailie.fr**.

Rappelons aussi qu'en scannant le QR code ci-dessous ou en entrant **metailie.premierchapitre.fr** dans la barre d'adresse de votre navigateur (sur ordinateur, tablette ou smartphone), vous accédez directement aux derniers extraits de nos nouveautés à paraître. Gardez cette adresse dans vos favoris ou sur l'écran d'accueil de votre smartphone et vous serez constamment à la page !

BIBLIOTHÈQUE PORTUGAISE
dirigée par Pierre LÉGLISE-COSTA

Ricardo ADOLFO
Tout ce qui m'est arrivé après ma mort

José Eduardo AGUALUSA
Le Marchand de passés
La Guerre des anges
Les Femmes de mon père
Barroco tropical
Théorie générale de l'oubli
La Reine Ginga
La Société des rêveurs involontaires

João AGUIAR
Les Mangeurs de perles

Agustina BESSA-LUÍS
La Cour du Nord
Le Confortable Désespoir des femmes
Les Terres du risque
Party
Un chien qui rêve
Le Principe de l'incertitude
La Ronde de nuit

Luis CARDOSO
Une île au loin

Mário CLÁUDIO
La Grande Ourse

Mia COUTO
L'Accordeur de silences
Poisons de Dieu, remèdes du Diable
La Confession de la lionne
Les Sables de l'empereur

Jorge de Sena
Le Physicien prodigieux
Les Grands Capitaines
Au nom du diable

Vergílio Ferreira
Apparition

Lídia Jorge
Le Rivage des murmures
La Journée des prodiges
La Dernière Femme
Le Jardin sans limites
La Couverture du soldat
Le vent qui siffle dans les grues
Nous combattrons l'ombre
La nuit des femmes qui chantent
Les Mémorables
Estuaire

Nuno Júdice
Traces d'ombre

Maria Gabriela Llansol
Les Errances du Mal

Rosa Lobato de Faria
Le Village englouti

Antonio Lobo Antunes
Le Cul de Judas

Eduardo Lourenço
Pessoa l'étranger absolu
L'Europe introuvable

Valter Hugo Mãe
L'Apocalypse des travailleurs
Le Fils de mille hommes

Ondjaki
Les Transparents

José Régio
Colin-Maillard

Pedro Rosa-Mendes
Baie des tigres
Pension des mondes perdus

Rui Zink
Le Destin du touriste

Cet ouvrage a été composé par
Atlant'Communication
au Bernard (Vendée)

Impression réalisée par
Normandie Roto Impression s.a.s.
61250 Lonrai

N° d'édition : 0849001 – N° d'impression : 1905417
Dépôt légal : janvier 2020

Imprimé en France